外国文艺理论丛书

波德莱尔美学论文选

〔法〕波德莱尔 著

郭宏安 译

人民文学出版社
PEOPLE'S LITERATURE PUBLISHING HOUSE

Charles Baudelaire
ESSAIS ESTHÉTIQUES
根据 Bibliothèque de la Pléiade，Editions Gallimard，Paris 版本译出。

图书在版编目（CIP）数据

波德莱尔美学论文选/（法）波德莱尔著；郭宏安译. —2 版. —北京：人民文学出版社，2022
（外国文艺理论丛书）
ISBN 978-7-02-015857-7

Ⅰ.①波… Ⅱ.①波… ②郭… Ⅲ.①文艺美学—文集 Ⅳ.①I01-53

中国版本图书馆 CIP 数据核字（2019）第 254425 号

责任编辑	黄凌霞
装帧设计	黄云香
责任印制	王重艺

出版发行	人民文学出版社
社　　址	北京市朝内大街 166 号
邮政编码	100705

印　　刷	三河市鑫金马印装有限公司
经　　销	全国新华书店等

字　　数	437 千字
开　　本	880 毫米×1230 毫米　1/32
印　　张	17.625　插页 8
印　　数	1—3000
版　　次	1987 年 9 月北京第 1 版
	2008 年 10 月北京第 2 版
印　　次	2022 年 1 月第 1 次印刷

书　　号	978-7-02-015857-7
定　　价	75.00 元

如有印装质量问题，请与本社图书销售中心调换。电话：010-65233595

马拉之死　雅克-路易·大卫

跨越阿尔卑斯山圣伯纳隘口的拿破仑　　雅克－路易·大卫

雷卡米夫人像　弗朗索瓦·热拉尔

大宫女

让·奥古斯特·多米尼克·安格尔

奥尔南的葬礼　居斯塔夫·库尔贝

骚乱　奥诺雷·杜米埃

从波波利花园看去的佛罗伦萨　让－巴蒂斯特·珂罗

汤豪舍在维纳斯堡　欧仁·德拉克洛瓦

老妇与时光之神　　弗兰西斯克·德·戈雅

罗杰拯救安琪丽卡 让·奥古斯特·多米尼克·安格尔

玛尔比舞厅　贡斯当丹·居伊

轻骑兵冲锋　　贡斯当丹·居伊

希奥岛的屠杀　　欧仁·德拉克洛瓦

弹吉他者　爱德华·马奈

出 版 说 明

"外国文艺理论丛书"的选题为上世纪五十年代末由当时的中国科学院文学研究所组织全国外国文学专家数十人共同研究和制定,所选收的作品,上自古希腊、古罗马和古印度,下至二十世纪初,系各历史时期及流派最具代表性的文艺理论著作,是二十世纪以前文艺理论作品的精华,曾对世界文学的发展产生过重大影响。该丛书曾列入国家"七五""八五"出版计划,受到我国文化界的普遍关注和欢迎。

进入新世纪以来,随着各学科学术研究的深入发展,为满足文艺理论界的迫切需求,人民文学出版社决定对这套丛书的选题进行调整和充实,并将选收作品的下限移至二十世纪末,予以继续出版。

人民文学出版社编辑部
二〇二二年一月

目　次

译本序 ·· *1*

评让·德·法莱兹的《诺曼底故事集》和《趣闻逸事》 ············ *1*
有才能的人如何还债 ·· *3*
评 L. 德·塞纳维尔的《被解放的普罗米修斯》 ······················· *7*
给青年文人的忠告 ·· *12*
评尚弗勒里的短篇小说 ··· *20*
论皮埃尔·杜邦 ··· *24*
正派的戏剧和小说 ·· *34*
异教派 ·· *40*
论《包法利夫人》 ·· *47*
论泰奥菲尔·戈蒂耶 ·· *58*
对几位同代人的思考 ·· *85*
　一　维克多·雨果 ·· *85*
　二　奥古斯特·巴尔比埃 ·· *96*
　三　玛丝莉娜·代博尔德-瓦尔莫 ···································· *101*
　四　泰奥菲尔·戈蒂耶 ·· *104*
　五　贝特吕斯·博雷尔 ·· *108*
　六　艾杰西普·莫罗 ··· *111*
　七　泰奥多尔·德·邦维尔 ··· *117*

八　皮埃尔·杜邦 …………………………………… 124

　　九　勒孔特·德·李勒 ………………………………… 131

　　十　居斯塔夫·勒瓦瓦瑟 ……………………………… 135

评莱翁·克拉代尔的《可笑的殉道者》……………………… 137

评《悲惨世界》………………………………………………… 143

埃德加·爱伦·坡的生平及其作品 ………………………… 151

再论埃德加·爱伦·坡 ……………………………………… 173

一首诗的缘起 ………………………………………………… 191

一八四六年的沙龙 …………………………………………… 193

　　给资产者 ………………………………………………… 193

　　一　批评有什么用？ …………………………………… 195

　　二　什么是浪漫主义？ ………………………………… 197

　　三　论色彩 ……………………………………………… 200

　　四　欧仁·德拉克洛瓦 ………………………………… 204

　　五　论爱情题材和塔萨埃先生 ………………………… 220

　　六　论几位色彩家 ……………………………………… 222

　　七　论典型和模特儿 …………………………………… 232

　　八　论几位素描家 ……………………………………… 235

　　九　论肖像画 …………………………………………… 241

　　十　论漂亮和公式化 …………………………………… 246

　　十一　论奥拉斯·韦尔内先生 ………………………… 247

　　十二　论折中主义和怀疑 ……………………………… 250

　　十三　论阿里·舍佛先生和感情的模仿者 …………… 252

　　十四　论几个怀疑派 …………………………………… 255

　　十五　论风景画 ………………………………………… 258

　　十六　为什么雕塑使人厌倦？ ………………………… 265

　　十七　论流派和工匠 …………………………………… 268

　　十八　论现代生活的英雄 ……………………………… 271

论笑的本质并泛论造型艺术中的滑稽 ·················· 276
论几位法国漫画家 ·················· 294
论几位外国漫画家 ·················· 314
论一八五五年世界博览会美术部分 ·················· 324
  一 批评方法,论应用于美术的现代进步观,活力的转移 ······ 324
  二 安格尔 ·················· 332
  三 欧仁·德拉克洛瓦 ·················· 338
哲学的艺术 ·················· 347
一八五九年的沙龙 ·················· 355
  一 现代艺术家 ·················· 355
  二 现代公众和摄影 ·················· 361
  三 各种能力的王后 ·················· 366
  四 想象力的统治 ·················· 370
  五 宗教画,历史画,幻想画 ·················· 374
  六 肖像画 ·················· 400
  七 风景画 ·················· 405
  八 雕塑 ·················· 414
  九 结束语 ·················· 426
现代生活的画家 ·················· 429
  一 美,时式和幸福 ·················· 429
  二 风俗速写 ·················· 432
  三 艺术家,上等人,老百姓和儿童 ·················· 433
  四 现代性 ·················· 439
  五 记忆的艺术 ·················· 442
  六 战争的编年史 ·················· 445
  七 隆重典礼和盛大节日 ·················· 448
  八 军人 ·················· 450
  九 浪荡子 ·················· 452

十　女人 ································ *456*
十一　赞化妆 ····························· *457*
十二　女人和姑娘 ·························· *460*
十三　车马 ································ *464*
画家和蚀刻师 ································· *467*
欧仁·德拉克洛瓦的作品和生平 ················· *473*
理查·瓦格纳和《汤豪舍》在巴黎 ··············· *500*

译 本 序

越来越多的法国文学研究者认为,诗人波德莱尔是一位比批评家圣伯夫还要伟大的批评家。亨利·勒麦特说他是法国"十九世纪最大的艺术批评家"①,安多尼·亚当则断言:"从他(指波德莱尔——译者注)的批评文字看,他远比圣伯夫更有把握成为十九世纪最大的批评家。"②

许多伟大的作家同时也是伟大的批评家,这是文学史上的事实;然而,当波德莱尔说"一切伟大的诗人本来注定了就是批评家"③、保尔·瓦莱里说"任何真正的诗人都必然是一位头等的批评家"④的时候,就不仅仅是确认了一桩事实,而是表明文学观念发生了一种变化。波德莱尔不再用柏拉图的"灵感说"和"迷狂说"来解释诗歌的创作了,"从心里出来的诗"在他那里得到的是嘲笑和鄙薄;相反,用瓦莱里的话说,他是"把批评家的洞察力、怀疑主义、注意力和推理能力与诗人的自发的能力结合在一个人身上"⑤,即诗人和批评家一身而二任。这是对盛极而衰的浪漫主义的修正与反拨。

波德莱尔生于一八二一年,于四十年代初步入文坛,是时浪漫主义的"庙堂出现了裂缝"⑥,古典主义有回潮之势,唯美主义已打

---

① 亨利·勒麦特:《波德莱尔以来的诗歌》,第22页,Armand Colin 1968年版。
② 安多尼·亚当:《法国文学史》,第2卷第156页,Larousse 1968年版。
③ 见本书第513页。
④ 见《保尔·瓦莱里全集》第1卷第1335页,七星文库版。
⑤ 见《保尔·瓦莱里全集》第1卷第604页,七星文库版。
⑥ 转引自安德烈·费朗著《波德莱尔的美学》第77页,A. G. Nizet 版。

出了旗帜,现实主义尚在混乱之中。"伟大的传统业已消失,而新的传统尚未形成"①,这是一个流派蜂起、方生方死的时代,既是新与旧更替的交接点,又是进与退汇合的旋涡。波德莱尔正是站在这样一个十字路口上,顾前观后,继往开来。他不仅是诗歌创作上的伊阿诺斯②,也是文艺批评上的伊阿诺斯。他的文艺思想在时代思潮的冲突中形成,又反映了时代思潮的变化,有卓见,也有谬误,丰富复杂,充满矛盾。其中既有传统的观念,又蕴藏着创新的因素;既表现出继承性,又显露出独创性,成为后来许多新流派的一个虽遥远却有迹可寻的源泉。

波德莱尔是一位创作伊始就具备了一套明确完整的理论的作家。他发表《给青年文人的忠告》一文时年仅二十五岁,那种过来人的口吻使人以为他早已著作等身,其实,此时波德莱尔的著作目录上只有四五篇短小的书评、一本薄薄的画评和为数不多的几首十四行诗。波德莱尔同时表现出了创作的才能和批评的才能,他的批评活动的范围之广令人惊讶,举凡诗歌、小说、戏剧、绘画、雕塑、音乐、舞蹈,他都发表过富有独创性的见解。他并未写出系统的理论著作,他的思想和观点散见于大量的画评、书评、函札和诗篇之中。他的文学批评方面的文章汇编成集,题为《浪漫派的艺术》,艺术批评方面的文字则以《美学珍玩》为题面世。他认为:"现代诗歌同时兼有绘画、音乐、雕塑、装饰艺术、嘲世哲学和分析精神的特点,不管修饰得多么得体、多么巧妙,它总是明显地带有取之于各种不同的艺术的微妙之处。"③"对于一幅画的评述不妨是一首十四行诗或一首哀歌。"④所以,在他看来,诗可以论画,画也可以说诗,诗画虽殊途而同归,他的文论和画评也因此而水乳交

---

① 见本书第271页。
② 伊阿诺斯,罗马神话中的两面神,能知过去未来。
③ 见本书第123页。
④ 见本书第196页。

融、浑然一体。

"什么叫诗?什么是诗的目的?就是把善同美区别开来,发掘恶中之美,让节奏和韵脚符合人对单调、匀称、惊奇等永恒的需要;让风格适应主题、灵感的虚荣和危险,等等。"这是波德莱尔为《恶之花》草拟的"序言"①中的话,如果再加上应和论和想象论,就可以被视为他的完整的美学原则了。

一切文艺创作活动的根本出发点是文艺对现实世界(人的主观世界也是一种现实世界)和非现实世界(例如想象世界、中国文论中所谓的"意境"、王国维所说的"造境"之境)的关系,以及作家对这种关系的感受和认识。波德莱尔认为"世界是一个复杂而不可分割的整体"②,"我们的世界只是一本象形文字的字典"③。表现周围世界的真实是小说的目的,而不是诗的目的。"诗的最伟大、最高贵的目的"④是美,诗要表现的是"纯粹的愿望、动人的忧郁和高贵的绝望"⑤。诗人要"深入渊底,地狱天堂又有何妨,到未知世界的底层发现新奇"⑥,要"翱翔在人世之上,轻易地了解那花儿和无语的万物的语言"⑦。与小说所表现的真实相比,"诗表现的是更为真实的东西,即只在另一个世界是真实的东西"⑧。波德莱尔并不否认"我们的世界"的真实性,但是他认为在"我们的世界"的后面存在着"另一个世界",那是更为真实的东西,是上帝根据自己和天堂的形象创造和规定的,而诗人之所以为诗人,乃是因为他独具只眼,能够读懂这部"象形文字的字典"。所谓"读懂",

---

① 见《波德莱尔全集》第1卷第182页,七星文库版。
② 见本书第505页。
③ 见《波德莱尔全集》第2卷第59页,七星文库版。
④ 见本书第183页。
⑤ 见本书第187页。
⑥ 引自《恶之花》第二十一首《献给美的颂歌》。
⑦ 引自《恶之花》第三首《高翔远举》。
⑧ 见《波德莱尔全集》第2卷第59页,七星文库版。

就是勘破世界的整体性和世界的相似性,其表现是自然中的万物之间、自然与人之间、人的各种感官之间、各种艺术形式之间,相互有着隐秘的、内在的、应和的关系,而这种关系是发生在一个统一体之中。波德莱尔在著名的十四行诗《应和》中,集中地、形象地表达了这种理论:

应　和

自然是座庙宇,那里活的柱子,
有时吐出了模模糊糊的话音;
人从那里过,穿越象征的森林,
森林用熟识的目光将他注视。

如同悠长的回声遥遥地汇合
在一个混沌深邃的统一体中
广大浩渺好像黑夜连着光明——
芳香、颜色和声音在互相应和。

有的芳香新鲜若儿童的肌肤,
柔和如双簧管,青翠如绿草场,
——别的则朽腐、浓郁,涵盖了万物,

像无极无限的东西四散飞扬,
如同龙涎香、麝香、安息香、乳香
那样歌唱精神与感觉的激昂。

这首诗被称为"象征派的宪章"①,内容非常丰富,影响极为深远。它首先以一种近乎神秘的笔调描绘了人同自然的关系。自然界中的万事万物都是彼此联系的,以种种方式显示着各自的存在,

---

①　见罗贝尔-博努瓦·舍里克斯著《恶之花诠释》,第31页。

它们互为象征,组成了一座象征的森林,并向人发出信息,然而,这种信息是模模糊糊的,不可解的,唯有诗人才能心领神会;而且,人与自然的这种交流,纵然有"熟识的目光"作为媒介,却并不是随时随地可以发生的,只是"有时"而已,只有诗人才可能有机会洞察这种神秘的感应和契合,深入到"混沌而深邃的统一体中",从而达到"物我一致"的境界。其次,这首诗揭示了人的各种感官之间的相互应和的关系,声音可以使人看到颜色,颜色可以使人闻到芳香,芳香可以使人听到声音,声音、颜色、芳香都可以互相沟通,也就是说,声音可以诉诸视觉,颜色可以诉诸嗅觉,芳香可以诉诸听觉,而这一切又都是在世界这个统一体中进行的。各种感官的作用彼此沟通,是一种心理和生理的现象,在我国古典诗文中也并不鲜见,但那往往是作为一种修辞的手段来使用的;波德莱尔则不然,他将其作为全部诗歌创作的理论基础,并由此而认为人与自然、精神与物质、形式与内容、各种艺术之间都存在着这种应和的关系。所以,他写道:"斯威登堡早就教导我们说天是一个很伟大的人,一切,形式、运动、数、颜色、芳香,在精神上如同在自然上,都是有意味的、相互的、交流的、应和的。"①他讽刺那些"宣过誓的现代的美学教授""关在(他那)体系的令人眼花缭乱的堡垒里,咒骂生活和自然",并且明确指出:"他忘记了天空的颜色、植物的形状、动物的动作和气味,他的手指痉挛,被笔弄成瘫痪,再也不能灵活地奔跑在应和的广阔键盘上了!"②因此,应和论虽然带有神秘主义的色彩,却使波德莱尔一刻也不脱离现实的客观世界,使他致力于解读自然这部"词典",并使他能够抓住"那种奇妙的时刻":"那是大脑的真正的欢乐,感官的注意力更为集中,感觉更为强烈;蔚蓝的天空更加透明,仿佛深渊一样更加深远;其音响像音乐,色彩在说话,香气述说着

---

① 见本书第89页。
② 见本书第326页。

观念的世界。"①在波德莱尔看来,艺术是"自然和艺术家之间的一种搏斗,艺术家越是理解自然的意图,就越是容易取得胜利"②。所谓"理解自然的意图",就是"到未知世界的底层发现新奇","翱翔在人世之上,轻易地了解那花儿和无语的万物的语言"。

应和的理论并非波德莱尔首创,瑞士学者罗贝尔-博努瓦·舍里克斯认为,这种理论古已有之,上溯可至古希腊的柏拉图、普洛丁和中世纪的神学家,近世则在浪漫派作家拉马丁、雨果、巴尔扎克诸人的创作中留下踪迹③。我们从波德莱尔的言论中可以看出,他是融会了十八世纪瑞典哲学家斯威登堡的神秘主义、十八世纪德国作家霍夫曼的"应和论"、十九世纪法国空想社会主义者傅立叶的"相似论",将其写入一首精美的十四行诗中,用创作和批评的实践具体地、形象地发展了这一理论,从而开始了一种新的创作方法,直接为后来的象征派提供了理论和创作的依据。正如法国著名的波德莱尔研究者让·波米埃指出的那样:"分散在小说家的作品中的这些思辨在诗人的手上被浓缩了。充满激情的创作使巴尔扎克无暇进行反复的、深入的思考,要由波德莱尔更专门地将这种神秘主义的理论应用于诗和美术,同时也使之处于一种既擅长抽象又擅长造型的天才的控制之下。"④根据波德莱尔的应和论,诗人的地位和使命也就大大改变了。在浪漫派那里,诗人担负着引导人类走向进步和光明的精神导师的使命;而在波德莱尔看来,诗人虽然仍具有崇高的地位,却不再是以引导人类为己任了。他虽然仍是先知先觉者,却不屑为人类社会的进步鼓吹了,他最高贵的事业是化腐朽为神奇,"你给我污泥,我把它变成黄金"⑤,

---

① 见本书第345页。
② 见本书第234页。
③ 见《恶之花诠释》第32—36页。
④ 见《波德莱尔的神秘主义》第155页,日内瓦1967年版。
⑤ 见《波德莱尔全集》第1卷第192页,七星文库版。

"发掘恶中之美",把这隐藏在感官世界后面的、事物内部的应和关系揭示给世人,因为这种关系,非诗的眼睛是看不见的。他说:"一切都是象形的,而我们知道,象征的隐晦只是相对的,即对于我们心灵的纯洁、善良的愿望和天生的辨别力来说是隐晦的;那么,诗人如果不是一个翻译者、辨认者,又是什么呢?"①面对自然这部象形文字的字典,诗人再也不能满足于"摹写自然",不能使作品只成为"一面不思想,只满足于反映行人的镜子"②,而应该求助于暗示,"某种富有启发性的巫术"③。对艺术家来说,"问题不在于模仿,而在于用一种更单纯更明晰的语言来说明"④。总之,诗不能满足于状物写景、复制自然,而应该深入到事物的内部,透过五光十色的表面现象,表现其各方面的联系,简言之,诗不应描绘,而应表现,表现的当然也不再是一片风景、一件事物、一种感情,而是诗人在某一形象面前所进行的以直觉为出发点的思索和联想。

波德莱尔的应和论的哲学基础是唯心主义的神秘主义,导致了诗的超脱和晦涩,然而,由于这种理论具有一定的现实依据,特别是它强调了诗人的想象力和洞察力,又使诗摆脱了单纯的、表面的现象描绘和肤浅的、暂时的感情抒发,从而开拓了诗的领域,加强了诗的表现力。我们读波德莱尔的《恶之花》,只觉得它深刻,而并不感到它晦涩,这是因为他的幻象"是从自然中提炼出来的"。是对"记忆中拥塞着的一切材料进行分类,排队",用"强制的理想化"使之"变得协调"⑤,也就是说,诗人的眼睛所看到的幻

---

① 见本书第89页。
② 见本书第308页。
③ 见本书第73页。
④ 见本书第234页。
⑤ 见本书第439页。

景"不是黑夜中的杂物堆积场,而是产生于紧张的沉思"①。应和论的发展和实践,是波德莱尔对法国诗的巨大贡献,其结果不是某种新的表现手法,也不是某种新的修辞手段,而是一种新的创作方法。波德莱尔不是象征主义运动的创始人,但他的确是名副其实的始作俑者。

诗是否具有某种实用的目的？是否具有某种社会的功用？这个自古以来就纠缠着诗人和理论家的头脑的问题,在浪漫主义运动的后期变得更为尖锐。在这个问题上发生的疑问,表明了浪漫派诗人随着政治上的失望而在创作上逃避现实的倾向。波德莱尔在这个问题上的态度,典型地说明了这种变化。一八五一年之前,他对政治的变迁寄予了某种希望,在一八四八年革命中,曾以相当积极的态度在街垒上战斗,或办革命的报纸。这时,他对上述问题给予了相当肯定的回答。他认为,写诗不是为了诗人自己的乐趣,而是为了公众的乐趣。他在《一八四六年的沙龙》卷首的"告资产者"中公开申明:这本书"自然是献给你们"资产者的,"因为任何一本书,如果不对拥有数量和智力的大多数人说话,都是一本愚蠢的书"②。他表示赞同司汤达的话:"绘画不过是组织起来的道德而已。"他盛赞工人诗人皮埃尔·杜邦,说他的成功主要是"由于公众的感情,诗成了这种感情的征兆,诗人则传播了这种感情"。他喜欢那种"与同时代的人们进行经常的交流"的诗人,他们"站在人类圈的某一点上,把(他)接到的人的思想在振动得更富有旋律的同一条线上传达出去"。他嘲笑"为艺术而艺术"是"幼稚的空想","由于排斥了道德,甚至常常排斥了激情,必然是毫无结果的",并且断言:艺术与道德和功利是不可分割的③。这时,波德莱

---

① 见本书第382页。
② 见本书第195页。
③ 见本书第24、25页。

尔所说的道德,主要是对人类前途的"乐观主义","对人性善的无限信任","对自然的狂热的爱","对人类的爱"以及对穷苦民众的深切同情。但是,一八四八年革命失败,特别是一八五一年路易·波拿巴政变之后,波德莱尔放弃了本来就十分模糊的政治信念,脱离了那些具有共和思想的朋友们,加之受到美国作家爱伦·坡的启发和影响,便对上述问题给予了不同的回答,更偏重于形式的方面。他说:"诗除了自身之外并无其他目的;它不可能有其他目的,除了纯粹为写诗的快乐而写的诗之外,没有任何诗是伟大、高贵、真正无愧于诗这个名称的。"①"诗是自足的,诗是永恒的,从不需要求助于外界。"②他在一八五七年七月九日给母亲的信中说:"我一贯认为文学和艺术追求一种与道德无涉的目的,构思和风格的美于我足矣。"③他对"许多人认为诗的目的是某种教诲,它或是应该增强道德心,或是应该改良风俗,或是应该证明某种有用的东西"④很不以为然,因为美与真与善不是一回事,所谓"真善美不可分离""不过是现代哲学胡说的臆造罢了"⑤。因此,表现了美的艺术品本身就是道德的,它不必将真、善等作为自己追求的目的。这前后两种观点的不同,说明了政治态度的演变导致了文学观念的演变。

但是,我们不应该以一种绝对化的态度看待政治态度和文学观念之间的关系,也不应该夸大前者对后者的影响。即以波德莱尔而论,他的前后两种观点的对立仅仅是表面的,实际上,他在脱离政治之后,并未从根本上否定先前的观点。他否定的是资产阶级的以善为内容的说教,而肯定了以恶为内容的揭露和批判,这是

---

① 见本书第 186 页。
② 见本书第 97 页。
③ 见《波德莱尔通信集》第 1 卷,七星文库版。
④ 见本书第 186 页。
⑤ 见本书第 67 页。

在另一个意义上肯定了诗歌的社会功用。因此,当有人指责福楼拜的《包法利夫人》没有对恶进行指控时,他可以断然拒绝这种指责,说:"真正的艺术品不需要指控。作品的逻辑足以表达道德的要求,得出结论是读者的事。"①他还这样提醒读者:"应该按本来面目描绘罪恶,要么就视而不见。如果读者自己没有一种哲学和宗教指导阅读,那他活该倒霉。"②事实上,他也的确特别强调了发表于一八五七年的《恶之花》的道德意义,同时,他把更多的注意力放在诗的形式方面。他坚决认为,如果以思想比形式更重要为借口而忽略形式,"结果是诗的毁灭"③。

波德莱尔在发表于一八五七年的一篇文章中这样写道:"请听明白,我不是说诗不淳化风俗,其最终的结果不是将人提高到庸俗的利害之上;如果是这样的话,那显然是荒谬的。我是说如果诗人追求一种道德目的,他就减弱了诗的力量;说他的作品拙劣,亦不冒昧。诗不能等同于科学和道德,否则诗就会衰退和死亡;它不以真实为对象,它只以自身为目的。"④这段话表明,他不是反对诗所产生或具有的道德的作用和功利的效果,他反对的是为了说教的目的而写诗,因此,他可以对自己的作品发表两种不同的看法,既是矛盾的,又是一致的。例如对《恶之花》,他一方面可以说人们会从中引出"高度的道德"⑤,另一方面又可以说"这本书本质上是无用的,绝对地无邪,写作它除了娱乐和锻炼我对于克服障碍的兴趣外别无其他目的"⑥。说到底,波德莱尔要求的是"寓教于

---

① 见本书第53页。
② 见本书第38页。
③ 见本书第98页。
④ 见本书第186页。
⑤ 见《波德莱尔全集》第1卷第193页,七星文库版。
⑥ 见《波德莱尔全集》第1卷第181页,七星文库版。

诗,不露痕迹"。他主张道德要"无形地潜入诗的材料中,就像不可称量的大气潜入世界的一切机关之中。道德并不作为目的进入这种艺术,它介入其中,并与之混合,如同融进生活本身之中。诗人因其丰富而饱满的天性而成为不自愿的道德家"①。波德莱尔之所以反对说教,是因为他认为说教会破坏"诗的情绪"。他把"诗的情绪"的对立面叫作"显示的情绪",如科学和道德等,"显示的情绪是冷静的、平和的、无动于衷的,会弄掉诗人的宝石和花朵,因此它是与诗的情绪对立的"②。由此可见,波德莱尔所强调的是诗所以为诗的特点,他的许多近似唯美主义的观点多半是出于这种考虑。因此,我们可以说波德莱尔有形式主义的倾向,却不能说他是个形式主义者,不能把他的观点等同于泰奥菲尔·戈蒂耶的"为艺术而艺术"的唯美派观点。他的许多强调艺术、强调形式、强调诗与其他表现方式的区别的言论,多半是出于匡正时弊的目的,因为他对许多人把诗拿来当成说教的工具不满。他的《论泰奥菲尔·戈蒂耶》发表之后,引起许多人的责难,为此,他给维克多·雨果写了一封信解释了自己的意图:"我熟谙您的作品,您的那些序言表明,我越过了您关于道德与诗的联系所陈述的一般理论。但是,在这种人们被一种厌恶的感情弄得远离艺术、被纯粹功利的观点弄得昏头昏脑的时候,我认为强调其对立面并无多大坏处。我可能说得过了一点,但我是为了获得足够的效果。"③波德莱尔是不大相信雨果的诗歌理论的,但是这封信所表达的矫枉过正的意思却是真诚的,既符合当时诗坛的实际,又有他的《恶之花》为证。

总之,在诗的目的这个问题上,波德莱尔的态度是相当矛盾的,总的倾向是越来越强调形式,但他也从来没有否定诗的思想内

---

① 见本书第92页。
② 见本书第68、168、187页。
③ 见《波德莱尔通信集》第1卷,七星文库版。

容,因此,针对当时浪漫派诗人喜欢说空话、唱高调的流弊,他的观点是有积极意义的。他打破当时流行的真善美不可分割的观念,虽然过分地强调了区别,而忽视甚至否定了它们之间的联系,但对于冲击资产阶级的虚伪文学来说,仍然不失为一种积极的贡献。

波德莱尔反对诗人主观上为了道德的目的而写诗,这并不意味着诗人可以不负责任地任意挥写;而他本人也确是一贯鄙视那种专事刺激官能的淫秽文字的。他认为:"诗在本质上是哲理,但是由于诗首先是宿命的,所以它之为哲理并非有意为之。"①因此,"艺术愈是想在哲学上清晰,就愈是倒退,倒退到幼稚的象形阶段;相反,艺术愈是远离教诲,就愈是朝着纯粹的、无所为的美上升"②。应该说,这个结论是很深刻的,它划清了艺术与人类的其他表达方式的界限,规定了艺术自身发展的道路和方向,但是,这个结论也有严重的错误,它只强调了区别而否定了联系,因而暴露出形式主义的倾向,后来的象征派诗歌的迷惘晦涩似乎可以从这里找到根源,而追求"纯粹的、无所为的美"又必然会导致诗歌的脱离社会、脱离人的现实生活,走上所谓"纯诗"的道路。不过,就波德莱尔本人而言,这种"纯粹的、无所为的美"是否唯一的存在,应否成为诗人的唯一追求,都是很成问题的。他的"发掘恶中之美",实际上是深深地扎根在现实的土壤之中的,他发掘出来的美当然更不是"无所为的"。

美的问题,是一个纠缠了波德莱尔一生的大问题。在他看来,"诗的最伟大、最高贵的目的"是"美的观念的发展"③,诗人的最高使命是追求美。他说:"诗的本质不过是,也仅仅是人类对一种

---

① 见本书第 8 页。
② 见本书第 348 页。
③ 见本书第 183 页。

最高的美的向往。"①那么,美究竟是什么呢?波德莱尔在许多地方谈到美,值得注意的是,他对美有着独特的看法。他说:"我发现了美的定义,我的美的定义。那是某种热烈的、忧郁的东西,其中有些茫然、可供猜测的东西。……神秘、悔恨也是美的特点。"②"不规则,就是说出乎意料、令人惊讶、令人奇怪,是美的特点和基本部分。"③他列举了十一种造成美的精神,其中大部分都与忧郁、厌倦有关系,然后他说:"我不认为愉快不能与美相联系,但是我说愉快是美的最庸俗的饰物,而忧郁才可以说是它的最光辉的伴侣,以至于我几乎设想不出(难道我的头脑是一面魔镜吗?)一种美是不包含不幸的。根据——有些人则会说:执着于——这种思想,可以设想我难以不得出这样的结论:最完美的雄伟美是撒旦——弥尔顿的撒旦。"④众所周知,英国十七世纪诗人弥尔顿笔下的撒旦是一个反抗的英雄形象。由此可见,波德莱尔的美是一种不满和反抗的表现,打上了鲜明的时代的烙印。所谓"美总是古怪的"⑤"美总是令人惊奇的"⑥正是要让平庸的资产者惊讶,要惊世骇俗,要刺痛资产者的眼睛。波德莱尔的美,实际上是一八三〇年革命和一八四八年革命之后,面对大资产阶级的秩序日益巩固加强,中小资产阶级知识分子普遍感到幻灭而产生的苦闷、彷徨、悲观、愤怒和反抗等情绪的反映,因此,以难以排遣的忧郁为特征的浪漫主义就被他称为"美的最新近、最现时的表现"⑦了。

具体地说,波德莱尔认为美本身包含两个部分:绝对美和特殊美。他说:"如同任何可能的现象一样,任何美都包含某种永恒的

---

① 见本书第 187 页。
② 见《波德莱尔全集》第 1 卷第 657 页,七星文库版。
③ 同上书,第 656 页。
④ 见《波德莱尔全集》第 1 卷第 657—658 页,七星文库版。
⑤ 见本书第 327 页。
⑥ 见本书第 363 页。
⑦ 见本书第 198 页。

东西和某种过渡的东西,即绝对的东西和特殊的东西。绝对的、永恒的美不存在,或者说它是各种美的普遍的、外表上经过抽象的精华。每一种美的特殊成分来自激情,而由于我们有我们特殊的激情,所以我们有我们的美。"①波德莱尔的这种观点是一贯的,七年之后,他又写道:"构成美的一种成分是永恒的、不变的,其多少极难加以确定;另一种成分是相对的、暂时的,可以说它是时代、风尚、道德、情欲,或是其中一种,或是兼容并蓄。它像是神糕有趣的、引人的、开胃的表皮,没有它,第一种成分将是不能消化和不能品评的,将不能为人性所接受和吸收。"②波德莱尔真正的兴趣在于特殊美,即随着时代风尚而变化的美,既包括着形式也包括着内容。这样,他就断然抛弃了那种认为只有古代人的生活才是美的观念,而为现实生活充当艺术作品的内容进行了有力的鼓吹。"有多少种追求幸福的习惯方式,就有多少种美"③,"每个民族都拥有自己的美和道德的表现"④,这就是他的结论。因此,现实的生活,巴黎的生活,对波德莱尔来说,洋溢着英雄气概,充满着美,而巴黎的生活主要的不是表面的五光十色的豪华场面,而是底层的充斥着罪犯和妓女的阴暗的迷宫,那里面盛开着恶之花。他认为,巴尔扎克笔下的人物:伏脱冷、拉斯蒂涅、皮罗托,是比《伊利亚特》中的英雄还要高大得多的人物⑤。波德莱尔有力地证明了,描写社会中丑恶事物的作品不仅可以是激动人心的,而且在艺术上也可以是美的,也就是说恶中之美是值得发掘的。所谓"发掘",指的是"经过艺术的表现化而为美,带有韵律和节奏的痛苦

---

① 见本书第272页。
② 见本书第431页。
③ 见本书第198页。
④ 见本书第197页。
⑤ 见本书第275页。

使精神充满了一种平静的快乐"①。因此,单纯地展览丑恶的现象是得不到美的,丑恶现象本身也不就是美。波德莱尔对"一面不思想、只满足于反映行人的镜子"是不以为然的。有些人指责波德莱尔以丑为美,是没有根据的。他的美不表现为欢乐和愉快,而表现为忧郁、不幸和反抗,这正说明他的诗植根于现实生活之中,打上了鲜明的时代烙印。这种忧郁、不幸和反抗,正是他从现实的丑恶中发掘出来的美。我们可以说,波德莱尔强调"特殊美"和"发掘恶中之美"这一思想与巴尔扎克的批判现实主义在精神上是一致的。

一种深刻的悲观主义使波德莱尔认为通往美的道路是一条崎岖坎坷、难以到达目的地的道路。他说:"研究美是一场决斗,诗人恐怖地大叫一声,随后即被战胜。"②作诗,对波德莱尔来说,从来也不是一种快乐,而永远是"一件最累人的营生"③。美在波德莱尔的面前有如一座大理石雕像,严厉、冰冷、神秘。

> 仿佛从最高傲的雕像那里,
> 我借来庄严的姿态,诗人们
> 将在刻苦的钻研中消磨时日。
>
> ——美

然而,诗人喜欢"克服障碍",他不灰心气馁,他仍然在追求。他靠什么呢?不是从天而降的灵感,而是"刻苦的钻研",不是靠"心",而是靠"想象力"。

灵感,是浪漫派诗人特别钟爱的东西,在波德莱尔的眼里,却有着截然不同的面貌。他认为,艰苦的精神劳动,日夜不息的锻炼,是

---

① 见本书第 78 页。
② 见《忧郁与理想》散文诗集第三首:《艺术家的忏悔祈祷》。
③ 见《波德莱尔通信集》第 1 卷,七星文库版。

灵感产生的基础。灵感不是神秘莫测的天外之物,而是"毅力、精神上的热情,一种使能力始终保持警觉、呼之即来的能力"①。他在当时人们普遍推崇天才、强调灵感的风气中,毫不含糊地指出:新一代的文学家由于绝对地相信天才和灵感,而"不知道天才应该如同学艺的杂技演员一样,在向观众表演之前曾冒了一千次伤筋断骨的危险,不知道灵感说到底不过是每日练习的酬报而已"②。他告诫年轻的作家:"要写得快,就要多想。散步时,洗澡时,吃饭时,甚至会情妇时,都要想着自己的主题。"③他自己写诗是字斟句酌,反复推敲,甚至不放过一个标点符号。他在《太阳》一诗中写道:

> 我要独自锻炼那奇异的剑术,
> 在各个角落寻觅偶然的韵律,
> 在字眼上踉跄,像在路上一样,
> 有时会碰到梦想已久的诗行。

这正是他关于灵感的观点的形象写照。因此,他嘲笑那些绝对相信灵感的作家"装作如醉如痴的模样,闭上眼睛想着杰作,对混乱状态怀着充分信心,等待着抛到天花板上的字落在地上成为诗"④。但是,波德莱尔并不否认灵感,恰恰相反,他还相当精确地描绘过灵感袭来的情景,特别是他还有过这样奇特的感受:"灵感总是招之即来,却不总是挥之即去。"⑤这正道出了诗人在灵感的裹挟下欲罢不能的情形。总之,在灵感和艰苦的劳动之间,波德莱尔显然更推崇后者,这既是他个人的经验之谈,也是他关于美的观念的必然结果。

---

① 见本书第 191 页。
② 见本书第 138 页。
③ 见本书第 16 页。
④ 见本书第 188 页。
⑤ 见《波德莱尔全集》第 1 卷第 657—658 页,七星文库版。

艰苦的精神劳动不仅有助于灵感的产生,还有助于想象力的发挥。波德莱尔基于对世界的统一性和相似性的认识,特别重视想象力的作用,因为想象力是应和现象的引路人和催化剂。"是想象力告诉颜色、轮廓、声音、香味所具有的精神上的含义"。他把想象力奉为人的"最珍贵的禀赋,最重要的能力","各种能力的王后","理应统治这个世界"。① 不仅艺术家不能没有想象力,就是一个军事统帅、一个外交家、一个学者,也不能没有想象力,甚至音乐的欣赏者也不能没有想象力,因为一首乐曲"总是有一种需要由听者的想象力加以补充的空白"②,这可推广于其他艺术领域,如文学、绘画等。那么,想象力究竟是什么呢？波德莱尔说:"它是分析,它是综合,但是有些人在分析上得心应手,具有足够的能力进行归纳,却缺乏想象力。……它是感受力,但是有些人感受很灵敏,或许过于灵敏,却没有想象力。……它在世界之初创造了比喻和隐喻,它分解了这种创造,然后用积累和整理的材料,按照人只有在自己灵魂深处才能找到的规律,创造一个新世界,产生出对于新鲜事物的感觉。"③在他看来,想象力是一种"神秘的"能力,深藏在人的灵魂之中,具有"神圣的来源"④,其关键在于"创造一个新世界,产生出对于新鲜事物的感觉"。这种观点与应和的理论是一脉相承的,所谓"规律",正是应和论所揭示的规律,所以,波德莱尔又以更明确的语言写道:"想象不是幻想,想象力也不是感受力,尽管难以设想一个富有想象力的人不是一个富有感受力的人。想象力是一种近乎神的能力,它不用思辨的方法而首

---

① 见本书第367页。
② 见本书第503页。
③ 见本书第367页。
④ 见本书第368页。

先觉察出事物之间内在的、隐秘的关系,应和的关系,相似的关系。"①由此可以看出,波德莱尔认为,想象力是一种近乎直觉的能力,并有着浓厚的神秘色彩。这当然不是对想象力的科学说明,但是,值得注意的是,波德莱尔并未割断想象与现实生活的联系,因此,他认为必须说明的是,"想象力越是有帮手,才越有力量;好的想象力拥有大量的观察成果,才能在与理想的斗争中更为强大"②。同时,他还肯定:"想象力是真实的王后,可能的事也属于真实的领域。"③想象力带给读者的是"缪斯的巫术所创造的第二现实"④。他还特别指出,想象力"包含着批评精神"⑤。这就是说,想象归根结底是一种理性的活动。波德莱尔看到了创作行为既是自觉的又是不自觉的,所以他不推崇所谓"心的敏感"而强调"想象力的敏感",他指出:"心的敏感不是绝对地有利于诗歌创作,一种极端的心的敏感甚至是有害的。想象力的敏感是另外一种性质,它知道如何选择、判断、比较、避此、求彼,既迅速,又是自发地。"⑥这样,波德莱尔就不仅深刻地批判了"艺术只是摹写自然"的理论,树立了想象在文艺创作中的崇高地位,扩大了"真实"的领域,而且还把想象建立在对客观世界的观察与分析之上,冲淡了它的神秘色彩,加强了它与现实生活的联系。

波德莱尔在创作中,谨守古典的规则,追求纯熟的技巧,因为他虽然十分重视想象力的作用,却丝毫也不抱怨形式的束缚。他推崇"巨大的热情"和"非凡的意志"相结合的人。所谓"意志",就是驾驭热情的能力。他正确地阐述了想象力和技巧之间的关系:"一个

---

① 见本书第 182 页。
② 见本书第 368 页。
③ 同上。
④ 见本书第 76 页。
⑤ 见本书第 369 页。
⑥ 见本书第 71 页。

人越是富有想象力,越是应该拥有技巧,以便在创作中伴随着这种想象力,并克服后者所热烈寻求的种种困难;而一个人越是拥有技巧,越是要少夸耀,少表现,以便使想象力放射出全部光辉。"①想象力和技巧,轻重,主从,判然有别,各居其位,这样的见解既通达又深刻,可谓精辟。技巧是在一定的束缚中所获得的自由。波德莱尔认为,诗歌的格律不是凭空捏造杜撰出来的,而是精神活动本身所要求的基本规则的集合体,格律从不限制独创性的表现,相反,它还有助于它的表现②,"因为形式的束缚,思想才更有力地迸射出来……"他举例对此作了精彩的说明:"您见过从天窗,或两个烟囱之间,或两面绝壁之间,或通过一个老虎窗望过去的一角蓝天吗?这比从山顶望去,使人对天空的广袤有一个更深刻的印象。"③规则和形式都是某种限制,思想却由于技巧得到更好的表现。小中见大,通过有限来表现无限,这是波德莱尔的实践与理论的核心之一,既是一种技巧,也是一种创作原则。

技巧和规则所以重要,还因为它们反映了人为的努力。波德莱尔的美学观念中的一个重要原则是重艺术(即人工)而轻自然。他认为艺术是美的,是高于自然的,而自然是丑的,因为它是没有经过人为的努力而存在的,所以与人类的原始罪恶有关系。自然使人由于本能的驱使而犯罪,相反,"一切美的、高贵的东西都是理性和算计的产物","美德"是"人为的、超自然的",因此,他的结论是:"恶不劳而成,是自然的,前定的;而善则总是一种艺术的产物。"④写诗也是如此,呕心沥血作出来的诗,才可能是好诗;而自然流露的诗,

---

① 见本书第 359 页。
② 见本书第 373 页。
③ 见《波德莱尔通信集》第 1 卷,七星文库版。
④ 见本书第 458 页。

所谓"从心里出来的诗",他是不以为然的。因此,"心里有激情,有忠诚,有罪恶,但唯有想象里才有诗"①。绘画也不例外,"一处自然胜地只因艺术家善于置于其中的现时的感情才有价值"②,所以,"想象力造就了风景画"③。波德莱尔的这种重艺术轻自然的观点显然是打上了基督教原罪说的印记,但是从美学上看,却是有错误也有真理的,其错误在于割断了艺术与自然的关系,把两者绝对地对立起来;其真理则在于指出和肯定了艺术的作用,即人对自然的加工和改造的作用。自然本身有美,也有丑,认为顺应自然就是美,这种观点也是片面的。波德莱尔反对艺术单纯地模仿自然,也是直接与这种观点相关联的。同时,波德莱尔所说的自然含义很广,既包含大自然,也包含人们周围的社会存在,甚至还有所谓人性等,因此,他的厌恶自然也具有反抗社会现实的意思。当然,说波德莱尔与人异趣,厌恶大自然的一切,那也有失公正,他的许多诗篇和画评就是证明,而且他的早期文学评论恰恰是强调"真诚"和"自然"的。因此,对于波德莱尔的许多厌恶"单纯的自然"的言论,应该从他强调艺术的角度去看,而不应该加以绝对化,夸大他的某些不正常的心理和过激的言辞。

译　者
一九八四年十二月

---

① 见本书第 70 页。
② 见本书第 406 页。
③ 见本书第 410 页。

评让·德·法莱兹*的
《诺曼底故事集》和《趣闻逸事》**

喜欢真正的文学的人们将会怀着最强烈的兴趣阅读这两本朴实的小书。作者这类人今天已属罕见,他们自幼就熟悉文笔的各种技巧。例如特殊的短语,这在第一本书中比比皆是,奇特的句子,还常常夹杂着大胆而生动的方言土语,都具有一种新颖的、多少有些漫不经心的风致,但作者运用起来无不得心应手。

《诺曼底故事集》的特长在于出自新鲜感受的天真、对大自然的真诚的热爱和正人君子的享乐主义。今天,所有的作家都致力于形成一种气质,结果他们只得到了一个矫饰的灵魂,而让·德·法莱兹展示了他的灵魂,他真正的灵魂,千真万确的灵魂,于是,他不声不响地写出了一本具有独创性的作品。

作者赋有一种如此无害而有趣的怪诞,不该再花那么大的气力去模仿《德·斯居代里夫人①书信集》。相反,就是在巴尔扎克先生的作品中,像《加尔瓦多斯省某陪审员青年时代的回忆》那样生动的风俗画也是不多的,而霍夫曼②也可以将《岛上魔鬼》说成

---

* 让·德·法莱兹(Jean de Falaise,1820—1899),法国作家,本名菲利普·德·谢纳维(Philippe de Chennevières)。

** 本文首次发表于《海盗—撒旦》杂志(1845年11月4日)。未署名。

① 德·斯居代里夫人(Mademoiselle de Scudéry,1607—1701),法国小说家,风格矫揉造作。

② 霍夫曼(Ernst Theodor Amadeus Hoffmann,1776—1822),德国作家。

出自自己的手笔而不必感到羞耻。而这一切说得并不过分。请看看吧,然后作出判断。

有才能的人如何还债*

有人跟我讲了下面这个故事,嘱咐我对谁也不要讲,因此,我想对所有的人讲一讲。

……他正发愁呢,看他双眉紧锁,那张阔嘴也不像平时那么松弛肥厚,大步流星地走过歌剧院,又走了回来,中间常常猝然停住。他正发愁呢。

正是他,十九世纪商业界和文学界最顽强的人物,他那诗人的头脑像金融家的书房一样充满了数字;正是他,有过无数次神话般的破产,办过若干虚夸的、古怪的企业,却总是忘掉最关键的东西;他是梦幻的伟大追求者,不断地《探求绝对》①;他是《人间喜剧》②最好奇、最滑稽、最有趣、最虚荣的人物;他呀,他是个怪人,在生活中令人不堪忍受,写起东西来却妙不可言;他是个大孩子,他的优点和缺点让人不知如何是好,砍掉一些又怕丢了另一些,因而毁坏了这个不可救药的、无法抗拒的庞然大物!

他是怎么了,心情如此阴郁,这个大人物?他竟这样走路,下巴挨着了大肚子,低着头,额上皱成了《驴皮》③。

他在梦想着廉价的菠萝,藤索吊桥,还是有装着细窗纱的小客厅却没有台阶的别墅?某个年近四十的公主可曾向他投来那种天

---

* 本文首次发表于《海盗—撒旦》杂志(1845 年 11 月 24 日)。未署名。
① 巴尔扎克的小说,中译本作《绝对之探求》。
② 巴尔扎克全部小说的总称。
③ 巴尔扎克的小说,中译本作《驴皮记》。

才在美人眼中引起的含意深远的一瞥①？他那装着某种工业机器的头脑是否正受着《发明家的苦难》②的折磨？

不，唉！不是，大人物的忧愁是一种庸俗的、平凡的、讨厌的、可耻的和可笑的忧愁，他正处在那种我们大家都经历过的境遇之中，飞逝的每一分钟都在它的翅膀上带走了一个获救的机会；发明的天才眼睛盯着钟表，感到随着时光的流逝，那个决定命运的时刻到来的速度越来越快，他必须付出两倍、三倍、十倍的努力。《汇票理论》③的杰出作者第二天有一张一千二百法郎的期票要偿付，而且夜已很深了。

在此类境遇中，有时候，在必要性这个活塞的挤压之下，精神会出人意料地、胜利地一跃，突然冲出牢笼。

这大概正是伟大的小说家身上发生的事情，因为他那被紧张破坏了骄傲的线条的嘴上浮出了微笑。我们的小说家又变得安详平静，高视阔步地朝黎塞留大街走去。

他走进一座房子，里面一位生意兴隆的富商正在壁炉前喝茶，以消除一天的劳顿。他因他的名字而受到隆重的接待，几分钟之后，他表明了此次造访的目的：

"您想后天在《世纪》和《辩论》④的杂文栏中刊登两篇关于《法国人自画像》的大作，我写的、署上我的名字的两篇大作吗？我需要一千五百法郎。这对您来说可是一桩好买卖啊。"

看来，这位与众不同的出版商认为这种推理很合理，因为交易马上就做成了。不过，小说家改变了主意，强调一千五百法郎要在第一篇文章登出的时候支付，然后，他不慌不忙地朝歌剧院那边走

---

① 此段文字影射巴尔扎克小说中的某些情节。
② 巴尔扎克的小说《幻灭》的第三部，题为《发明家的苦难》。
③ 巴尔扎克并无以此命名的著作，但他在《幻灭》第三部《发明家的苦难》中曾经大谈汇票问题。注家以为波德莱尔指的是此段文字。
④ 当时法国的两家大报。

去了。

几分钟之后,他看见了一个小个子年轻人,此人一副易怒而聪明的相貌,曾经为他的《赛查·皮罗托盛衰记》①写过一篇惊世骇俗的序言,他因一种滑稽的、近乎叛教的激情而在新闻界出了名;虔信派还没有剪掉他的爪子,笃信宗教的书报还没有张开它们那使人幸福的熄灯罩。

"爱德华②,您愿意明天得到一百五十法郎吗?"

"当然啦!"

"那好!来喝杯咖啡吧。"

年轻人喝了一杯咖啡,他那南方人的小身躯热起来了。

"爱德华,明天早晨我需要三栏有关《法国人自画像》的文字,给杂文栏。听清楚,早晨,一大早,因为全文由我抄写,并署上我的名字。这很重要。"

这位大人物用一种令人绝倒的夸张说了这番话,口气极大,他有时就用这种口气对一个他不能接待的朋友说:"这样把您拒之门外,亲爱的,真是万分抱歉。我正在与一位公主单独谈话,她的名誉可操在我的手里,您知道……"

爱德华如同面对一个恩人,跟他握了握手,跑去干活了。

伟大的小说家又在纳瓦兰街③订下了他的第二篇文章。

第三天,第一篇文章在《世纪》上刊出。奇怪的是,既没有署小人物的名字,也没有署大人物的名字,而是署上了在浪荡文人的圈子里以喜爱公猫和喜歌剧闻名的一个人的名字。

第二位朋友肥胖,懒惰,迟钝,过去如此,现在依然如此;更有甚者,他没有思想,只会像奥萨奇人④穿项链似的把词穿起来,而

---

① 巴尔扎克的一部小说。
② 指法国作家爱德华·乌里亚克(Edouard Ourliac,1813—1848)。
③ 当时泰奥菲尔·戈蒂耶(Théophile Gautier,1811—1872)寓居此地。
④ 奥萨奇人是印第安人的一支。

因为堆满三大栏文字远比写一本有思想的著作费时更长,所以他的文章数日之后才登出来。它没有登在《辩论》上,而是登在《新闻报》①上。

一千二百法郎的期票偿付了,人人都很满意,除了出版商,他感到差强人意。有才能的人就是这样还债的……

如果某个聪明人竟敢认为这是一种小报的闲话,是损害本世纪最伟大的人物的光荣,那他就错了,可耻地错了。我是想说明大诗人能够同样容易地解决一张汇票和完成一部最神秘、最复杂的小说。

---

① 当时法国的一家大报。

评 L. 德·塞纳维尔*的
《被解放的普罗米修斯》**

"这是哲理诗。"

"哲理诗是什么?"

"埃德加·基奈①是什么?"

"哲学家?"

"唔!唔!"

"诗人?"

"噢!噢!"

"不过,埃德加·基奈确是一位有才能的人。"

"德·塞纳维尔先生也是。"

"请解释。"

"我正等着哪。当一位画家心想:'我要画一幅大有诗意的画!啊!诗意!!……'他画出来的却是一幅冷冰冰的画,作品的意图虽然一目了然,却损害了作品,例如《幸福梦》或《浮士德与玛甘泪》。"

"不过,帕波蒂②和阿里·舍佛③两位先生并非无能之辈。"

---

* 塞纳维尔(L. de Senneville,1822—1909),本名路易·梅纳尔(Louis Ménard),法国学者、作家。

** 本文首次发表于《海盗—撒旦》杂志(1846年2月3日)。

① 埃德加·基奈(Edgar Quinet,1803—1875),法国史学家。

② 帕波蒂(Dominique Papety,1815—1849),法国画家。

③ 阿里·舍佛(Ary Sheffer,1795—1858),法国画家。

"可一幅画的诗意是应该由观赏者产生的呀。"

"如同一首诗的哲理应该由读者产生一样。"

"您说得对,正是如此。"

"那么,诗意难道不是一种哲理的东西吗?"

"可怜的读者,你们可上钩了,人家是把你们放在一个斜坡上了啊!"

"诗在本质上是哲理,但是由于诗首先是宿命的,所以它之为哲理并非有意为之。"

"这样说来,哲理诗是一种虚假的种类啰?"

"是的。"

"那为什么还要谈论塞纳维尔先生?"

"因为他还有某种长处。我们谈论他的书,就像谈论一出有某些佳句的悲剧。"

"说到底,他选择得好,就是说,他选择了最丰富、最广阔的题材,最广阔的界限,所有抗议的主题中最广阔的主题。"

"《被解放的普罗米修斯》!"

"人类反抗幽灵! 发明者被放逐! 理性和自由高喊正义!"

"诗人相信它们将获得正义。"

"您看:

"故事发生在高加索,黑夜将尽的时候。被缚的普罗米修斯在秃鹫的注视下唱出了他的怨恨,召唤苦难的人类迎接即将到来的自由的光辉。"

"合唱队——"

"那是人类。"

"向普罗米修斯诉说他那苦难的历史:

"首先是远古的野蛮崇拜,得尔福①的神谕,哲人的空洞的慰

---

① 得尔福,希腊古城,位于巴拿斯山西南坡上,公元前七世纪建有阿波罗神庙。

藉,伊壁鸠鲁①的鸦片和阿片酊,颓废时代的规模巨大的狂欢,最后,是用羔羊的血来赎罪。

  然而神佑的象征,
  在它照亮的天空,
  射出最后的火焰。

  "普罗米修斯继续抗议,继续预言新的生活。和谐女神,最美的一位缪斯,来安慰他,并让天之精灵、生命之精灵、地之精灵和流星之精灵出现在他的面前,他们用一种相当空泛的方式向他讲述大自然的神秘和奥妙。普罗米修斯宣称他是天地的主宰。

  诸神已死,因为霹雳在我手中。

  "这就意味着,富兰克林②推翻了朱庇特③。
  "伊娥④,也就是玛德莱娜或抹大拉的马利亚⑤,即爱情,也来和普罗米修斯高谈阔论。他对她解释为什么她的爱情和祈祷只不过是纯粹的享乐主义,只不过是吝啬的、没有结果的事业:

  你在祈祷中跪破了膝盖之时,
  并没有看见大地之子的痛苦!
  世界将要毁灭,你却还在祷告。

  "突然,一支神秘的箭射穿了秃鹫。赫拉克勒斯⑥出现了,力量解放了人类的理性。"

---

① 伊壁鸠鲁(Epicure,公元前341—前270),古希腊唯物主义哲学家。
② 富兰克林(Benjamin Franklin,1706—1790),美国科学家,发明了避雷针。
③ 朱庇特是罗马神话中的主神,即希腊神话中的宙斯。
④ 伊娥是希腊神话中天后赫拉的首席女祭司,为宙斯所爱,赫拉出于嫉妒把她变作小牛,后在埃及恢复人形。
⑤ 玛德莱娜即《圣经》传说中的抹大拉的马利亚。原系一堕落女子,后真心悔过,成为圣徒。这里用来泛指风流女子。
⑥ 赫拉克勒斯,希腊神话中力大无穷的英雄。

"这是号召造反,激起恶的情欲!"

"和谐女神命令旧时的启示者玛努①、琐罗亚斯德②、荷马和耶稣基督来向宇宙的新主宰致敬;他们分别陈述各自的理论,赫拉克勒斯和普罗米修斯轮流向他们说明无论什么神祇,其思考都不如人,即社会主义者所说的人类。结果,耶稣基督本人退入永存的黑夜,从此人类只需歌颂完全建立在科学和力量之上的新制度了。"

"总之,这是无神论。"

"这很好,如果这是愉快的、可爱的、吸引人的、富有营养的,我们别无所求,只有点头称是。"

"然而远非如此;德·塞纳维尔先生回避了自然崇拜,这是狄德罗③和霍尔巴赫④的伟大宗教,无神论的独特光彩。"

"因此,我们的结论是:既然哲理诗不值得《百科全书》列为条目,也不值得德佐吉埃⑤写一首歌曲,那它还有什么用呢?"

"还有一句话:哲理诗人需要朱庇特。诗的开头,朱庇特代表着某些主题;诗的结尾,朱庇特就被废黜。"

"原来诗人是不相信朱庇特的呀!"

"所以,伟大的诗本质上是愚蠢的,因为它相信,这正是它的光荣和力量所在。"

"务必不要混淆理性的幻影和想象的幻影,前者是方程式,后者是存在的东西和回忆。"

"《浮士德》的第一部是卓越的,第二部则是低劣的。"

"还有,德·塞纳维尔先生的形式也嫌含糊和不稳定;他不会

---

① 玛努,古代印度的宗教立法者。
② 琐罗亚斯德,公元六世纪伊朗的预言家,又称查拉图斯特拉。
③ 狄德罗(Denis Diderot,1713—1784),法国启蒙思想家、文学家。
④ 霍尔巴赫(Paul-Henri Holbach,1723—1789),法国启蒙思想家。
⑤ 德佐吉埃(Marc-Antoine Désaugiers,1772—1827),法国著名歌谣作家。

运用富有色彩的韵脚,这是照亮思想之路的明灯;他也不知道某些词经过不同的组合会产生什么效果。"

"不过,德·塞纳维尔先生毕竟是一个有才能的人,理性的信念和现代的骄傲使他在作品的某些方面达到相当的高度,但他的作品不可避免地受到了他所采取的体裁的损害。"

"一些高贵的、雄伟的诗句证明,如果德·塞纳维尔先生肯就问题的泛神论和自然主义方面加以发挥,他本来可以取得极好的效果,他的才能也会发出使人更易于接受的光辉。"

给青年文人的忠告[*]

人们将要读到的告诫是经验的结果,经验意味着一定数量的错误。谁都或多或少犯过错误,我希望我的经验将被每个人的经验证实。

我提出的告诫只是想成为一些 vade mecum①,别无其他意图;只是想起到《礼仪大全》的作用,别无其他用途。这用途可谓大矣!请设想一部由聪明善良的华伦夫人②写的礼仪规则,由一位母亲教会的穿戴的艺术吧!因此,我在这些给青年文人的告诫中灌注了一种兄弟般的情谊。

初入文坛的好运与厄运

有些青年作家这样谈到一位年轻的同行,口气中还夹杂着羡慕:"他头一炮就打响了,他的运气真好!"他们这是没有考虑到,任何头一炮前面都有头一炮,打响的头一炮是许多他们不知道的头一炮的结果。

说到声誉,我不知道是不是有过一鸣惊人的事,我倒是宁愿相信,一次成功是许多已有的、常常为肉眼所看不见的成功按照算术或几何的比例、根据作家的努力所积累的结果。微小的成功慢慢聚合,这是有的;但是奇迹般的自然发生,是绝对不会有的。

---

* 本文首次刊载于《公众精神》,自一八四六年四月十五日起连载。
① 拉丁文:"随身携带之物"。
② 指卢梭的女友华伦夫人。

有些人说:"我运气不好。"那是他们还没有足够的成功,而且还不知道这一点。

我考虑到包围着人类意志的千百种情况,这些情况各自都有其合理的原因,它们是一个圆圈,意志就被围在其中,但这个圆圈是动的、活的、转的,其范围和中心每时每分每秒都在变化;因此,被围在其中的人类意志受到它的裹挟,也就时刻改变着二者之间的相互关系,而这就是自由的由来。

自由和必然是对立的,但从近处看和从远处看,它们其实是一个意志。

所以,没有什么厄运。如果您运气不好,那是您缺了什么东西,您去了解这个"什么东西"吧,去研究邻近的各种意志的作用吧,以便更容易地变动圆圈的位置。

举一个例子。好几个我热爱并尊敬的人对那些晦涩难解的文字目前十分流行大光其火,例如对欧仁·苏①和保尔·费瓦尔②。然而,这些人的才能不管多么浅薄,并不因此而不存在,而我朋友们的愤怒却显得没什么意义,或其价值越来越小,因为这是浪费光阴,而浪费光阴是世上最没有用的事情。问题不在于心灵的文学或形式的文学是否优于流行的文学。这是千真万确的,至少对我来说如此。但是,只要您在您想要立足的那种文学中没有欧仁·苏在他的那种文学中同样的才能,那就只能说有一半是正确的。采取新的方式、拿出同样的兴趣吧,拿出同样的甚至更大的力量投入到相反的方向中去吧,两倍、三倍、四倍地努力吧,直到获得同等的凝聚,您将不必再去诅咒资产者了,因为资产者将和您在一起。到那时,voe victis!③ 因为再没有比力量更真实的东西了,力量是至高无上的法官。

---

① 欧仁·苏(Eugène Sue,1804—1857),法国通俗小说家。
② 保尔·费瓦尔(Paul Féval,1817—1887),法国通俗小说家。
③ 拉丁文:"啊,被战胜的人呀!"

关于报酬

一幢房子不管有多么美,它首先——在它的美还没有展示出来之前——表现为多少米高,多少米宽。文学也是如此,它的质料是最不可估量的,它首先表现为填满报章的版面;文学建筑师应该不计价钱地出售他的货物,因为仅有其名并不是一种获利的机会。

有些年轻人说:"既然只值这么点儿钱,何必花那么大力气?"他们本来是可以拿出最好的作品来的;如果是这样的话,只是眼前的必须和大自然的规律偷了他们,而现在他们却是自己偷自己。报酬低,他们本可以从中发现光荣,而现在他们却是自己往自己脸上抹黑。

我有一句最重要的格言供哲学家们、史学家们、实业家们思考,我以此来概括我在这方面所能写出的东西,这句格言是:人只有通过美好的感情才能获得财富!

"何苦为这么点儿钱费劲儿呢?"说这番话的人,一旦功成名就,就会以每篇文章二百法郎的价钱出售他们的作品;而一旦事与愿违,又会削价一百法郎出售。

通情达理的人则说:"我认为货真价实,因为我有才能。但如果需要做些让步,我会做的,以便使我有幸厕身在你们之中。"

好感与恶感

在爱情上和在文学上一样,好感是不由自主的,尽管如此,好感还是需要被证实的,其理由日后自会见出。

真正的好感是善良的,因为它合二而一;虚假的好感是可憎的,因为它独来独往,差一点就成了原始的冷漠了,但它比仇恨还强些,仇恨是欺骗和幻灭的必然结果。

因此,我接受并赞赏友谊,只要它建立在理性及中庸的基本关系之上。它是自然的神圣表现之一,是一条神圣的谚语的多种运用之一,这谚语是:团结就是力量。

恶感也应该受坦白和纯朴这条原则支配,但有些人却冒冒失失地产生仇恨或赞赏之情,这是很不谨慎的,这是给自己树了一个敌人,既无好处亦无用处。没有打准的一击却伤了对手的心,更不用说可能或左或右地伤及某个在一旁观战的人。

有一天,我正在上剑术课,一个债主来捣乱,我挥舞着剑追他到台阶上。我的剑术教师是个脾气平和的巨人,可以不费吹灰之力地把我摔倒。我回来的时候,他对我说:"您竟这样滥用您的恶感!还是一位诗人呢!还是一位哲学家呢!算了吧!"我浪费了足够进行两次剑术比赛的时间,我气喘吁吁,羞愧难当,又多了一个鄙视我的人,就是那个债主,我先前并未怎么得罪过他。

实际上,仇恨是一种珍贵的汁液,是一种比波吉亚家族①的毒药更贵重的毒药,因为它是用我们的血、我们的健康、我们的睡眠和我们的三分之二的爱情制成的!我们不应该滥用!

关于尖刻的批评

只有针对错误的帮凶才应该运用尖刻的批评。如果您是强有力的,您若攻击一个强有力的人,那您就毁了您自己,尽管你们在某些方面持有不同意见,他总会在某些场合中和您站在一起的。

尖刻的批评有两种方法:曲线的和直线的。直线是最短的道路。

人们可以在儒勒·雅南②的专栏文章中发现足够的曲线抨击

---

① 波吉亚家族是意大利的名门望族,其成员间多次发生谋杀案。
② 儒勒·雅南(Jules Janin,1804—1874),法国作家,其专栏文章机智多于深刻。

的例证。曲线抨击可以娱乐公众,却并无教益。

直线抨击目前有几位英国记者在成功地运用着。在巴黎,这种方法已经过时了,我觉得格拉尼埃·德·卡萨涅克先生[①]把它忘得过于彻底了。这种方法是这样的:"某君……是个不诚实的人,更兼是个笨蛋,这是我所要证明的。"于是,他就加以证明!第一,第二,第三,等等……我向所有相信理性、拳头结实的人推荐这种方法。

尖刻的批评倘若没有击中目标,就成了一种可悲的事故,那是一支掉头飞来的箭,或起码在射出时刮破您的手,或者是一枚跳弹,弹回来要您的命。

关于写作方法

今天,应该写得多,因此应该写得快,但要快而不急,因此要弹无虚发,粒粒中靶。

要写得快,就要多想。散步时,洗澡时,吃饭时,甚至会情妇时,都要想着自己的主题。

欧仁·德拉克洛瓦[②]有一天对我说:"艺术是一种理想的、转瞬即逝的东西,什么工具都不够合适,什么手段都不够简便。"文学也是一样。因此,我不主张修改,修改把思想的镜子弄得模糊不清。

有些人,他们还属于最杰出、最认真者之列,例如爱德华·乌里亚克,开头总是换许多纸,他们把这称作"涂满画布"。这种混乱的做法目的在于避免遗漏。然后,每一次重抄,都进行一番删减。尽管结果极佳,也是浪费时间和才能。涂满画布不是说要把

---

① 格拉尼埃·德·卡萨涅克(Granier de Cassagnac,1804—1880),法国政治家、记者。

② 欧仁·德拉克洛瓦(Eugène Delacroix,1798—1863),法国画家。

画布盖满颜色,而是用薄涂起稿,用轻而透明的色调安排主体布局。在作家拿起笔来写题目的时候,画布就应该被涂满,当然是在思想上。

据说巴尔扎克的手稿和清样总是改得稀奇古怪,乱糟糟一片。这样一来,小说就有了一系列的起因,不但句子的完整性分散了,整个作品的完整性也分散了。多半是这种坏方法使他的文笔有一种说不出的冗长、纷繁和混乱,这是这位伟大的历史家唯一的缺点。

关于每日的工作和灵感

狂欢不再是灵感的姊妹,因为我们已经切断这种不正当的亲属关系了。某些禀性优秀的人的迅速的衰弱及其短处足以证实这种可恶的偏见。

一种富于营养的、经常摄取的食物是多产的作家唯一必需的东西。灵感显然只是每日的工作的姊妹。像所有组成大自然的对立物一样,这两个对立物也是密不可分的。灵感像饥饿、消化、睡眠一样听话。人的头脑中肯定有一种来自天意的机制,不应为之感到羞愧,而应该像医生处理肉体的机制那样,从中获取最不平凡的好处。如果谁想整日沉浸在对未来作品的冥想之中,那么每日的工作可以有助于灵感的产生,正如清晰可读的文字有助于阐明思想,而稳妥有力的思想有助于写得清晰可读一样,因为写得不好的时代已经过去了。

关 于 诗

我劝那些写诗或写诗已经颇有成绩的人绝不要半途而废。诗是进益最多的艺术之一,不过,这是一种获利甚晚的投资,可它的利息很高。

我看那些嫉妒的人未必说得出哪些好诗曾使一个出版商破产。

从道德观点看,诗使第一流才智之士和第二流才智之士判然有别,哪怕最资产阶级化的公众也逃脱不了这种强制性的影响。我知道有些人之所以读泰奥菲尔·戈蒂耶的常常是平庸的专栏文章,只是因为他写过《死亡的喜剧》。无疑,他们体会不到这部作品的全部的优美,但他们知道他是诗人。

任何健康的人可以两天不吃饭,却绝不可以两天不读诗,这又有什么奇怪的呢?

满足最迫切的需要的艺术总是受到最大的尊敬。

关于债主

你们大概还记得有一出喜剧叫作《放荡与天才》①。放荡有时与天才俱来,这不过是证明了天才极为强大;不幸的是,对许多年轻人来说,这个题目不是表示一种偶然,而是表示一种必不可少的东西。

我很怀疑歌德有债主。霍夫曼,放荡不羁的霍夫曼,被更经常的需要困扰,总是希望得到解脱,反正,他是在一种更宽裕的生活使他的天才得以更好地发挥的时候死去的。

永远不要有债主。如果你们愿意,那就装作有债主吧,这就是我能够对你们说的一切。

关于情妇

如果我想遵循制约着道德范畴和自然范畴的对比原则的话,

---

① 作者是大仲马(Alexandre Dumas,1802—1870)。

我就不得不把正派女子、女才子和女演员列为对文人有危险的女人一类。正派女子，因为她必然属于两个男人，而且对于诗人的专制的灵魂来说是一份低劣的精神食粮；女才子，因为她想当男人没有当成；女演员，因为她对文学略知一二，满嘴行话。总之，因为她们不是那种真正意义上的女人，对她们来说，公众舆论是一件比爱情更珍贵的东西。

你们想象得出一位诗人，他爱他的妻子，肯被迫看她穿上戏装去演戏吗？我觉得他应该一把火烧掉剧场。

你们想象得出此君不得不为他那没有才能的妻子写个角色吗？

你们想象得出另一位呕心沥血写出些俏皮话让包厢里的观众难受，而这种痛苦正是这些观众通过他最亲爱的人让他感受到的痛苦吗？这种最亲爱的人，东方人来巴黎研读法律之前是要用三道锁关在家里的。所有真正的文人都在某些时刻里讨厌文学，因此，我认为，自由而自豪的灵魂，疲倦的精神，它们在第七天总是需要休息的，只有两种女人才有可能适合他们，那就是妓女或愚蠢的女人，也就是泄欲或蔬菜牛肉汤。兄弟们，这难道还需要解释其理由吗？

评尚弗勒里*的短篇小说**

——《石狗》《可怜的特隆贝特》《碎火》

有一天出版了一本小书,很朴实,很平凡,最多只不过是一件重要的事情罢了:《石狗》,故事叙述得简单,清楚,直截了当,或者更可以说是记录下来的,讲的是一位可怜的雕刻家,很有独创性,但穷得一无所有,整天吃胡萝卜,生活在一只兔子和一个妓女中间,然而他却创作出了杰作。这就是尚弗勒里初登文坛时敢做的事情:满足于自然,对自然具有无限的信任。

这一册还包括其他精彩的故事,其中有《克拉西森林镇长先生》,就这个故事的题材,我请读者注意,尚弗勒里很了解外省,我们伟大的奥·德·巴尔扎克业已胜利地证明,外省是个文学素材的取之不尽的宝库,而且在它那小小的角落里,公众应该去寻找,还有另一个谦逊的、深居简出的人,即《诺曼底故事集》和《趣闻逸事》的作者让·德·法莱兹(菲利普·德·谢纳维)。他是个正直的人,像尚弗勒里一样,专心于工作和对自然的信仰,也像他一样是靠着写日记成长起来的,远离了大仲马、费瓦尔那一伙先生们的可怕的痼疾。

还有《狂欢节》,或者关于那种流动的热闹、那种用五颜六色的绸带滑稽可笑地打扮出来的痛苦的几段珍贵记载,那些东西受

---

* 尚弗勒里(Champfleury),本名儒勒·于松(Jules Husson,1821—1869),法国作家。

** 本文最初发表于《海盗—撒旦》杂志(1848年1月18日)。

到笨蛋们的取笑,却赢得了巴黎人的尊敬。

第二册包括《可怜的特隆贝特》,那是一个很自私的酗酒的老太婆的悲惨故事。她为了用柑香酒和茴香酒灌饱她那可恶的小狗而使她的女婿和女儿破了产。被激怒了的女婿用她垂涎的东西毒死了那狗,这位虐待子女的母亲就在铺子的窗玻璃上挂了一块牌子,让她的女婿受到众人的轻蔑和憎恨。像上述故事一样,这故事也是实有其事。不过,认为这些故事的最终目的是为了开心和消遣,那就大错特错了。人们难以想象尚弗勒里放进去的,或更确切地说,从中看出的真实的痛苦和忧郁。

他在写《普吕多姆先生在沙龙上》的时候,是嫉妒亨利·莫尼埃①的。能伸者亦能屈,这我们是知道的,所以,这篇东西也具有一种很珍贵、很有趣的完美。但实际上,作者天赋更高,有更好的东西要写。

《一位无表情的歌手的兴衰》。其中塑造了一个儿童,一个有音乐天赋的儿童,是男孩还是女孩,不大清楚,总之是十分可爱。这个短篇表明作者与某些德国和英国作家有着久远的关系,他们也像他一样有着忧郁的精神,再加上一种不自觉的、持续的嘲讽。此外,还应像我上面说过的那样注意到对外省的恶意和愚昧的绝妙描写。

《第五种宗教》。这是一个有关一种现代宗教的寻常事的故事及其描写,是对那些可怜虫中的几位的逼真描绘,我们对他们并不陌生,他们以为创立一种教义就像生一个孩子,做一张草垫子,手持一本《教父马蒂厄》②,他们以为就这么容易。

第三本是献给巴尔扎克的。不可能把更理智、更单纯、更自然的作品置于更令人敬畏的庇护之下了。这一奉献是极好的,极好

---

① 亨利·莫尼埃(Henri Monnier,1805—1877),法国画家。
② 一本讽刺小说。

的风格,极好的主题。巴尔扎克实际上是一位小说家和一位学者,一位创造者和一位观察者,一位通晓观念和可见物的产生规律的博物学家。这是一位伟人,在这个词的最强的意义上来说的伟人;这是一位有方法的创造者,是其方法值得研究的唯一创造者。

依我个人之见,对有利于尚弗勒里的文学前途而言,这并不是一种微不足道的预测。

这最后一卷中有《碎火》,像以往一样,是一个关于奥古斯丁码头上的著名江湖骗子的真实故事。《弗昂采斯》有极好的主题,一幅宿命的画,谁买了它,谁就遭到不幸!

《一位食利者、一位制灯者、一位钟表匠的平凡故事》——珍贵的篇章,对外省的停滞、孤独的生活必然产生出的怪癖的观察。难以更好地描绘和勾勒这些行尸走肉了,他们的大脑也变成了灯和钟表。

《凡·山德尔父子》:狂热的画家—博物学家,他们为了更好地画胡萝卜,就让您大吃胡萝卜;为了更好地画鹦鹉,就让您披上羽毛。反复阅读这些带有巨大的德国式嘲讽印记的高明的教诲吧。

至此,我还丝毫没有谈到风格。这是容易猜得出的。他的风格是雄浑的、突然的、粗暴的、诗意的,像自然一样。没有粗俗的浮夸,没有过分的雕琢。作者既专心地观察人及其对于善于观察的人来说总是奇特的面貌,也专心地听取他们的动物性的喊叫,从中产生出一种方法,这种方法越是难以把握(姑且这样说),就越是给人以强烈的印象。我也许对我的想法解释得不好,但是,一切感觉到需要为自己创造一种美学的人都会理解我的。

我很想责怪作者的唯一一件事情是,他也许不知道自己的丰富,他反复诉说得不够,他太相信读者了,他不作结论,没有穷尽题材,所有这些指责归结为一条,都是出自同一种原则。不过,也许我错了,不应该强迫任何人的命运。粗略的草图比模糊的画更美,他也许选择了最好的方法,即单纯的、简短的、古老的方法。

近期将要问世的第四本至少与前面几本不相上下。

总之,这些短篇小说本质上是很有趣的,属于一种很高雅的文学范围。

论皮埃尔·杜邦[*]

我刚刚用心地重读了皮埃尔·杜邦的《歌谣集》，仍然确信这位新诗人的成功是一个重大的事件。这不单单是由于诗本身的价值，当然诗本身的价值是很高的，而且更是由于公众的感情，诗成了这种感情的征兆，皮埃尔·杜邦则成了这种感情的传播者。

为了更好地解释这一思想，我请读者迅速而广泛地看一看诗歌在前一段时期内的发展。肯定地说，否认所谓浪漫派做出的贡献是不公正的。浪漫派使我们注意到形象的真实，摧毁了学院派的陈词滥调，即便提到语言学的观点上看，某些无能的学究极不公正地加在它身上的轻蔑也是不恰当的；但是，它的原则本身就注定了它的造反是短命的。"为艺术而艺术"派的幼稚的空想由于排斥了道德，甚至常常排斥了激情，必然是毫无结果的。它明显地违背人类的天性。以普遍人生的最高原则的名义，我们有权将其斥为异端。当然，有一些很聪明的文人，很渊博的古文化学者，应该承认，还有一些把韵律学几乎提到了一种创造的高度的诗作者，都参与了这一运动，并用共同的方式从中获得了一些很惊人的效果。他们中间有些人甚至赞成利用政界。纳瓦兰[①]把他们的目光引向东方，对希腊独立战争的同情产生了一本书，像印度手帕或沙丽一样轰动一时。他们用复杂奇特的节律歌颂天主教或东方的种种迷

---

[*] 本文最初于一八五一年作为《歌谣集》第一卷序言发表。皮埃尔·杜邦（Pierre Dupont，1821—1870），法国歌谣作家。

[①] 纳瓦兰是希腊的一个港口城市，一八二七年在此发生过著名的海战。

信；然而，这些纯物质的曲调只能迷惑小孩子的颤抖的目光，或者抚弄他们懒惰的耳朵，与之相比，我们是多么应该更喜爱病态的个人的呻吟啊，这呻吟发自一具想象的棺材之中，竭力要引起社会的注意，而这个社会正受到不可救药的忧郁的袭扰。不管一位诗人多么自私，当他说：我，我想……我，我感到……也不像那种与他们的工具签订魔鬼协议的音乐家或不知疲倦的蹩脚作家引起我那么多的愤怒。前者的天真的卖弄风情可以原谅，而后者的学院式的无耻则使我感到愤慨。

但是，我喜欢一种诗人尤甚于前者，他与同时代的人们进行经常的交流，跟他们交换通过一种足够正确的高贵的语言表达出来的思想和感情。诗人站在人类圈的某一点上，把他接受到的人的思想在振动得更富有旋律的同一条线上传达出去。任何真正的诗人都应该是一种化身，我要用一个最近的例子明确地、完整地说明我的思想，尽管有那么多的文学作品，尽管有那么多的努力违背了真实，尽管有兴趣观点，尽管有花样翻新、无孔不入的享乐主义，当一个有时笨拙但几乎总是伟大的诗人用一种火一样的语言宣告一八三〇年起义是神圣的，咏唱英国和爱尔兰的苦难的时候，尽管他的诗律有瑕，语言重复，段落不齐，问题仍然得到了解决，艺术从此也就与道德和功利分不开了。

皮埃尔·杜邦就有着类似的命运。

让我们回想一下七月王朝的最后几年吧。在一本不偏不倚的书中，讲一讲路易-菲力浦治下的青年的感情、理论、外部生活、内心生活和风俗习惯，该是多么有趣！运动中唯有精神激昂兴奋，心灵却毫不相干，那句名言："发财吧！"就其包含着道德而言是正当的、合适的，但是它并未肯定道德，仅此一点就否定了道德。正当获得的财富，可能成为知识和道德的一种保障，但是，当财富被表现为个人的一切努力的唯一的、最后的目的时，热情、仁慈、哲学等在一个折中的私有制的制度中做成人们共同财富的一切，就统统消失了。在路易-菲力浦的统治下,青年的历史就是一部妓院和饭馆的历史。少一点无耻,少一点挥霍,多一点矜持,妓女们就能得到她们在帝国时代所能得到的同样的荣耀和地位。渐渐地,空气中响起了一种类似画廊派①的巨大喧嚣声,金屋饭店②的回声也和立法院的无关宏旨的奇谈怪论交织在一起。

但是,有几支纯洁而清新的歌曲开始在音乐会上和专门的团体中流传开来。这仿佛是呼唤秩序,仿佛是自然的一种邀请,那些被腐蚀得最严重的人把它当做清凉剂,当做绿洲。某些牧歌(如《农民》)刚刚出现,资产阶级的钢琴就已经兴高采烈地演奏起来。

在这里,皮埃尔·杜邦的巴黎生活以肯定的、明确的方式开始了,但是应该追溯得更远些,这不仅是为了满足公众的正当的好奇心,也是为了表明在物质的事实和精神的现象中存在着多么令人赞叹的逻辑。公众喜欢知道他们信任的人物所受的教育,似乎有一种不可遏制的平等感促使他们如此。"你打动了我们的心!应该向我们表明你也不过是个人而已,我们大家都有同样的可以改善的成分。"对哲学家,对学者,对诗人,对艺术家,对一切伟大的人,对任何感动和改变了他们的人,公众都提出了这种要求。我们对于传记的强烈的渴望就来源于一种深沉的平等感。

皮埃尔·杜邦的童年和青年时代像一切注定要成为名人的人的童年和青年时代一样,非常单纯,并且说明了成年时代。对于家庭的新鲜的感觉、爱情、束缚、反抗精神,都交织在一起,其数量足以造就一位诗人。其余的就是经验了。皮埃尔·杜邦于一八二一年四月二十三日生于里昂这个劳动的、拥有奇妙的工业的大城市。一个工匠的家庭,劳动,秩序,看得见每天所创造的财富,这一切都会产生结果的。他四岁失去母亲。他的教父年纪很大,是个教士,

---

① 即斯多葛派。
② 巴黎的一家饭店,多有名流聚会。

收养了他,并开始给他教育,这种教育后来又在拉让蒂埃小修道院中继续下去。从修道院出来之后,他成了丝绸学徒工。但是,他很快就被送进一家银行,那真是一个大闷火罐;巨大的红格纸,公证人和诉讼代理人的丑恶的绿夹子,其中充满了纠纷、仇恨、家庭争执,常常还有闻所未闻的罪行,一个商号所具有的冷酷无情的规律性,所有这些都有助于最终造就一位诗人。我们每个人一生中都应该感受一次可恶的专制的压迫。他学会了恨。修道院造就了多少哲学家!多少反抗的天性是在帝国的冷酷而刻板的军人身边形成的!使人多产的纪律啊,我们有多少自由之歌得之于你!一天早上,贫穷而慷慨的天性爆炸了,撒旦的魔法被破除了,只剩下了应该有的东西,一种痛苦的回忆,一种发面的酵母。

皮埃尔·杜邦有时去普罗旺斯看望一位老人,他在那儿认识了学士院的皮埃尔·勒布伦先生。不久,他抽签进入一个轻步兵团服役。适逢其时,《两个天使》这本书写成了。皮埃尔·勒布伦先生想让许多人资助这本书的印行,所得的钱用来雇一个代替服兵役的人。这样,皮埃尔·杜邦就用诗摆脱了奴隶地位,开始了所谓文字生涯。这对他来说是很大的荣耀,也是一种巨大的安慰,因为他年纪轻轻,就迫使缪斯在他的生活中起了一种有用的、直接的作用。

这本书不完整,常有错误,文笔稚嫩,却包含着明眼人肯定可以预测到的天才的萌芽,这种事通常都是如此。这本书获得了法兰西学院的奖励,皮埃尔·杜邦从此成了字典编纂工作的一名小小的助手。我乐于相信,这种工作不管看起来多么微末,却有助于增强和改善他对好的语言的兴趣。他不得不常常听见有关修辞学和正在与现代语法打架的古语法的激烈讨论以及库赞①先生和维

---

① 库赞(Victor Cousin,1792—1867),法国哲学家、美学家。

克多·雨果①先生之间的激烈而才智横溢的争吵,他的精神应该从这种锻炼中变得强壮起来,这样,他就学会了认识用字准确的巨大价值。这对许多人来说也许显得幼稚,然而这些人不知道作家头脑中所进行的工作是连续的,也不知道什么样的环境是造就一个诗人所必不可少的。

皮埃尔·杜邦最终对法兰西学院采取的态度和对银行是一样的。他想自由,他做得对。诗人应该靠自己生活,应该像奥诺雷·德·巴尔扎克所说的那样,拿出一个商业面孔来。他的工具应当养活他。皮埃尔·杜邦和勒布伦先生之间的关系始终是纯洁的、高尚的,正如圣伯夫②所说,如果说皮埃尔·杜邦愿意完全自由和独立,他也并未因此而减少对过去的感激之情。

于是,诗集《农民,田园歌曲》出版了,版本干净利落,石版画插图相当漂亮,可以大胆地出现在客厅里,并且合乎情理地在资产阶级的钢琴上占有一席地位。所有的人都感谢诗人终于给那些用来使晚会富有魅力的歌曲带来了一些真实和自然。这已经不再是那些没有文化的家庭不谨慎地用来灌满他们女儿的记忆的难以消化的奶油和甜食了;这是一种天真的忧郁和喧闹而无邪的快乐的真正混合物,这里那里还迸发出一种勤劳的男性的强壮音调。

但是,杜邦在沿着他的自然的道路前进的同时,还写出了一种口吻更坚决、更能感动一座大城市的居民的心灵的歌曲。我还记得他最初怀着一种迷人的天真对我讲的那些心里话,当时他的决定还不那么明确。当我听到这令人敬佩的痛苦和忧郁的喊声时(《工人之歌》,1846年),我被迷住了,深受感动。多少年来,我们就等待着强有力的、真正的诗歌!不论一个人属于什么党派,不论他怀有什么偏见,他都不能不看到这病态的人群而为之动容,他们

---

① 维克多·雨果(Victor Hugo,1802—1885),法国作家。
② 圣伯夫(Charles-Augustin Sainte-Beuve,1804—1869),法国作家。

呼吸着车间里的灰尘,吞咽着棉絮,浸染着水银和艺术杰作所必需的各种毒物,他们睡在虫子堆里,在他们居住的街区里,最卑微和最伟大的德行与最顽劣的恶习及苦役监的渣滓比肩并存,这呻吟的、衰弱的人群使他不能不为之动容,地上的奇迹就得之于他们,他们感到一股殷红的、汹涌的血在血管中流动,他们朝着太阳和大公园的阴影投去充满忧愁的深深一瞥,他们为得到足够的安慰和鼓励,反复地高喊那句救命的副歌:"让我们爱我们自己吧!……"

从此,杜邦的命运就成了定局:他只须沿着这条已被发现的道路走下去。讲述每一种职业的快乐、痛苦、危险,用一种安慰人的哲学说明痛苦和人类劳动的所有特殊的方面和不同的远景,这就是他肩负的任务,而他耐心地完成了。那一天将会到来,这支劳动的《马赛曲》的音调将像一个共济会的口号一样到处流传,那时,被流放的人,被抛弃的人,迷途的流浪者,不管是在赤道灼人的天空下,还是在雪原之中,当他听见这强有力的旋律用它那独特的香味熏染着空气的时候,

> 一大早,我们的油灯已
> 迎着雄鸡的啼声点燃,
> 天不亮,不可靠的工资
> 就把我们带到铁砧前……

他将能够说:我什么也不害怕了,我在法国!

二月革命①加速了这种迫不及待的宣泄,增强了人民的心弦的颤动;革命的一切不幸和一切希望都在皮埃尔·杜邦的诗中响起了回声。不过,田园诗神并未失去她的权利,随着人们阅读他的作品,人们像在昏暗不安的大山深处,在平常的、崎岖不平的小路

---

① 指法国一八四八年的二月革命,这次革命推翻了七月王朝,建立了第二共和国。

旁边,看见和听见一股古老的泉水穿过高处的积雪,闪闪发亮,发出淙淙的响声:

  在山谷的深处,你听见吗,
  有娓娓的细语曲曲延伸?
  那是一支水晶的笛子吗?
  不,那是流水的歌唱声。

  诗人的作品很自然地分为三部分:田园诗、政治和社会主义的诗、一些作为作品的哲学的象征诗。这最后一部分大概是最有个性的,是一种多少有些阴暗的哲学的发展,是某种充满了爱的神秘倾向。他的乐观主义、他对人性善的无限信任、他对自然的狂热的爱,构成了他的天才的最大部分。在一出西班牙喜剧中,一个少女听见树林中鸟儿在起劲地喧闹,就问道:这是什么声音?它唱的是什么?于是鸟儿们齐声答道:爱情,爱情!溪流的合唱说的是同一句话。这类诗很多,而副歌总是一样。这种神秘的声音不断地歌唱着杜邦作品中的灵丹妙药。大自然的忧郁的美在他的心灵上打上了如此深刻的烙印,即便他要写一首关于可憎的内战的阴郁的歌,首先呈现在脑海中的形象和诗句竟也是这样的:

  法兰西像百合一样苍白,
  额上缠着灰色的马鞭草。

  肯定有些人会感到遗憾,他们在这些政治和战争的歌中没有发现战争的所有声响和所有光彩,激情和仇恨的所有狂热,号角愤怒的呼喊,短笛如同青年人征服世界的疯狂希望一样的尖叫,大炮不知疲倦的轰鸣,伤员的呻吟,以及一个如我们一样的好战民族如此珍爱的胜利的全部喧嚣。但是,请好好地想一想,在别人那里可能是缺点的,在杜邦身上就成了优点。实际上,他怎么能自相矛盾呢?不时地,一阵愤怒的响亮声调从他嘴里发出,但人们看到,一旦有了悔恨的表示,一旦出现了阳光,他立刻就表示原谅!只有一

次,杜邦看到了,也许他自己还不知道,破坏精神的用途。他脱口流露出这样的意思,但是通过怎样的用语啊:

剑将会折断剑,
爱将出自战斗!

总之,认真地阅读这些政治诗,就会发现一种特殊的味道。它们都站得住,它们之间有一条线相连,那就是对人类的爱。

这最后一句话引起了我的思索,我明白了诗人何以取得了理所当然但令人吃惊的成功。在有些时代里,各门艺术的表达方法很多,很完善,也不很昂贵,足以使每个人都在几乎相等的数量上掌握它们。在有些时代里,所有的画家都能迅速而熟练地画一幅画,诗人也如此。但为什么此人的名字有口皆碑,而别人的名字却在书店的架子上无声无息地爬行或者作为手稿躺在报馆的夹子里呢?一句话,杜邦的秘密是什么?包围着他的这种好感从何而来?我告诉你们,这秘密很简单:它不在于经验,不在于聪明或技巧,也不在于艺术家从人类知识宝库中吸取方法的多寡,而在于对德行和人类的爱,在于从他的诗中不断散发出来的那种我无以名之的东西,我很愿意把这种东西叫作对共和国的无限的兴趣。

还有别的东西,是的,还有别的东西。

那就是快乐!

这是一种很特别的现象,尚弗勒里谈到奥诺雷·德·巴尔扎克时已正确地指出过,这种快乐存在于一些著名作家的作品之中,并在其中居于统治地位。不论他们遭受的痛苦多么巨大,不论人的活动场面多么令人难过,他们善良的天性,也许还是某种更好的东西,即一种伟大的智慧,总是占了上风,仿佛他们能够自我慰藉。的确,自然如此美好,人类如此伟大,从一个更高的角度去看,实难设想"不可救药"一词的意义。一个诗人肯定了如此美好、如此令人欣慰的东西,你们能有勇气抗拒吗?

散开吧,勒内、奥贝曼和维特①的虚假阴影;逃到虚无的迷雾中去吧,你们这些懒惰和孤独所创造的怪物;像猪逃进杰内扎莱特湖中一样,回到与人为敌的仙女使你们离开的中了邪的森林中去吧,这些仙女是浪漫派的古怪念头攻击的绵羊。在我们中间,行动的精灵已不再给你们留有位置了。

当我翻阅杜邦的作品的时候,大概是由于某种隐秘的亲和力,我总感到蒲鲁东②的充满温柔和热情的崇高运动又回到我的记忆之中;他听见了人们哼着这支里昂歌曲:

拿出勇气,来吧,
勇敢的工人们!
用心地工作吧!
我们技艺超群。

于是他喊道③:

"唱着歌儿去工作吧,命运不凡的人们,你们的歌儿比鲁杰·德·利尔④的更美。"

第一个冲开大门,这是皮埃尔·杜邦的永久的荣誉。他手里拿着斧子,砍断堡垒吊桥的锁链。现在,民众的诗可以过去了。

庄严的诅咒,充满希望的慷慨悲歌,给人以无限鼓舞的呐喊,都开始让人扬眉吐气。尽管还有各种各样的抵抗,这一切终将成为书,成为诗和歌。

诗的这种命运何等伟大!不管快乐还是悲伤,它身上总是带着乌托邦的神圣品格。它总是反驳现存的事实,否则它将不复存

---

① 以上三个人物是欧洲十九世纪浪漫主义文学中的著名典型。
② 蒲鲁东(Pierre-Jeseph Proudhon,1809—1865),法国哲学家、小资产阶级社会主义的代表人物。
③ 下面的话出自蒲鲁东的《警告资产者》一文。——原注
④ 鲁杰·德·利尔(Claude Joseph Rouget de l'Isle,1760—1836),《马赛曲》的作者。

在。在牢房中,它成为反抗;在医院的窗口,它是病愈的热烈希望;在颓败肮脏的亭子间里,它打扮成华贵高雅的仙女。它不仅确认事实,它还纠正谬误,它到处都在否定不平。

歌唱着走向未来吧,身负天意的诗人,你的歌是希望移印出来的闪光的图画,是人民的信念!

在包括有这篇说明的版本中,每一首歌都附有曲调,几乎全部出自诗人之手。旋律简单,具有一种自由和不受拘束的性质,但是演唱起来需要某种技巧,为了使人正确地认识这位天才,的确需要提供曲谱,因为许多诗与曲调是相得益彰的。我像许多人一样,常听皮埃尔·杜邦本人演唱他的作品,也像他们一样,我认为没有人比他唱得更好。我听过一些嗓子很美的人试图唱出那种淳朴或爱国的味儿,但我感到的只是令人气恼的不快。由于这本歌曲集将进入一切诗歌爱好者的家庭,他们为了安慰亲人,感谢殷勤的款待,活跃冬季的晚会,也想自己演唱,我将把我的思考告诉他们,我是在寻找许多歌唱家使我不快的原因时进行这种思考的。仅仅有准确或动听的声音是不够的,更为重要的是有感情。杜邦的大部分歌不管写的是一种精神状态或讲的是一个故事,都是抒情的悲剧,描写是环境和背景。因此,为了表演好,你们应该"进入角色",深刻地体会角色所表达的感情,直至你们觉得这就是你们自己的作品。为了表达好一部作品,必须掌握它,这大概是那种老生常谈的真理之一,已被重复了千百次,但是还应该继续重复。如果你们对我的意见不以为然,那就去寻找别的秘密吧。

正派的戏剧和小说*

近来,一股巨大的正派狂控制了戏剧,也控制了小说。所谓的浪漫派表现出的幼稚的放纵激起了一种可以指责为有罪的笨拙的反动,虽然此种反动的意图看起来是纯洁的。当然,美德是一桩大事,迄今为止,任何一位作家,除非他疯了,都不会认为艺术的创造应该对抗道德的伟大准则。所以,问题在于,所谓道德的作家的做法是否有助于使人们热爱和尊重道德,为道德服务的方式是否满足了道德的要求。

我已经想到了两个例子。资产阶级的正派的最傲慢的支柱之一,常情常理的骑士之一,艾米尔·欧吉埃①先生写了一个剧本,叫作《毒芹》,一个年轻人,一个爱吵闹的、寻欢作乐的酒鬼,百分之百的享乐主义者,最终爱上了一位姑娘纯洁的眼睛。人们看到一些放荡之徒一下子把他们的奢侈抛到九霄云外,而在苦行和贫困之中寻求苦涩的陌生的快乐。这大概很美,虽然并不新奇。但是,这大概超过了欧吉埃先生的观众的道德力量。我认为,他想说明最后总得规矩起来,道德很高兴接受放荡的遗骸。

让我们听听道德的加布里埃尔和她的道德的丈夫算计他们还要道德地吝啬多少时日,加上资本带来的利息以及利息的利息,他们才能享受到一万或两万里弗②的年金。五年,十年,这关系不大,我想不起来诗人说的数字了。于是,这一对正派的夫妇说道:

---

* 本文最初发表于《戏剧周报》(1851 年 11 月 27 日)。
① 艾米尔·欧吉埃(Émile Augier,1820—1889),法国剧作家。
② 里弗,法国古代货币单位。

"我们就会享受到一个单身汉的奢侈了!"

以一切淫秽的魔鬼的犄角的名义!以提比略①和萨德侯爵②的灵魂的名义!他们这时候会怎么干呢?我应该用他们为完成其道德纲领而被迫沉湎其中的那一切恶习的名称来弄脏我的笔吗?或者,诗人想让这个由老百姓组成的观众相信这一对夫妇将生活在完全的贞洁之中吗?难道他想引导他们去学习节俭的中国人和马尔萨斯③先生的课程吗?

不,自觉地写出如此丑恶的诗句是不可能的。不过是欧吉埃先生弄错了而已,而他的错误就包含着惩罚。他说着柜台的语言、上等人的语言,还以为是说着道德的语言呢。人家对我说,这一派作家也写出过好东西、好诗,甚至也有激情。见鬼!如果一丁点儿价值也没有,产生迷恋的理由安在?

但是,毕竟是反动占了上风,一种愚蠢然而激烈的反动。《莫班小姐》④的光彩夺目的"序言"痛骂了资产阶级的愚蠢的虚伪,而常情常理派用无礼的至福向浪漫派的强暴进行报复。《放荡与天才》似乎想让人相信在这两个名词之间有一种必然的联系,而加布里埃尔为了报仇,就把她的丈夫当做诗人!

  诗人啊!我爱你。

一个公证人!你们看见了吗,这个正派的资产阶级女人,像在她读过的小说中那样,俯在男人的肩膀上多情地喁喁私语,做着懒洋洋的媚眼!你们看见了吗,大厅里所有的公证人欢呼那位和他们平等相待的作者,他为他们向那些无赖复仇,而这些无赖欠了债,认为诗人的职业在于表现灵魂在由传统调节的节奏中的抒情

---

① 当指提比略二世,东罗马帝国皇帝(578—582),以奢侈靡费著称。
② 萨德侯爵(Donatien de Sade,1740—1814),法国作家。
③ 马尔萨斯(Thomas Robert Malthus,1766—1834),英国经济学家。
④ 戈蒂耶的小说,作者在"序言"中提出"为艺术而艺术"的主张。

的运动！这就是许多成功的关键。

有人开始说了："从心里出来的诗！"法国语言就是这样衰败的，文学的有害激情摧毁了它的准确性。

有益的是顺便注意一下愚蠢的相似性，以及同样的古怪语言存在于处在不同极端的派别之中。因此，有一批被异教的快乐弄得昏头昏脑的诗人，他们不断地用神圣、狂喜、祷告等词来形容一些毫无神圣和狂喜可言的事和人，从而把对女人的崇拜发展到最令人作呕的亵渎的地步。其中有一位，在一种神圣的色情中，居然喊道：啊，我的天主教的美人儿！这无异于往祭坛上撒大粪。尤其可笑的是，一般说来，诗人的情妇都是些相当卑鄙的下等妓女，其中能够烧汤、不为另一个情夫花钱者就算是好的了。

在常情常理派及其规矩、虚荣的资产者典型的旁边，成长和繁衍了一大群不健康的多愁善感的小女工，她们也把上帝牵扯进她们的事情中去，一大群莉赛特①，她们用法兰西的快活来原谅自己的一切，一大群妓女，她们莫名其妙地保持着一种天使般的贞洁，等等。这是另一种类型的虚伪。

现在可以把常情常理派称为复仇派了②。什么东西造成了《杰洛姆·帕杜罗》③的成功？这是库赞的丑恶的再现，其中诗人和学者被一些庸俗的放荡之徒弄了一身污泥和面粉。平和的皮埃尔·勒鲁④的大量著作就像是人类信仰的词典，他写了一篇绝妙

---

① 莉赛特，诗人贝朗瑞创造的小女工典型。
② 常情常理派这种称呼来源如下：几年前，在《海盗—撒旦》编辑部里，谈到该派的一出戏的成功时，一位编辑大光其火，喊道："事实上，有人以为用常情常理就能作一部喜剧！"他的意思是说，不是单靠常情常理，等等。编辑主任是个十分天真的人，觉得这件事极富喜剧性，愿意把它刊印出来。从此《海盗—撒旦》，很快还有其他报纸，就把这个词当成一种骂人话，而该派的青年人也把这个词捡起来当做一面旗帜，就像无套裤汉干过的那样。——原注
③ 讽刺小说，作者是路易·莱波（Louis Reybaud）。
④ 皮埃尔·勒鲁（Pierre Leroux，1797—1871），法国哲学家、政治家、记者。

而动人的文章,《杰洛姆·帕杜罗》的作者可能没有读过。蒲鲁东是一位令全欧洲都会永远羡慕我们的作家。维克多·雨果写过一些美丽的诗篇,而我也看不出学者维奥莱-勒杜克①先生是一位可笑的建筑师。复仇!复仇!那渺小的公众该出一口气了。对于愤怒的奴隶们的激情来说,那些作品是一些奴颜婢膝的抚爱。

有一些庄严而可怕的词不断地出现在文学论战中,如艺术、美、实用、道德。出现了一场大混战,由于缺乏哲学的明智,每方各取了旗帜的一半,声称对方一无是处。显然,我不能在一篇这样短的文章中提出一些哲学论断,我也不愿进行绝对的美学论证来使大家感到疲倦。我只谈最紧迫的事情,而且使用的是普通人的语言。令人痛心的是,我们在两个对立的派别——资产阶级派和社会主义派——中发现了相似的错误。两派都怀着一种传教士的狂热大喊:使人有道德吧!使人有道德吧!当然,一个是宣扬资产阶级道德,一个是宣扬社会主义道德。从此,艺术就只是一个宣传问题了。

艺术是有用的吗?是的。为什么?因为它是艺术。存在有害的艺术吗?是的。那是那种扰乱了生活环境的艺术。恶习是诱人的,应该把它描绘得诱人,然而它拖着特别的道德疾病和道德痛苦,应该描绘这些疾病和痛苦。像在医院里工作的医生一样研究一切创伤吧,然而常情常理派,这个单纯讲究道德的派别,却不知从何处下手。罪恶总是被惩罚吗?美德总是被奖赏吗?不。但是,如果你们的小说戏剧写得好,它不会刺激任何人违反自然法则的欲望。创造一种健康的艺术的第一个必要条件是对完整的统一性的信仰。我不相信谁能够找到一本想象性的著作,它集合了美的一切条件,却是一本有害的著作。

---

① 维奥莱-勒杜克(Eugène-Emmanuel Viollet-Le-Duc,1814—1879),法国建筑师、建筑理论家、古物修复者。

有一位青年作家①,他写过一些好东西,却有一天在社会主义诡辩的裹挟之下站到了一种狭隘的观点上,在《星期报》上就道德问题攻击起巴尔扎克来了②。伪君子们的尖刻指责本来已使巴尔扎克很痛苦,而他又很重视道德问题,所以他抓住这个机会在两万读者面前为自己辩解。我不想重复他的两篇文章,它们是惊人的清晰和真诚。他深入地论述了这个问题。首先,他怀着一种天真的、喜剧性的诚实——列举了他的有德人物和有罪人物。虽有社会的败坏,他说"这并不是我的责任",道德仍占优势。然后,他表明很少有大坏蛋其卑鄙的灵魂不具备一个令人宽慰的反面。在历数了对违反道德准则的人紧迫不舍并将其打入人间地狱的种种惩罚之后,他对那些软弱的、易受迷惑的心灵说出这番不乏恐怖与诙谐的斥责:"先生们,如果你们羡慕卢斯托和吕西安③的命运,你们就要倒霉了!"

的确,应该按本来面目描绘罪恶,要么就视而不见。如果读者自己没有一种哲学和宗教指导阅读,那他活该倒霉。

我有一位朋友,多年来一直把贝尔坎④的名字往我耳朵里灌。这才是个作家,贝尔坎!一个可爱的、善良的、让人宽心的作家,对人有好处的伟大的作家。我在童年时,有幸或不幸只读过大人看的大厚书,不知道他。有一天,我的脑子被艺术中的道德这个时髦问题弄得糊里糊涂,作家的保护人把一本贝尔坎的书放在了我的手上。首先,我看到那里面的孩子说着大人的话,说着书上的话,教训他们的父母。这是假艺术,我想。但是,当我看下去的时候,我觉察到,那里面的智慧不断地被裹上糖,恶毒的言行总是受到惩罚的嘲笑。你们要是乖,就给你们好吃的,这就是这种道德的基

---

① 指希波利特·卡斯蒂耶(Hippolyte Castille),当时的一位记者。
② 卡斯蒂耶的文章发表在一八四六年十月四日的《星期报》周刊上。
③ 巴尔扎克小说《幻灭》中的两个人物。
④ 贝尔坎(Arnaud Berquin,1747—1791),法国作家。

础。美德是成功的必不可少的条件。贝尔坎是否是基督徒,值得怀疑。我想,这下子我可找到有害的艺术了。因为贝尔坎的学生进入世界后,很快就会干那对应的事:成功是美德的必不可少的条件。再说,成功的罪恶所具有的标签将欺骗他,加上先生的教导从中相助,他将住进罪恶的旅店,还以为是住在道德的庇护之下呢。

看!贝尔坎、德·蒙蒂翁①先生、艾米尔·欧吉埃先生,还有那么多可敬的人们,都是一种货色。他们扼杀了道德,正像雷翁·富歇②先生刚刚用优待正派戏剧的法令致命地伤害了文学一样。

奖赏带来不幸。学院奖、道德奖、勋章,所有这些魔鬼的发明都鼓励了虚伪,使自由的心灵失去自发的冲动。当我看见一个人要求勋章时,我就觉得他是在向主子说:我恪尽职守,这是真的;但是您如果不昭示众人,我发誓不再干了。

谁阻止两个坏蛋勾结起来去获得蒙蒂翁奖?一个伪造苦难,一个伪造仁慈。在官方的奖赏中有某种伤害人和人类的东西,它遮住了美德的羞耻心。对我来说,我不愿有一个获得道德奖的人做朋友,因为我怕在他身上发现一个无情的暴君。

至于作家,他们的奖赏存在于同行的尊重之中,存在于书店的钱柜里。

这究竟关大臣什么事?他想制造虚伪,再去加以奖赏而从中取乐吗?现在,林荫大道要变成常设的布道场了。当一位作者有几张到期的租费要偿还时,他就去写一出正派的戏;如果他债台高筑,他就去写一出天使般的戏。绝妙的制度!

我以后还要再谈这个问题,我要谈谈巴尔扎克和狄德罗这两位法国伟人为了更新戏剧所做的努力。

---

① 德·蒙蒂翁(Jean-Baptiste-Antoine de Montyon,1733—1820),法国慈善家。
② 当时法国的内政大臣。

异 教 派*

在刚刚过去的一年里发生了一件大事。我不说这是最重要的事,但这是最重要的事之一,或者更确切地说,是有征兆性的事之一。

在一次纪念二月革命①的宴会上,一位可以被称为博学而聪明的年轻人为潘神②举杯,是的,为潘神。

"可是,"我对他说,"潘神和革命有什么共同之处?"

"怎么没有?"他回答说,"正是潘神搞的革命呀。他就是革命。"

"可是,他不是早就死了吗?我还以为人们已经听见在地中海上空有一个巨大的声音在回荡,这神秘的声音从赫拉克勒斯石柱③一直传到亚洲的岸边,对着旧世界说:潘神死了!"

"这是流言,是专爱讲坏话的人传的,其实根本不是这么回事。不,潘神没有死!潘神还活着,他抬起双眼,带着一种十分怪异的柔情望着天空,他又活过来了。他就要回来了。"

他谈到潘神就像谈到圣赫勒拿岛的囚徒④。

"这么说,"我对他说,"您是异教徒啰?"

"是的,那当然。您难道不知道只有被正确理解和领会的异

---

* 本文最初发表于《戏剧周报》(1852年1月22日)。
① 指法国一八四八年二月革命。
② 即希腊神话中的山林、畜牧神,人身羊脚,头上长角,性喜嬉戏。
③ 直布罗陀海峡入口处有两个地岬,一属欧洲,一属非洲,相传赫拉克勒斯完成十二件业绩后,在此立石柱以为纪念。
④ 指拿破仑。

教能够拯救世界吗？应该回到真正的教义中去,它曾一度被卑鄙的加利利人①弄得难以理解。再说朱诺②已经对我大加青眼,那目光直射进我的灵魂。我在人群中感到悲伤和忧郁,我望着人们走过,用多情的目光恳求这位美丽的女神,她的目光使我振作,使我鼓起了我的勇气。"

"朱诺用她那牛眼,Bôôpis Êrê③,看了您一下。不幸的人可能疯了。"

"可您没看出,"另一个人说,"说的是肥牛游行啊。他用异教徒的眼睛看所有那些玫瑰色的女人,看埃奈斯蒂娜④,她参加了跑马场马戏团,扮演朱诺,向他投来的目光充满了回忆,那是一双真正的牛眼啊。"

"埃奈斯蒂娜就埃奈斯蒂娜,随你们的便吧,"不高兴的异教徒说,"你们试图让我失望。但是,所产生的道德效果并未因此而减弱,我是把这一瞥看作一种先兆的。"

我觉得这种过分的异教精神是一个人过多地、错误地阅读亨利·海涅⑤的作品及其充满唯物的感伤主义的堕落文学所致。

既然我已经说出了这位有罪的名人的名字,索性我就讲讲他的一个特点吧,我每一次想到它,就气得不行。亨利·海涅在他的一本书中说,他在一座荒山中散步,在一片冰雪之中,在可怕的悬崖旁边,遇见了一位修道士,他和别的修道士一样带着狗,到处寻找迷路和生命垂危的旅行者。不久前,作者还怀着一种伏尔泰⑥式的仇恨孤身痛骂教士哩。他打量了一会儿这位从事神圣工作的

---

① 犹太教徒对耶稣的称呼。
② 罗马神话中朱庇特的妻子,天后,即希腊神话中的赫拉。
③ "牛眼赫拉"。天后赫拉有一双大眼睛,"牛眼"喻其美。
④ 当时一位著名女骑手。
⑤ 亨利·海涅(Henri Heine,1797—1856),德国诗人、作家。亨利是法国人的叫法,德国人叫作"亨利希"(Heinrich)。
⑥ 伏尔泰(Voltaire,1694—1778),法国作家。

善人,骄傲的灵魂里展开了一场搏斗,最后,经过一阵痛苦的犹豫,他屈服了,作出了高尚的决定:不!我不写东西来反对这个人!

多么宽宏大量啊!两脚插在舒适的拖鞋里,守着旺旺的火,周围是一帮寻欢作乐的人的阿谀奉承,名人先生发誓不诽谤一个可怜的修道士,这可怜虫永远也不会知道他的大名和他的亵渎神灵,而在可能的情况下,还会救他呢!

不,伏尔泰永远也不会写出这样卑鄙的东西。伏尔泰太讲究趣味了,再说,他还是一个实干家,他爱人们。

还是回到奥林匹斯山①吧。最近以来,奥林匹斯诸神全都跟在我屁股后头,使我痛苦不堪;神祇们落在我的头上,就像烟囱灰落在别人头上一样。我好像做了一个噩梦,梦见我在虚空中打滚,一群木头的、铁的、金的、银的偶像跌了下来,跟着我下坠,撞我,打碎了我的头,砸断了我的腰。

每动一步,每说一句话,都要碰上一件异教的事情。

您要是表示一下看到人类的空间在缩小、公众的健康因一种恶劣的卫生制度而受到损害所感到的恐惧和忧愁,就总有一位诗人在您身旁说:"在一个女人们崇拜卑劣的吊死鬼的国家里,您怎么能指望她们生出美丽的孩子呢?"真是绝妙的狂热!

城市里一片混乱。店铺关了门,女人们急匆匆地购买食品,街上的铺路石被揭走,人人揪着心,等着发生重大事情。街道很快将被鲜血淹没。"您将碰到一个兴高采烈的畜生,他的胳膊下夹着一摞奇特的象形文字写成的书。""您是哪一党?"您问他。"亲爱的,"他用一种温柔的声音回答说,"我刚刚发现了一些关于伊希斯②和俄赛里斯③的婚姻的极有趣的新材料。""让魔鬼把您带走吧!让伊希斯和俄赛里斯生很多孩子,让他们滚蛋吧!"

---

① 希腊神话中诸神聚居的地方。
② 伊希斯,古埃及神话中司婚姻和农业的女神。
③ 俄赛里斯,古埃及神话中的主神。

这种荒唐事,表面上无伤大雅,却常常走得很远。几年前,杜米埃①画了一幅出色的作品:《古代历史》,可以说是下面一句话的最好复述:"谁将把我们从希腊人和罗马人手里解放出来?"杜米埃粗暴地扑向古代和神话,往上吐唾沫。暴躁的阿喀琉斯②,谨慎的尤利西斯③,温顺的珀涅罗珀④,忒勒玛科斯⑤这大傻瓜,毁灭了特洛伊城的美丽的海伦⑥,炽热的萨福⑦,这歇斯底里患者的女主人,所有这些都在一种可笑的丑陋中出现在我们面前,令人想起那些在后台吸鼻烟的衰老不堪的古代戏子。真巧,我看见一位有才能的作家在这些画前、在这有趣而有用的亵渎神明面前流泪。他被激怒了,他称这为大逆不道。这不幸的人还需要一种宗教。

许多人用他们的金钱和赞赏鼓励这种可悲的爱好,这种爱好会渐渐把人变成一个没有生气的生物,把作家变成吸鸦片者。

从纯粹文学的观点看,那不过是些无用而讨厌的模仿而已。难道人们对那些刻意模仿契马布埃⑧的天真的拙劣画家们,对那些匕首式、紧身短上衣、托莱多⑨刀式的作家们已经嘲弄得够了吗?而你们,新异教徒们,你们干的不是一码事又是什么呢?模仿!模仿!你们肯定是把灵魂丢在什么地方了,丢在某个肮脏的地方了,所以才像个空袋子一样在过去之中乱跑,在古老的垃圾堆里碰到什么装什么。你们对天上或公众的愚昧期待什么呢?是期

---

① 杜米埃(Honoré Daumier,1808—1879),法国画家。
② 阿喀琉斯,希腊神话中的英雄。
③ 尤利西斯,罗马神话中的英雄,即希腊神话中的英雄奥德修斯。
④ 珀涅罗珀,奥德修斯忠实的妻子。
⑤ 忒勒玛科斯,奥德修斯和珀涅罗珀的儿子。
⑥ 海伦,希腊神话中著名的美女,特洛伊战争因她而起。
⑦ 萨福(Sapho,约公元前7—前6世纪),古希腊女诗人。
⑧ 契马布埃(Cimabué,约1240—1300),意大利画家。
⑨ 托莱多,西班牙城市名,以生产刀剑著称。

待一个好运气足以在你的顶楼里为普里阿普斯和巴克科斯①建立祭坛吗？你们当中最有逻辑头脑的就是最厚颜无耻的。他们将为卡雷比图斯神②建立祭坛。

是卡雷比图斯神在你们的愚蠢的庆典的第二天要为你们煮药茶吗？是阿佛洛狄忒的维纳斯还是雇佣兵的维纳斯③来抚慰她给你们造成的痛苦？所有这些大理石像都是在垂死的日子里，在悔恨的日子里，在无能的日子里忠贞不渝的女人吗？你们喝奥林匹斯山的仙汤吗？一把竖琴能当多少钱？

驱赶激情和理智，就是要文学的命。否认以往社会（基督教的或哲学的）努力，就是自杀，就是拒绝改善的力量和方式。单单把有形艺术的诱惑聚集在自己周围，等于制造毁灭的巨大机会。在很长很长的时间内，你们将能看到的、喜爱的、感觉到的只是美，仅仅是美。我是在有限的意义上使用这个词的。世界只能以其物质的形式出现在你们面前，使它运动的弹簧将长久地隐蔽不见。

让宗教和哲学有朝一日来临吧，就像是受到了一个绝望者的呼喊的强迫！这将永远是那些理智失常的人的命运，他们在自然中只看见节奏和形式；而且哲学开始时仅仅作为一种有趣的游戏、令人愉快的体操、虚无中的剑术。他们将受到多么重的惩罚！任何一个儿童，当他诗的精神受到过分的刺激，他的眼睛不能经常地看到活跃而勤劳的风俗的刺激性场面，他经常听到谈论光荣和快乐，他的感觉每日都被艺术品抚爱、刺激、惊吓、点燃和满足的时候，他将变成一个最不幸的人，并且将使别人不幸。十二岁上，他就会翻他的乳母的裙子，如果罪恶或艺术的力量不能使他超越普

---

① 普里阿普斯，希腊罗马神话中男性生殖力之神和阳具之神。巴克科斯是罗马神话中的酒神，即希腊神话中的狄俄尼索斯。
② 卡雷比图斯，不详。
③ 阿佛洛狄忒，希腊神话中爱与美的女神，即罗马神话中的维纳斯。两个维纳斯，一个是真正的维纳斯，一个是用钱买来的维纳斯。

通的命运,他三十岁上就会死在医院中。他的灵魂不断地受到刺激,却永远不被满足,在世界上游荡,在一个繁忙的、勤劳的世界上游荡。我说,它将像妓女一样游荡,喊道:形体!形体!形体,这可怕的字眼使我浑身起鸡皮疙瘩,形体毒害了他,然而他却只能依赖这毒药为生。他把理性从心灵中赶了出去,罪有应得,理性拒绝回到他身上。他能遇到的最好的情况,就是自然大喝一声,使他震惊,使他重新走上正路。事实上,这就是生活的法则,谁拒绝正派活动纯洁的快乐,谁就只能感觉到罪恶骇人的快乐。罪恶包含着它的地狱,而自然常常向痛苦和灾难说:战胜这些反抗者吧!

实用,真实,善良,真正的可爱,所有这些东西他都不曾见识。他迷恋着自己的令人厌倦的梦幻,他想让别人也产生迷恋,感到厌倦。他不想他的母亲,不想他的乳母;他诋毁他的朋友们,或者只因他们的形体而爱他们;他若有妻子,他就蔑视她,使她堕落。

对于形式的过分地喜爱导致可怕的、前所未闻的混乱。因为有程度的不同,公正、真实这些概念如果把强烈的激情专注于美、滑稽、漂亮和别致的话,它们就会消失殆尽。对艺术所产生的狂热的激情是一种吞噬无余的溃疡;由于在艺术中完全没有公正和真实就等于没有艺术,整个的人也就消失了;一种才能过分的专门化导致虚无。我理解破坏圣像者和穆斯林对形象所怀有的愤怒。我同意圣奥古斯丁①对于视觉的过大的快乐所怀有的悔恨。危险之大,使我原谅对于物体的取消。艺术的疯狂等于思想的滥用。这两种至高无上的东西,任何一种都会产生愚蠢、冷酷无情和巨大的骄傲及自私。我记得听人说过,一个轻浮的艺术家得到一枚伪币,他说:我把它留给一个穷人。这个无耻之徒从偷窃穷人中得到一种卑鄙的快乐,同时又享受了仁慈的名声所具有的好处。我又听见另一个人说:为什么穷人不戴着手套讨饭,这样他们会发大财

---

① 奥古斯丁(Augustin,354—430),罗马帝国基督教思想家。

的。我还听见一个人说:别给这家伙,他穿得破,他的破衣服不合身。

请不要把这些东西当做无稽之谈。嘴巴习惯于说的,心也就习惯于相信。

我认识不少善良的人,他们也像我一样对这种危险的喜剧感到厌倦、忧愁、痛苦和心碎。

文学应该到一种更好的氛围中锤炼它的力量。这样的时代不远了,那时,人们将会明白,任何拒绝和科学及哲学亲密同行的文学都是杀人和自杀的文学。

论《包法利夫人》*

一

就批评来说,后起的作家、晚来的作家的处境要比先知的作家优越,先知的作家预告成功,也可以说,他凭借着勇敢和忠诚的权威预订成功。

假如居斯达夫·福楼拜①先生确曾需要过忠诚的话,现在他却用不着了。许多艺术家,其中有几位还是那种最精细、最值得信赖的艺术家,已经阐明和赞扬了他这本极好的书。剩给批评的只是指出几点被忽略的观点,稍微更有力地强调一下某些特点和精彩之处,而我认为这些特点和精彩之处并未得到足够的称许和评论。此外,正如我试图暗示的那样,后起的作家落后于舆论,这种地位具有一种不寻常的魅力;因为他孤零零地拖在后面,所以更为自由,仿佛要由他来总结一场论战,他还必须避免攻守双方的火气,所以他要自辟新路,唯一激励他的是对美和正义的爱,别无其他。

二

既然我已经说出了正义这个光辉的、可怖的词,那就请允许

---

* 本文最初发表于《艺术家》(1857年10月18日)。
① 福楼拜(Gustave Flaubert,1821—1880),法国作家。

我——我也乐于这样做——感谢法国司法界在这个问题上作出了公正和高尚趣味的光辉榜样①。一种对于道德盲目而过于激烈的热情和一种不得其所的思想把司法界召唤到一部小说,一部昨夜还籍籍无名的作家的作品面前。这部小说,是怎样的一部小说呀!它最不偏不倚,最光明正大。它是一块田地,像所有的田地一样平常,像大自然本身一样,受到狂风暴雨的抽打和浇淋。而司法界毕竟显示出它像这本推到它面前任人宰割的书一样不偏不倚,一样光明正大。不仅如此,如果可以根据伴随着判决的评论来进行推测的话,我们还可以说,即便法官们在书中发现了某种的确可以指责的东西,他们也会因考虑和承认这种东西所包含的美而宽恕这本书。这个社会摈弃一切精神之爱,置旧时的感情于不顾,只关心自己的肚子,而这些人的权力只是用来维护正义和真理,但是,与这个社会的强烈的贪欲相比,表现在他们身上的对美的关心毕竟是一种最令人感动的征象。总之,可以说这个具有高度的诗的倾向的判决是最后的判决,胜诉给予了缪斯,所有作家,至少所有名副其实的作家都通过居斯达夫·福楼拜先生一人而被宣告无罪。

  不少人怀着一种不负责任的、无意识的不满说这本书从打官司和宣告无罪中占了大便宜,我们不要这样说了吧。即使不经磨难,这本书也会引起同样的兴趣,也会产生同样的惊奇和轰动。当它初次在《巴黎评论》上发表的时候,虽有轻率的删削破坏了它的和谐,它已然激起了强烈的兴趣。居斯达夫·福楼拜的这种骤然间显赫起来的处境是好坏参半的;对于这种已被他的正直的、卓越的才能所克服的模棱两可的处境,我将勉为其难地指出其各种不同的原因。

---

① 《包法利夫人》出版后曾引起一场诉讼。

三

　　说它好,是因为自从巴尔扎克去世之后,对小说的一切好奇心都已经减弱和麻木了。这颗神奇的流星曾经以一片辉煌的云彩覆盖了我们的国家,发出怪异的、不同寻常的光彩,像极光一样以它美妙的光辉覆盖了冰冷的荒原。应该承认,也曾有人做过惊人的尝试。很久以来,在一个日渐狭小的世界中以《阿洛伊》《如此世界》和《艾黛尔》知名的德·居斯蒂纳先生就创造了丑姑娘这一使巴尔扎克不胜羡慕的典型(请看真正的《麦卡代》①),又发表了《罗缪尔或圣召》,这是一部既愚蠢又卓越的作品,其中有些不可模仿的篇章,人们既可指责其软弱和笨拙,又不能不对之宽恕。但是德·居斯蒂纳先生是一位亚天才,其浪荡作风导致了一种无以复加的粗枝大叶。这种绅士的真诚,浪漫的热情,光明正大的嘲讽,绝对的、懒散的人格,芸芸众生是感觉不到的,而这位矫揉造作的作家之不走运,也正与他的才能相符。

　　德·奥尔维利先生②写了《老情妇》和《神魂颠倒的女人》而极为引人注目。那种以可怕的热情表现出来的对真实的崇拜不能讨大众的欢心。德·奥尔维利是个真正的天主教徒,他呼唤情欲是为了战而胜之,他像紧紧抓住一块即将沉入海中的岩石的埃阿斯③一样,在暴风雨中歌唱、哭泣和喊叫,总好像是对他的对手——人、雷、神或物质——说:"把我的命拿走吧,不然我就要你

---

① 《麦卡代》,又译《投机商》,是巴尔扎克写的一个剧本。
② 德·奥尔维利(1808—1889),法国作家,全名是儒勒-阿梅代·巴尔贝·德·奥尔维利(Jules-Amédée Barbey d´Aurevilly)。
③ 指希腊神话中的小埃阿斯。他是特洛伊战争中的希腊英雄。他于特洛伊城陷后在雅典娜神庙里奸污了女祭司卡珊德拉,并把她掠走。雅典娜使他在归途中于海陆夹击下粉身碎骨。

们的命!"因此,他也不能抓住那些昏昏沉沉的造物,他们对令人惊异的例外之物总是闭目不见。

尚弗勒里具有一种幼稚而迷人的才智,在秀丽别致方面游刃有余,他在家庭或街头或热闹或动人的事件之上架了一副诗(比他自己以为的更加富有诗意)的夹鼻眼镜;然而,或是出于独创或是出于观察的失误,或是自觉地或是不可避免地,他忽略了老生常谈,那是群众碰头的地方,那是雄辩的公共场所。

再近些,则有夏尔·巴尔巴拉①先生,他是个严谨的、有逻辑头脑的人,热衷于思想交锋,他也做出了某些努力,无疑是很出色的努力。他试图(真是不可抗拒的诱惑)描写和澄清非凡人物的处境,推断暧昧的立场的直接后果。如果说我在这里没有和盘托出我对《爱洛依丝》和《红桥谋杀案》的作者的全部好感,那是因为他进入我的主题纯属偶然,我在这里只是立此存照。

处于另一极端的保尔·费瓦尔,性喜冒险,对于怪诞和可怕的事物具有天生的描写才能,因此,他像一位迟到的英雄,跟在弗雷德里克·苏利叶②和欧仁·苏后面亦步亦趋。但是,《伦敦的秘密》和《罗锅儿》的作者所具有的多方面的才能,也像许多出类拔萃之士所具有的才能一样,并没有能够使那个可怜的外省小淫妇的轻佻的、突然的奇迹得以实现,组成她的全部故事的并不是什么复杂的情节,而是愁闷、厌恶、叹息和几次狂热的昏厥,最后是以自杀了结一生。

这些作家有的倾向于狄更斯③,有的则落入拜伦④或布尔沃⑤的窠臼,他们也许是禀赋过高,却也太目空一切,他们都没有能像

---

① 夏尔·巴尔巴拉(Charles Barbara,1822—1886),法国作家。
② 弗雷德里克·苏利叶(Frédéric Soulié,1800—1847),法国小说家、剧作家。
③ 狄更斯(Charles Dickens,1812—1870),英国作家。
④ 拜伦(George Byron,1788—1824),英国诗人。
⑤ 即布尔沃·利顿(Bulwer Lytton,1803—1873),英国政治家、诗人、小说家。

那个单纯的保尔·德·考克①那样,强行进入名声摇摇晃晃的门槛,而名声却犹如一个主动送上门去的无耻女人。我并不因此而指责他们,也不因此而称赞他们,同样,我丝毫也不祝贺居斯达夫·福楼拜先生一上来就获得了别人毕生追求的东西。充其量,我在其中看到的只是力量的一种多余的征兆,我将试图确定促使作者的思想朝一个方向而不是朝另一个方向运动的原因。

但是,我还说后来者这种处境是坏的,唉!理由是可悲的简单。若干年来,公众对于精神上的东西的兴趣明显地减少了,他们在热情方面的预算日渐缩减。在路易-菲力浦的最后几年中,思想还能为想象力所动,有过最后几次爆发;而新近的小说家面对的却是一个绝对陈腐(更甚于陈腐)、愚蠢和贪婪的社会,它厌恶的是想象,喜爱的只是占有。

在类似的情况下,一个思想充实、热爱美、习惯于艰苦努力、能够判断形势好的和坏的一面的人,应该对自己这样说:"动摇这些衰老的灵魂的最可靠的办法是什么?他们实际上并不知道他们的所爱,他们唯独对伟大的事物感到厌恶,天真的、热烈的激情,诗意的放纵,都使他们脸红,使他们不快。那就让我们在题材的选择方面通俗些吧,因为选择过于伟大的题材对于十九世纪的读者来说是很不得体的。我们也不要放纵我们的感情,不要说我们自己才听得懂的话。我们要无动于衷地讲述激情和大家都喜欢的奇特遭遇,我们要如时尚所言,客观和抹去个性。

"还有,由于近来派别的无稽之谈不绝于耳,由于我们听到了一种叫作现实主义的所谓文学创作方法——这是对所有分析家的令人作呕的辱骂,这个含糊的、有伸缩性的词对一般人来说,并不意味着一种新的创作方法,而意味着对次要事物的琐细的描写——我们将会从思想的混乱和普遍的无知中获得好处,我们要

---

① 保尔·德·考克(Paul de Kock,1794—1871),法国小说家。

在平凡的背景上发展一种有力的、生动的、敏锐的、准确的风格,我们要把最热烈、最激奋的情感包容在最平淡无奇的遭遇中。最庄严的、最果决的话语要出自最愚蠢的口中。

"哪里是最愚蠢、最荒谬、最盛产偏执的笨蛋的愚昧的舞台?

"外省。

"什么人是最让人受不了的演员?

"那些在小营生中挣扎的小人物,职业扭曲了他们的思想。

"什么是最陈腐、用得最滥的素材和最为疲惫的手摇风琴?

"通奸。

"诗人心想,我不需要我的女主角是个英雄。只要她还算漂亮,精力充沛,野心勃勃,对一个更高的世界有一种不可遏止的向往,她就会使人感兴趣。这样的较量更为高尚,而我们的女罪人至少有这样的优点——比较来说是罕见的,即她不同于前一段时间的那些令人厌烦的饶舌妇。

"我用不着担心风格、生动的安排及环境描写,我具有这些品质,而且绰绰有余。我依靠着分析和逻辑前进,这样我可以证明,一切题材都是一样的,是好是坏取决于如何运用,最庸俗的可以成为最美好的。"

于是,《包法利夫人》——一个赌注,一个真正的赌注,像所有的艺术品一样——被创造出来。

为了结束这次较量,作者只需(尽可能地)抛掉他的性别,成为女人。奇迹产生了,尽管他热衷于演戏,他却不能不把男性的血注入他的创造物的血管中去,而尽管包法利夫人有其更刚强、更野心勃勃、更富于梦幻的东西,她仍然是个男人。如同全副武装的帕拉斯①,从宙斯的头中生出,这奇异的两性人在一副迷人的女性躯

---

① 即雅典娜,希腊神话中的智慧女神和战神,据传说她全副武装地从宙斯的头中生出来。

体中,保留着男性灵魂的一切魅力。

四

有好几位批评家说:就其描写的细腻和生动来说,这部作品的确是美的,但是它没有一个人物代表道德,说出作者的良心。那个家喻户晓的传奇式人物在哪里?他担负着解释寓言和指导读者的理解力的任务。换句话说,哪里是指控?

荒谬绝伦!这真是功能和种类的没完没了的、不可救药的混乱!真正的艺术品不需要指控。作品的逻辑足以表达道德的要求,得出结论是读者的事。

至于说内在的、深刻的、寓言的人物,毋庸置疑,就是那个通奸的女人;她是声名狼藉的受害者,唯有她具有英雄的种种风度。我刚才说过,她差不多是男性的,作者赋予她(也许是无意识地)一切男子汉的品格。

请仔细地看看:

1. 想象力,这是一种至高无上的、专横的能力,它取代了感情,或人们称之为心的那种东西,而通常心是排斥理智的,一般地说,在女人身上如同在动物身上一样,心是占支配地位的;

2. 突然的行动力,迅速的决断,理智与激情的神秘融合,这些都是善于行动的男子汉的特征;

3. 过分地喜爱诱惑和支配以及各种各样庸俗的诱惑手段,直至用穿衣打扮和涂脂抹粉来诱人上钩,这一切归结为两个词:浪荡作风,对支配专一的爱。

然而,包法利夫人是自己送上门的,她被自己制造的幻想所裹挟,慷慨地、大方地委身于人,其方式完全是男性的,她委身于不是她的对手的一些坏蛋,恰似诗人向坏女人倾诉衷肠。

还有一个证据证明十足男性的品格在向她的血液提供养料,

即说到底，她不大关心她丈夫外部的、可见的欠缺及其刺眼的外省习气，而更关心他的完全缺乏才能和由给瘸子动手术所表现出的精神上的低能。

关于这一点，请再读一读包含着这一插曲的那几页，这段插曲曾被错误地当做无关紧要的寄生物，实际上它把人物的性格显露得一清二楚。长久以来积聚在包法利夫人身上的极度的愤怒爆发了，门摔得山响，丈夫惊呆了，他无法给予他这浪漫的妻子任何精神上的快乐，被丢在房中。他受到了惩罚，却不知道自己的罪过！包法利夫人绝望了，她呼喊着，就像是麦克白夫人①搞上了一个不称意的统帅："啊！哪怕我是个秃顶驼背的学者的妻子也好哇，他那绿色眼镜后面的一双眼睛总是盯着科学的材料！我会自豪地挂在他的胳膊上；我至少也是个精神之王的伴侣；可我却是一个笨蛋的老婆，他连治好一个残废人的脚都不会，噢！"

实际上，在她那一类人中，在她那个狭小的环境中，面对着她那个局促的视野，她是一个很崇高的女人。

4. 甚至在她的修道院的教养中，我也发现了她的暧昧性格的证据。

修女们注意到这个姑娘惊人地善于生活，善于享受生活并从中得到乐趣。这正是一个善于行动的男子汉呀！

然而，这个姑娘对大玻璃窗的颜色、对长长的窗子投在她的祈祷书上的富有东方情调的色彩感到心醉神迷、乐趣无穷；她在晚祷时拼命地聆听庄严的音乐，而且出于一种完全由神经活动引起的奇特现象，她在头脑中用幻想的上帝、未来的偶然的上帝、一个画片上的、带着马刺和留着髭须的上帝取代了真正的上帝。这正是一个歇斯底里的诗人呀。

歇斯底里！为什么这种生理的秘密不能成为一部文学作品的

---

① 莎士比亚戏剧《麦克白》中人物。

根基呢？医学科学院还没有揭开这个秘密,它在女人身上表现为感到脑袋发胀,令人窒息(我说的只是基本症状),而在神经质的男人身上则表现为各式各样的无能,也表现为倾向于各式各样的过火行为。

五

总之,这个女人的确是崇高的,她尤其是值得怜悯的。尽管作者表现出一贯的冷酷无情,竭力从作品中脱身,只起木偶表演者的作用,所有的知识妇女还是要感谢他把女性提到这样高的地位上去,距离纯动物如此之远,距离理想的人如此之近,感谢他使女性具有完人所具备的那种集谋算与幻想于一身的双重性格。

有人说包法利夫人是可笑的。的确,她有时把某位先生——我甚至可以说是一位乡绅,某位穿着猎装坎肩和服饰鲜明的先生当成了瓦尔特·司各特①笔下的英雄好汉!而有时她又爱上了一个公证人的小书记(他甚至不会为他的情妇干一件危险的事),最后,这个筋疲力尽的可怜女人,这个奇特的帕西淮②,被丢弃在一个狭小的村庄里,在省城的低级舞会和小酒馆中追求理想。这有什么关系?我们可以这样说,我们应该承认,她是加邦特拉③的恺撒,她追求理想!

据我不准确的记忆,那个变兽妄想患者④,那个认输的反抗者说过:"面对着当代的平庸和愚蠢,剩给我们的不是只有卷烟纸和

---

① 瓦尔特·司各特(Walter, Scott, 1771—1832),英国小说家。
② 帕西淮,希腊神话人物,她和海神波塞冬送来的一头白毛公牛生了半人半牛怪物——弥诺陶洛斯。
③ 法国东南部地名。
④ 一种心理变态症患者,这里是指法国诗人贝特吕斯·博雷尔(Pétrus Borel, 1809—1859)。

通奸吗?"①我肯定不会这样说,但是我要说,无论如何,我们这个基督创造的世界是非常严酷的,它没有什么资格朝这个淫妇扔石头,多几个或少几个变成牛头怪物的人不会加快地球的转速,也不会使宇宙的最后毁灭提前一秒钟。是结束这种越来越具有传染性的虚伪的时候了,让那些已堕落到庸俗地步的男人和女人觉得可笑吧,让他们大喊大叫地反对一个不幸的作家吧,他怀着一种讲究辞藻的作家的贞洁,竟肯在一些枕席间的故事上蒙了一重光荣的纱幕;而只要没有诗的乳白色的灯光的爱抚,这些故事就总是丑恶的、粗俗的。

如果这样分析下去,我永远也谈不完《包法利夫人》。这本书本质上是一本富于启发性的书,可以使人写出一大本评论的著作。我这里只想指出,有好几个最重要的插曲最初不是被批评家们忽略了,就是遭到了粗暴的指责。例如,矫治跛足遭到失败的那一段,还有那一段,未来的奸妇——因为这可怜的女人刚刚开始实施她的计划!——要去向教会求救,向圣母求救,向那个没有理由不随叫随应的圣母求救,向那个谁也没有权利打盹儿的药房求救!这一段是多么精彩,多么令人伤心,多么富于真正的现代性!善良的布尼西安神甫心思都在那些上教理课时在教堂的座席间打闹的顽童身上,天真地回答道:"既然您病了,夫人,而包法利先生是医生,您何不去找您的丈夫呢?"

面对着这种不称职的教士,有哪一个女人在她的疯狂被原宥之后不会一头扎进通奸的旋涡中去呢?而我们中间,谁在更天真的年纪上,在内心骚乱的情况下,没有与不称职的教士打过交道呢?

---

① 原话是:"幸亏我们还有聊以自慰的东西,通奸!马里兰烟草!西班牙卷烟纸!"

六

最初,我手头上有同一位作者的两本书(《包法利夫人》和《圣·安东尼的诱惑》①,那时,其片段尚未收集成书),我本打算以某种方式把两本书联系起来。我想在它们之间建立一种方程式和彼此呼应的关系。在《包法利夫人》的细密的经纬下找到那种彻底照亮了《圣·安东尼的诱惑》的高度的反讽和抒情,这本来是很容易的。在《圣·安东尼的诱惑》中,诗人不事伪装,他的包法利夫人受到了各种幻觉的、狂热的魔鬼的诱惑,受到了周围物质的各种淫乱表现的诱惑,而他的圣·安东尼则是受到迷惑了我们的各种疯狂的包围,这要比他的资产者的小小的幻想容易对付。可惜的是,作者给予我们的还只是些片段。在这本书中,有一些美妙的篇章。我不仅要提到那布肖多诺索尔的盛宴,示巴女王②这个小疯子的奇妙的出现,这个在一位苦行者的视网膜上跳舞的小东西,以及阿波罗尼乌斯·德·蒂亚那的骗人的、夸张的登场,他后面跟着向导或者说他的供养者、那个他带着周游世界的愚蠢的百万富翁;我更想请读者注意那种受苦的、潜在的、反抗的能力,这条黑线——英国人称之为潜流——贯穿全书,照亮了孤独这个群魔乱舞的巢穴,并可充为向导。

我已经说过,我本来可以很容易地说明,在《圣·安东尼的诱惑》中显露无遗的那种高度的反讽和抒情,在《包法利夫人》中是被作者有意地蒙上了一层纱幕,而作为作者的思想密室的《圣·安东尼的诱惑》显然是诗人和哲学家最感兴趣的一本书。

也许有朝一日我将有幸完成这件工作。

---

① 福楼拜的另一部小说,发表于一八七四年。
② 示巴女王,见《旧约·列王纪》第十章"示巴女王觐所罗门"。

论泰奥菲尔·戈蒂耶[*]

　　尽管我们没有给任何老太婆喝的,我们仍处在佩罗[①]笔下的少女的地位上;我们一张嘴,就有金币、钻石、红宝石和珍珠从中掉出来;我们有时候真想吐出一只癞蛤蟆、一条游蛇和一头红耗子,哪怕是为了换换花样;可是我们不能。

泰奥菲尔·戈蒂耶
《反复与曲折》

一

　　我不知道还有什么感情比仰慕更令人局促不安。从它难以被表达得得体这一点看,它与爱情相像。为了满足一种微妙的感情的需要,到哪儿去找具有足够的强烈色彩或具有足够的细腻的层次变化的用语呢?偶然落在我的眼下的一本哲学书说:"从各方面来看,对人的尊重都是一大祸患。"但是请不要以为这种卑鄙的对人的尊重是我窘迫的原因,因为我的困惑仅仅来源于我害怕不能以一种足够高贵的方式谈论我的主题。

　　有一些传记是容易写的,例如,传主的生活充满了事件和冒险,我们只消记录下来,按照时间的顺序编排一下即可。可是,这

---

[*] 本文最初发表于《艺术家》(1859年3月13日)。
[①] 佩罗(Charles Perrault,1628—1703),法国作家,尤以童话传世。

里却没有使作家的任务仅限于编排的那种五花八门的材料,有的仅仅是一种巨大的才智!有的人最激动人心的冒险是在自己的脑壳底下静悄悄地进行的,为这样的人作传,是性质完全不同的一种文学工作。什么星辰有什么功能,人亦如此。每个人都显赫地或卑微地完成他命中注定的作用。谁能够设想太阳的生平?那是始于它的诞生的充满单调、光明和伟大的历史啊!

总之,既然我要写的只是一个"固定观念"的历史,虽然我还要加以解说和分析,严格地说,我告诉或不告诉读者泰奥菲尔·戈蒂耶于一八一一年生于塔伯,则是无关紧要的。我有幸多年以来就是他的朋友,但是我全然不知他是否自孩提时代就以中学的成功和幼稚的奖赏显露出他未来的天才,那种奖赏是"神童们"常常无法获得的,但他们却也不得不和一大群命中注定可憎的、愚蠢的家伙们共同分享。对这些小里小气的东西,我是绝对地一无所知。泰奥菲尔·戈蒂耶本人可能什么都不记得了,假如他偶尔想起点什么,我肯定,他看到这种中学生的玩意儿又被翻腾出来,是不会感到愉快的。没有一个人像他一样把真正文人的庄严的廉耻心提到那样高的程度,也没有一个人像他那样讨厌把没有完成好、没有准备好、没有成熟的东西呈现在公众面前,呈现在能够从中获益的热爱美的人们面前。不要指望他写什么"回忆录",透露什么"隐情",以及一切不具备"高尚的职能"的东西。

有一种考虑,它增加我在评介一种"固定观念"时所感到的喜悦,那就是我终于能够而且是随心所欲地谈论一个"无名氏"。凡是思考过历史的误会或是它的迟来的公正的人,都会明白"无名"一词用在泰奥菲尔·戈蒂耶身上意味着什么。的确,多年以来,他以专栏文章蜚声巴黎和外省,毋庸置疑,许多关心一切与文学有关的事情的读者都在焦急地等待着他对最近一周的戏剧作品的评价;更有甚者,他的那些如此平和、充满了天真和威严的画评,对于那些不能通过自己的眼睛来判断和感觉的人们来说,简直是一种神谕。在这些不同的公众眼里,泰奥菲尔·戈蒂耶是一位无与伦比的、不可或缺的批评家;然而,他仍然是一位"无名氏"。我来解释我的想法。

我设想您置身在一个资产者的家庭中,晚饭后,您和主人、女主人及他们的小姐们一起喝咖啡。那些可憎又可笑的用语应该避免在笔端出现,正如作家应该回避那不堪忍受的交往一样!很快,大家将要谈音乐,也许还有绘画,但文学是必不可少的。该轮到泰奥菲尔·戈蒂耶成为谈论的对象了,在授予他最平庸的奖赏之后("他多有才智!他多有意思!他写得真好,文笔多流畅啊!"文笔流畅这一奖赏不加分别地送给了所有知名的作家,因为对于那些不动脑子的人来说,清澈的水是美的最明晰的象征),如果您想请他们注意他们遗漏了他的主要优点,他的不容置疑的、更使人着迷的优点,即他们忘了说他是一位伟大的诗人,您将看到一种强烈的惊讶出现在每一张面孔上。"毫无疑问,他的文笔富有诗意。"这一群中最敏锐的人会这样说,但他并不知道问题在于节奏和韵脚。这些人都读过星期一的专栏文章,但没有一个人找得出钱和余暇来读《阿尔贝丢斯》《死亡的喜剧》和《西班牙》①。一个法国人要承认这一点是很痛苦的,如果我谈的不是一个地位高得足以心平气和地看待一切不公正的作家的话,我想我是宁愿掩盖我们的公众的这一欠缺的。但事实如此。其实,他的书印数很多,销路也很好②。可它们都到哪儿去了?这些法兰西最纯粹的美的令人赞叹的标本都藏到哪些柜子里去了?我不知道,大概是在远离圣日耳曼区和当丹区③的某个神秘的地方吧,像《编年史家》杂志的地理学所说的那样。我知道,没有一个文人,没有一个稍微有些幻想的

---

① 均系戈蒂耶的诗作,分别发表于一八三二年、一八三八年和一八四五年。
② 指上面提到的作品。
③ 这是巴黎的两个高等住宅区,前者为大贵族聚居区,后者为新进的大资产者聚居区。

艺术家,记忆中不摆着和装饰着这些奇妙的东西;但是上流社会的人,甚至那些陶醉于或装作陶醉于《沉思集》和《和谐集》①的人,都不知道这个新的快乐和美的珍宝。

我说过承认这一点刺痛了一颗法国的心,但是指出一个事实还不够,应该努力去解释它。的确,拉马丁和维克多·雨果在很长一段时间内拥有一个对诗更感兴趣的公众;而到了泰奥菲尔·戈蒂耶终于成为名人的时候,这个公众已经开始麻木了。从那个时候起,这个公众就渐渐地减少了本来应该属于精神娱乐的时间。但是,这种解释还不够,因为,先撇开作为研究对象的诗人不谈,我发现公众只注意搜寻诗人作品中用某种政治标签加以说明(或糟蹋)的部分。这是一种调料,正适合于他们当时的激情的性质。他们知道《铜柱颂》《凯旋门颂》②,却不知道那部分神秘的、朦胧的诗,那是雨果最迷人的诗。他们经常背诵奥古斯特·巴尔比埃③关于七月革命的讽刺诗,却不跟诗人一起把眼泪④洒向悲哀的意大利,也不跟随诗人到北方的拉撒路去旅行。

而泰奥菲尔·戈蒂耶放在作品中的调料,对于爱好艺术的人来说,是一种最精细的选择,一种味道最浓的盐,但是这对群众的味觉器官却很少或根本不起作用。为了完全达到家喻户晓的程度,不是要同意做到名副其实地家喻户晓吗,也就是说,不是要通过一种隐蔽的缺点、一种小小的污点来显示自己多少是属于下等人的吗?在文学上和在道德上一样,要讲究,总是既有荣耀又有危险的,所谓曲高和寡。

我坦率地承认,我并不把这看成是一种很令人遗憾的不幸,我

---

① 诗人拉马丁(Alphonse de Lamartine,1790—1869)的作品,先后发表于一八二〇年和一八三〇年。
② 雨果的两首政治性很强的诗,其主题是颂扬拿破仑。
③ 奥古斯特·巴尔比埃(Auguste Barbier,1805—1882),法国诗人。
④ 诗人写有歌唱意大利的《眼泪》和歌唱英吉利的《拉撒路》两部诗集。

对那些可怜的粗人的怨恨情绪可能过于强烈了。指责,反对,甚至喊冤,这不是意味着自己变得粗俗吗?人们总是忘记,漫骂群众,等于自我堕落。站在高处,我们便会觉得,命运就是公正。因此,让我们怀着与出类拔萃相称的尊敬和热情向它致敬吧,尽管它在自己的周围造成了一片寂寞。再说,我们看到某种能力所受到的尊重总是因时代而异,在岁月的长河中,早晚能得到辉煌的回报。从人类的怪癖中,我们可以期望得到一切,甚至包括公平,尽管毋庸置疑的是,不公比公平更为无可比拟地合乎情理。一位政治作家不是说过泰奥菲尔·戈蒂耶的声望"不符其实"吗?

二

我第一次和这位作家——全世界的人都会羡慕我们有了他,正如他们羡慕我们有夏多布里昂①、维克多·雨果和巴尔扎克一样——会见的情景,至今仍历历在目。我到他那儿去,是受两个朋友之托把他们的一小本诗集送给他。我发现他还不似今日这般仪表堂堂,但在宽大的衣服的衬托下已经显得庄重、自若、优雅了。首先使我感到惊奇的是,他的接待绝无冷淡之感,而这种冷淡在那些由于地位而习惯于害怕来访者的人身上是不足为怪的。为了说明这种态度的特点,我真愿意使用"天真"一词,如果这个词不是太平庸的话;为了说明一种既淳朴又威严又优美的性情,只能在偶尔的特殊场合中根据拉辛②的用法,使用"亚洲式的"或"东方的"这一形容词。至于谈话(同一个名人的第一次谈话可是一件庄严的事情!他在年纪上超过你,更在天才上超过你),也同样深深地

---

① 夏多布里昂(R. de Chateaubriand,1768—1848),法国作家、浪漫派文学的主要代表人物,主要作品有《基督教真谛》《阿达拉》《勒内》《墓畔回忆录》等。

② 拉辛(Jean Racine,1639—1699),法国古典主义诗人。

铭刻在我的思想中。他看见我手里拿着一本诗集,那高贵的脸上立刻浮现出迷人的微笑。他带着一种孩子般的贪婪把手伸过来。真是一桩奇怪的事,这个善于表达一切的人,比任何别的人都更有权利厌于此道,可他竟这样容易地生出一种好奇心,紧紧地盯着一本"非己之作"。他很快地翻了翻,就对我说,这本诗的作者们自由十四行诗写得太多了,也就是说不正统,有意地违反有关四行句的韵脚的规定。随后他好像是要考验我,眼睛中闪着一种非常不信任的神情,问我是否喜欢阅读词典。他说的时候颇不在意,就像说任何别的事情一样,那口吻就像别人问我是否喜欢读游记更甚于读小说。幸好我很小的时候就染上了词典癖,我看到我的回答为我赢得了尊敬。正是在谈到词典时,他说"一个作家如果不是什么都能表达,如果一个像月亮上的石头一样突如其来的、不论多么奇特、多么微妙、多么意外的思想弄得他手足无措,使他找不出材料来赋予它形体,那他就不是一个作家"。接着,我们谈论起保健、文人对身体所应有的关心和必要的饮食上的节制。尽管他为了说明问题而对女舞蹈家的生活和赛马的生活进行了某些对比(我认为是这样),但他论证主题(例如节制,这是尊重艺术和诗才的证明)的方法使我想到了宗教书籍关于必须像尊重上帝的庙堂一样尊重我们的身体所说的话。我们也谈到了这个时代的自命不凡和有关人类进步的幻想。我后来在他此后发表的一些书里又发现了他当时用以概括他的意见的一些说法,例如:"有三种东西是一个文明人永远也不会创造出来的,就是罐子、武器和鞍辔。"不用说,这里指的是美而不是实用。我热烈地谈到他在滑稽和怪诞之中所表现出来的令人吃惊的力量,不过,对于这一赞扬,他天真地驳斥说,实际上,他厌恶机智和笑,那种歪曲了上帝的创造物的笑!"有时候机智还是被允许的,例如智者也可大吃大喝,以便向笨蛋们证明他也可以同他们一样,但这并不必要。"那些可能对他的这个看法感到吃惊的人没有注意到,他的思想是美的一面没有时空限制的镜子,中世纪和文艺复兴都很合理很出色地被反映出来,因为他很早就努力接触希腊文化和古代的美,以至于使他的欣赏者中那些没有掌握他的精神之屋的真正钥匙的人摸不着门径。关于这一点,可以去看看《莫班小姐》,正当浪漫派蒸蒸日上的时候,他在这本书中有力地捍卫了希腊的美。

这一切都说得明确而果断,但是既不专横也不卖弄,细腻过人,却不是过分地微妙。听到这种雄辩的、与这个时代及其莫名其妙的语言相距甚远的谈话,我不由得向往起古代的明晰,向往起某种由东方之风的羽翼亲切地带来的某种苏格拉底①的回声。我告辞的时候完全被如此的高贵和温情征服了,被这种精神的力量征服了,而对于这种精神的力量,肉体的力量只是充当了一种象征,仿佛是为了进一步说明真正的理论,并以新的证据加以证实。

在我这青年时代的小小的欢乐过去之后,有多少个毛色不同的年头展开它们的翅膀,朝着贪婪的天空飞去了啊!但是就在此时,我想到它心中仍然不能不感到有某种激动;而这正是我的一个极好的借口,因为有些人可能会觉得我胆大包天,甚至有点暴发户的味道,竟敢在这篇文章的开头如此随便地谈论我与一位名人的亲密关系。但是请大家知道,如果说我们当中有些人与戈蒂耶关系很随便,那是因为他在允许这种关系的时候,似乎也希望如此。他对于表现出一种温柔亲切的慈父般的感情天真地感到高兴。这又是一个与古代那些有名的正直的人相似的地方,那些人喜欢与年轻人为伍,和他们在浓荫下、河水旁或像他们的灵魂一样高贵质朴的建筑物下进行内容充实的谈话。

这幅随便勾勒出来的肖像真需要有一位雕刻家相助。幸亏泰奥菲尔·戈蒂耶在不同的著作中都起到了与艺术和戏剧有关的作用,这使他成为巴黎最有名气的人物之一。几乎人人都认得他那

---

① 苏格拉底(Socrate,公元前470—前399),古希腊哲学家。

长而柔软的头发、他那高贵持重的举止以及他那充满了狡黠的梦幻的目光。

三

任何一位醉心于祖国荣光的法国作家,都不能不怀着骄傲和遗憾的感情回首眺望那个时代,那时处处都潜伏着蕴含丰富的危机,浪漫主义蓬勃发展。夏多布里昂总是充满力量,但他已日薄西山,好像是一座阿托斯山①,正漫不经心地观望着起伏的平原;维克多·雨果、圣伯夫和阿尔弗雷·德·维尼②更新了甚至复活了自高乃依③之后已经死亡的法国诗歌。因为安德烈·谢尼耶④的路易十四时代式的柔弱的思古幽情并不是强有力的革新的一种征象;阿尔弗雷·德·缪塞⑤,浑身女人气又没有理论,本来可以写出传世之作,却终究不过是个抒发廉价感情的懒汉罢了。大仲马接二连三地写出他的充满激情的剧作,而火山爆发一般的感情宣泄又得到了巧妙的疏导。那时的文人怀有何等的热情,而公众又是何等的好奇和热烈啊! 啊,逝去的光辉,啊,西沉的太阳!⑥ 现代文学运动产生了它的第二阶段,给了我们巴尔扎克,我说的是真正的巴尔扎克,奥古斯特·巴尔比埃和泰奥菲尔·戈蒂耶。因为我们应该看到,虽然戈蒂耶确立文学名人的地位是在发表《莫班小姐》之后,但他是在一八三〇年正当革命高潮时勇敢地发表了他的第一部诗集的。我想,《阿尔贝丢斯》就是在一八三二年问世

---

① 希腊的一座山,为东正教的最重要的中心。
② 阿尔弗雷·德·维尼(A. de Vigny,1797—1863),法国浪漫派诗人。
③ 高乃依(Pierre Corneille,1606—1684),法国古典主义诗人。
④ 安德烈·谢尼耶(André Chenier,1762—1794),法国诗人。
⑤ 阿尔弗雷·德·缪塞(A. de Musset,1810—1857),以抒情诗著名。
⑥ 雨果《心声集》中《往昔》里的诗句。

的。不管当时文学的新鲜血液是多么丰富,多么富有活力,应该承认有一种成分是它所缺少的,至少是很罕见的,就像我们在维克多·雨果的《巴黎圣母院》中所看到的那样,但那的确是个例外,那是得力于作者的丰富而广阔的才能;我指的是笑和怪诞感。很快《青年法兰西》①就证明这个流派终于完整了。不管这本书对某些人来说显得多么轻佻,它还是包含着巨大的价值。除了"魔鬼的美",即青年的迷人的优雅和大胆之外,它还包含有笑,最好的笑。显然,在一个充满了欺骗的时代里,一位作家以辛辣的讽刺立足,证明他没有受骗上当,一种强有力的理智使它避开了模仿和时髦的宗教。《魔鬼的眼泪》多了一种色调,走的却仍然是这条充满愉快的路子;《莫班小姐》则更好地说明了他的立场。许多人长时间地把这本书看成是对幼稚的激情的回答,以为它的迷人之处与其说是主题,毋宁说是与众不同的精巧的形式。有些人该是真的充满了激情吧,否则怎么把它弄得到处都是呢?这真成了肉豆蔻,吃什么都用它来提味儿。由于它的奇妙的风格,规矩而又讲究、纯粹而又绚丽的美,这本书的出版是一件真正的大事。巴尔扎克就是这么看的,他正是从这时起才想认识它的作者的。不但有风格,而且有独特的风格,这正是《驴皮记》和《绝对之探求》的作者的最大的野心之一,如果不是最大的野心的话。尽管他的句子笨重、繁复,他始终是最精微、最困难的事情的内行。随着《莫班小姐》的出版,在文学中出现了兴趣观点,这种兴趣观点具有美妙和卓越的性质,因此成了艺术上不可缺少的才能的最好证据。这种小说,这种故事,这种画,一个画家顽强地追求着的这种梦幻,这种唱给美的颂歌,首先产生了这样一个巨大的后果,即最终确定了产生艺术品的条件,也就是说,对于美的专一的爱,这就是所谓"固定

---

① 戈蒂耶的故事集,发表于一八三三年,内容是讽刺"青年法兰西派"的浮夸可笑。

观念"。

关于这个问题我要讲的东西(我将说得很简短)在过去曾经是众所周知的,以后渐渐模糊,最后竟被遗忘了。那时,一些奇谈怪论溜进了文学批评。一块来自日内瓦、波士顿或地狱的浓重的乌云遮断了美学太阳的美丽光线。那个真善美不可分离的著名理论①不过是现代哲学胡说的臆造罢了(真是一种奇怪的传染病,大家都用莫名其妙的语言说明那些荒唐的念头!)。精神追求的不同目标要求与之永远相适应的不同功能。有时候,某种目标只要求一种功能,有时候它要求各种功能,这种情况很少见,但对各种功能都要求相同的数量,这种情况却是绝不会有的。还应该看到,一种目标要求的功能越多,它就越不高贵,越不纯粹;它越是复杂,就越会生出杂种。真是科学的基础和目的,它主要是要求纯粹的智力。风格的纯粹是受到欢迎的,但风格的美就被视作一种奢侈的成分。善是道德追求的基础和目的。美是趣味的唯一的野心和专一的目的。虽然真是历史的目的,但还是有一位司历史的缪斯,这是为了说明历史学家所必须具备的某些品质是属于缪斯的范围的。小说是一种复杂的种类,其中或大或小的一部分有时属于真,有时属于美。在《莫班小姐》中,美的部分是非常大的。作者有权这样做。这部小说的目的不是表现风习,也不是表现一个时代的全部激情,而是一种唯一的、特殊的、普遍的、永恒的激情,在这种激情的推动下,小说可以说是和诗在同一条河床上流动,只是它并未与诗完全合而为一,因为它并没有节奏和韵脚这两种成分。这目的,这意图,这野心,就是在一种适合的风格中表达爱情的美(不是爱情的狂热)和值得爱的事物的美,一句话,就是表达美所激起的热情(与激情大有区别)。对于未曾受过时下的错误训练的人来说,完全混淆种类和功能的确是一件值得大大惊讶的事情。

---

① 影射维克多·库赞的理论,他鼓吹一种资产阶级化的柏拉图主义。

正如不同的职业要求不同的工具,精神追求的不同目标要求相应的功能。总而言之,有时候为了避免重复,援引自己说过的话是可以被允许的,因此,我再说一遍:

"……还有另一种奇谈怪论……这是一种生命力更为顽强的错误,我说的是有关教诲的邪说,它的必不可少的后果就是一系列关于激情、关于真实和关于道德的奇谈怪论。许多人认为诗的目的是某种教诲,它或是应该增强道德心,或是应该改良风俗,或是应该证明某种有用的东西……只要人们愿意深入到自己的内心中去,询问自己的灵魂,再现那些激起热情的回忆,就会知道,诗除了自身之外没有其他目的;它不可能有其他目的,除了纯粹为写诗的快乐而写的诗之外,没有任何诗是伟大、高贵、真正无愧于诗这个名称的。

"请听明白,我不是说诗不淳化风俗,其最终的结果不是将人提高到庸俗的利害之上;如果是这样的话,那显然是荒谬的。我是说如果诗人追求一种道德目的,他就减弱了诗的力量;说他的作品拙劣,亦不冒昧。诗不能等同于科学和道德,否则诗就会衰退和死亡;它不以真实为对象,它只以自身为目的。表现真实的方式是另外的方式,在别的地方。真实与诗了无干系。造成一首诗的魅力、优雅和不可抗拒性的一切东西将会剥夺真实的权威和力量。显示的情绪是冷静的、平和的、无动于衷的,会弄掉诗人的宝石和花朵,因此它是与诗的情绪对立的。

"纯粹的智力对准的是真实,趣味向我们指出美,道德教育我们明确责任。的确,中庸之道与两个极端之间有着千丝万缕的联系,因此,趣味的中间感与道德感之间的差异小到亚里士多德①毫不犹豫地把它的某些微妙的活动列入德行的范畴。所以,在恶习的种种表现中,首先使一个趣味高尚的人感到愤怒的,是它的畸形和不成比例。恶习有损于正义和真实,激起智力和道德心的愤慨;

---

① 亚里士多德(Aristotle,公元前384—前322),古希腊哲学家。

但是作为对和谐的凌辱,作为一种不协调,它更伤害了某些诗的精神。把一切对道德和道德美的违反看作是针对普遍的节奏和韵律的一种错误,我认为这并不是危言耸听。

"正是这种对于美的令人赞叹的、永生不死的本能使我们把人间及人间诸事看作是上天的一览,看作是上天的应和。人生所揭示出来的对于彼岸的一切永不满足的渴望最生动地证明了我们的不朽。正是由于诗,同时也通过诗,由于音乐,同时也通过音乐,灵魂窥见了坟墓后面的光辉;一首美妙的诗使人热泪盈眶,这眼泪并非一种极度快乐的证据,而是表明了一种发怒的忧郁,一种精神的请求,一种在不完美之中流徙的天性,它想立即在地上获得被揭示出来的天堂。

"因此,诗的本质不过是,也仅仅是人类对一种最高的美的向往,这种本质表现在热情之中,表现在对灵魂的占据之中,这种热情是完全独立于激情的,是一种心灵的迷醉①,也是完全独立于真实的,是理性的材料。因为激情是一种自然之物,甚至过于自然,不能不给纯粹美的领域带来一种刺人的、不和谐的色调;它也太亲切,太猛烈,不能不败坏居住在诗的超自然领域中的纯粹的愿望、动人的忧郁和高贵的绝望。"②

在另外的地方,我曾说过:"在美的观念的最大敌人实用观念先于和支配一切的国家里,完美的批评家将是最可尊敬的批评家,即其倾向和愿望最接近公众的倾向和愿望的批评家,即混淆功能和种类而给所有的人指定一个唯一的目的的批评家,也即在一本

---

① 模仿激情,再加上追求真实和一点儿美(不是善)使戏剧成了一个大杂烩;同时也是激情使戏剧在美的品级中退居次要地位。如果我对功能的贵贱问题避而不谈,那是为了不扯得太远;但是,即便把诸功能设想成不分上下,对于我试图勾勒的基本理论也并无妨害。——原注
② 此段文字引自他的《再论埃德加·坡》。

诗集中寻求完善道德心的途径的批评家。"①

事实上,近年来,所谓"正派"甚嚣尘上,控制了戏剧、诗歌、小说和批评。我且不谈虚伪可以从这种对于职能的混淆中获得什么好处以及文学上的软弱无力可以从中得到什么样的安慰,我只是指出其中的错误并加以分析,我假定这种错误没有利害关系。在浪漫主义的混乱年代,即热烈地倾吐感情的年代,流行着这样一种说法:"从心里出来的诗!"这就是把全权给了激情,似乎激情是万无一失的。这一美学上的错误强加给法国语言多少悖理和诡辩啊!心里有激情,有忠诚,有罪恶,但唯有想象里才有诗。然而今天,错误又有了另一种发展,而且范围更广。比如一个女人,在充满了热烈的感激之情的时刻,对她当"律师"的丈夫说道:

诗人啊!我爱你!

这是感情对理性领域的侵犯!这是真正的女人的推理,她们不会正确地用词!那句话的意思是:"你是个有教养的人,是个好丈夫,因此你是个诗人,比那些用格律和韵脚来表达美的观念的人更像诗人。""我甚至要说,"这个反面的女才子继续说,"任何一个会讨老婆喜欢的有教养的人都是一位卓越的诗人。不仅如此,我还要以我资产者的永远正确宣布,任何一个热爱家庭的有教养的人都远比任何一位出色地写诗的人更像诗人,因为写作完美的诗句的才能显然有害于丈夫的功能,而这种功能是一切诗的基础!"

不过,犯了这个错误(对诡辩者来说,这是一个多么令人高兴的错误啊!)的院士②可以自慰,他有众多的名人做伴,因为世纪之风正刮得昏天黑地,现代理性的晴雨计正指着风暴。我们最近不

---

① 此段文字也引自《再论埃德加·坡》。
② 影射艾米尔·欧吉埃,他是剧作家,法兰西学院院士。

是看见一位名作家①,最受信任的作家之一,在一致的喝彩声中,把全部的诗不是放在美而是放在爱之中吗!放在庸俗的、家庭的、病态的爱之中!他怀着对一切美的仇恨喊道:一个好裁缝胜过三个古典的雕塑家!还声称如果雷蒙·吕勒②成了个神学家,那是因为他曾经在他所追求的一位太太的乳房癌面前退却而受到了上帝的惩罚!他说,如果他真的爱她,这疾病会使她在他的眼中变得多美啊!因此他成了神学家!天哪!罪有应得!这位作者还建议身兼保护人的丈夫鞭打老婆,当她前来哀求减轻赎罪的痛苦时。对一个失去威严、焦躁不安、女腔女调、玩布娃娃、为疾病写牧歌、沉溺在人情味的肮脏衬衣里的老人,能够允许我们加诸他的惩罚是什么呢?对我来说,我只知道一种,即印记深刻、一劳永逸的刑法,正如我们父辈在一首歌中唱道,我们这些精力充沛的父辈在各种场合,甚至在最无可救药的场合都要笑的:

可笑的事物
比断头台的刀还锋利。

愤慨使我走入岔道,我再回到重要的主题上来。心的敏感不是绝对地有利于诗歌创作,一种极端的心的敏感甚至是有害的。想象力的敏感是另外一种性质,它知道如何选择、判断、比较、避此、求彼,既迅速,又是自发地。这种敏感一般被称作趣味,在诗的方面,我们正是从这里汲取了避恶求善的力量。至于说心的正派,一种普通的礼貌使我们设想任何人,甚至诗人,都是有的。诗人相信或不相信必须赋予他的创作一种纯洁规矩的生活的基础,这只关乎他的听忏悔的神甫或法庭,在这一点上,他的情况和他的同胞

---

① 指儒勒·米什莱(Jules, Michelet, 1798—1874),历史学家。这里影射他于一八五八年发表的《论爱情》一书。
② 雷蒙·吕勒(Raymond Lulle, 1235—1315),卡塔卢尼亚(西班牙北部地区)的神学家、哲学家和诗人。

的情况是绝对一样的。

从我提出问题所使用的字眼可以看出,如果我们把作家一词的意义限定为根据想象来工作的话,泰奥菲尔·戈蒂耶是一位典型的作家,因为他是他的责任的奴隶,因为他总是服从他的职能的需要,因为对他来说,热爱美是一种 fatum①,因为他使他的责任成为一种固定观念。他有非常清楚的理智(我说的是天才所具有的理智,而不是普通人的理智),所以他立刻就发现了阳关大道。每个作家都或多或少地被他的主要才能打上印记。夏多布里昂歌唱忧郁和厌倦的痛苦的荣光;维克多·雨果,伟大,可怕,巨大得像是神话的创造物,比如说,像独眼巨人②一样,代表着自然的力量以及这些力量之间的和谐的斗争;巴尔扎克,同样伟大,可怕,并且复杂,象征着一种文明所产生的怪物及其全部斗争、野心和疯狂;而戈蒂耶,则是对通过最贴切的语言表现出来的美及其一切分支的专一的爱。请注意,在每个时代,几乎所有我们可以称之为领班或统帅的重要作家,都在他们之下有一些即使不相像也是近似的作家,可以代替他们。因此,当一种文明衰亡时,只要找出一首种类特别的诗,就可以知道已经死去的类似的作家是什么样子,并且可以使批评精神完整地重建一代人的谱系。由于他对美的爱,巨大的、丰富的、不断更新(请比较最近关于彼得堡和涅瓦河的专栏文章和《意大利》或《山后省》)的爱,泰奥菲尔·戈蒂耶是一位既新又独特的作家。人们可以说他至今尚无替身。

为了问心无愧地谈论服务于爱美的如此顺手的工具,我是说,谈论他的风格,我得有同样的本领才行,即那种永远不出差错的对语言的认识,那种出色的词典,仿佛有神圣的气息吹动书页,翻到之处就正好蹦出贴切的词,唯一的词,那种秩序感,每一

---

① 拉丁文:"宿命"。
② 指希腊神话中的独眼巨人库克罗普斯。

个点画都适得其所,并且不漏掉任何一种色彩。如果人们想一想,在这种神奇的才能上面,戈蒂耶又结合了一种应和及万有象征(它们是一切隐喻的宝库)的天生的巨大智力,人们就明白为什么他总是能够(既不疲倦又无错误)说清楚大自然的万物在人的目光前摆出的神秘的姿态。在词中,在言语中,有某种神圣的东西,我们不能视之为偶然的结果。巧妙地运用一种语言,这是施行某种富有启发性的巫术。这时,色彩说话,就像深沉而颤动的声音;建筑物站立起来,直刺深邃的天空;动物和植物,这些丑和恶的代表,做出一个个毫不含糊的鬼脸;香味激发出彼此应和的思想和回忆;激情低声说出或厉声喊出它的永远相像的话语。在泰奥菲尔·戈蒂耶的风格中,有一种令人陶醉和惊讶的准确性,使人想到由于一种高深的数学的作用而产生出来的奇迹。我还记得,那时我很年轻,当我第一次品味我们的诗人的作品时,一种打得准打得正的感觉使我浑身打战,钦佩之情在我身上引起某种神经质的痉挛。渐渐地,我习惯于完美,我便忘情于这种起伏而闪光的美的风格的运动,仿佛一个人骑在一匹识途的马上,可以想入非非;或像是在一条相当牢固的船上,可以蔑视仪器所未曾料到的天气,可以随意瞻仰大自然在其天才迸发之际所建造的一丝不苟的壮丽布景。正是由于这些与生俱来的、如此精心地加以培植的才能,戈蒂耶常常能够(我们有目共睹)在一家报馆里,坐在一张普通的桌子前,当场写成一篇评论或小说,总之是一种无可指责的完美的东西,写作之快,文字之美,先是在排字工人中引起惊讶,第二天就给读者带来同样多的快乐。这种解决一切风格和结构问题的敏捷使人想到他有一次在谈话中对我说的那句严厉的格言,而他无疑是把它当成了一种坚定不移的责任:"一个人如若被一个无论多么微妙、多么意外的思想弄得手足无措,他就不是一个作家。不可表达之物是不存在的。"

四

　　这种对于美和别致的经常的、顺乎自然的不由自主的关心,应该将作者推向一种适合于他的禀性的小说①。长篇小说和中短篇小说特别具有一种不可思议的灵活。它们适合于各种气质,包容各种题材,随心所欲地追求各种目的,时而探求激情,时而探求真实。某部小说面向大众,某部小说面向内行;某部小说再现往昔时代的生活,某部小说描绘在一个人头脑中进行的静悄悄的悲剧。在诗和历史旁边占有如此重要地位的小说是一种混合的种类,其领域的确是无限的。如同许多其他的杂种一样,这是一个命运的宠儿,事事成功。它的不便和危险仅仅是它的无限的自由。中短篇小说更紧凑,更凝练,享有束缚所带来的永久的好处,即它的效果更强烈;而由于阅读一篇中短篇小说所花的时间远远少于消化一部长篇小说所花的时间,它的全部效果因此一点儿也不会失掉。

　　泰奥菲尔·戈蒂耶的精神是诗的,别致的,沉思的,应该喜欢这一形式,爱抚它,给它穿上各种不同的最合体的衣服;因此,他在他所致力的不同种类的中短篇小说上取得了圆满的成功。他在怪诞和滑稽方面是强有力的。这正是一个沉思者的孤独的快乐,他偶尔打开闸门,让被压制的愉快喷涌而出,他总是保留着这种独特的全为自己高兴的风致。但是,他在那种我称之为诗小说的中短篇小说中得到了最为杰出的表现,表现出了最为肯定和最为重要的才能。可以说,在小说和中短篇小说的无数形式中,最能占据和娱乐人类精神的、最受优待的是风俗小说,这种小说最适合大众。由于巴黎特别喜欢听人谈巴黎,大众也就在这面照见自己的镜子里自鸣得意;但是,当风俗小说没有作者高尚自然的趣味加以提高

---

① 文中凡单称"小说"者,皆指长篇小说。

的时候,它就很可能变得平庸,甚至变得无用,因为在艺术上实用的程度仿佛就是高雅的程度。巴尔扎克所以使这种平民的种类成为一种令人赞叹的、总是珍奇的、常常是卓越的东西,是因为他把全部身心投入其中了。我多次感到惊讶,伟大光荣的巴尔扎克竟被看作是一位观察者。我一直觉得他最主要的优点是:他是一位洞观者①,一位充满激情的洞观者。他的所有人物都具有那种激励着他本人的生命活力,他的所有故事都深深地染上了梦幻的色彩。与真实世界的喜剧向我们展示的相比,他的《人间喜剧》中的所有演员,从处在高峰的贵族到居于底层的平民,在生活中都更顽强,在斗争中都更积极和更狡猾,在苦难中都更耐心,在享乐中都更贪婪,在牺牲精神方面都更彻底。总之,在巴尔扎克的作品中,每一个人,甚至看门人,都是一个天才。所有的灵魂都是充满了意志的武器,这正是巴尔扎克本人。由于外部世界的万物都带着强烈的凸起和惊人的怪相呈现在他精神的眼睛前面,他使他的形象们抽搐起来,使它们的阴影变得更黑,使它们的光明变得更亮。他对细节的异乎寻常的兴趣与一种无节制的野心有关,这野心就是什么东西都看见,也把什么东西都让别人看见,就是什么东西都猜出,也把什么东西都让别人猜出,这种兴趣迫使他更有力地勾画出主要的线条,以便得到总体的远景。他有时让我想到那些蚀刻师,他们绝不满足于腐蚀,而是把雕版的刻痕变成一道道沟壑。奇迹就从这种自然的、令人吃惊的才能中产生;然而,这种才能一般却被说成是巴尔扎克的缺点。正确地说,这恰恰是他的优点。谁能够自诩有这样完美的天赋,能够采用一种肯定可以给十足的平凡铺满光明和鲜红的方法?谁能做到这一点?说真的,谁做不到这一点,谁就终无所成。

泰奥菲尔·戈蒂耶的诗神居住在一个更缥缈的世界中。她很

---

① 迷信认为,这种人能看见反映事物本质的幻象。

少关心——太少了,有些人想——考克莱先生、皮波莱先生①或随便什么先生是如何度过一天的,也很少关心考克莱太太是否喜欢她的邻居(一个看门人)的献媚胜过喜欢药品杂货店主的糖果,后者当年曾是蒂沃里②的最诙谐的舞蹈家之一。这些秘事不关她的事。她喜欢在人少的高处,不喜欢人多的隆巴尔街③,因为她喜欢可怕的、可憎的景物,或者散发出一种单调的魅力的景物。她喜欢爱奥尼亚④的蓝色的海岸或沙漠中刺眼的沙石;她愿意住在布置豪华的房间里,有高雅的香气缭绕。她的人物是神祇、天使、教士、国王、情人、富人、穷人,等等……她喜欢复活已经消逝的城市,让复活的死人再度讲述他们的中断了的激情。她从诗歌借得的不是格律和韵脚,而是它的语言的壮丽或简洁的力量。这样,她就摆脱了眼前的现实所引起的寻常的烦恼,从而更自由地追求美的梦幻;但是,她是一位善于赋予他所想看的一切东西以生命的大师的女儿,如果她不是如此灵活、如此顺从的话,她很可能有让人看不见和摸不到的危险。最后,撇开隐喻不谈,这种诗小说获得了巨大的尊严;它有一种更高贵、更普遍的色彩,但是它也面临着巨大的危险,即它在现实或真实性的魔力方面所失很多。不过,谁能忘记《木乃伊传奇》⑤中的法老的盛宴、奴隶的舞蹈和军队的凯旋呢?读者的想象感到被带进了真实之中,洋溢着真实的气息,陶醉于缪斯的巫术所创造的第二现实。我并未选择例证,我第一个想到的是什么,就拿来作了例子,我本可以举出二十个。

当人们翻阅一位强有力的、总是得心应手的大师的作品时,很

---

① 考克莱是画家加瓦尔尼(Gavarni,1804—1866)创造的一个典型人物,皮波莱是欧仁·苏的《巴黎的秘密》中的一个看门人。
② 巴黎一剧场。
③ 巴黎一条商业街道。
④ 小亚细亚濒临爱琴海中段的一个地区,系古希腊商业和文化中心之一。
⑤ 《木乃伊传奇》,戈蒂耶的小说,发表于一八五七年。

难进行选择,每个看到或想到的片段都是一样的准确和完美。不过,我还是愿意推荐那个如此有名的故事《康多尔王》,不单是作为说话艺术的样品,而且还作为神秘的细腻(因为我们的诗人的感情键盘要比人们一般认为的要宽阔得多)的样品。显然,很难再找出一个更陈旧的主题、更在意料之中的故事结局了,但是,真正的作家喜欢这种困难。因此,全部的优点(语言除外)就在于如何解释了。如果说有一种庸俗的、陈旧的、所有女人都能有的感情,那自然是羞耻心了;但是,这里的羞耻心有一种最高级的性质,使之与一种宗教相似,这是一种对女人本身的崇拜,是一种古老的、亚洲式的、来源于旧世界的羞耻心,是一朵真正的温室里的花朵,后宫或闺房里的花朵。要玷污它,世俗的眼睛并不亚于嘴和手。注视,就是占有。康多尔让他的朋友吉热斯看到了妻子的隐秘的美,因此,康多尔犯了罪,他得死。从此,吉热斯成为一个如此珍惜自己的王后的唯一可能的配偶。但是,难道康多尔没有有力的辩词吗?难道他不是一种既专横又奇怪的感情的牺牲品,一个神经质的、有美感的人没有知己就无力承担一种巨大幸福的重负的牺牲品吗?肯定,对故事的这种解释,对产生了事实的感情的这种分析,大大高于柏拉图的寓言,后者仅仅把吉热斯当做一个牧羊人,拥有一个法宝,借以轻而易举地诱惑了他的国王的妻子。

  这位奇怪的缪斯就是这样,姿态千变万化,服饰花样翻新,四海为家,具有阿西比亚德①的灵活,有时头戴东方的头巾,神情庄严而神圣,衣带随风飘动;有时神气活现,像一位醉意陶然的示巴女王,手拿铜制小阳伞,骑在瓷像上,在那个风流的时代,瓷像是壁炉的装饰。但是她最喜欢的是站在里海芬芳的岸边,用金子般的语言向我们讲述"希腊的光荣和罗马的伟大";而她的确是"从圣

---

① 阿西比亚德,古希腊著名军事家、政治家,苏格拉底的学生。

地回来的真正的普绪喀①"!

　　这种对形式和形式的完美所具有的天生的兴趣,必然使泰奥菲尔·戈蒂耶成为一个完全与众不同的批评家。没有人能像他那样表达看到一件美丽的艺术品时想象力所获得的幸福,哪怕是一件人们所能设想的最冷漠、最可怕的艺术品。丑恶经过艺术的表现化而为美,带有韵律和节奏的痛苦使精神充满了一种平静的快乐,这是艺术的奇妙的特权之一。作为批评家,泰奥菲尔·戈蒂耶在他的《沙龙》和令人赞叹的游记中,了解、热爱和解释了亚洲的美、希腊的美、罗马的美、西班牙的美、弗朗德勒的美、荷兰的美和英吉利的美。欧洲所有画家的作品隆重地汇集在蒙田街,好像是在开美学评议会,是谁第一个而且是最出色地谈论了那个英国的画派?观众中最有教养的人差不多只能根据有关雷诺兹②和劳伦斯③的纪念文章评论两句。是谁立刻就抓住了这些人的各种各样的本质上是创新的价值:莱斯利④;两个亨特,一个是属自然主义画派⑤,一个是拉斐尔前派的领袖⑥;麦克莱斯⑦,大胆的构图能手,充满激情和自信;密莱司⑧,精细的诗人;谢伦⑨,描绘午后公园里的欢乐的画家,风雅如华托⑩,梦幻如克洛德⑪;格兰特⑫,雷

---

① 希腊神话人物,人类灵魂的化身,以少女的形象出现。此句引自爱伦·坡的诗《给海伦》。
② 雷诺兹(Josuah Reynolds,1723—1792),英国肖像画家。
③ 劳伦斯(Thomas Lawrence,1769—1830),英国肖像画家。
④ 莱斯利(Charles Robert Leslie,1794—1859),英国画家。
⑤ 十九世纪初产生于法国的画派,威·莫·亨特(William Morris Hunt)属此派。
⑥ 十九世纪中叶产生于英国的画派,其领袖是威·霍·亨特(William Holman Hunt,1827—1910)。
⑦ 麦克莱斯(Daniel Maclise,1811—1870),英国画家。
⑧ 密莱司(John Everett Millais,1829—1896),英国画家。
⑨ 谢伦(John James Chalon,1778—1854),英国画家。
⑩ 华托(Antoine Watteau,1684—1721),法国画家。
⑪ 当指克洛德·洛兰(Claude Gelée Lorrain,1600—1682),法国画家。
⑫ 格兰特(Francis Grant,1803—1878),英国画家。

诺兹的继承人;胡克①,描绘威尼斯之梦的画家;兰西尔②,他画的动物眼睛里充满了思想;那个奇特的帕顿③,他令人想到福斯利④,怀着另一个时代的耐心渲染着泛神论的观念;凯特莫尔⑤,历史题材的水彩画家;还有一个人我忘了名字(考克莱尔⑥还是坎达尔⑦?),一个好幻想的建筑师?他在纸上建起城市,桥柱是大象,各种船,其中有巨大的三桅船,从它们的腿间驶过。是谁立刻使自己的天才英国化?是谁找到了贴切的词语来描绘英国水彩画迷人的清新和不可捉摸的深刻?哪里有一件艺术作品要描述、要解释,哪里就有戈蒂耶,而且总是做好了准备。

我确信年轻人(那些对美有着天生的兴趣的人们)从他的无数专栏文章和出色的游记文章中补足了他们所缺少的教育。泰奥菲尔·戈蒂耶使他们热爱绘画,正如维克多·雨果劝他们喜欢考古。这种经常的、如此耐心地继续着的工作比初看起来更艰巨,更有价值;因为我们还记得,法国,我说的是法国公众(除了几位艺术家和几位作家之外),是没有美感的,没有天生的美感;他们是哲学家、道德家、工程师,喜欢故事和趣闻逸事,或随便什么东西,但从来也不是自发的艺术家。他们陆续地、分析地感觉,更确切地说,是判断。其他有些民族更为幸运,他们的感觉是立刻的、同时的、综合的。

在只应看到美的地方,我们的公众却只寻求真;应当成为画家的时候,法国人却成为文人。有一次,在一个一年一度的画展上,我看见两个士兵在一幅厨房内景面前大惑不解。一个问(说明书

---

① 胡克(James Clarke Hook,1819—1907),英国画家。
② 兰西尔(E. Landseer,1802—1873),英国动物画家。
③ 帕顿(Joseph Noel Paton,1812—1901),英国历史画家。
④ 福斯利(Johann Heinrich Füssli,1741—1825),瑞士画家。
⑤ 凯特莫尔(George Cattermole,1800—1868),英国水彩画家。
⑥ 考克莱尔(Cockerell,1788—1863),英国建筑师。
⑦ 坎达尔(Henry Clarence, Kendall,1839—1882),澳大利亚著名诗人。

弄错了编号,厨房这幅画标的是一幅描绘一次著名战役的画的编号):"可拿破仑在哪儿呢?"另一个答道:"笨蛋!你没看见他们正在为他的归来准备汤吗?"说罢他们走了,对画家感到满意,对自己也感到满意。这就是法国。我把这故事讲给一位将军听,他借题称赞了一番法国士兵无与伦比的智力。他本该说:所有法国人在绘画方面都有无与伦比的智力!这些士兵本人,就是文人!

五

唉!法国也并非诗人。我们这些人,就连其中最少沙文主义的人,都会在远离法国的地方的某张饭桌上捍卫法国,可是在这里,在家里,还是让我们说出真相吧:法国不是诗人,说到底,她甚至对诗感到一种先天的厌恶。在写诗的作家中,她总是喜欢那些最散文化的人。我的确觉得——原谅我吧,缪斯的真正的情人们!——当我在本文的开头说,对于法国来说,只有用政治来提味的美才易于消化时,我的心里是很害怕的。恰恰应该说相反的话:不管调味品如何政治化,美总是引起消化不良,或者更确切地说,法国的胃立即拒绝接受美。我认为,这不仅仅是因为法国生来就注重追求真甚于追求美,还因为她的思想家们具有空想的、共产主义的、炼丹术的特点,只允许她有一种排他性的激情,即对社会形态的激情。在这里,每个人都想和大家相像,但是条件是大家要像他。从这种矛盾的专制中,产生出一种仅仅施于社会形态的斗争,一种一致的水平,一种普遍的相似;因此任何独创性都遭到毁灭和压迫;因此不仅在文学方面真正的诗人被看成是令人惊异的、奇怪的人物,甚至在所有带创造性的种类中,伟大的人物都被视为怪物。相反,在别的国家里,独创性稠密大量地产生,就像野生的草地一样。在那里,风俗允许它这样。

那么,就让我们秘密地、偷偷地爱我们的诗人吧。在外国,我们有权利引为自豪。我们的邻居说:莎士比亚和歌德!我们可以回答他们:维克多·雨果和泰奥菲尔·戈蒂耶!有人可能会感到惊奇,对于成就后者的主要荣誉和获得光荣的主要资格的那种体裁,我谈得反而比其他体裁少。我当然不能在这里上一堂完整的诗学和韵律学课。难道在我们的语言中存在着足够丰富、足够精微的用语来解释某种诗吗?我能够找到它们吗?有些诗就像某些美丽的女人一样,独特性和规范性集于一身,人们无法描述她们,只是爱罢了。一方面,泰奥菲尔·戈蒂耶继续了夏多布里昂开创的伟大的忧郁派。他的忧郁具有一种更积极、更物质的性质,有时候接近于古代的忧愁。有些诗,如《死亡的喜剧》和受到西班牙旅行的启发而写的那些诗,流露出虚无引起的眩晕和恐惧。请再读读写苏巴朗①和瓦尔戴斯-莱阿尔②的那些诗,对乌鲁涅③的钟盘上刻有的格言的令人赞叹的改写,那格言是:所有的小时伤人,Vulnerant omnes,ultima necat④;还有那首绝妙的交响曲,叫作《黑夜》。我说"交响曲",因为这首诗使我想到了贝多芬。这位被指责为肉感的诗人有时候甚至结结实实地跌进天主教的恐怖之中,他的忧郁是那样的沉重。另一方面,他在诗歌中引进了一种新成分,我称它为通过艺术、通过一切赏心悦目的精致东西来得到慰藉。在这方面,他进行了真正的改革。他让法国诗说出了比以往说过的更多的东西,他知道如何用无数闪光突出的细节装饰法国诗,而不损害整体的剪裁和轮廓。他的诗既庄严又高雅,俨然像盛装的宫廷人物走起来雍容大度。总之,这是真正的诗的特点,犹如大河接近海洋即它们的死亡和终点时,流动均匀,避免匆忙和跳动。抒情诗是向前冲的,但它的动作总是富有弹性和波动性。一

---

① 苏巴朗(Francisco Zurbaran,1598—1664),西班牙画家。
② 瓦尔戴斯-莱阿尔(Juan de Valdés-Léal,1622—1690),西班牙画家。
③ 西班牙地名。
④ 拉丁文:"最后一小时杀人"。

切突然的、粗暴的东西都使它不快,它把这些送给戏剧或风俗小说。令我们热烈地喜爱其才能的诗人对这类大问题了解得很透彻,他系统地、不间断地把亚历山大诗体的庄严引入十音节诗(《珐琅与雕玉》),就证明了这一点。这里尤其显示了通过绘画和音乐两种成分的融合、通过旋律的宽广以及极其准确的匀称而系统的韵脚的色彩所能获得的全部效果。

我还有必要提到那一系列由几个诗节组成的小诗吗？它们都是优雅或朦胧的插曲,有的像雕塑,有的像花朵,有的又像珠宝,但都有一种比中国和印度的色彩更细腻更明亮的色彩,都有着一种比大理石制品或水晶制品更纯净更清晰的轮廓。爱诗的人都把它们铭记在心里。

六

我试图表达(我真的成功了吗？)我对泰奥菲尔·戈蒂耶的作品的钦佩之情,并陈述这种感情所以合理的原因。有些人,甚至作家中也有些人,可能不同意我的意见;但很快大家都会接受我的看法的。在公众面前,他今天还只是个迷人的才智之士,但是在后世人面前,他将是一位文学巨匠,不仅是法国的,也是欧洲的。从他的讥讽、嘲弄、坚决不受骗的决心来看,他有点儿法国人的意思,然而,他若完全是个法国人的话,他就不会是位诗人了。

他的品行是那样的纯洁,那样的可亲,他热心助人,他能够坦率的时候,即他的面前不是一个对立的俗人的时候,他是很坦率的,他完成工作像时钟一样准时,这些我还要说吗？有什么用呢？所有的作家都有过许多机会欣赏这些高贵的优点。

人们有时候指责他的思想中缺少宗教和政治;我有兴致的时候,可以再写一篇文章彻底驳斥这种不公正的错误看法。我知道(这于我足矣)有才智的人会理解我的,如果我对他们说,他的优秀的智力中所包含的秩序足以使他避免政治和宗教方面的错误,他比其他人更能感到从上至下写在自然上面的、无限所具有的各种程度上的那种宇宙等级。另外有些人谈到他外表冷漠和缺乏人情味。这种批评也是轻率的、鲁莽的。在某些可以引起一番慈善议论的问题上,任何热爱人类的人都不会不引用这句名言:

我是人,人所具有的一切我都具有。①

作为一位诗人,他有权回答说:"我肩负着这样重大的责任,quidquid humania me alienum puto②,我的工作是超人的!"不过,他不必滥用他的特权,他可以简单地回答(我知道他的心是很温柔的,很有同情心的,我知道他有这样说的权利):"你们以为我冷漠,可你们没看见我这有意的平静是如何不断地受到你们的丑恶和愚昧的干扰,平庸的、罪恶的人啊!你们称为冷漠的东西不过是绝望所表示的顺从罢了。它很少受到感动,它把坏人和蠢人看作是不可救药的;因此,为了避免看见你们的荒唐和残暴这种令人痛心的景象,我才固执地把我的目光转向纯洁的缪斯。"

无疑是这种对说服或改正什么东西所感到的绝望使我们近年来看到戈蒂耶有时显得气馁了,有时对人类进步这位老爷和工业这位强有力的太太说上几句颂扬的话。在这种场合,不应该匆忙地望文生义,而这正好证明"轻蔑有时使灵魂过于善良"这句话该是何等正确。这时,他把他真实的思想留给自己,只不过是以一种微小的让步(会看微言大义的人是能够作出评价的)表示他想和大家和平相处,甚至跟人类进步和工业这些诗歌的专横的敌人和平相处。

我听见好几个人对戈蒂耶从未担任过官方职务表示遗憾。肯

---

① 语出罗马剧作家泰伦斯,原文为拉丁文:"Homo sum;nibil humani a me alienum puto"。

② 拉丁文:"人所具有的一切我都具有"。

定,在许多事情上,特别是在美术①方面,他本可以为法国做出杰出的贡献的。但是,权衡利弊,这样更好;一个人的天才无论多么广,他的善良的愿望无论多么大,官方的职务总要使他精力减退一些,有时他的自由会受到妨碍,有时甚至他的远见也会受到损害。对我来说,我宁愿看到《死亡的喜剧》《克娄巴特拉的一夜》《恋爱的死人》《山后省》《意大利》《反复与曲折》及那么多杰作的作者一如既往:过去最伟大的作家的敌手,后来人的楷模,一颗陶醉于无知和物质的时代中的越来越罕见的钻石,也就是说,一位完美的文人。

---

① 相当于近世所说的美学。

对几位同代人的思考^{*}

一 维克多·雨果①

1

许多年以来,维克多·雨果已经不在我们中间了。我还记得有一段时间他的面孔是人群中最常碰见的面孔之一,好几次看见他那么经常地出现在喧闹的节日上和寂静偏僻的地方,我都自问他如何使艰巨工作所必需的条件和他对散步和冥想所具有的高尚而危险的兴趣统一起来。这种表面的矛盾显然产生于一种很规律的生活和一种强有力的精神结构,后者使他可以一边散步一边工作,或者更确切地说,使他只能够一边工作一边散步。在各种地方,在阳光下,在人流中,在艺术的圣地,在露天的、布满灰尘的书架②旁,沉思而安详的维克多·雨果总是对外部的自然说:"好好地进到我眼睛里吧,让我记住你。"

在我说的那个时代,他在文学方面实行着真正的独裁,我有几次和爱德华·乌里亚克一起碰见他,我通过乌里亚克还认识了贝

---

* 在这个总题下的十篇文章是作者为一部诗集写的介绍文字,曾陆续发表在刊物上。
① 本文最初发表于《幻想者杂志》(1861年6月15日)。
② 指巴黎一些书店的露天书架。

特吕斯·鲍莱尔和热拉尔·德·奈瓦尔①。我觉得雨果是个很温和、很强壮的人,总是能自制,具有一种由几条无可辩驳的格言组成的简明扼要的智慧。很久以前,他就不仅在他的书中而且在他的个人生活的装饰品中表现出对历史建筑、精美的家具、瓷器、版画以及古代生活的一切神秘而光辉的背景具有一种强烈的爱好。看不到这些细节的批评家不是真正的批评家,因为这种通过造型艺术表现出来的对美甚至对奇特的爱好不仅证实了维克多·雨果的文学特性,证实了他的革命的,更确切地说是革新的文学理论,而且对于普遍的诗的特性来说,也是一种不可或缺的补充。满怀苦行主义的热情的帕斯卡尔②执意要生活在只有一把草椅子的四壁之间,圣罗克的一位教士(我想不起来是谁了)不顾喜欢舒适的高级教士的愤慨,把他所有的家具都送进了拍卖大厦,这都很好,很美,很伟大;不过,我若看见一个文人,他并未受到贫困的压迫,却忽视了使眼睛快乐、使想象高兴的东西,我会以为这是一个很不完全的文人,且不说他更坏。

今天,当我们浏览维克多·雨果最近写就的诗时,我们看到他过去是、现在仍然是一个沉思的散步者,孤独而热爱生命的人,充满幻想和疑问的人;但是,他涉足和注目的已经不再是大城市的长满树木和鲜花的郊区了,不是塞纳河的曲折的码头了,不是挤满了孩子的散步场所了。他像狄摩西尼③一样,跟河水和风说话。过去,他孤零零地徜徉在沸腾着人生的地方;今天,他漫步在充满了他的思想的偏僻角落里。也许正因为如此,他更伟大、更独特了。他的梦幻的色彩变得庄严,他的声音深沉如同大海。但无论是过去还是现在,他在我们眼里始终像一尊走动的为沉思建造的塑像。

---

① 热拉尔·德·奈瓦尔(Gérard de Nerval,1808—1855),法国作家。
② 帕斯卡尔(Blaise Pascal,1623—1662),法国学者、思想家、作家。
③ 狄摩西尼(Démosthène,公元前384—前322),古希腊演说家、政治家。

2

　　我说的那个时代已经很遥远了,那是一个幸福的文学家们相互支持的时代,一个幸存者们怀念但再也无法找到与之相同的社会。维克多·雨果是一个代表,大家都转向他要求口号。他的王权从未像当时那样合理,那样自然,得到那样热烈的承认,得到反抗的无力那样的肯定。当人们想到法国诗歌在他出现之前的面貌,他的到来给法国诗歌带来的革新的时候,当人们想到他若不来法国诗歌该是多么卑微,多少神秘而深刻的感情将会埋在心头,多少在他帮助下产生的才智之士,多少因为他而闪光的人将会默默无闻的时候,人们就不能不把他看作是一位不可多得的、负有天命的英才。他在文学上,如同其他英才在道德上和在政治上一样,普度众生。维克多·雨果所开创的运动还在我们眼前继续着。他曾得到过有力的辅佐,谁都不否认这一点,但是,如果说成熟的人、年轻的人、有教养的女人今天能够感觉到好诗,感觉到具有深刻节奏和强烈色彩的诗,如果说公众的趣味提高到追求它已经忘却的快乐的程度,那却要归功于维克多·雨果。同时他的有力的激励通过博学的、热情的建筑师之手修复了我们的大教堂、加固了我们用石头做成的古老回忆。对任何人来说,承认这一切都是不需任何代价的,那些不以公正为乐的人例外。

　　在这里,我只能简明扼要地谈谈他的诗才。在许多方面,我无疑只能概述许多已经讲过的精彩意见,也许我能有幸更突出地加以强调。

　　从一开始,维克多·雨果就是一个通过诗来表达我称之为生命的神秘的那种东西的最有天赋的人、最明显的理想人选。自然总是呈现在我们面前,不管我们朝哪个方向转,总像一个谜包裹着我们,它同时以好几种形态出现,每种形态越是可以被我们理解和感知,就越是鲜明地反映在我们心中。这些形态是:形式、姿态和运动、光和色、声音与和谐。雨果的诗句的音乐性与自然深刻的和谐相适应,他是一个雕塑家,在诗中削出事物的不能被人遗忘的外形;他是一位画家,用它们各自的颜色使其光彩夺目。这三种印象仿佛直接来自自然,同时钻进了读者的大脑。从这三重的印象中,产生了事物的寓意。没有任何艺术家比他更普遍,比他更适于和普遍的生命的力量接触,比他更善于不断地沐浴在自然之中。他不仅表达得明确,一丝不苟地翻译出明确而清晰的字面,而且他还带着不可缺少的隐晦表达出隐晦的、被朦胧地显露出来的东西。他的作品充满了这种不同寻常的特色,如果我们不知道他认为这些东西本质上都是自然的话,我们很可能会将其称为卖弄手法。雨果的诗不仅善于为人的灵魂表达出它得自可见的自然的最直接的快乐,而且善于表达通过可见之物、通过无生命的自然(或所谓的无生命的自然)传递的最短暂、最复杂、最道德的感觉(我特意提到道德的感觉);不仅有人以外的一种东西(植物或矿物)的形象,而且还有它的表情、它的目光、它的忧愁、它的温情、它的巨大的快乐、它的讨厌的仇恨、它的沉醉或它的恐惧,总之,换句话说,所有东西中的一切具有人性的东西,以及非凡的、神圣的或恶毒的一切。

不是诗人的人是不懂得这些事情的。有一天,傅立叶①来了,以一种过于夸张的口吻向我们披露相似性的奥秘。我并不否认他的某些细腻的发现的价值,尽管我认为他的头脑过分地热衷于物质的准确,不能不犯错误,不能一下子达到直觉的道德方面的肯定。他本来也是可以细心地向我们披露所有那些优秀的诗人的,人们读他们的作品可以和观照自然一样获得教育。而灵魂更为伟

---

① 傅立叶(Charles Fourier,1772—1837),法国哲学家、经济学家、空想社会主义者。

大的斯威登堡①早就教导我们说天是一个很伟大的人,一切,形式、运动、数、颜色、芳香,在精神上如同在自然上,都是有意味的、相互的、交流的、应和的。拉瓦特②把普遍真理的表现限制在人的脸上,给我们解说了脸的轮廓、形状和大小所具有的精神含义。如果我们把"表现"一词的意义扩大一下(我们不但有这个权利,而且不这样做也是极其困难的),我们就会认识到这样的真理,即一切都是象形的,而我们知道,象征的隐晦只是相对的,即对于我们心灵的纯洁、善良的愿望和天生的辨别力来说是隐晦的;那么,诗人(我说的是最广泛的意义上的诗人)如果不是一个翻译者、辨认者,又是什么呢?在优秀的诗人那里,隐喻、明喻和形容无不数学般准确地适应于现实的环境,因为这些明喻、隐喻和形容都是取之于普遍的相似性这一取之不尽的宝库,而不能取之于别处。现在,我想问问,如果人们不单在我们的历史上,而且在所有民族的历史上细心地搜寻,能否找到许多诗人像维克多·雨果那样拥有一个有关人的和神的相似性的如此壮丽的宝库?我在《圣经》中看到一个预言家,上帝命令他吃掉一本书③。我不知道维克多·雨果在哪个世界中预先吃了他要说的那种语言的词典,但是我看见法语词汇从他嘴里出来就变成了一个世界,一个彩色的、悦耳的、运动的天地。这个人是根据什么样的历史条件、哲学必然性和星辰之合出生在我们中间,我不知道,我也不认为我有义务在此加以考察;也许只是因为德国有歌德,英国有莎士比亚和拜伦,维克多·雨果就理所当然地属于法国了。从各民族的历史中,我看到他们陆续被召唤来征服世界,也许诗的统治和剑的支配是一样的。

在维克多·雨果身上,从这种吸收外部生活的能力中(这种能力就其广度来说是无与伦比的),从沉思的能力中,产生出一种

---

① 斯威登堡(Emmanuel Swedenborg,1688—1772),瑞典神秘主义哲学家。
② 拉瓦特(Johann Caspar Lavater,1741—1801),瑞士作家、哲学家、神学家。
③ 见《圣经·以西结书》第三章。

独特的、疑问的、神秘的、像自然一样广大而细腻、平静而骚动的诗的特性。伏尔泰在什么事情上都看不到或只在很少的事情上才看到神秘,而维克多·雨果是不用伏尔泰的战士般的狂暴来解决事物的难题的,他的敏锐的感觉为他指出了深渊,他看见到处都是神秘。实际上也是,哪里没有神秘呢?浸透了他的好几首美丽诗篇的那种恐惧感,那些诗句的奔腾、堆积和崩塌,那仿佛飞滚的乱石堆一样被迅速卷走的一群群动荡不安的形象,用来表现魅人的黑暗或者神秘所具有的谜一样的面目,上述的一切,其源盖出于此。

3

因此,维克多·雨果不仅是崇高的,而且是普遍的。他的题材何等丰富!尽管它总是完整而密集的,然而又是何等的变化多端!我不知道绘画爱好者中有多少像我一样的人,但是每当我听见有人用谈到鲁本斯①、韦罗内塞②、委拉斯开兹③或德拉克洛瓦一类普遍性的画家使用的那种夸张语言来谈论一位风景画家(不管他是多么完美)、动物画家或花草画家的时候,我就禁不住要大光其火。实际上我认为一个不是什么都会画的画家是不能被称为画家的。我上面提到的这些杰出人物能够完美地表现每一位专家所表现的一切东西,但是此外,他们还拥有一种想象力,一种向所有人的精神生动地说话的创造力。你们一想告诉我什么是完美的艺术家,我的思想就立刻想到必须在所有的体裁中达到完美,而并不是停留在一种体裁的完美上面。一般地说在文学上,具体地说在诗歌上,情况都是如此。一个人不能描绘一切,宫殿和破屋,温柔的感情和残忍的感情,家庭的温情和普遍的仁慈,植物的优雅和建筑的奇迹,一切最温柔的东西和一切最可怕的东西,每一种宗教的内

---

① 鲁本斯(Peter Paul Rubens,1577—1640),佛兰德斯画家。
② 韦罗内塞(Véronèse,1528—1588),意大利画家。
③ 委拉斯开兹(Diego Velasquez,1599—1660),西班牙画家。

在之义和外在之美,每一个民族的精神的和肉体的面貌,总之是一切,从可见到不可见,从天堂到地狱,他就不算是一位真正的诗人;我说的诗人,指的是这个字最广的意义,并且考虑了上帝的感情。你们说到某人:这是一位内心的诗人,或家庭的诗人;说到另一个人:这是一位爱情诗人;说到第三个人:这是一位歌颂光荣的诗人;但是,你们根据什么权利这样限制每个人的才能的范围?你们想说某人歌颂光荣,因此他就不适于歌唱爱情吗?这样,你们就取消了诗这个词所具有的普遍的含义。如果你们的意思不是简单地指某些并非由于诗人本身的原因使他迄今为止只搞某一种题材,那我就永远认为你们说的是一位可怜的诗人,一位不完全的诗人,不管他在他的种类中是多么能干。

啊!对于维克多·雨果,我们用不着做这些区分,因为他是一个没有边界的天才。在他的作品中,仿佛是生活本身使我们眼花缭乱,把我们迷住了,裹住了。空气的透明,天空的穹顶,树木的面孔,动物的目光,房屋的轮廓,在他的书中都被一位熟练的风景画家的画笔勾勒出来了。他处处都灌注了生命的骚动。如果他描写海,没有一幅海景画能与之媲美。船划破水面或穿过怒涛胜过其他画家的船,具有那种热情洋溢的斗士的面貌,那种从木、铁、绳、布组成的几何的、机械的器具中神秘地表现出来的坚毅粗犷的性格,这是人创造出来的可怕的怪兽,风和浪使它平添了一种姿态的美。

说到爱情、战争、天伦之乐、穷人的忧伤、民族的壮美以及一切特别关系到人,尤其是那些成为静物画家和历史画家的东西,我们见到过比维克多·雨果的抒情诗更丰富更具体的东西吗?如果篇幅允许的话,这里无疑可以分析一下笼罩和贯穿着他的诗的明显地属于作者本人性情的道德氛围。在我看来,这种道德氛围具有一种明显的特征,即对很强大的东西和很弱小的东西的同等的爱,这两个极端对诗人所产生的吸引力来自一个唯一的根源,即力量本身，他所拥有的原初的活力。力量使他欢悦，使他陶醉，他走向它如同走向一位亲人，这是手足的吸引力。因此，他不可抗拒地被引向无限的各种象征，海洋、天空；被引向力量的各种古老的代表，《荷马史诗》或《圣经》中的巨人、勇士、骑士；被引向巨大而可怕的动物。他一边玩耍一边抚摸着那使一双软弱的手害怕的东西，他在无限之中活动而不感到眩晕。同时，由于一种出自同一根源的不同的倾向，诗人又总是表现出他是一切软弱的、孤独的、悲伤的、一切具有孤儿性质的东西的温柔朋友，这是父子的吸引力。强者在一切强大的东西中找到了兄弟，而在一切需要保护或安慰的东西中看见了他的孩子。正是从给予强者的力量本身和信心之中产生出公正和仁慈的精神。因此，在维克多·雨果的诗中不断地对堕落的女人、对被我们社会的齿轮碾碎的穷人、对成为我们的贪婪和专制的牺牲品的动物发出爱的声音。很少有人注意到善良带给力量的魅力和愉快，而这在我们的诗人的作品中屡见不鲜。一个巨人的脸上出现了一丝微笑和一滴眼泪，这是一种近乎神圣的独创。就是在他的那些写感官之爱的小诗中，在那些写充满快感和旋律的忧郁的诗节中，人们也听见了仁慈深沉的声音，仿佛是一个乐队的不间断的伴奏。在情人的外表下，人们感觉到那是一个父亲，一个保护人。这不是那种喜欢训诫的道德，那种因其学究的神气、教训的口吻能够败坏最美的诗的道德，而是一种受神灵启示的道德，它无形地潜入诗的材料中，就像不可称量的大气潜入世界的一切机关之中。道德并不作为目的进入这种艺术，它介入其中，并与之混合，如同融进生活本身之中。诗人因其丰富而饱满的天性而成为不自愿的道德家。

4

极端，无限，这是维克多·雨果的天然领域，他在其中活动得如鱼得水。他在描绘包围着人类的一切可惊可怖之事时所一贯展示的天才的确是神奇的。尤其是近年来,他受到了发自一切事物的玄学的影响,生出一种被无数斯芬克司纠缠不已的俄狄浦斯的好奇心。谁不记得写于很早以前的《梦幻的斜坡》呢?以这首迷人的诗为代表的那一系列诗歌被一种能力统率着,他的近作的很大部分似乎是这种能力的一个正常而巨大的发展。可以说,此后疑问更频繁地站立在梦幻的诗人面前,在他的眼中,自然的各个方面不断地生出问题。"一"这个父亲何以能生出"二"?何以最终变成了"数"这个不可胜计的民族?神秘啊!数的无限的整体应该或者能够再度聚合在原初的统一之中吗?神秘啊!在诗人最近的作品中,对于天空的暗示性的观照占有一个巨大的、主导的位置。不论什么题材,总有天空主导着它,控制着它,仿佛一个不动的穹顶,神秘以光明为伴,在其中飞翔、闪烁,诱发好奇的梦幻,把灰心丧气的思想驱走。啊!尽管有了牛顿①,有了拉普拉斯②,今天,天文学的确实性并非那么大,梦幻仍可存身于尚未被现代科学探索过的那些巨大的空白之中。诗人让他的思想在猜测的令人心醉的迷宫中徜徉,是很合乎情理的。曾经在随便哪一个时代或被随便哪一派哲学讨论或研究过的一切问题,都不可避免地到诗人的作品中要求一席地位。星辰的世界和灵魂的世界是有限的还是无限的?无论在巨大的范围或在狭小的范围,永远有存在物产生吗?我们想要当做存在物的无限增殖的,仅仅是一种赋予存在物以生命的、朝向受制于一种至高无上、包罗万象的法则的时代和环境的循环运动吗?物质和运动仅仅是一个时而让人们去生活时而又把他们唤回到自己怀抱中去的上帝的呼吸吗?繁多能变成单一吗?能重新变成万有吗?而万有出于其唯一的幸福和唯一的职能

---

① 牛顿(Isaac Newton,1642—1727),英国科学家、思想家。
② 拉普拉斯(Pierre-Simon de La Place,1749—1827),法国科学家。

就是不断地产生的上帝的思想吗？这产生出来的东西有朝一日会取代我们的世界以及我们看见悬在我们周围的那些存在物吗？对于道德的适应的猜测，对于这些存在物，我们的不相识的邻居的去向的猜测不是也自然而然地在诗的广阔领域中占有一席地位吗？发芽，诞生，开花，天体、星辰、太阳的持续的、同时的、缓慢或突然的、渐进或完全的产生，你们仅仅是上帝的生命的形式吗？或者是他出于仁慈或公正为那些他愿意教育和使之渐渐接近于他本人的灵魂所准备的住所吗？永远被研究但也许永远不能认识的大千世界啊，你们说，你们通向天堂、地狱、炼狱、牢房、别墅、宫殿，还是……？那些负有天命的变化无常的系统和新群体，它们具有意料不到的形式，接受不曾预想的组合，服从未经记载的律令，仿效一种人类的圆规不能解的过于广阔和复杂的几何，让它们能够从未来的混沌之境中迸射出来吧，在这一思想中，有什么过分的、怪诞的、超出诗的猜测的合法界限的东西呢？我喜欢"猜测"这个词，它可以差强人意地说明任何诗歌的超科学性。在维克多·雨果以外的其他诗人手中，同样的主题、同样的题材会很容易地采取一种说教的形式，而这是真正的诗歌的最大敌人。用诗句来叙述道德的世界或星辰的世界据以运动的已知的规律，就是描写已被发现的东西和整个落在科学的望远镜和圆规下面的东西，就是自贬于科学的责任并侵犯其职能，就是用多余的饰物难为自己的传统的语言，这对韵律是危险的；但是，纵情于由地上和天上的生活展示的无穷场景暗示的梦幻，却是任何人，主要是诗人的合法权利，诗人有权利用一种有别于散文和音乐的华美语言来译解好奇的人类所进行的永恒的猜测。

描写现存之物，诗人就降格了，流入了教师之列；叙述可能之物，他就是忠于职守；他是一个集体的灵魂，询问，哭泣，希望，有时则猜测。

5

　　维克多·雨果的使我们感到愉快的一部新作又给这种可靠的趣味提供了一个新证明,我说的是《历代传说》。在民族的生命的初期,诗歌既是其灵魂的表现,又是其知识的宝库;诗体的历史违反了历史和诗歌这两种体裁所必须遵循的规律,这对两位缪斯都是一种凌辱。在文化极为发达的时期,精神世界中出现了劳动分工,加强和改善了每一部门,谁这时还想创作那种更为年轻的民族所理解的史诗,谁就会减弱诗所具有的神奇的效果,哪怕只是由于作品不堪忍受的冗长,同时也会部分地取消年长的民族要求于历史的智慧和严肃。因此大部分时间里产生的只是一种可笑的乏味。一位法国哲学家[①]认为可以不要古代的优雅,不经长期的研究就立刻用诗来写论文,尽管他做出了种种令人尊敬的努力,拿破仑今天仍然是历史的,而不能成为传说。一个人,甚至一位天才,也不能这样人为地使时代倒退,更不允许这样做。这样的念头只能出现在一位哲学家或一位教授,也就是说一个脱离生活的人的思想里。当维克多·雨果在他初期的诗作中试图把拿破仑表现为一个传奇式人物的时候,他还是一个说说而已的巴黎人,一个受到感动、想入非非的同时代人,他提到了将来可能的传说,而并没有专横地将其推向过去。

　　再回到《历代传说》吧,维克多·雨果写出了他那个时代的人可能为他那个时代的读者写出的唯一一首史诗。首先,组成这部著作的诗一般说来都很短,而某些诗的短和它们的有力同样地不同寻常。这已经是一个很重要的因素了,这说明他对现代诗的一切可能性具有一种绝对的认识。其次,当他在创作现代史诗即那种从历史中汲取来源或前提的诗的时候,他注意只借用历史能够

[①] 指埃德加·基奈,他写有史诗《拿破仑》。

合理地、有益地借给诗的东西,我指的是传说、神话、寓言,它们仿佛是民族生命的凝聚,仿佛是一个幽深的水库,其中沉睡着人民的血和泪。最后,他没有特别地歌唱某个民族、某一时代的激情,他一下子登上了一个哲学高地,诗人在那里可以用一种同样好奇、愤怒或温柔的目光察看人类的一切演变。他何等庄严地让一个个世纪从我们面前走过,仿佛幽灵从墙壁中走出;他带着何等权威让它们一一活动起来,各自有完美的服装、真正的面目、诚挚的举止,我们都看得清清楚楚。这位魔术师用何等卓越而细腻的艺术、何等了不起的通俗让这些世纪说话和动作,对此,我并非无法解释,但是,我坚持要指出的是,这种艺术只是在传说的环境中才能活动自如,是场地的选择(魔术师的天才除外)便利了场景的变化。

我们的目光盯着、我们的耳朵冲着那流亡地的深处①,可爱而又可敬的诗人从那里向我们宣布了新的诗作。他向我们证明,尽管他的确受到了限制,可诗的领域却由于天才的权利依旧是几乎没有界限的。他是在什么样的东西中、通过什么新方式发现他的证据呢?如同对任何事物一样,他赋予诙谐、永生的快活、欢乐、超自然、神奇和美妙一种巨大的、至高无上的性质,他想要从此向它们借得前所未识的魅力吗?批评还不能这样说,但它可以肯定的是,他属于那种罕见的人物,这种人在文学界比在其他领域尤为罕见,他们从岁月中汲取新的力量,他们由于一种不断重复的奇迹而越来越年轻、越来越强壮,直至坟墓。

二 奥古斯特·巴尔比埃②

如果我说奥古斯特·巴尔比埃的目的曾经是对美的探求,是

---

① 一八五一年路易-波拿巴政变后,雨果被迫流亡国外。
② 本文最初发表于《幻想者杂志》(1861年7月15日)。

他的唯一的、首要的探求，我相信他会生气的，而且显然他有这个权利。不管他的诗是多么出色，诗本身却不曾是他的主要的爱。他显然为自己规定了一个他认为尊贵得多、高尚得多的目的。我没有足够的权威，也没有足够的雄辩，不能使他认识错误，但是我将利用这个机会再次谈谈善与美的联系这个乏味的问题，只是由于人们思想的贫弱，这个问题才变得隐晦和含糊。

我感到尤为高兴的是，一方面，这位诗人功成名就，后世将不会忘记他；另一方面，我本人对他的才能有一种为时已久的高度的赞赏。他写出了精美的诗行，他天生雄辩，他的心灵常有使读者振奋的跳动。他的语言刚劲优美，几乎具有拉丁文的魅力，常射出壮丽的光彩。人人都还记得他最初的诗作。他的光荣是最名副其实的那种光荣。这些都是毋庸置疑的。

然而，这一光荣的根源并不是纯粹的，它生自机会。诗是自足的，诗是永恒的，从不需要求助于外界；而奥古斯特·巴尔比埃的光荣的一部分得之于环境，他的最初的诗就是在那种环境中写的。使这些诗受到赞赏的，是使它们活跃起来的情绪的激动，而不是像他以为的那样，是这些诗所要表达的正直的思想。"Facit indignatio versum."①一位古代诗人这样告诉我们，不管他多么伟大，他这样说是有个人考虑的。这句话是对的，但是，就美来说，单纯地出自对诗的爱而写的诗要比出于愤怒而写的诗有更多的机会。世界上到处是很愤怒的人，但是他们可能永远也写不出美丽的诗。因此，我们一开始就指出，如果奥古斯特·巴尔比埃是一位大诗人，那是因为他拥有或部分地拥有造就一位大诗人的才能，而不是因为他表达了正派人的愤怒的思想。

事实上，在这个普遍的错误中，有一种很容易澄清的混乱。某

---

① 拉丁文："愤怒出诗。"出自古罗马讽刺诗人尤维纳利斯（约60—约140）《讽刺诗》第一卷。

一首诗是美的和正派的,但是它并非因为正派才美;某一首诗是美的和不正派的,但它的美并非来自它的不道德,更准确地说,美的东西并不比不正派更正派。我知道,更为经常的是,真正美的诗把灵魂带向天堂,美是一种强有力的品质,不能不使灵魂变得美好,然而,这美是一种全然没有条件的东西。可以打一个很大的赌,诗人们,如果你们想事先承担一种道德目的,你们将大大地减弱你们的诗的力量。

和这种强加给艺术品的道德条件同样可笑的是,有些人想让艺术品接受另一种条件,如表达思想,或表达与艺术不相干的领域中的观念,科学观念、政治观念,等等……这就是那些错误思想的出发点,至少是那些并非绝对是诗的、想和诗讲道理的思想的出发点。那些人说,观念是最重要的东西(他们应该说:观念和形式是合二而一的东西)。自然而然地,不可避免地,他们心中立刻想到:既然观念是最重要的东西,不那么重要的形式就可以被忽视而没有什么危险。结果是诗的毁灭。

于是,在天然的诗人而且是大诗人的奥古斯特·巴尔比埃那里,对表达正派或有用的思想的经常而唯一的关心渐渐导致对正确、文雅和完善的漠视,仅此一端就足以造成衰落。

在《诱惑》(他的第一首诗,在他的《讽刺诗》的后来的版本中被取消)中,他立刻表现出一种崇高,一种气派的庄严,这是他真正的独特之处,他的这种独特从未离开过他,即便在他最不忠于纯粹的诗的观念的时候也未曾离开过他。这种自然的崇高,这种抒情的雄辩,光彩夺目地表现在所有那些适应一八三〇年革命及随之而来的精神和社会动乱的诗中;但是,我重复一遍,这些诗是应时而写的,不管它们多么美,都打上了时势和时式的可悲的印记。我的诗,生硬而粗糙,本是个正派人,诗人喊道。但是,他是作为诗人在资产者的谈话中搜罗愚蠢道德的陈词滥调呢,还是作为正派人想要把穿白衣的墨尔波墨涅①唤回到我们的舞台上,从而把维克多·雨果和大仲马的戏剧赶下去呢?我注意到(这不是笑谈),过于喜欢实用和道德的人通常是忽视语法的,正如那种被激情所裹挟的人一样。看到一位如此有天才的诗人在那些单音节的词和双音节的词碍手碍脚时就取消冠词和物主形容词,因为一个词的元音数目对他合适就在与习惯相反的意义上使用它,这是一件令人痛苦的事情。我不认为这种情况是出于无能,我要谴责的是那种获得灵感的人所具有的自然的怠惰。在他的关于意大利的衰落及英吉利和爱尔兰的苦难(《眼泪》《拉撒路》)的诗中,像往常一样,我再说一遍,有一种崇高的声调,但是,那种对于实用和道德的爱好败坏了最高贵的印象。如果我不怕诋毁了一位从各方面来看都如此值得尊敬的人的话,我真想说这有点儿像是扮鬼脸。能够设想一位缪斯扮鬼脸吗?此外,这里还表现出一种新的缺点,一种新的做作,不是忽视韵脚或取消冠词,我说的是某种平淡的庄严或某种庄严的平淡,过去曾被当做一种庄严的、动人的朴素。在文学上如同在绘画上、服装上一样,是有流行的式样的。有一个时期,在诗中,在绘画中,天真是一种孜孜以求的目标,是一种新的典雅。平淡成为一种光荣,我还记得,爱德华·乌里亚克曾经笑着给我念了他的作为样板的一句诗:

  圣玛德莱娜修道院的钟,
  …………

  人们可以在布里泽②的诗中发现许多类似的东西,与安托尼·戴尚③和布里泽的友谊促使奥古斯特·巴尔比埃倾向于这种但丁式的鬼脸,我对此并不感到惊奇。

---

① 缪斯之一,司悲剧。巴尔比埃有一首诗以此为题。
② 布里泽(Auguste Brizeux,1803—1858),法国诗人。
③ 安托尼·戴尚(Antony Deschamps,1800—1869),法国诗人。

我们在他的全部作品中，看到了同样的缺点和同样的优点。一切都有一种突然的、自发的样子，那种拉丁文式的刚劲色彩不断地从失误和笨拙中迸射出来。总之，我不需要指出《酒壶》《艾罗斯特拉特》《公民和宗教之歌》都各有一种道德目的。我跳过那本薄薄的《小颂歌》，那只不过是向着古代的优雅做出的令人痛心的努力而已，来谈谈《英雄韵》①。一言以蔽之，时代的全部疯狂无意识地、赤裸裸地显现和暴露了出来。以为大人物作十四行诗为借口，诗人歌唱避雷针和纺纱机。可以猜得到，这种观念和功能的混淆能把我们引到多么不可思议的可笑地步。我的一个朋友曾写过一首关于一位牙科医生的发明的无题诗，诗也可能写得很好，作者也可能信心十足，然而，即便如此，谁敢说这是诗？我承认，当我看到节奏和韵脚遭到这样的浪费时，我就感到难过，那诗人越是伟大，我越是难过。根据许多迹象来看，我认为，今天人们可以肯定这是一个最可怕的、最可笑的、最难以忍受的错误，而不会受到嘲笑，例如说诗的目的是在人民中间播撒光明，借助于韵和数，更容易地把科学发现固定在人们的记忆中。

如果读者注意地跟着我，他对我这样结束这篇文章是不会感到惊奇的，我在其中置入的痛苦远比嘲笑为多：奥古斯特·巴尔比埃是一位伟大的诗人，他将永远被看作是一位伟大的诗人；但是可以说，他是无意中成了伟大诗人的，他试图用一种错误的诗歌观来败坏卓越的诗才，十分幸运的是，这种诗才十分强大，足以抗拒试图减弱它的诗人。

---

① 《英雄韵》出版于一八四三年，《小颂歌》出版于一八五一年。

三　玛丝莉娜·代博尔德-瓦尔莫①

当您向一位朋友透露一种爱好或一种激情时,他不是不止一次地说过吗:"这可怪了！这和您的其他激情以及您的理论是完全不一致的呀？"而您回答说:"这可能,可事情就是这样。我喜欢,也许正因为我的全部身心在其中发现了尖锐的矛盾,我才喜欢呢。"

对于代博尔德-瓦尔莫夫人,我就是这样。如果说呼喊,一个优秀灵魂的自然的叹息,心灵的绝望的野心,突然的不假思索的才能,如果说一切无偿的和来自上帝的东西足以造就伟大的诗人,那么,玛丝莉娜·代博尔德-瓦尔莫就是一位并将永远是一位伟大的诗人。如果您有充分的时间注意她所缺乏的可以通过工作获得的一切的话,她的伟大将会奇怪地减少。但是,有时,您感到被疏忽、困难和混乱搞得心烦意乱和痛苦不堪,而您作为一个深思熟虑、富有责任心的人又把这一切看作是一种懒散的表现,恰在这时,一种突然的、出乎意料的、无与伦比的美站立起来,而您则不可抗拒地被带向诗的天空的深处。从未有过一个诗人比她更自然,没有人比她更少做作。无人能够模仿这种魅力,因为它全然是独创的、天生的。

如果有男人希望他的妻子或女儿获得缪斯的才能和荣誉,他只可希望给予瓦尔莫夫人的那种性质的才能和荣誉。在当代投身于文学的为数相当多的妇女之中,很少人的作品不曾被那种与女性的畸形成比例的男性的可笑打上至少一个污点,如果不成为家庭的甚至情人的烦恼的话(因为最不知羞耻的男人也喜欢他钟爱的对象的羞耻心)。我们见识过博爱的女作者,系统地歌唱爱情

---

① 本文最初发表于《幻想者杂志》(1861年7月1日)。玛丝莉娜·代博尔德-瓦尔莫(Marceline Desbordes-Valmore,1786—1859),法国女诗人。

的女诗人,共和派的女诗人,傅立叶派或圣西门派的歌唱未来的女诗人;而我们的爱美的眼睛始终不能习惯于所有这些精心刻画的丑恶,所有这些亵渎宗教的邪恶(甚至有歌颂亵渎的女诗人),所有这些模仿男性精神的渎圣行为。

代博尔德-瓦尔莫夫人是女人,一直是女人,绝对地是女人,但是她在一种不同寻常的程度上成为女性的一切自然美的诗的表现。她无论是歌唱少女欲望引起的忧郁,歌唱某个被遗弃的阿丽亚娜的沮丧的悲哀,还是歌唱母爱的炽热的感情,她的歌总是有一种女性的美妙口吻,没有仿效,没有造作的装饰,唯有永恒的女性,如同德国诗人说的那样。因此,瓦尔莫夫人是在她的真诚本身之中获得了酬报,即获得了一种我们认为和完美的艺术家的光荣一样牢固的光荣。这支火炬,她在自己心灵的最深处点燃,为了照亮感情的小树林,她在我们眼前摇晃着它,为了让它燃得更亮,她把它放在我们最隐秘的爱情或亲缘的回忆之上。维克多·雨果像表现一切事物时那样,曾经出色地表现过家庭生活的美和魅力,但是,只有在热烈的玛丝莉娜的诗中,您才能发现母亲的卵翼下所具有的温暖,而在女人的儿子中间,那些不像别人那么忘恩负义的儿子还保留着美妙的回忆。如果我不怕拿动物作比会被看成是对这位可敬佩的女人有失尊重的话,我就会说我在她身上发现了爱小崽的母兽如母猫或母狮的那种宠爱、不安、灵活和凶猛。

有人说很早(1818年)就写诗的瓦尔莫夫人今天已经很快地被人遗忘了。请问,被什么人遗忘了?她是被那些什么也感觉不到、什么也记不住的人遗忘了。她有着人们不能不铭刻在心的巨大而有力的优点,她总是突然在人们心中造成深深的创口,她的激情的爆发是富于魔力的。没有一位作者能像她那样轻而易举地找到感情唯一恰当的表达方式以及表现那种浑然不觉的崇高。对这支充满激情的无意识的笔来说,最简单最容易的雕琢都是一个不可克服的障碍,但是,别人艰难地寻求的东西却自然而然地呈现在她面前,她总是有新发现。她像写信一样不经意地随手写出了一个个奇迹。一颗仁慈而热情的灵魂,她在下面这句诗中说得很清楚,但依然是不自觉的:

只要还能给予,就不能死!

她的灵魂太敏感了,生活的凹凸在那上面留下了不可磨灭的印痕,特别是她这样一个渴望喝到忘川①之水的人,是可以这样呼喊的:

如果人不应该摆脱记忆,
死又何益,我的灵魂啊,死又何益?

肯定,没有人比她更有权利在最近一本书的开头这样写:

一颗灵魂囚禁在这本书中!

当死亡来临,把她拖出这个她备受痛苦的世界,把她带到那个她渴望平静快乐的天堂时,代博尔德-瓦尔莫夫人这位缪斯的不知疲倦的女祭司仍不知道沉默,因为她心中充满了想要宣泄的呼喊和歌声,她还在准备一卷诗,清样一张张地摊在两年来她未曾离开过的病床上。那些虔诚地帮助她准备告别人间的人对我说,我们能在那里面发现一种只在痛苦中才感到活得充实的生命力的全部光彩。唉!这本书将成为一顶身后的花冠,而她已经有了那么多如此光彩夺目的花冠,用这些花冠装饰起来的坟墓当是我们的花开最盛的坟墓之一。

我总是喜欢在外部的可见的自然中寻找例子和比喻来说明精神上的享受和印象。青年人的眼睛,在神经质的人那里,是既热情又敏锐的,当我带着这样一双眼睛阅读瓦尔莫夫人的诗歌的时候,我的感受使我陷入冥想。我觉得她的诗像一座花园,但不是庄严

---

① 忘川,典出希腊神话,又译勒忒河,冥府的河流之一,亡灵喝了该河的河水就会忘掉过去的一切,故曰忘川。

壮丽的凡尔赛,也不是那种巨大、夸张、优美如画的巧妙的意大利式花园,意大利是深知造园艺术(adificat hortos①)的,不,甚至也不是我们的老约翰-保尔的笛谷或特那尔山②;那是一座普通的英国花园,浪漫而热情。一丛丛鲜花代表着感情的丰富表现,清澈而宁静的池水映照着反靠在倒扣的天空上的各种东西,象征着点缀有回忆的深沉的顺从。在这座属于另一个时代的迷人的花园里,什么也不缺少,既有几处哥特式的废墟隐藏在田野中,又有不为人知的坟墓在小路的拐角突然抓住我们的灵魂,劝它想着永恒。弯弯曲曲、浓荫匝地的小路通向骤然出现的天际。这样,诗人的思想经历了变幻无穷的曲折,朝着过去或未来的广阔远景打开了,但是,天空太大,不能到处都一样纯净;天气太热,不能不出现暴风雨。散步者一边凝视着这蒙上一重丧服的广阔景色,一边感到一股狂热的泪水,hysterical tears③,涌上了眼睛。花儿打败了似的弯下腰,鸟儿也只能低声地说话。紧接着一道闪电,炸开了一记惊雷:这是感情的爆发,终于,不可避免的泪之洪流给这些消沉的、痛苦的、沮丧的东西带来了一种崭新的青春的新鲜和坚实!

四 泰奥菲尔·戈蒂耶④

感情的呼声总是荒谬的,但正因为它是荒谬的,所以它也是高尚的。Quia absurdum!⑤

共和派有什么需要?

---

① 拉丁文:"造园"。
② 指约翰-保尔(Johann Paul Friedrich,德国小说家,1763—1825)的小说《巨人》中描写的地方。
③ 英文:"狂热的眼泪"。
④ 本文最初发表于《幻想家杂志》(1861年7月15日)。
⑤ 拉丁文:"因为荒谬,所以我相信!"奥古斯丁语。

> 勇气,武器,一点儿面包!
> 为了报仇要勇气,
> 为了打击外国人要武器,
> 而面包是为了弟兄们!

这就是《卡尔玛纽拉》①的意思,这就是荒谬而高尚的呼声。

你们想在另一类的感情中发现一模一样的东西吗?请翻开泰奥菲尔·戈蒂耶的作品吧:勇敢的、陶醉于爱情的女子想要同她的懦弱的、犹豫不决的情人私奔,可他不愿意,说沙漠里没有阴凉没有水,逃走充满了危险。她用什么样的口吻回答?是用感情的绝对口吻:

> 我的睫毛给你阴凉!
> 我们一块儿睡下,
> 我的头发就是阴暗的帐房。
> 　　逃吧!逃吧!
> 幸福压弯了我的心!
> 如果那里缺水,当我们停下,
> 你就喝我的快乐的眼泪!
> 　　逃吧!逃吧!②

在这位诗人的笔下很容易找出其他具有同样优点的例子:

> 我曾向给予生命的爱情要求生命!
> 可是徒劳……③

唐璜喊道,身处灵魂之邦的诗人请他解释生命之谜。

我首先想要证明泰奥菲尔·戈蒂耶拥有,即使不是一位完美

---

① 法国资产阶级革命时期流行的一首歌曲。
② 《私奔》,载《新诗集》。
③ 《唐璜》,载《死亡的喜剧》。

的艺术家也同样是喜欢看热闹的批评家执意说他没有的那种东西:感情。他运用了怎样的语言的魔力多少次表达了柔情和忧郁中最微妙的东西!我不知道为什么,很少有人肯去研究这些美妙的花朵,除了法国人对完美有种天生的厌恶之外,我看不出还有别的原因。在法国引为自豪的无数偏见之中,让我们指出那个家喻户晓、自然而然地成为庸俗批评的第一条格言的思想,即写得太好的作品应该缺乏感情。感情因其民众的、可亲的本质而特别吸引大众,其习以为常的导师尽可能地使他们远离写得好的作品。因此,让我们立刻承认,声望卓著的专栏作家泰奥菲尔·戈蒂耶,作为小说家被了解得不够,作为游记作家被评价得不足,而作为诗人则几乎不为人知,假如人们愿意将他的诗的微小的名声和它们的巨大光辉的价值相比较,就更是如此。

维克多·雨果在他的一首颂歌①中,给我们展现了作为一座死城的巴黎,在这凄凉而庄严的梦幻中,在这堆可疑的、被一股水冲刷着的废墟中,那水在每一座发出声响的桥下碰得粉碎,又流回到低语着的、弯下腰的灯芯草丛中,他还看见三座更坚固的、更难摧毁的建筑物,足以讲述我们的历史。请你们想象一下作为一种死语言的法国语言吧。在一系列新国家的学校里,人们教授一个曾经是伟大的人民——法国人民——的语言。你们想,那时的教授们、语言学家们将在哪些作家的作品中获得对法国语言的原则和魅力的认识?请问,会是在那些感情的或者是你们称为感情的那种东西的储藏室里吗?但是,你们所喜欢的这些作品,由于它们错误百出,将是最难理解和最难翻译的,因为没有什么比错误和混乱更晦涩难解的了。这样的时代也许不像现代的傲慢所想象的那么遥远,如果那时有个热爱美的学者发现了泰奥菲尔·戈蒂耶的诗,我能够预料到、能够理解、能够看到他的喜悦。这才是真正的

---

① 指《凯旋门颂》。

法国语言呀！伟大的人、高雅的人的语言！他的眼睛将闪烁着何等的快乐来察看这些如此纯粹、如此精心修饰过的诗呀！我们的美丽的语言的全部财富，尽管不能被全部认识，却能够被猜出，被赞赏！这位伟大的诗人是一位在比他的同时代人的记忆更细致的废墟中用防腐香料保存的不朽者，想要跟他较量的聪明的翻译者将会获得何等的光荣啊！活着的时候，他忍受着他的同胞的薄情，他等了很久，但他终究得到了酬报。有远见的评论家建立了我们和十六世纪的文学之间的联系，世代相续的历史得到了澄清。在大学里，人们讲授雨果，重复他的话，但是没有一个有学问的人不知道研究他的辉煌的诗歌应该由研究戈蒂耶的诗歌来补充。有些人甚至注意到，当崇高的诗人①被有时不大有益于他的艺术的热情引入歧途的时候，精巧的诗人②却更忠实，更克制，从未偏离正路。另有一些人意识到，他甚至给法国诗歌增添了力量，他扩大了它的领域，增加了词汇，但从未违反这种他从小就必须运用的最严格的语言规则。

　　幸福的人！值得羡慕的人！他爱的只是美，他追求的只是美。当一个怪诞的或丑陋的东西呈现在他的眼前的时候，他仍然知道如何从中发掘出一种神秘的、象征的美！他具有一种独一无二的才能，像命运一样坚强有力，他不知疲倦地、轻松自如地表现了各种姿态、各种目光、自然所接受的各种色彩，以及包容在人类目光所见的各种东西之中的隐秘的含义。

　　他的光荣既是双重的，又是单一的。对他来说，思想和表现并不是两个矛盾着的东西，并非只能通过巨大的努力或者怯懦的妥协才能一致起来。也许只有他才能毫无夸张地说：没有不能表现的思想！如果说我为了向未来争得泰奥菲尔·戈蒂耶应享有的公

---

① 指维克多·雨果。
② 指泰奥菲尔·戈蒂耶。

正而假设法国业已消失的话,那是因为我知道,当人类的精神同意走出现时的时候,它能更好地理解公正这一概念。如同一位旅行者,当他登高的时候,他能更好地了解周围的地形。我不愿意像那些冷酷的预言家们那样喊道:这样的时刻临近了! 即便是为了给我的朋友们以光荣,我也不呼唤任何灾难。我编造了一段寓言,是为了更容易地向思力贫弱或盲目的人说明问题。因为有朝一日人们将引用泰奥菲尔·戈蒂耶就像引用拉布吕耶尔①、布丰②、夏多布里昂一样,就是说,像引用一位在语言和风格方面最可靠、最杰出的大师一样,在有远见的活人当中,有谁不明白这一点呢?

五 贝特吕斯·博雷尔③

有一个人的名字被引用成了谚语和形容词。一八五九年,当一份小报想要表达具有阴郁和极端这种特色的一首诗或一部小说所引起的厌恶和轻蔑时,它就抛出这几个字:贝特吕斯·博雷尔! 于是,一切尽在不言中。判决业已宣布,作者亦应声而倒。

贝特吕斯·博雷尔,或称变狼妄想患者尚帕维尔,《狂想曲》《不道德的故事》和《普提发太太》的作者,是浪漫派的阴暗天空中的一颗明星。一颗被遗忘的或不再发光的星,今天谁还记得他? 谁对他有足够的了解从而有权利能够这样无拘无束地谈论他? "我!"我很愿意这样说,就像美狄亚的话一样:"我,我说,而这就足够了!"④爱德华·乌里亚克是他的朋友,常常随意嘲笑他,可乌里亚克是个小村庄里的小伏尔泰,一切超出常规的东西都使他感到厌恶,尤其是对艺术的极端的爱。唯有泰奥菲尔·戈蒂耶,他的

---

① 拉布吕耶尔(Jean de La Bruyère,1645—1696),法国作家。
② 布丰(Georges-Louis Leclerc de Buffon,1707—1788),法国科学家、作家。
③ 本文最初发表于《幻想者杂志》(1861年7月15日)。
④ 见高乃依悲剧《美狄亚》第一幕第五场。

开阔的思想在事物的无穷色相中感到愉快,他坚决不肯忽略任何有趣的、微妙的、别致的东西,唯有他才会对这位变狼妄想患者的怪异的胡言乱语流露出愉快的微笑。

变狼妄想患者,这称呼叫得好!人狼或狼人,是哪一位仙女或哪一个魔鬼把他投入忧郁的阴森凄惨的森林之中?是哪一个心怀恶意的精灵俯在他的摇篮边,对他说:我禁止你取悦于人?在精神世界中有某种神秘的东西叫作厄运,我们之中谁也没有权利和命运争论。这是一位最少作解释的女神,她比一切教皇和一切喇嘛都更拥有万无一失这种特权。我常常想,一个像贝特吕斯·博雷尔这样的人,他在《普提发太太》的好几个场面中表现出一种真正史诗般的才能(特别是开头的那些场面,描写女主人公的父亲野蛮的、南方式的酩酊大醉;心爱的马给母亲驮回了她心爱的儿子和可怜的旺让斯的尸体,那母亲曾被人强奸,一直对自己的耻辱怀恨在心,她精心地教育儿子以便复仇,可是勇敢的年轻人在第一次冲突中就丧了命;最后,还有对于监狱的丑恶和折磨的描写,直逼麦图林①的魄力),我刚才说了,我常想这位诗人写出了作为《普提发太太》的序言的那首奇特的诗,那音响是如此明亮,那色彩强烈得几近于原始,他怎么竟在许多地方表现出那么多的笨拙,在那么多的冲突和障碍中碰壁,跌进那么多的厄运的深处呢?我没有积极的解释可以提供,我只能指出一些征象,这些征象意味着病态,这种病态喜欢为矛盾而矛盾,随时都准备逆流而上,不考虑阻力,也不计算自己的力量。所有的人,或几乎所有的人,写的字都朝右倾,但贝特吕斯·博雷尔写的字绝对地朝左倾,以至于所有那些写得很工整的字竟像一排排被霰弹打倒的步兵。此外,他工作起来极其艰苦,一封微不足道的最平常的信,一份请柬,一纸寄钱的便条,他都要绞尽脑汁地想上两个或三个钟头,还不算修改和重写。

---

① 麦图林(Charles Robert Maturin,1782—1824),爱尔兰小说家、剧作家。

最后,充斥在《普提发太太》中的奇特的拼法,仿佛处心积虑地要冒犯公众眼睛的习惯,又是补足这个做鬼脸的面孔的一笔。那肯定不是伏尔泰的厨娘和艾尔当①先生所指的那种社交界的拼法,相反,那是一种不止于别致的,利用一切机会很排场地提醒词源的拼法。我不能不怀着一种令人愉快的痛苦心情想象作者为了实现他梦想中的印刷该同负责印刷他的手稿的排字工人进行多少令人疲惫的斗争。这样,他不仅喜欢违反读者的道德习惯,而且也喜欢用书写符号的表现来使读者的眼睛感到气恼和不安。

大概不止一个人会问,为什么我们会给我们自己都认为如此不完全的人在我们的画廊中安排一个位置?这不仅是因为这个人的思想不论多么笨拙、多么令人不快、多么不完全,他有时还向天空送出一种明亮而准确的音调,也因为他在我们这个世纪的历史上起了并非不重要的作用。他的专长是变狼妄想。没有贝特吕斯·博雷尔,浪漫主义就会有一个空白。在我们的文学革命的第一阶段,诗的想象主要是向着过去,它经常接受悔恨的悦耳温柔的音调,后来,忧郁具有了一种更果决、更粗野、更世俗的口吻。一种恨世的共和主义和新流派结成同盟,而贝特吕斯·博雷尔成为"民主青年"②(写作 Bousingots 或 Bousingo)的思想的最傲慢、最反常的表现,因为如何拼写那些产生于时髦和环境的词总是可以游移不定的。这种思想既是文学的,又是共和派的,与日后如此残酷地压迫我们的那种民主的和资产阶级的激情正相反,它被一种无限制、无保留、冷酷无情的对贵族的仇恨煽动起来,既反对国王,又反对资产阶级。它对艺术上一切代表着色彩和形式的极端的东西,对一切同是强烈的、悲观的、拜伦式的东西有着普遍的同情,这是一种特殊性质的兴趣主义,唯有关锁着无聊而不安分的一代青

---

① 艾尔当(原名 André-Alexandre Jacob,1826—1878),法国作家,主张简化拼法以与发音一致。文中的"厨娘"实与伏尔泰无涉。
② 指法国一八三〇年前后鼓吹民主的一些青年人。

年的可憎的环境可以解释。如果复辟在光荣之中正常地发展,浪漫主义是不会脱离王政的,而这个对温和的政治反对派、德拉罗什①的绘画、德拉维涅②的诗和主持发展中庸之道的国王表示同等的轻蔑的新派别也就不会找到存在的理由了。

至于我,我真诚地承认,虽然我感到他很可笑,但我对这位不幸的作家总是怀有几分同情。他的不成功的、雄心勃勃但笨手笨脚的天才只产生了一些精细的草稿和暴风雨中的闪电,还有一些形象,它们的服装或声音中有种过分怪异的东西,损害了天生的崇高。总之,他有他自己的色彩、独特的味道,哪怕他只有意志的魅力,这已经是很多了!他非常热爱文学,而今天那种为了窑户的一块田③随时准备出卖缪斯的文笔漂亮轻捷的作家却比比皆是。

这些说明是我们去年写就的,可能过于严厉了,现在我们获悉诗人刚刚在阿尔及利亚去世,灰心或是蔑视使他远离文学,隐居在那里,死前他献给公众一部预告已久的《塔巴兰》。

六 艾杰西普·莫罗④

同一种原因能造成厄运,也能造成幸运。流浪曾在长时间内是热拉尔·德·奈瓦尔的一大快乐,他从中提取出忧郁,最后,自杀成了唯一可能的结局和疗治。埃德加·坡⑤是个伟大的天才,因酒醉而躺进了水沟。跟随着两位死者的,是长久的号叫和无情的诅咒。谁都不肯表示怜悯,人人都在重复利己主义的仓促的评

---

① 德拉罗什(Paul Delaroche,1797—1856),法国画家。
② 德拉维涅(Casimir Delavigne,1793—1843),法国诗人、剧作家。
③ 犹大用出卖耶稣得到的三十块钱买了窑户的一块田。
④ 本文在作者生前未发表过。艾杰西普·莫罗(Hégésippe Moreau,1810—1838),法国诗人。
⑤ 指埃德加·爱伦·坡(Edgar Allan Poe,1809—1849),美国作家、批评家。

断:为什么要可怜那些活该痛苦的人?何况这个时代宁愿把不幸的人看做无礼之徒。可是如果这不幸的人把思想与苦难联系在一起,如果他像热拉尔一样有非凡的、活跃的、明晰的、敏于学习的智力,如果他像坡一样,是个伟大的天才,像天堂和地狱一样深广,啊,那时,这个不幸的人的无礼就变得不堪容忍了。不是有人说天才是对大众的指责和侮辱吗!但是,如果这不幸的人既无天才,亦无知识,如果人们在他身上找不到什么超凡的、无礼的、阻止大众和他站在同一水平的那种东西,并因此而平等地对待他,在这种情况下,我们就会看到不幸甚至恶习都可以变成光荣的巨大源泉。

热拉尔写了许多书、游记或中短篇小说,都是很有趣味的。坡至少写了七十二篇中短篇小说,其中有一篇跟长篇小说一样长,他写了一些美妙的诗,其风格独特绝伦,准确至极,他至少完成了八百页的批评文字,还有一本高深的哲学著作。总之,坡和热拉尔这两个人,在最广阔和最精微的意义上,都是优秀的文人,尽管行为乖僻。他们恭顺地俯首听命于不可避免的规律,的确,他们是按照某种多少有些神秘的方法工作的,他们自己限定时间,随心所欲,但他们勤奋灵活,利用他们的梦幻或冥想。简而言之,他们轻松愉快地从事着他们的职业。

艾杰西普·莫罗也像他们一样,是个文明世界中的游牧的阿拉伯人,几乎是文人的反面。他的作品不多,但正是这作品之少使他更快地获得了光荣。几支歌,几首半古典半浪漫的诗,吓不着懒汉的记忆。总之,对他来说,万事大吉,精神的命运从未更好过。工作便是他的苦难,放荡是不被理解的天才的一部分。他到处游荡,想歌唱时就唱一番。我们知道有一种理论,那是懒惰的制造者,它完全建立在比喻之上,使诗人自以为是一只小鸟,饶舌、轻佻、不负责任、不可捉摸,随意把窝从一条树枝搬到另一条树枝。艾杰西普·莫罗是个名不副实的宠儿。但是应该解释这种不可思议的好运,而在我谈论他那迷惑人的才能——这种才能曾一度使人们相信他会成为一个真正的诗人——之前,我要展示出其盛名的脆弱而巨大的构架。

在这个构架上,每个懒汉和每个流浪汉都是一根柱子,在这个阴谋中,任何没有才能的坏蛋都自然而然地是同谋。一个真正的伟大的人,他的天才应该用来减少对他的不幸所表示的怜悯,而许多平庸的人却可以声称跟艾杰西普·莫罗升得一样高,他们并不会因此招致过多的嘲笑;如果他们是不幸的,他们自然会有兴趣以此人为例来证明所有不幸的人都是诗人。我说这构架是巨大的,这难道没有道理吗?它竖立在平庸之辈的心灵正中,它用不幸的虚荣建成——这是用之不竭的材料啊!

我说的是不幸的虚荣。有那么一个时期,诗人以呻吟为时髦,那已不再是那种神秘的、隐约的、难以捉摸的痛苦,诗的某种先天的疾病,而是一种确定的又美好又有益的痛苦,比如说,贫穷;他们自豪地说:我饿,我冷!把这种垃圾写成诗是光彩的。没有任何羞耻心来告诫写诗的人,要撒谎就撒谎,他最好在公众面前显得像个亚洲式的巨富,生活在豪华和美的世界里。艾杰西普陷入这种反诗的大错误之中。他谈自己谈得很多,哭自己也哭得很多。他不止一次地模仿安东尼和迪迪埃①们的注定倒霉的姿态,但他加上了一种他认为是优雅的东西,即民主派愤怒的、埋怨的目光。应该承认,他得天独厚,但他很少费力去完善他的禀赋,他首先跟那些人混在一起,他们总是高喊:自然啊,你这后娘!他们指责社会偷去了他们的那一份。把自己写成某种理想的,受苦的,然而是无邪的,生来就注定要遭受不该遭受的苦难的人:

> 一个吃人的妖魔,闻了闻刚刚出生的肉,
> 把哇哇啼哭的我裹进教士的袍中带走,

---

① 雨果戏剧《玛丽蓉·德洛尔莫》中的人物。

> 作为俘虏,我在那群学生中,
> 在那成千地聚集在蒙鲁日的黑色胡蜂中长大。

果真这吃人的妖魔(教士)需要变性才能把哇哇啼哭的小艾杰西普裹在他教士的袍中,裹在他发臭的、令人厌恶的教士的袍(袈裟)中带走!残酷的偷小孩的家伙!吃人的妖魔一词意味着对生肉的确定无疑的兴趣,那么,他为什么还要闻一闻(刚刚出生的)肉呢?我们还在下一句中看到,小艾杰西普并没有被吃掉,因为他长大了(作为俘虏,这是真的),像他的没有被吃人的妖魔吃掉的并向他学习拉丁文的五百个同学一样,这使得殉道者艾杰西普稍许不像那些未曾被一个吃人的妖魔拐走的人写得那么坏。你们大概认出了那件悲惨的教士的袍,一件从克洛德·弗罗洛①和拉莫奈②的衣橱中偷来的破衣服。这里就是艾杰西普·莫罗所感觉到的浪漫主义的笔触;现在该是民主派的音调了:黑色大胡蜂!你们感觉到了这个词的所有深刻含义吗?大胡蜂与蜜蜂正相反,后者是一种更为有趣的昆虫,因为它生来就是勤劳和有用的,像小艾杰西普这被关在大胡蜂中间的可怜的小蜜蜂一样。你们看到了,他在民主的感情上并不比在浪漫主义的表现上更细腻,他理解事物就像把神甫当做懒汉和废物的泥瓦匠一样。

这四句拙劣的诗清楚地概括了艾杰西普·莫罗的诗的道德音调。一种浪漫派的陈词滥调粘在而不是合在一种戏剧性的陈词滥调上。他身上的一切不过是些堆在一起一勺烩的陈词滥调而已。这些东西没有聚合在一起,就是说没有形成一个整体,而是某种像一车乘客一般的东西。维克多·雨果、阿尔弗雷·德·缪塞、巴尔比埃和巴特勒米③轮流向他提供他们的一份东西。他从布瓦洛④

---

① 雨果小说《巴黎圣母院》中的人物。
② 拉莫奈(Félicité de Lamennais,1782—1854),法国作家、思想家。
③ 巴特勒米(Auguste-Marseille Barthélemy,1796—1867),法国讽刺诗人。
④ 布瓦洛(Nicolas Boileau-Despréaux,1636—1711),法国作家。

那里借取了对称的、枯燥的、僵硬的然而光彩夺目的形式。他给我们带来了德利尔①的陈旧的婉转说法,那个没有用的自命不凡的老太婆,她很奇怪地在一八三〇年流行的放荡而露骨的形象中摆出一副目空一切的样子。他有时还照咖啡馆和酒吧间流行的样子以传统的方式取乐,自我陶醉,或者按照贝朗瑞②和德佐吉埃的方式把热烈的抒情分成几段。例如,《两种爱情》,写一个男子陷入平庸的爱情,可他的记忆中还充满着一种理想的爱情。我谴责的不是感情,不是主题,虽说是老生常谈,它毕竟还具有一种深刻的诗的性质,但处理的方式是反人道的。两种爱情像维吉尔③的牧童,以一种数学的令人恼火的对称交替出现。这是莫罗的大不幸。不管他处理什么主题、什么体裁,他总是某个人的学生。对一种借来的形式,他所增加的独特的东西,仅仅是粗俗的笔调而已,如果粗俗的笔调这种俯拾即是的东西可以称为独特的话。尽管他一直都是个小学生,却一副学究气,甚至对感情这种最善于逃避学究气的东西,他也带进去某种巴黎大学和拉丁区的习气。那不是伊壁鸠鲁派的快感,而是被撩拨起来的修道院的肉感、学究的肉感、监狱和宿舍的肉感。他的爱情调笑有一种度假的中学生式的粗鄙。那是淫猥道德的陈词滥调,上一世纪的残羹剩饭,他拿来热一热,再怀着一种孩子或顽童的天真零售出去。

孩子!恰如其分,正是从这个词和它的所有含义中,我将提取我要对他说的一切赞扬的东西。假设他们想的跟我一样,大概谁也不会觉得我在谴责中走得太远以及我夸大其词。不过,这也可能;如果是这样,我也看不出有什么不好,我也不觉得我怎么有罪。行动,反动,宽厚,严峻,交替出现,都有必要。应该恢复平衡。这是规律,而这规律很好。好好想想吧,这里涉及的是一个有人想把

---

① 德利尔(Jacques Delille,1738—1813),法国诗人。
② 贝朗瑞(Pierre-Jean de Beranger,1780—1857),法国歌谣诗人。
③ 维吉尔(Publius Vergilius Maro,约公元前70—前19),拉丁诗人。

他举为一国的诗王的人,而这个国家曾诞生了龙萨①、维克多·雨果、泰奥菲尔·戈蒂耶;最近还有人大张旗鼓地宣布应募为他建立纪念碑,好像他是那种非凡的人物,仿佛慢待他的坟墓就在一国人民的历史上留下了污点似的。难道我们与之打交道的是一个与厄运交战的意志吗,像苏利叶和巴尔扎克那样?是一个身负重任、谦逊地承受并与衰退这越来越大的怪物进行不懈搏斗的人吗?莫罗不喜欢痛苦,他不承认它是一种恩惠,他看不出它包含着高雅的美!再说,他没有见识过这种地狱。为了能从我们这里得到这么多的怜悯、这么多的温情,他自己就应该是温柔的、富有同情心的。他知道一颗不得满足的心所受的折磨吗?他知道一颗爱着而不被理解的灵魂的痛苦的昏厥吗?不。他属于那种旅行者,他们满足于花钱少,面包、酒、奶酪和随便什么女人于他们足矣。

但他是个孩子,是个始终厚颜无耻、经常和蔼可亲和有时迷人的孩子。他有着童年的灵活性和突然性。在文学的青年时代,正如在肉体的青年时代,有某种魔鬼的美,使许多不完美得到宽恕。这里,我们看到的东西更在不完美之下,但有时候我们也被优于魔鬼美的东西陶醉。由于莫罗始终是个孩子,是个小学生,他不能避免这一堆模仿,尽管如此,我们有时仍然发现有喷涌而出的真理的色彩,一种突然的、天生的色彩,这是不能与其他任何色彩混为一谈的。他确是有风度的,这无偿的天赋,他如此愚蠢地亵渎宗教,他这个民主的流浪汉们的无知的鹦鹉,应该大大地感谢这种风度,他的名声和他的一切文学恶习所得到的宽恕都归功于它。

当我们在这包借来的东西中,在这一堆模模糊糊地、不自觉地抄来的东西中,在这一串充满官僚主义和经院派的精神的屁话中发现了刚才谈到的那种意料不到的奇迹的时候,我们感到了某种类似巨大的遗憾的东西。可以肯定的是,这位在他的一些最好的

---

① 龙萨(Pierre de Ronsard,1524—1585),法国诗人。

时候写出过《乌尔齐》和歌曲《农夫和农妇》的作家是能够合情合理地希望更好些的命运的。虽然莫罗不事学习,不做努力,不善择友,不关心能否随意呼唤有利的时刻,他却有时候能够如此确实、简单、优雅地做到独创,那么,如果他接受规则、这种工作的规律,如果他训练和砥砺自己的才能并使之成熟的话,更多更经常的独创他焉能做不到呢!一切都使人相信,他会成为一位出色的文人的。不过,他也确实成不了懒汉的偶像和酒馆的神灵了。这大概是一种什么东西,甚至真正的光荣也不能补偿的光荣吧。

七　泰奥多尔·德·邦维尔①

泰奥多尔·德·邦维尔成名很早,他的《女像石柱集》写于一八四一年。我还记得人们是怀着一种惊异的心情翻阅这本书的,它是那么绚丽多彩,稍许有些模糊,稍许有些混杂。人们都在谈论作者的年龄,但很少有人愿意承认他的惊人的早熟。今天的巴黎是一片混沌,是个杂物堆放处,是座挤满了傻瓜和废物的巴别塔,不讲究消磨时间的方式,绝对地抵制文学的享受。当年的巴黎不是这样。那时候,全巴黎由一些优秀人物组成,负责制造其他人的看法,当一位诗人诞生了,总是他们最先知道。他们自然而然地欢迎《女像石柱集》的作者,把他看作是一个前途远大的人。泰奥多尔·德·邦维尔看来属于那种特别的人物,对他来说,诗是最容易说的语言,思想自己就流进一种节奏里去。

他的最触目的优点是丰富和鲜明,但是,年轻的诗人受到了他的某些先行者的影响,大量的不自觉的模仿,色调的丰富本身,使读者的思想大大偏离他的主要才能,这种才能日后成了他的巨大

---

① 本文最初发表于《幻想者杂志》(1861 年 8 月 1 日)。泰奥多尔·德·邦维尔(Théodore de Banville,1823—1891),法国诗人。

的独创性,他的光荣,他的商标,我指的是感情表达的可靠性。请注意,我并不否认《女像石柱集》中有几首诗,就是在今天,诗人也可以骄傲地署上自己的名字;我只是想指出,整部作品虽然有光彩,富于变化,但是并没有一下子就表露出诗人的特性,也许是由于这种特性尚未形成,也许是由于诗人还处于那个伟大时代的诗人们迷人的魅力的控制之下。

然而在《钟乳石集》(1843—1845)中,思想却显得更清晰更明确了,追求的目标更容易被理解。色彩不似先前用得那么慷慨,却闪现出更为强烈的光亮,每一种东西的轮廓都被勾勒得更明确。《钟乳石集》形成了诗人成长过程的一个特殊阶段,他仿佛想对他的过于慷慨、过于随便宣泄感情的原始才能来一个反动。这本集子中的好几首最优秀的诗都是很短的,具有一种古陶器的素雅。但是,那只是在后来,经过了千百种困难、千百种只有缪斯的真正情人才能给予公正评价的技巧的磨炼之后,诗人才将他本性的丰富和他成熟的经验融合成完美的和谐,使之相得益彰,写出了具有完善的技巧和独特的魅力的诗篇,如《维纳斯的诅咒》《忧郁的天使》,特别是收在他的诗集的第六卷的那几首没有题目、分成数节的诗,这些诗就其大胆、弹性和广阔来说,比之龙萨也毫不逊色,其开头就充满了夸张,预示着骄傲和快乐的超人的跳跃:

> 在你们身上我欢呼新的黎明,
> 　　你们都会爱我的,
> 　未来时代的年轻人,
> 　　啊,神圣的队伍!

然而,这种神秘的魅力究竟是什么呢?诗人自己承认拥有这种魅力,并且把它发展成为一种经常性的品质。如果我们不能准确地给它下个定义,也许我们能找出某些词来描述它,也许我们能知道哪里有它的部分根源。

我不记得我在哪儿说过①:"邦维尔的诗表现了生活的美好时刻,即人们感到思想着和生活着是幸福的那些时刻。"

我在一位批评家的文章②中读过:"要想知道一位诗人的灵魂,或至少要想知道他主要关心的事情,让我们在他的作品中找找看,哪个词或哪些词在其中出现得最为频繁,那个词就说明了萦绕脑际的念头。"

我说:"邦维尔的才能是表现生活的美好时刻。"如果我的感觉没有欺骗我的话(这一点马上会得到证实),如果我在他的作品中发现一个词由于频繁的重复而像是披露了一种自然的倾向和明确的意图的话,我将有权作出这样的结论:这个词比其他任何词都更能表明他的才能的性质的特点,以及在人们感到活得最好的时刻里持续不断的感觉的特点。

这个词就是诗兴,对于作者来说,这个词显然具有一种意义,其含义深广得不可思议。诗兴的确表现了那种几乎是超自然的状态,表现了那种生活的强烈程度:灵魂在歌唱,它不能不歌唱,就像树、鸟、大海一样。通过一种推理,这种推理也许不该让人想到数学的方法,我得出了这样的结论:邦维尔的诗首先暗示着美好的时刻这一观念,然后不间断地把诗兴这个词摆在眼睛的前面,而诗兴又是专门用来表现美好的时刻、火热的精神活力、夸张的人的,一句话,邦维尔的才能从本质上说是抒情的,这一点非常明确,不容置疑。

的确存在着一种抒情的感觉方式。那些最不受自然宠爱的人,那些命运最少给予消遣的人,他们有时觉得,印象之丰富简直使他们的灵魂像是见到了幻象,印象之强烈又简直使他们的灵魂像是升起来一样。在这种美妙的时刻里,整个内心世界变得太轻

---

① 见作者的《断想》。
② 见圣伯夫的《论塞南古》。

太胀,冲向天空,像是要到达一个更高的地方。

因此,也必然存在一个说话的抒情方式,一个抒情的世界,一个抒情的氛围,存在着具有为诗兴①所钟爱的特性的风景、男人、女人和动物。

首先,我们要看到,夸张和呼语不仅是语言最可爱的形式之一,也是它最必然的形式之一,因为这种形式自然地产生于生命力的一种夸大了的状态;其次,我们要注意到,我们灵魂的任何抒情方式都强制我们不要从特殊的、异常的方面看事物,而要从基本的、一般的、普遍的轮廓上去看。诗兴心甘情愿地撇开小说视若珍宝的一切细节。抒情的灵魂跨步很大,仿佛进行综合,而小说家则在分析中感到愉快。正是这种看法使我们能够解释诗人在神话和讽喻中发现了怎样的方便、怎样的美。神话是一部活象形文字的词典,这种象形文字人人都认识。在这里,风景如同形象一样,具有一种夸大的魔力,变成了背景。女人不仅是一种具有至高无上的美丽、堪与夏娃和维纳斯相比的人,为了表现她的眼睛的纯洁,诗人不仅要从一切清澈的、明亮的、透明的东西,从一切最好的反射物,从自然的一切最美的结晶体(顺便指出,在这种情况下,邦维尔最喜欢宝石)借来比喻,他还得赋予女人一种美,人们只能设想这种美存在于一个更高的世界之中。我记得在他的诗中有三个或四个地方,我们的诗人想用一种无与伦比、举世无双的美装饰女人,于是他就说她们有着孩子的头。这是天才的一种特别抒情的笔调,即对超人的事物的爱。很明显,这个用语不言而喻地包含着这样的思想,即最美的人脸是这样的一种人脸:生命的消耗、激情、愤怒、罪恶、苦闷和忧虑从未使其明净变得暗淡,从未使其表面生出皱纹。任何一位抒情诗人,根据他的本性,命中注定地要转向失

---

① 诗兴,原文为 lyre;抒情的,原文为 lyrique,二者实出自一词,由此见出二者之间的联系。

去的乐园。可以说,在抒情的世界中,人、风景、宫殿,一切都被神化了。根据自然的万无一失的逻辑,当诗人要描写一种荣耀和光明的混合物的时候(请相信,他从中得到的乐趣可谓大矣),神化一词是那些不可抗拒地出现在他的笔下的词汇之一。而如果诗人想找机会谈谈自己,他不会把自己写成他俯身在一张桌子上,在一张白纸上涂抹丑恶的、黑色的小符号,或在与不听话的句子搏斗或在同校对的笨拙进行斗争;他也不会写自己身处一个简陋的、悲惨的或一片混乱的房间里;如果他想以死人的面目出现,他不会说自己躺在一口木头盒子里,衣服下的尸体正在腐烂。否则就是撒谎。多丑啊!那将是违背了真正的现实,即违反了他的本性。死去的诗人在仙女和天使中找到仆人并不过分。他只能憩息在绿莹莹的福地中,或在比落日建造的空中楼阁还要美丽还要幽深的宫殿之中。

我身披红袍,加入
　　永恒的狂欢,
在诗人国里畅饮仙露,
　　坐在龙萨身边。

那里一切都闪着神圣的光辉,
　　有波浪,光明,和谐,
女性的形影把我们的眼睛陶醉,
　　它比肉体还要美些;

在仙境的景色里,
　　形影和肉体都将永生,
我们互相讲述抒情的战役,
　　以及我们美好的爱情。

我喜欢这种东西,我在这种直到死后不忘豪华的爱中发现了一种标志着崇高的肯定的标记。诗人为任何触动了诗兴的人写出的这些美妙与豪华打动了我。看到诗人的绝对神化这样直截了当、当仁不让、毫不客气地表现出来,我感到高兴;在这种情况下,谁要是和我的意见不一致,我甚至会说他是个趣味低劣的诗人,不过,我承认,敢于提出诗人的这种权利宣言,非绝对的抒情诗人莫属,而有权提出的人却寥寥无几。

可是,你们会问,一个诗人不管如何抒情,难道他能永远不从那个缥缈的地方下来,难道他能永远感觉不到周围生活的流动、看不见生活的场景、人类这傻瓜的永久的怪诞、女人的令人作呕的愚蠢吗?……当然不是!诗人知道投入生活,但请相信,如果他同意投入生活,那并不是没有目的的,他知道如何利用他的旅行。他能从丑陋和愚蠢中产生出一种新型的奇观。但是在这里,他的诙谐仍包含某种夸张的东西,但过分将摧毁它的辛辣,讽刺将由于一种产生于诗人的本性的奇迹而摆脱它的全部仇恨,爆发出一阵欢乐,此种欢乐因其荒诞无稽,所以天真无瑕。

即便在理想的诗中,缪斯也可以与人来往而并不降低身份。她会到处拾取新的装饰。一种现代的假金箔可以给她女神的美增添一种美妙的风韵、一种新的动人之处(过去叫作刺人)。带裙环的费德尔①曾经疯魔了口味最挑剔的欧洲人,不朽的维纳斯更有理由把她的车子开进卢森堡公园的小树林中去,当她乐意访问巴黎的时候。你们怎么能以为这种时代错误违反了诗人必须遵守的规则以及我们可以称之为他的抒情信念的那种东西呢?难道在永恒之中还能犯时代错误吗?

一言以蔽之,我们认为正确的是,泰奥多尔·德·邦维尔应该

---

① 费德尔,希腊神话人物,忒修斯的妻子,爱上忒修斯和希波吕忒所生之子希波吕托斯,遭拒自缢。

被看作最高级的种类中的一位独创的诗人。事实上,如果全面地看一看现代诗及其最优秀的代表人物,可以很容易地看出,它已经到了一种混合的状态,其性质很复杂,造型的天才、哲学感、抒情的热情、幽默的精神,根据一种变化无穷的比例配合及混合在一起。现代诗歌同时兼有绘画、音乐、雕塑、装饰艺术、嘲世哲学和分析精神的特点,不管修饰得多么得体、多么巧妙,它总是明显地带有取之于各种不同的艺术的微妙之处。有的人可能从中看到了堕落的征象。但这是一个我不想在这里讨论的问题。我已经说过,只有邦维尔才是一个纯粹的、自然的、自愿的抒情诗人。他回过头去寻求诗歌旧的表现方式,他大概觉得这些旧的表现方式完全够用,完全适合于他的目的。

然而,我关于方式的选择所说的话,同样适用于主题的选择,适用于题材本身。直到相当近的时期,艺术,尤其是诗和音乐,只把使精神欢悦当做目的,向它展示表现至福至乐的画面,与我们投身其中的紧张和斗争的可怕生活形成对比。

贝多芬开始用像乌云一样聚集在人的心灵之中的忧郁和不可救药的绝望撼动了世界。麦图林在小说中,拜伦在诗中,坡在诗和分析小说中,都出色地表达了激情的谴责性的部分,虽然他们有的冗长啰唆,受到阿尔弗雷·德·缪塞那样拙劣的模仿,虽然有的简洁得叫人发火,他们在驻于人人心中的潜在的魔鬼身上投射了辉煌的、耀眼的光线。我是说,现代艺术从本质上说有魔鬼的倾向。似乎人的这一地狱部分(人很喜欢自己对自己进行解释)日益增大,仿佛魔鬼把通过人工的方法使之增大作为消遣似的,它俨然是一位饲养员,在家禽饲养场中耐心地填喂人类,以便得到更美味的食物。

但是,泰奥多尔·德·邦维尔拒绝俯身于这鲜血之泽、污泥之渊上。像古代艺术一样,他只表现美的、快乐的、高尚的、伟大的、有节奏的东西;因此,在他的作品中,你们听不见不协调的音调,那种巫魔夜会的音乐的不协调音调,也听不到嘲讽这失败者复仇的尖叫。在他的诗中,一切都有一种欢乐的、天真的气息,即便享乐也是如此。他的诗不仅是一种遗憾、一种怀念,甚至是向着天堂般状况的一种回返。从这一点来看,我们可以把他看作是一位本性最勇敢的独创性诗人。在一片撒旦的或浪漫的气氛中,在诅咒的大合唱中,他有胆量歌唱神祇的善良,有胆量做一个完全的古典主义者。我希望这个词在最高贵的意思上,在真正历史的意思上被理解。

八 皮埃尔·杜邦①

一八四八年之后,皮埃尔·杜邦名噪一时。喜欢口吻严厉、辞藻讲究的文学的人也许觉得这名声大得过分了,然而他们今天也报复得过分了,因为现在皮埃尔·杜邦被不适当地轻视了。

一八四三年、一八四四年和一八四五年,一块巨大的、无边无际的、并非来自埃及的乌云压在巴黎的上空。这块乌云吐出了新古典主义者,他们多如好几个军团的蝗虫。公众对维克多·雨果感到厌倦,对他的不知疲倦的能力和不可摧毁的美感到厌倦,为总是听见他呼唤"正义者"而感到恼怒,以至于一个时期以来,他们在内心一致决定把第一个在他们面前冒出来的庸碌无能之辈奉为偶像。所有的蠢举密谋捧一个平庸之辈,这总是一个讲起来津津有味的故事;但是实际上,在有些情况下,不管话说得多么真实,也不会被人相信。

法国人的这种对古典主义的愚蠢的新迷恋有长久持续下去的危险,幸亏不时有反抗的有力征候表现出来。泰奥多尔·德·邦维尔已经写出了《女像石柱集》,但仍属徒劳,其中所包含的美属

---

① 本文最初发表于《幻想者杂志》(1861 年 8 月 15 日)。

于公众眼下加以拒绝的一类,因为这种美是人们想要压制的强大声音的悠扬回声。

那时,皮埃尔·杜邦向我们提供了他小小的支援,支援尽管不大,效果却很可观。我请我们的一切朋友来作证,他们从那时起矢志研究文学,并对重新出现的歪门邪道感到痛心,我相信他们会像我一样承认皮埃尔·杜邦当时是一个极好的例外。他是一道真正的堤坝,一面使急流改道,一面等待着他自己的诗情衰竭、干涸。

直到那时,我们的诗人还是游移不定的,并不是在同情心上,而是在写作的方式上。他发表了几首诗,趣味是平和的、有分寸的,表现出良好的学识,但风格是折中的,所悬的目标并不比卡西米尔·德拉维涅的高出许多。突然,他获得了启示:他想起了他童年时的激动,想起了童年的潜在的诗意,它过去那么经常地被一种东西触发,我们可以称之为无名氏的诗,称之为歌谣,不是那种趴在公家的办公桌上的所谓文人利用办公的余暇写出来的歌谣,而是偶然遇到的什么人的、农夫的、泥水匠的、运货的马车夫的、水手的歌谣。《农民》这本集子的风格是明确、简短、清新、优美、率直的,仿佛骑手策马飞奔一样,诗句被那些质朴易记的、出自诗人本人之手的曲调带动起来。大家都记得他的成功,当时他是很伟大的,家喻户晓。文人们(我说的是真正的)从中发现了他们的精神食粮。人们对这种田园的美并不是无动于衷的,但是缪斯从中得到的巨大支援是把公众的精神引向真正的诗,看起来,这要比陈规旧习更惹人讨厌,更难得到喜爱。田园诗又被发现了,像弗洛里昂①的假田园诗一样,它也有它的美,但它尤其具有一种尖锐、深刻、得之于主题本身并很快转向忧郁的独特风格。它的情趣是自然的,没有那种十八世纪的画家和作家习用的矫揉造作的手法。这些诗讲述了那些粗犷的人们的欢乐或痛苦,而正是它们的某些

---

① 弗洛里昂(Jean-Pierre Claris de Fliorian,1755—1794),法国作家。

粗俗之处使得人物的高尚正直更加鲜明。一个农民可以毫不感到羞耻地承认,他的牛死了要比他的老婆死了更使他难过,我若看到一个卖艺的对他的马比对他的孩子表现出更多的慈祥、温存、善良的关切,并不会感到不快。在职业的可怕的惯用语下面,埋藏着这种职业的诗意,皮埃尔·杜邦善于发现它,并常常把它表现得淋漓尽致。

一八四六或一八四七年(我想多半是 1846 年),在一次长时间的闲逛中(多幸福的闲逛啊,那时候我们还没有写东西,我们的眼睛盯着一座钟,真是浪荡的青春的快乐呵,亲爱的皮埃尔呀,您还记得吗?),皮埃尔·杜邦跟我谈到他刚刚写的一首小诗,他拿不准它有多大的价值。他用他当时那么迷人的嗓子给我唱了那首出色的《工人之歌》。他那时的确拿不准,不知该对他的作品作何想法。这细节相当滑稽,想他不会怪我公之于众。事实是,对他来说,这是一种新的诗情。我说对他来说,是因为他的思想跟不上自身的演变,否则他就该根据《农民集》猜想到他将很快去咏唱一切穷人的苦难和欢乐。

不管应该多么讲究辞藻,不管我是多么讲究辞藻,不管我因此而感到多么骄傲,我承认我是深受感动,这有什么可脸红的呢?

> 我们穿得坏,住在破屋里,
> 住的是顶楼,住的是瓦砾,
> 我们和猫头鹰在一起,
> 和夜的朋友小偷在一起。
> 但我们的血是鲜红的,
> 在血管里流得急速有力,
> 我们喜欢阳光明丽,
> 喜欢橡树的枝条碧绿!

我知道皮埃尔·杜邦的作品的情趣并非尽善尽美,他对完善的美具有一种直觉,如果不是一种理性的感觉的话。这里就有一个例子:还有什么比穷困投向它的近邻富裕的目光更平淡无奇的呢?但是在这里,感情中掺进了一种诗的骄傲和问心无愧的快乐,这是真正的天才的本色。多么深的叹息!怎样的向往啊!我们也懂得宫殿和花园的美!我们也猜得出如何能够幸福!

这歌声是一个易逝的原子吗?这种原子飘浮在空气中,聚集起来就变成雷雨、风暴、事件。这是明眼人当时在法国的精神气氛中所看到的、相当大量地出现的那种先兆之一吗?我不知道,反正是不久,很快,这响亮的歌唱就极好地配合了政治以及政治实施方面的普遍革命。它几乎立刻就成为贫苦阶级联合起来的呼声。

这场革命运动一天天地占据了诗人的思想,所有的事件都在他的诗中引起了回声。但是我应该指出,即便皮埃尔·杜邦的乐器比贝朗瑞的更高贵,却也不是民族希望在大战前夕听到的那种战斗的号角。它不像"……那些喇叭,那些铙钹,用它们的声音使最沮丧的士兵陶醉,让他们兴高采烈地投入枪林弹雨,在他们的心中撒下战斗的狂热"。①

皮埃尔·杜邦是一个温和的人,倾向于乌托邦,真正地具有牧歌风。在他身上,一切都转化为爱,而战争,他心目中的战争,不过是一种准备普遍和解的方式:

剑将会折断剑,
爱将出自战斗!

他在《工人之歌》中还说:爱比战争更强大。

他的思想中有某种力量,总是导致善;他的天性不适于服从破坏的永恒的法则,只愿意接受那些给人安慰的思想,它在其中可以发现与之类似的东西。在他身上,本能(他的本能多么高贵!)控

---

① 见贝特吕斯·博雷尔。《普提发太太》诗体序言。

制了推理的能力。他讨厌运用抽象的概念,他与女人共享那种独特的天赋,即他的诗的一切优点和一切缺点都源于感情。

皮埃尔·杜邦最初写的歌谣就得力于这种风韵和这种女性的柔情。幸运的是,当时那些裹挟了几乎所有人的革命活动并没有绝对地使他的思想偏离他的自然的声音。没有人曾以更温柔更动人的语言唱出普通人的小欢乐和大痛苦。他的歌谣集表现了一个完整的小世界,在那里,人发出的叹息比欢乐的叫声更多,我们的诗人出色地感觉到自然的永生的新鲜,它的使命似乎是安慰和抚爱穷人和被抛弃的人,使他们平静下来。

一切属于温柔和亲切的感情都被他表现得充满青春气息,并且由于感情的真挚而呈现出崭新的面目。然而,他在温柔和博爱的感情中增加了一种沉思的精神,这对法国歌谣来说是前所未见的。在他的那些小诗中,对事物的永恒的美的沉思不断地同人的愚昧和贫穷引起的悲伤混合在一起。他自己也不曾料到,他具有某种 turn of pensiveness①,这使他接近于英国最优秀的说教诗人。在他的诗中,就是对女人的甜言蜜语(因为在这位田园风光的歌手的诗中有对女人的甜言蜜语,甚至还属于精致一流)也带有一种沉思的、感动的性质。在许多诗中,他以突然多于巧妙地求得和谐的口吻表现出他对于女人嘴唇上和目光中流露出来的永恒的风韵是何等敏感:

  自然的纺锤用它最美的线,
  纺就了她的风韵!

此外,诗人不顾社会的革命和战争,以一种温情的、肉感的口吻唱道:

  我的美人,趁嫉妒的睡意

---

① 英文:"忧郁倾向"。

还没有合上你美丽的双眼,
让我们到河边去,
解开我们的小船。
空气温馨,沐浴的群星
闪着朦胧的光亮,
双桨发出哀怨的声响,
欢乐充溢在万物之中。
啊,我的爱人!
啊,我的愿望,
快及时采撷
迷人的光阴!

热恋中的小船里,
充满了芳香和光明;
随着你的呼吸,
仿佛有一束鲜花凋零;
你的眼睛在月光下暗淡,
好像开满了紫堇花;
你的嘴是个小香匣!
身体芬芳如百合一般!

你看见了宇宙的轴心,
不动的北极星吗?
天空中的星辰
环绕着它旋转有如飞沙。
静谧啊!天空多么庄严,
多么和谐的低语声啊!
我抚弄着你的头发,

感到了漂泊不定的震颤!

那数量众多的字母
比全部中国字还要多,
啊,伟大的金色的象形文字,
我都能猜出,都能解破!
黑夜比白昼更美丽,
它用不朽的语言写出
我们用力念出的那个词,
爱情的永恒的名字!
啊,我的爱人!
啊,我的愿望,
快及时采撷
迷人的光阴!

由于一种身为诗人的恋人们或者热恋中的诗人们的特殊的精神活动,女人因风景的优雅而美丽,风景也意外地获益于被爱的女人无意中撒向天空、大地和海洋的优雅。这仍然是皮埃尔·杜邦常有的特色之一,当他满怀信心地投身到对他有利的环境中时,当他不理会那些他不能真正地说是自己的东西而让他的本性自由发展时,这种特色就使他与众不同了。

我真想更详细地论说皮埃尔·杜邦的优点,尽管他过于强烈地倾向于教训一类的东西,在诗歌上,这种东西常常只是懒惰的标志,自然的充满激情的发挥就应当包含足够的教训和描写的一切成分,尽管他的语言有许多疏漏之处,他的令人无法设想的形式也有草率之处,他现在是将来也必定是我们最可贵的诗人之一。我听到许多人(他们可都是很懂行的)说,完善、讲究,总之是尽善尽美吧,使他们不快,使他们不能(姑且这么说吧)相信诗人。这种看法(我觉得很奇怪)正适于使精神屈从于诗人的思想和读者的性情之间的不可调和性。那就让我们与我们的诗人做伴吧,只要他们具有最高尚的、不可缺少的优点,上帝如何造就他们,如何把他们给予我们,我们就如何接受吧,既然人家对我们说,某种优点的发扬必须以或多或少地完全牺牲另一种优点为代价。

我不得不简短一些。总而言之,皮埃尔·杜邦属于那种自然的贵族,这些人得力于天性远比得力于艺术要多,像另外两位大诗人奥古斯特·巴尔比埃和代博尔德-瓦尔莫夫人一样,他们只能通过他们的心灵的自发性寻找将铭刻在一切人的记忆中的语言、诗歌和呼声。

九 勒孔特·德·李勒[①]

我常常自问而不能解答的一个问题是,为什么克利奥尔人[②]一般地说并没有在文学创作上表现出任何独创性和任何构思力或表现力,似乎他们有一颗女人的灵魂,仅仅适于沉思和享乐。他们的柔弱纤细的身体外形,他们的视而不察的温柔的眼睛,他们的奇窄极高的额头,他们的身上常常具有的一切有魅力的东西,都暴露出他们厌恶工作和思想。倦怠、优雅、一种与黑人共享的几乎总是使一个克利奥尔诗人(不管他是多么出众)具有某种外省气的天生的模仿能力,一般地说,我们能够在他们之中最优秀者身上看到的东西就是这些。

勒孔特·德·李勒先生是我见过的第一个也是唯一的例外。假设人们还能见到其他的例外,他也肯定依然是最惊人和最有力的一个。如果不是那些极好的、极醉人的、不能不出自童年的回忆的描写偶尔在批评家的眼中泄露了他的出身的话,我们是不可能

---

① 本文最初发表于《幻想者杂志》(1861年8月15日)。勒孔特·德·李勒(Leconte de Lisle, 1818—1894),法国诗人。
② 安的列斯群岛等地的白种人后裔。

发现他是出生在一个芬芳的火山岛上的。在那里,人的灵魂懒洋洋地被周围的各种感官的享乐摇晃着,天天都忘记思想的训练。他的身体特征本身也否定了人们对一个克利奥尔人的习惯概念。强有力的前额,宽而大的头,明亮冷静的眼睛,首先就提供了一个力量的形象。在这些首先显露出来的主导特征之外,是一张好开玩笑的笑盈盈的嘴,总是流露出嘲讽。最后完成这种精神上和肉体上的否定的,是他的谈话,充实而严肃,总是加进些证明力量的嘲笑。因此,他不仅博学、多思、具有那种善于从一切事物中提取诗意的诗的眼睛,而且他还有那种诗人所罕有的思想,具有那种普通意义上和最高意义上的思想。如果这种嘲笑和诙谐的能力没有出现(我说的是,明显地)在他的诗作中,那是因为它想隐蔽起来,它明白隐蔽起来是它的责任。勒孔特·德·李勒作为一个真正的、严肃的、沉思的诗人,厌恶体裁的混淆,他知道,艺术只能靠与其目标至少相适应的牺牲才能取得最强烈的效果。

这位安详而又充满活力的诗人是我们的最亲爱的、最可宝贵的诗人之一,我试图确定他在我们时代的地位。一种精神贵族的感情是他的诗的明显特征,仅此一端便足以解释作者之不受欢迎,如果我们不知道在法国,不受欢迎与一切倾向于随便哪一种完美的东西相联系的话。他以其对于哲学的天生的兴趣和进行别致的描写的才能,远远地超出了那些客厅里的患忧郁症的人,超出了那些纪念册的制造者们,在那里面,哲学和诗,一切都要与小姐们的感情协调一致。这就等于把阿里·舍佛的庸俗气味的画或我们的祈祷书中的平庸形象与科内利乌斯①的强壮的形象相比。勒孔特·德·李勒可以与之相比而不使人感到荒唐的唯一诗人是泰奥菲尔·戈蒂耶。这两个人的精神都在旅行中感到愉快,他们的想象都自然而然地超出一国的范围。他们都喜欢改换环境,用时间

---

① 科内利乌斯(Peter Cornelius,1783—1867),德国画家。

散布在永恒之中的可变的方式打扮他们的思想。但是，泰奥菲尔·戈蒂耶给予细节一种更强烈的立体感和更明亮的色彩，而勒孔特·德·李勒则更致力于哲学的构架。他们都喜欢东方和荒漠，都把宁静当做一种美的原则来欣赏。他们都让他们的诗笼罩着一种充满激情的光明，在泰奥菲尔·戈蒂耶，是更多的跳动；而在勒孔特·德·李勒，则是更多的宁静。他们都对人类的欺骗无动于衷，都不费力地知道如何永远不上当。还有一个人，可以被放在勒孔特·德·李勒的旁边，但性质不同，这个人就是恩斯特·勒南①。尽管他们之间有差别，但是所有的明眼人都能感觉到他们可以相比。在诗人身上和在哲学家身上，我都发现了这种对于各种宗教的热烈的、不偏不倚的好奇心，这种博爱的思想不是为了人类本身，而是为了人根据年龄和气候的不同而赋予美和真的不同的形式。他们都从未有过荒谬的亵渎行为。用美丽的、明亮的、宁静的诗句描绘迄今为止人类崇拜上帝和探求美的不同方式，根据其最完整的诗集来判断，这就是勒孔特·德·李勒为他的诗规定的目标。

他的第一次朝圣是去希腊，他的诗成了古典美的回声，立刻受到了内行的注意。随后，他写了一系列仿拉丁诗，我对此却更为重视；但是为完全公正起见，我应该承认，也许是对主题的喜爱左右了我的判断，我对罗马的偏爱使我不能感觉到我在阅读他的希腊诗时应该品味到的一切东西。

渐渐地，他的好旅行的脾气把他引向了更神秘的美的世界。他给予亚洲地区的部分很大，正是在这些诗中，他大量地神秘地宣泄了他的过度的东西，对生活的玩笑所怀有的憎恶，对不变、永恒和神圣的虚无所怀有的无限的爱。有时候，他突然出于表面上的任性，跑到斯堪的纳维亚的冰天雪地中去，向我们讲述北极的神

---

① 恩斯特·勒南(Ernest Renan，1823—1892)，法国作家。

祇,这些神祇又被犹太的光彩夺目的孩子打败,雾一般消散。但是,不论勒孔特·德·李勒在如此丰富的主题中表现的风度多么庄严、道理多么充实,我在他的作品中偏爱的却是属于他的而且只属于他的某种崭新的矿脉。这类作品很少,也许因为这是他的最自然的东西,所以他也最不经意。我说的是这些诗,其中,诗人不理会宗教和人类思想相继出现的各种形式,而只是描写他的独特的、个人的眼睛所看到的美,描写大自然的庄严的、压倒一切的力量,描写动物在奔跑中或静止中的威严,描写在阳光充沛的地方女人的优雅,描写沙漠神圣的安详或大海可怖的壮丽。在这方面,勒孔特·德·李勒是一位大师,是一位出类拔萃的大师。在这里,志得意满的诗除了自身再无别的目的。真正的诗歌爱好者知道我指的是《吼猴》《象》《大兀鹰之眼》等诗,尤其是《轿子》,这是一篇不同凡响的杰作,真正的联想,其中热带的美和魔力闪耀出全部神秘的风致,任何南方的、希腊的、意大利或西班牙的美都提供不出类似的东西。

  我要补充的东西不多了。勒孔特·德·李勒能够任意支配他的思想,然而,如果他不能任意使用他的工具的话,这一点就毫无用处。他的语言总是高贵的、果断的、有力的,而没有刺耳的音调,没有假正经;他的词汇非常丰富,他的词的搭配总是很出色,与他的思想的本质贴合无间。他的节奏宽广而稳妥,他的乐器具有女中音般柔和、宽广、深沉的音色。他的韵准确而不过分地讲究漂亮,满足了所要表达的美的条件,总是适应于人类精神对惊奇和对称所具有的那种矛盾而神秘的爱。

  至于我在开始时所说的不受欢迎,我认为那是诗人本人思想的回声,他并不因此而感到任何的悲哀,如若相反,他也不因此而感到满意。在那些配讨他喜欢的人们中间深受欢迎,于他足矣。他属于这个精神家族,其中的人对一切不是高超的东西怀着一种平静的轻蔑,甚至不屑于一说。

十　居斯塔夫·勒瓦瓦瑟①

我已有多年未见居斯塔夫·勒瓦瓦瑟了,但我总是愉快地回想起我经常与他往来的那段岁月。我不止一次地想起有一次,我早晨去他那里,正碰上他几乎是赤条条地在椅子搭起的架子上,岌岌可危地做着平衡动作。他试图重复我们头一天看见的那些以此为业的人所玩的把戏。诗人向我承认他对一切力量和灵巧的表现都感到嫉妒,他有时也能向自己证明他并非做不到,并因此感到幸福。请相信,我丝毫不认为诗人作了这样的坦白之后就可笑或降格了,我甚至还因他的坦率和忠于天性而赞扬他,再说,我记得许多和他一样具有一种罕见而高雅的天性的人,也对斗牛士、演员以及一切使自身成为公众议论的光荣题材从而在马戏场或剧场中激起热情的人怀有一种类似的嫉妒心。

居斯塔夫·勒瓦瓦瑟一直对力量的表现充满激情。对他来说,一个困难具有一位仙女的全部魅力。障碍使他高兴,词的锋芒和变化使他心醉,对他来说,最美好的音乐是三重韵、四重韵、多重韵的音乐。他天生喜欢复杂。我从未见过一个人像他那样故作庄重地、坦率地具有诺曼底气息。因此,皮埃尔·高乃依、布雷博夫②、西哈诺③引起他更多的尊敬和柔情,因为他们比别人更喜欢微妙复杂的东西以及集前者之大成而像花炮一样突然绽开的东西。想象一下一种天真的怪僻趣味,加上心灵和思想罕见的高贵,以及扎实而广博的教育吧,也许能够抓住这位诗人的模样,他在我们中间生活过,后来在家乡隐居多年。毫无疑问,他在他的新的庄

---

① 本文最初发表于《幻想者杂志》(1861年8月1日)。居斯塔夫·勒瓦瓦瑟(Gustave Le Vavasseur,1819—1896),法国诗人。
② 布雷博夫,十七世纪翻译家。
③ 西哈诺(Savinien Cyrano de Bergerac,1619—1655),法国哲学家。

严的职务中投入了与他当年写作那些具有金属般音响和光泽的诗篇时一样的热情。《维尔与维尔人》是一部小小的杰作,是这种细腻讲究的精神的最完美的样品,令人想起剑术的复杂技巧,但正如有些人所认为的那样,并不排除梦幻和旋律的协调。应该再说一遍,勒瓦瓦瑟的智力很广博,而且我们不要忘记,他是我们见过的最机敏、最有经验的健谈者之一,而这个国家在此时,谈话也许可以与一种业已消失的艺术相比了。他的谈话虽然跳跃不定,却仍然是充实的、有价值的、富有启发性的。和他们身体的灵活同样使他自豪的思想的灵活,使他能够理解一切、欣赏一切、感觉一切,甚至包括那些乍看与他的本性相距最远的东西。

评莱翁·克拉代尔*的《可笑的殉道者》**

我的一个朋友,也是我的出版者,请我读读这本书,说我会从中得到乐趣。我极其勉强地答应了,因为有人说作者是位年轻人,而现在的青年以其标新立异的缺点使我产生了一种不信任感,这种不信任感已然为各个时代青年所共有的缺点证明并非没有道理。与青年接触,我感到不舒服,就像我遇见了一位已被遗忘而现在做交易所买卖的中学同学,时隔二十或三十年,他仍然以"你"来称呼我,或拍拍我的肚子。总之,我感到和他们难以相处。

那位朋友说对了:有些使他高兴的东西,也会使我激动。我有时也会弄错,这也不是第一次了,但是,我认为这是第一次,我自己弄错了却感到了那么大的快乐。

在巴黎人中,有四类不同的青年。一类,富有、愚蠢、无所事事,惟把放荡和吃喝这不关心名誉的老年人的诗神当做崇拜的对象,这类青年与我们毫无干系。另一类,愚蠢,一心只想着金钱这老年人的第三个神明,这一类人想发财,也并不使我们更感兴趣,且不说他们吧。还有第三种青年,他们渴望着为人民造福,他们在《世纪报》上研究神学和政治,这多半是些小律师,他们像许多人一样,可以粉墨登上讲坛,模仿罗伯斯庇尔①,也能用夸张的语调说些庄严的事情,但肯定不像他那么纯洁,因为原则很快将会像理

---

*　莱翁·克拉代尔(Léon Cladel,1835—1892),法国作家。
**　本文最初发表于《幻想者杂志》(1861年10月15日)。
①　罗伯斯庇尔(Maximilien Marie Isidore de Robespierre,1758—1794),法国政治家,大革命时期雅各宾党领袖。

性一样成为一桩被遗忘的事情,而就我们走向黑夜的步伐看,有理由希望在一九〇〇年我们将进入绝对的黑暗。

路易—菲力浦的统治在晚期已经提供了大量的享乐的青年和投机的青年的样品。这第三类,搞政治的一帮人,是由于想看到二月的奇迹再现而产生的。

至于第四类,尽管我是看着他们出生的,但我不知道他们是如何产生的。无疑他们是自发地从自身中产生出来的,像微生物产生于长颈大肚玻璃瓶里腐臭的水中一样,法兰西就是这样一个巨大的长颈大肚玻璃瓶。这是文学的青年,现实的青年,一旦长大就致力于现实主义的艺术(对新事物得用新词儿!),使它判然有别的,是一种对博物馆和图书馆的坚决而天生的仇恨。然而,它也有它的楷模,其中主要是亨利·缪热①和阿尔弗雷·德·缪塞。它不知道亨利·缪热是多么尖刻地嘲弄过浪荡之徒的;至于另一位,它刻意模仿的并不是他的高贵的姿态,而是他的自命不凡的发作,他的大言不惭的懒惰,模仿这种时候的他:迈着推销员的蹒跚步履,嘴上叼着雪茄,从大使馆的晚宴上溜走,钻进赌馆或客厅。从对于天才和灵感的绝对信任之中,它得出了不进行任何锻炼的权利。它不知道天才(如果可以这样称呼伟大人物的难以确定的起源的话)应该如同学艺的杂技演员一样,在向观众表演之前曾冒了一千次伤筋断骨的危险,不知道灵感说到底不过是每日练习的酬报而已。它具有恶劣的习气,愚蠢的爱情,既自命不凡又偷懒怠惰,它按照某些小说的主角的样子剪裁自己的生活,就像二十年前那些由情人供养的女子刻意模仿加瓦尔尼画中的人物一样,而加瓦尔尼本人也许根本未涉足过低级舞台。就这样,有才智的人塑造民众,而洞观者创造现实。我认得几个可怜虫,他们被费拉居斯二十三世②搞得昏昏然,郑重其事地打算结成秘密集团,准备像一个游牧部落瓜分被征

---

① 亨利·缪热(Henri Murger,1822—1861),法国作家。
② 费拉居斯二十三世,巴尔扎克的小说《十三人故事》中的人物,是一个秘密帮会的首领。

服的王国一样,瓜分现代社会的一切职务和财富。

莱翁·克拉代尔先生要描绘的就是这个可悲的小集团,他是怀着怎样充满仇恨的力量,读者会看到的。题目的对比组合使我感到极为惊讶,渐渐地,随着对作品特性的深入了解,我理解了它的深刻含义。我要一个个检阅这些为愚昧、自命不凡、放荡、栖息在希望上的懒惰、矫揉造作的轻浮爱情、自私的明智等牺牲的殉道者。他们都是可笑的,却又是真正的殉道者,因为他们为喜爱他们的恶习而痛苦,并怀着不寻常的真诚为之牺牲。于是,我明白了为什么他预言这部作品会迷住我。我见到的是一部讽刺的作品,是一部所谓冷面滑稽的作品,其喜剧性越是伴随着一种与激情分不开的夸张越是能得到理解。

这种不好的团伙,它的卑劣的习惯、冒险的风气、不可救药的幻想,已经被缪热的笔描绘过了;但是,同样的主题在竞争中却可以提供好几幅在不同方面同样出色的图画。缪热一面讲述经常是凄惨的事情,一面又在开玩笑。克拉代尔先生既不缺乏滑稽,也不缺乏凄惨,他是带着一种艺术的庄严讲述具有可悲的喜剧性的事情。缪热在那种持久的凝视会使其柔弱的精神感到过于悲伤的画面前悄悄地溜走或迅速地逃走,克拉代尔先生却是狂热地坚持,他不愿意遗漏一个细节,也不愿意忘记一句心里话。他打开伤口以便展示得更清楚,又把它合上,夹住创口的边缘,让发黄又发白的血喷射出来。他像一个好奇的人那样摆弄着罪孽,翻过来,掉过去,兴致勃勃地检查犯罪的环境,在对恶的分析中表现出一个决疑者自觉的热情。阿尔比尼安是个主要的殉道者,他不吝惜自己,他可以同样迅速地抚爱和诅咒他的恶习,他在自己不断的摇摆中,提供了周期性悔恨遮掩下的一种绝症的富有教益的场面。这是一个自我原谅的自我忏悔者,他一面对自我进行的惩罚感到自豪,一面又试图通过新的蠢举获得自我谴责的荣誉和权利。我希望当代的某些人能够从中认出自己来。

口吻与主题的不相称,只有聪明的局外人才能感觉到的不相称,是一种产生喜剧性的手段,其功效是一目了然的;我甚至感到奇怪,这种手段竟然没有更经常地被风俗画家和讽刺作家所运用,特别是在爱情题材上,这是真正的很少被开发的喜剧性仓库。一个人不论多么伟大,不论相对于无限来说多么渺小,感人法和夸张法都是允许的,必要的。人类就像是伊巴尼斯河①的蜉蝣群,有人已经就此写过美丽的寓言,蚂蚁们为了它们的政治事务,可以阻塞高乃依的与它们的嘴成比例的喇叭。至于相爱的昆虫,我并不认为它们用以倾诉激情的修辞法是平庸的。每一个顶楼,每天晚上都听得见法兰西喜剧院永远也不能从中获益的大段悲剧台词。克拉代尔先生的心理洞察力是很深刻的,这是他的大优点;他的艺术是细腻而粗犷,纷乱而狂热的,毫无疑问,这种艺术日后会凝缩为一种更严格更冷静的形式,并使其道德性质更清晰更了然。有这种情况,由于繁复,优点和缺点分不清,如果混合是完全的,那再好不过了,但不幸的是,在他的敏锐酣畅淋漓地表现的同时,他的敏感却对受到压制不满而突然冒失地爆发出来。这样,他就在这本书的最精彩的一个篇章中,给我们呈现出一个正直的人,一位充满智慧和荣誉感的军官,然而,他却未老先衰,由于一种使人衰弱的忧愁和一种诱人酗酒的错误卫生观念而浪迹于小酒馆的常客之中。读者曾经受过皮帕波斯②的旧式道德的崇高的熏陶,而现在却痛苦地看到这位过去的正直人成了殉道者,他谄媚、蹦跳、爬滚、夸口、调情,为的是向那些年轻的屠夫们要求……什么?要求施舍一杯苦艾酒。一下子,作者的愤怒就通过一个人物的嘴响亮地发泄出来,这个人物立刻暴露出这种拙劣画匠的娱乐。叙述是很雄辩很动人的,不幸的是,作者个人的声调,他的愤慨的质朴,却没有

---

① 古人称欧洲中部的一条河为伊巴尼斯河。这里所指见于亚里士多德的《论动物》。
② 《可笑的殉道者》中人物法古埃的绰号。

得到足够的遮掩。诗人仍然在假面下露出了真相。艺术的极致在于无动于衷和深藏不露,而把愤慨的一切功劳留给读者,恐怖的效果会因此而增强。官方的道德在这里得到了好处,这是不容置疑的;但是,艺术受到了损失,而真正的艺术产生真正的道德:充足的道德,充足的道德从来也不会有任何损失。

克拉代尔先生的人物什么真情都可以吐露,他们带着一种富有教益的坦白把自己暴露无遗。女人们,有的用她的兽性的温柔,也许用她的无能,在她的神魂颠倒的情人眼中,表现出一种虚假的斯芬克司的神情;有的则是自命不凡的制帽女工,用乔治·桑①的各种荨麻抽打自己的想象力,她们都对另一个世界顶礼膜拜,一再把自己当做夫人!一对情人在游乐场度过晚上,观看《浪荡生涯》,一回到他们的破房子里,就学着戏里的样子争吵起来,更有甚者,双方都忘了自己是什么人了,或者把自己混同于他们更喜欢的某个人,因而用那人的名字来称呼对方,两个人却对这种乔装毫无觉察。看,缪热(可怜的影子!)变成了媒介,变成了浪荡语言的词典和一八六一年的《情人尺牍》。我不相信引证了这么多之后,还会有人对我说的克拉代尔先生的阴沉的漫画式的力量提出异议。再举一例:阿尔比尼安,这个可笑的殉道者集团(应该不断地回到题目上去)的首席殉道者,有一天,他想摆脱一下恶习、懒惰和想入非非给他造成的不堪忍受的忧愁,打算做一次最奇特的朝圣,对此,那些无能和游手好闲的孤独者们所创立的各种荒唐的宗教本来是可以大书一笔的。爱情,即纵欲,提高到反宗教程度的放荡,并没有给予他所希望的酬报,于是,阿尔比尼安就追求光荣,在墓地里游荡,向那些死去的伟人的形象哀求,他亲吻他们的胸像,乞求他们把秘密泄露给他:"怎样才能变得和你们一样伟大?"雕像们如果是些好顾问的话,就会回答说:"应该待在家里,沉思默

---

① 乔治·桑(George Sand,1804—1876),法国女作家。

想,涂满许多纸张!"但是,这一如此简单的办法却是一个歇斯底里的梦幻者力所不及的。对他来说,迷信来得更为自然。事实上,这种又悲又喜的创造使人想到实证派的圣人们的新历法①。

迷信!我是这么说的。它在可怜的阿尔比尼安的孤独的内心的悲剧中起了很大的作用,而人们不能不带着一股甜蜜而痛苦的柔情在某些时候看到他疲惫不堪的精神——其中,最幼稚的迷信,如同在民族的头脑中隐约地象征着天地间的真理,与最纯洁的宗教感情混杂在一起——转向童年有益的印象,转向圣母玛利亚,转向使人坚强的钟声,转向教会的令人宽慰的朦胧,转向家庭,转向他的母亲——那永远向着倒霉蛋、浪子和野心勃勃的笨汉张开的怀抱!人们可以希望,从这个时候起,阿尔比尼安被拯救了一半,他只需一天一天地变成一个行动的人,有责任感的人。

许多人以为讽刺出自眼泪,闪光的、晶莹的眼泪,如果是这样的话,那就让眼泪得到祝福吧!它提供了如此甜蜜、如此难得的笑的机会,它的爆发表明了作者完全健康!

至于书的道德教训,则自然地喷射出来,就像热产生于某种化学混合一样。通过灌醉希洛人②来医治绅士的酗酒,这是允许的。

至于说成功,这是一个不可预言的问题,我只是说,我希望成功,因为作者可能会从中获得新的激励,而这种很容易和暂时的流行混为一谈的成功不会减少这本书使我从作者的灵魂和才能中推测出来的益处,正是这种灵魂和才能共同造就了本书的成功。

---

① 指孔德编制的历法,例如第一个月称为人类,第五个月称为博爱,等等。
② 斯巴达的国有奴隶,转意为社会最底层的人。

评《悲惨世界》[*]

一

几个月之前,关于法国最有活力、最知名的伟大诗人,我写过下述一些话①,不久之后,较之《静观集》和《历代传说》,这番话就有了一个更为明显的针对性:

"如果篇幅允许的话,这里无疑可以分析一下笼罩和贯穿着他的诗的明显属于作者本人性情的道德氛围。在我看来,这种道德氛围具有一种明显的特征,即对很强大的东西和很弱小的东西的同等的爱,这两个极端对诗人所产生的吸引力来自一个唯一的根源,即力量本身,他所拥有的原初的活力。力量使他欢悦,使他陶醉,他走向它如同走向一位亲人,这是手足的吸引力。因此,他不可抗拒地被引向无限的各种象征,海洋、天空;被引向力量的各种古老的代表,荷马史诗或《圣经》中的巨人、勇士、骑士;被引向巨大而可怕的动物。他一边玩耍一边抚摸着那使一双软弱的手害怕的东西,他在无限之中活动而不感到眩晕。同时,由于一种出自同一根源的不同的倾向,诗人又总是表现出他是一切软弱的、孤独的、悲伤的、一切具有孤儿性质的东西的温柔朋友,这是父子的吸引力。强者在一切强大的东西中找到了兄弟,而在一切需要保护

---

* 本文最初发表于一八六二年四月二十日。
① 见本书第 91—92 页。

或安慰的东西中看见了他的孩子。正是从给予强者的力量本身或信心之中产生出公正和仁慈的精神。因此,在维克多·雨果的诗中不断地对堕落的女人、对被我们社会的齿轮碾碎的穷人、对成为我们的贪婪和专制的牺牲品的动物发出爱的声音。很少有人注意到善良带给力量的魅力和愉快,而这在我们的诗人的作品中屡见不鲜。一个巨人的脸上出现了一丝微笑和一滴眼泪,这是一种近乎神圣的独创。就是在他的那些写感官之爱的小诗中,在那些写充满快感和旋律的忧郁的诗节中,人们也听见了仁慈深沉的声音,仿佛是一个乐队的不间断的伴奏。在情人的外表下,人们感觉到那是一个父亲,一个保护人。这不是那种喜欢训诫的道德,那种因其学究的神气、教训的口吻能够败坏最美的诗的道德,而是一种受神灵启示的道德,它无形地潜入诗的材料中,就像不可称量的大气潜入世界的一切机关之中。道德并不作为目的进入这种艺术,它介入其中,并与之混合,如同融进生活本身之中。诗人因其丰富而饱满的天性而成为不自愿的道德家。"

这里只有一句话要更动,因为道德是作为目的直接进入《悲惨世界》的;这也是诗人的自白,作为序言的形式出现在书的开头:

"只要因法律和习俗所造成的社会压迫还存在,在文明鼎盛时期人为地把人间变成地狱,并且使人类与生俱来的幸运遭受不可避免的灾祸;只要本世纪的三个问题——贫穷使男子潦倒,饥饿使妇女堕落,黑暗使儿童羸弱——还得不到解决……那么,和本书同一性质的作品都不会是无用的。"

"只要……"唉!等于是说永远!但是,这里不是分析此类问题的地方。我们只想公正地评价诗人据以引起公众注意的绝妙的天才以及他像一个懒惰的小学生一样倔强,把脑袋顽固地伸向社会苦难的巨大深渊。

二

诗人在他热情洋溢的青年时代更多地乐于歌唱生活的壮丽，因为生活所包含的辉煌和丰富特别吸引青年人的目光。相反，到了中年他则怀着不安和好奇的心情转向了问题和神秘。贫穷在财富这个太阳上所形成的黑子中，或者说财富在苦难的巨大黑夜中形成的亮点上有某种绝对怪异的东西。一位诗人，一位哲学家，一位文学家，除非丑恶到了极点，否则是不能不对此感到激动、惊讶，甚至焦虑的。肯定，这样的文学家是不存在的，也不能够存在。所以，区别这一位和那一位的唯一的分歧，在于弄清楚艺术品是否应该只以艺术为目的，艺术是否应该只表现对自身的崇拜，或者，是否能让它必须追求一种高尚或不那么高尚、低级或高级的目的。

我说，诗人们只有在正值盛年的时候才能感到他们的头脑爱上了某些不祥的、难以理解的问题，这些问题是吸引他们的怪异的深渊。然而，要把维克多·雨果置于那种等待如此之久才向世界良心最感兴趣的这些问题投去讯问的目光的创造者之列，那就大错特错了。可以说，从一开始，从他的辉煌的文学生涯开始的时候起，我们就在他身上发现了那种对弱者、被遗弃者和不幸者的关心。在他的作品中，正义的概念很早就通过对昭雪的兴趣透露出来。《啊，永远不要辱骂一个堕落的女人！》《在市政厅的舞会上》《玛丽蓉·德洛尔莫》《吕伊·布拉斯》《国王取乐》，这些诗足以证明这种为时已久的倾向，甚至我们几乎可以这样说，这些诗足以证明占据他心灵的思想。

三

有必要具体地分析《悲惨世界》，更确切地说，《悲惨世界》的

第一部吗？这部作品现在是人手一册,大家都知道它的含义和结构。我觉得更重要的是看看作者为阐明他为之服务的真理所使用的方法。

这本书是一本关于慈善的书,也就是说,是为了引起、激起慈善精神而写的一本书;这是一本发问的书,提出了复杂的社会问题,其性质是可怕的、令人伤心的,它对读者的良心问道:"怎么样？您做何感想？您得出什么结论？"

至于书的文学形式,与其说是小说,还不如说是诗,我们在《玛丽·都铎》的序言中已经发现了先兆,这向我们提供了新的证据,说明这位杰出的作者道德和文学观念的牢固:

"真实面临的暗礁是渺小,崇高面临的暗礁是虚假……诗人的可钦佩的全能！他制造了比我们还要高大的东西,它们跟我们一样有生命。例如,哈姆莱特,他像我们每个人一样真实,但更高大。哈姆莱特是巨人,然而是真实的。因为哈姆莱特不是您,不是我,而是我们大家。哈姆莱特,他不是某一个人,而是人。

"不断地从真实中分离出崇高,从崇高中分离出真实,据这出戏的作者看,这就是戏剧诗人的目的。这两个词,崇高和真实,包含了一切。真实包含着道德,崇高包含着美。"

很明显,作者想要在《悲惨世界》中创造有血有肉的抽象概念,创造理想的形象,每一个都代表着为展开他的论点所必需的一种基本典型,从而被提到一种史诗的高度。这是一部以诗的方式构筑起来的小说,其中每一个人物都因他用以代表一种普遍性的夸张方式而成为一个例外。维克多·雨果用以构思和写作这部小说的方式,他为得到一种考林辛式①的新金属而将通常用于各种不同作品的丰富成分冶于一炉的方式,再一次证实了在他年轻时引导他变旧颂歌和旧悲剧为我们所认识的诗和正剧的那种命运。

---

① 此词源出"科林斯"——古希腊一城市名。这里的意思近乎"希腊式的"。

所以，卞福汝主教是夸大了的仁慈，是对于自我牺牲的永久信念，是对于被当做最完善的教育方式的仁慈的绝对信任。在这一典型的描绘中，有些色调和笔触的细腻是令人惊叹的。可以看出，作者是乐于把这个天使般的模特儿写得尽善尽美的。卞福汝主教把一切都给了别人，自己则一无所取，他唯一的乐趣就是一贯地、不断地、甘心情愿地为穷人、为弱者，甚至为罪人牺牲自己。他谦卑地服从教条，并不费神去理解它，只是一心一意地按着福音书的话去做。"宁做拥护法国教会自主的人，不做教皇绝对权力主义者"，他是个上流社会中人，像苏格拉底一样具有讥讽和诙谐的力量。我听说过去某朝有位圣罗克，对穷人肯于倾囊相助，有一天他受窘于新的要求，立刻把他的所有家具、名画和银器送往拍卖行。这一点正符合卞福汝主教的性格。不过，圣罗克神甫的故事还没有完，这一行动，在上帝的人看来，是很普通的，可根据人世间的道德，却是过于高尚了，于是议论纷纷，直传到国王那里，最后，这位惹麻烦的神甫被传到总主教府，受到委婉的斥责，因为此类英雄行为可以被看作是对无力达到那种高度的所有神甫的一种间接的谴责。

冉阿让是个天真无邪的粗人，是个无知的无产者，他犯了一个毫无疑问我们大家都会加以原谅的错误（偷了一块面包），但是，这个错误受到法律的惩罚，把他投入恶的学校，即苦役监牢。在那里，他的思想形成了，并通过对于苦役的沉重思考而变得成熟起来。最后，他出来了，变得狡猾、可怕和危险。他对主教的款待报之以新的偷窃，但是后者用善意的谎言救了他，坚信宽恕和仁慈是能够驱散一切黑暗的唯一光明。果然，这颗灵魂受到感悟，当然还没有那么快，习惯的野兽还在他心中，他又堕落了一次。冉阿让（现在是马德兰先生了）成为一个正派、富裕、强有力的人。他当了一个穷镇的镇长，使它富裕起来，差不多文明化了。他披上了一件令人钦佩和尊敬的外衣，他用慈善事业来遮盖并保护自己。但是，不祥的一天到来了，他获知一个假冉阿让，一个愚蠢卑鄙活像他的人将代他受到判决。怎么办？他若自首，那么他将自己亲手毁掉他艰苦而又光荣地建造的新生活的构架；他能肯定，他的良心，这内心的法律，会强迫他这样做吗？"人生来就带给这世界的光明"足以照亮这复杂的黑夜吗？马德兰先生胜利了，但是经过了怎样可怕的斗争啊！他走出了焦虑之海，因为热爱真理和正义而重新成为冉阿让。人与其自身的斗争以及他的犹豫、迟疑、矛盾、虚假的安慰和绝望的欺骗在一部分（《头盖骨下的风暴》）中受到细腻、缓慢、有分析地描述，这一部分包含着一些不仅可以使法国文学甚至可以使思想着的人类的文学永远感到骄傲的篇章。写出这样的篇章，对理性的人是一大光荣！必须进行大量的、长久的、很长久的搜寻，才能在另一本书中找到可以与之媲美的篇章。这些篇章以如此悲壮的方式展示了一个普遍的人心中所进行的有史以来最骇人的决疑。

在这个痛苦和惨剧的画廊里，有一个可怕的、讨厌的形象，那就是警察，苦役犯看守，严厉的、无情的、不会作解释的法院，未经解释的法律，从不理解何谓从轻处理的野蛮的智力（这还能叫作智力吗？），一句话，即徒有其表，而这就是可憎的沙威。我听见几个还算得明白事理的人谈到沙威时说："说到底，这还是个正派人，他有他的崇高之处。"这里正用得上德·迈斯特[①]的一句话："我不知道正派人为何物！"至于我，我认为，虽然有被打成罪犯的危险（"那些发抖的人感到了自己有罪。"罗伯斯庇尔那疯子说），沙威在我眼里是个不可救药的怪物，他渴望法律就如同一头猛兽渴望带血的肉，总之，我认为他是一个绝对的敌人。

此外，我想在这里提出一个小小的批评。无论一首诗的理想形象具有何等不凡和果决的轮廓和动作，我们都应该设想它们与

[①] 德·迈斯特（Joseph de Maistre，1753—1821），法国政治家、哲学家、作家。

生活中的真实形象一样,具有一个开端。我知道人可以在所有的职业中表现出超出热情的东西。他在所有的职务中都变成了猎犬和斗犬。这肯定是一种美,来源于激情。因此,一个人可以怀着热情当一名警察,然而,他是在热情的驱使下进入警察局的吗?相反,这不是那种人们只能迫于某种情势的压力、为了一些与狂热无缘的理由而从事的职业吗?

我想,没有必要讲述和解释维克多·雨果加给芳汀这个人物的所有那些温柔的、悲惨的美,她是一个堕落的女工,现代的妇女,身处没有成果的劳动和合法的卖淫两种命运之间。我们早就知道他是多么善于表现处于深渊之中的激情的呼喊以及被夺去幼仔的母狮愤怒的呻吟和哭泣!这里,通过一种完全自然的联系,我们又一次看到这位强有力的画家、这位巨人般的创造者是多么准确、多么轻巧地给孩子的双颊涂上颜色、画好了眼睛、描绘了活泼而天真的动作,真好像是以与劳伦斯和委拉斯开兹较量为乐的米开朗琪罗[①]。

四

因此,《悲惨世界》是一本关于慈善的书,是要一个过于钟爱自己、过于不关心永恒的博爱精神的社会恢复秩序的一声震耳的呼唤,是一篇出自当代最雄辩的口中的给悲惨的人们(那些经受苦难并因此而蒙受耻辱的人们)的辩护词。尽管书中存在着有意的弄虚作假,以及从严格的哲学观点看,问题的解决方式也有着无意识的偏颇,我们仍然和作者的想法完全一致:"和本书同一性质的作品都不会是无用的。"

维克多·雨果是为人的,然而他并不反对上帝。他信任上帝,

[①] 米开朗琪罗(Michelangelo Buonarroti,1475—1564),意大利著名画家、雕塑家。

但他并不反对人。

他拒绝造反的无神论的狂热,但他并不赞成摩洛们①和特塔泰斯们②的血腥的饕餮。

他相信人性是善的,但是,即便面对着人类不断的灾难,他也不谴责上帝的残暴和狡黠。

有些人在正统理论、在纯粹的天主教教义中找到了对生活的各种令人不安的神秘的解释,这一解释即使不完整,至少是更能令人接受的,即便对这些人来说,维克多·雨果的这本新作也是应该受到欢迎的(像主教一样,他讲述了他们战无不胜的仁慈),这是一本值得称赞的书,一本值得感谢的书。诗人和哲学家不是应该时不时地揪住自私的幸福之神的头发,一边把它的鼻子按进血和粪中,一边对它说"看看你的作品吧,喝了你的作品"吗?

唉!经过了这么多许诺了如此之久的进步,原罪依然留下了足够的痕迹,让人们看到了它数不清的现实!

---

① 摩洛是《圣经》中提到的恶神。
② 特塔泰斯是古代高卢人崇拜的神。

埃德加·爱伦·坡的生平及其作品*

> ……某位不幸的先生,曾被无情的厄运紧紧地、越来越紧地追赶着,直到他的歌只剩下唯一的副歌,直到他的希望之挽歌接受这忧郁的副歌:不再!永远不再!
>
> 爱伦·坡:《乌鸦》

> 高踞青铜的宝座,命运在嘲笑,
> 用苦涩胆汁浸透他们的海绵,
> 而必然用它的钳把他们扭绞。
>
> 泰奥菲尔·戈蒂耶:《黑夜》

一

最近,一个不幸的人被带到我们的法庭面前,他的额头上罕见地、奇怪地刺着:倒霉!就这样他的眼睛的上方带着他一生的标记,正如一本书带着它的标题,而审判的结果证明了这招贴是严酷的事实。文学史上有类似的命运,真正的剧痛——这些人的额头上弯曲的皱纹里用神秘的字样写着"厄运"这个词。盲目的赎罪天使抓住了他们,用力地鞭打他们以教育其他人。他们的一生表现出才能、美德和优雅,但是没有用,社会对他们有一种特别的诅

---

* 本文的一部分最初发表于一八五六年二月二十五日,全文发表于一八六九年。

咒,指责他们的缺点,而这些缺点恰恰是它的迫害给他们造成的。霍夫曼为了制伏命运什么没有干过?巴尔扎克为了避免厄运什么没有干过?难道存在着一个魔鬼的上帝吗?他从摇篮中就准备着不幸,预谋把一些有才智的天使般的人投进敌对的环境中,如同把殉道者投进竞技场。难道有一些神圣的灵魂吗?他们注定要被献上祭坛,他们被判定要通过自己的毁灭来走向死亡和光荣吗?《黑夜》的噩梦将永远地包围着这些精选的灵魂吗?他们徒然地挣扎,徒然地形成在人世,一切都在它的预见和诡计之中;他们将慎之又慎,堵住所有的入口,加厚窗户抵御偶然的抛射物,但是,魔鬼会从锁眼里进去。完善将是他们的盔甲的弱点,极度的优点将是他们的巨痛的萌芽。

> 为了摔碎它,鹰从天空的高处,
> 把乌龟丢在他们裸露的额上,
> 因为他们须不可避免地死去。①

他们的命运写在他们的各种构成成分中,在他们的目光和姿态中闪着阴森的光,跟他们的血细胞一起流在血管中。

当代一位著名作家②写过一本书,论证诗人在民主社会、贵族社会、共和国、绝对或温和君主国中都不得其所。谁能够断然回答他?今天,我带来了一个新的传说支持他的论点,在殉教圣人名册上增添一个新圣人。我要写下一个人的历史,他属于那些著名的不幸者之列,他的历史富有诗意和激情,他在那许多人之后来到世间,在低等的灵魂中进行天才的艰苦学习。

凄惨的悲剧啊,埃德加·坡的一生!他的死,这可怕的结局因其平凡而更加可怕。我从读过的一切材料中得出一个信念,即美

---

① 诗句引自戈蒂耶:《黑夜》。
② 指法国诗人维尼。

国对于坡来说不过是一座巨大的监狱,他怀着狂热的骚动在其中奔波,他生来就适于在一个(比煤气灯笼罩下的巨大野蛮)更不道德的世界中呼吸,他的内心生活,精神生活,作为诗人或作为酒徒,只不过是为摆脱这种敌对气氛的影响而进行的不间断的努力罢了。在民主社会中舆论的专制是无情的专制,不要向它乞求仁慈,不要向它乞求宽容,也不要乞求它对道德生活的复杂多样执行它的法律时有什么弹性。可以说,从对自由的亵渎的爱中产生了一种新的暴政,笨蛋的暴政,或动物权力至上,这种新的暴政因其极度的冷漠而与偶像贾杰诺①相似。一位传记作家郑重其事地对我们说——他是善意的,这正直的人——坡倘若愿意使他的天才正规化,以一种更适应美国土地的方式运用他的创造才能,他本可成为一个赚钱的作者的,a money making author②;另一位说——此君是个天真的无耻之徒——不管坡的天才多么美妙,他不如只有才能,因为才能总是比天才更容易兑现;还有一位是报纸和期刊的老板,诗人的一位朋友,说很难雇用他,不得不付给他比别人少的报酬,因为他写东西的风格过于脱俗了。正如约瑟夫·德·迈斯特所说,好一副商人嘴脸!

更有甚者,有几个人一方面对他的天才极不理解,无知再加上资产阶级伪君子的冷酷无情,竞争先恐后地侮辱他;在他突然去世之后,他们还要粗暴地鞭笞这具死尸,特别是鲁弗斯·格尔斯伍尔德先生,用乔治·格拉汉姆先生的话说,他当时进行了永存于世的诽谤。坡可能感觉到一种暴卒的不祥预兆,指定了格尔斯伍尔德先生和威里斯先生整理他的作品、为他作传和编辑他的回忆录。这位学究——吸血鬼在一篇置于坡死后出版的著作前头的平淡而充满仇恨的长文中大肆诋毁他的朋友。难道在美国不存在一道禁

---

① 婆罗门教和印度教三大神之一的毗湿奴的化身。
② 英文:"赚钱的作者"。

止狗进入公墓的法令吗？至于威里斯先生,相反,他证明了善心和情理总是和诚实的人并驾齐驱的;施于我们的同行的仁慈,作为一种道德责任,也是趣味的命令之一。

和一位美国人谈坡,他也许会承认他的天才,也许还会引为骄傲,但是他那高高在上的嘲弄口吻使人感到这是个讲究实际的人。他会对您谈起诗人的落魄不羁的生活,他的碰着烛火就会燃烧起来的酒气熏天的呼吸,他的流浪的习惯;他会对您说这是个漂泊不定的怪人,是颗脱离轨道的行星,不停地从巴尔的摩到纽约,从纽约到费城,从费城到波士顿,从波士顿到巴尔的摩,从巴尔的摩到里士满。如果您的心受到了一个这样伤心故事的前奏的感动,如果您想说,也许罪过不会在个人,在一个拥有几百万君主,没有贵族,严格地说也没有资本的国家里,思想和写作该是很难的,您会看到他双目圆睁,金光四射,受苦的爱国主义的唾沫涌上嘴边,于是,美国就通过他的嘴巴把辱骂抛向欧洲,她的老母亲,抛向旧时代的哲学。

我再说一遍,我确信爱伦·坡和他的祖国不可同日而语。美国是个巨大而幼稚的国家,天生地嫉妒旧大陆。这个历史的后来人对自己物质的、反常的、几乎是畸形的发展感到自豪,对于工业的万能怀着一种天真的信仰。它确信,像我们这里的一些不幸的家伙一样,工业的万能最终将吃掉魔鬼。在那里,时间和金钱的价值是如此之大！物质的活动被夸大到举国为之疯魔的程度,在思想中为非人间的东西只留下很小的地盘。爱伦·坡出身良好,他公开表示他的国家的大不幸是没有血统贵族,因为在一个没有贵族的民族中,对美的崇拜只能蜕化、减弱直至消失。他谴责他的同胞身上的只有暴发户独具的恶劣趣味的种种征象,直至谴责他们的铺张昂贵的奢侈。他把社会进步这一当代的伟大思想视作轻信的糊涂虫的迷狂,称人类住所的改善为长方形的伤疤和可憎之物。爱伦·坡在那里是个孤独得出奇的人。他只相信不变、永恒、selfsame①,他享有——在这自爱的社会里,这是一种令人痛苦的特权——这种马基雅弗利②式的伟大理智,这理智像一根光柱走在智者的前头,穿越历史的荒野。如果他听见感情的女神学家出于对人类的友谊而取消了地狱,数字的哲学家建议建立一种保险制度,为取消战争每人认捐一个苏,还有废除死刑和拼法,这两件相关联的荒唐事,还有那么多的病人,耳朵对着风,写下转圈的幻想,这些幻想跟授意他们写的因素一样使他们胀气,如果他听见了这一切,他会想什么,写什么,这倒霉的人?如果您在这种对于真实的无可非议的看法(在某些场合,这是真正的缺陷)上增加一个错音就会歪曲的细腻奇妙的感觉,增加除了准确的比例之外一切都会使之产生反感的精细的趣味,增加具有一种病态激情的力量的、对美的永不满足的爱,您对这一点就不会感到惊奇了。对于这样一个人来说,生活成了地狱,并且他的结局悲惨,您还会钦佩他居然活了这么久。

二

坡的家庭是巴尔的摩最可敬的家庭之一。他的外祖父在独立战争中做过陆军军需司令兼军需局局长,拉法耶特③对他有很深的敬意和友谊,后者在他最后一次逗留美国期间,想去看将军的未亡人,借以对她的丈夫给予他的帮助表示感激。他的曾祖父娶的是英国海军上将麦克·布莱德的女儿,这个家庭交往的都是英国最高贵的家族。将军的儿子,埃德加的父亲大卫·坡热烈地爱上了一位英国女伶——以美貌著称的伊丽莎白·阿诺德,他跟她走

---

① 英文:"同一的,一样的"。
② 马基雅弗利(Nicolas Machiavel,1469—1527),意大利政治家、哲学家。
③ 拉法耶特(Marie-Joseph de La Fayette,1757—1834),法国政治家、将军。

了,并娶了她。为了使他的命运更深地结合到她的命运中去,他做了演员,和他妻子共同参加过许多剧团,走遍了美国的主要城市。夫妻二人几乎同时死于里士满,他们一无所有,只丢下了三个年幼的孩子,其中有埃德加。

爱伦·坡于一八一三年生于巴尔的摩①。这个年份是他自己说的,他曾经否定了格尔斯伍尔德的说法,后者说他生于一八一一年。如果小说精神(这是我们的诗人的一个说法)曾经支配过一个人的出生的话——多么阴沉而暴躁的精神啊!——肯定,这种精神是支配了他的出生的。坡的确是激情和冒险的产儿。他天生一副可爱的举止,城里的富商爱伦先生喜欢上了这个不幸的漂亮孩子,他又没有孩子,就收养了他。他从此就叫埃德加·爱伦·坡了。他生活舒适,并有理由希望获得使一个人的性格具有坚定的可靠性的那种境遇。他的养父母带他旅居英格兰、苏格兰和爱尔兰。在回国前,他们把他留在勃兰斯比博士那里,后者在伦敦附近的斯托克—纽因顿办有一个很大的学校。坡本人在《威廉·威尔逊》中描写过那座古老的伊丽莎白风格的古怪房子和他的学生生活的印象。

他于一八二二年②回到里士满,在当地最好的老师的指导下继续学习。一八二五年,他进入夏洛特城大学,使他出众的不仅有近乎奇迹的智力,还有丰富得近乎不祥的激情——这是真正美国式的早熟,终于导致了他被开除出校。顺便指出,坡在夏洛特城大学就已经对物理和数学表现出一种出色的能力,他后来不断地用于他的那些怪诞的故事,并从中获得许多出人意料的表现手法。不过,我有理由相信,他最重视的并不是这类作品,也许正是由于这种早熟的能力,较之那些纯粹想象的作品,他近于把这类作品看

---

① 事实上爱伦·坡于一八〇九年生于波士顿。
② 事实上爱伦·坡于一八二〇年回到里士满。

作是容易的杂耍。几笔倒霉的赌债引起了他和养父间暂时的不和,而埃德加——这是最引人好奇的事情之一,这证明了,不管有人怎么说,在他的感受性很强的头脑中有着相当强烈的骑士精神的成分——于是打算参加希腊的战争,去和土耳其人作战。他前往希腊。他在东方怎么样了?他在那里干了些什么?他研究了地中海的古代滨海地带吗?他为什么在彼得堡?没有护照,受到牵连(被什么事牵连?),他不得不求助于美国公使亨利·米德尔顿才得以逃避俄国的惩罚和返回家园。我们不知道,这是个空白,只有他本人能够填补。他的生平、青年时代、在俄国的冒险以及他的通信早由美国报纸发出预告,但从未发表。

一八二九年,他回到美国①,表示希望进入西点军校。他也确曾被接受。在军校同在别处一样,他又表现出一种天赋极高的智力,但同时也不肯受纪律约束,几个月后即被除名。这时他家中出了大事,其后果对他的一生影响甚为重大。爱伦太太死了,他似乎对她怀有一种真正的母子之情。爱伦先生又娶了一个十分年轻的女人。一场家庭纠纷爆发了,这是一段我讲不清楚的怪异而隐晦的故事,因为还没有任何一位传记家对此作过明白的解释。所以,不必奇怪,他彻底地离开了爱伦先生,而后者再娶之后有了孩子,也就完全把他排除在继承之外了。

离开里士满不久,爱伦·坡出版了一本薄薄的诗集,这实际上是一道耀眼的曙光。对于善于体味英国诗的人来说,这里已经有了人间之外的色彩、忧郁中的宁静、美妙的庄严、早熟的经验——我想,我本想说是天生的经验——这些伟大诗人所独具的特点。

穷困使他当了一阵子兵,可以设想,他利用兵营生活中粗俗的乐趣,为未来的作品准备素材——这些作品的创作似乎是为了向我们证明奇特性是美的组成部分之一。对某些不得其所的人来

---

① 爱伦·坡实际上并未出国,而在南卡罗来纳州和弗吉尼亚州一带当兵。

说,文学是他们唯一能够呼吸的地方,坡又回到文学生活中去,一度贫困至极。一次偶然的幸运救了他。一位杂志老板创立了两种奖金,一是奖给最佳故事,一是奖给最佳诗歌。一篇特别美的东西吸引了委员会主持人肯尼迪先生的目光,他想要亲自看看手稿。结果,坡获得了两项奖金,但是只发给他一项。委员会主席很想见见这位陌生人。报纸编辑给他带来一位年轻人。他惊人的漂亮,衣衫褴褛,扣子一直扣到下巴底下,有一种既骄傲又饥饿的绅士的神气。肯尼迪行为高尚,他介绍坡认识了托马斯·怀特先生,后者在里士满创办了《南方文学信使报》。怀特先生很有胆量,却没有丝毫文学才能,需要一位助手。于是,坡年纪轻轻——二十二岁——就做了一份杂志的主笔,杂志的命运系于他一人之身。他创造了杂志的繁荣。从此,《南方文学信使报》承认,它之所以有订户,之所以名声大振,完全归功于这位受诅咒的怪人,这个不可救药的酒徒。他在这本杂志上首次发表了《汉斯·普法尔某君的无双冒险》及其他故事,读者们以后会依次看到。将近两年中,埃德加·坡充满了一种不可思议的热情,用一系列新型的作品和批评文章使他的读者惊叹不止。他的批评文章生动活泼,直截了当,严厉得入情入理,很是引人瞩目。这些文章涉及各类书籍,年轻人的良好教育没少帮他的忙。人们应该知道,这大量的工作只有五百美元的报酬,即每年二千七百法郎。立刻,格尔斯伍尔德说,言下之意是:他就自认有钱了,这个蠢货!他就娶了一位美丽、迷人、生性可爱勇敢的少女,但是一个子儿也没有,这个格尔斯伍尔德带着一种不屑的口吻补充说。这少女是他的表妹,一个叫弗吉尼亚·克里姆的姑娘。

尽管坡为他的报纸做了许多事,怀特先生还是在快到两年的时候跟他闹翻了。分手的原因显然在于诗人的疑病的发作和酗酒,这种特殊的意外遮暗了他的精神的天空,就像死亡的乌云突然给最浪漫的景色蒙上了一片看起来无法缓解的忧郁气息一样。从此,我们就看到这不幸的人像荒漠上的人一样挪动他的帐篷,把他的简单的家在合众国的主要城市间搬来搬去。他到处走,或是领导一份杂志,或是参加合作,总是很出色。他以一种令人炫目的迅速写了许多批评和哲学文章以及充满魔力的故事,这些故事以《奇异故事集》为名结集出版,这个题目引人注目,颇有深意,因为怪诞奇异的装饰排斥人的形象。人们看到,从许多方面说,坡的文学是非人或超人的。我们从报上的一些伤人的、卑鄙的短文中知道,坡先生和他的妻子在福特汉姆病得很危险,而且一贫如洗。坡太太死后不久,诗人开始震颤性谵妄的发作。一篇新的注文突然出现在一家报纸上——这一篇不止于残酷——指责他对人世表示轻蔑和厌恶,对他进行有倾向性的指控,这是舆论的一次真正的清算,他得毕生为自己辩解,这是一种我所知道的最累人又最无结果的斗争。

当然,他挣了些钱,他的文学作品差不多可以使他活下去,但是,我有证据认为他总是有一些讨厌的困难要克服。像许多作家一样,他梦想着有一份自己的杂志,他想在自己家里,事实是,他因为热烈地希望他的思想能有一个最后的庇护所而受够了痛苦。为了做到这一点,为了筹集一笔足够的钱,他求助于解读。人们知道这种解读是怎么一回事,这是一种思辨,法兰西学院是所有的文人都可以利用的,作者只有在用完了可能有的一切解读方式之后方可出版他的解读。爱伦·坡已在纽约进行过一次关于《吾得之矣》的解读,这是他的一首关于宇宙起源的诗,解读甚至引起了一场大争论。这一次,他想在他的故乡弗吉尼亚州作些解读。如他在给威里斯的信中所说,他打算在西部和南部转一圈,希望得到文友们和大学及西点军校的老相识们的赞助。于是,他访问了弗吉尼亚州的主要城市,里士满于是又看见这个当年那么年轻、那么贫穷、那么褴褛的人了。所有那些在他默默无闻的时代之后再没见过他的人都蜂拥而至,一睹他们这位著名同胞的风采。他漂亮、高雅,像神一样彬彬有礼。我甚至认为,一段时间以来,他竟屈尊到设法让一个禁酒会接纳的地步。他选择了一个既宽泛又高深的主题:诗歌原理,并清楚地加以说明;清楚,这是他的天赋之一。作为一个真正的诗人,他认为诗的目的和诗的原理属同一性质,诗除了自身之外不应再考虑别的东西。

美好的欢迎使他那颗可怜的心充满了骄傲和快乐,他显得那么高兴,竟说要定居在里士满,终老于从童年起就热爱的地方。然而,他在纽约有事,十月四日,他走了,一边还抱怨说他发抖,感到乏力。他一直感到不适,六日晚,他到了巴尔的摩,让人把行李送往码头,他要从那儿去费城。他进了一家小酒馆,想喝点提神的东西。不幸,他在那儿遇见了老相识,滞留住了。第二天早晨,在黎明的昏暗中,人们在路上发现了一具尸体,应该这样说吗?不,是一副还活着的躯体,不过死神已经打上了庄严的印记。人们不知道他的姓名,他身上既无证件也无金钱,于是,人们把他抬进了医院。一八四九年十月七日星期日晚上,坡就在那里去世,享年三十七岁。他死于震颤性谵妄,这可怕的来客已经拜访过他的头脑一次或两次了。最伟大的文学英雄就这样从这个世界上消失了,这位天才曾在《黑猫》中写过这样决定命运的话:什么疾病堪与酒精相比!

这死亡几乎是一种自杀,准备已久的自杀。至少,它引起了轩然大波。喧嚣是巨大的,美德自由而快活地放纵它夸张的 cant①。最宽容的悼词也不能不给资产阶级的必不可少的道德留下位置,它是不会放过一个如此美妙的机会的。格尔斯伍尔德先生诽谤;威里斯先生真诚地感到痛心,他的表现超出了应有的表现。唉!这个人越过了美学的最险峻的高峰,投入了人类智力最少探索的深渊;为了使想象力吃惊,为了吸引渴望着美的精神,他通过仿佛

---

① 英文:"假正经"。

一阵没有间歇的风暴一样的一生,发现了新的表现方式和前所未见的手法,他竟在几小时内死在医院的床上,这是怎样的命运啊!如许的伟大,如许的不幸,却是为了引起资产阶级空话的旋风,却是为了变成有德行的记者们议论的资料和主题!

Ut declamatio fiasl!①

这种场面并不新鲜,近来有名的葬礼少有不是丑闻大会师的。何况,社会并不喜欢这些倒霉的狂人,或者是因为他们大煞风景,或者是因为它天真地把他们视为精神负担,它的有理是毋庸置疑的。谁不记得巴尔扎克死时巴黎的聒噪?可他却是死得规规矩矩的。更近的还有,今天是一月二十六日,恰好一年了,一位非常正直的、智力很高的、始终是清醒的作家②不声不响地、没有惊动任何人地在一条他所能找到的最黑暗的街上撒手而去了,多么令人恶心的说教啊!多么文雅的谋杀啊!一位有名的记者③,耶稣是绝不会教给他宽宏的态度的,觉得这一遭际相当开心,竟编了粗俗的文字游戏加以赞美。在十九世纪被智慧那么经常津津乐道的人权的众多条款中,有相当重要的两条被忘记了,那就是自相矛盾的权利和自己去死的权利。但是,社会把自己去死的人看作狂人,它很愿意惩罚某些遗骸,就像那个不幸的士兵一样,得了恋尸癖,看见尸体就发疯。然而,人们可以说,迫于某种情势,经过对某种不可调和性的严肃的审视,怀着对某种信条和灵魂转世说的坚定信仰,人们可以毫不夸张地说,而这并非文字游戏:自杀有时是生命的最合理的行动。这样,就形成了一个为数众多的幽灵的团体,与我们频繁接触,其中每个成员都向我们夸耀他现在的休息,并将他的信念灌输给我们。

---

① 拉丁文:"为了变成一个夸张的主题!"
② 指杰拉尔·德·奈瓦尔。
③ 指路易·维伊奥(Louis Veuillot,1813—1883),法国作家。

不过,我们应该承认,《吾得之矣》的作者的悲惨结局引起了某些令人宽慰的例外,否则,就真该绝望了,坐不住了。如我所说,威里斯先生就公道地甚至激动地谈到他一直与坡关系很好,约翰·尼尔先生和乔治·格拉汉姆先生就提醒过格尔斯伍尔德先生要知耻。朗费罗①先生——由于爱伦·坡对待他极为粗暴,所以他的话更有价值——就以无愧于一位诗人的方式称赞过他作为诗人和散文家的巨大力量。一位不知姓名的人写道,美国文学界失去了最有头脑的人。

但是,心被击碎、被撕裂、被七把利剑刺穿的是克里姆太太。埃德加既是她的儿子又是她的女儿。严酷的命运,威里斯说,我几乎是逐字逐句地采用了他提供的这些细节,"她关怀和保护的是一个严酷的命运"。埃德加·坡是一个拖累人的人,除了他写的东西难得要命、风格又大大高出常人的智力而不能得到优厚的报酬之外,他总是手头拮据,他和他的生病的妻子经常缺少最基本的生活必需品。一天,威里斯看见一位年老的、温柔的、庄重的妇人走进了他的办公室。这是克里姆太太。她为她亲爱的埃德加找活儿干。这位传记家说他印象特别强烈的,不仅是她对儿子的才能的极力赞美和准确评价,还有她所有外在的东西:她的温柔、忧郁的声音,她的有些过时但优美庄严的举止。他说,好几年间,我们看见这位不知疲倦的天才的仆人,穿得又穷酸又单薄,一家报馆一家报馆地,时而卖一首诗,时而卖一篇文章。有时候说他病了,这是当她的儿子暂时写不出东西时(神经质的作家都有这种情况),她提出的唯一的解释,唯一的理由,永远不变的托词,她决不允许从她的口中冒出这样的一个音来,让人理解为对她的爱子的天才和意志有所怀疑和信心有所减弱。女儿死后,她怀着一种更为强烈的母爱眷顾着这个悲惨的搏斗的幸存者,她跟他生活在一起,照

---

① 朗费罗(Henry Wadsworth Longfellow,1807—1882),美国诗人。

料他,关怀他,在他与生活和自己的搏斗中保护着他。威里斯怀着一种高度的、公正的理由结束说,如果女人以她产生于最初的爱情并由人类的激情加以维持的忠诚颂扬它的对象并使之神圣化,那么,我们对于一个使这种纯洁、无私、神圣的忠诚得以产生的人什么好话不能说呢?事实上,坡的反对者们应该看到,有一些如此强大的吸引力只能是一种美德。

这个消息对这位可怜的女人是多么可怕,人们是可以料到的。她给威里斯写了一封信,下面是其中的几行:

"今天早晨,我知道了我可爱的埃迪的死讯……您能告诉我一些细节、当时的一些情况吗?……啊!别在这巨大的悲痛中抛弃您可怜的朋友……告诉……先生来看我,我可怜的埃迪托我告诉他一件事……我不需要请您宣布他的死讯,为他说好话。我知道您会这样做的。但是请您说,对于他这可怜的伤心的妈妈,他是个多么深情的儿子……"

我觉得这个女人是伟大的,她不只是富有古风。她在受到致命的打击之后,想到的只是等于她的一切的那个人的名誉。为了使她满意,说他是一个天才是不够的,人们还应该知道他是个有责任心、有感情的男子汉。显然,这位母亲——来自最高的天空的一束光线点燃的火炬和炉火——给我们这个太不讲究忠诚、英雄气概和一切超出于责任之外的东西的民族树立了一个榜样。她是诗人的生活的精神太阳,在诗人的作品的上方写上她的名字不是正当的吗?他将在他的光荣中使这个女人的名字香气四溢,她的温情能够包扎他的创伤,她的形象将不停地飞翔在文学殉道者名册的上方。

三

爱伦·坡的生活、品德、举止、肉体、组成他这个人的整体的一切,仿佛是某种既黑暗又光明的东西呈现在我们面前。他的人格像他的作品一样,是奇特的、迷人的,打上了一种说不清楚的忧郁的印记。总之,他天赋过人,无所不能。他年轻时就对各种体育活动表现出一种罕见的本领,尽管他身材矮小,生有一副女人的手脚,浑身都带有那种女性的娇嫩,但他不仅强壮,而且还能表现出不寻常的力量。他年轻时曾赢得一次超过通常距离的游泳打赌赛。仿佛大自然给予那些它想让他们做出大事的人一种顽强的性格,正如它给予那些象征着死亡和痛苦的树木强大的生命力一样。这些人有时候看起来瘦弱,实际上十分健康,能吃能干,既可适应过量又能忍受惊人的淡泊。

关于爱伦·坡,有几点是人们一致同意的,例如,他天生仪态高贵、雄辩、漂亮,据说,他对此颇有几分得意。他的举止是高傲和甜蜜的温柔的奇妙混合,充满着自信。外貌、姿态、动作、神情,一切都指明他是一个杰出的人物,尤其是在他得意的日子里,他整个的人表现出一种动人心魄的庄严。他的确得天独厚,犹如某些行人一下子就吸引住观察者的目光,使他牢记不忘。迂腐而刻薄的格尔斯伍尔德本人也承认,当他去拜访坡,看到他面色苍白、对妻子的病和死感到苦恼的时候,他感到大为惊讶的不仅是他的举止得体,无可指摘,还有他那贵族气派的容貌以及家具相当简陋却散发着香气的房间。格尔斯伍尔德不知道诗人比任何男子都更有那种属于巴黎女人和西班牙女人的美妙的天赋,即知道如何用最微不足道的东西修饰自己;他不知道坡在所有的事情上都是一个爱美的人,能够找到把一间茅屋变成一座新型宫殿的艺术。他不是以一种最独创、最好奇的精神写过关于家具设计、乡间房屋、花园配置和风景改造计划的文章吗?

弗兰西斯·奥斯古德太太是坡的一位朋友,她写过一封可爱的信,向我们提供了关于他的品德、人格和家庭生活的最有兴味的细节。这个女人自己就是个出色的女人,她勇敢地否定了加在诗人身上的一切恶习和错误。她对格尔斯伍尔德说:"对男人,也许他是像您描绘的那样,您作为男人,可能说得对;但对女人,我说他完全是另一个样子,没有一个女人认识坡先生而不感到对他怀有一种深切的关心。我一直觉得他是一个优雅、高贵和宽宏大量的典范……

"我们第一次见面是在阿斯托饭店。在饭桌上,威里斯让我看了《乌鸦》,说作者想知道我的意见。这首怪诗的神秘的、超自然的和谐深深地打动了我,以至于当我听说爱伦·坡想认识我的时候,我感到了一种奇特的类似恐惧的感情。他来了,他的脸漂亮而骄傲,阴沉的眼睛射出神圣的光,一种充满了感情和思想的光,他的态度是一种高傲和甜蜜的不可言状的混合。他向我施礼,平静、庄严,几乎是冷淡的,但在冷淡之下颤动着一种明显的好感,我不能不留下深刻的印象。从此直到他死,我们一直是朋友……我知道他在他最后的话中还记着我,在他的理智被推下王位之前,他给了我一个忠实于友谊的最高的证明。

"他的内心既单纯又充满诗意,对我来说,埃德加·坡的性格的最美丽的光辉都发自他的内心。顽皮、亲切、风趣,时而温顺、时而淘气,像个被宠坏了的孩子,他对他年轻、温柔、被崇拜的妻子,对任何哪怕是在他最疲劳的文学创作中来看他的人,总有亲切的话,善意的微笑和种种和蔼可亲、彬彬有礼的关怀。他在书桌上、在他的莱诺尔——他死去的爱人——的肖像下度过了数不清的光阴,总是勤奋而顺从地把穿过他那惊人的、不断警觉着的头脑的奇思异想固定下来。我还记得,有一天早晨,我看见他比平时高兴和轻松。弗吉尼亚,他温柔的妻子,请我去看看他们,而要我拒绝她的请求是不可能的……我发现他正在写后来以《纽约名士录》为题发表的一组文章。'您看,'他对我说,一边得意扬扬地笑着,一边打开好几个小纸卷(他在窄条纸上写东西,显然是为了与报纸的字行相一致),'我要让您看看我是用文章的长短来表示我对你们文学界的人物的尊敬程度的。在这些纸中,您的那一张已经卷起来了,已经写好了。来呀,弗吉尼亚,来帮帮我!'他们把纸卷一个个打开,其中有一个好像长得没头。弗吉尼亚手执一端,一边大笑,一边退到房间的一角,她的丈夫手执另一端,退到房间的另一角。'谁这么有运气,'我说,'值得您表示这么深的好感?''你们听见了吗?'他喊道,'好像她那颗小小的虚荣的心还没告诉她这就是她本人似的!'

"在我因健康原因而不得不出门的期间,我与坡定期有书信往来,我是应他妻子的热烈请求这么做的,她认为我能给予他有益的影响……至于说存在于他妻子和他之间的爱情和信任,那对我来说真是赏心悦目的一幕,我怀着怎样的信念和热情来谈论都不为过。他浪漫的性情产生的几个富有诗意的小故事,我就不去说了。我认为她是他一直真正爱着的唯一女性……"

爱伦·坡的短篇小说从来不写爱情。即便是《丽姬娅》和《艾蕾奥瑙拉》也不是本来意义上的爱情故事,作品的基本思想完全是与爱情无涉的。也许他认为要表达这种怪异的、几乎不可明言的感情,散文的语言是不够格的,因为他的诗正相反,恰恰深深地浸透了这种感情。在那里,这种神圣的激情显得辉煌、闪烁,总是蒙上一层不可解脱的忧郁。他在文章中,有几次谈到过爱情,甚至相当于使笔尖发颤的字眼的那种东西。他在《阿伦海姆的产业》中说幸福的四个基本条件是:大自然中的生活,一个女人的爱情,摆脱一切野心,创造一种新的美。这证实了弗兰西斯·奥斯古德太太关于坡对女人有一种骑士般的尊敬的说法。尽管他对怪诞可怕的事物有着不可思议的才能,在他的全部作品中却没有一段稍涉淫秽甚至感官享乐的文字。可以说,他所描绘的女性的肖像都罩着一个光环,在一片超自然的气氛中闪烁,出自一个崇拜者的夸张手笔。至于说浪漫的小故事,一个如此神经质的人,对美的渴望也许是他的主要特点,他有时候怀着一种火热的激情培植风流这火山般的有麝香香味的花朵,而诗人沸腾的头脑又是它最适宜的土地,这有什么可惊奇的呢?

好几位为他作传的人都谈到了他容貌的美,我认为,一个有才智的人可以借助于各种含混但有特征的概念对此得出大致的印象。这些概念包含在一个词中:浪漫的,这个词一般来说是用于描绘各种类型的美,尤其是在表现方面。坡的前额很宽很高,某种隆起透露出它所代表的横溢才华——结构的才华,比较的才华,找出因果关系的才华,而且在平静的骄傲中突出地表现出理想感和典型的美感。不过,尽管有这些天赋,甚至正因为这些过多的特长,他的头从侧面看也许不怎么顺眼。如同所有那些在一个方面上过分的东西一样,丰富可能会产生出一种不足,侵占可能会产生出一种匮乏。他有一双大眼睛,既阴沉又明亮,颜色不确定,偏黑,近乎紫色,鼻子高贵而结实,嘴巴小巧,尽管常浮着浅笑,却透着悲哀,皮肤呈淡棕色,脸通常是苍白的,表情有些心不在焉,平常总笼罩着一丝不易察觉的忧郁。

他谈锋很健,内容充实。他不是那种夸夸其谈的人——这是一桩可怕的事情,而且,他的话和他的笔一样,都讨厌俗见;但是,广博的知识,强有力的语言,精深的研究,取之于好几个国家的印象,使他的话富有教益。他的本质上是诗的、极富章法却又逸出常轨的雄辩,是取之于一个常人很少涉足的世界的形象宝库,是一种旨在从明显的、绝对可以接受的建议中引出隐秘的、崭新的景象以及展开令人惊奇的远景的神奇艺术,一句话,即使人陶醉、发人深思、令人沉入梦境的把灵魂从常规的泥潭中拉出来的艺术,上述一切就是他的令人眼花缭乱的才华,许多人对此记忆犹新。但是,有时候——至少有人这样说——诗人在任意的破坏中扬扬得意,会用一种令人苦恼的犬儒主义突然把他的朋友们叫回到地上,粗暴地打碎他的充满灵性的作品。值得注意的是,选择听众并非一件很难的事,我认为读者不难在历史上发现其他伟大而具有独创性的人,对他们来说,任何同伴都是好的。某些人是人群中的孤独者,沉湎于独白,不需要太挑剔公众。说到底,这是一种基于蔑视的博爱。

应该谈谈他的酗酒了。这件事有人赞美,有人指责,那股劲头儿可以使人以为,美国的全部作家,除了坡,都是甘于淡泊的天使。有好几种说法都可信,而且并不相互排斥。首先,我必须指出,威里斯和奥斯古德太太曾说,极少量的酒就足以完全扰乱他的机体。再说,一个实际上如此孤独如此深为不幸的人,一个能够经常把一切社会制度看作是违反常理、看作是骗局的人,一个受到无情命运的纠缠而常常说社会不过是悲惨的人们的混合(这是格尔斯伍尔德说的,他像一个也这样想但绝不这样说的人一样感到气愤)的人,一个自幼就被抛到自由生活中去碰运气的人,一个头脑被艰苦而持续的工作包围的人,他有时候到杯子里寻找一种万事皆忘的快感,这是很容易想象的,我说,这样设想也是很自然的。文学的怨恨,无限产生的困惑,家庭的痛苦,苦难的侮辱,坡逃避这一切,躲进了昏天黑地的醉意中,就像躲进了预先准备的坟墓之中。但是,不论这种解释多么好,我觉得还不够全面,它可悲的简单使我表示怀疑。

我知道他并不像贪杯者那样喝酒,而是像个野蛮人那样喝酒,以一种完全美国式的迅速和时间的节省,仿佛是在履行一种杀人的职能,仿佛他身上有某种东西要消灭,a worm that would not die①。有人讲到,一天,正当他要再次结婚的时候(结婚预告已经发出,人们祝贺他这次结合把幸福和舒适的最好条件放在他的手中了,他说:"你们可能看见了结婚预告,但请注意:我不会结婚。"),他喝得烂醉如泥,惹恼了将要成为他妻子的那个女人的亲友。他就这样借助于恶习来摆脱对亡妻的不忠,她的形象一直活在他心里,他

---

① 英文。波德莱尔本人译作:"一只不愿意死的虫子"。

在《安娜贝尔·李》一诗中令人赞叹地咏唱过她。因此,从许多方面看,我认为这件无比珍贵的事实得到了公认和证实。

此外,我在《南方文学信使报》的一篇长文中读到——是他开创了这份报纸的繁荣——他的风格的纯净和完善,他的思想的明晰,他的工作的热情,从未受到这种可怕的习惯的损害。他的最好的东西的大部分是在醉意陶然的前后完成的。发表了《吾得之矣》之后,他就迁就了他的这种爱好。在纽约,发表《乌鸦》的那天早晨,诗人的名字有口皆碑的时候,他趔趔趄趄地走过了百老汇大街。请注意"前后"这个词,这意味着,酒醉既可成为刺激,也可成为休息。

所以毋庸置疑,在醉意中,不仅存在着一连串的梦幻,还存在着一系列的推理,它们为了不断地产生,需要引发的环境。这些梦幻和推理很像那些短暂的、强烈的印象,它们越是短暂,再次出现时就越是强烈,有时,它们的前面是一种外部的征象,某种如一声钟鸣、一个乐音或一种已经忘却的香味一样的提醒,这些印象本身前面又有一种类似已知事情,并在已知的链条中占有同样位置的事情。这些梦幻和推理也很像那些周期性地出现在我们睡眠中的奇特的梦。如果读者很顺利地跟上我的话,他就已经猜到了我的结论:我认为,在很多情况下,当然不是在所有情况下,爱伦·坡的酗酒是一种帮助回忆的手段,是一种工作方法。这是一种有效而致命的方法,但适合于他的富于情感的天性。诗人学会了喝酒,正如一位细心的搞文学的人练习做笔记一样。他不能抗拒再度发现那些美妙而骇人的幻觉的愿望,即他在前一次风暴中已然碰到过的微妙的观念,即迫切地吸引着他的老相识,他为了重新与它们取得联系,走了一条最危险也最直接的道路。今天使我们愉快的东西的一部分,正是毁了他的那种东西。

四

关于这位怪才的作品,我要说的话不多,公众会表示他们的想法。弄清他的方法,解释他的手段,这也许是困难的,尤其是他的一部分作品其主要效果取决于分寸得当的分析,但这也不是不可能的。我可以把读者带进他的创作的奥秘中去,可以详细说明这种美国式的天才如何使他从被克服的困难、被解开的谜团和成功的较量中得到快乐,如何推动他带着孩子般的近乎反常的快活在可能和猜测的世界中嬉戏,如何使他造出假消息,其精妙的艺术使之真假难辨。没有人否认坡是位不可思议的魔术师,而且我知道他更重视他的另一部分作品。我对此也有几点更重要的看法,但都很简短。

使他赢得有思想的人的欣赏的并不是那些使他有名的表面的奇迹,而是他对美的爱,对美的和谐条件的认识;是他的深刻而悲哀的诗,精雕细刻,透明,规则如水晶的首饰;是他的令人赞叹的风格,纯粹而怪诞,紧凑如盔甲的锁扣,自得而细密,最细微的意图都有助于轻轻地把读者推向预期的目标;尤其是这种完全特殊的天才,这种使他能够用一种完美的、动人的、可怕的方式描绘和解释道德之例外的独一无二的气质。百例举其一,狄德罗是位多血质的作家,而坡是位神经质的作家,他甚至还更胜一筹,他是我所认识的此类作家中的最优秀分子。

他的作品一开始就是吸引人的,像旋风一样,但并无突如其来之感。他的庄严使人惊奇,使思想始终警醒着。人们一开始就能感到有某种严重的事情。慢慢地,渐渐地,一个故事展开了,它的全部意义都建立在智力的一种不易察觉的偏斜上,建立在一种大胆的假设上,建立在理智的混合物中自然所占的不慎重的比例上。读者被眩晕感牵着,不能不跟着作者进入他的吸引人的推论之中。

我再说一遍,没有一个人能像他那样富有魔力地讲述人生和自然的例外。那是大病初愈后的强烈的好奇心;是还充满着令人疲软无力的光辉的季节之末,天气炎热、潮湿、多雾,南风使人的神经疲软松弛得像乐器的弦,眼里充满了并非来自心中的泪水;是幻觉,它开始时让位于怀疑,很快便被说服,变得像一本书一样地喜欢推理;是荒诞,它占据着智力,以一种可怕的逻辑支配着它;是霸占了意志的地盘的歇斯底里;是建立在神经和思想之间的矛盾;是不协调到用笑来表达痛苦的人。他分析最短暂的东西,他掂量不可称量之物,他用细致而科学的具有骇人效果的方式描写漂浮在神经质的人周围的,并将他引向恶的想象之物。

他为了爱怪诞而投入怪诞,为了爱恐怖而投入恐怖的那种热情本身有助于我检验他的作品的真诚和人与诗人之间的协调。我已经注意到,在好几个人那里,这种热情常常来自于一种巨大的无所用的生命力,有时候来自于一种固执的贞洁,也来自于一种深刻的、被压抑的敏感。人看到自己的血流出来时所能感到的那种超自然的快感,突然的、猛烈的、无用的运动,不由自主地朝天发出的巨大喊声,都是一些可以列为同类的现象。

在这种空气稀薄的文学中,精神可以感受到这种模糊的焦虑,这种敏于流泪的恐惧,这种心灵的不适,它们都占据着巨大而奇特的地方;但是,最为强烈的还是钦佩之情,而艺术又是如此伟大!主要的部分和次要的部分都适合于人物的感情,自然的孤独或城市的骚动都被有力而神奇地描写了出来。正像我们的欧仁·德拉克洛瓦把他的艺术提高到伟大的诗的高度一样,埃德加·坡喜欢让他的形象们活动在透出腐尸的磷光和风暴的气味的发紫、发绿的背景上。所谓的无生命的自然具有了有生命的自然的性质,像后者一样,发出了超自然的、过电一般的震颤。空间因鸦片而加深,鸦片赋予它一种神奇的、具有各种色彩的意义,使各种声音都震动起来,其声响更加意味深长。有时候,在他笔下的风景中,突然出现壮丽的瞬间,充满了光明和色彩,人们看到遥远的天际出现了东方的城市和建筑,距离使之影影绰绰,太阳洒下一片金雨。

坡的人物们,更确切地说,坡的人物,就是坡本人,那是一个官能极敏感的人,一个神经松弛的人,一个以热烈的、坚忍不拔的意志向困难提出挑战的人,他看东西越看越大,目光之紧张犹如剑之僵直。他笔下的女性,个个光彩照人,身罹疾患,受着怪病的折磨,说话的声音像音乐,这仍然是他;或者至少,由于奇特的愿望,知识和不可救药的忧郁,她们在很大程度上具有她们的创造者的特点。至于他的理想的女性,他的女泰坦,是由散见于他的为数极少的诗篇中的不同肖像透露出来的,说是肖像,还不如说是感觉美的方式,作者的气质使之接近或融入一种模糊然而可感的统一体中,对于美的永不满足的爱也许在那里比在别处更细腻地存在着,那是他的伟大的凭证,也就是说,是他获得诗人们喜爱和尊敬的资格的概括。

我们从爱伦·坡的全部作品中选出若干故事,集于《奇异故事集》这个题目之下。这部作品包括数量可观的短篇小说、数量同样可观的批评文章和其他文章、一首哲理诗(《吾得之矣》)、其他诗歌和一部纯粹写实的小说(《阿瑟·戈登·庇姆述异》)。如果我还能如我所愿地有机会谈谈这位诗人的话,我将分析他在哲学和文学方面的观点,以及全部的翻译在一个喜欢开心和激动远甚于最重要的哲学真理的公众那里通常很少能获得成功的那些作品。

再论埃德加·爱伦·坡[*]

一

颓废文学！我们经常从那些整夜守着古典美学神圣大门的没有谜语的斯芬克司们口中听到这种空话,并且还伴着一种夸张的哈欠。可以断言,每当响起这种不容辩驳的预言,准是关系到一部比《伊利亚特》还有趣的作品。显然,这里说的是一首诗或一部小说,各部分配置得巧妙,足以惊人,风格也修饰得十分出色,语言和韵律的各种表达能力通过无可指摘的手笔被发挥得淋漓尽致。每当我听见发出这种咒骂——顺便说说,这种咒骂通常都落在某个我偏爱的诗人头上,我就真想回答说:你们把我当做像你们一样的野蛮人吗?你们以为我能像你们一样做可悲的消遣吗?于是,一些怪诞的比较在我的头脑中折腾起来,我觉得有两个女人出现在我面前:一个是村妇,身体和品德都很可厌,没有风度,眼睛也没有神采,总之,她的一切都得之于淳朴的自然;一个是那种支配着和压迫着回忆的美人,把衣着的全部表现力和她的深刻而原始的魅力结为一体,举止自若,自觉而自制,说话的声音仿佛一件调好音的乐器,目光中充满了思想,流露的都是它愿意流露的东西。我的选择不容怀疑,然而,有一班教育有方的斯芬克司却指责我失敬于古典的体面。但是,抛开这些讽喻不谈,我认为我可以问问这些聪

---

* 本文最初发表于一八五七年。

明人是否懂得他们的聪明的全部虚荣和无用。颓废文学这个词意味着有一种文学的等级,哇哇啼哭的文学,儿童的文学,少年的文学,等等。我想说,这一用语意味着某种必然的、天命的东西,仿佛是一道不可避免的意旨,指责我们在执行神秘的律令是完全不公正的。对于这种学究气的话,我所能理解的全部,就是愉快地服从这种律令是可耻的,我们在命运之中感到快乐是有罪的。这颗太阳,几个小时之前还以它的直射的、白色的光亮压垮了万事万物,很快就将以五彩缤纷的颜色淹没西方的地平线。在这奄奄一息的太阳的变幻中,某些富有诗意的人发现了新的快乐:他们发现了耀眼的柱廊,熔金的瀑布,火的天堂,忧伤的光辉,悔恨的快感,梦幻的一切魔力,鸦片产生的一切回忆。在他们眼中,落日的确是一个充满了生命的灵魂的譬喻,它没入天际,却奉献出大量的思想和梦幻。

但是,那些官方指定的教授们所不曾想到的,恰恰是在生活的运动中能够出现这样的复杂和这样的组合,这对他们的小学生的聪明来说,是完全出乎意料的。于是,他们的贫乏的语言就出了毛病,正如这种情况:一个民族开始于颓废,起步于别的民族的终止,也许不同的方式越多,这种现象就越多。

在本世纪的大量的群体中,产生了各种新文学,其中肯定会有一些精神的意外事件,使得派别思想晕头转向。美国既年轻又衰老,饶舌啰唆,其滔滔不绝的语言能力令人吃惊。谁能够数清它的诗人?他们多得不计其数。它的蓝袜子①?她们挤满了杂志。它的批评家?请相信它拥有一批学究,可以跟我们的媲美,也在不断地提醒诗人注意古代的美,就目的的道德性和意图的价值诘问一位诗人或小说家。那里和这里一样,而且更甚于这里,也有一些不知道拼法的文人学士,也有一种幼稚的、无用的活动,以及多如牛毛的编纂者,爱唠叨的人,剽窃的剽窃者,批评的批评家。在这沸

---

① 蓝袜子,女才子、女学者的贬称。

腾的平庸之中,在这个热衷于物质改善的世界之中——这是一种新型的丑剧,它使人们懂得懒惰的民族的伟大,在这个渴望惊奇、热爱生活,尤其是热爱充满刺激的生活的社会之中,出现了一个人,他是伟大的,不仅由于他的纯粹精神的微妙,由于他的观念的阴森或迷人的美,由于他的分析的精确,而且还由于他的漫画式的手法。我得带着几分小心说话,因为最近有一位冒失的批评家用了魔术师一词来贬低埃德加·坡和否认我的钦佩的真诚,而我是差不多把这个词当做赞扬用在高贵的诗人身上的。

爱伦·坡从一个贪婪的、渴望物质的世界的内部冲杀出来,跳进了梦幻。美国的气氛压得他喘不过气来,他在《吾得之矣》的前面写道:"我将此书献给这些人,他们相信梦幻是唯一的真实!"他本人就是一个很好的抗议,而且他以他自己的方式,in his own way①,提出了这种抗议。作者在《莫诺斯和尤纳之间的讨论》中,倾泻了他对民主、社会进步和文明的轻蔑和厌恶。这位作者还为了打消轻信、剥夺他的同胞想要看的热闹,最有力地提出了人的绝对权力,最巧妙地制造了那些最能满足现代人的骄傲心理的假消息。从这个角度看,我觉得坡像是一位想使先生脸红的希洛人。最后,我更明确地提出我的看法,坡始终是伟大的,不仅是因为他思想高尚,而且因为他惯于恶作剧。

二

因为他从不上当受骗!我不相信这位弗吉尼亚人受过现代智慧的欺骗,他在民主大泛滥的时候曾经从容地写道"除了服从之外,人民与法律没什么干系"以及"群氓的鼻子是想象,人们总可以轻易地牵着这个鼻子走",还有其他许多段落,其中嘲讽如枪林

---

① 英文:"以他自己的方式"。

弹雨,但却是漫不经心的、高傲的。斯威登堡的信徒们仿佛那些把《恋爱的魔鬼》的作者看成是他们的奥秘的天真的有宗教幻象的启示者一样,对坡写出了《动物磁性的显示》感到高兴,因为他们发现(啊,这些对不能检验的事物进行检验的人!)他所讲的都是绝对地真实,尽管他们承认一开始他们疑心这不过是一种简单的虚构。坡答道,他本人从未表示过怀疑。我第一百次随手翻阅他的有趣的《旁注》,有一段文字一下子跳入眼帘,有必要引述如下吗?"在各个知识门类中出现了巨量的图书,这是当代最大的祸患之一!因为这是获得实际知识的最大障碍之一。"他生来就是一个亚里士多德派,更是一个先天的亚里士多德派,这位弗吉尼亚人,这位南方人,这位误入荒唐世界的拜伦,他始终保持着他的哲学的冷静,不论他确定了什么是群氓的鼻子,不论他嘲弄宗教的制造者,或是讥笑学究们,他都是并将永远是一位真正的诗人,即裹着一重怪衣的真实,表面上的反常,他不愿与众人摩肩接踵,当落日的地方燃起焰火时,他却奔向极东的地方。

但是,更为重要的是,我们要指出,这位作者,一个自命不凡的时代的产物,一个比其他民族更自命不凡的民族的儿子,他清楚地看到并坚定地指出了人的天生的凶恶。他说,在人身上,有一种现代哲学不愿意考虑的神秘力量,然而,倘若没有这种无名的力量,没有这种原始的倾向,人类的许多行动就得不到解释,就不能解释。这些行动所以有吸引力,仅仅是因为它们是丑恶的、危险的,它们拥有引向深渊的力量。这种原始的、不可抗拒的力量是自然的邪恶,它使人经常而且同时是杀人的和自戕的,即凶手和屠夫,因为,他带着一种非常邪恶的巧妙补充说,对于某些丑恶危险的行动不可能找到充分合理的动机,这可能导致我们将其看作魔鬼的暗示的结果,如果不是经验和历史告诉我们上帝也常常借此来建立秩序和惩罚恶人的话。在把这些恶人当做帮手之后!我承认,作为一种既恶毒又必然的言外之意悄悄溜进我脑中的就是这句话。但是,眼下我只想考虑这个被遗忘的伟大真理,即人的原始邪恶,而且我怀着某种不无满意的心情看到有些零星的古代智慧从一个我们料想不到的国家中传来。某些古代真理在所有这些人道的颂扬者、这些催眠者面前炸个粉碎,这真是一件快事,这些催眠者用各种各样的腔调重复着:"我生来就是善良的,你们也是,我们都是生而善良!"这些颠倒的平均主义者,他们忘了,不,他们装作忘了我们生来就是赞成恶的侯爵①!

什么样的谎言能欺骗他呢,这个有时候——这是环境的令人痛苦的需要——把环境看得这样透的人?在他顺利的日子里,在那些可以说他看到宗教幻象的日子里,他对于哲学胡说表示了怎样的轻蔑啊!关于这位诗人,似乎有好几种故事被随意杜撰出来,以证实人的所谓万能,但他却有时想自我净化。他写道:"全部的确实性存在于梦幻之中。"这一天,他把他自己的美国习气打入低级的事物中去了。还有的时候,他走上了诗人的正路,大概是听命于像魔鬼一样纠缠我们的必然的真理,他发出了思念着天堂的谪凡天使的强烈叹息,他向黄金时代和失去的乐园表示了悔恨,他蹲在炉火的热气前,为大自然的壮丽而哭泣,最后,他写出了令人赞叹的《莫诺斯和尤纳之间的讨论》,这肯定会迷住无可指摘的德·迈斯特并使之失去平静的。

正是他,谈到社会主义时说,当时社会主义还没有名称,至少这个名称还没有完全普及:"世界目前正受到一个新的哲学派别的骚扰,他们还没有被承认为一派,因此还没有名称。这是些信奉老古董的人(可以说是:老古董的宣扬者)。他们的大祭司,东面有夏尔·傅立叶,西面有奥拉斯·格雷利②。作为大祭司,他们还是很有分寸的。这个派别内部的唯一的共同点是轻信,

---

① 指萨德侯爵。
② 奥拉斯·格雷利(Horace Greely,1811—1872),傅立叶主义者,曾任《纽约论坛报》主编。

一言以蔽之,可称之为痴呆。问问他们中的某人为何相信某事,如果他是认真的(无知者通常都是认真的),他将作出和塔列朗①类似的回答;当有人问及后者为何相信《圣经》时,他答道:'我相信,首先因为我是奥丹的主教,其次因为我对它一窍不通。'这些哲学家所说的理由,是一种否认存在的东西和解释不存在的东西的独特方式。"

社会进步,这个衰败时期的大邪说,他也没有放过去。读者会在许多文章中看到他用什么样的词语来说明它的特点。看到他投入的热情,的确可以说,他要向社会进步报仇,就如同他向一桩公共的麻烦,向一桩大众的祸害报仇一样。"科学的不断进步最近使我们能够发现寻觅已久的、早已湮没的……秘密(希腊火硝,铜淬火术,随便什么湮没无闻的东西②),其最成功的运用远溯至一个非常古老的、野蛮的时代!!!"我最近看见这句令人想到妓女们故意的、滑稽的、荒唐的妙文阴险地、大摇大摆地出现在一份非常严肃的报纸上,如果他像我一样看见这句话,他该怎样地笑啊,那是一种不会招徕闲逛者的诗人的轻蔑的笑。这句话真可称为真正的发现,即便在一个不断进步的时代里,也是一个辉煌的发现;但是我相信,木乃伊阿拉米斯塔克③肯定会带着一种高高在上的温柔而谨慎的口吻问道,这著名秘密的遗失是否也是因为不断的进步,因为进步的不可避免、不可抗拒的规律?撇开这种开玩笑的口吻,在一个包含着同样多的眼泪和笑声的问题上,看到一个民族、几个民族、很快就是全人类对其智者和巫师说出下面的话来,岂不是一桩的确令人惊愕的事吗:我会爱你们的,我会使你们伟大的,如果你们让我相信我们不用想就进步,不可避免地进步,睡着了也

---

① 塔列朗(Charles-Maurice de Talleyrand-Périgord,1754—1838),法国政治家、外交家。
② 括号内系波德莱尔的话。
③ 埃德加·爱伦·坡的小说《与一个木乃伊的讨论》中的主人公。

进步;让我们摆脱责任吧,替我们用比较把屈辱蒙上吧,篡改历史吧,这样你们就能自称智者中的智者了。下面这一如此简单的思想居然没有出现在所有人的头脑之中,真是一桩奇事:进步(假设有进步)把快乐变得多么美妙,就把痛苦变得多么完善;如果人民的皮肤变得越来越细嫩的话,他们显然就会只追寻在眼前消失的意大利,一个每一分钟都在丢失的战利品,一种总是自我否定的进步。

但是,这些幻想,利害攸关的幻想,仿佛是落入池塘的流星,扎根在邪恶和谎言的深处,使像埃德加·坡这样的热爱永恒之火的灵魂产生了轻蔑的感情,使像让-雅克[1]那样头脑不清的人感到恼怒,他们把受到伤害、敏于反抗的敏感当做了哲学。无可争议,后者反对"堕落的野兽"[2]是有道理的;但是,堕落的野兽也有权利指责他乞灵于简单的自然。自然只造就怪物,全部问题在于对"野蛮"一词是否有一致的理解。没有一位哲学家敢于把这些不幸的、腐化的乌合之众提出来作为典范,他们是自然力的受害者,野兽的美餐,既不能制造武器,也不能设想有一种精神的至高无上的力量。但是,如果要将现代人,即文明人,与野蛮人,更确切地说,将所谓文明民族与所谓野蛮民族,那种不具备使个人免除英雄气概的巧妙发明的民族,作一比较的话,谁会看不到全部荣誉归于野蛮人呢?由于他的本性,由于迫不得已,野蛮人是全能的,而文明人则被局限在专门化的无限小的范围内。为不再因舍弃和衰落而感到痛苦,文明人杜撰了有关进步的哲学,但是,野蛮人是令人敬畏的丈夫,是必须表现出个人勇敢的战士,是日落引人歌唱往昔和祖先这种忧郁时刻的诗人,因而更贴近理想的边缘。我们敢指责他有什么空白吗?他有教士、巫师和医生。我还说什么呢?他有

---

[1] 指让-雅克·卢梭(Jean-Jacques Rousseau,1712—1778)。
[2] 卢梭的著名提法,他把生活在集体中的人称为"堕落的野兽"。

浪荡子,这是美的理想在物质生活中的至高无上的体现,由他来决定形式和支配举止。他的服装、饰物、武器和长烟斗①证明他具有一种我们久违了的创造才能。我们的懒惰的眼睛和发聋的耳朵能跟那些穿透浓雾的眼睛和听见草长的耳朵相比吗?而那种蛮女,头脑简单而幼稚,是一头温顺而喜欢得到爱抚的野兽,无保留地把自己奉献出来,并且知道自己不过是一个命运的一半而已,我们能够说她低于贝尔加里格先生(他居然是《食品杂货通报》的编辑!)所说的那种美国女人吗?这位先生以为说她是理想的姘妇就是赞扬了她。这种女人的作风过于实用,引得埃德加·坡——他是那样风流,那样尊重美人——写出以下可悲的话来:"这种像大黄瓜一样的大皮包,在我们的美人中很流行,它们并非如人们所想来自巴黎,而纯粹是土产。为什么这女人只往里装钱的东西在巴黎就成为时髦?可是看看美国女人的钱包吧!它得大到能装下她所有的钱,再加上她的灵魂才行!"至于宗教,我不会像阿尔弗雷·德·缪塞那样轻率地谈论维齐里普茨利②;我并不羞于承认,我喜欢崇拜特塔泰斯远胜于喜欢崇拜玛蒙③;与仅仅为了自己的利益就把全体居民作为牺牲的金融家相比,我觉得那个把死得体面的牺牲品献给强索人祭的恶神的教士还是温和而人道的。这种事情还不时可以见到,我有一次在巴尔贝·德·奥尔维利先生的文章中看到他发出了带有哲理性悲哀的惊呼,概括了我对这个问题想要说的一切:"文明的人民,你们不断地朝野蛮人扔石头,可是你们很快连崇拜偶像也不配了!"

  我已经说过了,但我禁不住还要重复一下,这样的环境对诗人来说是不大合适的。一个法国人,就算他是最民主的吧,他所理解的国家在美国人那里是没有位置的。根据旧世界的理解,一个政

---

① 指北美印第安人用的一种长烟斗。
② 墨西哥神话中的战神。此事实与缪塞无关,恐系误记。
③ 叙利亚人的财神。

治国家有一个运动的中心,这是它的大脑和太阳,有古老而光荣的回忆,有悠久的诗史和军事史,有一个贵族,贫困这位革命的女儿只能给它增添一盏不寻常的明灯;可现在这个国家是什么!这是乱糟糟的一群卖者和买者,是个无以名之的东西,是个没有脑袋的怪物,是个被放逐到大洋那边的流放犯,这个国家!一个大酒馆,顾客川流不息,在油腻的桌子上,伴着粗俗言谈的嘈杂声谈生意,如果这样的酒馆也可以被看作是沙龙的话,被看作是我们过去称之为沙龙的那种以美为主导的精神共和国的话,我倒是很愿意有这样一个国家!

  既高尚又有利地干文人这一行而又不受到诽谤,不受到无能之辈的污蔑,不受到富人的嫉妒(这种嫉妒就是对他们的惩罚!),不受到资产阶级的平庸的报复,这将永远是困难的。而在一个温和君主国或合法共和国是困难的事,在一个杂物堆放处般的地方就成了不可行的事,在这里,人人都是舆论的警察,为了自己的恶习而维持治安,或者是为了自己的美德,反正是一回事;在这里,一个奴隶国家的诗人,一个小说家在主张废奴的批评家眼里就是一个可恶的作家;在这里,人们不知道究竟犬儒主义的放肆还是《圣经》的伪善所表现的坚定是最大的丑事。烧死用锁链锁在一起的黑人,因为他们感到了他们的黑脸因荣誉而发红,在剧场的池座里打枪,在野蛮人(这种说法有种不公正的气息)尚未用这些乌托邦玷污过的西部天堂建立多妻制,为了确立无限自由的原则而在墙上公布"治疗九月病"①,这是富兰克林的高贵国家的几个突出的特点,几点道德的表现。富兰克林是银行道德的发明者,物质世纪的英雄。崇拜美国已成为一种时髦的激情,甚至一位大主教许诺说,上帝很快就将召唤我们享受这大西洋彼岸的理想了,在这种时候,应该不断地让目光注视着那些野蛮的奇迹。

---

 ① 大概是指性病之类。

三

一种类似的社会环境必然产生相应的文学错误。坡所尽可能地不遗余力反对的,正是这些文学错误。美国作家在承认他作为诗人和小说家的非凡力量的同时,总想贬低他作为批评家的价值,对此我们不应该感到惊奇。在美的观念的最大敌人——实用观念先于和支配一切的国家里,完美的批评家将是最可尊敬的批评家,即其倾向和愿望最接近公众的倾向和愿望的批评家,即混淆功能和种类而给所有的人指定一个唯一的目的的批评家,也即在一本诗集中寻求完善道德心的途径的批评家。自然,他将因此而不那么关心诗的实在的、毋庸置疑的美,对表达的不完善甚至错误也不那么感到吃惊。相反,埃德加·坡把精神世界分为纯智力、趣味和道德感三个部分,根据分析对象所属的分类进行批评。他最为敏感的是结构的完美和表达的正确;然后,他拆开作品,就像卸开有缺陷的机器零件一样(对作品要达到的目的来说),细心地记下制作上的毛病;当他考察作品的细节,造型表现,一句话,考察风格的时候,他毫无遗漏地剥示出韵律的错误,语法的错误,以及一切废物,这些东西在没有艺术性的作家那里,玷污了最良好的意图,歪曲了最高尚的观念。

在他看来,想象力是各种才能的王后;但是,他在这个词中看到了某种比一般读者所看到的更为高深的东西。想象不是幻想,想象力也不是感受力,尽管难以设想一个富有想象力的人不是一个富有感受力的人。想象力是一种近乎神的能力,它不用思辨的方法而首先觉察出事物之间内在的、隐秘的关系,应和的关系,相似的关系。他赋予这种才能的荣誉和功能使其具有这样一种价值(至少在人们正确地理解作者的思想时是如此),以至于一位学者若没有想象力就显得像是假学者,或至少像是一位不完全的学者。

在想象力可以获得最奇怪的结果,可以采集到并非最贵重、最珍奇(这是属于诗的)而是最大量、最多彩的珍宝的文学领域中,坡特别喜欢的一个领域是中短篇小说。在很大程度上,中短篇小说比长篇小说具有一大优越性,即篇幅的短小增加了效果的强度。能够一口气完成的阅读在精神上留下的回忆远比一种破碎的、常常为事务的烦恼和名利的关心所打断的阅读留下的回忆强烈得多。印象的统一、效果的完整,这是一种巨大的优越性,可以赋予这种类型的作品一种特殊的优势,乃至一篇过短的短篇(这也许是个缺点)仍然胜过一篇过长的短篇。一位巧妙的艺术家是不会用他的思想来适应意外事故的,但是,他在自由地、随意地设想要产生的效果之后,就会创造出意外事故、组合最适宜的事件来达到预想的效果。如果第一句话不是为了准备最后的印象而写的,那么作品从一开始就失败了。在整部作品中,不应该有一个不带有意图的、不直接或间接地准备完成预期目的的词。

有一点,中短篇小说甚至对诗歌来说也具有一种优势。节奏对于美的观念的发展是必要的,而后者是诗的最伟大、最高贵的目的。而产生节奏的各种手法对于思想和表现的细腻展开是一种不可克服的障碍,后者的目标是真实。因为真实可以经常成为中短篇小说的目的,还有推理,这构成一部完美的中短篇小说的最好工具。这就是为什么这种地位不如纯诗高尚的体裁能够提供更丰富多彩的、更容易为普通读者所欣赏的作品。此外,一部中短篇小说的作者可以利用多种不同的笔调和语言的层次,例如为诗所排斥的、与纯美观念不协调和相冲突的推论的笔调,讽刺和幽默的笔调。也正是这一点使一位在中短篇小说中只追求美的作者处于十分不利的境地,因为他没有节奏这一最有用的工具。我知道文学史上曾有人为创造纯粹诗意的短篇小说进行过努力,也常常有好的结果,埃德加·坡本人就做出过巨大的努力。但是,这些斗争和努力仅仅有助于证明与一定目的相适应的真正方法所具有的力量,而我倾向于认为,对某些作者来说,例如几位最伟大的作家,这种勇敢的尝试来自一种绝望。

四

"Genus irritabile vatum①!诗人(我们是在最广泛的意义上使用这个词的,包括各类艺术家)是些容易激动的人,这是显而易见的;但是,我觉得其原因并未得到广泛的理解。艺术家之为艺术家,全在于他对美的精微感觉,这种感觉给他带来醉人的快乐,但同时也意味着、包含着对一切畸形和不相称的同样精微的感觉。因此,在一般人看来,加诸一位真正的诗人身上的误解和不公正使他恼怒的程度,与他身受的不公正是完全不相称的。诗人从来也不在没有不公正的地方看到不公正,但他经常在非诗的眼睛根本看不到不公正的地方看到不公正,因此,诗的这种有名的易激动性与庸俗意义上的气质无关,而与一种对于虚假和不公正的超出寻常的洞察力有关。这种洞察力不是别的东西,正是一种对于真实、公正、比例,一句话,对于美的强烈感觉的必然结果。有一件事是很清楚的,一个人如果不是(在一般人看来)irritabilis②,就根本不是一位诗人。"③

诗人本人就是这样说的,从而为他的所有同类准备了一份绝妙的、驳不倒的辩词。坡把这种感受力带进了文学,而他赋予和诗有关的事情的极端重要性使他常常具有一种口吻,在感受力弱的人看来,这种口吻中的优越感是过于强烈了。我认为我已经注意到了,他必须与之斗争的许多偏见、某些错误观念、围绕着他的某些庸俗评断,长久以来就已经污染了法国新闻界。因此,简要地评

---

① 拉丁文:"诗人是些容易激动的人"。——罗马诗人贺拉斯的诗句。
② 拉丁文:"容易激动的"。
③ 引自埃德加·爱伦·坡的《旁注》。

述一下他关于诗创作的几点最重要的意见将不是没有用处的。错误的相似将使评述极易进行。

但是,我首先要说,坡把属于本色诗人、属于天赋的那一部分分给了科学、锤炼和分析,那一班骄傲的没有学识的人认为这太过分了。他不仅花费大量的气力使欢乐时刻的转瞬即逝的精灵屈服于他的意志,随意重温那些美妙的感觉、精神的饥渴和诗意的状态,这些东西是如此罕见如此珍贵,的确可以被视为外来的恩惠和神的拜访。他也让灵感服从方法,服从最严格的分析。选择手段!他不断地这样说,他以一种博学的雄辩强调手段要适应效果,强调使用韵脚和完善副歌,强调节奏要适应感情。他说抓不住不可触摸之物者不是诗人,只有那些人才是诗人,他们是自己记忆的主人、词语的君主和自己的随时都准备表现出来的情感的记录簿。一切都为了结局!他常常这样说。一首十四行诗就需要一个布局,结构,也可以说是框架,是精神作品所具有的神秘生命的最重要的保障。

我自然要谈谈《诗歌原理》一文,我在此文的开头就发现了针对所谓长诗狂——赋予长诗的荒唐价值——的有力批驳,"长诗是不存在的,长诗的含义在用词上完全是矛盾的"。的确,诗越是激励,越是征服灵魂,才越是名副其实,而一首诗的实在的价值来自这种对灵魂的激励和征服。然而,鉴于心理的必然性,任何激励都是短暂的、过渡的。读者的灵魂可以说被强制着进入一种特殊状态,而一首长诗却超越了人的本性所能具有的热情的坚持性,这种特殊状态所能持续的时间肯定不及对这样一首诗的阅读。

显然,史诗已被判决。因为,一部这种规模的作品只有在牺牲统一性这一切艺术品生死攸关的条件的情况下才能被看作是一部诗作;我说的不是观念上的统一性,而是印象上的统一性,效果的完整性,正如我在比较长篇小说和中短篇小说时已经说过的那样。

从美学上说,我们觉得史诗是一种反常。很可能在古代产生过一系列抒情诗,后来由编纂者连缀成史诗。但是,一切史诗的意图显然出自于一种对艺术的不完善的感觉。艺术的不正常的时代已经过去了,在最强烈的意义上说,一首长诗是否真的流行过,这是很值得怀疑的。

应该补充一点,一首过短的诗,一首不能向已产生的激励提供足够的精神食粮的诗,一首与读者的自然的渴望不相称的诗,也是很不完善的。效果无论多么显著和多么强烈,也不能持久,记不住,就像印章按得太轻太急,来不及把形象印在蜡上。

但是,还有另一种奇谈怪论,由于思想的虚伪、粗俗和低级,这种奇谈怪论更可怕,更有机会持续得久远,这是一种生命力更为顽强的错误,我说的是有关教诲的邪说,它的必不可少的后果就是一系列关于激情、关于真实和关于道德的奇谈怪论。许多人认为诗的目的是某种教诲,它或是应该增强道德心,或是应该改良风俗,或是应该证明某种有用的东西。埃德加·坡说美国人特别支持这种异端的思想。唉!为了碰上这样的奇谈怪论,是不必跑到波士顿的,在此地,它就包围着我们,每天都在摧毁着真正的诗。只要人们愿意深入到自己的内心中去,询问自己的灵魂,再现那些激起热情的回忆,就会知道,诗除了自身之外并无其他目的;它不可能有其他目的,除了纯粹为写诗的快乐而写的诗之外,没有任何诗是伟大、高贵、真正无愧于诗这个名称的。

请听明白,我不是说诗不淳化风俗,其最终的结果不是将人提高到庸俗的利害之上;如果是这样的话,那显然是荒谬的。我是说如果诗人追求一种道德目的,他就减弱了诗的力量;说他的作品拙劣,亦不冒昧。诗不能等同于科学和道德,否则诗就会衰退和死亡;它不以真实为对象,它只以自身为目的。表现真实的方式是另外的方式,在别的地方。真实与诗了无干系。造成一首诗的魅力、优雅和不可抗拒性的一切东西将会剥夺真实的权威和力量。显示的情绪是冷静的、平和的、无动于衷的,会弄掉诗人的宝石和花朵,因此它是与诗的情绪对立的。

　　纯粹的智力对准的是真实,趣味向我们指出美,道德教育我们明确责任。的确,中庸之道与两个极端之间有着千丝万缕的联系,因此,趣味的中间感与道德感之间的差异小到亚里士多德毫不犹豫地把它的某些微妙的活动列入德行的范畴。所以,在恶习的种种表现中,首先使一个趣味高尚的人感到愤怒的,是它的畸形和不成比例。恶习有损于正义和真实,激起智力和道德心的愤慨;但是作为对和谐的凌辱,作为一种不协调,它更伤害了某些诗的精神。把一切对道德和道德美的违反看作是针对普遍的节奏和韵律的一种错误,我认为这并不是危言耸听。

　　正是这种对于美的令人赞叹的、永生不死的本能使我们把人间及人间诸事看作是上天的一览,看作是上天的应和。人生所揭示出来的对于彼岸的一切永不满足的渴望最生动地证明了我们的不朽。正是由于诗,同时也通过诗,由于音乐,同时也通过音乐,灵魂窥见了坟墓后面的光辉;一首美妙的诗使人热泪盈眶,这眼泪并非极度快乐的证据,而是表明了一种发怒的忧郁,一种精神的请求,一种在不完美之中流徙的天性,它想立即在地上获得被揭示出来的天堂。

　　因此,诗的本质不过是,也仅仅是人类对一种最高的美的向往,这种本质表现在热情之中,表现在对灵魂的占据之中,这种热情是完全独立于激情的,是一种心灵的迷醉,也是完全独立于真实的,是理性的材料。因为激情是一种自然之物,甚至过于自然,不能不给纯粹美的领域带来一种刺人的、不和谐的色调;它也太亲切,太猛烈,不能不败坏居住在诗的超自然领域中的纯粹的愿望、动人的忧郁和高贵的绝望。

　　埃德加·坡要求于诗神的这种不寻常的高雅、美妙的细腻和不朽的音调远远没有使他忽视写作上的实践,而是使他不断地磨砺他的实践家的天才。如果我分析一篇文章的话,许多人,特别是那些读过《乌鸦》这首奇特的诗的人将会感到愤慨,在这篇文章中,我们的诗人表面上巧妙地,而实际上细致地,带着一种我不能指责的轻微的放肆,解释了他运用的结构方式,节奏的适应,副歌的选择(尽可能短的、最有可能加以变化的,同时也最能代表忧郁和绝望的,并饰以一种最响亮的韵脚的副歌:nevermore①),一只能够模仿人声的鸟的选择,但还是一只鸟,一只在大众的想象中具有阴郁和不祥性质的乌鸦;他还解释了他如何选择最有诗意的口吻,忧郁的口吻,以及最有诗意的感情,对一个死去的女人的爱,等等。他说:"我不会把我的诗的主人公放在一个穷困的环境中,因为穷困平淡无奇,与美的观念相悖。他的忧郁将栖息在一个布置得华丽而富有诗意的房间中。"读者将会在坡的好几个短篇小说中发现他过于喜爱美的形式,特别是奇特的美的形式,以及装饰华美的场所和东方式的豪华的有趣的征象。

我说我觉得这篇文章具有一种轻微的放肆。灵感的拥护者们还是不会不从中发现一种谴责和亵渎,然而我认为这篇文章是专为他们写的。某些作家越是装作如醉如痴的模样,闭上眼睛想着杰作,对混乱状态怀着充分信心,等待着抛到天花板上的字落在地上成为诗,埃德加·坡——我所知道的最富于灵感的人之一——越是要装作掩盖自发性,装作冷静和深思。他带着一种逗人的骄傲说,而我并不认为其口味不高:"我认为我可以自夸的是,我的作品中没有一点是被偶然地抛出来的,整个作品都带着数学问题的精确性和严密逻辑一步步走向它的目的。"②我说,只有喜欢偶然的人、相信灵感的宿命论者和无韵诗的狂热派才会觉得这些细枝末节奇怪。在艺术上是没有细枝末节的。

---

① 英文:"决不再,永不再"。
② 引自埃德加·爱伦·坡的《创作哲学》。

关于无韵诗,我要补充说,坡赋予韵律一种极端的重要性,他是带着同样的细心和精妙分析精神从韵律中所获得的数学、音乐的愉快和一切有关诗艺的问题的。他既证明了迭句可以有无穷的变化,也试图通过增加意料之外的成分,即奇特性,来恢复和增强韵律给人带来的愉快,而奇特性是美的不可缺少的调味品。他常常恰当地重复一句诗或好几句诗,这种句子的不断往复模拟着忧郁或固定观念的纠缠不休,以不同的方式运用纯粹的迭句,运用表现懒散和消遣的变化了的迭句,运用重韵和三重韵以及一种被引入现代诗中的给人以惊奇之感的腰韵,但是他更精确,意图更丰富。

显然,所有这些方法只能通过运用来检验其价值,翻译如此自觉、如此凝练的诗可能是个温柔的梦,也只能是个梦。坡写的诗很少,他有时表示遗憾,不能更经常地、专门地从事这种他认为最高贵的工作;但是他的诗的效果总是强有力的。这不是拜伦的热烈的感情抒发,也不是丁尼生的软绵绵的、和谐的、落落寡合的忧郁,顺便说一句,他对后者怀有一种几乎是兄弟般的钦佩之情。这是某种梦一般深沉和闪烁的东西,水晶一般神秘和完美的东西。我想我没有必要再说美国的批评家常常诋毁这种诗,就在最近,我在一本美国的人物百科全书上看到一个条目,宣称这种诗是奇特的,承认害怕这位装扮巧妙的诗神在这个奉功利为道德的光荣国家里流行开来,最后为下面这一点表示遗憾:坡没有把他的才能用于表现道德的真理,而是用于追求一种怪异的理想,在诗中挥霍一种神秘的(的确)然而是官能的快感。

我们见识过这种合法的伎俩。坏批评家对好诗人进行的指责在所有的国家里都是一样的。巴黎的批评家也写过无数文章指控我们的一些最热爱完美的诗人。我读这篇文章,就像是读那样的一篇文章的翻译。我们偏爱的诗人是哪些,这很容易猜到;而所有热爱纯诗的灵魂都会理解我,如果我说,假使维克多·雨果是完美的,他将在那些反诗的人们中最不受欣赏,而他要能使人原谅他的抒情天才,只好强迫地、粗暴地在他的诗中引入埃德加·坡视作主要的现代奇谈怪论的那种东西:*教诲*。

一首诗的缘起[*]

有人对我们说,诗学是根据诗形成和定型的。可这里有一位诗人,他声称他的诗是根据他的诗学写出来的。他肯定拥有巨大的天才和比任何人都多的灵感,如果灵感指的是毅力、精神上的热情,一种使能力始终保持警觉、呼之即来的能力的话。但他也比任何人都喜欢锤炼,他是个十足的怪人,可他常说独创性是练习的结果,这并不是说独创性可以教授。偶然性和不可理解是他的两大敌人。他是否出于一种奇怪而有趣的虚荣显得远远不像实际上那么有灵感?他是否为了赋予意志更大的作用而减弱了他身上的非理性的能力?我相当倾向于这种看法,但是,不应忘记,他的天才不论多么热烈多么敏捷,却仍然满怀激情地喜欢分析、组合和计算。他喜欢的一句格言仍然是:在一首诗中和一部小说中,在一首十四行诗中和一篇中短篇小说中,一切都应该为了达到结局。一个好的作者,当他写下第一行时,就已经看见最后一行了。由于这种奇妙的方法,作者可以从他的作品的结尾处开始写,可以随意从任何部分开始工作。"迷狂"的爱好者们可能会被这种"厚脸皮"的格言激怒,但是,人人可各取所需。向他们指出艺术可以从深思中得到什么好处,这总是有用的;让上等人看看人们称为诗的这种奢侈品需要怎样的劳动,也总是有用的。

无论如何,对天才来说,些许的骗术总是允许的,尽管这对他

---

* 这是波德莱尔为爱伦·坡的《乌鸦》一诗的译文写的一篇前言,最早发表于一八五九年四月二十日。

并不适合。这仿佛是天生丽质的女人脸蛋上的脂粉,是精神的一种新的调味品。

总之,这是一首奇特的诗。全诗以一个神秘、深刻、可怕如无限的词为中心,千万张紧绷着的嘴从岁月之初就重复着这个词,不止一位梦幻者出于绝望的积习为了试笔在桌子的角上写过这个词,这个词就是:永远不再!蕴含着毁灭的无限从上到下充满了这种观念,尚属清醒的人类为了摆脱这句话所包含的不可救药的绝望而情愿接受地狱。

用诗来适应散文的模子,必然有可怕的缺陷,但是加上韵脚的模仿,毛病更大。读者会理解我不可能就这些诗句的深沉而阴森的音响和强有力的单调给它们一个准确的概念,这些诗句的浑厚的三重韵像忧郁的丧钟一样响亮。这正是一首描写因绝望而失眠的诗,一应俱全:观念的狂热,色彩的强烈,病态的推理,颠三倒四的恐怖,还有那种怪异的快活,因痛苦而更加可怕。听听你们记忆中拉马丁的最忧伤的诗节和维克多·雨果的最华丽最复杂的节奏吧;再加上对泰奥菲尔·戈蒂耶的最精微、最富内涵的三行诗节的回忆,例如,《黑夜》这首充满关于死亡和虚无的惊人奇思的诗,其三重韵与摆脱不掉的忧郁结合得天衣无缝,你们也许会对善用韵者爱伦·坡的才能有个近似的概念。我说他是个善用韵者,因为我认为谈他的想象力是多余的。

不过,我听见读者像阿尔赛斯特①那样嘟哝了:"走着瞧吧!"下面就是这首诗②。

---

① 莫里哀《恨世者》剧中的人物。
② 指埃德加·爱伦·坡的《乌鸦》。

一八四六年的沙龙[*]

给资产者

你们在数量上和智力上都是多数,因此,你们就是力量,这是理所当然的。

一些人是学者,另一些人是财富的所有者;美好的日子将会到来,那时学者成为财富的所有者,财富的所有者成为学者。你们的统治就将是全面的,无人提出异议。

在等待这极度的和谐的过程中,那些仅仅是财富的所有者的人们渴望成为学者,这是无可非议的,因为学问带来的快乐并不比财富带来的快乐小。

你们治理着城市,这是公正的,因为你们有力量;但是,你们必须能够感觉到美,因为正像今天你们当中谁也不能没有权势一样,任何人也不能够没有诗。

你们可以三日无面包,但绝不可能三日无诗,你们当中对此持相反意见的人错了,因为他们不了解自己。

精神贵族、褒贬的分配者和精神事物的垄断者对你们说,你们没有权利感觉和享受。他们是伪君子。

因为你们治理着一座城市,那里居住着世界的公众,所以你们必须无愧于你们的任务。

---

[*] 本文作为单行本于一八四六年出版。

享受是一门学问,五种感官的运用需要特殊的启蒙,只能通过善意和需要来完成。

因此,你们需要艺术。

艺术是一种极其珍贵的财富,是一种使人凉爽、使人温暖的饮料,在理想之自然的平衡中恢复胃口和精神。

资产者啊——立法者们,或商人们,当七点钟或八点钟使你们的疲倦了的头转向炉中的炭火和扶手椅的靠枕时,你们就想到了功利。

一种更强烈的欲望,一种更活跃的梦幻,这时将为你们解除日间活动的疲劳。

但是,那些垄断者却想使你们远离学问的果实,因为学问是他们唯恐失去的银行和店铺。如果你们否认制作艺术品或懂得制作方式是一种力量,他们就会肯定一个事实,而你们并不感到受了侮辱,因为公共事务和商业活动占去了你们每日四分之三的时间。至于余暇时间,应该用于享受和快感。

但是,垄断者们禁止你们享受,因为你们并不像了解法律和商业那样了解艺术的技巧。

然而,如果你们的时间有三分之二用于学问,那么三分之一被感情占据也是公正的,而你们只应通过感情来理解艺术,这样,你们的灵魂之力的平衡就将建立起来。

真理虽然是复杂的,却不是两重的,由于你们已经在你们的政治中扩大了权利和善行,你们就在艺术中确立了更大更多的一致性。

资产者们——国王、立法者或商人,你们建立了图书馆、博物馆、画廊。有些在十六年前只向垄断者开放,现在已向群众敞开了大门。

为了在各种形式上,政治的、工业的和艺术的,实现关于未来的设想,你们联合了起来,建立了公司,进行了借贷。你们从未在任何高尚的事业上让抗议的、痛苦的少数占先,他们是艺术的天然的敌人。

因为在艺术上和政治上让人超过,就是自杀,而多数是不能自杀的。

你们为法国做过的,你们也为其他国家做了。西班牙美术馆①增加了你们对于艺术应该具有的一般观念的力量,因为你们清楚地知道,正如一个本国的美术馆是一个团体,其潜移默化的影响使心灵受到感化,使意志变得顺从,而一个外国的美术馆则是一个国际性的团体,两个民族可以更为方便地互相观察和研究,从而相互了解,友好相处而不生争执。

你们是艺术的天然的朋友,因为你们由富有者和博学者组成。当你们把你们的学问、你们的工业、你们的辛劳和你们的金钱给予社会的时候,你们就要求在肉体、理性和想象力的享受方面给你们报酬。如果你们得到了为恢复你们本身所有部分的平衡所必需的足够数量的享受,你们就会是幸福的、满足的、仁慈的,正如社会找到了它的普遍的绝对的平衡,它就会是幸福的、满足的、仁慈的一样。

因此,资产者们,本书自然是献给你们的,因为任何一本书,如果不对拥有数量和智力的大多数人说话,都是一本愚蠢的书。

一八四六年五月一日

一 批评有什么用?

有什么用?当批评刚想迈出第一步时,这巨大而可怕的问号就一把揪住了它的领子。

艺术家首先指责批评不能教给资产者任何东西,它既不愿描绘,也不愿谐韵,甚至也不能教给艺术任何东西,因为它出自艺术

---

① 当时卢浮宫内辟有专馆,藏有大量西班牙绘画。

的内部。

然而,现在有多少艺术家的可怜的名声是完全得力于批评的呀!或许对它的真正指责正在于此。

你们见过加瓦尔尼的一幅画,画的是一位画家正俯身在画布上,身后有一位先生,庄重、干瘪、僵硬,系着白领带,手里拿着他的最近一篇专栏文章。"如果艺术是高贵的,批评就是神圣的。""这是谁说的?""批评!"如果艺术家如此容易地扮演了好角色,那是因为批评家肯定是一位很普通的批评家。

在作品本身的方式方法上①,公众和艺术家都没有什么可学的。这些东西是在画室里学的,而公众则只关心结果。

我真诚地相信,最好的批评是那种既有趣又有诗意的批评,而不是那种冷冰冰的代数式的批评,以解释一切为名,既没有恨,也没有爱,故意把所有感情的流露都剥夺净尽。一幅好的画是通过某一艺术家所反映的自然,因此,最好的批评就是一个富于智力和敏于感觉的心灵所反映出来的这幅画。因此,对于一幅画的评述不妨是一首十四行诗或一首哀歌。

但是,这种类型的批评是针对诗集和诗歌读者的。至于就本义而言的批评,我希望哲学家们明白我的意思:公正的批评,有其存在理由的批评,应该是有所偏袒的,富于激情的,带有政治性的,也就是说,这种批评是根据一种排他性的观点作出的,而这种观点又能打开最广阔的视野。

颂扬线条而损害色彩,或颂扬色彩而牺牲线条,这肯定是一种观点,然而这既不很开阔也不很公正,这暴露出对每个人的特殊情况的巨大的无知。

你们不知道自然在每个人身上是以怎样的比例融合了对于线

---

① 我知道现今的批评有别的抱负;因此,它总是劝告色彩家画素描,劝告素描家画色彩画。这是一种很合理很卓越的趣味!——原注

条的爱好和对于色彩的爱好,以及它是通过怎样的神秘方式进行了这种融合,其结果是一幅画。

因此,更开阔的观点是恰如其分的个性,即:艺术家必须具有一种真率的品质,并借助于他那一行所提供给他的一切方法来真诚地表现他的性情。模仿者,尤其是折中派,已经使我们够了,谁没有性情,谁就不配作画,应该去给有性情的画家打下手。我将在最后的某一章中对此加以说明①。

这样,批评家就有了一个确定的标准,取诸自然的标准,他应该满腔热情地完成他的任务,因为批评家也是人,而热情会使类似的性情接近,将理性提到新的高度。

司汤达②在某个地方说过:"绘画不过是组织起来的道德而已!"如果你们对"道德"一词给予一种多少自由一些的理解,那么可以说,一切艺术都可作如是观。由于艺术永远是通过每个人的感情、热情和梦想而得到表现的美,所以,批评时刻都触及到形而上学③。

每个时代和每个民族都拥有自己的美和道德的表现,如果人们愿意把浪漫主义理解为美的最新近、最现代的表现,那么,在理智而热情的批评家看来,伟大的艺术家就是那种将真率——最大可能的浪漫主义——与上述条件结合在一起的艺术家。

二　什么是浪漫主义?

今天很少有人愿意赋予这个词以一种实在的、积极的意义,不

---

① 关于恰如其分的个性,请看《一八四五年的沙龙》中有关威廉·奥苏里埃一章。尽管我为此受到种种指责,我一直坚持我的感情;但是,应该理解文章的意思。——原注
② 司汤达(Stendhal,1783—1842),法国作家,《红与黑》的作者。
③ 当时所谓"形而上学",近似于今日所谓广义的哲学。

过他们敢说一代人同意进行好几年的论战是为了一面没有象征意义的旗帜吗?

我们回忆一下近年的混乱就不难看到,假如留下的浪漫主义者为数不多,那是因为他们中间很少有人找到了浪漫主义,但是他们都曾真心实意老老实实地找过。

有些人只在选择题材上下功夫,但他们并没有与他们的题材相合的性情。有些人还相信天主教社会,试图在作品中反映天主教教义。自称浪漫主义者,又系统地瞻望过去,这是自相矛盾。这些人以浪漫主义的名义,亵渎希腊人和罗马人,不过,当我们自己成了浪漫主义者的时候,是可以使希腊人和罗马人成为浪漫主义者的。艺术中的真实和地方色彩使另外许多人迷失方向。在这场大论战之前,现实主义早就存在了,再说,为拉乌尔·罗谢特①先生写一出悲剧或画一幅画,等于甘冒任人否认的危险,假如此人比拉乌尔·罗谢特先生更为博学的话。

浪漫主义恰恰既不在题材的选择,也不在准确的真实,而在感受的方式。

他们在外部寻找它,而它只有在内部才有可能找到。

在我看来,浪漫主义是美的最新近、最现时的表现。

有多少种追求幸福的习惯方式,就有多少种美。

这一点,有关进步的哲学已经解释清楚了;因此,正如有多少种理想,民族就有多少种理解道德、爱情、宗教等的方式一样,浪漫主义并不存在于完美的技巧中,而存在于和时代道德相似的观念中。

正因为有人把它归入技艺的完善之中,我们才有了浪漫主义的洛可可②,这确实是世上最难忍受的东西。

---

① 拉乌尔·罗谢特(Raoul Rochette,1789—1854),法国考古学家。
② 一种纤巧、雕砌、华丽、烦琐的艺术风格。

所以，首先必须认清自然的面貌和人的处境，过去的艺术家对此不是不屑一顾就是一无所知。

谁说浪漫主义，谁就是说现代艺术，即各种艺术所包含的一切手段表现出来的亲切、灵性、色彩和对无限的向往。

据此，浪漫主义和它的主要宗派的作品之间，存在着明显的矛盾。

色彩在现代艺术中扮演着一个很重要的角色，这有什么可奇怪的呢？浪漫主义是北方的儿子，而北方是个色彩家；梦幻和仙境是雾霭的孩子。英吉利，这愤怒的色彩家的祖国，弗朗德勒，这法兰西的一半，都笼罩在一片雾中；就是威尼斯，也浸泡在一片潟湖之中。至于西班牙画家，他们与其说是色彩的，不如说是对比的。

相反，南方是自然主义的，那里的自然是如此美丽和明亮，人心满意足，创造不出什么比他之所见更美的东西。这里，艺术是露天的，几百里之外，画室中的深沉的梦幻和幻想的目光就被淹没在灰色的天际。

南方像一个进行最精细的制作的雕塑家，是鲁莽而讲究实际的；痛苦不安的北方在想象中得到慰藉，如果它做雕塑的话，其雕塑更多的是优美的，而非古典的。

拉斐尔[①]，不管他多么纯粹，也只不过是个不断地追求实在的世俗的人；但伦勃朗[②]的下等人却是个强有力的理想主义者，令人想入非非，思接冥冥。前者画出了处在崭新的、原初的状态中的人，如亚当和夏娃；而后者却使褴褛的衣衫在我们眼前晃动，向我们讲述着人类的痛苦。

然而，伦勃朗不是一个纯粹的色彩家，而是一个和声学家。如果一位强有力的色彩家用一种适合主题的色彩表达我们的感情和

---

① 拉斐尔（Raphael, 1483—1520），意大利画家。
② 伦勃朗（Rembrandt, 1606—1669），荷兰画家。

梦想,那么效果将是何等的新,而浪漫主义将是何等地值得崇拜啊!

在考察浪漫主义迄今为止最当之无愧的代表之前,我想写下一些有关色彩的思考,这对于完整地理解本书并不是没有用处的。

三 论色彩

让我们想象大自然中一块美丽的地方,一切都自由自在地呈现出绿色和红色,尘埃浮动,绚丽多彩。各种东西,根据其分子结构被染上了不同的颜色,随着明暗的移动而变化,因热质的内部作用而骚动,都处于不断的震颤之中,这种震颤使线条变动不居,充分体现出永恒的、普遍的运动法则。广袤无垠的一片,有时是蓝色的,经常是绿色的,一直伸展到天际,这是大海。树是绿的,草地是绿的,苔藓是绿的;绿色在树干上蜿蜒,不成熟的茎是绿的;绿色是大自然的基调,因为绿色容易和其他色调配合。首先使我感到惊奇的是,到处都是红色在歌唱绿色的光荣,例如草地上有虞美人、罂粟、鹦鹉,等等。当有黑色的时候,这黑色也是孤零零的,无足轻重的,需要请求蓝色或红色的帮助。蓝色,即天空,被切割成轻盈的白色碎片或灰色的大块,巧妙地冲淡了它的阴郁的生硬,仿佛因时而生的雾气,如冬季或夏季,笼罩万物,使其轮廓变得柔和或模糊,大自然像是一个陀螺,转得越来越快,看起来是灰色的,尽管它集中了所有的色彩①。

活力上升,它本质上是一种混合,也就以混合的色调茁壮生长。树、悬崖、花岗岩倒映在水中,并在其中留下了它们的映象。一切透明的东西都能抓住或近或远的过往的光与色。随着太阳的移动,色调发生明暗浓淡的变化,但是它们永远尊重它们的天然的

---

① 它所由产生的颜色除外,即黄色和蓝色;不过我这里说的仅仅是纯色调。因为这条规则不适用于卓越的色彩画家,他们精通对位的学问。——原注

同情和仇恨,继续通过相互的让步而生活在和谐之中。阴影缓缓移动,驱赶着色调或使之消失,而亮光也在移动,又使之再度鸣响。这些色调互相反射出它们的映象,通过涂上透明的、外来的素质来改变原有的素质,同时也就无限地增加了它们的富于旋律性的结合,并使这种结合变得容易。当大火炉降入水中时,红色的号声从四面八方响起,一种血红的和谐出现在天际,而绿色被染得通红,绚烂无比。然而很快,巨大的蓝色的阴影有节奏地追逐着那一片仿佛是光亮之遥远而微弱的回声的橙色和粉红色的色调。这一阕白昼的宏伟的交响乐,它是昨日的交响乐的永恒的变奏,这种旋律的更替,其变化永远来自于无限,这一曲繁复的颂歌,就叫作色彩。

在色彩中有和声、旋律和对位。

如果要在一个规模不大的东西上详尽地考察细节的话,例如一个有些多血质、瘦削、皮肤很细腻的女人的手,人们将会看到,在纵横其上的大血管的绿色和接合处的鲜红色调之间有一种完美的和声,粉红色的手指在具有某种灰色和褐色色调的第一节手指节上显得突出。至于手掌,生命纹更具有粉红色和红葡萄酒色,彼此间被一些穿越其间的绿色或蓝色的血管分开。用放大镜对同一件东西进行研究,将会在任何一块无论多么小的地方上提供一种灰色、蓝色、褐色、绿色、橙色和因些许的黄色而变暖的白色诸色调的完美的和声;这种和声在阴影的配合下,就产生了色彩家的突出部分,它在本质上是有别于素描家的突出部分的,后者的困难降而为差不多是临摹一尊石膏像。

因此,色彩就是两种色调的协调。全部理论存在于暖调和冷调的对立之中,而暖调和冷调的确定并不是绝对的,它们的存在只是相对的。

放大镜,这是色彩家的眼睛。

我不想由此得出结论:一个色彩家应该细致地研究在一个很有限的空间中混合在一起的色调。因为如果承认每个分子都具有一种特殊的色调,那么物质就应该是无限可分的;况且,艺术不过是细节对整体的抽象和牺牲,因此重要的是首先关心主体部分。但是,可能的话,我打算证明的是,合乎逻辑地叠合在一起的色调无论多么繁多,都会在支配它们的规律的作用下自然地融合。

其原因在于化学的亲和力。因此,自然在安排色调方面是不可能搞错的,对它来说,形式和色彩是合而为一的。

真正的色彩家也是不可能搞错的,他可以为所欲为,因为他生来就知道色调的系列、各种色调的力量、混合的结果以及对位的全部技巧,因此,他可以调和二十种不同的红色。

这是千真万确的,假使一个反对色彩协调的有产者敢于以一种荒谬的方式和不协调的色彩重新给他的庄园上色的话,那一重浓厚、透明的气氛和委罗内塞的内行的眼睛也能使一切恢复原状,并在一块画布上画出令人满意的协调的整体,这一整体肯定是传统的,但合乎逻辑。

这就解释了一个色彩家何以能够在表现色彩的方式上是不合常情的,以及对自然的研究何以常常导致一种与自然完全不同的结果。

距离在色彩理论中所起的作用是如此之大,以至于一个风景画家若把树叶按照他之所见着色,他将得到一种错误的色调;因为观者与画之间的距离远远小于观者与自然之间的距离。

假象经常是必要的,甚至为了达到逼真也是如此。

和谐是色彩理论的基础。

旋律是色彩或一般色彩中的单位。

旋律需要有结尾,这是一个整体,各种效果都是为了达到总效果。

这样,旋律就给人留下了深刻的回忆。

我们的大部分年轻的色彩家都缺乏旋律。

要知道一幅画是否富有旋律感,有一个正确的方式,那就是站在相当远的地方看它,既不管主题,也不管线条。如果它有旋律,它就已经有了一种意义,它就已经在回忆的宝库中有了它的位置。

在色彩中,风格和感情来自选择,而选择来自性情。

有的色调既欢快又顽皮,有的既顽皮又忧郁,有的既丰富又欢快,有的既丰富又忧郁,有的则既寻常又独特。

因此,韦罗内塞的色彩是平静而欢快的,德拉克洛瓦的色彩常常是悲哀的,凯特林①先生的色彩则常常是可怕的。

有很长一段时间,我的窗前有一个一半刷成强烈的绿色、一半刷成强烈的红色的小酒馆,这使我的眼睛感到十分痛苦。

我不知道是否某个类推论者已经牢固地建立起色彩和感情的完整的系列,但是我想起了霍夫曼的一段话,这段话圆满地表达了我的思想,并使一切真诚热爱自然的人们感到高兴:"不仅仅在梦中,在睡眠之前的轻微的幻觉中,而且也在醒着的时候,当我听见音乐的时候,我就发现颜色、声音和香味之间有一种类比性和隐秘的融合。我觉得所有这些东西都产生于同一条光线,它们应该汇聚在一种美妙的合奏之中。褐色和红色的金盏花的气味尤其对我有一种神奇的效果,它使我陷入深深的梦幻之中,于是我仿佛听见了远处有双簧管庄严而深沉的声音。"

人们常常问,一个人能否同时是大色彩家和大素描家。

也能,也不能;因为有不同类型的素描。

一个纯粹的素描家的素质首先在于精细,这种精细是排斥笔触的;不过是有一些巧妙的笔触的,但是以用色彩来表现自然为己任的色彩家在取消巧妙的笔触时常常要比寻求一种更朴素无华的素描时损失更多。

色彩肯定不排斥卓越的素描,例如韦罗内塞的素描,它是从全局和主体部分着眼来进行的;不过,那仍然是细节的外形,小件东

---

① 凯特林(George Catlin,1796—1872),美国画家。

西的轮廓,笔触总是要吃掉线条。

对距离的喜爱和对运动着的题材的选择需要运用飘动的、隐没的线条。

专门的素描家根据一种相反然而类似的方式行事。他们全神贯注地在最隐秘的波动中跟随和捕捉线条,没有时间观察距离和光亮,即它们的效果,甚至对此竭力视而不见,以免损害他们那一派的原则。

因此,一个人可以同时是色彩家和素描家,不过这只是从某种意义上说的。一个素描家可以在主体上是个色彩家,同样,一个色彩家可以在线条总体的完整的逻辑上是个素描家,但是,这些素质中的一种总是要吃掉另一种的细节。

色彩家像自然一样画素描,所画的形象自然而然地由色块之间的和谐的斗争来界限。

纯粹的素描家是哲学家和提炼精华的术士。

色彩家是史诗诗人。

四　欧仁·德拉克洛瓦

浪漫主义和色彩把我直接引向欧仁·德拉克洛瓦。我不知道他是否对于他的浪漫派的身份感到自豪,但他的位置是在这里,因为大部分公众,甚至从他的第一幅作品起,早就把他当做现代派的领袖了。

写到这一部分的时候,我的心中充满了一种宁静的快乐,我有意选用了最新的笔尖,我多么想写得明白清晰,着手这个我最珍爱的主题,我感到多么惬意啊!为了让人正确地理解本章的结论,我必须稍稍回溯一下这个时期的历史,把已经被先前的批评家和历史家引述过的但对于全面论证仍然是必要的几段批评文字再度置于公众的眼前。总之,欧仁·德拉克洛瓦的无条件的崇拜者们是不会不怀着强烈的乐趣重读一八二二年《宪政报》的一篇文章的,这篇文章出自新闻记者梯也尔[①]先生之手。

  我认为,没有一幅画能像德拉克洛瓦先生的《但丁和维吉尔游地狱》那样清楚地显露出一位大画家的前途。人们特别在这幅画中看到了天才的喷涌,看到了初生的优势所具有的冲劲,其余作品的过于一般的价值使人们有些失望了,但这股冲劲又带来了希望。

  但丁和维吉尔在卡隆的引导下渡过地狱之河,艰难地冲开拥挤在渡船周围想上船的一大群人。但丁被想象成活人,脸上是一种青鳕鱼的可怕颜色。维吉尔头上戴着暗色的桂冠,脸上是死亡的颜色。那些不幸的人被判处把到达对岸作为永远的希望,他们紧随着渡船。一个人没有抓牢,因动作过快而翻倒,又沉入水中;另一个人抱住了船,用脚蹬开那些想像他一样抱住船的人;还有两个用牙咬住了一块木板,又滑脱了。这里有困境中的自私和地狱中的绝望。在一个如此邻近夸张的主题中,人们却发现了一种严格的趣味和某种局部的契合,后者突出了轮廓,对此,严厉的但未经深思熟虑的评判者们可能会指责其缺乏高雅。画法雄浑有力,色彩简洁刚劲,尽管略显强烈。

  除了这种对画家和对作家都是一样的诗的想象力之外,作者还具有这种艺术的想象力,在某种意义上可以称之为素描的想象力,它和前一种想象力是截然不同的。他抛出形象,聚合之,随意驱遣之,大胆如米开朗琪罗,丰富如鲁本斯。看到这幅画,我不知道对于那些伟大的艺术家的一种什么样的回忆攫住了我;我又看到了这种野性的、热烈的,但是自然的力量,它毫不费力地被自己裹挟而去。

[①] 梯也尔(Adolphe Thiers,1797—1877),法国政治家、记者。

……………

> 我不相信我看错了,德拉克洛瓦先生是有天才的。让他坚定地前进吧,让他投身于巨大的工程吧,这是天才的不可缺少的条件。而应该给予他更多的信心的是,我关于他所表达的意见是这一派的一位大师的意见。
>
> 阿·梯也尔

这些热情的文字,因其不成熟和大胆,的确令人惊愕。如果报纸的主编自诩为绘画行家,这是可以推定的,他会觉得年轻的梯也尔是有些发疯的。

《但丁和维吉尔游地狱》这幅画在当时人们的思想中引起了深刻的骚动,惊讶、震惊、愤怒、欢呼、谩骂、热情和包围着这幅美丽的作品的放肆的哄笑,这是一场革命的真正的信号。为了对此有个明确的概念,应该记得,在盖兰①先生(他是一个有很大价值的人,但像他的老师大卫②一样专制而排外)的画室里,只有为数不多的几个被排斥和被蔑视的人在关注着遭到冷落的往昔大师们,敢于在拉斐尔和米开朗琪罗的庇护下腼腆地策划着什么。那时鲁本斯还谈不上。

盖兰先生对他的年轻的学生既粗暴又严厉,只是因为这幅画引起了议论,才去看了看。

籍里珂③刚从意大利归来,据说他面对米兰和佛罗伦萨的大壁画,放弃了他的好几种几乎是具有独创性的优点,他极力赞扬还很腼腆的新画家,弄得后者几乎不知如何是好。

画家热拉尔④似乎更是一个有才智的人,正是在这幅画前,或

---

① 盖兰(Pierre Guérin,1774—1833),法国画家。
② 大卫(Jacques Louis David,1748—1825),法国画家。
③ 籍里珂(Théodore Géricault,1791—1824),法国画家。
④ 热拉尔(François Gérard,1770—1837),法国画家。

者稍后在《希奥岛的鼠疫患者》①面前,他喊道:"我们又有了一个画家,但这是一个在屋顶上跑的人!"为了在屋顶上跑,应该有结实的脚和被内心的光明照亮的眼睛。

光荣和公正归于梯也尔先生和热拉尔先生!

从《但丁和维吉尔游地狱》到为贵族院议员和国民议会议员作的室内画之间,距离显然是很大的,但是,欧仁·德拉克洛瓦的生平却是很少曲折的。对于这样一个人来说,天生有如此的勇气和激情,他的最有意思的斗争是针对自己进行的斗争。为了进行重要的战斗,战场并不需要广阔,革命和最有趣的事件在头盖底下进行,在大脑这狭窄而神秘的实验室里进行。

他理所当然地崭露头角,并且声誉日隆(寓意画《希腊》《萨丹纳帕路斯王》《自由》等),新福音的传染愈演愈烈,倨傲的学院派也不得不对这位新的天才感到不安了。索斯岱纳·德·拉罗什福柯先生当时是美术学院的院长,有一天,他召见德拉克洛瓦先生。一阵恭维之后,他说他很难过,一个想象力如此丰富、才能如此卓越的人,政府很愿意给予好处的人,却不愿意在他的酒里掺点儿水。他最后问他能否改变一下画法。欧仁·德拉克洛瓦对这种奇特的条件和这些官方的建议感到非常惊讶,就带着一种几乎是滑稽的愤怒回答说,显然,如果他这样画,那是因为应该这样画,他不能用别的方式画。他彻底地失宠了,七年间什么工作也没有,这种状况到一八三〇年梯也尔先生在《地球》上又写了一篇很华丽的文章才结束。

摩洛哥之行似乎在他的思想上留下了深刻的印象。在那里,他可以在独立而富有天趣的举止中研究男人和女人,并通过一个血统纯粹、健康、筋肉自由发育的种族的面貌理解古代的美。《阿

---

① 我用"鼠疫患者"一词取代了"大屠杀"。是为了向轻率的批评家们解释经常受到指责的肉体的色调。——原注

尔及尔女人》和一大批画稿大概画于这个时期。

直到现在,人们对待欧仁·德拉克洛瓦还是不公正的。批评对他是尖刻而无知的;除了几个罕见的例外,赞扬也常常使他觉得刺耳。对大多数人来说,提到欧仁·德拉克洛瓦,就等于在他们的思想中投入某些有关乱冲乱撞的激情、好动爱闹、盲目的灵感、杂乱无章等无以名之的模糊概念;而对于组成公众的多数的那些先生们来说,偶然这个天才的正直而殷勤的仆人是在他最成功的作品中起着重要作用的。在那个我刚才谈到的并记述了许多误解的不幸的革命时代里,人们常常把欧仁·德拉克洛瓦比作维克多·雨果。既然有浪漫派诗人,就得有浪漫派画家。这种非要在不同的艺术中找出对应物和相似物的做法常常带来很奇怪的错误,这也证明了人们之间的理解是何等的少。肯定,欧仁·德拉克洛瓦会对这种比较感到难受的,也许两人有同感,因为根据我对浪漫主义所下的定义(亲切,灵性,等等),如果将德拉克洛瓦置于浪漫主义之首,那就自然而然地将维克多·雨果先生排除在外。平行存在于俗见的平凡领域之中,而这两种成见还困扰着许多智力贫弱的头脑。应该一劳永逸地和这些咬文嚼字的蠢话一刀两断。我请求一切感到需要为自己建立某种美学并从结果中推断出原因的人们仔细地比较这两位艺术家的作品。

我当然不想贬低维克多·雨果先生的崇高与威严,但他作为一个创造者来说,其灵巧远胜于创造,他在很大程度上是个循规蹈矩的匠人,而非创造者。德拉克洛瓦有时是笨拙的,但他本质上是个创造者。维克多·雨果先生在他全部的抒情和戏剧的画面中让人看到的是一整套排列整齐的直线和匀称划一的对照。在他那里,怪诞本身也具有对称的形式。他彻底地掌握和运用着韵脚的所有色调、对比的一切表达能力和同位语的各种花招。这是一位没落的或过渡的撰写者,他使用工具之巧妙的确令人赞叹称奇。雨果先生是生就的法兰西学院院士,如果我们还在童话时代,我完全相信,当他走过愤怒的圣地前面的时候,学院的绿狮子会常常对他低声预言道:"你将进入学院!"

对德拉克洛瓦来说,公正姗姗来迟。他的作品是诗篇,天真地构思而成的伟大的诗篇,以一种天才惯有的放肆写了出来。在他的最初的作品中,没有什么可供猜测的,因为他那么喜欢表现他的灵巧,他不放过一根草、一个路灯的反射。他的第二阶段的作品为最变动不居的想象打开了一条通衢大道。让我们说得更准确些,初期的作品透着某种安详,某种旁观者的自私,这使得他的诗意之上飘荡着一种说不出的冷静和节制;第二阶段的执着而暴躁的热情在与职业的耐心进行的搏斗中,并不总能使他保持这种冷静和节制。一个是从细节开始,另一个是从对主题的深刻的理解开始,因此,一个只抓住了皮毛,而另一个则掏出了内脏。过于具体,过于注意自然的表面,维克多·雨果成了诗中的画家;而德拉克洛瓦始终尊重自己的理想,常常不自知地成为绘画中的诗人。

至于第二个成见,即关于偶然的成见,并不比第一个更有价值。跟一个学识渊博、思想丰富如德拉克洛瓦的伟大艺术家谈论他可能受过偶然之神的恩惠,再没有比这更无礼更愚蠢的了,这充其量只能使人出于怜悯而耸一耸肩膀。在艺术中没有偶然,正如在机械上一样。一种东西被巧妙地发现了,这只不过是正确的推理的结果而已,只是人们有时候越过了其间的推论过程,正如错误是错误的原则的结果一样。一幅画就是一架机器,对于有经验的眼睛来说,其任何系统都是可以理解的。如果是一幅好画,其任何成分都有它存在的理由,其中任何一种色调都使另一种色调显出价值。而为了不牺牲某种更重要的东西,一个偶然的素描错误有时候也是必要的。

在德拉克洛瓦的绘画中,偶然的这种作用是似是而非的,这尤其是因为他是那种从真正的源泉中汲取过营养之后仍然保持了独创性的少数几个人中的一个,他的不可驯服的个性轮流地挣脱了所有大师的束缚。看到他的一幅临摹拉斐尔的画,那是一件耐心而艰难的模仿杰作,感到相当惊讶的怕不止一人,而很少有人今天还记得他根据徽章和雕石所作的那些石版画。

　　这里有一段亨利·海涅的文字,相当好地解释了德拉克洛瓦的方法,像一切健全的人一样,这种方法是他的性情的结果:"在艺术上,我是个超自然主义者。我认为艺术家不能在自然中找到他的一切典型,而最引人注目的典型是在他的灵魂中显露出来的,正如先天的观念和先天的象征一样,而且是在同时。一位现代的美学教授①,他写过《意大利研究》,他想要重新提倡模仿自然这个古老原则,主张造型艺术家应该在自然中找到他的一切典型。这位教授在展示他的造型艺术的最高原则的时候,恰恰忘了这种艺术中的一类,最原始的一类,我指的是建筑。有人试图在事后从树林的叶子和峭壁的岩洞上找出建筑的典型,而这些典型根本不在外部的自然中,恰恰在人的灵魂中。"

　　因此,德拉克洛瓦是从这一原则出发的:一幅画首先应该再现艺术家的隐秘的思想,这种思想支配着模特儿,正如创造者支配着创造一样。从这个原则产生出第二个原则,初看似乎是与之相反,例如,应该特别注意实行的物质手段。他主张对于工具的洁净和作品的成分的准备要具有一种狂热的尊重。事实上,绘画是一种深刻的推理的艺术,要求一大堆素质的直接的帮助,当手开始工作时,碰到的障碍要尽可能的少,应该驯服而快速地完成大脑的神圣的命令,这是很重要的,否则,理想就会逃之夭夭。

　　伟大艺术家的构思越慢,越认真,越自觉,实现起来就越快。这种素质,他倒是和公众认为是他的对立面的安格尔②先生所共有。分娩不是怀胎,这些画坛巨擘表面上懒散,可在画画时却是惊

---

① 指卡尔·弗里德里希·冯·鲁莫尔(Carl Friedrich von Rumohr,1785—1843),德国美学家。
② 安格尔(Jean-Auguste-Dominique Ingres,1780—1867),法国画家。

人的灵巧。《圣西姆弗里昂的苦难》重画了好几次,实际上那里面的人物少得多。

对于欧仁·德拉克洛瓦来说,自然是一本巨大的词典,他目光敏锐而深邃地一页页翻检查阅,而他的画主要是通过回忆来作的,也主要是向回忆说话。在观众的灵魂上产生的效果和艺术家的方法是一致的。一幅德拉克洛瓦的画,例如《但丁和维吉尔游地狱》,总是给人留下深刻的印象,其强烈的程度随距离而增加。他不断地为整体而牺牲细节,唯恐因作业更清晰更好看而产生的疲劳减弱他的思想的活力,他因此而完全获得了一种难以察觉的独创性,这就是主题烂熟于心。

要发挥一种特点,就要损害其他的东西。非常的趣味就需要牺牲,而杰作永远只是自然的各种提取物。所以,必须承担一种伟大的热情的后果,不管是什么,必须接受一种才能的命运,而不能和天才讲价钱。嘲笑德拉克洛瓦的画的那些人没有想到这一点,尤其是那些雕塑家,他们是些不公正的独眼龙,超过了可以允许的程度,他们的判断至多等于一个建筑师的判断的一半。雕塑不能运用色彩,难以表现运动,是跟一位主要关心运动、色彩和氛围的艺术家没什么关系的。这三种成分必然要求轮廓要有些模糊,线条要轻盈飘动,笔触要大胆。今天,唯有德拉克洛瓦的独创性还没有为直线体系所侵蚀,他的人物总是骚动不安,衣褶总是飘舞不定。在德拉克洛瓦看来,线条是不存在的,因为不管它多么细,一位爱戏弄人的几何学家总会认为它粗到能容纳一千根其他的线;而对于试图模仿自然的永恒的颤动的色彩家来说,线条永远像虹一样,是两种颜色的密切的融合。

再说,有好几种素描,正如有好几种色彩一样:准确的或糊涂的,外表的和想象的。

第一种是消极的,因过于真实而不正确,自然但是可笑;第二种是一种自然主义的素描,但已被理想化,是懂得选择、安排、修正、猜测、驾驭自然的天才的素描;最后,第三种是最高贵的,最奇特的,它可以忽视自然,它表现出另一个自然,与作者的精神和性情一致。

一般地说,外表的素描是属于多情者的,例如安格尔先生,创造的素描是天才的特权①。

最高级的艺术家的素描的大优点是运动的真实,而德拉克洛瓦从不违反这个自然的规律。

让我们来考察一些更普通的优点吧。大画家的主要特点之一是普遍性。因此,史诗诗人,如荷马或但丁,能够把抒情、叙述、谈话、描写、颂歌等写得同样好。

同样,如果鲁本斯画水果,他会把水果画得比任何一位专家更美。

欧仁·德拉克洛瓦是普遍的。他画充满了亲切感的风俗画,也画气魄雄伟的历史画。在我们这个不信神的时代,也许只有他才能构思出那些宗教画来,它们不像参加竞赛的作品那样空洞冷漠,也不像那些艺术哲学家们的作品那样迂腐、神秘或有新基督教主义气息,这些艺术哲学家把宗教变成了一门过时的学问,认为要拨动宗教的琴弦并使之发出歌声就必须首先掌握一切象征和原始的传统。

这是不难理解的,假如人们考虑到,德拉克洛瓦像一切大师一样,是学问(即一个全面的画家)和真率(即一个全面的人)的令人赞叹的混合。去到马莱区的圣路易教堂看看圣母哀痛耶稣之死的那幅画吧:痛苦庄严的王后把她死去的孩子的身体抱在双膝上,两臂水平地伸开,表现出极度的绝望和母亲的神经所受到的打击。两个人物中有一个经受并缓解着她的痛苦,他满面忧伤,就像《哈姆莱特》中最可怜的人物一样,这两幅画之间的联系并非仅此一端。两

---

① 这就是梯也尔先生称为素描的想象的那种东西。——原注

个圣女中,第一个痉挛着匍匐在地,身上还戴着首饰和奢华的东西;另一个生着金黄的头发,不堪绝望的重负,更加无力地倒下。

群像是分段布置的,全部安排在一个均匀的暗绿色背景上,既像一堆山岩,又像一片被风暴搅动的大海。这背景是令人难以置信的简洁,欧仁·德拉克洛瓦肯定是像米开朗琪罗一样,为了不损害他的思想的明晰而取消了陪衬。这幅杰作在人的思想中留下了一条忧郁的深沟。反正这并不是他第一次处理宗教题材。《持橄榄枝的基督》《圣塞巴斯蒂安》已经证明他知道如何显示出庄严和深深的诚挚。

但是,为了解释我刚才指出的那一点,即只有德拉克洛瓦善于画宗教画,我要提醒观察者注意,如果说他的最有趣的画几乎总是他自己选择题材,即幻想题材的画,他的才能所具有的那种严肃的忧郁却是完全适合我们的宗教的,深深忧郁的宗教,普遍痛苦的宗教,而且由于天主教教义本身(这种宗教使个人具有充分的自由)只要求以每个人的语言来加以颂扬,如果他有痛苦并且是个画家的话。

我想起了一个朋友,一个优秀的小伙子,一个已经受到欢迎的色彩家,他是那种一生都给人以希望的早熟的年轻人,远比自己所认为的更学院派,他把这种绘画称为吞噬同类的绘画!

肯定,我们的年轻朋友是不会在堆得满满的调色板上的稀罕物中,也不会在规则大全中感到这种血淋淋的、野蛮的毁灭,希望的暗绿色给这种毁灭以勉强的补偿!

这支唱给痛苦的可怕的颂歌对于他的古典的想象力、对于一个习惯于梅多克省的苍白的紫色堇的胃产生了安茹、奥弗涅或莱茵的可怕的葡萄酒的作用。

这就是感情的普遍性,现在我们来谈学问的普遍性!

很久以来,画家们可以说不再会画所谓的装饰画了。美术学院的半圆室的壁画是一件幼稚而笨拙的作品,其意图自相矛盾,活像一套历史肖像画。《荷马天顶画》①是一幅很美的画,但装饰天花板则不佳。最近由安格尔先生的学生们完成的装饰小教堂的大部分画都是按照早期意大利人的方式画的,也就是说,这些画想要通过取消光的效果和采取一系列温和的着色来得到整体性。这种系统可能更合乎理性,但是回避了困难。在路易十四、路易十五、路易十六时代,画家们把装饰画画得轰轰烈烈,但在色彩上和构图上缺乏整体性。

欧仁·德拉克洛瓦也要作装饰画,他解决了大问题。他在外观上获得了整体性而并未损害他的色彩家的职业。

议会大厅②证明了这场特殊的较量。光线的分配很经济,从所有的人像上掠过,而并不使眼睛感到一种强制性的困惑。

卢森堡图书馆的环形天顶画是一件更令人惊奇的作品,画家不仅并未取消这些画所特有的色与光的素质,使其达到了一种更柔和更统一的效果,并且还显露出一种新的面貌:风景画家德拉克洛瓦!

欧仁·德拉克洛瓦没有画阿波罗和缪斯们这些图书馆的一成不变的装饰,而是顺从了他对但丁的不可抗拒的兴趣,在他的心目中怕只有莎士比亚可以与但丁相抗衡。他选择了但丁和维吉尔在一个神秘的地方遇见了古代的主要诗人们的那个片段:

"他说话的时候,我们并没有停步;但我们一直在森林里走着,我是说一座幽灵形成的浓密的森林。我看见火光穿透了一片黑暗,我们离深渊的入口处不远了。我们离那儿还有几步路,但我已经能够影影绰绰地看见有一些光荣的幽灵住在那个地方。

"'为一切科学和一切艺术增光的你呀,请问这些幽灵是谁,人们竟给他们那么多的荣誉,使他们跟其他人享有不同的命运?'

---

① 即安格尔的《荷马颂赞》,作于一八二七年。
② 其中的一系列寓意画,作于一八三七至一八四八年间。

"他对我说:'他们的高贵的名声在你们的世界上回荡,又在天上获得恩惠,使他们有别于他人。'

"但是我听见了另一个声音:'尊敬那崇高的诗人,他那离去的影子回来了。'

"那声音消失了,我看见四个大影子朝我们走来,他们的样子既不悲哀也不快乐。

"善良的老师对我说:'看那持剑走在其余三个前头的,好像是个王,他就是荷马,诗之王;跟着他的是讽刺诗人贺拉斯;第三个是奥维德;最后一个是琉善。由于他们每个人都与我分享人类声音所播扬的声名,所以他们对我表示欢迎,而他们做得对!'

"这样,我就看见了这颂歌之祖的高贵流派荟萃一堂,那颂歌像雄鹰凌驾一切。他们谈了片刻,转身向我致意,我的向导微微一笑。但他们对我还要尊敬有加,因为他们把我纳入他们的队中,于是,我在那么多的天才之中也就名列第六了①……"

…………

我不会因为欧仁·德拉克洛瓦如此巧妙地填补了他的画的空白并在其中安置了正直的形象,就对他进行夸大了的赞扬,那将是不公正的。他的才能远在这类东西之上。我主要是关心这幅画的思想。用散文不可能表达它焕发出来的全部非常幸福的宁静和荡漾在这种气氛中的深刻的和谐。这使人想起《忒勒玛科斯》中绿意最浓的篇章,传达了精神从描绘乐土的故事中获得的全部回忆。风景虽说是附属的部分,但从我刚才所取的角度去看,即大师的普遍性,仍是一桩极重要的事情。这环形的风景覆盖着巨大的空间,是以一种历史画家的镇定和风景画家的细腻及柔情画出来的。一丛丛月桂树,巨大的阴影分布和谐;一片片柔和均匀的阳光躺在草地上;蓝色的或林木环绕的山峦形成了一道极为悦目的天际。天

---

① 但丁《地狱篇》,第四篇。

空则是蓝色的和白色的,这在德拉克洛瓦倒是一件令人惊奇的事情;云彩一条条地向四面八方舒展,宛若撕开的薄纱,极其轻盈;蓝色的天顶,深邃而明亮,仿佛飞向了极高远的地方。波宁顿①的水彩画也没有这般透明。

依我看,这幅杰作超过了韦罗内塞的最好的画。为了理解它,需要一种精神上的巨大的宁静和很柔和的目光;否则,明亮的日光一旦离开画布和平台,就会从正面墙上的大窗中急速射进,将会使欣赏难以进行。

今年,德拉克洛瓦的画是取材于《艾凡赫》的《劫持吕蓓卡》《罗密欧与朱丽叶的永诀》《玛格丽特在教堂里》以及水彩画《狮子》。

《劫持吕蓓卡》的可赞叹之处是色调完美的布局,那色调是强烈的、急促的、紧凑的和合乎逻辑的,从中产生出一种激动人心的面貌。在几乎所有的非色彩家的画家身上,人们总是可以注意到有空白,即可以说是由不够水准的色彩产生的大漏洞;德拉克洛瓦的绘画如同自然一样,是厌恶空白的。

寒冷明亮的早晨,罗密欧和朱丽叶站在阳台上,身体的中部虔诚地拥抱在一起。在这永别的猛烈的拥抱中,朱丽叶两手搭在情人的肩上,头向后仰,像是喘气一样,或是出于一种骄傲和愉快的激情的动作。这种不寻常的姿态却是很自然的,而几乎所有的画家都让两个情人嘴对着嘴接吻,这后脖颈的有力的动作是狗和猫受到爱抚时所特有的动作。朝霞的淡紫色的空气笼罩着这个场面和补足这个场面的浪漫派的景物。

这幅画所获得的普遍成功和它所引起的好奇证明了我在别处已然说过的东西,即不管画家们说什么,德拉克洛瓦是通俗的,只要不使公众远离他的作品,他就可以像那些逊于他的画家们一样

---

① 波宁顿(Richard Parkes Bonington,1802—1828),英国画家。

通俗。

《玛格丽特在教堂里》属于已经为数众多的可爱的风俗画一流,德拉克洛瓦似乎想据此向公众解释他的那些受到那样辛辣批评的版画。

对我来说,这幅用水彩画的狮子除了线条和姿态的美之外,还有一大长处:它被画得十分淳朴。水彩画被局限在它的平凡的角色之中,而不想变得和油画一样重要。

为了结束这一分析,我还要指出德拉克洛瓦的最后一种素质,最引人注目的素质,它使他成为真正的十九世纪的画家,这就是那种特殊的、顽固的忧郁,它从他的每一幅作品中散发出来,通过题材的选择,形象的表情、动作和色彩的风格表现出来。德拉克洛瓦喜欢但丁和莎士比亚这另外两位描绘人类痛苦的伟大画家,他对他们有清晰的认识,知道如何自由地表现他们的思想。静观他的一系列绘画,就好像参与对某种神秘的痛苦所进行的赞颂:《但丁和维吉尔游地狱》《希奥岛的大屠杀》《萨丹纳帕路斯王》《持橄榄枝的基督》《圣塞巴斯蒂安》《美狄亚》《溺水者》和受到如此冷落、如此不被理解的《哈姆莱特》。在好几幅画中,由于一种我说不清楚的经常的偶然,人们发现了比其他人更痛苦更沮丧的形象,集中了周围所有的痛苦,这就是《十字军进入君士坦丁堡》前景中的头发下垂、跪倒在地的那个女人,《希奥岛的大屠杀》中那样忧愁、有那样多皱纹的那个老妇人。这种忧郁一直渗透到《阿尔及尔女人》中去,这是他最娇媚最绚丽的一幅画。这首内心的小诗充满了闲适和寂静,拥塞着绫罗绸缎和装饰的小玩意儿,散发出一种难以名状的下流处所的强烈馨香,相当快地把我们引向忧郁的深不可测的边缘地带。一般地说,他不画漂亮女人,即上等人眼中的漂亮女人。他笔下的女人几乎都是有病的,蕴含着某种内在的美。他绝不通过肌肉的粗大,而是通过神经的紧张来表现力量。他最善于表现的不仅仅是痛苦,他尤其善于表现精神的痛苦!这真是他的绘画的不可思议的神秘。这种高度的严肃的忧郁闪烁着一种沮丧的光,甚至在他的雄浑、简单、有着大量和谐的色块的色彩中也是如此,这种色彩是所有的大色彩家所共有的,但他的色彩还是哀怨的,深沉的,有如韦伯①的乐曲。

每一位古代的大师都有自己的王国,自己的采地,但他常常不得不与一些卓越的敌手分享。拉斐尔有形式,鲁本斯和韦罗内塞有色彩,鲁本斯和米开朗琪罗有素描的想象力。这王国还剩下一块地方,只有伦勃朗偶尔涉足过,那就是悲剧,自然的、由活人组成的悲剧,可怕的、忧郁的悲剧,常常由色彩,但总是由动作来表现。

在崇高的动作方面,德拉克洛瓦只在他的艺术之外才有敌手。我差不多只知道有弗雷德里克·勒迈特和麦克里迪②。

正是由于这种完全现代的、完全新颖的素质,德拉克洛瓦才成为艺术中的进步之最高的表现。他继承了伟大的传统,即构图的雄浑、高雅和夸张,他是古代大师的名副其实的接班人,比他们却多了对痛苦的控制、激情和动作!正是这些东西造成了他的崇高。设想一位卓越的古代大师的作品遗失,差不多总有类似的作品来加以解释,可以让历史家的思索猜度出来;但是,去掉德拉克洛瓦,历史的大链条就断了,便会散落在地。

在一篇说是批评却更像预言的文章中,指出细节的错误和微小的疵点有什么用呢?整体是这样美,我简直没有这个勇气了。再说,这又是那么容易,谁都干得来!从好的方面看人,这不是更时兴吗?德拉克洛瓦先生的缺点有时候是那样明显,最没有经验的眼睛都能一下子看出来。人们可以随意打开一幅画,如不用我的方法,就会长时间地看不到形成他的独创性的那些美好的素质。大家知道,伟大的天才犯错误也不是半途中止的,他们在各个方向

---

① 韦伯(Carl Maria von Weber,1786—1826),德国作曲家。
② 这是当时著名的两位悲剧演员,后者为英国人。

上都有趋于极端的特性。

在他的学生中间,有几位成功地掌握了他的才能中可以学习的部分,即他的某些方法,他们已经赢得了一些声誉。一般地说,他们的色彩都有只重生动和效果这种毛病。理想与他们无缘,尽管他们要摆脱自然,但他们并没有因为努力研究老师而取得摆脱自然的权利。

今年,人们注意到普拉奈①先生没有到,他的《圣女泰蕾丝》在上届画展中曾经吸引了内行人的目光;里埃斯奈②先生也没有到,他常常画些色彩雄浑的画,人们还可以在贵族院大厅中愉快地看到他的几幅很好的天顶装饰画,尽管挨着可怕的德拉克洛瓦的作品。

莱热·谢雷尔③先生送来了《圣女伊莱娜的殉难》。画上只有一个人和一杆长矛,长矛的效果相当令人不快。不过,一般地说,色彩和躯体的突出还是好的。但是,我觉得雷杰·谢莱尔先生已经向观众展示过这幅画了,只是稍有变化而已。

在拉萨勒-博尔德④先生的《克娄巴特拉之死》中有一种相当奇特的东西,即人们发现他并不专注于色彩,这也许是个长处,姑且说色调是暧昧的,但这种苦涩并非没有魅力。

克娄巴特拉在她的王位上咽气,屋大维的使者俯身端详着她,她的一个侍女刚刚死在她的脚旁。构图不乏庄严,制作上具有一种相当大胆的淳朴。克娄巴特拉的头很美,一个黑女人的绿衣和粉衣的配合巧妙地从她的肤色上突现出来。这幅巨画画得很成功,没有丝毫的模仿,其中肯定有某种令人愉快、吸引公正的闲逛

---

① 普拉奈(Louis de Planet,1814—1875),法国画家。
② 里埃斯奈(Louis-Antoine-Léon Riesener,1808—1878),法国画家。
③ 谢雷尔(Léger Chérelle),法国画家,生于一八一六年。
④ 拉萨勒-博尔德(Gustave Lassalle-Bordes,1814—1848),法国画家。

者的东西。

五 论爱情题材和塔萨埃①先生

你们是否也曾像我一样,在长时间地翻看放荡的铜版画之后,堕入巨大的忧郁之中?你们是否想过为什么人们搜寻这些埋藏在图书馆里或失落在商人的文件夹中的淫荡的编年史有时候会发现魅力,或者为什么有时候它们会使你们不快?快乐和痛苦的混合,嘴唇始终渴望着的苦涩!快乐,是因为看到了自然最重要的感情在各种形式下被表现了出来;愤怒,是因为它常常被模仿得如此拙劣或者被如此愚蠢地诋毁。无论是在严冬无尽的夜晚守在火旁,还是在炎夏沉闷的闲时待在有玻璃窗的铺子的一角,看到这些图画总是使我如身处一场大梦的斜坡之上,差不多就像一本猥亵的书把我们推向蓝色的神秘海洋。有好几次,面对着这人皆有之的感情的无数标本,我真希望诗人、好奇者、哲学家能够给自己造一座爱情博物馆,其中,从圣女泰蕾丝的未曾施与的柔情到无聊时代的没有节制的放荡,都能各得其所。《舟发西岱岛》②和妓女房间里挂在裂缝的罐子和跛脚的桌子上方的那种拙劣的彩画之间的距离显然是巨大的。然而,对于这样一个如此重要的题材来说,什么也不应该被忽略。再说,天才使一切事物变得圣洁,如果怀着一种必要的忧虑和思索处理这些题材,它们一点儿也不会被这种令人反感的猥亵所玷污,后者与其说是真理,还不如说是吹嘘。

道学家不要过于害怕,我将保持适当的节制,况且我的梦想仅限于希望得到这首由最纯洁的手,由安格尔、华托、鲁本斯、德拉克洛瓦勾勒的巨大的爱情之诗!华托的顽皮而优雅的公主们,安格

---

① 塔萨埃(Octave Tassaert,1807—1874),法国画家。
② 华托的著名油画。

尔的庄严而安详的维纳斯,鲁本斯和约尔丹斯①的辉煌的白皙的肉体,以及人们可以想象的德拉克洛瓦的闷闷不乐的美人,那些裹着绸缎的高大而苍白的女人②!

因此,为了使读者受到惊吓的贞洁完全放心,我要说,我列入爱情题材的不仅有所有那些专门处理爱情的画,而且还有一切洋溢着爱情的画,哪怕是肖像画③。

在这范围极广的陈述中,我想到的是第一流艺术家表现的各地方的美和爱情,从小华托④在他的时装式样版画中留给我们的那些疯狂的、轻浮的、美妙的尤物到伦勃朗的像普通的凡人一样修指甲、用一把粗大的黄杨木梳梳头的维纳斯。

这种题材如此重要,从儒勒·罗曼⑤到德维里亚和加瓦尔尼,画家们无论大小,无不秘密或公开地致力于此。

一般地说,他们的大缺点是缺乏天真和诚挚。不过,我倒想起一幅版画,表现了——可惜不够细腻——放荡的爱情的一个巨大的真相。一个年轻人乔装成女人,他的情妇打扮成男子,他们并肩坐在沙发上,就是你们知道的那种带家具的旅馆或单间里的沙发。少妇想掀开她的情人的裙子⑥。在我所说的那个理想的博物馆里,这一淫荡之页将由许多爱情只以最优雅的形式出现的其他篇

---

① 约尔丹斯(Jacob Jordaens,1593—1678),弗朗德勒画家。
② 有人对我说,德拉克洛瓦曾经为《萨丹纳帕路斯王》这幅画作过许多奇妙的女性画稿,姿态各异,极富肉感。——原注
③ 有两幅画本质上是爱情画,而且令人赞赏,正作于这个时期,它们是安格尔先生的《大宫女》和《小宫女》。——原注
④ 弗朗索瓦-路易-约瑟夫·华托(François-Louis-Joseph Watteau,1758—1823),安东尼·华托之子。
⑤ 即意大利画家朱利奥·罗马诺(Giulio Romano,1492?—1546),意大利画家、建筑家。
⑥ 在妓院的告示和灯下,坐着一些小伙子和姑娘,前者穿着女人的长外衣,后者穿着男子的长袍,头发也梳成小伙子的样子。表面上是一种性别,实际上是另一种性别。肉体的道路完全被腐蚀了(《墨修斯》)。——原注

章加以补偿。

看到塔萨埃先生的两幅画:《埃里戈涅》和《奴隶贩子》,这些思考又浮现在我的脑际。

我去年没有充分地评论塔萨埃先生,这是个严重的错误。他是位非常优秀的画家,他的才能最适于表现爱情题材。

埃里戈涅半卧在一个葡萄掩映的小山丘上,姿态撩人,一条腿几乎蜷着,另一条腿伸直,身体前倾。描画精细,线条呈波浪状,配合巧妙。但是我要责备作为色彩家的塔萨埃先生画躯体时所用的色调过于缺少变化。

另一幅画表现的是一个市场上正等待着买主的女奴。这是些真正的女人,开化的女人,双脚因穿鞋而发红,她们有些平庸,肤色稍稍过红,一位野蛮而好色的土耳其人将把她们当做高等美女买走。只看得见背的那个女人,臀部裹在一片透明的空气中,头上还戴着一顶女工的便帽,一顶从维维埃街上或当普尔商场买来的便帽。这可怜的姑娘大概是被海盗掠来的。

这幅画的色彩因其细腻和色调的透明而极为出色。似乎他很注意德拉克洛瓦的方法,不过,他仍然善于保持一种独特的色彩。

这是一位杰出的艺术家,只有爱闲逛的人才欣赏,而公众则认识不足。他的才能与日俱增,当人们想到他从何处起步又到达何处的时候,是有理由指望他画出一些迷人的作品的。

六　论几位色彩家

画展上有两幅相当重要的珍品,这就是野蛮人的向导凯特林先生画的两幅肖像画:《小狼》和《水牛背的油脂》。当凯特林先生带着他的依阿威人①和他的作品来到巴黎的时候,人们传说这个老实人既不会画油画也不会画素描,如果他画了几幅过得去的草

---

①　北美印第安人的一支。

稿,那全仗着他的勇气和耐心。这是凯特林先生的无伤大雅的狡黠还是新闻记者的荒唐?现在已经证实,凯特林先生既擅长油画,也擅长素描。如果我的记忆没有使我回想起许多其他的同样美的作品,这两幅肖像画也足以向我证明这一点。尤其是他画的天空,那透明与轻灵使我十分惊讶。

凯特林先生卓越地表现了这些诚实的人的骄傲和自由的性格及其高贵的表情,他们的头脑的构造也得到了圆满的理解。这些野蛮人以其高贵的态度和悠然自得的动作使人理解了古代雕塑。至于色彩,更有一种难以尽述的神秘的东西。红色,血的颜色,生命的颜色,在这阴暗的画面上是那样丰富,真令人沉醉。至于景物,林木葱茏的山,广袤无垠的草原,荒无人迹的河流,都是一片单调的不变的绿色。红色,这种如此晦暗、如此浓重的颜色,比蛇的眼睛更难看透;绿色,自然的这种安静、愉快和笑眯眯的颜色,我觉得甚至在两位主人公的脸上,这两种颜色都在歌唱着它们的富有旋律的对立。有一点可以肯定,他们的文身和着色都是根据自然而和谐的色彩系列来进行的。

我认为使公众和新闻记者看错凯特林先生的,是他不画充好汉的画,我们所有的年轻人都已经十分习惯于这种画了,而这正是当今的经典绘画。

去年我就已经抗议过针对德维里亚两先生①的众口一词的哀悼经和忘恩负义的人们的阴谋。今年证明了我是对的。他们的许多过早的声誉已被取代,还没有给他们带来真正的声誉。阿希勒·德维里亚先生主要以《神圣之家的休息》在一八四六年的沙龙上引起注意,这幅画不仅蕴含着那些迷人的、亲切的天才的全部风韵,而且还让人想起那些旧画派的真正的长处,这些流派可能是

---

① 指德维里亚两兄弟,阿希勒·德维里亚(Achille Devéria,1800—1851)和欧仁·德维里亚(Eugène Devéria,1805—1865),都是画家。

第二流的,并不特别以素描或色彩取胜,但其布局和优良的传统仍然使它们远远地超过了过渡时期所特有的混乱。在浪漫主义的大战中,德维里亚兄弟是站在色彩家的神圣阵营一方的,他们的位置因此就在这里。阿希勒·德维里亚先生的画的构图是很好的,此外,柔和协调的外观也给人极深的印象。

布瓦萨①先生也有一个引人注目、前程远大的开端,他属于那种从过去的大师那里汲取营养的优秀人物之列,他的《玛德兰在荒野中》是一幅色彩正确而健康的油画,只是肉体的色调有些凄惨,幸好姿态找得很准。

在这个没完没了的画展上,差别从未被抹得这样干净过,人人都画了一点儿,但又都不够,甚至不值得分一分优劣,这时我们发现了德邦②先生这样坦率的、真正的画家,真令人喜出望外。也许他的《画室里的音乐会》是一幅有些过于艺术化的作品,瓦朗丹③、约尔丹斯,还有其他几位都参加了,但至少这是美的、健康的绘画,表明了作者是一个对自己有着十足的信心的人。

杜沃④先生画了《暴风雨后》。我不知道他能否成为一个纯粹的色彩家,但他的画的某些部分让人产生这种希望。初看之下,人们就会在记忆中搜寻这幅画要表现什么历史场面。的确,差不多只有美国人才敢让风俗画有这样大的规模。总之,这幅画构图清晰,素描一般看来是好的。一眼即可看出,色调有些过于缺少变化。这大概是自然的一种效果,被雨水洗过之后,各部分都显得特别强烈。

莱姆莱因⑤先生的《仁慈》画的是一个可爱的女人,用手把各

---

① 布瓦萨(Fernand Boissard de Boisdenier,1813—1866),法国画家。
② 德邦(Hippolyte Debon,1807—1872),法国画家。
③ 瓦朗丹(Valentin de Boulongne,1591—1634),法国画家。
④ 杜沃(Louis-Jean-Noel Duveau,1818—1867),法国画家。
⑤ 莱姆莱因(Alexandre Laemlein,1813—1871),法国画家,生于德国。

种孩子,白种的、黄种的、黑种的等,抱在胸前。显然,莱姆莱因先生有正确的色彩感,但这幅画有一个重大的缺点,即那个中国孩子那么漂亮,他的袍子产生的效果那么讨人喜欢,竟使他差不多独占了观者的目光。这个小中国人在人们的记忆中转来转去,使许多人忘了其余的一切。

德冈①先生是那些长期以来霸占着公众的好奇心的人中的一个,而这是理所当然的。

这位艺术家具有一种奇妙的分析能力,常常巧妙地借助于一些小手法获得一个强烈的效果。如果说他过分地回避线条的细节,经常满足于运动或一般的轮廓,如果说有时这种素描近乎时髦,但他对于主要从光的效果中加以研究的自然所抱有的细腻的趣味却总是挽救了他,并使他居于高超的境界之中。

如果德冈先生完全不是一个一般意义上的素描家的话,他却是一个有个性的、特殊的素描家。谁也没见过他用素描画过伟大的人像,但他肯定画过素描,他的那些普通人的轮廓就显示出一种大胆的素描,恰如其分,十分出色。他们的身体的特点和习惯总是可以看得出来的,因为德冈先生知道如何用几条线就让人理解一个人物。他的速写令人愉快,具有一种深刻的滑稽。这是一种有才智的人画的素描,近乎漫画家画的素描,因为它含有一种我说不出来的愉快情绪或带有讽刺意味的幻想,十分宜于表达自然的嘲讽,因此,他的人物的姿态和穿着总是跟他们的个性的真实和永恒的风俗习惯相一致。只是这素描中有一种静止的东西,但是这并不令人不快,反而补充了它的东方情调。他习惯于让他的模特儿处于休息状态,而当他们跑动起来,他们就常常像一些悬空的影子或在跑动中急停的身影,他们就像在浮雕上跑动一样。色彩是他的长处,是他唯一的大事。无疑,德拉克洛瓦先生也是个大色彩

---

① 德冈(Alexandre-Gabriel Decamps,1803—1860),法国画家。

家,但他并不狂热;他有别的事情要关心,他的画的规模要求如此。对德冈先生来说,色彩是一桩大事,可以说是他想得最多的事情,他那辉煌灿烂的色彩具有一种非常特殊的风格。容我借用一下伦理方面的词汇,他的色彩是血腥的,辛辣的。最开胃的菜肴,最费脑筋想出来的东西,加了最辛辣的调料的食品,对于一个贪吃的人的鼻子和味觉器官都不像德冈先生的画对一个绘画爱好者产生那么多的吸引力和刺激性,散发出那么多野性的快感。这些画外观的奇特会让您停下脚步,牵住您,使您产生一种不可遏止的好奇心。这也许是来源于艺术家经常运用的奇特而细致的方法,有人说,这种方法使他怀着一种炼金术士的不知疲倦的意志来磨他的画。他的画对观者的灵魂产生的印象是那么突然,那么新颖,使人难以想象他师承何人,谁是这位奇特的艺术家的教父,这孤独的、独特的天才出自哪一个画室。一百年后,历史家们肯定难以发现谁是德冈先生的老师。他时而隶属于过去的弗朗德勒画派的那些用色大胆的大师们的门下,但比他们更有风格,人像组合得更为和谐;他时而又热衷于伦勃朗的夸张与粗俗;有时候人们又在他画的天空中发现一种对洛林的天空充满爱情的回忆。因为德冈先生也是一位风景画家,是最优秀的风景画家之一:他的风景和他的人像浑然一体,相互为用,一个并不比另一个更重要。在他那里,什么都不是附属的,画面的每一部分都被精心加工过,每一个细节都为整体的效果服务!什么都不是无用的,甚至一只游过水塘的耗子,我忘了是哪一幅画土耳其的画了,它浑身懒洋洋地充满了宿命感,还有那一群在一幅杰作的背景上翱翔的猛禽,这幅画叫《钩刑》。

太阳和光在德冈先生的画中起着很大的作用。谁也没有像他那样细心地研究过氛围气的结果。明暗的最奇怪最似是而非的作用使他最感兴趣。在德冈先生的一幅画中,太阳真的烧着了白色的墙和白垩质的沙子,一切着色的东西都有一种热烈的、充满活力的透明性。水有一种前所未见的深度,巨大的阴影切过房屋的墙壁,拉长了,躺在地上或水上,透出一种懒散和影影绰绰的闲适。在这激动人心的自然中,有一些小人物骚动不已或想入非非,他们自成一个小小的世界,有着自己天然的、可笑的真实。

因此,德冈先生的画充满诗意,也常常充满梦幻,但是其他人,例如德拉克洛瓦,通过一种宏伟的素描、一种对于独特的模特儿的选择或一种雄浑而容易的色彩所得到的东西,德冈先生却是通过对细节的熟稔来得到的。事实上,人们可以对他进行的唯一的指责,就是过于注重物体的具体作业,他的房子用的是真的石膏,真的木头,墙壁用的是真的灰浆。面对着这些杰作,人们常常因痛苦地想到为此所花费的时间和辛劳而感到难受。这些画的制作要是多一些淳朴,会更美到什么程度啊!

那些酷爱平原与山脉的闲逛者,那些有着一颗像世界一样宽广的心的人们,他们不想在橡树枝上摘南瓜,他们都把德冈先生当做创造的最罕见的产物之一来崇拜。去年,当德冈先生凭着一支铅笔想同拉斐尔和普桑①较量的时候,他们都互相说道:"如果拉斐尔不让德冈睡觉,我们可就再也看不见德冈的画了!以后还有谁来画呢?""唉!那就是吉涅②先生和沙卡东③先生了。"

然而,今年德冈先生又露面了,带着一些土耳其题材的东西,风景画,风俗画和一幅《雨的效果》,不过这些画得找,它们不再那么引人注目了。

德冈先生善于画太阳,却不善于画雨,并且他还让鸭子在石头上游泳,等等。但是,《土耳其学校》这幅画还很像他的那些优秀的画,那些美丽的孩子正是我们所熟悉的,还有那个阳光充足的教室,里面空气明亮,尘埃浮动。

我觉得我们是那么容易地可以从装饰着画廊的德冈出色的画

---

① 普桑(Nicolas Poussin,1594—1665),法国画家。
② 吉涅(Jean-Adrien Guignet,1816—1854),法国画家。
③ 沙卡东(Jean-Nicolas-Henri de Chacaton,1813—1860),法国画家。

中得到安慰，我真不愿意再分析它们的缺点了。那将是一件幼稚的营生，反正谁都能做得很好的。

邦吉·拉尔东①先生的画都是精心之作，画幅不大，着色雄浑，却不失细腻，其中《皮埃罗向观众介绍他的同伴阿勒坎和波里希奈》一幅尤其令人瞩目，吸引了人们的注意。

皮埃罗睁着一只眼，闭着一只眼，带着那种传统的狡黠神气，向公众介绍阿勒坎，阿勒坎感激地伸直了胳膊走上前去，一条腿大胆地放在前面。波里希奈跟随其后，有些醉意，眼睛里有一股自命不凡的神色，两条可怜的小腿，一双巨大的木鞋，一张可笑的脸，一只大鼻子，一副大眼镜，一把两端向上翘曲的小胡子，出现在两道幕布之间。这一切都具有一种漂亮、细腻、简单的色彩，而这三个人在灰色的背景上显得十分突出。这幅画的动人之处不仅来自外观，更来自画的结构，而这结构又是极其简洁的。波里希奈本质上是喜剧性的，令人想起英国的《喧闹》②，他把食指放在鼻子尖上，以此来表示他是多么自豪或是多么窘迫。我要责备邦吉先生没有采用德布罗这个典型，这是真正的现代丑角，现代历史的丑角，他应该在一切招贴画中占据一席地位。

现在这里又有一件新奇的作品，远非那么巧妙、深奥，而它也许越是画得不经意，越是显得美，这就是孟佐尼③先生的《乞丐打架》。我从未见过粗暴得如此富有诗意的东西，即便在弗朗德勒派最有特色的描绘狂欢的画中也未见过。以下是从这幅画前经过的人的六种不同印象：1. 强烈的好奇；2. 多可怕呀！3. 画得不好，却是一幅奇特的作品，不乏魅力；4. 画得不像开始时想的那么坏；5. 再看看这幅画吧；6. 持久的回忆。

---

① 邦吉·拉尔东（Octave Penguilly L'Haridon，1811—1870），法国画家。
② 指英国漫画《朋其》中的滑稽角色。
③ 孟佐尼（Ignazio Manzoni，1799—1888），意大利画家。

这幅画中有一种与题材相适应的残酷和粗暴,令人想起戈雅①的那些狂暴的画稿。总之,这是可以见到的最凶恶的面孔,是破帽子、木腿、碎杯子、被打倒的醉汉的奇特的大杂烩,是搅动着他们的褴褛衣衫的淫荡、残忍和酗酒。

那个挑动起这些先生们的欲望的脸色红红的美人,笔触巧妙,画得很好,令内行愉快。一个倒霉的家伙,被他旁边的一个人打败,被用叉子叉在墙上,我很少见过比这更富有喜剧性的东西。

第二幅画《夜间的谋杀》,看起来不那么奇特。色彩暗淡庸俗,幻想的东西只存在于场面的表现方式之中。一个乞丐一边举刀对着一个人,一边搜他的身,这不幸的人则吓得要死。硕大无朋的鼻子组成的白色面具只占脸的一半,十分滑稽,给这个可怕的场面打上了最奇特的印记。

维拉-阿米尔②先生的《王宫》是在马德里画的。乍看这幅画似乎很淳朴,但细细打量,就会看出这幅装饰画在布局和整个的着色上非常巧妙。也许色调不那么细腻,但是色彩比罗伯茨③先生喜欢的同类画更为有力。不过有一个缺点,天花板更像一方真正的天空。

瓦吉埃④先生和佩雷兹⑤先生通常处理差不多相似的题材,即身在花园古树的绿阴之下的穿着古代服装的美丽妇人。但是佩雷兹先生有他个人的特点,他的画法要朴素得多,他的名字也不要求他非模仿华托不可⑥。尽管瓦吉埃先生的人物画得精细考究,佩雷兹先生还是以创造性胜过他。总之,他们的作品之间的差别

---

① 戈雅(Francisco de Goya,1746—1828),西班牙著名画家。
② 维拉-阿米尔(Jenaro Perez Villa-Amil,1807—1854),西班牙画家。
③ 罗伯茨(David Roberts,1796—1864),英国画家。
④ 瓦吉埃(Charles-Emile Wattier,1800—1869),法国画家。
⑤ 佩雷兹(Léon Pérèse,1800—1869),法国画家。
⑥ 瓦吉埃的画风深受安东尼·华托(Antoine Watteau)影响,其姓亦与之相近,佩雷兹虽常与瓦吉埃合作,画风却大不同,故有此玩笑。

就等于路易十五时代的虚情假意的殷勤和路易十三时代老老实实的殷勤之间的差别。

古蒂尔①一派(应该以他的名字称呼这一派)今年送交的画太多了。

迪亚兹·德·拉佩纳②先生是这个小派别的缩影,调色板就是画,这是他的出发点。至于说普遍的和谐,迪亚兹先生认为随处可见,而素描,运动的素描,色彩家的素描,就更谈不上了。他画的那些小人儿的肢体几乎像一团团破布或者像被火车头炸得四散飞扬的胳膊和腿。我更喜欢万花筒,因为它变不出《弃妇》和《爱神的花园》;它只呈现出披巾或地毯的图案,其作用是很小的。的确,迪亚兹先生是一位色彩家,但只要越出他的范围一步,他就无能为力了,因为他不懂得一种普遍色彩的必要性。因此,他的画不会留下回忆。

你们说,各人有各人的作用。伟大的绘画绝不是为所有人而作的。一顿美餐总有耐吃的东西和小吃。你们敢对阿尔勒香肠、辣椒、鳀鱼、蒜泥蛋黄酱等忘恩负义吗?你们管这个叫开胃的小吃吗?不,这是令人作呕的糖果和甜食。谁愿以点心果腹?当人们晚餐吃得满意时,对那些东西不过碰一碰而已。

塞莱斯丹·南特伊③先生知道用笔,但不知道如何建立起一幅画的比例与和谐。

维尔狄埃④先生画得有条不紊,但我认为他本质上是厌恶思想的。

缪勒⑤先生是《气精》的作者,他非常喜欢富有诗意的题材,诗

---

① 古蒂尔(Thomas Couture,1815—1879),法国画家。
② 迪亚兹·德·拉佩纳(Narcisse-Virgile Diaz de La Pena,1808—1876),法国画家。
③ 塞莱斯丹·南特伊(Celestin Nanteuil,1813—1873),法国画家。
④ 维尔狄埃(Marcel Verdier,1817—1856),法国画家。
⑤ 缪勒(Charles-Louis Müller,1815—1892),法国画家。

意淋漓的题材,他作了一幅画叫作《春天》。不懂意大利文的人还以为是《十日谈》的意思呢。

福斯坦·贝松①先生的色彩由于不再受到德福日画店的玻璃窗的打扰和反照而所失很多。

至于封泰纳②先生,这显然是个严肃的人;他为我们画了被男女孩子们围着的德·贝朗瑞先生,向青年们传授了古蒂尔画派的秘密。

巨大的秘密,天哪! 一道粉红或桃色的光,绿色的阴影,全部的困难就在其中。这种画的可怕之处,在于它引人注意,人们老远就看得见它。

在这些先生中,最不幸的要算是古蒂尔先生了,他在这一切中扮演了一个受害者的有趣角色。一个模仿者就是一个冒失鬼,出卖了一件使人惊讶的东西。

在关于下布列塔尼、卡塔卢尼亚、瑞士、诺曼底等题材的不同专长中,阿尔芒·勒洛先生和阿道夫·勒洛③先生被吉尔曼④先生超过,吉尔曼先生又低于艾杜安⑤先生,而艾杜安先生则居于阿弗奈⑥先生之后。

我好几次听见有人对勒洛兄弟进行这样奇怪的指责,说他们的人物不管是瑞士人、西班牙人或布列塔尼人,都是一副布列塔尼人的神气。

艾杜安先生肯定是一位优秀的画家,他的笔触遒劲,懂得色彩,他无疑会形成特殊的独创性。

---

① 福斯坦·贝松(Faustin Besson,1821—1882),法国画家。
② 封泰纳(Alexandre-Victor Fontaine),法国画家,生于一八一五年。
③ 指勒洛两兄弟。阿道夫·勒洛(Adolphe Leleux,1812—1891),阿尔芒·勒洛(Armand Leleux,1818—1885),都是画家。
④ 吉尔曼(Alexandre-Marie Guillmin,1817—1880),法国画家。
⑤ 艾杜安(Pierre-Edouard-Alexandre Hédouin,1820—1889),法国画家。
⑥ 阿弗奈(Félix Haffner,1818—1875),法国画家。

至于阿弗奈先生,我怪他只有一次以浪漫的、卓越的方式画了一幅肖像画,而未画其他的画。我本以为他是一位满怀诗情和创造性的大艺术家,第一流的肖像画家,只是在闲暇时画过几幅拙劣的画,但他好像只不过是个画家而已。

七　论典型①和模特儿

由于色彩是最自然最明显的东西,所以色彩家的队伍人数最多,也最为重要。使作业方法易行的分析将自然分解为色彩和线条,在考察构成第二支队伍的人之前,我认为有必要在这里解释一下引导他们,有时是在他们不知道的情况下引导他们的若干原则。

本章的标题是一个矛盾,更确切地说,是矛盾的统一;因为伟大的素描家的素描应该概括典型和模特儿。

色彩是由色块组成的,色块是由无限的色调形成的,其和谐产生了统一,因此,有着自己的主体和概括性的线条就分解成许多个别的线条,每一根线条都是模特儿的一种特点。

圆是曲线的典型,可以比作一种类似的形象,这形象由无限的直线组成,它应该和圆混而为一,其内部的角越来越钝。

但是,由于没有完美的圆,所以绝对的典型是一种蠢话。过分喜爱单纯使愚蠢的艺术家模仿同一种类型。如果典型这荒谬之物、这不可能之物被发现了,那将是诗人、艺术家和人类的大不幸。从此每个人的可怜的我,他的折线,还有什么用呢?

我已经指出回忆是艺术的重要标准,艺术是美的记忆术,而准确的模仿破坏回忆。有那么一些可悲的画家,对他们来说,一个最

---

① "典型",此处原文是 idéal,此词有理想、典型、理念等义,这里译为典型,似较直接显豁。

小的疣子都是一桩好运,他们非但念念不忘,还一定要画得四倍那样大,因此,他们使情人们绝望,而一个让人为其国王画像的民族就是一个情人。

过于特殊化或过于一般化都同样地阻止回忆。我喜欢安提弩斯雕像①要胜过伯尔维多宫的阿波罗雕像和格斗士雕像②,因为安提弩斯雕像是可爱的安提弩斯的典型。

尽管宇宙原则是唯一的,自然却并不提供任何绝对的东西,甚至也不提供完整的东西③。我只看见个体,任何动物,在一种相似的种类中,都在某些方面与它的相邻者有所不同,而在同一棵树产出的成千上万个果实中,不可能找出两个完全一样的,否则它们就会是一回事了。二元性既是统一性的矛盾,也是其结果④。尤其是在人类中间,花样翻新乃至无穷,到了骇人的程度。且不说自然分配在各种气候中的那些大类,我每天看见打我窗下经过的就有相当数量的卡尔梅克人⑤、奥萨奇人、印度人、中国人和古希腊人,他们多少都巴黎化了。每一个个体都是一种和谐,因为你们多次发生这样的事:你们听见一个熟识的说话的声音,回头一看,却惊讶地发现原来是一个不相识的人,这就是对另一个有着类似的动作和声音的人的生动回忆。事实确是如此,拉瓦特曾经胪列过发誓长在一张脸上的鼻子和嘴,指出古代艺术家所犯的好几个这类的错误,他们有时候使宗教或历史人物具有与他们的性格相反的形体。拉瓦特在细节上搞错过,这是可能的,但是他抓住了根本。什么样的手需要什么样的脚,什么样的皮肤生什么样的毛。因此,

---

① 著名雕像,现藏梵蒂冈伯尔维多宫。
② 著名古希腊雕像,存梵蒂冈鲍格斯宫。
③ 没有任何绝对的东西,故圆规的典型是最为愚蠢的;没有完整的东西,故应补充一切,寻求各自的典型。——原注
④ 我说矛盾而不说反面,因为矛盾是人类的一种发明。——原注
⑤ 卡尔梅克人,古代蒙古人的一支,居住在亚洲中、西、北部。苏联曾有卡尔梅克自治共和国,在伏尔加河下游。

每个个体都有其各自的典型。

我并不认为有多少个体就有多少原始典型,因为一个模子可以翻出好几个复制品,但在画家的思想中典型和个体是一样多的,因为一幅肖像画是一个模特儿再加上一位艺术家。

因此,典型并不是那个模模糊糊的东西,那个讨厌的,摸不着的,在学院的天花板上飘荡的梦幻,一个典型,是经由个体矫正过的个体,是由画笔和凿子根据它的天然的和谐所具有的显著的真实再造和表现的个体。

所以,一个素描家的首要素质是仔细地、认真地研究他的模特儿。艺术家不仅要对模特儿的特点有一种深刻的直觉,还要稍许归纳一下,有意夸大某些细节,才能增强外貌的特点,使表情更为清晰。

根据崇高应该回避细节这一原则,艺术为了自我完善又回到了它的童年,注意到这一点是很有趣的。最初的艺术家是不表现细节的。全部的差别在于,在一气呵成地画出他们的人物的胳膊和腿时,不是他们回避细节,而是细节回避他们;因为要选择,先要占有。①

素描是自然和艺术家之间的一种搏斗,艺术家越是理解自然的意图,就越是容易取得胜利。对他来说,问题不在于模仿,而在于用一种更单纯更明晰的语言来说明。

在历史、宗教或幻想的题材中,引入肖像,即引入典型化的模特儿,首先需要精心选择模特儿,这肯定能够使现代绘画返老还童,重新活跃起来,现代绘画像我们的所有其他艺术一样,是有一种过分的倾向,即满足于模仿古人。

关于典型,我所能说的更多的话,我觉得都包含在司汤达的一节文章里了,其标题既明确又放肆:

---

① 此段文字引自司汤达的《意大利绘画史》(1817)。

怎样超过拉斐尔?①

"在激情产生的动人场面中,现代的大画家将会赋予他的人物以一种发自性情的典型的美,这性情生来就是为了最强烈地感受到这种激情的效果。

"维特②的冲动或忧郁与众不同,洛弗莱斯③则是冷漠无情或烦躁不安的;善良的普莱莫罗斯神甫④、可爱的凯西奥,都不是肝火旺的脾气,可犹太人夏洛克、阴险的伊阿古、麦克白夫人、理查三世就不同了;可爱而纯洁的伊摩琴⑤是有些冷冰冰的。

"根据最初的观察,艺术家制作了伯尔维多宫的阿波罗雕像。但是,难道他每次想表现年轻而漂亮的神的时候,他就要冷冰冰地模仿阿波罗雕像吗?不,他将把动作和美的种类联系起来,使土地摆脱大蛇皮东⑥的阿波罗,更强壮一些,试图取悦达佛涅⑦的阿波罗的线条就更为柔和一些。"⑧

八　论几位素描家

在上一章,我根本没有谈想象的素描或创造的素描,因为一般地说那是色彩家的特长。从某种观点看,米开朗琪罗是现代派中的典型创造者,唯有他不是色彩家而在最高的程度上掌握了素描

---

① 这是司汤达《意大利绘画史》第一〇九章的标题。
② 歌德小说《少年维特的烦恼》的主人公。
③ 英国小说家理查生小说中人物,用情不专的花花公子的典型。
④ 英国小说家哥尔斯密小说中人物。
⑤ 夏洛克、凯西奥、伊阿古、麦克白夫人、理查三世、伊摩琴分别为莎士比亚戏剧《威尼斯商人》《奥赛罗》《麦克白》《理查三世》和《辛白林》中的人物。
⑥ 大蛇皮东为土地之神所生,受命折磨阿波罗之母勒托,终为阿波罗所杀。
⑦ 达佛涅是希腊神话中的女神。阿波罗追求她,她为了逃避,就请她父亲把她变为一棵月桂树。
⑧ 这段文字引自司汤达《意大利绘画史》第一〇一章。

的想象力。纯粹的素描家是些具有极好的感觉的自然主义者,他们作素描是通过理性,而色彩家,大色彩家,作素描则是通过性情,几乎是不知不觉地。他们的方法类似于自然。他们作素描,因为他们要着色,而纯粹的素描家们想忠于他们的公开申明的主张并与之相一致,他们就得满足于黑铅笔。然而,他们却怀着一种不可思议的热情致力于色彩,而对他们的矛盾竟毫无察觉。他们开始是以一种严酷而绝对的方式界出形状,然后把这些空间填满。这种重复的方法不断地妨碍他们的努力,给他们的所有作品带来一种说不出的苦涩、难受和争吵。这些作品是一场打不完的官司,具有一种讨厌的二重性。一个素描家是一个失败的色彩家。

这是千真万确的,自然主义素描画派最杰出的代表安格尔先生就一直力求掌握色彩。这种顽强精神令人钦佩,却终属徒劳!这又是一些人的那种说不完的故事,他们想用自己应得的声誉去换取他们不可能得到的声誉。安格尔先生像一个女时装商一样崇拜颜色。看到他为了选择和配合他的色调而做出的努力,真让人又难受又愉快。结果并非总是不协调的,但却是刺眼的、过火的,常常令堕落的诗人们高兴;而且当他们的疲倦的精神在这些危险的搏斗中娱乐已久的时候,他们一定想在委拉斯开兹或者劳伦斯的作品前休息一下。

安格尔先生所以在德拉克洛瓦之后占有最重要的位置,那是因为他那十分特殊的素描。我刚才分析了他的素描的神秘,迄今为止,他的素描将典型和模特儿概括得最好。安格尔先生画得极好,而且快。在他的速写稿中,他很自然地画出了典型。他的素描常常是很简练的,线条不多,但每根线条都表现了重要的轮廓。请看看旁边那些画匠(常常是他的学生)的素描吧,他们首先表现的是些细枝末节,正是为此他们才使庸夫俗子们心花怒放,在各个艺术领域中,这些人的眼睛只盯着末流的东西。

从某种意义上说,安格尔先生画得比家喻户晓的素描家之王拉斐尔要好。拉斐尔在大墙上画壁画,但他却不会像安格尔先生那样出色地画出你们的母亲、你们的朋友、你们的情妇的肖像。安格尔先生的勇气非同凡响,再加上使他不惧怕任何丑陋和怪异的那种手段,他就画出了莫莱①先生的燕尾服,凯鲁比尼②的多层领外套,并在画有荷马的天棚上——这件作品比其他任何作品都更着意于典型——画进了一个瞎子、一个独眼人、一个没有胳膊的人和一个驼背。自然因这种异教的崇拜而大大地酬报了他。他可以把麦约③画成一种崇高的东西。

凯鲁比尼的美丽诗神还是一幅肖像画。可以这样公正地说,如果说安格尔先生由于缺乏素描的想象力而不会画油画,至少不会画大幅的油画,可他的肖像画却几乎等于油画了,也就是说,是一些感情亲切的诗篇。

他是个吝啬严酷的天才,易怒而坚忍,是一个某些对立的素质的奇特混合物,而这些素质又都服务于自然,并且他的怪异还颇具魅力。在技巧上,他是个弗朗德勒派;在素描上,他是个人主义者和自然主义者;在感情上,他是个古代派;而在理智上,他是个理想主义者。

使如此多的相反的东西协调一致,并非一件易事。因此,为了展示他的素描所包含的宗教神秘,他采用了有利于他更清晰地表达思想的人造光,这并非没有道理。这种人造光很像薄明的晨曦,其时大自然尚未醒透,光线显得微弱而生硬,原野呈现出一种神奇的、激动人心的面貌。

在安格尔的才能中,有一种独特的、我认为尚未被注意到的现象,这就是他更喜欢画女人。他看到什么样就把她们画成什么样,因为他太喜欢她们了,不愿意有所改变。他带着一种外科医生的

---

① 莫莱(Louis Molé,1781—1855),法国政治家。
② 凯鲁比尼(Luigi Chérubini,1760—1842),意大利作曲家。
③ 当时的一个艺术典型,丑陋、驼背,但运气很好。

严厉竭力揭示她们的最微小的美丽之处,他像情人一样谦卑地对待她们的最细微的曲线。《安吉莉卡》,两幅《宫女》,奥松维里夫人的肖像,这些作品都洋溢着一种深刻的精神上的满足。然而,这些东西仿佛都呈现在一种几乎是骇人的光线中,因为这既不是弥漫在理想的原野之上的金色氛围,也不是月光下安详静谧的朦胧。

安格尔先生的作品是一种非常的注意力的结果,也要求以同等的注意力来理解。它们是痛苦的产物,它们自己也产生痛苦。正如我以上所述,这是因为他的方法不是统一的、单纯的,他更多的是交替使用不同的方法。

安格尔先生的教学有一种说不出的严峻性,令人入迷,他身边聚集了一些人,其中最有名的是弗朗德兰①、莱赫曼②、阿摩里-杜瓦尔③诸先生。

然而老师与学生之间的距离何其遥远!安格尔先生还是他那一派的孤家寡人。他的方法是他的天性的结果,不管这天性是多么古怪、多么固执,它毕竟是坦率的,也可以说是不由自主的。他是古风及其典范的热烈的情人,是自然的恭敬的仆人,他所画的肖像可与最好的罗马雕刻相匹敌。而上述那些先生们只是刻板地、冷冰冰地、拘泥地、学究式地表现了他的天才中令人不快和不得人心的部分,因为他们最显著的特点就在于学究气。他们在老师身上看到和研究的是新奇和博学,那些对瘦削、苍白及各种可笑的俗套的追求,不经检验和并无诚意的接受,其源盖出于此。他们远远地,远远地回到过去,怀着一种卑躬屈膝的幼稚模仿一些可悲的错误,心甘情愿地放弃世世代代的经验为他们准备的制作及成功的手段。人们还记得《杰弗特的女儿哭她的童贞》这幅画,手脚过分

---

① 弗朗德兰(Hippolyte Flandrin,1809—1864),法国画家。
② 莱赫曼(Charles-Ernest-Rodolphe-Henri-Salem Lehmann,1814—1882),法国画家。
③ 阿摩里-杜瓦尔(Amaury Duval,1808—1885),法国画家。

的修长,脑袋夸张的椭圆,可笑的矫揉造作——画法的俗套和习惯或许刚刚说得上熟练,在形式的狂热崇拜者看来都是些特别的缺点。从贝尔吉奥若索公主的肖像开始,莱赫曼先生所画的眼睛都过分的大,眼珠像是在盘子里游动的牡蛎。今年,他送来了肖像画和油画。油画是《海洋女仙》《哈姆莱特》和《奥菲莉娅》。《海洋女仙》是一幅弗莱克斯曼①式的画,看上去如此丑陋,使人没有心思再去察看素描。在《哈姆莱特》和《奥菲莉娅》的肖像中有一种追求色彩的明显意图——这一派津津乐道的得意之作!这种对于色彩的可悲的模仿使我感到难受,就像一位月球人模仿韦罗内塞和鲁本斯一样使我不愉快。至于这两个形象的姿态和精神,则令我想起了险剧时代的老波比诺剧团的演员们的夸张。哈姆莱特的手无疑是美的,但是一只画得好的手并不能造就一位素描家,就是对一位安格尔派来说,毫无疑问,这也是滥用局部。

我认为加拉玛达夫人②也是属于厌恶阳光一党的,但她画的油画有时相当成功,它们具有一点儿女人(哪怕是最有文才最富艺术气质的女人)仿效男人的那种威严的神气,她们仿效男人的可笑却不那么容易。

让莫③先生画了一幅耶稣受难像——《戴十字架的基督》,构图有特点,颇为严肃,但其色彩并不是更神秘,也并非更具信仰的狂热,却不幸使人想到一切可能的耶稣受难像的色彩。看见这幅生硬而闪光的画,人们一下子就猜到让莫先生来自里昂。的确,这正适合这个商业城市、这个笃信宗教和谨小慎微的城市的绘画,在那里,直到宗教的一切东西都应该像登记簿的字迹一样清晰。

---

① 弗莱克斯曼(John Flaxman,1755—1826),英国雕塑家、素描家、新古典派代表人物之一。
② 加拉玛达夫人(Joséphine Calamatta,1817—1893?),法国画家。
③ 让莫(Louis Janmot,1814—1892),法国画家。

公众在思想上已经常地把居尔宗①先生和布里万②先生的名字联系在一起,只是因为他们的开端预示过更多的独创性。今年,布里万先生和以前大不一样,他送来的是《姑娘们梦想着什么》,而居尔宗先生则满足于模仿布里万。他们的画法令人想到麦茨画派③,那是个矫饰的、神秘主义的、德国气的流派。居尔宗先生经常画出色彩丰富的美丽的风景画,他是可以不那么渊博、不那么守旧地表达霍夫曼的。尽管他显然是个有才智的人,题材的选择足以证明这一点,可是人们感觉到他的画毫无霍夫曼的气息。德国艺术家的旧方式和霍夫曼的方式毫无相似之处,后者的作品具有一种更现代更浪漫的特点。为了防止这一重大缺点,艺术家选择了一篇最少幻想的故事,《马丁师傅和他的徒弟们》,但这没有用,霍夫曼本人都说:"这是我的作品中最平庸的一幅;它既不可怕也不怪诞,而这正是我最擅长的两种东西!"尽管如此,与居尔宗先生曾经画过的相比,《马丁师傅和他的徒弟们》的线条仍然更为飘逸,氛围中有更多的思想。

严格地说,维达尔④先生的位置根本不在这里,因为他并不是一位真正的素描家。但是这位置选得也并不错,因为他有着安格尔派的先生们所具有的某些怪癖和可笑之处,即狂热地崇拜琐细和俏丽,酷爱漂亮的纸和上等的画布。这根本不是一个强有力的精神所具有的那种条理,也不是一个通情达理的人所具有的那种足够的清洁,这是洁癖。

上面说到的维达尔先生,我想是三四年前开始画画的;那时候,他的素描倒不像今天这般学究气和矫揉造作。

---

① 居尔宗(Alfred de Curzon,1820—1895),法国画家。
② 布里万(Louis-Georges Brillouin,1817—1893),法国画家。
③ 一八三四年,一些画家在麦茨成立"艺术之友社",他们被人称作麦茨画派,该派特点是注重细节。
④ 维达尔(Vincent Vidal,1811—1887),法国画家。

今天早晨我读到泰奥菲尔·戈蒂耶先生的一篇专栏文章,他在文章中盛赞维达尔先生善于表现现代的美。我不知道泰奥菲尔·戈蒂耶先生今年何以拾起慈善家的衣钵,因为他颂扬一切人,没有什么可悲的蹩脚画家的作品没有经过他的品鉴。他已是这样的老好人,假如法兰西学院的时钟,庄严的催眠的时钟,为他敲响,那会是偶然的吗?文学的繁荣有这样不祥的后果,竟强迫公众提醒我们守规矩,把我们过去的浪漫派证书重新放在我们眼前吗?戈蒂耶先生天赋思想敏锐,开阔,富有诗意。人人皆知,他一贯对坦率流畅的作品表现出一种狂放不羁的赞美之情。画家先生们今年在他的酒里放了什么药?他为了完成任务选用了什么样的望远镜?

维达尔先生知道现代的美!算了吧!感谢自然,我们的女人没有那么多的思想,也不那么附庸风雅,但她们确是另一种方式的浪漫派。请看看自然吧,先生,人们是不能用思想和仔细削尖的铅笔作画的,我不知道为什么,有些人把你们放进画家的高贵家庭中。你们尽可把你们画的女人叫作法蒂尼萨,斯黛拉,瓦奈萨,玫瑰时节,一大堆脂粉气十足的名字,但这没有用,这一切并不能造就有诗意的女人。你们曾经想画《钟爱自己》,这是一个高尚的、美好的想法,一种十足女性的想法,但是你们不会表达这种对奉承的渴望和这种崇高的利己主义。你们只不过落得个幼稚晦涩而已。

总之,这些矫揉造作将被看作是些有哈喇味的香脂,只要一道阳光就能把全部臭味发散出来。我宁愿待之以时日,而不愿浪费我自己的时间来向你们解释这类可怜的画所具有的一切小家子气。

九　论肖像画

有两种方式理解肖像画:历史的和小说的。

一种是忠实地、严格地、纤毫毕露地表现模特儿的轮廓和凹凸,这并不排斥理想化,对于明智的自然主义者来说,这种方式就在于选取最有特征的姿态,最能表现精神的习惯的那种姿态。此外,这种方式还在于对每个重要的细节进行合理的夸张,表明本来就是突出、强调和主要的东西,在于忽略或在整体中融入一切无足轻重的东西以及由于偶然的光线或色彩逐渐减弱而形成的东西。

历史派的领袖是大卫和安格尔,最好的例子是大卫的肖像画,这在佳音商店的画展上可以看到,还有安格尔先生的肖像画,例如贝尔丹和凯鲁比尼的像。

第二种方法专属色彩家,是使肖像画或油画成为一首包括其附属部分在内的充满了空间和梦幻的诗。这种艺术更难,因为它雄心更大。必须知道如何使头部笼罩在一片热烈的氛围所产生的柔和的雾气之中,或使它从一片朦胧的深处突现出来。这里,想象力起着更大的作用,但是,由于小说经常比历史更真实,所以,要表现一个模特儿,色彩家的流畅、富于表现力的画笔也往往比素描家的铅笔更来得清晰。

浪漫派的领袖是伦勃朗,雷诺兹,劳伦斯。著名的例子是《戴草帽的女人》和《兰普顿少爷》。

一般地说,弗朗德兰、阿摩里-杜瓦尔和莱赫曼诸先生是具有这种优秀的素质的,他们的模特儿的凹凸是真实的、细腻的,局部也构思得好,画得流畅,而且是一气呵成,但他们的肖像画常因一种自负而笨拙的矫饰而受到损害。他们对于优雅的过分喜爱每时每刻都在捉弄他们。人们知道他们是怀着一种多么令人钦佩的天真追求着优雅的色调,这些色调在强烈的时候,就会像魔鬼和圣水,大理石和醋一样不能相容。但是,由于这些色调过分暗淡,所用之量又微乎其微,所以,产生的效果与其说是痛苦的,还不如说是令人吃惊的,这真是一大胜利!

素描中的优雅在于赞同某些装腔作势、略知一点文学的女人的偏见,她们讨厌小眼睛、大脚、大手、窄额头和因快乐和健康而容光焕发的脸颊,总之是所有可以很美的东西。

色彩上和素描上的这种学究气总是给这些先生的作品带来损害,尽管它们还是很值得推荐的。因此,在阿摩里-杜瓦尔先生的蓝色的肖像画以及许多其他安格尔派或安格尔化的肖像画面前,不知道是通过什么样的联想,我感到思想中掠过了雄犬贝尔冈查①的这些明智的话,这条狗逃避女才子是和那些先生们追求她们一样急切的:"'柯丽娜从未使你觉得不堪忍受?''一想到看见为真正的生活所鼓舞的她走近我,我就感到仿佛受到一种痛苦的感觉的压迫,在她的身边我不能保持我的平静和精神自由。'……'无论她的手臂或手多么美,我绝不能忍受她的抚摸,我总有某种厌恶之情,有某种总是使我失去食欲的内心的颤抖。我在这里完全是以狗的身份说话!'"

面对着弗朗德兰、莱赫曼和阿摩里-杜瓦尔诸先生过去或现在所画的几乎所有的女性肖像,我和聪明的贝尔冈查有相同的感觉,尽管他们知道如何使她们有一双美丽的手,也确实画得很好,尽管某些细节是优雅的。即便是托波索的杜尔西妮亚②本人,打这些先生们的画室一过,也要变得像一首哀歌一样苍白和一本正经,也要因美学的茶和黄油而消瘦下来。

但是,必须反复指出,伟大的老师安格尔先生并不是这样理解事情的!

在按照第二种方法理解的肖像画中,老杜布夫③、温特哈尔特④、

---

① 霍夫曼作品中的一条雄犬。
② 杜尔西妮亚,《堂吉诃德》中的人物。
③ 杜布夫(Claude-Marie Dubufe,1790—1864),法国肖像画家,其子也是画家。
④ 温特哈尔特(François-Xavier Winterhalter,1805—1873),德国画家,先后成为法国和英国宫廷肖像画家。

莱波尔①诸先生和弗雷德里克·奥康奈尔夫人②若是具有一种对自然的更真诚的兴趣和一种更庄重的色彩的话,本来是可以赢得正当的光荣的。

杜布夫先生还会有很长时间在高雅的肖像画方面独擅胜场,他的自然的、几乎是诗意的趣味帮助他掩盖了无数的缺点。

需要指出的是,关于杜布夫先生,大叫大嚷反对资产者的那些人正是对佩里尼翁③先生的木刻头像着迷的那些人。要是人们能够预见到佩里尼翁这样的画,人们会原谅德拉罗什多少东西啊!

温特哈尔特先生确实处在衰退之中。雷波尔先生总是老样子,他有时是个极好的画家,但总是缺乏趣味和理智。他画的眼睛和嘴是迷人的,手也很成功,然而衣饰使正派人望而却步!

奥康奈尔夫人知道如何自由而生动地作画,但她的色彩不坚实,这是英国绘画的一种不幸的缺点,过于透明,总是具有一种过分的流畅。

我刚才试图说明其精神特征的那种肖像画有一个极好的例子,这就是阿弗奈先生的一幅女人肖像,这幅画笼罩着一片灰色,充满神秘,在上届画展中使所有的内行人都产生了巨大的希望。但是,阿弗奈先生还不是一位风俗画家,他试图冶迪亚兹、德冈、特瓦庸④于一炉。

据说欧仁·戈蒂耶夫人⑤试图使她的画法变得更柔和些。她错了。

蒂西埃⑥先生和让·吉涅⑦先生保持了稳健有力的笔触和色

---

① 莱波尔(François-Gabriel Lépaulle,1804—1886),法国肖像画家。
② 弗雷德里克·奥康奈尔(Frederique O'Connel,1823—1885?),法国肖像画家。
③ 佩里尼翁(Alexis-Joseph Pérignon,1808—1882),法国画家。
④ 特瓦庸(Constant Troyon,1810—1865),法国画家。
⑤ 欧仁·戈蒂耶(Eugène Gautier,1813—1875),法国肖像画家。
⑥ 蒂西埃(Ange Tissier,1814—1876),法国画家。
⑦ 让·吉涅(Jean-Baptiste Guignet,1810—1857),法国画家。

彩。一般地说,他们的肖像画具有特别是以外观使人愉快的那种优点,外观能给人最初的和最重要的印象。

维克托·罗贝尔①先生是一系列关于欧洲的寓意画的作者,他肯定是一位好画家,手法坚实有力。但是,一位给名人画肖像的艺术家不应该满足于一种恰当和表面的颜色,因为他也是在给一种精神画像。格拉尼埃·德·卡萨涅克先生更丑得多,或者也可以说,更美得多。首先,鼻子更宽大,多变而易怒的嘴巴具有一种为画家所忽略的狡黠和灵敏。格拉尼埃·德·卡萨涅克看起来更矮小更强健,甚至也表现在额头上。画上的姿态与其说洋溢着真正的力量,还不如说是一种夸张,而前者正是他的特点。他对待生活及其一切问题所采取的好战和挑衅的姿态根本不表现在这个地方。只要见过他勃然大怒,笔和椅子剧烈地跳动,或者只要读到过关于他勃然大怒的描写,就足以明白画没有表现出他的全部。《地球报》的色调朦胧,是一幅幼稚之作,它应该处在明亮的光线之中。

我一直认为路易·布朗热②先生应该成为一个优秀的雕刻家,他是一个天真而缺乏创造性的匠师,加工别人的作品使他获益很多。他的浪漫的油画是拙劣的,而他的肖像画则是好的,明朗,坚实,画得轻松而简练。奇怪的是,它们常常看起来像是根据凡·戴克③的肖像画制作的优秀版画,具有强力腐蚀铜版画的那种密实的阴影和白色的光线。路易·布朗热先生再次想使自己升得更高一些,他便做作起来。我认为他是一个正派、平静、坚强的人,唯有诗人们夸大的颂扬才能使他迷失方向。

对雷·科尼埃④先生我说些什么呢?这位可爱的折中派,这

---

① 维克托·罗贝尔(Victor Robert,1813—1888),法国画家。
② 路易·布朗热(Louis Boulanger,1806—1867),法国画家。
③ 凡·戴克(Antoine Van Dyck,1599—1641),荷兰画家。
④ 雷·科尼埃(Léon Cogniet,1794—1880),法国画家。

位怀有那么多善意、精神那么不安的画家,为了很好地表现格拉奈①先生的肖像,竟想到使用格拉奈先生的油画所特有的色彩,而人人早就知道,那通常都是黑色。

德·弥尔贝尔夫人②是知道如何解决趣味和真实这一难题的唯一的艺术家。正是由于这种独特的真诚,也由于她的细密画的迷人的外观,她的细密画具有了绘画的全部重要性。

十　论漂亮和公式化

"漂亮",这个可怕的、古怪的、产生于现代的词,我甚至不知该怎么写③,但我不能不用,因为它已被艺术家们接受来表达一种现代的丑恶。它意味着:没有模特儿,没有自然。"漂亮"是滥用记忆,还不是脑的记忆,而是手的记忆,因为有些艺术家对于特征和形式有着非凡的记忆力,例如德拉克洛瓦或杜米埃④,而他们与"漂亮"并不相干。

"漂亮"可以比作那些书法家的工作,他们写得一手好字,有一支修得适于写斜体字或草体字的笔,他们能闭着眼睛,像签名时带出长缀一样,大胆地画出基督的头或皇帝的帽子。

"公式化"这个词的含义和"漂亮"这个词的含义有许多相似之处,但它特别用于表现头部和神态。

有"公式化"的愤怒,"公式化"的惊奇,例如,用手臂平伸、拇指张开来表示惊奇。

在生活中,在自然中,都有些"公式化"的事和人,也就是说,

---

① 格拉奈(François-Marius Granet,1775—1849),法国画家。
② 德·弥尔贝尔(Lizinka-Aimée-Zoé de Mirbel,1796—1849),法国微型画家。
③ "漂亮"一词原文作 le chic。作者原注:奥·德·巴尔扎克在某处曾写作 le chique。
④ 杜米埃(Honoré Daumier,1808—1879),法国画家。

它们概括了人们对这些事和人所持有的庸俗平凡的想法,因此,伟大的艺术家对它们也是深恶痛绝的。

一切守旧的、传统的东西都来源于"漂亮"和"公式化"。

当一位歌唱家把手放在心上时,这通常就意味着:我永远爱她!如果他握紧拳头瞪着提台词的人或天花板,那就是说:他得死,这个叛徒!这就是"公式化"。

十一 论奥拉斯·韦尔内先生

这就是在美的追求中指引这位高度民族化的艺术家的严格原则,他的作品既装饰着贫苦村民的茅屋,也装饰着快乐的大学生的阁楼、最悲惨的妓院和我们的国王们的宫殿。我知道此人是个法国人,也知道法国人在法国是一桩神圣不可亵渎的事情,据说在外国也是如此,然而,正是因为这个我才恨他。

从公认的最广的意义上说,法国人的意思就是通俗笑剧作者,而通俗笑剧作者就是一个米开朗琪罗使之眩晕、德拉克洛瓦使之充满野兽般的惊愕的人,正如雷声之于某些动物。一切不可测知的事物,无论是高峰还是深渊,都使他谨慎小心,逃之夭夭。崇高总是对他产生一种骚乱的作用,他甚至读莫里哀也是战战兢兢,因为人们使他相信这是一位快活的作者。

因此,法国的一切正派人,除了奥拉斯·韦尔内先生之外,都憎恨法国人。这个好动的民族需要的不是思想,而是行动,是故事,是歌曲,是《箴言报》[①]!总之,绝不要抽象。他做过大事,但他从不思想。这些大事是别人让他做的。

奥拉斯·韦尔内先生是一位作画的军人。我憎恨这种在战鼓咚咚之中即兴创作的艺术,这些在战马奔驰中涂抹而成的油画,这

[①] 即《政府公报》。

种用手枪制造的绘画,正如我憎恨军队、武装的力量和一切在和平的地方拖着嘈杂的武器的东西。这种广泛的名声不会比战争持续得更久,随着人民有了其他乐趣就会衰落,我说,这种名声,这种 vox populi,vox Dui,①对我来说是一种压迫。

我恨这个人,因为他的作品根本不是绘画,而是一种灵活的、频繁的手淫,是对法国皮肤的一种刺激。正如我同样恨着另一位伟大的人物②,他露骨的虚伪使他梦想着当领事,他对人民对他的爱报以拙劣的诗句,那不是诗,而是一些强挤出来的拙劣的韵文,语言芜杂,错误百出,但却充满着公民责任感和爱国主义。

我恨他,因为他运气好③,艺术对于他是一桩清晰的、容易的事情。可他向你们讲述你们的光荣,这是一件大事。唉!这跟热情的闲逛者,跟那些爱美甚于爱光荣的四海为家的人,又有什么关系?

一言以蔽之,奥拉斯·韦尔内先生是艺术家的绝对的反面。他用"熟练"取代了素描,用混乱取代了色彩,用片段取代了整体,他把麦索尼埃④之流捧上了天。

总之,为了完成他的官方使命,奥拉斯·韦尔内先生具有两种卓越的素质,一种最小,一种最大:毫无激情和历书般的记忆力⑤!

---

① 拉丁文:"人之声,神之声"。
② 指诗人贝朗瑞。
③ 这是马克·福尼埃先生的说法,可以用于几乎所有流行的小说家和历史家,他们差不多只是些专栏作家而已,如同奥拉斯·韦尔内先生一样。——原注
④ 麦索尼埃(Jean Louis Ernest Meissonier,1815—1891),法国画家,初期画风俗画,后专攻军事题材。
⑤ 我想,从哲学的观点看,真正的记忆力,只能是一种活跃的、容易被激起的想象力,因此,这种想象力也能够凭借每一种感觉唤起过去的场面,并神奇地赋予每个场面以相应的生命和特征;至少我听见过我的一位先师支持这种观点,他有着非凡的记忆力,尽管他记不住一个日期、一个专名。老师说得有理,肯定有别样的话语和表达深深地钻进灵魂,只能通过牢记在心的词汇才能抓住它们的隐藏的、神秘的意义(霍夫曼语)。——原注

谁比他更清楚地知道每一件军装上有几个纽扣，经过多次行军而变形的护腿和鞋子是什么样子，武器的铜制件在牛皮带的哪个位置上留下灰绿的色调？这赢得了多么广泛的观众！这是何等的快乐！需要与观众同样多的不同职业来制造服装、帽子、剑、枪和炮！而为了对于光荣的一致的爱，所有这些行会都聚集在一个奥拉斯·韦尔内面前！这是何等壮观的景象！

由于我有一天责备几个德国人喜欢斯克里布①和奥拉斯·韦尔内，他们就回答我说："我们是把奥拉斯·韦尔内当做他那个时代的最全面的代表而由衷地钦佩的。"——但愿如此！

据说有一天奥拉斯·韦尔内先生前去看望皮埃尔·德·科内利乌斯，并对他颂扬备至；但是回报却久候不至，因为在整个会见过程中，皮埃尔·德·科内利乌斯只称赞过他一次，而且还是说他喝了那么多香槟酒竟未感不适。是真是假，这故事颇像一首诗。

人们还得说德国人是一个天真的民族！

许多人，并不比我更喜欢奥拉斯·韦尔内先生，但他们主张在抨击的时候采用委婉的方式，因此会指责我笨拙。但是，毫不掩饰的直言和开门见山并非是不慎重，因为每个句子中的我都隐藏着我们，人数众多的我们，沉默的、看不见的我们，我们。这是整个新的一代，战争和民族蠢举的敌人；这是健康的一代，因为它年轻，它已经追上来了，左推右挤，打开了缺口；这是严肃的、嘲讽的、咄咄逼人的一代②！

另两位画小画片的、"漂亮"的大崇拜者是格拉奈先生和阿尔

---

① 斯克里布（Eugène Scribe, 1791—1861），法国剧作家。
② 因此，可以在奥拉斯·韦尔内先生的所有油画前唱道：
　　你们的光阴多短暂，
　　朋友们，快及时行乐。
这是法国式的快乐。——原注

弗莱·德德罗①先生，但他们的即兴能力分别用于不同的方面：格拉奈先生用于宗教，德德罗用于上流社会的生活。一个画和尚，一个画马；一个是黑色的，一个是明亮而闪光的。阿尔弗莱·德德罗先生还是会画的，他的画具有一种舞台装饰画的强烈而新鲜的外观。可以设想，他在他所专长的题材中是更加注意研究自然的，因为他对奔跑着的狗的研究更为真实和坚实。至于说他的《打猎》，却有可笑之处，狗演了主角，每一条都能吃掉四匹马。它们令人想起儒弗奈②的《卖教堂者》中有名的绵羊，它们吃掉了耶稣基督。

十二　论折中主义和怀疑

正如人们所见，我们是在绘画的医院中。我们谈的是伤和病，而这一种并非是最不奇特和最少传染的。

现代如同古代，今日如同往昔，强壮健康的人们各自依其趣味和性情，分占了艺术的不同领土，根据有吸引力的工作的必然律，自由自在地活动着。一些人在色彩的秋天的金色的葡萄园里轻松地、大把大把地收获着葡萄；另一些人则耐心地耕耘着，艰难地犁开素描的深沟。每个人都明白，他的王位是一种牺牲，而只有在这个条件下他才能够安全地统治到边界。他们每个人都在王冠上有一个标记，标记上刻的字有目共睹。他们谁都不怀疑自己的王权，而他们的光荣和宁静就存在于这种不可动摇的信念之中。

奥拉斯·韦尔内先生这位"漂亮"的丑恶代表有一个优点，即他不是个怀疑者。此人有一副快活的、爱闹着玩儿的脾气，他住在一个做作的国家里，其演员和后台都是同一种材料制成的；但他以主人的身份统治着他的炫耀和消遣的王国。

---

① 阿尔弗莱·德德罗（Alfred Dedreux，1810—1860），法国画家。
② 儒弗奈（Jean-Baptiste Jouvenet，1644—1717），法国画家。

在今日的精神世界中,怀疑是一切病态情感的主要原因,其祸患比以往任何时候都严重。这种怀疑借以产生的主要原因我将在倒数第二章中加以分析,其标题是:《论流派和匠师》。怀疑产生了折中主义,因为怀疑者有着获救的良好愿望。

怀疑主义在各个不同的时代总是自以为比旧理论伟大,因为它产生得最晚,可以有一个最为深广的视野;但是,这种不偏不倚证明了折中派的无能,如此慷慨地拿出时间来思考的人不是全面的人,他们缺乏激情。

折中派没有考虑过,人的注意力越是有所限制、越是自己限制其观察的范围,才越是集中。谁抱得太多,谁就抱得不紧。

尤其是在艺术中,折中主义的后果最为明显,最为具体,因为艺术要深刻,就要求一种不断的理想化,而这只能通过牺牲,无意的牺牲来获得。

一个折中派无论多么机灵,也是个软弱的人,因为他是个没有爱情的人。因此,他没有理想,没有偏见,既无星辰,也无罗盘。

他把四种不同的方法混在一起,产生的是一种丑恶的效果,即否定。

一个折中派是一条想在四面风中行驶的船。

一件从排他性的观点出发制作的作品,无论其缺点多么大,总是对与艺术家的性情相类似的性情具有一种巨大的魅力。

折中派的作品留不下回忆。

一个折中派不知道艺术家的第一件事就是用人取代自然,并向自然提出抗议。这种抗议并不像一种规则或一种修辞学那样冷冰冰地来自于某种规定,它是激烈的,天真的,像恶习,像激情,像食欲。因此,一个折中派不是一个人。

怀疑使得某些艺术家恳求其他艺术的援助,试验相互矛盾的方法,一种艺术侵犯另一种艺术,在绘画中引入诗、思想和感情,所有这些现代的灾难都是折中派独具的毛病。

十三　论阿里·舍佛先生和感情的模仿者

如果无方法可以称为一种方法的话,那么,阿里·舍佛先生就是这种方法的一个令人不快的例子。

阿里·舍佛先生在模仿了德拉克洛瓦,滑稽地学了色彩家、法国的素描家和奥韦尔贝克①的新基督教派之后,他终于意识到——当然是有些晚了——他不是一个天生的画家,他得求助于其他的手段,于是,他向诗请求帮助和保护。

这是个可笑的错误,其原因有二:其一,诗不是绘画的直接目的。诗介入绘画,画只能更好,但是,诗并不能因此而掩盖其弱点。带着框框在一幅画的构思中寻求有偏见的诗,这是找不到这种诗的最可靠的方法。诗应该在艺术家的不知不觉中产生。

它是绘画本身的结果,因为它沉睡在观者的灵魂中,天才即在于唤醒它。绘画仅仅因其色彩和形式而有趣,它像诗,只是因为诗能在读者心中唤起画意。

其二,这也是以上所述的结果,值得注意的是,那些始终处于天性的正确引导之下的伟大的艺术家们只从诗人那里取用色彩强烈、形象鲜明的题材。因此,他们喜欢莎士比亚胜于阿里奥斯托②。

为了选择一个明显的例子来说明阿里·舍佛先生的愚蠢,让我们来考察一下《圣奥古斯丁和圣莫尼克》这幅画的主题。一位正直的西班牙画家会怀着艺术和宗教的双重虔敬,天真地、尽可能地画出他对圣奥古斯丁和圣莫尼克的一般印象。但这里并非如此,特别应该表达的却是这一段文字——用画笔和色彩来表达:"我们私下里探讨着什么是这种永恒的生活,眼睛看不见、耳朵听

---

① 奥韦尔贝克(Friedrich Overbeck,1789—1869),德国画家。
② 阿里奥斯托(Ludovico Ariosto,1444—1533),意大利诗人。

不见、人心达不到的生活!"①这真是荒谬至极! 我仿佛看见了一位舞者跳着数学般的步子!

以前,公众对阿里·舍佛是很宽厚的,他们在那些诗意的画前重新产生了对伟大诗人们的最亲切的回忆,这对他们来说就够了。阿里·舍佛的短暂的流行是对歌德表示的一种敬意。但是,艺术家们,甚至那些才气平平的艺术家们,早就向公众展示出了真正的绘画,手法稳健、符合艺术的最简单的规则,所以,公众逐渐厌恶起这种看不见的绘画了,今天,它对待阿里·舍佛先生是冷酷的、忘恩负义的,正如一切公众一样。确实如此! 它做得对。

总之,这种绘画是如此可悲,如此可鄙,如此灰暗,如此讨厌,许多人竟把阿里·舍佛的画当成了亨利·舍弗尔的画,后者也是一个艺术上的吉伦特派②。而对我来说,他的画和被大雨冲过的德拉罗什的画具有同样的效果。

要了解一位艺术家的意义,考察他的观众是个简单的方法。欧仁·德拉克洛瓦的观众是画家和诗人,德冈先生的观众是画家,奥拉斯·韦尔内先生的观众是军人,而阿里·舍佛的观众则是美学女人③,她们为她们的白带进行报复,就演奏宗教音乐④。

一般地说,感情的模仿者们是些拙劣的艺术家。如若不然,他们就会去干别的事了。

他们之中最强的是那些只知道技巧的人。

由于感情是一种变化无穷、花样繁多的东西,像风尚一样,所以有不同种类的感情的模仿者。

---

① 这段话出自圣奥古斯丁的《忏悔录》,略有改动。
② 法国资产阶级大革命时期代表大工商业资产阶级的政治集团。这里指折中派。
③ 指那些对艺术有看法的女人,含贬义。
④ 我的善意的愤怒有时大概会得罪一些人,我劝他们读一读狄德罗的《沙龙》。除去适当的仁慈之外,他们会看到这位伟大的哲学家谈到一位因有家口要养活而被推荐给他的画家时说,要么不要画,要么不要家。——原注

感情的模仿者特别依靠说明书。应该注意的是,画的题目从不涉及主题,尤其是那些因巧妙地混合了恐怖而混合了感情和思想的人,更是如此。这样一来,将这方法扩展一下,人们得到的就是感情的画谜了。

例如,你们在说明书中看到:《可怜的纺织女》,可是,那幅画画的可能是一条雌性的蚕,或一条被小孩踩死的毛毛虫。真是一个没有怜悯心的时代。

《今天和昨天》,这是什么意思?也许是白旗和三色旗,也许是一位议员获胜和他被免职,但都不是,原来是一个年轻的处女被选作美女,玩着首饰和玫瑰花;而现在,她憔悴干瘪,满脸皱纹,一贫如洗地忍受着她的轻佻的后果。

《守不住秘密的人》①,请你们去想吧。原来画的是一位先生无意中发现两个姑娘害羞地拿着一本黄色画册。

这幅画属于路易十五时代的感情画之列,我认为,这种画是继《十小时的休假》②之后流入沙龙的。正如人们所见,这完全是另一种感情,这种感情少些神秘主义。

一般地说,感情画源于某个女才子的最拙劣的诗,这是忧郁含蓄型;或是对于穷人对富人的抱怨的一种形象的表达,这是抗议型;或是借用箴言,这是精神型;有时则取材于布依③先生或贝尔纳丹·德·圣皮埃尔④的作品,这是说教型。

这里还有几个感情画的例子:《乡间的爱情》,幸福,宁静,闲适;《城里的爱情》,嘈杂,混乱,翻倒的椅子和书本——这是一种适合普通人的理解力的玄想。

---

① 这是德国画家施莱辛格(Henri-Guillaume Schlésinger,1814—1893)的作品。
② 这是法国画家吉罗(Eugéne Giraud,1806—1881)的作品,曾经风行一时。
③ 布依(Jean-Nicolas Bouilly,1763—1842),法国作家,其作品多为说教。
④ 贝尔纳丹·德·圣皮埃尔(Bernardin de Saint-Pierre,1737—1814),法国作家。

《一个姑娘在四个房间中的生活》①,这是对那些想做母亲的姑娘们的忠告。

《一个疯处女的施舍》。她拿出了她辛苦地从那个在费利克斯②的店铺门口站岗的永恒的萨瓦人③手中挣来的一个苏。店里面富人们已在狼吞虎咽。这幅画显然来自《玛丽蓉·德洛尔莫》④这部文学作品,后者宣扬的是杀人犯和妓女的美德。

让法国人有思想吧!让他们费尽力气去自己欺骗自己吧!当这个可爱的民族要自己哄自己的时候,书、画、抒情歌曲,什么都不是无用的,任何手段也没有被忽略。

十四 论几个怀疑派

怀疑具有许多种形式,它是一位普洛透斯⑤,常常自己也不认识自己。因此,怀疑派变化无穷,而我不得不一股脑儿谈好几个人,他们的共同之处仅仅在于缺乏健全的个性。

其中有一些严肃的、充满着善良愿望的人,这些人,还是让我们可怜他们吧。

帕波蒂先生,有些人,尤其是他的朋友们,自打他从罗马回来之后,就把他当做一位色彩家,他画了一幅外观极其令人不快的画:《梭伦口授法律》。这幅作品令人想到皇家学派的可笑的尾

---

① 此画的标题实际上是《一个姑娘在五个房间中的生活》,即"约会""舞会""奢华""苦难""监狱"。作者夏尔·里夏尔。
② 巴黎的一个糕点商。
③ 萨瓦是法国东南部一地区,以贫穷著称。
④ 维克多·雨果的剧本,写的是法国十七世纪名妓玛丽蓉·德洛尔莫的恋爱悲剧。
⑤ 普洛透斯,希腊神话中变幻无常的海神,波塞冬和忒提斯的儿子。他能知未来,只有中午才从海中出来,到岩石的阴影下睡午觉。谁能见到他,他就可以向这个人预告未来。

巴,这也许是由于它挂得太高看不清细节的缘故。

连续两年,帕波蒂先生在同一届沙龙中展出了外貌截然不同的画。

风格平庸、构图混乱的作品损害了格莱兹①先生的开端。除了画女人,每当他要画别的东西时,他总要失败。格莱兹先生以为通过专门选择某些色调就可以成为色彩家。布置橱窗的人和剧团的服装员也喜欢丰富的色调,但这并不能形成对和谐的鉴赏力。

在《维纳斯的血》这幅画中,维纳斯是漂亮的、优雅的,动作也好,但是蹲在她面前的仙女却是可怕的公式化的人物。

关于色彩,可以对马图②先生进行同样的指责。此外,一个曾经以素描家出现而思想又主要致力于线条的和谐的艺术家,应该避免赋予人物一种颈部和手臂不大会有的动作。如果自然要这样,理想主义的艺术家为了忠于自己的原则,也不应该同意。

谢纳瓦尔③先生是一位十分博学而刻苦的艺术家,数年前,他与科麦拉④先生合作的《圣波吕卡普的殉难》引起过人们的注意。这幅画表明了一种真正的结构技巧和对于意大利的大师们的深刻的认识。今年,谢纳瓦尔先生仍然在主题的选择和素描的圆熟方面表现出鉴赏力,但是,当一个人要同米开朗琪罗较量的时候,不是至少应该在色彩方面胜过他吗?

让·吉涅先生的头脑中始终有两个人:萨尔瓦多⑤和德冈先生。萨尔瓦多—吉涅先生用乌贼墨颜料作画。吉涅—德冈先生是一个因两重性而缩小了的实体。《佣兵队长们在抢劫之后》是根据第一种方式画出来的,《泽尔士一世》则近乎第二种方式。总

---

① 格莱兹(Auguste-Barthelemy Glaize,1807—1893),法国画家。
② 马图(Louis Matou,1811—1888),法国画家。
③ 谢纳瓦尔(Paul-Marc-Joseph Chenavard,1807—1895),法国画家。
④ 科麦拉(Philippe Comairas,1803—1875),法国画家。
⑤ 疑指意大利画家罗扎(Salvatore Rosa,1615—1673)。

之,这幅画画得相当好,只是对于博学和珍奇的兴趣使观众感到惊奇好玩,从而使他们偏离了主要的思想,这也是《法老》一画的缺点。

布吕讷①先生和吉古②先生早已闻名。即便在他的好时候,吉古先生也差不多只是画些大画片儿。经过多次失败之后,他终于向我们拿出一幅画来,这幅画即使还不很有独创性,至少看起来还是相当美的。《圣母的婚姻》像是出自一位佛罗伦萨颓废时代为数众多的大师之手的作品,作者仿佛突然间为色彩所吸引。

布吕讷先生令人想到卡拉齐兄弟③和第二期④的那些折中派画家们:手法坚实,但缺少灵魂或者根本就没有灵魂,没有大错误,但也没有大优点。

如果说还有些怀疑者使人发生兴趣的话,就是那些怪诞的怀疑者了。公众每年都带着一种刻毒的喜悦看见他们。这种刻毒的喜悦为百无聊赖的闲逛者所专有,过分的丑陋给他们提供了一时的消遣。

巴尔⑤先生是个冷静的狂人,他似乎确确实实被自己加在自己身上的重负压倒了。他时不时地也回到自然的方式上去,即人人都有的方式上去。有人对我说《加隆的船》的作者是奥拉斯·韦尔内的学生。

比亚尔⑥先生是位全才,这似乎说明他丝毫也不怀疑,说明没

---

① 布吕讷(Adolphe Brune,1802—1882),法国画家。
② 吉古(Jean-François Gigoux,1806—1894),法国画家。
③ 洛多韦科·卡拉齐(Lodovico Carracci,1555—1619)及其从弟阿戈斯丁诺·卡拉齐(Agostino Carracci,1557—1602),阿尼巴·卡拉齐(Annibale Carracci,1560—1609),意大利波伦亚派画家,西欧绘画中学院派的创始人。他们主张用调和折中的方法学习文艺复兴兴盛期的遗产。
④ 指文艺复兴末期的画家。
⑤ 巴尔(Jean-Auguste Bard,1812—1862),法国画家。
⑥ 比亚尔(François Biard,1798—1882),法国画家。

有人比他更对自己所做的事有把握。但是请注意,在他多得可怕的作品中有历史画、旅行画、感情画、精神画,但有一种画被忽略了;比亚尔先生在宗教画面前退却了,他对自己的价值还没有足够的信心。

十五　论风景画

在风景画中和在肖像画中、历史画中一样,也可以根据不同的方法进行分类,因此,有色彩风景画家、素描风景画家和想象的风景画家,有不知不觉中进行理想化的自然主义者,也有公式化的一派,他们致力于一种特殊的、奇怪的种类,叫作历史风景画。

在浪漫主义革命时期,风景画家们以最著名的弗朗德勒派的画家们为榜样,专心致志地研究自然,正是这一点救了他们,给现代风景画派带来一种特殊的光彩。他们的才能特别表现在对于可见物的崇拜,崇拜它们的一切面貌和一切细节。

另一些人更有哲学头脑,更喜欢推理,他们尤其关心的是风格,也就是说,基本线条的和谐,自然结构的和谐。

幻想的风景画是人类沉思的表现,由于人类的利己主义取代了自然,这种风景画还很少得到发展。这是一种特殊的品种,伦勃朗、鲁本斯、华托和某些英国的纪念品提供了最好的例子。缩小来看,它与歌剧院的美丽装饰画相类似,这一特殊品种表达了人类对于神奇事物的自然需要。这是素描的想象力被引入了风景画中:神话般的花园,无边无际的远景,河流比自然界中的更清澈,流动也不根据地形学的原理,巨大的峭壁具有理想化的比例,浮动的雾仿佛梦境。在我国,热衷于幻想的风景画的人不多,也许因为它不是一种法国的产物,也许因为流派首先需要投入纯粹自然的源泉之中。

至于历史风景画,我要作为追思祭礼说几句话,它既不是自由的幻想,也不是自然主义者的可钦佩的恭顺,而是应用于自然的道德。

怎样的矛盾,怎样的丑恶啊!自然除了事实没有别的道德,因为自然本身就是道德;尽管如此,还是要依据更健康更纯粹的规则重建并整理道德,这种规则并不存在于理想所具有的纯粹的热情之中,而是存在于信徒的秘而不宣的章程之中。

因此,悲剧就在于剪出某些永恒的图样,如爱、恨、骨肉之情、野心等,并系于线上,根据某种神秘而神圣的程式使之走动、敬礼、坐下和说话。这种悲剧已被人们遗忘,只有在天下最冷落的剧院法兰西喜剧院中还可看到几个标本。哪怕是用楔子和木槌,你们也休想把无限的多样性这种概念楔入一位悲剧诗人的脑子;哪怕是打他或杀他,你们也休想让他相信应该有不同的道德。你们可曾见过悲剧人物吃喝?显而易见,这些人用道德代替了自然的需要,他们创造自己的性情,而不是像大部分人那样顺应自己的性情。我听见过法兰西喜剧院的一位悲剧诗人说,巴尔扎克的小说使他心里难受,产生反感,他难以设想一对情侣除了花香和晨露还能以别的东西为生。我觉得,政府进行干预的时候到了,因为虽然文人们自然而然地逃避悲剧,他们各有自己的梦想和工作,也没有什么礼拜日,但总还有相当数量的人,有人使他们相信法兰西喜剧院是艺术的圣殿,他们的可钦佩的善良愿望七天中有一天被人扒窃了。允许某些公民变得愚蠢、沾染上错误思想难道是合理的吗?然而,悲剧和历史风景画似乎比神还要强大。

你们现在知道一幅好的悲剧风景画是什么了。那是把树的图样、泉的图样、坟的图样和骨灰盒的图样配置在一起。狗是依据某种历史上的狗的图样进行加工的,一个历史的牧童不能有别的狗,否则就是不体面。任何一棵不道德的树竟敢独自并且随意地生长,都要被砍倒;任何有癞蛤蟆或蝌蚪的池塘都要被无情地填死。历史风景画家们犯过一些不可避免的小错之后感到悔恨,就按照一片真正的风景、一片纯净的天空和一种自由而丰富的自然的样子想象出地狱,例如一片草原或一座原始森林。

保尔·弗朗德兰、德高夫①、谢旺迪埃②和泰多③诸先生赢得了同整个民族的趣味进行斗争这样的光荣。

我不知道历史风景画从何而来。肯定,它不是来自普桑,因为环绕着这些先生们的,是一种堕落而放荡的精神。

阿里尼④、珂罗⑤、卡巴⑥诸先生很关心风格,但是,在阿里尼先生那里是一种激烈的、哲学的偏见,在珂罗先生那里却是一种天真的习惯和自然的气质。不幸的是,他今年只拿出了一幅风景画:一群奶牛到枫丹白露树林中的一个水塘中饮水。珂罗先生与其说是一位色彩家,不如说是一位和声学家,他的作品始终与学究气无缘,具有一种因色彩的简洁而产生的迷人的外貌。他的作品几乎全部表现出一种协调的特殊禀赋,这是记忆力的一种需要。

阿里尼用腐蚀铜版画展现了科林斯和雅典的很美的风光,完满地表现了人们想象中的这两个地方。总之,这些石头的和谐的诗篇非常适合于阿里尼先生的严肃而理想主义的才能,他为了表达而采用的方法也是如此。

卡巴先生完全放弃了他曾在其中取得巨大声誉的那条道路。他过去远比现在出色和天真,自然主义的风景画家所特有的那种自吹自擂跟他没有关系。他不像过去那样相信自然了,这的确是错误的。这个人的才能太大,他的作品不能都具有一种特殊的性质;但是,这种新时代的詹森主义⑦,这种方法的减少,这种自愿的放弃,并不能增加他的光荣。

一般地说,安格尔派的影响不能在风景画中产生令人满意的结果。线条和风格代替不了明暗、反射和可以染色的氛围,在自然

---

① 德高夫(Alexandre Desgoffe,1805—1882),法国画家。
② 谢旺迪埃(Paul Chevandier de Valdrome,1817—1877),法国画家。
③ 泰多(Alphonse Teytaud),法国画家。
④ 阿里尼(Claude-Félix-Théodore Caruelle d'Aligny,1798—1871),法国画家。
⑤ 珂罗(Jean-Baptiste-Camille Corot,1796—1875),法国画家。
⑥ 卡巴(Louis Cabat,1812—1893),法国画家。
⑦ 十七世纪天主教中詹森派教会的神学主张,崇尚虔诚和严格持守教规。

的诗中,这些东西起的作用太大了,使得自然的诗不能听从这种方法的摆布。

相反的派别,即自然主义者和色彩家们,更得人心,发出了更多的光彩。丰富流畅的色彩,灿烂透明的天空,使他们接受自然所给予的一切的那种特殊的真诚,这是他们主要的优点;只是他们中有些人,例如特瓦庸先生,过于喜欢卖弄用笔的技巧了。这些手法事先就已为人所知,学起来颇费力气,成功的方式千篇一律,有时候比景物本身还要使观者感兴趣。在这种情况下,有时竟会有这样的事,一个料想不到的学生,例如沙尔·勒鲁先生①,把安全和大胆推得更远,因为只有一种东西是不能模仿的,那就是淳朴。

瓜尼阿尔②先生画了一大幅风景画,看起来相当美,颇为吸引公众的目光。前景是许多奶牛,背景是一座森林的边缘。奶牛很美,画得很好,画的全局看起来很好;但是,我认为那些树不够壮,支撑不了那样的天空。这使人设想到,如果取消了奶牛,这风景画就会变得很难看。

弗朗赛③先生是最出色的风景画家之一。他善于研究自然,并在其中融入一种品质优良的浪漫派的芳香。他的《圣克鲁的自修室》是一件迷人之作,充满了情趣,除了麦索尼埃先生补画的小矮人,那是一个趣味错误。这些小矮人过于引人注目,开心的是那些傻瓜。总之,这位艺术家在所有这些小玩意儿中表现出一种特殊的完美,他就是以此来画出这些小矮人的。④

---

① 勒鲁(Charles Le Roux,1814—1895),珂罗的学生。
② 瓜尼阿尔(Louis Coignard,1810—1883),法国画家。
③ 弗朗赛(François-Louis Français,1814—1897),法国画家。
④ 我终于发现了一个人,他能够以最合理的方式表达他对麦索尼埃们的钦佩,其热情与我的热情一般无二。这个人就是伊波利特·巴布先生。我像他一样认为,应该把他们都吊在健身房的门楣上。"《热纳维埃夫或父亲的嫉妒》是一个可爱的小麦索尼埃,斯克里布先生把它挂在了健身房的门楣上。"(《法兰西通讯》,4月6日)这在我看来是如此高尚,以至于我料想到,这段引文只能使斯克里布先生、麦索尼埃先生和巴布先生受到更大的尊重。——原注

弗莱尔①先生不幸只送来了色粉画,公众和他都在这上面吃了亏。

埃鲁②先生是那种特别关心光和氛围的人,他很善于表现晴朗的、笑意盈盈的天空,有阳光穿过的浮动着的雾。他感受到了北方国家所特有的全部诗意。但他的色彩有些软弱,捉摸不定,透出一种水彩画的习惯,如果说他知道如何避免其他风景画家所有的那种大胆,他却并不是总能够拥有笔触足够的坚定。

一般地说,若瓦扬③、沙卡东、洛吉埃④、博尔热⑤诸先生是在遥远的国度里寻找题材,他们的画具有一种读游记时所感到的魅力。

我不反对专长,但我不愿有人像若瓦扬先生那样滥用专长,他从不走出圣马克广场,从不越过利多⑥。如果说若瓦扬先生的专长比另一个人的专长更吸引观众的目光,那是因为他表现出单调的完美,而这种完美总是得之于同样的方法。我觉得若瓦扬先生永远不会有所进步。

博尔热先生越过了中国的边界,他向我们展示了墨西哥、秘鲁、印第安的景色。他并不是一位第一流的画家,但他的色彩辉煌而流畅,他的色调新鲜而纯净。若是少一些艺术,少想一些风景画家,而更多地以旅行者的身份作画,博尔热先生也许会取得更有意思的结果。

沙卡东先生专门致力于东方,早已是最熟练的画家之一,他的画是愉快的,充满了笑意。不幸,人们几乎总把他说成是缩小了的

---

① 弗莱尔(Camille Flers,1802—1868),法国画家。
② 埃鲁(Antoine-Désiré Héroult,1802—1853),法国画家。
③ 若瓦扬(Jules-Romain Joyant,1803—1854),法国画家。
④ 洛吉埃(Louis Lottier,1815—1892),法国画家。
⑤ 博尔热(Auguste Borget,1809—1877),法国画家。
⑥ 利多,威尼斯与亚得里亚海之间的一段狭长地带。

或失去光彩的德冈和马里拉①。

洛吉埃先生没有寻找炎热地方的灰色和雾霭,而是喜欢突出强烈和耀眼的灼热。那些阳光灿烂的全景具有一种神奇而严峻的真实性,它们似乎是由彩色的达格雷照相机拍摄而成的。

我认为,有一个人比所有上述的人,甚至比那些最有名的未参加展出的人都更好地满足了风景画中美的条件,他还很少为群众所知,以往的失败和暗中的烦扰把他拒之于沙龙门外。我觉得现在已是卢梭②先生(人们已经猜到我要谈的就是他)再度出现在公众面前的时候了,其他的风景画家已经渐渐习惯于一些新的面貌了。

用文字来使人理解卢梭先生的天才,是和用文字来使人理解德拉克洛瓦的天才一样困难的,而且,他与后者之间也存在着某种联系。卢梭先生是个北方的风景画家,他的画洋溢着一种巨大的忧郁。他喜欢近乎蓝色的景物,暮色,奇异的、水淋淋的落日,巨大的、微风荡漾的阴影,明暗的强烈变化。他的色彩是壮丽的,但并不鲜艳。他的天空是无与伦比的,显出一种棉絮般的柔软。读者请回想一下鲁本斯和伦勃朗的某些风景画,在其中融入对英国画的某些回忆,在控制和调整这一切的同时再设想一种对于自然的深沉而严肃的爱,这样你们也许可以对他的画的魔力有一个概念。他像德拉克洛瓦一样,在很大的程度上把灵魂融入画中,他是一个不断趋向理想的自然主义者。

居丹③先生日益败坏着他的声誉。公众在看到好的绘画的同时,就渐渐摆脱那些最孚众望的艺术家,如果他们不能提供出同等数量的快乐的话。在我看来,居丹先生属于那种人之列,他们用人

---

① 马里拉(Prosper Marilhat,1811—1847),法国画家。
② 指泰奥多尔·卢梭(Théodore Rousseau,1812—1867),法国画家。
③ 居丹(Théodore Gudin,1802—1880),法国画家。

造的肉堵他们的伤口;他属于那种拙劣的歌唱家之列,人们说他们是大演员;他也属于那种诗意的画家之列。

儒勒·诺埃尔①先生画过很美的海景画,色彩美丽、明朗、灿烂、欢快。一艘斜桅帆船,颜色和形状都很奇特,停泊在一个大港中,那里流动漂浮着东方的阳光。也许设色过,而整体性则有所不及。但是,儒勒·诺埃尔先生显然是才华横溢的人物,他不能不有过分的地方,但他无疑是那种天天有所进步的人。总之,这幅油画所取得的成功证明,在各个画种里,今日的公众随时准备热烈欢迎一切新的名字。

齐奥尔波埃②先生属于那种旧时的喜画豪华场面的画家之列,他们善于装饰典雅的餐厅,使观者想象里面坐满了饥饿而自豪的猎人。齐奥尔波埃先生的画愉快,有强烈的感染力,其色彩流畅而和谐。《捕狼陷阱》这幅画的戏不那么容易理解,这也许是因为陷阱不完全在明处;边吠边退的狗的屁股画得不够有力。

有人说圣若望③先生画出了里昂城的快乐和光荣,其实他在一个画家很多的国家里永远只能获得中等的成功。那种过分的琐细具有一种不堪忍受的学究气。每次有人对你们谈论里昂画派的画家的天真,你们都不要相信。长久以来,圣若望先生的画的基本色彩就是像尿一样发黄的。似乎他从未见过真正的水果,他也不加理会,因为他像机器一样画得很好。大自然中的水果不仅是另外一副样子,而且还不如他画的水果那么光滑精细。

阿隆代尔④先生就不是这样了,他的主要优点是一种真实的淳朴。他的画也有某些明显的缺点,但他的成功的部分是画得

---

① 诺埃尔(Jules Noël,1815—1881),法国画家。
② 齐奥尔波埃(Carl-Fredrik Kiorboé,1799—1876),瑞典画家。
③ 圣若望(Simon Saint-Jean,1803—1860),法国画家。
④ 古玩商,曾卖给波德莱尔不少假画,使其负债累累。

很好的,有些其他部分画得过暗,似乎作者在作画时没有考虑到沙龙的一切不可避免的意外,周围的画、观者的距离以及由此引起的色调的变化。再说,只画得好是不够的。所有那些有名的弗朗德勒派画家都知道如何配置猎物,翻来覆去地摆布,就像是摆布一个模特儿一样;必须发现适当的线条和丰富而明朗的色调之间的协调。

菲力普·卢梭①先生正在获得重大的进步,大家都经常注意到他的充满颜色和光彩的画。他的确是一个优秀的画家,但他现在更加注意地观察自然,竭力表现出它的面貌。最近,我在杜朗—吕埃尔看见了卢梭先生画的鸭子,它们具有一种奇妙的美,确实有鸭子的习性和动作。

十六　为什么雕塑使人厌倦?

雕塑的起源湮没在蒙昧时代之中,因此这是一种加勒比人的艺术。②

事实上,我们看到所有的民族都曾在接触绘画很久之前就刻制过偶像,而绘画是一种具有深刻推理性的艺术,其乐趣本身就需要一种特殊的启蒙。

雕塑更接近自然,所以,我们的农民看到长得很巧妙的一段木头或一块石头就感到愉快,而在最美的绘画面前却要发愣。绘画中有一种特别的神秘,用手指头是摸不着的。

雕塑有好几种弊病,都是其手段的必然结果。它像自然一样粗暴和实在,同时又模模糊糊和不可捉摸,因为它同时显示出过多

---

① 菲力普·卢梭(Philippe Rousseau,1816—1887),法国画家。
② 狄德罗在《一七六七年的沙龙》中说,人们在"马拉巴海岸和加勒比的树丛中"发现的那样的雕塑要比皮加尔和法尔科奈的杰作更能引起群众的崇敬。——原注

的面。雕塑家竭力使自己站在一个角度上,但是徒然,观者围着雕塑转圈,可以选择一百种不同的角度,而没有一种是正确的。使艺术家感到屈辱的是,一道偶然的光线,一种灯光的效果,常常显露出一种他未曾想过的美。一幅画仅仅是他所希望的那个样子,而除了在受光合适的情况下是无法观看一幅画的。绘画只有一个角度,是排他的、专制的,因此,画家的表现力强烈得多。

这就是为什么雕塑搞得好坏是一样的难。我听雕塑家普雷欧①说过:"我深知米开朗琪罗、让·古戎②、热尔曼·皮隆③,但是我对雕塑却一窍不通。"显然,他想说的是雕刻匠的雕刻,换句话说,是加勒比人的雕刻。

雕刻走出野蛮时代之后,在它最辉煌的发展时期也不过是一种补充的艺术而已。这时已不再是巧妙地雕制可以携带的人像了,而是谦卑地附属于绘画和建筑并为它们的意图效劳了。大教堂直刺天空,用与建筑物融为一体的雕刻来填满它的万丈深渊,请注意,是着色的雕刻,其纯粹的色彩按照一种特殊的系列加以配置,与其余的一切相协调,补足伟大作品的诗的效果。凡尔赛宫荫护着它的那一群雕像,阴影当做背景,一束束活水向它们喷射出光线的万千宝石。在任何伟大的时代里,雕刻都是一种补充,从始至终,这种艺术都是孤立的。

一旦雕刻可以就近观看,就没有什么琐细和幼稚的东西是雕刻家所不敢为的了,他们胜利地超过了烟斗④和偶像。当雕刻成为一种客厅的艺术或卧室的艺术时,人们就看见出现了带花边的加勒比人,如盖拉尔先生⑤;还出现了有皱纹、毛发、疣子的加勒比

---

① 普雷欧(Auguste Préault,1810—1879),法国雕刻家。
② 让·古戎(Jean Goujon,1510—1566?),法国雕刻家、建筑家。
③ 热尔曼·皮隆(Germain Pilon,1537—1590),法国雕刻家。
④ 指北美印第安人用的长烟斗。
⑤ 盖拉尔(Paul-Joseph Gayrard,1777—1858),法国雕刻家。

人,如大卫①先生。

　　还有使用壁炉柴架、挂钟、文具盒的加勒比人,如康伯沃思②先生,他的《玛丽》是一个样样都能做的女人,在卢浮宫和絮斯的铺子里展出,当做雕像或当做枝形大烛台;如弗歇尔③先生,他具有一种讨厌的广博:巨大的人像,火柴盒,金银器图案,胸像和浅浮雕,他无所不能。今年他根据一位著名演员做的胸像并不比去年更像,那总是一些差不多的东西。那个好像耶稣基督,这个又干枯猥琐,根本表现不出模特儿独特的、瘦削的、嘲讽而犹豫不决的外貌。总之,不应该以为这些人缺乏技巧,他们像通俗笑剧的作者们和法兰西学院的院士们一样博学,他们利用一切时代和一切画种,他们发展了一切流派。他们很乐意把圣德尼的墓化为雪茄盒或开士米盒,把所有的佛罗伦萨铜像变成值两个苏的小玩意儿。为了得到关于这个爱闹的、炫目的流派更多的情况,应该向克拉格曼④先生请教,我认为他是那个巨大的工作室的主人。

　　普拉迪埃⑤先生现在是雕刻之王,这证明了雕刻的可悲境况。他总算知道如何雕刻肉体了,用刀也还有些特殊的细腻之处,但是,他没有伟大作品所必需的想象力,也没有素描的想象力,他的才能是冷冰冰的、学院式的。他毕生在为某些古人的躯体加肥,并在她们的脖子上配上妓女的发式。《轻快的诗》越是做作,越显得冷漠;形象并不像在普拉迪埃先生过去的作品中那么肥胖,但是从背后看来,外观仍然非常难看。他还做了两座铜像:《阿那克里翁》和《智慧》,这是对古代雕像的厚颜无耻的模仿,它们有力地证

---

① 指大卫·德·安杰尔(David d'Angers,1788—1856),法国雕刻家。
② 康伯沃思(Charles Cumberworth,1811—1852),法国雕刻家。
③ 弗歇尔(Jean-Jacques Feuchère,1807—1852),法国雕刻家。
④ 克拉格曼(Jules Klagmann,1810—1867),法国雕刻家。
⑤ 普拉迪埃(Jean-Jacques Pradier,1792—1852),法国雕刻家。

明了,普拉迪埃先生若是没有这副高贵的拐杖的话,步步都要跟跄的。

  与大型的但并非不精细的雕刻相比,胸像是个对想象力和才能要求不那么高的品种。这是一种更亲切、更狭窄的艺术,其成功更不为人所知。正如在按照自然主义者的方式所作的肖像画中一样,必须深入地了解模特儿的基本特点并表现出他的诗意,因为很少有模特儿是完全没有诗意的。几乎所有出自当唐①先生之手的胸像都是根据最好的学说做出的。它们都有一种特殊的印记,细节并不排斥一种雄浑而流畅的手法。

  相反,朗格莱②先生的主要缺点是工作中的某种胆怯、幼稚和过分的真诚,这使他的作品显得枯燥,但是,使一个人像具有更真实更可靠的性格却是不可能的。这一尊小胸像,紧凑、严肃、双眉紧锁,具有罗马优秀作品的卓越特点,是在自然本身之中发现的理想化。此外,我在朗格莱先生所做的胸像中还注意到一种古代人像所特有的标志,那就是深沉的专注力。

十七 论流派和工匠

  你们常常被闲逛者的好奇心卷进一场骚乱,当你们看见一个治安警察或保安警察(这是真正的军队)殴打一个共和派,你们是否跟我同样感到快乐?你们是否也像我一样心里暗暗地说:"打吧,重一点儿,再打,我心爱的保安警察;因为这至高无上的殴打,我崇拜你,我认为你很像朱庇特,那伟大的审判者。你打的那个人是玫瑰花和芳香的敌人,是用具的狂热崇拜者,他是华托的敌人,拉斐尔的敌人,是豪华、美术和文学的顽强敌人,是个破坏艺术品

---

① 当唐(Jean-Pierre Dantan,1800—1869),法国雕刻家。
② 朗格莱(Amand Lenglet,1791—1855),法国雕刻家。

的死硬派,是维纳斯和阿波罗的刽子手!这卑微的、无名的工匠不愿再为公众的玫瑰花和芳香工作了,他想自由,这无知的家伙,他没有能力建立一个生产新的鲜花和香料的工厂。怀着宗教的虔诚朝这个无政府主义者的肩胛骨打吧!"[①]

因此,哲学家和批评家应该无情地斥责艺术的模仿者,那些行为放任的工匠,他们憎恨天才的力量和统治权。

请比较一下现在和过去吧;当你们走出客厅或一座新装饰过的教堂的时候,请到一座陈列古物的博物馆里休息一下眼睛,分析一下其间的差别吧。

前者,是喧闹、风格和色彩的混乱,色调的不调和的拼凑,极其粗俗,动作和姿态的平庸,崇敬俗套,各式各样的公式化,而这一切都是显而易见清清楚楚的,不仅表现在放在一处的许多画中,而且表现在单独的一幅画中,一句话,完全缺乏统一性,其结果是使人的精神和眼睛感到可怕的疲倦。

而后者,那种能使儿童脱帽的崇敬抓住了你们的灵魂,就像坟墓的尘埃使你们的喉咙发紧一样;这种崇敬绝不是由于黄色的清漆和岁月的积垢的作用,而是由于统一性、深刻的统一性的作用,因为威尼斯画派的伟大作品放在儒勒·罗曼的作品旁边,并不像我们的某些作品(并不是最坏的)放在一起那么不调和。

这种服饰的豪华,动作的高雅,这种常常是做作的但却是威严而高傲的高雅,这种对小手法和矛盾的方式的摈除,这些素质都包含在一个词中,这个词就是:伟大的传统。

过去有的是流派,而现在有的却是些行为放任的工匠。

路易十五时代还有一些流派,帝国时代也还有一个。一个流派,就是一种信念,也就是怀疑之不可能。一些学生被一些共同的

[①] 我常听见人们抱怨现代戏剧,说是缺乏独创性,因为没有典型了。可共和派呢!你们作何感想?这不是一出想使人快活的喜剧所必需的东西吗?这不是一个装出贵族气派的人物吗?——原注

原则联系在一起,服从一个强有力的首领的规则,并在他的一切工作中帮助他。

怀疑,或者说缺乏信念和天真,是这个时代特有的毛病,因为谁都不服从;而天真是性情对方式的统治,这是几乎所有的人都不具备的一种神圣的特权。

很少有人有权统治,因为很少有人有巨大的激情。

而今日人人都想统治,却没有人能够自治。

在人人都放任自己的今天,一个老师有许多不认识的学生,他对他们并不负有责任,因此他的暗中的、不由自主的统治大大越出他的画室,直到那些他的思想不能被理解的地方。

那些离权威的圣言更近的人还保持着学说的纯洁性,他们出于服从和传统做着老师出于自身构造的必然性而做的事情。

但是,在这个亲密的小圈子之外,有一大群平庸之辈,他们是不同品种和杂种的模仿者,是混血的、摇摆不定的一群;他们每天都从一个国家到另一个国家,从别人那里带走适合于他们的一些习俗,试图通过一系列矛盾的借用来形成一种特点。

有些人从伦勃朗的一幅画中偷来一部分,加到一幅意思并不相同的画上,竟不加改动、消化,也不寻求将其粘上去的粘接剂。

有些人一日之内由白变黑:昨天还是"漂亮"派的色彩家,即无爱又无独创性的色彩家,明天就成了安格尔先生的渎圣的模仿者,其实并未发现什么趣味和信念。

今日厕身模仿者(哪怕是最灵巧的模仿者)之流者,只不过是,也永远只能是一个平庸的画家罢了,而在过去,他还可能成为一个优秀的工匠。因此,不论对他自己还是对大家来说,他都完了。

因此,热情不高的人应该处于一种强有力的信念的严格控制之下,这对他们的解放甚至对他们的幸福更好些,因为强者总是罕见的,在今天,必须成为德拉克洛瓦或安格尔,才能在一种令人疲倦、毫无结果的自由这种大混乱中幸存并浮现出来。

模仿者是艺术中的共和派,而绘画的现状是一种无政府的自由的结果,这种自由颂扬个人,而不管他是多么软弱,损害的却是个人的联合,即流派。

在流派中,流派不过是组织起来的创造力,真正无愧于这称号的个人会消融弱者,这是天经地义的事,因为大量的创作不过是一种有一千只手臂的思想而已。

对个人的这种颂扬必然造成对艺术这块领土的无限分割。每个人的绝对而分歧的自由、努力的分散和人类意志的分裂导致了这种软弱、这种怀疑和这种创造性的匮乏;几个卓越而痛苦的离经叛道者并不能补偿这种充斥着平庸的混乱。个性这个小小的特性吃掉了集体的独创性,正如在一部浪漫派小说①的著名一章中证明过的那样:书籍毁灭了宏伟的建筑物;人们可以说,现在是画家毁灭了绘画。

十八　论现代生活的英雄

许多人会把绘画的堕落归罪于风气的堕落②。这种偏见出自画室,流传于公众之中,这是艺术家的一种无力的辩白;因为他们喜欢永远代表过去,这样事情更容易些,也可以偷懒。

的确,伟大的传统业已消失,而新的传统尚未形成。

这伟大的传统是什么?无非是古代生活的使人感到习以为常的理想化。那是一种坚强而好战的生活,人人都处于自卫状态,因而产生了严峻的行动的习惯,养成了庄严或暴烈的举止。此外再

---

① 指雨果的《巴黎圣母院》,其第五部第二章名为"这个要消灭那个"。
② 不应该混淆这两种堕落,后一种关系到公众及其感情,而前一种只与艺术家有关。——原注

加上反映在个人生活中的公共生活的排场。古代生活代表着许多东西,它首先是为了悦目而存在的,这种日常的异教作风对艺术大为有利。

在寻找哪些东西可以成为现代生活的史诗方面以及举例证明我们的时代在崇高主题的丰富方面并不逊于古代之前,人们可以肯定,既然各个时代、各个民族都有各自的美,我们也不可避免地有我们的美。这是正常的。

如同任何可能的现象一样,任何美都包含某种永恒的东西和某种过渡的东西,即绝对的东西和特殊的东西。绝对的、永恒的美不存在,或者说它是各种美的普遍的、外表上经过抽象的精华。每一种美的特殊成分来自激情,而由于我们有我们特殊的激情,所以我们有我们的美。

除了俄忒山上的赫丘利①、乌提卡的加图②、克娄巴特拉,他们的自杀不是现代的自杀③,你们在古代的画上见过什么样的自杀?在一切以生理欲念为目的的异教的生活方式中,你们见不到让-雅克那样的自杀④,甚至也见不到拉法埃尔·德·瓦朗坦那样的自杀⑤。

至于说服装,这是现代英雄的一张皮,尽管拙劣的画家们一身

---

① 罗马神话中的人物,即希腊神话中的赫拉克勒斯。他完成过十二件英雄业绩,后来因误穿染有毒血的长袍,在俄忒山上自焚。
② 加图(Caton d'Utique,公元前93—公元前46),古罗马政治家,斯多葛派哲学信徒,支持元老院共和派,反对恺撒。后去乌提卡(在北非),得悉恺撒再胜于塔普斯,自杀。
③ 前者自杀,是因为袍子燃烧起来,不堪忍受;后者自杀,是因为他对争取自由再也无能为力了;而那位淫荡的王后自杀,是因为她失去了王位和情人;他们当中没有一个人是为了脱胎换骨以求灵魂转生而自毁的。——原注
④ 卢梭之死曾被误传为自杀。
⑤ 巴尔扎克小说《驴皮记》中的主人公瓦朗坦得到一张驴皮,每当他实现了一个愿望,驴皮就小一圈,直到驴皮缩尽,他的生命也告完结。

玛玛慕齐①的打扮,用长管烟斗抽烟的时代已经过去,画室里和上流社会中仍然到处有人想用一件希腊大衣或一件颜色各半的衣服来诗化安托尼②。

然而,这种多少次被当做牺牲的衣服难道不具有一种土生土长的美和魅力吗?难道这不是我们这个痛苦的、在黑而瘦的肩上扛着永恒的丧事的时代所必需的一种服装吗?请注意,黑衣和燕尾服不仅具有政治美,这是普遍平等的表现,而且还具有诗美,这是公众的灵魂的表现;这是一长列殓尸人,政治殓尸人,爱情殓尸人,资产阶级殓尸人。我们都在举行某种葬礼。

一套阴沉的制服表现出平等,至于分明而强烈的色彩使之赫然在目的那些离经叛道者,他们今天满足于素描中和轮廓中的色调甚于色彩中的色调。那些怪模怪样的像蛇一样缠绕在苦行的肉体上的皱褶不是有其神秘的风致吗?

欧仁·拉米③先生和加瓦尔尼先生虽不是大天才,却很明白这一点:后者是正式的浪荡派诗人,而前者是逢场作戏的浪荡派诗人!重读儒勒·巴尔贝·德·奥尔维利先生的《论浪荡》,读者将会清楚地看到,浪荡是一种现代的东西,其产生的原因是前所未见的。

色彩家们请不要过于愤慨,因为任务越是艰巨,就越是光荣。伟大的色彩家善于使色彩化为白领带和灰色的背景,与黑衣相配。

为了回到主要的、基本的问题上来,即我们是否拥有一种特殊的、新的激情所固有的美,我注意到大部分接触现代题材的艺术家都满足于公共的、官方的题材,满足于我们的胜利和我们的政治英雄气概,尽管我们一边满足一边表示厌恶,因为政府向他们订货,

---

① 莫里哀在《贵人迷》一剧中杜撰的土耳其爵位。
② 大仲马的现代题材的戏剧《安托尼》中的主人公。
③ 欧仁·拉米(Eugène Lami,1800—1890),法国画家。

付给他们钱。但是,还有些个人的题材,具有另一种英雄气概。

上流社会的生活,成千上万飘忽不定的人——罪犯和妓女——在一座大城市的地下往来穿梭,蔚为壮观,《司法公报》和《箴言报》向我们证明,我们只要睁开眼睛,就能看到我们的英雄气概。

一位部长,被反对派放肆的好奇纠缠不休,他以他特有的傲慢而威严的雄辩一劳永逸地表现出他对所有无知而爱找麻烦的反对派的轻蔑和厌恶。你们晚上可以在意大利人街听到这样的话:"今天你去议会了吗?你见到部长了吗?他妈的!他真美!我从未见过这样骄傲的人!"

所以,是有一种现代的美和英雄气概的!

你们还可以听到:"是 K 或 F 受命为此制一枚勋章,可是他不会做;他不懂得这些事情!"

所以,有些艺术家多多少少是适于理解现代的美的。

还有:"崇高的 B……拜伦的海盗也没有他那么高尚,没有他那么倨傲。你相信吗?他推了一把蒙泰斯神甫,向断头台冲过去,一边还喊道:'把我的勇气全部留给我吧!'"

这句话影射的是一个罪犯临死时的豪言壮语,他是一个伟大的抗议者,非常健康,很有条理,他的非凡的勇气使他没有向那座至高无上的机器①低头。

你们脱口而出的这些话说明你们相信有一种新的特殊的美,它既不是阿喀琉斯②的美,也不是阿伽门农③的美。

巴黎的生活在富有诗意和令人惊奇的题材方面是很丰富的。

---

① 指断头台。
② 阿喀琉斯,希腊神话中的英雄,他在特洛伊战争中击毙特洛伊主将赫克托尔,使希腊联军转败为胜。
③ 阿伽门农,希腊神话中阿耳戈斯王和迈锡尼王,他发动了特洛伊战争,并被选为希腊联军统帅。

奇妙的事物像空气一样包围着我们,滋润着我们,但是我们看不见。

裸体,这种艺术家们如此珍爱的东西,这种成功所必需的成分,在古代生活中是同样常见和必要的:床上,浴中,剧场里。绘画的手段和主题也同样是丰富多彩的,但是,有一种新的成分,这就是现代的美。

啊,伏脱冷,拉斯蒂涅,皮罗托①,《伊利亚特》中的英雄们只到你们的脚脖子;而您,丰塔那莱斯②,您不敢向公众倾诉您那些隐藏在我们大家都穿着的阴郁、紧紧箍在身上的燕尾服下面的痛苦;而您哪,奥诺雷·德·巴尔扎克啊,您是您从胸中掏出来的人物中最具英雄气概、最奇特、最浪漫、最有诗意的人物!

---

① 以上三人都是巴尔扎克《人间喜剧》中的人物。
② 轮船的发明者,因其发明被窃而破产。

论笑的本质并泛论造型艺术中的滑稽[*]

一

我不想写一篇漫画论,我只想把我对这种特殊的体裁常有的一些想法告诉读者,这些想法如骨鲠在喉,不吐不快。我尽力说得有些条理,以便更易于消化。因此,本文纯粹是一篇哲学家和艺术家的文章。一部叙述漫画与政治或宗教事件的关系的通史肯定是一部辉煌的、重要的著作,这些政治或宗教事件有重大的,也有细小的,但都关系到民族精神或时尚而使整个人类受到震动。这件工作还有待完成,因为迄今为止发表出来的论文差不多只是些材料;然而我认为这项工作应该分而为之。很清楚,一部关于漫画的这种意义上的著作是一连串的事实,是一条巨大的逸事的画廊。比之艺术的其他分支,漫画中更是存在着两种从不同的甚至几乎相对立的方面看都是珍贵的、值得称道的作品。一种作品其价值在于它所表现的事实。这些作品无疑会受到历史学家、考古学家甚至哲学家的注意,它们应该在国家档案、人类思想的履历中占有一席地位。它们像报刊的活页一样,一阵阵风吹走了旧的,又吹来了新的。而另一种作品则具有一种神秘的、持久的、永恒的成分,我想专门谈谈这后一种,并想引起艺术家们的注意。在这种旨在向人表现人自身的精神和肉体之丑的作品中引入美的此种难以把

---

[*] 本文最初发表于一八五五年七月八日。

握的成分,这真是一种值得注意的奇事!而且还有一件更神秘的事情,就是这种可悲的现象还在人身上引起一种持久的、不可抑制的欢笑!这就是本文的真正主题。

我忽然产生了顾虑。应该用合乎规矩的证明来回答某些庄重至极的教授肯定会狡猾地提出的先决问题吗?他们是些道貌岸然的江湖骗子,是从学院冰冷的地下坟墓中出来的卖弄学问的死尸,活像某些吝啬的幽灵,回到活人的土地上,向一些慈善机构讨几文小钱。"首先,"他们会问,"漫画是一种体裁吗?""不,"他们的同事会答道,"漫画不是一种体裁。"我在学院院士的晚宴上听见过这样的胡说八道。这些老实人让罗贝尔·马凯①的滑稽擦身而过却看不出其中有关道德和文学的重大征兆。他们如果生活在拉伯雷②的时代,会把他当做一个低级粗俗的小丑。在哲学家的眼中,与人有关的东西中没有什么是毫无意义的,这难道还需要证明吗?肯定,迄今为止尚未经任何一种哲学深入分析过的东西正是这种深刻而神秘的成分。

因此,我们就来谈谈笑的本质和漫画的构成元素;然后,我们也许要考察一下这种体裁产生过的几件杰作。

二

智者发抖的时候才笑。这奇特而惊人的格言出自哪一张德高望重的嘴?出自哪一支完全正统的笔?它来自犹大③的哲学家国王吗?应该把它归于约瑟夫·德·迈斯特,这圣灵④鼓舞着的士

---

① 罗贝尔·马凯是当时的一个滑稽讽刺的人物形象,曾经出现在舞台上和漫画中。
② 拉伯雷(François Rabelais,1494—1553),法国作家,著有《巨人传》。
③ 地名,古代巴勒斯坦南半部的名称。
④ 圣灵,基督教三位一体之一。

兵吗？我隐约记得在他的一本书中读到过，大概也是引文。这思想与风格的严峻与博叙埃①的崇高的圣洁相合，然而，思想表达的简练和过细的精妙更使我将其归在布尔达鲁②这个无情的基督教心理学家的名下。自从我想写这篇文章以来，这条奇特的格言常萦回脑际，我愿一吐为快。

我们且来分析这奇怪的命题。

智者即受到上帝的精神激励的人，知道如何执行上帝的意旨的人，他只在发抖的时候才笑，才纵情大笑。智者发抖，是因为他笑了；他害怕笑，正如他害怕尘世的景象，害怕欲念。他在笑前停步，正如他在诱惑前停步。因此，依智者看，在其智者的特性和笑的首要特性之间存在着某种隐秘的矛盾。事实上，一些不止于庄严的回忆从我脑际闪过，我顺便指出：化为肉身的圣子③就是杰出的智者，他从未笑过。这完全证实了这条格言的正式的基督教性质。在全知全能的他④的眼中，不存在滑稽。然而，化为肉身的圣子却有过愤怒，他甚至哭过。

因此，请记住这一点：首先，这里有一位作者，自然是基督徒，他像有些人一样认为智者在笑之前要仔细地观看，就好像他感到有某种无以名之的不适和不安似的；其次，从绝对的知识和力量的角度看，滑稽消失了。这样，将这两个命题颠倒过来，就会得出如下结果：一般地说，笑是疯子的特性，其中多少总是意味着无知和贫弱。我绝不想贸然驶入神学的海洋，我显然没有罗盘和足够的帆；我只想用手向读者指出这种奇特的远景。

根据正统思想的观点，人类的笑肯定是和昔日的堕落及肉体和精神的退化紧密相连。表达笑和痛苦的是那些与遵守戒律及知

---

① 博叙埃（Jacques-Bénigne Bossuet, 1627—1704），法国作家、神学家。
② 布尔达鲁（Louis Bourdaloue, 1632—1704），法国著名讲道者。
③ 圣子，基督教三位一体中的第二位。
④ 指上帝。

善恶有关的器官,即眼睛和嘴。在人间天堂里(神学家说过去有过,是一种回忆;社会主义者说将来会有,是一种预言),在人间,在天堂,就是说在人觉得一切创造出来的东西都尽善尽美的环境里,愉快并不在笑之中。他没有任何痛苦,因此他的脸是天真的、平静的,现今激动着各个民族的笑丝毫也改变不了他面部的线条。在极乐的天堂里是看不到笑和眼泪的。笑和眼泪是痛苦的产物,它们之产生是因为神经紧张的人缺乏足够的体力来控制它们。根据这位基督教哲学家的观点,人的嘴唇上绽出的笑标志着一种灾难,和他的眼泪流露出的灾难同样深重。上帝想使自己的形象千变万化,他并未在人的口中置入狮子的牙齿,但人却用笑来啃咬;他眼中并没有蛇的魅力,然而他用眼泪来诱惑。请注意,人也用眼泪来消除人的痛苦,有时也用笑来软化人的心,吸引人的心;因为堕落引起的现象将成为赎罪的方式。

请允许我提出一个诗的假设,我将用它来验证这些说法的正确性,许多人大概会觉得这些想法被神秘主义的先验推理打上了污点。既然滑稽是一种可恶的、源于魔鬼的成分,那就试将一个绝对原始的、可以说是出于自然之手的灵魂放在它的面前吧。请以维吉妮①的伟大典型的形象为例,这一形象完美地象征着绝对的纯洁和天真。维吉妮来到巴黎,身上还裹着海上的雾,披着赤道的金色的阳光,眼睛里充满着海浪、高山和森林的崇高的原始形象。她跌进了喧闹的、放荡的、有毒的文明之中,而她还浑身浸透着印度的纯粹而丰富的香气。使她与人类联系在一起的是家庭和爱情,是母亲和情人。她的保尔,跟她一样也像个天使,在一种不自觉的爱情未得到满足的强烈欲望中,保尔的性别可以说与她的性别并没有什么区别。她是在邦布勒姆斯教堂里认识上帝的,那是一座很简陋的小教堂,她也是在难以描述的广阔的热带蓝天中和

---

① 维吉妮,贝尔纳丹·德·圣皮埃尔的小说《保尔和维吉妮》的女主人公。

在森林及溪流的永恒的音乐声中认识上帝的。当然,维吉妮很聪明,但她只需要很少的形象,很少的回忆,正如智者只需要很少的书一样。于是有一天,在王宫广场,在一个玻璃匠的窗前,在一张桌子上,在一个公共场所,维吉妮偶然地、无意地看见了一幅漫画!一幅我们认为很有味的漫画,充满了痛苦和怨恨,一种敏锐的、无聊的文明是很会制造这种痛苦和怨恨的。让我们假定那是些拳击手的玩笑,不列颠式的丑恶,满是凝血,加上一些可恶的 goddam①;或者,如果您的好奇的想象力愿意的话,那就让我们假定出现在我们纯洁的维吉妮眼前的是某种可爱的、撩人的猥亵,是当时的加瓦尔尼,并且是当时最好的东西,是某种针对王家游乐园的侮辱性的讽刺,某种以造型艺术的形式出现的抨击,其对象是羚羊公园,某宠姬的污秽的行止,或是著名的奥地利女人②的贪夜出逃。漫画是双重的:有画,有思想;画的线条粗暴有力,思想尖锐而隐蔽;一个思想天真的人会觉得有许多难以理解的成分纠结在一起,因为他习惯于凭直觉理解像他一样简单的事物。维吉妮看见了,现在她在仔细端详。为什么?她在端详未识之物。尽管如此,她仍然不大明白那有什么含义,也不大明白那有什么用。不过,您看见了翅膀的这种突然收拢,一个隐蔽的、想要退缩的灵魂的这种颤抖吗?天使感觉到那里有愤慨。我要说,不管她懂与不懂,实际上这种印象留给她的是某种不适,某种类似恐惧的东西。肯定,如果维吉妮留在巴黎,有了知识,她也会笑的,我们会看到那是为什么。不过现在,作为分析家和批评家的我们肯定不敢宣称我们的智力高于维吉妮的智力,且让我们确认无瑕的天使在漫画前感到的恐惧和痛苦吧。

---

① 英文:"可厌的,该死的"。本是形容词,这里用作名词。
② 指法王路易十六的妻子玛丽-安东奈特,奥地利人。《保尔和维吉妮》出版于一七八七年。

三

关于这种丑恶现象的原始理由，笑的生理学家们是一致的，这足以证明滑稽是人的魔鬼性的最明显的标志之一，是包含在象征苹果中的许多籽仁之一。但是，他们的发现还不很深刻，且行之不远。他们说笑来自优越。生理学家在这一发现面前想到了自己的优越而发笑，对此我并不感到惊奇。所以应该说：笑来自对自己的优越的意识。如果有的话，那是一种魔鬼的意识！那是骄傲和谬误！众所周知，医院里所有的疯子都意识到他们的过度发展的优越。我几乎没有见过谦卑的疯子。请注意，笑是疯狂的最频繁最大量的表现之一。请看这一切是多么一致：当维吉妮堕落了，在纯洁性上降下一级的时候，她就会开始意识到自己的优越，她在世人眼中就会更有知识，于是她就要笑。

我说过笑中有软弱的征兆，事实上，神性质的抽搐，看到别人的不幸就产生一种可与打喷嚏相比的不由自主的痉挛，软弱的标志还有比这更明显的吗？这种不幸几乎总是一种精神的贫弱。软弱取笑软弱，还有比这更可悲的现象吗？然而还有更坏的。这种不幸有时是一种很低等的不幸，是肉体方面的一种缺陷。举一个生活中最庸俗的例子吧。一个人在冰上或马路上跌倒，在人行道的尽头打了个趔趄，还有比这更可乐的吗？于是他的兄弟般的同类的脸便杂乱无章地扭作一团，那脸部肌肉便像正午的时钟或弹簧玩具一样突然动作起来。这可怜的家伙至少脸走了样，也许还摔断了胳膊腿。可是，笑声已起，不可抗拒，突如其来。可以肯定的是，如果有人愿意深入地探索一下这种状况，他会在发笑者的思想深处发现某种无意识的骄傲。这就是出发点：我，我没有跌倒；我，我走得正；我，我的脚坚定稳当。看不见人行道断了，或看不见铺路石挡住了去路，干出这种傻事的可不是我。

浪漫派,或者更确切地说,浪漫派的一个分支,恶魔派,是很懂得笑的这条首要的原理的。如果不是人人都懂的话,至少人人都感觉到了,并且运用得很正确,即使在他们最粗野的怪诞和夸张中也是如此。一切感情夸张的异教徒,受诅咒的人,该下地狱的人,都不可避免地带着嘴巴咧到耳根的笑容,他们都符合笑的纯粹的正统;而且他们几乎都是可敬的马图林创造出来的伟大的恶魔、著名的旅行者梅莫特①的合法或不合法的孙子。对可怜的人类来说,还有什么比那个苍白而厌倦的梅莫特更伟大更有力的人物?但是,他身上有软弱的、卑鄙的、反神的、反光明的一面,因此,他笑啊,笑啊,不断地自比做人类的毛毛虫,但他是那么强,那么聪明,对他来说,人类在肉体上和精神上的一部分限制不存在了!而这笑是他的愤怒和痛苦的不断的爆发。请听明白,他是他的矛盾的两重本性的必要的结果,对人来说,这结果是无限的伟大,对绝对的真实与正义来说,这结果又是无限的卑鄙和下流。梅莫特是一个活生生的矛盾。他来自生命的基本条件,他的器官承受不了他的思想,因此他的笑令人胆寒肠断。这是一种从不睡觉的笑,正如一种疾病,总是在发展,执行着上天的命令。因此,作为骄傲的最高表现的梅莫特的笑永远在完成着它的职责,一边撕裂和烧灼着不可饶恕的笑者的嘴唇。

四

现在让我们概括一下,使主要的命题更加明确,使之成为某种关于笑的理论。笑是邪恶的,因而是深具人性的。在人来说,笑是意识到他自己的优越的产物;同时,由于笑本质上是人性的,所以

---

① 梅莫特是麦图林小说的主人公,他以灵魂为代价向魔鬼换得了生命的延长。

它本质上是矛盾的,也就是说,它既是无限的高贵的标志,也是无限的灾难的标志,无限的灾难是针对人所设想的绝对上帝而言,而无限的高贵则是针对动物而言。笑从这两种无限的不断的撞击中爆发出来。滑稽,即笑的力量在笑者,而绝不在笑的对象。跌倒的人绝不笑他自己的跌倒,除非他是一位哲学家,由于习惯而获得了迅速分身的力量,能够以无关的旁观者的身份看待他的自我的怪事。但这种情况是很少的。最滑稽的动物是最严肃的,例如猴子和鹦鹉。此外,假使剥夺了人的创造,那就不再有滑稽了,因为动物并不自认比植物优越,植物也不自认比矿物优越。针对动物的优越感,我从这种说法下面看到了智力中的许多贱民,对智者来说,笑是劣势的标志,智者因其思想具有观照的单纯而接近于儿童。我们可以把人类与人相比,我们看到,原始的民族像维吉妮一样,是想不到漫画的,他们也没有喜剧(不管哪个民族的圣书都是从来不笑的),但当他们渐渐走向智力的云雾迷蒙的悬崖或俯身向着玄学的幽微难明的火炉时,他们就开始像梅莫特一样邪恶地笑了;而如果在这些极端文明化的民族中,有一种智力受到一种高尚的雄心的推动,想超越世俗的骄傲的限制而勇敢地奔向纯诗,并投入这种像自然一样清澈深刻的诗中,那么,笑就没有了,如同在智者的灵魂中一样。

由于滑稽是优越的标志,或者是自以为优越的标志,那么自然就可以相信:各民族在达到某些神秘的预言家许诺的绝对净化之前,将会看到他们身上滑稽的动机随其优越增加而增加。但是同时滑稽也改变了性质。因此,天使的成分与魔鬼的成分平行地起作用。人类在上升,它为恶及对恶的认识获得了一种力量,同时它也为善获得了一种相应的力量。所以,我们作为一种比古代宗教法则更优秀的法则的子孙,作为耶稣心爱的门徒,是比异教的古代拥有更多的滑稽成分的。这不足为奇。这一点也是我们全部精神力量的一个条件。那些坚决的反驳者可以征引那个讲述一位哲学家看见一头驴吃无花果大笑而死的传统小故事①,甚至也可以举出阿里斯托芬②和普拉图斯③的喜剧。我的回答是,除了这些时代本质上是文明时代以及信仰已然消失之外,那种滑稽与我们的滑稽并不完全一样。其中甚至有某种野蛮的东西,我们差不多要做出思想倒退的努力才能化为己有,其结果就是模仿。至于古代留给我们的那些怪诞的形象,例如面具,青铜小塑像,各种筋肉暴突的赫丘利,向空中卷舌头、两耳尖尖的小普里阿普斯④,均呈小脑状和阳具状,那些洛摩罗斯⑤的白皙的女儿们无邪地骑在上面的神奇的阳具,那些挂着铃铛长着翅膀的繁衍后代的丑恶的器具,我认为所有这些东西都是十分严肃的。维纳斯,潘,赫丘利,他们都不是可笑的人物。耶稣来了之后人们才笑,再加上柏拉图和塞内加⑥。我认为古代人对鼓手长和各种耍把戏的人是充满敬意的,我上面提到的各种怪诞的偶像不过是些崇拜的标记,或最多是力量的象征,它们根本不是有意滑稽的思想的产物。印度和中国的偶像并不知道它们自己是可笑的,滑稽存在于我们基督徒身上。

五

我们还不能认为一切困难都已克服。最不习惯于这种美学精妙之处的那些人很快会向我提出这种狡诈的反驳,即笑是多种多样的,人们并不总是从不幸、软弱和劣势中取乐。许多引我们发笑的场面都是无邪的,不单是儿童的娱乐,就是许多作为艺术家的消

---

① 这是若干古代作家讲过的一个故事,也曾出现在拉伯雷的《巨人传》之中。
② 阿里斯托芬(Aristophane,公元前450?—前386),古希腊喜剧作家。
③ 普拉图斯(Platus,公元前254?—前184),拉丁喜剧诗人。
④ 普里阿普斯,希腊罗马神话中男性生殖力和阳具之神。
⑤ 洛摩罗斯,罗马神话中玛斯和瑞亚·西尔维亚所生的儿子,是罗马的创建者和第一个国王。
⑥ 塞内加(Sénèque,公元前4—公元65),古罗马政治家、哲学家。

遣的东西也都与撒旦的精神了无干系。

表面上看,这也有些道理。但是,首先应该区分愉快和笑。愉快是自存自在的,但有不同的表现,有时几乎是看不见的,有时则以哭来表现。笑只不过是一种表现,一种征兆,一种判断。什么征兆?问题就在这里。愉快是单一的;笑是双重的或矛盾的感情的表现,因此而有抽搐。所以,用儿童的笑来反驳我是徒劳的。儿童的笑,即使作为肉体的表现,作为形式,也是和目睹一幕喜剧或观看一幅漫画的成人的笑判然有别的,或是和梅莫特的可怕的笑判然有别的;梅莫特是一个不得其位的人,处于人类疆土的最后边缘和高尚生活的边界之间,他总是自以为快要摆脱魔鬼契约了,不断地希望用这种造成他的不幸的超人能力来换取他所羡慕的无知者所拥有的纯粹意识。儿童的笑仿佛鲜花的开放,那是获取的愉快,呼吸的愉快,开放的愉快,观照、生活、成长的愉快,那是一种植物的愉快,因此,一般地说,那应该称微笑为宜,是某种与狗的摇尾或猫的呼噜相类似的东西。不过,请注意,如果说儿童的笑还有别于动物的满意的表示,那是因为这笑并非完全与愿望无关,所以它仍然与某些小人相合,也就是说,与成长中的撒旦相合。

有一种情况,问题更为复杂。那也是人的笑,然而是真正的笑,强烈的笑,其对象并不是同类的软弱或不幸的迹象。大家很容易就能猜到我想说的是由怪诞①引起的笑。那些令人惊奇的创造,那些其理由与正当性不能由常识的规范来证明的东西,常常在我们身上引起一种疯狂的、过分的大笑,这种笑表现为无休止的痛苦和昏厥。很明显,应当加以区别,而且又多了一个层次。从艺术的观点看,滑稽是一种模仿,而怪诞则是一种创造。滑稽是一种混有某种创造能力的模仿,即混有一种艺术的理想性。那么,总是占上风并且是滑稽中的笑的自然原因的人类骄傲就变成了怪诞中的

---

① "怪诞"一词在原文中是 Le grotesque,"滑稽"一词在原文中是 Le comique。

笑的自然原因,而怪诞是一种混有某种模仿自然中先存成分的能力的创造。我的意思是,在这种情况下,笑是优越感的表现,但不是人对人,而是人对自然。不应该认为这种想法过于细腻,这不是排斥这种想法的充足的理由。问题在于找出另一种可以接受的解释。如果这种解释看起来离得很远,有些难以接受,那是因为怪诞产生的笑本身含有某种深刻的、公理的、原始的东西,远比由于风俗的滑稽引起的笑更接近无邪的生活和绝对的愉快。撇开实用问题不谈,这两种笑之间存在的差别和功利派文学与为艺术而艺术派之间存在的差别是一样的。这样,怪诞也就成比例地高居于滑稽之上。

此后,我将把怪诞称为绝对滑稽,作为普通滑稽的反题;而普通滑稽,我将称之为有含义的滑稽。有含义的滑稽是一种更清晰的语言,易于被普通人理解,尤其是更易于分析,它的成分明显地具有两重性:艺术和道德意识。但是,绝对滑稽却更接近自然,表现出一种单一性,通过直觉来把握。怪诞只有一种验证方式,就是笑,而且是突然的笑,面对着有含义的滑稽,是可以事后发笑的,这并不能得出与它的价值相对立的结论,问题在于分析要快。

我说过"绝对滑稽",但应注意,从最后的绝对这个角度看,只有愉快;滑稽只是在针对堕落的人类时才能够是绝对的,我就是这样来理解的。

六

绝对滑稽所具有的高雅本质造成了优秀艺术家的特性,这些艺术家拥有接受任何绝对观念的足够的能力。因此,迄今对这些观念感觉最敏锐并将其一部分运用在他的纯美学和创造性的著作中的人,是泰奥多尔·霍夫曼。他总是明确区分普通的滑稽和他称之为天真的滑稽的那种滑稽。他常常试图把他辩证提出的或以有灵感的谈话和批评性的对话的方式抛出的那些艰深的理论化为艺术品。当我要应用上面提出的原则并给每一类别提供一个样品的时候,我就是从这些作品中得到最显著的例子的。

同时,绝对滑稽和有含义的滑稽还分为属、亚属和族。这种划分可以在不同的基础上进行。可以首先根据一种纯哲学的法则来划分,就像我已开始进行的那样,然后再根据一种创造艺术的法则来划分。第一种划分是由绝对滑稽和有含义的滑稽之间的简单分离造成的,第二种划分则建立在每个艺术家的特殊才能的类型之上。最后,人们也可以根据各国家的气候和不同的纬度来对滑稽加以分类。应该看到,每一种类别的每一种术语可以因增加另一种类别的一种术语而变得完整或具有细微的差别,正如语法规则告诉我们可以通过形容词使名词发生变化。因此,某一位德国或英国的艺术家或多或少地更适应于绝对滑稽,而同时他又或多或少地是一个理想化的艺术家。我试着就绝对滑稽和有含义的滑稽举几个精选的例子,并扼要地指出几个主要是艺术型的民族所独具的喜剧精神的特征,然后再更为详细地讨论和分析那些把绝对滑稽和有含义的滑稽作为研究和生活的人的才能。

把有含义的滑稽夸大并推到极限,人们就得到了冷酷的滑稽;同样,天真的滑稽的同义表现再进一步就成了绝对滑稽。

在法国这个讲求思想和论证明晰的国家里,艺术自然地、直接地以实用为目的,因此,滑稽一般地说是有含义的。在这方面,莫里哀是法国精神的最好的表现。但是由于我们性格的本质是远离一切极端的东西,一切法国式的激情、一切科学和一切法国艺术的特殊判断之一是逃避过度、绝对和深刻,因此在法国很少有冷酷的滑稽;同样,我们的怪诞也很少上升至绝对。

拉伯雷是法国在怪诞方面的大师,他在最为诡奇的幻想中还保留了某种实用的、合乎理性的东西。他的滑稽几乎总是具有寓言的明晰。我们还在法国漫画中,在滑稽的造型表现中发现了这种主导的精神。应该承认,真正的怪诞所不可缺少的那种诗意的奇妙的愉快情绪很少在我们身上是等量的和持续的。远远地,人们看得见它的脉络重新露头,但是它本质上不具备全民性。其中,应该提出莫里哀的某些幕间插剧,可惜人们读得太少、演得太少了,例如《心病者》和《醉心贵族的小市民》的幕间插剧,还有卡洛①的滑稽可笑的人像。至于伏尔泰的故事所包含的滑稽,本质上是法国的,但它总是从优越感中获得存在的理由,完全是有含义的。

耽于幻想的德意志给了我们绝对滑稽的最好标本。在那里,一切都是严肃的、深刻的,富有表现力的。要发现冷酷的、很冷酷的滑稽,必须渡过海峡,去造访忧郁的雾王国②。快乐的、吵闹的、健忘的意大利富于天真的滑稽。泰奥多尔·霍夫曼让《布朗比娅公主》的古怪故事发生在意大利,在狂欢节高潮和彩车行列中间,这是很明智的。西班牙人在滑稽方面很有才能,他们很快就达到残酷的程度,而他们最怪诞的幻想常常包含着某种阴郁的东西。

我将长久地记得我第一次看见的英国哑剧演出,那是在游艺场,时间是几年前。大概已经很少有人记得了,因为似乎很少有人喜欢这种娱乐方式,那些可怜的英国哑剧演员在我们这里受到了冷遇。法国观众不大喜欢离开习惯的轨道。他们没有四海为家的兴趣,视野的变动会使他们的目光模糊。为了解释这种失败,有人说,而且还是那些宽容的人说,他们是些粗俗平庸的演员,是些替身演员。然而问题并不在这里。他们是英国人,这才是关键。

我觉得这种类型的滑稽的明显标记是过火。我就记忆所及举出几个例子作为证据。

---

① 卡洛(Jacques Callot,1592—1635),法国雕刻家。
② 指英国。

首先,皮埃罗,这个为奇特的弹簧所驱动的不自然的人,不是令人惋惜的德布罗①使我们习以为常的那个人物,像月亮一样苍白,像寂静一样神秘,像蛇一样灵活沉默,像绞架一样又直又高。英国的皮埃罗来时如风暴,倒下如包袱,笑起来大厅为之震动,那笑像是一阵快乐的雷声。那是一个矮胖子,他用以修饰仪表的是一件系满了带子的衣服,那些带子对于他那欢蹦乱跳的身体来说,就等于鸟身上的羽毛和绒毛,就等于安哥拉兔身上的毛。在他涂在脸上的白粉上面,他直截了当地、没有层次和不经过渡地贴上了两个纯红的大圆点。嘴唇周围涂成胭脂红色,使嘴变大,笑起来时,嘴巴好像一直咧到耳朵。

至于精神,其实质与人们所知道的皮埃罗是一样的:无忧无虑,不偏不倚,因此,馋和贪的古怪事儿占了个全,时而阿勒坎倒霉,时而卡桑德拉或雷昂德②遭殃。只是德布罗蘸蘸手指尖然后再舔的那个地方,他伸进去的是两个拳头或两只脚。

在这种奇特的戏中,一切都是这样表现的,而且很强烈,这是令人眼花缭乱的夸张。

皮埃罗从一个女人前面走过,那女人正在刷门板;他掏空了她的口袋之后,还想把她的海绵、扫帚、水桶和水也装进自己的口袋。说到他试图向她表白爱情的方式,人们只要去过植物园,见过那个有名的笼子里猴子的赤裸裸的习性,就能想象得出来。应该补充的是,女人一角是由一个很高很瘦的男人扮演的,其羞耻心被侵犯之后就高声大叫。那的确是一种如醉如痴的笑,是某种可怕的、不可抗拒的东西。

我不知他干了什么坏事,皮埃罗最后得上断头台。为什么是上断头台而不是吊死,而且是在英国?……我不知道,大概是为了

---

① 德布罗是当时著名的喜剧演员,死于一八四六年六月。
② 这里提到的是喜剧中常出现的几个人物。

引出大家要看到的东西吧。于是那杀人的刑具立在那里,在法兰西舞台上,后者对这种浪漫主义的新玩意儿不禁大为吃惊。经过一番像牛被送进了屠宰场一样的挣扎和吼叫之后,皮埃罗终于认命了。脑袋离开了脖子,噼里啪啦地滚到提词人的小孔前面,那个红白杂然的脑袋露出带血的圆脖腔和斩断的脊椎,还带着刚刚剔好准备上案的一块肉的一切细部。可是突然那变短的躯干由于一种不可抗拒的偷性的驱使,站了起来,得意地藏起自己的脑袋,仿佛那是一只火腿或一瓶酒,装进了自己的口袋,真比伟大的圣者德尼①想得还周密啊!

一经写出,这一切就变得苍白了,失去了热力。笔怎能敌得过哑剧呢?哑剧是喜剧的净化,是喜剧的精华,是纯粹的、超脱的、浓缩的滑稽要素。所以,英国演员在夸张方面的特殊才能使这些极可怕的闹剧获得了一种异常激动人心的真实。

作为绝对滑稽,换句话说,作为绝对滑稽的纯粹精神,最可注意的显然是这出卓越的戏的开头,那是一段充满高度的美的开场白。主要人物皮埃罗、卡桑德拉、阿勒坎、哥伦比那、雷昂德出现在观众面前,十分温和,十分安详。他们差不多是通情达理的,和剧场里看戏的那些老实人区别不大,将要使他们做出怪异举动的奇妙的气息还未曾吹拂他们的头脑。皮埃罗的一些快活举动只能使人们隐约地想到他将要干些什么。阿勒坎和雷昂德的竞争刚刚露出端倪。一位仙女对阿勒坎感兴趣,那是恋爱的贫穷的凡人的永恒保护者,她答应保护他,为了立即给他一个证明,她神秘而威严地在空中挥动她的小棍。

立刻,眩晕来了,眩晕在空气中穿行,人们呼吸着眩晕,眩晕充满了肺,更换着心脏里的血液。

---

① 著名圣徒,据说是巴黎第一任大主教,他被肢解后,仍找到脑袋,并将其捧在手中。

这眩晕是什么？是绝对滑稽，它攫住了每一个人。雷昂德、皮埃罗、卡桑德拉做出怪异的动作，清楚地表明他们感到被一种力量引入一个新的生命之中。他们并没有生气的神情，他们锻炼着适应巨大的灾难和等待着他们坎坷的命运，就仿佛某人在着手一桩壮举之前，往手上吐口唾沫，搓搓手掌一样。他们抡着胳膊，像一架被风暴吹打着的风车。这大概是为了活动关节吧，他们着实需要活动活动。这一切伴随着十分满意的开怀大笑，然后，他们相互在对方的身上跳来跳去。在他们的灵敏和能力得到充分的验证之后，接着就是一阵拳打脚踢扇耳光，犹如炮声轰鸣，火光闪闪，令人眼花缭乱，但是，这一切都与怨恨无涉。他们的动作，他们的喊叫，他们的怪相，都在说：仙女要这样，命运推动着我们，我不难过；走啊！跑啊！冲啊！于是，他们通过幻想的作品冲上去了，确切地说，作品就从这里开始，也就是说，从神奇的边界开始。

阿勒坎和哥伦比那趁着这一阵疯狂跳着逃走了，他们以轻快的步伐冒险去了。

还有一个例子，取自一位奇特的作家，不管人们说什么，这位作家是个很普通的人，他在法国的有含义的嘲讽上面加上了阳光之国①的疯狂的、夸大的、轻佻的快活，同时也加上了日耳曼人的深刻的滑稽。我还想谈谈霍夫曼。

在那篇题为 Daucus Carota②，即《胡萝卜国王》（有人译作《国王的未婚妻》）的故事中，当胡萝卜大军来到那位未婚妻的庄园的院子里时，真是再好看也没有了。这些小人儿穿着鲜红的衣服，活像一队英国兵，头上插着像车骑兵一样的巨大的绿羽毛，他们骑在小马上，又是腾空跳跃，又是飞快地转圈，动作之灵活令人惊叹。他们越是灵活，就越容易头朝下地栽下马，因为那脑袋比身体的其

---

① 指欧洲南部意大利诸国。
② 拉丁文：胡萝卜国王。

他部分更大更重,就像接骨木髓做成的士兵,帽子里有一点儿铅。

那不幸的姑娘整日梦想着伟大,被这种武力的炫耀迷住了。然而,一支游行的军队和一支在营房驻扎的军队是多么不同!后者擦亮武器,磨光装备,更坏的是,躺在肮脏发臭的行军床上打呼噜!这是奖章的背面,那一切只不过是妖术,是诱惑的工具罢了。她的父亲是谨慎的、深通妖术的人,他想让她看看所有那些华丽之物的反面。于是,当那些胡萝卜不加戒备地睡着的时候,当他们想不到他们会暴露在间谍的目光之下的时候,那位父亲就轻轻打开这支辉煌的军队的一顶帐篷的大门,这时,那位可怜的爱梦想的姑娘就看见了那一堆红绿相间的士兵一丝不挂,奇丑无比,横七竖八地睡在泥巴里,他们原是从那里出来的。这支戴着睡帽的辉煌军队成了一片散发恶臭的泥塘了。

我还可以从值得赞赏的霍夫曼那里举出有关绝对滑稽的其他许多例子。要想很好地理解我的意思,应该仔细读一读 Daucus Carota,《波勒格里纽斯·提斯》《金罐》,尤其应该读《布朗比娅公主》,它被看作高度的美的入门书。

使霍夫曼特别与众不同的是,他无意地、有时是很有意地把一定程度的有含义的滑稽同最绝对的滑稽混在一起。他的最超自然的、最瞬间的滑稽观常常像是醉意陶然的幻象,具有一种明显的道德感,使人觉得是在和一位生理学家或严重精神病医生打交道。他喜欢把这种深刻的才能包上一种诗的形式,就像一位学者用寓言和比喻来说话。

如果你们愿意,就把《布朗比娅公主》中的那个叫齐格里奥·法瓦的人物,即那个具有持久的二重性的演员拿出来作例子吧。这个人物不断地改变人格,当他叫齐格里奥·法瓦的时候,他声称是亚述①亲王科那里奥·齐亚波里的敌人;当他是亚述亲王的时

---

① 古代东方的奴隶制国家。

候,他又对他在王妃身边的情敌,一个据说叫齐格里奥·法瓦的笑剧演员发泄最深最大的轻蔑。

应该补充的是,绝对滑稽的特殊标志之一是它并不自知。这不仅明显地表现在某些滑稽的动物身上,庄重是其本质的一部分,如猴子,表现在我已经说过的某些古代漫画雕塑上,而且表现在使我们极为愉快的中国式的畸形之中,其滑稽的意图要比通常人们认为的少得多。一尊中国偶像尽管是一件尊崇的对象,却与摆在壁炉上的不倒翁或瓷人差不太多。

谈过了这些微妙的东西和这些定义之后,作为结论,我要最后一次提请大家注意:人们将会像我长时间地(也许太长了)解释过的那样,既在绝对滑稽中也在有含义的滑稽中看出优越感是居主导地位的;为了有滑稽,即有滑稽的发生、爆发和分离出来,必须同时有两种存在;滑稽特别存在于笑者身上,存在于观者身上。然而,就不自知原理来说,应该把一些人除外,他们的职业是在自己身上培植滑稽感,然后提取出来娱乐同类,此种现象属于一切艺术现象之列,这些艺术现象表明人类中存在着一种永恒的两重性,即同时是自己又是别人的能力。

为了再回到我最初的定义,为了表达得更清楚些,我要说,当霍夫曼造成了绝对滑稽的时候,他的确是知道的;然而他也知道,这种滑稽的本质是显得不自知,是在观者,更确切地说,是在读者身上加强他感到自己优越的快乐和感到人比自然优越的快乐。艺术家创造滑稽,在研究和汇集滑稽的成分的同时,他们知道某人是滑稽的,知道他在不知道自己的本性的条件下才是滑稽的;同样,根据相反的法则,艺术家只有在具有两重性并且了解他的两重本性的所有现象的条件下才是艺术家。

论几位法国漫画家 *

卡勒·韦尔内,皮加尔,沙尔莱,杜米埃,莫尼埃,格朗维尔,加瓦尔尼,特里莫莱,特拉维埃,雅克

这个卡勒·韦尔内①真是个非凡的人。他的作品是一个世界,是个小《人间喜剧》,因为粗俗的形象,芸芸众生和街头巷尾的速写,漫画,常常是人生最忠实的镜子。漫画甚至常常和时装式样图一样,越是过时越是具有夸张讽刺的意味。因此,当时的人物形象的僵硬和笨拙使我们感到惊奇,同时又奇怪地刺痛了我们。不过那些人远非人们通常以为的那样有意显得奇怪,当时的风气就是那样,当时的人就是那样:人像画,世界在艺术的模子里脱胎。人人都僵硬、挺直,穿着过窄的燕尾服和有翻口的靴子,头发垂在额上,每个公民都像是照裸体模特儿画出来的,可以进旧货店的。卡勒·韦尔内的漫画不仅因为深刻地保留了那个时代形象的烙印而具有巨大的价值,即不仅从历史的角度看具有巨大的价值,它还具有一种确定无疑的艺术价值。姿态和动作具有一种真实的色彩,头部和面部的风格,我们中间许多人只要想想小时候常进我们的父亲的客厅的那些人,就能加以证实。他的风俗漫画是绝妙的。谁都记得那幅表现赌场的巨幅版画。在一张椭圆形的大桌子周围,聚集了一群性格各异年龄不同的赌徒。妓女自然是少不了的,

---

* 本文最初发表于一八五七年十月一日。
① 卡勒·韦尔内(Carles Vernet,1758—1836),法国漫画家。

她们贪婪地窥伺着好运气,她们是走运的赌徒的永恒的邀宠者。那里有快乐,有强烈的绝望;有暴躁的运气不佳的青年赌客;有老人,在狂风中甩掉已见稀疏的头发。当然,这幅作品像其他出自卡勒·韦尔内及其一派的作品一样,失之拘谨,不过,它很严肃,具有一种讨人喜欢的冷峻,手法的呆板也相当适合主题,因为赌博是一种既猛烈又克制的情欲。

后来,最引人注目的人物之一是皮加尔①。皮加尔的早期作品可以追溯到很久以前,而卡勒·韦尔内活的时间也很长。但是,人们常常可以说这两个同时代人代表了两个不同的时代,尽管他们的年龄相差不远。这位逗人的、温和的漫画家现在不是还给我们的一年一度的画展送一些具有天真的滑稽的小画吗?而这些画在比亚尔先生看来是不行的。起决定作用的是性格,不是年龄。所以,皮加尔完全不同于卡勒·韦尔内。他的画法是后者所设想的漫画与沙尔莱②的更为现代的漫画之间的一种过渡。现代一词指的是画法,而不是时间。沙尔莱与皮加尔同时,我对他也作如是观,我一会儿还要详谈。皮加尔对群众的描绘是好的。这不是说他的独创性很强,甚至也不是说他画得很滑稽。皮加尔是一位温和的滑稽家,但他的作品的感情是善良的、公正的。这是普通的真理,然而是真理。他的大部分作品是写实的,他采用的方法简单而朴实:他看,他听,然后讲出来。一般地说,他所有的作品都具有一种高度的纯朴和某种天真:几乎总是老百姓,民间谚语,醉汉,夫妻吵架,尤其是不由自主地偏爱老人。因此,皮加尔在这一点上很像其他许多漫画家,不善于表现青年,他笔下的年轻人常常是老气横秋的。一般地说,线条是流畅的,比卡勒·韦尔内的要更丰富,更朴实。皮加尔的几乎全部的优点可以概括为:可靠的观察习惯,良

---

① 皮加尔(Edme-Jean Pigal,1798—1872),法国漫画家。
② 沙尔莱(Nicolas Charlet,1792—1845),法国漫画家。

好的记忆力,表现上的足够的自信;他缺少或者没有想象力,但是有理智。他既没有意大利式的快活所具有的那种狂欢的激情,也没有英国人那种疯狂的粗暴。皮加尔本质上是一位理智的漫画家。

以一种适当的方式表达我对沙尔莱的看法,我感到相当为难。他的名声很大,可以说名闻全国,他是法国的一大光荣。他使现在还活着的整整一代人感到愉快和高兴,据说,他也使他们受到了感动。我认识一些人,他们真心实意地为沙尔莱未进法兰西学院感到愤愤不平。在他们看来,这是一桩和学院缺了莫里哀一样的大丑闻。我知道,对一些人说他们不该以某种方式寻开心或受感动,这是在扮演一个卑鄙的角色;与举世公认的东西发生争执是很痛苦的一件事。然而,必须有勇气说出沙尔莱并不属于不朽的人物和世界性的天才之列。他不是一位作为世界公民的漫画家;如果有人反驳说一位漫画家永远不能做到这样,我将说他能够或多或少地做到。他是一位应时的漫画家,是一位专一的爱国者,这是成为天才的两大障碍。他在这方面与另一位名人是一样的,我不愿说出他的姓名,因为时机尚未成熟①,因为他只从法国,尤其是只从军人贵族中获得荣耀。我说这不好,表明了一种狭隘性。他像那一位大人物一样,严重地污辱了教士,这是不好的,我说的是,不好的迹象。这些人在海峡、莱茵河和比利牛斯山以外的地方是不可理解的。过一会儿,我们将谈谈艺术家,也就是说,谈谈才能、手法、构思和风格,我们要把问题谈透。现在,我只谈思想。

沙尔莱总是讨好人民。他不是自由的人,而是奴隶:不要在他身上寻找无利害之心的艺术家。沙尔莱的画很少是一种真理,却几乎总是给予某个他喜欢的社会集团以脉脉温情。只有军人才是美的、善的、高贵的、可爱的、有才智的。在地球上吃喝的几十亿微

---

① 指贝朗瑞,当时仍健在。

小动物被上帝创造出来并被赋予器官和感觉,只是为了出神地观看军人和沙尔莱的光辉灿烂的绘画。沙尔莱声称丘八和掷弹兵是创造的终极原因。毫无疑问,这不是漫画,而是阿谀和吹捧,这个人是多么奇怪地干着与他的本行相反的事情啊!沙尔莱带着某种俏皮描绘他赋予他那些新兵的粗野的天真,这种俏皮为他们增了光,使他们变得有趣了。这有点儿杂耍的味道,在这些杂耍中,农民的口误是最动人的,最聪明的。他们有着天使般的心肠,具有学院精神,只是联诵不行①。显出农民的本来面目,这是巴尔扎克的一种无用的幻想②;精确地描绘人心的丑恶,对贺加斯③来说是好的,他是一个爱戏弄人、多愁多虑的人;如实地描绘军人的腐化堕落,啊!多么严酷!这会使他们灰心丧气的,著名的沙尔莱就是这样理解漫画的。

关于教士,指引我们这位偏心的艺术家的是同一种感情。问题不在于以独特的方式描绘和勾勒圣器室的精神丑恶,应该使军人—农夫感到愉快:军人—农夫吃过耶稣会会士。正如资产者所说,在艺术中,问题只在于使人愉快。

戈雅也攻击过僧侣类。我猜想他不喜欢僧侣,因为他把他们画得很丑。但是,他们在丑中是美的,他们在其僧侣的卑劣荒淫中是得意扬扬的!这里,艺术占主导地位,艺术如同火一样有净化作用;而在那里,卑躬屈膝腐蚀了艺术。现在,请比较一下艺术家和奉承者吧:这里是卓越的绘画,而那里是伏尔泰式的说教。

人们就沙尔莱笔下的孩子谈得很多,那是些可爱的小天使,装扮成漂亮的士兵,他们是那样喜欢老兵,拿着木剑玩战争游戏。他们像红皮小苹果一样滚圆、新鲜,待人真诚,目光清澈,笑盈盈地望

---

① 联诵是法语发音的一种规则,一般没有文化的人并不遵守这个规则。
② 指巴尔扎克的小说《农民》。
③ 贺加斯(William Hogarth,1697—1764),英国油画家、版画家和艺术理论家。

着大自然。然而,淘气鬼呢,大诗人笔下的苍白的小流氓呢,他们声音沙哑,脸色黄得像一枚旧铜板①,沙尔莱的心太纯洁了,看不到这些。

应该承认,他有时怀着良好的意图。森林里,几个强盗和他们的女人在吃饭,靠近一棵橡树休息,树上吊着一个人,已经变得又长又瘦了,正在高处乘凉,吸着露水,鼻子朝下,脚尖并拢如舞蹈演员一般。一个强盗指着他说:星期天我们大概就会这样!

唉!他给我们这样的画太少了。而且,即令立意是好的,画得也不行,脑袋没有鲜明的个性。这种画本来可以是很美的,肯定,他的画抵不上维永②描写他和伙伴们在昏黑的平原上,在绞架下面晚餐的那些诗句。

沙尔莱的线条几乎只讲漂亮,总是圆形和椭圆形。感情呢,他从歌舞剧中拿现成的。这是一个不自然的人,专门模仿流行的思想。他移印舆论,根据时髦的样式剪裁他的才智。公众的确是他的老板!

不过,有一次他也搞出了一些相当好的东西。那是一组青年和老年卫士的服装,不要把它与最近发表的一件类似的作品混为一谈,我认为,后者是一件遗作。人物具有真实的性格。他们彼此大概很相像。但是,举止、动作、面部表情却画得极好。那时沙尔莱还年轻,尚未自认为是一位大人物,他的名声还不大,他必须正确地画人像,平稳地加以安置。后来他就越来越不自重,最后竟反复地画起庸俗的铅笔画来了,一个稍微有点儿自尊的艺徒都是不屑于此的。还应该提请注意,我谈的这幅作品属于简单而严肃的一类,它不要求任何后来人们无故地归之于一位在滑稽方面如此

---

① 这是奥古斯特·巴尔比埃的诗句。
② 维永(François Villon,1431—1463),法国诗人,他的作品中有一首诗名为《被绞死者之歌》。

不完全的艺术家的那些品质。如果我在谈漫画时顺着我的思想直走下去,我是不会把沙尔莱放在我的名单上的,他不比皮奈利①强;但是果真如此的话,人们会指责我有严重的遗忘症。

总之,他是一个民族愚蠢的制造者,一个缴纳营业税的政治格言商人,一个其生活并不比其他偶像更艰难的偶像,他很快就会知道遗忘的力量,他将和那位大画家及那位大诗人②,他在无知和愚昧方面的两位堂兄弟,一起睡在冷漠的废纸篓中,正如那些被无谓地糟蹋了的纸张一样,只配用来造再生纸。

现在我想谈一个人,他是最重要的人物之一,我不仅要谈漫画,还要谈现代艺术;我要谈的这个人每天早晨使巴黎居民开心,每天都满足公众在娱乐方面的需要,给他们提供精神食粮。资产者,商人,孩子,女人,他们都开怀大笑,却常常对他的名字看也不看,这些忘恩负义的人!到现在,只有艺术家才理解其中严肃的含义,才知道这的确是值得研究的。人们猜得出这里说的是杜米埃。

奥诺雷·杜米埃的开端并不很轰动。他画,因为他需要画,这是一种不可避免的使命。最初,他在威廉·杜凯特③办的一份小报上发表一些速写。后来,当时做版画生意的阿希尔·里古④买了他另一些速写。像所有的革命一样,一八三〇年的革命引起了漫画热。对漫画家来说,那的确是个美好的时代。在那场反对政府,特别是反对国王的斗争中,人们由衷地感到十分激动。今天看来,人们称作漫画的那一长串历史诙谐的确是一件值得凝神细看的作品,那是有关滑稽的巨大档案,所有多少有些价值的艺术家都做出了各自的贡献。那是一片混乱,一个杂物堆,一出恶魔的奇妙喜剧,时而诙谐,时而血腥,所有的政界名流都在其中亮相,穿着五

---

① 皮奈利(Bartolomeo Pinelli,1781—1835),意大利漫画家。
② 指奥拉斯·韦尔内(卡勒·韦尔内之子)和贝朗瑞。
③ 威廉·杜凯特(William Duckett),当时是《画报》的主编。
④ 阿希尔·里古(Achille Ricour),记者。

颜六色的怪诞服装。在这些新生王朝的大人物之中,有多少名字已被人遗忘了!使这篇神奇的史诗达到顶峰的是那只引起诉讼的金字塔形的、奥林匹斯山形的梨①。人们记得,那位时刻都与王朝的司法发生争执的菲利蓬②,有一次想向法庭证明没有什么东西比那只恼人的倒霉的梨更无辜的了,就向旁听者画了一系列速写,第一幅准确地表现了国王的模样,然后一幅比一幅远离最初的原型,也就越来越接近最后阶段:一只梨。"你们看,"他说,"在最后一幅速写和第一幅之间有什么关系?"人们还在耶稣和阿波罗的头上进行类似的试验,而我相信人们是做到了使其中的一个像一只癞蛤蟆的脑袋。这绝对证明不了什么。象征是通过一种好意的类比而被发现的。从此,有象征也就够了。有了这种造型的行话,人们就完全有权向人民说出想说的话,并使他们理解。正是围绕着这只专制的、受诅咒的梨,聚集了一大群吵吵嚷嚷的爱国者。事实是,人们把一种奇妙的激烈和一致带进了这件事中,而司法又是多么顽强地予以反击。翻翻这些诙谐的材料,就可以看到,一场如此狂暴的斗争能够持续数年之久,这在今天是一件令人万分惊讶的事情。

我想,我刚才说过"血腥的诙谐"。事实上,这些画常常是鲜血淋漓,激烈狂暴。屠杀、监禁、逮捕、搜查、诉讼、警察的镇压,一八三〇年政府的初期的这些插曲时时刻刻都在反复出现,请判断吧:

年轻美丽的自由女神,头戴弗里吉亚小帽③,危险地睡着了,不大去想那威胁着她的危险。一个居心不良的男人小心翼翼地朝她走去。他长着中央菜市场的小贩或大有产者那样的粗脖子,他那梨形的脑袋上有一绺高高蓬起的头发,一把大络腮胡子。这怪

---

① 路易-菲力浦的头像个倒置的梨。波德莱尔曾因此句获渎上罪。
② 菲利蓬(Charles Philippon),法国漫画家。
③ 一种红色锥形高帽,帽尖向前倾折,流行于法国资产阶级革命时期。

物只给人一个背影,他的姓名一猜即出①,这种快乐使这幅画增值不少。他朝那年轻女人走去。他要强奸她。

"今晚您做过祈祷了吗,夫人?"这个奥赛罗—菲力浦②闷死了天真的自由女神,尽管她喊叫,抵抗。

顺着一座极可疑的房子,走过来一个头戴弗里吉亚小帽的年轻姑娘。她戴着那顶小帽,显出一种民主派的小女工的无邪的媚态。某两位先生(模样认得出来,肯定是两位最尊贵的部长)正在那儿干着一种古怪的营生。他们哄骗那个可怜的孩子,凑着她的耳朵说着温存话或肮脏话,轻轻地把她朝狭窄的走廊里推。门后影影绰绰站着那个人。他的侧影看不见,可那正是他!看那一绺头发和络腮胡子。他在等着,等得心焦。

这里是自由女神被带上重罪法庭或其他什么哥特式的法庭,上面画着一大排穿着旧时服装的现时人物的画像。

这里是自由女神被带进刑讯室。人们要轧碎她的纤细的踝骨,要用水灌满她的肚子,或者在她身上干出其他坏透了的事情。这些壮汉赤裸着胳膊,筋肉发达,渴望着酷刑,他们很容易被认出来。那是某某,那是某某,那是某某,都是舆论的眼中钉。

在所有这些画中(大部分都画得十分严肃认真),国王总是扮演一种吃人妖魔、杀人犯、贪得无厌的卡冈都亚③的角色,有时候还更坏。自二月革命以来,我还没有见过一幅漫画,其残酷的程度令我回想起那个充满着巨大政治狂热的时代;因为与我刚才说到的那个时代的产物相比,呈现在画面上的总统大选时的那些政治辩护词只提供了一些苍白无力的东西。这是在悲惨的鲁昂大屠杀④之后不久,画的前景是一具尸体,躺在担架上,身上弹痕累累。

---

① 这个人即路易-菲力浦。
② 奥赛罗即莎剧中的奥赛罗,这里影射路易-菲力浦的罪恶。
③ 拉伯雷《巨人传》中的巨人国王。
④ 一八四八年四月,鲁昂发生工人起义,受到政府血腥镇压。

他后面站着城里所有的大人物,身着制服,头发精心地卷起,紧束着腰身,打扮得衣冠楚楚,小胡子两端向上翘起,透着傲气;其中大概有资产阶级的花花公子,正准备上岗或去镇压一次骚乱,上衣的扣眼里插着一束紫罗兰;总之,正如我们最著名的煽动家①所说,他们是理想的资产阶级自卫军。F.C.②跪在担架前,他身披法官袍,张着嘴,露出两排鲨鱼似的、磨成锯齿状的牙齿,正用他的爪子在尸体上慢慢地摸着,他已经怀着极大的乐趣把那尸体抓得血肉模糊了。"啊!诺曼底人!"他说,"他装死想逃避审判!"

《漫画》正是这样激烈地向政府开战。杜米埃在这种不断的冲突中起了重要作用。人们想出一个办法来贴补《漫画》被判处的罚款,就是在《漫画》上刊登额外的画,其收入用以支付罚款。面对悲惨的特朗斯诺南街大屠杀③,杜米埃的表现证明自己的确是一位伟大的艺术家。由于没收和销毁,他的画已经相当少了。那不完全是漫画,而是历史,是平凡的可怕的现实。在一间贫穷愁苦的屋子里,无产者的传统的屋子里,几件普通的、必需的家具,四仰八叉地平放着一具工人的尸体,只穿着背心,戴着布帽。屋子里大概有过一场恶斗,因为椅子、床头柜和便壶都翻倒了。在父亲的尸体下面还压着他的幼儿的尸体。这个冰冷的顶楼里只有寂静和死亡。

也是在这个时期,杜米埃创作了一系列政界人物的讽刺肖像。其中有两组,一组是全身的,另一组是半身的。我认为后一组为时更晚些,只包括一些法国贵族院议员。艺术家表现出对肖像画具有一种卓越的理解。他在突出和夸张像主的独特性的同时,仍然真诚地保持了自然,以至于这些画可以成为一切肖像画家的典范。一切思想的贫乏,一切可笑之处,一切智力的怪癖,一切心灵的罪

---

① 可能指拉法耶特。
② 据考证,F.C.指的是弗朗-卡雷,当时鲁昂法院的首席检察长。
③ 杜米埃以此为题材画了一组画,二十四幅。

恶,都从这些兽性化的脸上清楚地流露出来,并且历历如在目前;同时,一切又都是画出来的,被一种雄浑有力的手法加以突出。杜米埃既像艺术家一样灵活,又像拉瓦特一样精确。总之,他那个时期的作品与他现在的作品大不相同。他那时还没有现在这样的即兴能力,也没有他后来出现的画法上的粗率和轻快。那时他有时稍嫌笨重,不过这种情况很罕见,却总是很完美、很认真、很严肃。

我还记得一幅属于同一水平的极美的画:《新闻自由》。一位印刷工人站在他的解放工具和印刷材料中间,那顶神圣的纸帽扣在耳朵上,他挽着衬衣袖子,身体健美,一双大脚,站得稳稳的,握着双拳,皱着眉头。这个人身体结实,筋肉发达,正像大师笔下的人物形象。在画的背景上,是永恒的菲力浦和他的治安警察。他们不敢靠前。

但是,我们伟大的艺术家创作是极为丰富的。我将描述几幅不同类型的,给人印象最深刻的版画,然后,我分析这位奇人的哲学和艺术价值,最后,在我与他告别之前,我将提出他的不同类型的作品的名单,至少要尽力而为,因为现在他的作品还是一座迷宫,一座稠密得盘根错节的森林。

《最后一次洗澡》,一幅严肃而悲惨的漫画。在岸边的护墙上,一个人直挺挺地往河里栽,他还站着,但已经倾斜了,与地面成了锐角,像一座雕像失去平衡一样。他肯定是下了决心,他的胳膊安详地交叉着,脖子上用绳子捆着一块大石头。他发誓非死不可。这不是那种诗人的自杀,为了让人救起来,谈论他。应该注意的是那薄薄的、皱巴巴的礼服,下面是一把嶙峋瘦骨!还有那破烂的、蛇一样扭曲的领带,突出的、尖尖的喉头!人们说什么也不敢埋怨这可怜的家伙为了逃避文明的闹剧而投水。背景上,在河的对岸,一个肚子圆鼓鼓的资产者正出神地望着,沉浸在垂钓的无邪乐趣之中。

请想象一个偏僻的角落吧,它在一座无人知晓、行人稀少的城门旁,阳光直射下来。一个样子阴郁的人,一个埋死尸的人或医生,正在没有叶子的树丛下,靠着满是尘土的木栅栏,与一具丑恶的骷髅面对面地喝酒,旁边放着小罐和石灰。我想不起来这幅版画的题目了。这两个虚荣的人物大概正在打赌杀人或正在就必死性进行一场深奥的讨论吧。

杜米埃把他的才能分散在许多不同的地方。他负责为一种相当低劣的医学—诗的出版物——《医学的涅墨西斯①》——画插图,倒是画了不少美妙的画。其中一幅是关于霍乱的,展示了一个充满光亮和炎热的公共广场。巴黎的天空灿烂辉煌,忠于它在巨大的灾祸和巨大的政治动乱时所特有的那种嘲讽的习惯;天空是白色的,因热情洋溢而白热化了。阴影黑而清晰。一具尸体横在门口。一个女人捂着鼻子和嘴急忙回屋去。广场上空无一人,热气升腾,比一个因骚乱驱散了人群而显得僻静的广场更加荒凉。在背景上,惨淡地显出两三辆小柩车的轮廓,拴着滑稽的瘦马。在这凄凉的广场中央,有一条迷失方向的可怜的狗,既无目的又无念头,瘦得皮包骨头,嗅着干燥的马路,尾巴夹在两条腿之间。

现在是苦役犯监狱了。一位很博学的先生,慈善家,爱打抱不平的侠客,着黑衣,系白领带,出神地坐在两个面目可憎的苦役犯中间,他们像傻子一样愚蠢,像猛犬一样凶恶,像破布一样疲惫不堪。其中一个向这位先生说他谋害了自己的父亲,强奸了自己的妹妹,或干出了其他光辉的业绩。"啊!我的朋友,您安排得多么好啊!"欣喜若狂的学者喊道。

这些例子足以显示出杜米埃的思想常常是多么严肃,他处理主题是多么生动。翻翻他的作品吧,您将会看到一个大城市所包含的一切活生生的丑恶带着幻想的、动人的真实性一一呈现在您眼前。它所蕴藏着的一切骇人的、怪诞的、阴森的、滑稽的珍宝,杜

---

① 涅墨西斯是希腊神话中的报应女神,专司报应。

米埃都知道。活着的、饥饿的行尸,肥胖的、吃饱的走肉,家庭的可笑的苦难,各种愚蠢的东西,各种骄傲,各种热情,资产者的各种绝望,一应俱全。没有人像他那样(以艺术家的方式)了解和喜欢资产者,他们是中世纪最后的遗迹,是哥特式的废墟,他们的生活如此艰难,他们是一种既平凡又古怪的典型。杜米埃跟他们亲密地生活过,日夜观察过他们,他知道他们家庭的秘密,认识他们的妻儿,知道他们的鼻子的形状和脑袋的构成,知道是一种什么精神使一家子上上下下都活着。

对杜米埃的作品进行全面的分析,这是一件不可能的事情,我将提出他的主要作品的题目,但不作过多的判断和评论。所有这些作品中都有一些绝妙的组成部分。

《罗贝尔·马凯》《夫妇风俗》《巴黎人》《侧影和轮廓》《浴者》《浴女》《巴黎的划船者》《女才子》《牧歌》《古代历史》《善良的资产者》《法官》《考克莱先生的一天》《时下的慈善家》《时事》《所有的愿望》《被代表的代表》。再加上我谈过的两组肖像①。

关于这些画中的两组,即《罗贝尔·马凯》和《古代历史》,我有两点重要的意见。《罗贝尔·马凯》是风俗漫画的决定性的开端。巨大的政治斗争稍稍平静下来了。坚持不懈的追捕,态度强硬起来的政府,人们精神上的某种厌倦,都往这场大火上浇了不少冷水。必须发现新鲜的东西。喜剧取代了抨击。梅尼普斯式的讽刺②给莫里哀让出了地盘,杜米埃以一种光彩夺目的方式讲述的罗贝尔·马凯的宏伟史诗接续了革命的义愤和影射的绘画。漫画从此具有了一种新的姿态,不再专门是政治性的了;它成了对公民

---

① 他不断地均衡地作画,使这份名单更加不完整。有一次,我想和他编一份完整的目录,可是靠我们两个人,我们没有搞成。——原注
② 梅尼普斯是公元前四至公元前三世纪的希腊哲学家和诗人,他善于写作滑稽的讽刺诗,韵文和散文相间,后来以此为基础形成一种体裁,被称为梅尼普斯式的讽刺。

的普遍的讽刺,它进入了小说的领域。

在我看来,《古代历史》是一件重要作品,因为可以说它最好地画出了这句著名的诗句:"谁将把我们从希腊人和罗马人的手中解放出来?"杜米埃勇猛地扑向古代,扑向虚假的古代,因为谁也不能比他更深切地感到古代的伟大,他唾弃这个古代;吵吵闹闹的阿喀琉斯,谨慎的尤利西斯,贞洁的珀涅罗珀,忒勒玛科斯这个大傻瓜,断送了特洛伊的美丽的海伦,所有这些人都在一种滑稽的丑陋中表现了出来,使我们想起那些在后台吸鼻烟的悲剧演员的一把老骨头。这是一种对神明的很逗人的冒犯,而它有它的用处。我记得我的朋友中有一位异教的抒情诗人对此感到大为恼怒。他称这个为大逆不道,并且谈到美丽的海伦就像别人谈到圣母玛利亚一样。但是,那些对奥林匹斯山和悲剧并不很尊重的人自然而然地会感到高兴。

总之,杜米埃使他的艺术达到了很高的水平,使之成为一种严肃的艺术;他是一位伟大的漫画家。要恰当地评价他,必须从艺术家的角度和道德的角度来对他进行分析。作为艺术家,使他异于众人的是可靠性。他画得跟大师们一样好。他的素描线条丰富、流畅,是一种连贯的即兴之作,但从来也不是什么漂亮。他有奇妙的近乎神奇的记忆力,为他充作模特儿。他的所有人物都画得很稳,动作总是很真实。他有一种很可靠的观察的才能,人们在他的笔下绝找不出一个与托着它的身子吵架的脑袋。什么样的人有什么样的鼻子,什么样的额头,什么样的眼睛,什么样的脚,什么样的手。这是学者的逻辑,被搬进了一种轻巧的、瞬间的艺术之中,而艺术面对的是变动不居的生活。

说到道德,杜米埃与莫里哀有一些联系。他和他一样,也是直奔目标,思想一下子显露出来,人们一看就明白。有人在他的画的下面写上说明文字,其实没有什么用处,因为一般地说,他的画不需要说明文字。他的滑稽可以说是不由自主的。艺术家并不去寻找,人们甚至可以说他想都没想。他的漫画题材极为广阔,但其中没有仇恨和敌意。他的全部作品中都蕴含着正直和纯朴。请注意,他常常拒绝处理某些很美很有力的题材,他说因为这些东西超出了滑稽的界限,可能会伤害人类的良心。因此,当他是令人痛心或令人害怕的时候,他几乎总是不情愿的。由于他很热烈地、很自然地爱自然,达到绝对滑稽对他来说是很困难的。他甚至小心地避开一切对法国公众不是一目了然的东西。

还有一句话。杜米埃的杰出特点的最后一点并使之作为特殊的艺术家置身于大师的光辉行列中的是,他的素描天然地具有色彩,他的石版画和木版画有色彩感,他的铅笔除了界定轮廓的黑色之外还有别的东西。他让人看出思想,也看出颜色。这是一种高级艺术的标志,一切聪明的艺术家都在他的作品中清楚地看到了这一点。

几年前,亨利·莫尼埃引起了很大的反响,他在资产者的世界和作坊的世界这两类村庄中取得了很大的成功。原因有二:其一,他像尤利乌斯·恺撒一样,一身而三任:演员,作家,漫画家;其二,他的才能本质是市民阶级的。作为演员,他是准确的、冷淡的;作为作家,他过分讲求细节;作为艺术家,他有办法根据实物搞一些漂亮玩意儿。

他恰恰是我们刚才谈过的那个人的反面。亨利·莫尼埃不是完整地一下子抓住一个形象或一个主题的整体,而是对细节进行缓慢的、不断的研究。他从来也不知道伟大的艺术为何物。因此,普吕多姆先生①这个极其真实的典型并没有被构思成一个伟人。亨利·莫尼埃研究过活生生的、真实的普吕多姆先生,在很长时间里天天研究他。为了达到这种神奇的结果,我不知道他喝了多少杯咖啡,玩了多少次多米诺骨牌。研究之后,他把他表现出来,不,

---

① 普吕多姆先生是莫尼埃创造的一个人物形象,代表法国市民阶级。

我说错了,他把他移印出来。乍一看,结果似乎不同凡响;但是,当普吕多姆先生的事讲完了,亨利·莫尼埃也就没什么可说的了。他的《民间场景》当然是很可爱的,否则就该否认达格雷照片①所具有的严酷而惊人的魅力了;然而,莫尼埃根本不会创造,不会理想化,不会处理。他的画,这是我们的重要话题,一般来说是冷漠的、生硬的。说来奇怪,尽管笔触极为精确,它们在人们的思想中却总是模模糊糊的。莫尼埃有一种奇特的能力,然而他只有一种,那就是冷漠,是镜子的清澈,一面不思想,只满足于反映行人的镜子。

　　至于说格朗维尔②,那就是另外一回事了。格朗维尔是一个具有病态的文学天赋的人,他总是在寻找折中的方法使他的思想进入造型艺术的领域,因此我们看见他经常运用那种陈旧的方法,即在他的人物的嘴上画一面写着话的小旗子。关于格朗维尔,哲学家或医生是很可以作出很好的心理学或生理学研究的。他毕生在寻找思想,有时也曾找到过;但是,由于他职业上是艺术家而头脑里是文人,因此他从未很好地表达出来。他当然触及好几个重大的问题,但都以空谈告终。他既不完全是哲学家,又不完全是艺术家。他一生中有很大一部分用于研究相似性的一般思想。他甚至是从这里起步的:他写过《日光的变化》。但是,他不知道如何从中得出正确的结果,他像一个脱轨的火车头一样颠簸摇晃。这个人带着超人的勇气,一生都在重复创作。他把创作抓在手里,扭着,摆弄着,解释着,评论着,而自然于是变成了世界末日。他把世界弄得一团糟。他不是写过一本有插图的书,叫作《颠倒的世界》吗?格朗维尔使一些肤浅的人感到开心,但却使我感到害怕;因为不幸的是,我感兴趣的是艺术家,而不是他的画。进入格朗维尔的

---

① 达格雷法照相是早期的一种照相方法。
② 格朗维尔(Jean-Ignace-Isidore Gérard, dit Grandville),法国漫画家。

作品中，我有某种不舒服，就像是进入一间屋子，其中的混乱被安排得有条不紊，荒唐的突饰挤在天花板上，绘画通过光学家的手段变了形，器物由于角碰角而受到损坏，家具的腿朝天，抽屉不是往外拉，而是往里推。

格朗维尔无疑也制作了些美的、好的东西，他的固执、细心的习惯帮了他很大忙；但是他不灵活，因此他从来也不会画女人。格朗维尔所以重要，是在于他的才能的异常方面。他在死前还运用他那总是顽强的意志通过造型的形式来记录梦幻和噩梦的交替，精确得像速记员记录演说者的演说。是的，作为艺术家的格朗维尔希望铅笔能够解释观念联合的规律。格朗维尔是很滑稽的，但他常常是个不自知的滑稽家。

现在我们来谈一位艺术家，他有古怪的魅力，其重要性与上述诸公不同。加瓦尔尼开始是画机械图的，后来画时装式样，我觉得这种烙印在他身上留存了很久，不过，应该说加瓦尔尼一直在进步。他并不完全是位漫画家，甚至也不仅仅是位艺术家，他也是位文学家。他总是点到即止，留待别人猜出。他的滑稽的特点是观察的细腻，有时到了细微的程度。他像马里沃①一样，知道缄默的全部威力，而缄默既是公众智力的诱饵，又是对它的奉承。他自己给自己的画写说明，有时还很复杂。许多人喜欢加瓦尔尼胜过喜欢杜米埃，这毫不奇怪。由于加瓦尔尼艺术家的成分少一些，对这些人来说，他更容易理解。杜米埃是一个坦率直截的天才，去掉说明文字，他的画仍然是美的，清晰的。加瓦尔尼就不同了，他是双重的：先是画，然后是说明文字。其次，加瓦尔尼并非本质上是讽刺的，他常常是讨好，而不是咬人；他不指责，他鼓励。他本人是个文人，像所有的文人一样，他也轻微地染上堕落的习气。凭着他思想的迷人的虚伪和话只说到一半这种强有力的策略，他无所不敢。

---

① 马里沃（Pierre de Chamblain de Marivaux, 1688—1763），法国剧作家、作家。

有时候,当他的犬儒主义的思想坦率地暴露出来时,他就给它穿上一件优雅的外衣,用它来讨好偏见,并使众人成为它的同谋。出名的原因何其多也!仅举一例:你们还记得吗?那个高大美丽的女人做出一副倨傲的样子看着一个年轻人,年轻人合着双手在她面前哀求:"请给我一个小小的吻,我的慈悲的好太太,看在上帝的分上!""晚上再来吧,今天早晨已经给了您的父亲了。"人们的确会说,那位太太是一幅肖像。这些家伙那么漂亮,青年人肯定想模仿他们。还请注意,最妙的还在说明文字里,因为画无力说出这么多东西。

加瓦尔尼创造了罗莱特。她的确在他之前即已存在,但是,他使她更加完整了。我甚至认为是他创造了这个名字。有人已经说过,罗莱特不是那种由情人供养的姑娘,那种帝国时代的东西,不得不愁眉苦脸地与她依靠的那具金属般的行尸走肉,将军或银行家,相对为生;罗莱特是个自由的人,来去无牵无挂。她的房门洞开。她没有主人,往来于艺术家和新闻记者之间。她尽可能地要获得一些思想。我说是加瓦尔尼使她更完整了,实际上,他的文学想象力使他至少创造出与他的所见相等的东西,因此,他对风气有很大影响。保尔·德·考克创造了小女工,加瓦尔尼创造了罗莱特;有些同类的姑娘由于向她学习而得到改进,正如拉丁区的年轻人受到那些大学生的影响,许多人竭力使自己像时装式样图一样。

加瓦尔尼就是这样,作为艺术家,他不仅仅有趣,他还有许多其他的东西。要了解王朝最后几年的历史,必须翻翻他的作品。共和国有点儿使加瓦尔尼失色了,这是残酷的然而却是自然的规律。他生于平静,隐于风暴。加瓦尔尼和杜米埃的真正光荣和真正使命在于补充巴尔扎克,后者自己也知道,所以把他们看作是辅助者和评论者。

加瓦尔尼的主要创作是:《信箱》《大学生》《罗莱特》《女演

员》《后台》《淘气鬼》《男女作家》,以及大量的零散组画。

剩下要谈的是特里莫莱①、特拉维埃②和雅克③。特里莫莱的命运令人伤感。看到他的作品散发出来的那种优美而天真的滑稽,人们不大会想到他可怜的一生会有那么多巨大的痛苦和强烈的悲哀。他亲自使用硝镪水,为《法国民歌》丛书和奥贝尔④的滑稽年鉴刻了一些极美的画,更确切地说,刻了一些速写,其中充满了最疯狂、最天真的快乐。特里莫莱不画草图,直接在木版上作画,构图很复杂,应该承认,这种方法产生了一些混乱。显然,他对克鲁克香克⑤的作品印象很深,但是无论如何,他保持了自己的独创性,他是一位配享有特殊地位的幽默家。对于味觉灵敏的人来说,他的作品有一种独特的味道和有别于其他人的精美的风味。

有一天,特里莫莱画了一幅画,构思很好,思想崇高:在一个阴暗潮湿的夜里,一个看起来像是活动的废墟和一包飘动的破衣裳的老人躺在一堵破墙下。他朝着无星的天空抬起一双感激的眼睛,喊道:"我感谢您呀,我的上帝!您给了我这堵墙来遮避我,您给了我这张席子来裹着我!"像一切备受痛苦的贫苦人一样,这个正直的人要求不高,他心甘情愿地什么都相信万能的上帝。不管那些乐观主义者们说什么,有些天才是有过这样的夜晚的!而德佐吉埃说那些乐观主义者有时候喝醉了酒跌倒在地,就可能会压扁了一个没吃晚饭的可怜人。特里莫莱死了,他在曙光已经照亮他的天际的时候死了,他在更为宽厚的命运想要对他微笑的时候死了。他的才能日渐增长,他的精神机器是好的,起劲地运转;可他的肉体机器受到了往日风暴的严重损坏。

---

① 特里莫莱(Joseph-Louis Trimolet,1812—1843),法国漫画家。
② 特拉维埃(Charles-Joseph de Villers Traviès,1804—1859),法国漫画家。
③ 雅克(Charles Jacques,1813—1884),法国雕刻家、画家。
④ 奥贝尔(Aubert),法国出版家。
⑤ 克鲁克香克(George Cruilkshank,1792—1878),英国漫画家。

特拉维埃也是运蹇命乖。据我看,他是一位杰出的艺术家,生前未得到正确的评价。他画得很多,但他缺乏可靠的表现。他想讨人喜欢,但他显然没有做到。有时候,他发现了一件美的东西,他自己并不知道。他在变好,不断地自我修正;他转过来,又转过去,追求着一个不变的理想。他是厄运之王。他的缪斯是一位郊区的仙女,苍白而忧郁。在他的所有的蹉跎之中,到处都有一条隐线穿过,其色彩和特点都是相当显著的。特拉维埃对人民的欢乐和痛苦有着深切的感受。他深知下层人,我们可以说,他以一种温柔的慈悲心爱着他们。因此,他的《饮酒场景》将作为杰作流传后世。不过,他画的拾破烂者一般来说都很相像,那些破烂衣衫又宽又大,具有一种现成风格的几乎不可捉摸的高贵,就像是变动不居的自然提供的一样。不应忘记特拉维埃是麦约的创造者,这个古怪而真实的典型是那样地使巴黎人感到愉快。麦约是属于他的,正如罗贝尔·马凯属于杜米埃,普吕多姆先生属于莫尼埃。很久以前,在巴黎有个滑稽可笑的变相狂,名叫勒克莱,他出入小咖啡馆、小酒吧间和小剧场。他表演面部表情,在两根蜡烛之间①,他接连不断地在脸上表现出各种激情。这在《御前画家勒布仑先生谈激情的性质》一书中有记载。这个人是怪人中的例外,比人们所想象的有怪僻的人更接近常人,他很忧郁,酷爱友谊。他除了研究和进行怪诞的表演之外,就是找朋友。他喝了酒,就唰唰地流下孤独的眼泪。这不幸的人有着极高的变形的本领,非常善于化装,他模仿驼子,那驼背,皱纹密布的额头,猴子一样的大手,刺耳的、口沫四溅的说话声,简直可以乱真。特拉维埃见过他,那正是七月的爱国热情蓬勃高涨的时候,他脑中灵机一动,于是,麦约被创造出来了。此后很久,不安分的麦约一直在巴黎人的头脑中说呀,喊呀,高谈阔论,指手画脚。从此,人们承认了麦约的存在,人们相信

---

① 指时间。

特拉维埃认识他,照着他的样子把他画了下来。好几个其他有名的创造都是这样产生的。

特拉维埃近来从画坛上消失了,不知为什么,因为今天和以往一样,滑稽画册和刊物的出版仍很可观。这确是一大不幸,因为他很善于观察,尽管他有犹豫和失误,但他的才能中有某种严肃和温柔的东西,使他特别地给人以好感。

应该提醒收藏家们注意,在与麦约有关的漫画中,众所周知,有一些女人在那个多情而爱国的拉高坦①的英雄业绩中扮演了重要角色,这些女人不是出自特拉维埃的手笔,她们出于菲利蓬之手,他有一些极其滑稽的念头,以一种诱人的方式画女人,以至于他喜欢在特拉维埃的麦约组画中画上女人。这样,每幅画中就有了两种风格,但并不能真的有两种滑稽的意图。

雅克是一位优秀的艺术家,具有多方面的智慧,偶尔也是一位值得推荐的漫画家。他在油画和腐蚀版画中总是庄重的、富有诗意的,此外,他画过很好的怪诞画,其思想通常总是表达得很清晰直接,请看他的《米利太里亚娜》和《病人和医生》。他的线条丰富而有才气,他的漫画也像他的其他作品一样,具有长于观察的诗人那种犀利和敏锐。

---

① 拉高坦,法国作家斯卡龙(Paul Scarron,1610—1660)的《滑稽故事》中的人物。

论几位外国漫画家[*]

贺加斯,克鲁克香克,戈雅,皮奈利,勃鲁盖尔

一

一个不仅在艺术家中间,而且也在上等人中间家喻户晓的名字,一个在滑稽方面出类拔萃的艺术家,像格言一样占据了人们的记忆,他就是贺加斯。我常听人这样说起贺加斯:"这简直是埋葬了滑稽。"我正求之不得。这句话可以被理解为机智,但我希望它被理解为赞扬;我从这种不怀好意的说法中看出有一种特殊优点的迹象和被确认无疑。的确,只要留心,就可以看到贺加斯的才能本身包含着某种冰冷的、收敛的、阴郁的东西。这令人难受。他是粗鲁的、暴躁的,但他首先是一个道德家,总是关心他的作品的道德感。他像我们的格朗维尔一样,使作品充满寓意的、影射的细节,其作用,在他看来,是补充和阐明他的思想。对于观众,我刚才差一点说对于读者,有时候事与愿违,他的作品推迟了理解,并使之陷入混乱。

不过,贺加斯像一切喜欢探索的艺术家一样,有着相当丰富的手法和作品。他的方法并不总是那么生硬、那么显露、那么琐细的。举一个例子。请比较一下《入时的婚姻》这组版画和其他组版画如《纵欲的危险及其后果》《豪华酒店》《音乐家的苦恼》《诗

---

* 本文最初发表于一八五七年十月十五日。

人在家里》吧,人们就会承认后者具有多得多的从容和自然。其中有一幅表现的是一具扁平、僵直、躺在解剖台上的尸体,这显然是最稀奇的一幅。系在顶棚上的滑轮或其他机械把这放荡的死人的肠子拉出来。这个死人很可怕,而最能和这具尸体(当然是唯一的尸体)形成奇特对照的却是那些披着大得异常的、打着卷儿的假发的英国医生的形象,这些形象有高的,长的,瘦的,胖的,都庄严得很古怪。在一个角落里,一条狗贪吃地把鼻子伸进一只桶里,偷吃人的某种残留物。贺加斯,埋葬了滑稽!我更想说这是埋葬中的滑稽。那条吃人肉的狗总是使我想到那只历史性的猪,正当一架手摇风琴为不幸的福阿代斯①的葬礼演奏的时候,它却厚颜无耻地大喝垂死者的血。

我刚才说过,画室中的那句俏皮话应该被当做一种赞扬。事实上,我的确在贺加斯身上发现某种我说不准的阴森、狂暴和果决的东西,这个忧郁之国的几乎所有的作品中都散发着这种气息。在《豪华酒店》这幅画中,除了布满醉汉的生活和道路之上的那些无尽的厄运和古怪的事故之外,人们还发现一些以我们法国人的观点看来并不滑稽的可怕情况:几乎总是一些暴死。我不想在这里详细地分析贺加斯的作品,针对这位奇特的细心的道德家,已经有过许多评价了,我只想指出每个重要艺术家的作品中占主导地位的一般特点。

谈论英国而不提到西摩②,那将是不公正的,人人都看见过他对钓鱼和打猎都有瘾的人的两大业绩所进行的绝妙讽刺。蜘蛛的奇妙寓意最先就是从他这里借用的,那只蜘蛛在钓线和钓鱼者的从不会因焦急而抖动的手臂之间结了一面网。

西摩和其他英国人一样,作品中有一种粗暴和对极端的爱好,

---

① 福阿代斯,一八一七年在罗岱被暗杀的一位参议员。
② 西摩(Robert Seymour,1798—1836),英国画家。

揭示主题的方式是简单的,极其突然的和直接的。在漫画方面,英国人是些极端论者。"啊,深深的、深深的大海呀!"一个肥胖的伦敦人在一种怡然自得的凝视中喊道,他平稳地坐在一只小艇的凳子上,离港口只有四分之一里①远。我甚至相信人们还可以在背景上看到几片屋顶。这个蠢家伙过于出神了,看不见他亲爱的妻子的两条粗腿,这两条腿直直地伸过水面,脚趾指向天空。看起来是这位胖妇人头朝下栽进了水里,而水的样子却使这个头脑迟钝的家伙欣喜若狂。那个可怜的人呢,人们只看到她的两条腿。过一会儿,这个酷爱自然的人将冷静地寻找他的女人,不过他再也找不到她了。

乔治·克鲁克香克的特殊优点(我略过他的其他优点,如表现的细腻,对幻想的领悟等)是在怪诞方面具有取之不尽的丰富性。那种激情简直不可想象,要是没有证据,那将会被认为是不可能的,而证据就是大量的作品,如无数的小画片集,长套的滑稽画册,总之,令观察家记也记不清的大量人物、场面、面貌和古怪的图;怪诞从克鲁克香克的雕刻针下不断地、必然地流出来,就像丰富的韵律从天生的诗人笔下流出来一样。怪诞是他的习惯。

假使人们能够可靠地分析一种像艺术上的感情那样转瞬即逝不可触摸的东西,假使人们能够可靠地分析那种不管两位艺术家看起来联系多么密切而总能把他们区分开来的说不上来的东西,那我就要说,构成克鲁克香克的怪诞的,首先是行为和动作的过分的猛烈,是表现上的爆发。他的所有那些小人物都像哑剧演员一样激烈而喧闹地模仿。他的可以受到指责的唯一缺点是,在他身上才智之士或拙劣的画家常常超过了艺术家,也就是他并不总是以一种足够认真的方式作画。可以说,他在感到沉醉于他那神奇的激情之中的快乐时,作为作者他忘了赋予他的人物一种足够的

---

① 指法国古里,约合四公里。

活力。他作画有些过于像那些以信手涂抹为乐的文人了。那些动人的小人儿生下来并不总是能够成活的。这些小人儿你推我挤,坐立不安,以一种不可名状的活跃搅作一处,他不大关心他们的胳膊腿是否长对了地方。他们常常是略具人形,能怎么动就怎么动。总之,即令如此,克鲁克香克也是一位具有丰富的滑稽才能的艺术家,所有的画集他都会入选的。然而,对那些现代的法国剽窃者又能说些什么呢?他们无耻到了这种程度,不仅用了他的一些主题和草图,而且竟使用了他的手法和风格。幸好纯真是偷不来的。他们在装出来的天真中做到了无动于衷,但他们的画法却更加贫乏了。

二

在西班牙,有一个奇人在滑稽方面打开了新的眼界。

关于戈雅,我首先应该请读者们去读泰奥菲尔·戈蒂耶在《爱好者的珍品橱》上写的那篇出色的文章,此文后来被收进一本文集。泰奥菲尔·戈蒂耶极有理解类似气质的天赋。此外,关于戈雅的手法,例如模仿水彩画的蚀刻和腐蚀铜版法混用,再以铜版雕刻术进行修饰,应该谈的东西那篇文章都谈到了。我只想就戈雅引入滑稽中的那种极罕见的成分补充几句:我指的是幻想。确切地说,从法国方式的角度看,戈雅毫无特殊个别的地方,既没有绝对滑稽,也没有纯粹有含义的滑稽。他无疑常常深入到冷酷的滑稽中去,甚至达到了绝对滑稽的高度,但是,他所看见的事物的一般面貌却主要是幻想的,更确切地说,他投向事物的目光是一个天生富于幻想的翻译者的目光。《幻想曲》从构思的独特和从构思的实现上看,都是一件奇妙的作品。面对《幻想曲》,我想象出一个人,一个好奇的人,一个业余爱好者,对这些画中的几幅所影射的历史事实一无所知,他是一位思想淳朴的艺术家,他不知戈多伊①、国王查理、王后为何物;然而他在头脑的深处会感到强烈的震动,其原因在于独特的方式,艺术家圆满而可靠的手法,也在于笼罩着他的主题的那种幻想的氛围气。总之,在出于深刻的个性的作品中,有某种东西很像通常包围着我们的睡眠的那些周期性或持久性的梦。这就是真正的艺术家所特有的那种东西,即使在那些昙花一现的作品,即依附于时事、人们称之为漫画的作品中,这种东西也总是持久的、活跃的,我认为,这就是区别历史漫画家和艺术漫画家、短暂的滑稽和永恒的滑稽的那种东西。

戈雅始终是一位伟大的艺术家,常常使人感到可怕。他在塞万提斯②时代的快活、乐观和西班牙式讽刺里融进了一种非常现代的精神,或至少这种精神在现代是被人们迫切地追求着的,这种精神就是对难以觉察的东西的喜爱,对强烈的对比,对大自然的恐怖以及对环境使之奇特的兽性化的人脸的感觉。所有这些关于僧侣的漫画——打呵欠的僧侣,贪吃的僧侣,准备晨经的杀人犯似的方脑袋,狡猾的、伪善的、尖细的、像猛禽的侧面一样凶恶的脑袋——流露出来的精神是一种很值得注意的怪东西,它出现于十八世纪的讽刺和破坏的伟大运动之后,如伏尔泰在世,肯定会对它感激不尽,但他仅仅为的是思想(这位可怜的伟大人物对其余的一切都不大懂)。说它怪,就怪在这位憎恨僧侣的人是那么频繁地梦见巫婆,巫魔夜会,魔法,用铁钎烤熟的孩子,还有什么?总之是梦的放纵,幻象的夸张,还有那些白皙苗条的西班牙女人,她们被那些永恒的老太婆洗干净,打扮好,或是去参加巫魔夜会,或者晚上去卖淫,这文明的巫魔夜会!明与暗的变化贯穿了这些怪诞的恐怖。多么奇特的快活!我特别记得两幅非凡的版画。其中一

---

① 戈多伊(Godoy Alarez de Faria,1767—1851),西班牙政治家,戈雅曾为之作画。
② 塞万提斯(Miguel de Cervantes Saavedra,1547—1616),西班牙作家。

幅表现的是一片幻想的风景,乌云和悬崖混成一片。这是无人知晓无人到过的塞拉利昂的一角吗？这是一个混沌的标本吗？在这个丑恶的舞台上,有两个悬在空中的巫婆正进行一场恶战。一个骑在另一个的身上,打她,制伏她。这两个怪物滚在昏暗的空气中。人类理解所能想象出来的一切丑恶、一切精神上的污秽、一切罪恶都在她们脸上暴露无遗,而根据艺术家经常的习惯和一种不可解释的方法,这两张面孔介于人和兽之间。

另一幅表现的是一个人,一个不幸的人,一个孤独绝望的单子①,他竭力想从坟墓里出来。一些恶鬼和一群矮小的地精协力拼命压住开了缝的坟盖。这些警觉的死亡守护者联合起来对付这颗消耗在一切无望的斗争中的不屈灵魂。这场噩梦在朦胧与模糊的恐怖中骚动不已。

晚年的戈雅视力衰退,据说到了不得不让人替他削铅笔的地步,但是就在这时,他仍然作了很重要的大幅石版画,其中有表现人群拥塞、万头攒动的斗牛场面。那是一组惊人的版画,大幅的工笔画,这又一次证实了那一条控制着伟大艺术家的命运的奇特法则,即生命的航向与智力相反,他们在一个方面赢得了在另一个方面失去的东西,他们就这样随着一种渐进的青春,越来越有力,越来越振奋,越来胆子越大,直到坟墓的边缘。

在这些形象的前景上,充满了一种惊人的喧闹和混乱,那些疯狂的公牛怀着仇恨猛烈地攻击着敌人,其中有一头已经把一个斗牛士的裤子在屁股那儿撕掉了一块。这斗牛士只是受了伤,艰难地跪在地上爬着。可怕的畜生用角掀起了那不幸的家伙的已经破碎的衬衣,使他露出了屁股,而它重新低下了它那咄咄逼人的鼻尖。不过,这场屠杀中的这种不雅并未怎么使看客有所触动。

---

① 单子系旧哲学术语,莱布尼茨把单子看作精神的实体,此处应指个人。

戈雅的巨大优点在于创造畸形的逼真。他的怪物是和谐的，生下来就能活。在可能的荒谬这个方向上，谁也不如他有胆量。他的一切扭曲，那兽样的面孔，那狰狞的鬼脸，都渗透着人性。即便从自然史的特殊角度看，也难以对它们提出指责，它们的生命的各部分是那么相似与和谐。一句话，真实与幻想之间的连接线与结合点是不可能把握的，这是一条最细微的分析也画不出的模糊的界线，因为他的艺术既是超验的，又是自然的。

三

意大利的气候虽然也是南方的气候，却与西班牙的不同，因此，滑稽的发酵也就产生不出相同的结果。意大利的学究气（我用了这个词，是因为没有合适的词）在莱奥纳多·达·芬奇①的漫画和皮奈利的风俗画中得到了表现。所有的艺术家都知道莱奥纳多·达·芬奇的漫画，那是一些真正的肖像。这些漫画丑恶，冷漠，不乏残酷，但是缺少滑稽；没有感情的表露，也没有感情的放纵。伟大的艺术家画漫画时并不是在消遣，他是以学者、几何学家、自然史教授的身份画漫画的。他留心不漏掉最小的疣子，最细小的毛发。总之，也许他并不想画漫画，他在身边寻找丑得古怪的典型，然后模仿下来。

不过，一般地说，这并不是意大利的特点。那里的玩笑是低级的，但也是坦率的。巴桑②的那些表现威尼斯狂欢节的画给了我们一个正确的概念。那种快活充满了香肠、火腿和通心粉。一年一度，意大利的滑稽在林阴大道上爆发出来，并达到了疯狂的极

---

① 莱奥纳多·达·芬奇（Léonard de Vinci，1452—1519），意大利画家、雕刻家、学者。

② 指意大利画家莱昂德洛·巴萨诺（Léandro Bassano，1557—1622）。意大利有四个巴萨诺是画家，有人认为这里提到莱昂德洛·巴萨诺是很奇怪的。

限。大家都才智横溢,人人都成了滑稽艺术家;马赛和波尔多也许能够为我们提供一些有关这种气质的例证。应该通过《布朗比娅公主》看看霍夫曼是多么好地理解了意大利性格,在希腊咖啡馆喝咖啡的德国艺术家谈论得多么细致,他们缺乏深度,但他们全都真正地陶醉在这种全民性的愉快中了。他们像一般南方人一样是追求物质享受的,他们的玩笑总是有一股厨房和下流去处的味道。总的说来,是一位法国艺术家,即卡洛,通过我国特有的那种思想的凝练和意志的坚强给予这种类型的滑稽以最完美的表现。意大利最好的滑稽家一直是一位法国人。

我刚才说到了皮奈利,古典的皮奈利,现在他的光荣已经小多了。我们并不说他是一位十足的漫画家,他更多的是一位有趣场面的速写家。我提到他,只是因我年轻时老是听人赞扬他是高贵漫画家的典型。实际上,滑稽进入其中的只是极微小的一部分。在这位艺术家的所有习作中,我们都发现他在坚持不懈地关心着线条和古式构图,系统地追求着风格。

但是,皮奈利的生活远比他的才能更为浪漫,这大概对他的名气贡献不小。他的独创性表现在性格中远甚于表现在作品中,因为他是老实市民所想象的那种艺术家的最完全的典型之一,也就是说,传统的放荡,通过不端行为和暴烈的习惯表现出来的灵感。皮奈利拥有某些艺术家的一切江湖骗术:他有两条巨犬,像心腹和伙伴似的到处跟着他,他还有一根疙疙瘩瘩的粗木棍,他的头发编成辫子垂在两侧脸颊上,酒馆,狐朋狗友,如果价钱不满意就决心阔绰地毁掉作品,所有这一切都是他的名气的组成部分。皮奈利的家庭生活也不比家长的行为更有条理。有时候他回到家里,看见妻子和女儿正瞪着眼睛,互相揪住头发,处于意大利式的冲动和疯狂之中,皮奈利觉得妙不可言,就对她们喊道:"停住!别动,就这样停住!"于是,这番厮打就变成了一幅画。人们看到,皮奈利是那种艺术家,他们漫步在物质的自然之中,让它来弥补思想的懒惰,他们随时都准备抓起画笔。这样,他就在一个方面靠近了不幸的雷奥波德·罗贝尔①,后者也是想在自然中,而且只在自然中发现现成的题材;而对于更有想象力的艺术家来说,这些题材不过只具有笔记的价值罢了。就是这些题材,甚至全民公认的最滑稽最别致者的题材,皮奈利也要像雷奥波德·罗贝尔一样,要过过筛子,经过趣味的严格挑选。

皮奈利被恶意中伤过吗?我不知道,不过,他的传说就是这样,而我觉得这一切标志着一种弱点。我希望人们创造一个新用语、制造一个新词来谴责此类陈词滥调,这种风度和行为中的陈词滥调,它进入了艺术家的生活之中,也进入了他们的作品之中。再说,我也注意到历史上不乏与之相反的事情,最有创造性、最令人吃惊、构思最古怪的艺术家往往是些生活平静、井然有序的人,他们中的许多人具有很高的家庭美德。难道你们没有经常注意到,克制的天才艺术家最像完美的资产者吗?

四

佛来芒人和荷兰人从一开始就搞出了一些很美的东西,的确具有独特性和地方特色。人人都见过怪人勃鲁盖尔②从前的奇特的作品,但不要像好几位作家那样,把他和魔鬼勃鲁盖尔混为一谈。他的画中有着某种系统化,某种古怪的偏见,某种奇怪的方法,这是不容置疑的;然而这个奇特的天才具有一个比那种艺术上的打赌更高的起点,这也是可以肯定的。在怪人勃鲁盖尔的幻想画中,幻象表现出全部的威力。如果不是一开始就受到某种不为人知的力量的推动,哪个艺术家能创作出如此极度反常的作品?

---

① 雷奥波德·罗贝尔(Léopold Robert,1794—1835),法国画家。
② 有两个勃鲁盖尔,这里是老勃鲁盖尔(Pierre Brueghel,1525? —1569),下面提到的是小勃鲁盖尔(Pierre Brueghel,1564? —1638)。

在艺术上,受命于人的意志的部分要比人们以为的小得多,这是一件人们注意得不够的事情。勃鲁盖尔似乎追求过的那种古怪理想与格朗维尔的理想有很多的联系,尤其是人们如果愿意仔细考察这位法国艺术家晚年表现出的倾向的话,就更是如此,例如脑病患者的幻象,高烧引起的幻觉,梦的瞬息万变,观念的古怪联合,偶然的、怪诞的形式的组合。

怪人勃鲁盖尔的作品可以分为两类。一类包含着今天几乎不可解的政治寓意,正是在这一类画中,人们看见房屋的窗户是眼睛,风车的翼是手臂,千百种可怖的作品,其中自然不断地变成字谜。不过,人们常常弄不清这类作品是属于政治寓意画还是属于第二类,而第二类显然是最令人感兴趣的。我觉得,这第二类画包含着一种神秘,而我们这个时代由于怀疑和无知这种双重性格认为什么都不难解释,会简单地将这类画冠之以幻想和心血来潮。有几位医生已经模糊地感到有必要用不同于伏尔泰派的方便办法——这一派只是到处将欺骗认作巧妙——的办法对大量历史的和神奇的事实作出解释,但他们还没有搞清楚所有的心理奥秘。因此,我不相信能够不用一种特殊的撒旦的恩赐而对怪人勃鲁盖尔的魔鬼般的滑稽可笑的大杂烩作出解释。如果你们愿意的话,可以用疯狂或幻觉等词来取代特殊的恩赐一词,但是,其神秘将几乎同样幽微难明。对所有那些画的收集散发出一种传染性,怪人勃鲁盖尔的滑稽令人头晕目眩。一个人的智力怎么能包含这么多的魔法和奇迹,产生并描绘出这么多骇人的荒诞?我不能理解,也不能确切地指出其原因;但是,我们常常在历史上,甚至在现代历史的若干阶段中发现证据,证明道德氛围的传染和禁锢具有巨大的威力,而且我不能不注意到(但我并不装模作样,卖弄学问,想证实勃鲁盖尔可能见过魔鬼显灵,也确实没有此种意图),极端恐怖的这种神奇的繁荣最为奇怪地和著名的历史性的巫师流行病同时发生。

论一八五五年世界博览会美术部分[*]

一 批评方法，论应用于美术的现代进步观，活力的转移

对于一个批评家来说，对于一个沉思者（其思想既倾向于普遍化，又倾向于细节研究，更确切地说，倾向于整理分类和在世界范围内排定等级）来说，很少有什么事情跟比较各个民族及其产品那样有趣、那样吸引人和充满着惊奇和启示。我说排定等级，意思不是说某个民族比某个民族优越。尽管大自然中有些植物多少是崇高的，有些形式多少是空灵的，有些动物多少是神圣的，尽管根据世界的广泛相似性，人们有理由认为某些民族——数量众多的动物，其机体与环境相适应——受过上帝的培养和教育，有一个明确的目标，一个多少是高尚的、接近上天的目标，但我在这里所做的，只不过是肯定他们在难以确定的他[①]的眼中有着同样的用途，并指明他们在世界的和谐中相互给予的神奇的支援。

一个由于孤独（而远非由于书籍）而稍许习惯于深广的沉思的读者可能已经猜到我的用意何在了，我也以此要求一切真诚的人们，只要他们稍微思想过和稍微旅行过。为了避免拐弯抹角、游移

---

[*] 本文第一、三部分最初发表于一八五五年五月二十六日和六月三日，第二部分发表于一八五五年八月十二日。

[①] 指上帝。

不定的笔法,我要用一个几乎等于一个公式的问题三言两语地把事情说清楚。这个问题是:一位现代的温克尔曼①(我们有的是,各国都有的是,懒汉们爱之若狂)将做些什么,说些什么?面对一件中国作品,他会说什么呢?那作品奇特、古怪,外观变形,色彩强烈,有时又轻淡得近乎消失,然而那却是普遍美的一个样品;不过,为了理解它,批评家、观众必须在自己身上进行一种近乎神秘的变化,必须通过一种作用于想象力的意志的现象,自己学会进入使这种奇异得以繁盛的环境中去。很少有人全面地具有这种非凡的世界性的恩惠,但是,人人都可以不同程度地获得它。这方面最有天赋的是那些孤独的旅行者,他们多年生活在密林深处,无垠的草原腹地,除了枪之外没有别的伙伴,他们沉思冥想,仔细分析,写作,没有任何学校的帷幔、大学的奇谈怪论、教育的乌托邦横亘在他们和复杂的真理之间。他们深知形式和功能之间的奇妙、永恒、不可避免的关系。这些人并不批评,他们凝视,他们探索。

假如我找来的不是一位教书先生而是一个上等人,一个聪明人,假如我把他带到一个遥远的地方,我确信,如果到达时的惊讶是巨大的,适应的阶段多少是长期的、艰难的,那么,好感早晚会变得如此强烈、如此深入,以至于会在他身上创造出一个具有新观念的世界,这世界将成为他的不可分割的一部分,将以回忆的形式一直陪伴他到死。那些建筑物的形式会使他的学院式(任何民族在评判其他民族时都是学院式的,任何民族在被人评判的时候都是野蛮的)的眼睛感到不快,那些植物使他的充满着故乡的回忆的记忆感到不安,那些女人和男人,他们的肌肉并不根据他的国家的传统方式颤动,他们的举措并不和他所习惯的节奏合拍,他们的目光也不射出同样的磁力,那些气味不再是他母亲的小客厅的那种气味了,

---

① 温克尔曼(Johann Joachim Winkelmann,1717—1768),德国启蒙运动的领袖之一,他认为古典艺术的理想是"高贵的单纯,静穆的伟大"。

那些神秘的花朵的深邃的色彩不由分说地进入他的眼帘,而其外形也在挑逗着他的目光,那些果实的味道使感官错乱,在味觉上引起嗅觉的概念,这整个的具有新的和谐的世界慢慢地进入他的身上,耐心地渗透,仿佛一间加了香料的浴室里的蒸汽一样。所有这陌生的活力将和他自身的活力合在一处,几千种观念和感觉将丰富他那凡人的词典,他甚至可能超越界限,将正义变成反叛,像西康布里人①一样改宗,烧毁他曾经崇拜的东西,而崇拜他曾经烧毁过的东西。

我再说一遍,这位才子面对异常现象会说些什么,写些什么?他是一位亨利·海涅所说的宣过誓的现代的美学教授,如果他朝拜神祇更勤一些,他会成为一个天才吗?这位发了疯的美学空谈家大概会胡说八道,他关在他那体系的令人眼花缭乱的堡垒里,咒骂生活和自然,他那希腊的、意大利或巴黎的狂热将促使他禁止这异常的民族用不同于他自己的方法去享受、梦幻或思想,而他自己的方法却是满纸涂鸦的学问,混杂的趣味,比野蛮人还要野蛮;他忘记了天空的颜色、植物的形状、动物的动作和气味,他的手指痉挛,被笔弄成瘫痪,再也不能灵活地奔跑在应和的广阔键盘上了!

我像我的朋友们一样,也不止一次地想把自己封闭在一个体系之内,以便舒舒服服地进行鼓吹;但是,一种体系就是一种可以入地狱的罪过,促使我们发誓永远弃绝;因此总需要不断地创造出另一种体系,这种疲劳是一种残忍的惩罚。并且我总觉得自己的体系是美的、巨大、开阔、便利,尤其是它既干净又光滑,至少我自己这样觉得。但是,又总有一件出自普遍活力的自发而意外的作品来否定我那幼稚然而陈旧的学问,这乌托邦的可悲的女儿。我也曾交换或扩大标准,却终属徒劳,它总是落后于普遍的人,不断地尾追着形式众

---

① 日耳曼人的一支,公元前十二世纪被罗马人征服,并被迁移至高卢地区,公元三世纪,并入法兰克人,故有改宗之说。

多、五光十色、在生活的无限螺旋中运动的美。我总是不断地经受改换门庭的屈辱。我终于痛下决心,为了避免哲学上的背弃所造成的恐惧,我骄傲地自甘谦逊:我满足于感觉,我又反身到完美的天真中求一栖身之处。我向各式各样的学院派请求原谅,他们现正住在我们的艺术生产的各种作坊之中。我的哲学良心是在天真之中得到平静的,我至少可以说,像一个人可以为他的美德担保一样,我的思想现在具有更多的公正。

任何人都可以很容易地想象到,如果所有要表达美的人都遵守那些宣誓教授的清规戒律,那么美本身就要从地球上消失,因为一切典型、一切观念、一切感觉都混同在一个巨大的统一体中,这个统一体是单调的,没有个性的,像厌倦的虚无一样巨大。多样化,这个生活的必要条件,将从生活中销声匿迹。在艺术的多种多样的产品中总有某种新东西永远不受规则和学派的分析的限制!惊奇是艺术和文学所引起的巨大愉快之一,它取决于典型和感觉的这种多样化。而宣誓教授这种专横的名士,总是使我觉得像是一种妄想取代上帝的大逆不道之徒。

请那些从书本中讨生活的极其傲慢的诡辩家们不要见怪,我的看法还不止于此。无论我的思想表达起来多么微妙,多么困难,我并未放弃表达清楚的希望。美总是古怪的。我不是说它之古怪是自愿的,冷漠的,如果这样的话,它就将是一个脱离生活轨道的怪物;我是说,它总是包含着一点儿古怪,天真的、无意的、不自觉的古怪,正是这种古怪使它成为美。这是它的注册,它的特点。把这种看法倒过来试试看,努力想象一种平凡的美试试看!因此,这种不可缺少,不能压缩,变化无穷,取决于环境、气候、风俗、人种、宗教以及艺术家本人气质的古怪,怎么能由在地球上某个科学的小教堂里炮制出来的空想规则来支配、改善、修正而不危及艺术本身的生命呢?这种古怪的成分组成并决定了个性,而没有个性,就没有美。这种古怪成分在艺术中(请看在下面这个比喻的准确性的分上而原谅它的粗俗吧）起到了滋味或作料在菜中的作用,而各种菜之间的区别除了它们的功用或所包含的营养物质的多少之外,就是它们显露给舌头的观念。

这次美好的画展在内容上是丰富多彩的,从它的多样化来看是令人不安的,而对教学来说则是使人难以应付的,所以我要尽可能地摆脱任何学究气。说画室的行话以及打击艺术家抬高自己的人已经够多的了。我觉得,博学在许多情况下都是幼稚的,不能真正表现它的本质。巧妙地论述对称或均衡的构图、色调的和谐、暖调和冷调等,对我来说是太容易了。这是哗众取宠啊!我更喜欢以感情、道德和快感的名义来谈一谈。我希望某些博学而无学究气的人会认为我的无知是富有情趣的。

有人讲,巴尔扎克(谁不是恭恭敬敬地倾听一切有关这位伟大天才的哪怕是再小的故事呢?)一天站在一幅很美的画前,这幅画画的是冬景,气氛忧郁,遍地白霜,星星点点的几个窝棚和瘦弱的农夫。他凝视着一座飘出一股细烟的小房子,喊道:"多美啊!可他们在这间窝棚里干什么?他们在想什么?他们在愁什么?收成好吗?他们大概是有到期的票据要支付吧?"

谁愿意笑德·巴尔扎克先生就笑去吧。我不知道是哪一位画家有幸使得伟大的小说家的灵魂颤动、猜测和不安,但是我想他通过他的令人赞赏的天真为我们上了一堂极好的批评课。我赞赏一幅画经常是单凭着它在我的思想中带来的观念或梦幻。

绘画是一种展现,一种神奇的活动(在这方面,我们若是能够察看一下儿童的灵魂就好了!),当被展现的人物、被重新唤起的观念在我们面前站立起来,面对面地看着我们的时候,我们是无权——否则就是幼稚到了极点——过问巫师的召唤方式的。对于学究气和诡辩来说,除了要知道在方法上彼此最相对立的艺术家们根据什么法则为我们唤起同样的观念和激起类似的感情之外,我不知道还有什么更加令人窘困的问题。

还有一种很时髦的错误,我躲避它犹如躲避地狱。我说的是关于进步的观念。这盏昏暗的信号灯是现代诡辩的发明,它获得了专利证书,却并未取得自然或神明的担保,这盏现代的灯笼在一切认识对象上投下了黑影,自由消逝了,惩罚不见了。谁想看清楚历史,谁就应该首先熄灭这盏阴险的灯笼。这种荒唐的观念在现代狂妄的腐朽土地上开花,它使每个人推卸自己的义务,使每个灵魂摆脱自己的责任,使意志挣脱对美的爱所要求于它的一切联系。如果这种悲惨的疯狂长久地继续下去,人种就要退化,就会枕在宿命的枕头上,陷入衰败的颠三倒四的睡眠之中。这种自命不凡标志着一种已经很明显的颓废。

问问任何一个每天都在他的小咖啡馆里读他的报纸的好法国人进步是什么意思,他会回答说,进步就是蒸汽,电,煤气照明,这都是罗马人所不知道的奇迹,这些发现充分地证明了我们胜过古人。这个可悲的头脑里是多么昏暗,那里面物质的东西和精神的东西是多么古怪地混在一起啊!这可怜的家伙被他的那些动物至上和工业至上的哲学家们美国化了,以至于失去了区分物质世界和精神世界、自然界和超自然界的概念。

如果一个民族今天在一种比上个世纪更微妙的意义上理解精神问题,这就是进步,这是很清楚的;如果一位艺术家今年产生出一件作品,证明他比去年有更高的技巧或想象力,他肯定是进步了;如果今天的食品比昨天质量更好、价格更便宜,这在物质方面是一个不容置疑的进步;然而请问,明天的进步的保证何在?因为蒸汽哲学和化学火柴哲学的信徒们是这样理解进步的:进步总是以一种无限定的连续这种形式出现的。这种保证何在?我说,它只存在于你们的轻信和自负之中。

这种不确定的进步越是给人类带来新的享受,就越使人类变得爱挑剔,与此同时,它是否也是对人类的最巧妙、最残酷的折磨?它在通过一种顽强的自我否定来发展的同时,是否也是一种不断更新的自杀方式?它被封闭在神的逻辑的火圈中,是否也像蝎子一样用自己可怕的尾巴、那个造成它永恒的绝望的永恒 desideratum①,来把自己刺伤?这些问题,我且置之不论。

进步的观念被植入想象的范围(有些鲁莽的人和逻辑狂人企图这样做)就显得荒谬并进而变成骇人听闻的东西。此论可以休矣。事实太明显了,尽人皆知。事实嘲弄着诡辩,并坚定地对抗着它。在诗和艺术的领域内,启示者是很少有先行者的。任何繁荣都是自发的,个人的。西纽雷利②果真是米开朗琪罗的创造者吗?佩鲁吉诺③蕴含着拉斐尔吗?艺术家只属于他自己,他答应给后世的只是他自己的作品。他只为自己作保。他无后而终。他是他自己的君主、他自己的教士和他自己的上帝。正是在这样的现象中,皮埃尔·勒鲁的著名的引起轩然大波的说法得到了真正的应用。④

对于那些愉快地、成功地培育着想象艺术的民族来说,情况也是如此。目前的繁荣只是一时有了保证,可惜这段时间太短了。从前曙光出现在东方,光明射向南方,而现在,曙光在西方喷薄而出。法国由于处在文明世界的中心,的确像是被选定来收集周围的观念和诗,并使它们在其他民族看来被加工打磨得美妙非凡;但是,永远不应忘记,民族是一种巨大的集体存在,个人服从于同一的法则。童年时期,它啼哭,说话结结巴巴,一天天长大;青年和壮年时期,它产生出明智而大胆的作品;到了老年,它就睡在已经获得的财富上

---

① 拉丁文:"愿望"。
② 西纽雷利(Luca Signorelli,1450—1523),意大利画家。
③ 佩鲁吉诺(Pérugin,约 1450—1523),意大利画家。
④ 据考证,波德莱尔这里影射的是皮埃尔·勒鲁的《撒马雷的沙滩》。勒鲁在这首诗中猛烈地攻击了"为艺术而艺术"的文学主张,其中讽刺道:"艺术家是一颗星,一道光,一朵玫瑰,一只夜莺。他自己发光,自己生香,他歌唱不需缪斯启发,他就是缪斯……他是太阳……美就是我……艺术就是艺术家。""诗人遗世独立,诗人就是上帝……""艺术家就是上帝。"对于勒鲁的这些讽刺性说法,波德莱尔显然是反其意而用之。

面。常常是原则本身给它力量,使它发展,而这种发展又带来了衰颓,尤其是当这种曾经从征服的热情中得到活力的原则在大多数民族那里已经变成某种常规的时候。于是,像我刚才隐约指出的那样,活力转移了,它要光顾其他地区和其他民族了;而且不应认为,新来者全盘地继承前人,从他们那里获得一种现成的理论。常常是(中世纪即是如此),一切都失去了,一切都得从头做起。

带着这种先入之见——想在意大利发现达·芬奇、拉斐尔、米开朗琪罗的后代,在德国发现阿尔贝·丢勒①的精神,在西班牙发现苏巴朗和委拉斯开兹的灵魂——参观世界博览会的人,将会感到无益的惊讶。我没有时间,也许也没有足够的学问来研究艺术活力转移的法则,为什么上帝对一个民族的剥夺有时是暂时的,有时是永久的;我只满足于指出历史上常见的一个事实。我们生活在一个必须重复某些平庸的东西的时代,这是一个自以为摆脱了希腊和罗马的不幸的骄傲的时代。

英国画家的展览很美,出奇的美,值得进行长久而耐心的研究。我原想首先颂扬我们的邻居,这个如此令人惊叹地盛产诗人和小说家的民族,这个拥有莎士比亚、克雷布②和拜伦、麦图林和葛德文③的民族,颂扬雷诺兹、贺加斯和庚斯博罗④的同胞们,但我想再研究研究,我有极好的借口,我出于极端的礼貌推迟这项如此悦人的工作。推迟是为了做得更好。

因此,我以一件更容易的工作开始:我将很快地研究一下法国学派的主要大师,并分析它自身所包含的进步的因素或毁灭的原因。

---

① 阿尔贝·丢勒(Albert Dürer,1471—1528),德国画家、雕刻家。
② 克雷布(George Crabbe,1754—1832),英国诗人。
③ 葛德文(William Godwin,1756—1836),英国小说家。
④ 庚斯博罗(Thomas Gainsborough,1727—1788),英国画家。

二 安格尔

法国的展览范围很广,一般来说,展品也很有名,对巴黎的好奇心来说已经不新鲜了,批评与其详尽地分析和叙述每一件作品,还不如深入到每个艺术家的性情以及促使他行动的动机中去。

大卫,这颗冰冷的星辰,以及他的历史卫星盖兰和吉罗代①,这几个某种炼金术士,当他们在艺术的地平线上升起的时候,就发生了一场巨大的革命。这里且不去分析他们追求的目标,不去检验他们目标的正当性,也不去考察他们是否超越了目标,我们只需看到,他们有一个目标,一个针对着过于活跃、过于可爱的轻佻的伟大目标,对于这种轻佻,我也不愿意进行评价及确定其特点。他们坚持不懈地瞄准着这个目标,他们在自己的人造阳光照耀下前进,其坦率、决心和协调使他们不愧为真正的有派别的人。当激烈的观念在珂罗的笔下软化并且变得温情脉脉的时候,它早已消失了。

我清楚地记得,在我们的童年时代,所有这些透出不自觉的幻想的面孔,所有这些学院派的幽灵都笼罩着神奇的崇敬;而我自己则不能不怀有一种宗教的恐惧凝视着所有这些古怪的瘦高个儿,所有这些瘦削庄严的美男子,所有这些假正经地贞洁、传统地淫荡的女人,他们中有的人靠古剑拯救自己的羞耻心,有的人则躲在学究式的透明的帷幔后面。所有这些人都是真正地离开了自然,在一片发绿的光线(真正的阳光的一种奇怪表达)下扭动着,或者更正确地说是在装腔作势。但是,这些过去受到过分颂扬而今天受到过分轻蔑的大师们还是有巨大的优点,假如人们不过分地关心他们的方法和古怪的体系、不过分把法国性格引向英雄主义趣味的话。无论如何,这种对希腊和罗马历史的永恒观照只能带来一

---

① 吉罗代(Anne-Louis Girodet de Roucy,1767—1824),法国画家。

种健康的斯多葛派的影响,不过,他们并不总是如他们所愿的那样是希腊人或罗马人。的确,大卫总是那个充满英雄气概的、不可动摇的大卫,专制的启示者。至于说盖兰和吉罗代,虽然总是像预言家一样念念不忘夸张精神,却不难在他们身上发现某些轻微的腐化成分,某种未来的浪漫派的不祥的、有趣的征兆。那个狄多①,服装如此做作夸张,无精打采地躺在一片落日的余晖中,你们不觉得比起维吉尔的构思,她与夏多布里昂的最初的看法有着更多的亲属关系吗?你们不觉得她那淹没在纪念册的气氛中的湿润的眼睛几乎预告了巴尔扎克的某些巴黎女子吗?不管某些很快就会衰老的轻薄人想些什么,吉罗代的《阿达拉》是一出远远超过无数现代的无聊之作的悲剧。

但是今天我们面对着的是一个有着极大的无可争辩的名声的人,他的作品更难理解和解释。关于这些不幸的名画家我刚才斗胆使用了一个不恭敬的词:古怪的。为了解释某些具有艺术个性的人在接触安格尔先生的作品时的感觉,我认为他们面对着的古怪远比共和派和帝国派的古怪更为神秘和复杂,我这样说并没有不好的意思,尽管前者是他的出发点。

在明确地进入本题之前,我一定要指出一种最初的印象,这是许多人感觉得到的,而且他们一进入奉献给安格尔先生的作品的圣殿,就不可避免地要想起来。这一印象难以明确,不知有多大成分是来自不适、无聊和恐惧,它让人隐约地、不由自主地想到由空气稀薄、化学实验室的气氛或意识到一个幻觉的环境(确切地说,是一种模仿幻觉的环境)所引起的难以支持的感觉;意识到一群机械人,当它们过分明显、过分实在的外表扰乱我们的感官的时候,我们也会有这种感觉。这已经不是我刚才谈到的我们在《萨

---

① 狄多,希腊神话中的迦太基女王和建国者,与特洛伊王埃涅阿斯相爱,当众神命埃涅阿斯返回时,她因失望而自杀。

宾女人》、躺在浴缸里的《马拉》《洪水》、夸张的《布鲁图斯》面前强烈感到的那种幼稚的崇敬了。的确,那是一种强有力的感觉,我们为什么要否认安格尔先生的力量呢?不过,那是一种低等的、几乎是病态的感觉。那几乎是一种否定的感觉,如果可以这样说的话。实际上,应该立刻承认的是,这位著名画家、独特的革命者,还是有许多长处的,他的魅力是无可争辩的,我一会儿将分析其来源,如果我在这里不指出在精神能力的活动中有一种空白、匮乏和减弱,那将是幼稚的。支持着这些在学院派的智力锻炼中迷失方向的大师们的想象力,这各种能力的皇后,已经消失了。

没有想象力,就没有运动。我不会不敬和不诚到这样的程度,说安格尔先生身上有一种屈从;我猜得出他的性格,更相信那是一种英勇的奉献,是他真诚地认为更崇高、更重要的能力的祭坛上的一件牺牲。

不管看起来多么不合情理,在这一点上,他接近于一位年轻的画家,这位画家最近打响了第一炮,显示出一种造反的姿态。库尔贝①先生也是一位强有力的创造者,一个离经叛道、有耐心、意志坚强的人,他取得的成就对某些人来说已经比这位拉斐尔派传统的大师的成就更有魅力了,那无疑是因为内容的坚实和爱情上的犬儒主义;他的这些成就也具有那种特别的东西,即表现出他是一个有派别精神的人,是一个糟蹋才能的人。政治和文学也产生着这样的有力的气质、抗议者和反超自然主义者,他们被承认的唯一理由在于一种有时是健康的反抗精神。主宰画事的神意把所有那些对占主导地位的叛逆的观念感到厌倦和压抑的人给了他们做同谋。区别在于,安格尔先生的英勇牺牲是为了对传统和拉斐尔派的美的观念表示敬意,而库尔贝先生却是为了外部的、实在的、直接的自然。在他们与想象的战斗中,他们服从于不同的动机,然而

---

① 库尔贝(Gustave Courbet,1819—1877),法国画家。

两种相反方向的狂热,使他们做出了同一种自我牺牲。

现在,我们回过头来继续我们的分析,安格尔先生的目标是什么?毫无疑问,那不是表达感情、激情及其不同的变化形式,也不是再现巨大的历史场景(尽管油画《圣辛福里安》具有意大利式的美,甚至有些过分,意大利化到了堆砌人物形象的程度,它显然并未揭示出一个基督教受难者的崇高,也未揭示出保守的异教徒的既残忍又冷漠的兽性)。那么,安格尔先生追求什么、梦想什么呢?他来到世上说些什么呢?他为绘画的真谛补充了什么新东西呢?

我从内心里以为,他的理想是一种半由健康半由平静(近乎冷漠)形成的理想,是某种与古典理想相类似的理想,而他又在其中加入现代艺术的好奇和精细,这种结合常给他的作品带来一种古怪的魅力。这种理想把拉斐尔的平静的坚实和妖冶少妇的刻意修饰掺和在一种令人不快的姘合之中,安格尔先生喜欢这种理想,因此,他应该特别在肖像画方面获得成功,果然,他在这方面获得了最大的、最正当的成功。但是,他绝不是时下流行的那种画家,不是那种一个俗人拿着钱袋就可以去要求复制其尊容的平庸的肖像画匠。安格尔先生选择模特儿,应该承认,他选择时极有分寸感,选出最适于表现他在这方面的才能的模特儿。美丽的女人,丰富的性格,平静而健康的身体,这就是他的成功和快乐!

不过,这里出现了一个争论不休的问题,而讨论这个问题又总是有益的。安格尔先生的素描的长处是什么?它具有一种高超的素质吗?它是绝对的聪明吗?凡是比较过主要的大师们的素描方式并说安格尔先生的素描是一个有条理的人的素描的人,都会明白我的意思。他认为自然应该被修正,被改善,巧妙的、可爱的、目的在于愉悦眼睛的弄虚作假不仅是一种权利,而且是一种义务。人们一直在说,自然应该被全面地、合乎逻辑地加以解释和表达;但是在眼下这位大师的作品中,有的却常常是欺诈、诡计、暴力,有时还是弄虚作假和下绊子。看那些手指,细长作纺锤状,过于千篇

335

一律了,狭窄的指端挤压着指甲,拉瓦特从那宽阔的胸、肌肉发达的小臂、有些男子风的全身来判断,会认为那些手指是方形的,标志着画主是一个爱好男性活动以及艺术对称和均衡的人。看那些细腻的面孔,仅只是肩膀高贵,与之相配的胳膊却过于粗壮,过分地洋溢着拉斐尔式的新鲜。拉斐尔喜欢粗壮的胳膊,应该首先服从大师并取悦于他。这里我们看到肚脐太靠近肋了,那里一只乳房的尖太偏向腋窝;这里——此处更不可原谅(因为一般地说,这种种作假多少总可谅解,根据对风格的过分趣味,又总是可以猜到的)——我们就完全糊涂了,一条叫不出来的腿,精瘦,没有肉,没有形,足踝处也没有褶皱(《朱庇特和安提俄珀》)。

我们也要注意到,在这种对风格近乎病态的关注的驱使下,画家经常取消隆起,或者减少到看不见的程度,希望这样能赋予轮廓以更多的价值,以至于他画的人像都有一副老板的样子,外形很正确,充满了软绵绵的物质,但是没有活力,与人类的肌体不相干。有时候,眼睛看到了迷人的东西,这些东西无可争议是活生生的,但是人们头脑中闪过这种刻薄的念头,即安格尔先生没有寻找自然,而是自然强迫了他,是那位高大强壮的太太用她的不可抗拒的巨大影响征服了他。

根据以上所说,人们不难明白,安格尔先生可以被看作是一个具有很高素质的人,是一个动人的美的爱好者,但是他缺乏那种造成天才的必然性的坚强气质。他的压倒一切的忧虑是古代的趣味和对流派的尊重。总之,像所有缺乏必然性的人一样,他相当易于受到赞赏,性格也相当折中。所以,我们看到他在一个个古人间徘徊;提香①(《宣道的庇护七世》),文艺复兴时期的珐琅艺人(《阿纳迪奥门的维纳斯》),普桑和卡拉齐(《维纳斯和安提俄珀》),拉斐尔(《圣辛福里安》),德国的早期艺术家(所有那些讲故事的小

---

① 提香(Titien,1490—1576),意大利画家。

画片式的小油画),古玩和波斯及中国的稀奇玩意儿(《小宫女》),都在争夺他的宠爱,对古代的爱以及古代的影响随处都感觉得到;但是我觉得,安格尔先生和古代的关系,常常有如高雅的趣味在他暂时的心血来潮之际和风度的自然文雅的关系,而这种风度的自然文雅出自个人的尊严和慈悲之心。

尤其是在市政厅送展的那幅《拿破仑一世颂》中,安格尔先生更显露出他对伊特鲁立亚人①的兴趣。然而,伊特鲁立亚人虽以简化著称,却并未到不把马拴在车上的程度。难道画中的那些超自然的马(这些马是用什么做成的?它们像是用一种光滑而坚实的材料做成的,如同攻占特洛伊城的木马一样)拥有一种磁力,不用套具和鞍具就能拖走后面的车吗?关于拿破仑皇帝,我很想说,我在他身上丝毫没有发现他的同时代人和为他写史的史家通常赋予他的那种史诗的、命运的美。我看到伟大人物的外部的、传说的特征没有被保留总是感到难受,而群众在这一点上和我是一致的,他们心目中的心爱的英雄总是穿着圣典上的正式服装,或者戴着那顶铁灰色的历史性的帽子,请酷爱风格的人们不要生气,这丝毫也不会使现代的赞颂减色。

但是,人们还可以对这幅作品提出更严重的指责。赞颂的基本特征应该是超自然的感情,向高处上升的力量,一种冲动,不可阻挡地飞向天空,那里是人类一切希望的目标和伟大人物的传统居所;而这里的赞颂却是向下的,更确切地说,是马的挽具掉了,这种下落的速度是与它的重力成比例的。马拉着车冲向地面。一切都像一个泄了气的气球,本来可以保住压载物的,现在却不可避免地要碰碎在地球的表面上。

至于《圣女贞德》,暴露出过分地卖弄方法,我简直不敢谈了。不管在他的狂热崇拜者看来,我对安格尔先生是多么缺乏好感,我

---

① 古代居住在意大利半岛上的一个民族。

还是认为,最崇高的天才也总是有犯错误的权利的。在这里,一如在《拿破仑一世颂》之中,错误就在于完全没有感情和超自然主义。那个高贵的少女在哪里?根据善良的德勒克吕泽①先生的许诺,她应该为自己也为我们对伏尔泰的放肆进行报复。总而言之,我认为,使安格尔先生成为今天这样一个强有力的、无可争辩的、无法控制的统治者的才能,除了他的博学、他对美的偏执几乎是放纵的爱好之外,就是意志,更确切地说,是极度地滥用意志。说到底,他一如既往,从一开始就是这样。由于他的毅力,他也将这样继续下去。因为他不进步,所以他也不会老。他的过于热情的欣赏者也将一如既往,一直爱到盲目的程度。在法国什么都不会变,甚至向一位大艺术家吸取只属于他个人的那些古怪优点以及模仿不能模仿之事等怪癖也不会变。

千百种时势,当然是有利的,也有助于巩固他的巨大的名声。他通过一种对古代和传统的夸张的爱使上流社会人物敬服,他又以古怪使怪人、过来人、千万个总是在寻求新奇甚至是苦涩的新奇的爱挑剔的人感到愉快;不过,他身上好的东西,或至少是有吸引力的东西,却对那一大群模仿者产生一种可悲的结果,而这一点我以后还有机会加以论证。

三 欧仁·德拉克洛瓦

欧仁·德拉克洛瓦先生和安格尔先生分享着公众的爱和恨。很久以来,舆论就围绕着他们形成了圈子,就像围绕着两个角斗士一样。我们不赞同这种对于对照的共同的幼稚的爱好,而应该首先考察一下法国的这两位大师,因为在他们周围,在他们之下聚集排列着组成我们的艺术队伍的所有人物。

---

① 德勒克吕泽(Etienne-Jean Delécluze,1781—1863),法国画家、美术批评家。

面对德拉克洛瓦先生的三十五幅画,抓住观众的第一个念头,就是他面对着一个充实的生命,一种对艺术的执着的、持续的爱。哪一幅画最好?找不出来;哪一幅画最有趣?拿不定主意。人们以为这里那里发现了进步的证据,但是,如果说某几幅更近些的画证实某些重要素质有了彻底的发展,那么,一个公正的人也会隐约看出,从他最初的作品开始,从他年轻时开始(《但丁和维吉尔游地狱》,1822年),德拉克洛瓦就是伟大的。他有时更精细,有时更独特,有时画得更像,但他总是伟大的。

面对着一个如此高贵如此美满地完成了的命运,一个得到自然恩典和被最令人赞叹的意志带到光辉的终点的命运,我感到伟大诗人①的诗句不断地在我脑海中浮动:

> 高贵的造物在太阳底下诞生,
> 在地上把人的一切梦想聚集:
> 铁的身,火的心;可赞叹的精英!

> 上帝造他们像是为证明自己,
> 塑造时取用的泥土更为细软,
> 大功告成往往用去一个世纪。

> 他像一个雕塑家,把指痕印遍
> 他们那闪着天上荣光的脑门,
> 那里生出金灿灿火样的光环。

> 这些人走了,安详而精神振奋,
> 时时刻刻都保持姿态的庄严,
> 眼睛凝视不动,举止宛若天神。

---

① 指戈蒂耶。

……………

只给他们一天,或给他们百年,
给他们色彩或剑,风暴或静谧:
他们都会把辉煌的意图实现。

他们奇特的存在是梦的真实!
他们会实现您的理想的计划:
渊博的老师完成学生的草图。

您秘密的愿望骑着他们的马,
您的精神托梦把那门拱撑圆,
稳稳地走过了那凯旋的门下。

……………

这种人每个民族以五、六为限,
在繁荣的时代也只有五、六个,
人们讲述着这些永生的典范。

泰奥菲尔·戈蒂耶把这称为《补偿》①。德拉克洛瓦先生能够独力填补一个世纪的空白吗?

没有任何艺术家像他那样受到这样的攻击、嘲笑和束缚,但是,政府的犹豫(我说的是从前)、几个资产阶级沙龙的抱怨、几个咖啡馆学士院的充满仇恨的宏论以及玩多米诺骨牌的人的卖弄,能把我们怎么样呢?铁证如山,问题永远地解决了;成绩在此,明

---

① 即上文所引诗句的标题。

显,巨大,光彩夺目。

德拉克洛瓦先生处理过所有的体裁,他的想象力和他的学识漫游在绘画的一切领域之中。他画过(多有感情,多么细腻!)迷人的小画,充满了亲切和深刻;他使我们的宫殿生辉,他用巨大的画幅充实了我们的美术馆。

今年,他理所当然地利用机会展示了他毕生创作的作品中相当大的一部分,并可以说是让我们重新审阅了他的案卷。这批作品是精心选出的,给我们提供了有关他的思想和才能的具有结论性的丰富多彩的样品。

请看《但丁和维吉尔游地狱》,这幅出自年轻人之手的油画当时是一场革命,人们长期里把一个人像归于籍里珂(一个跌倒的人的半身像)。《图拉真的惩罚》和《十字军进入君士坦丁堡》这两幅油画,究竟哪一幅可入巨作之列,是可以斟酌一番的。《图拉真的惩罚》是一幅明亮得出奇的油画,它是那么疏朗,又那样地充满喧闹和排场!皇帝如此的美,人群弯弯曲曲围着柱子或跟着队伍流动,是如此的喧闹,那个忧伤的寡妇又是如此的悲惨!这就是那幅有幸受到卡尔①先生嘲笑的画,他是一个墨守成规的人,嘲笑玫瑰色的马,好像不存在略微有些玫瑰色的马似的,总之,好像画家没有权利画那样的马似的。

而《十字军》一画,且不说主题,它那激烈而凄惨的和谐就是如此深刻地动人心魄!怎样的天,怎样的海啊!一切都是既喧嚣又平静,如同一场大变动之后。城市一段段地被十字军攻占,显出一种动人的真实。那些闪亮的、翻卷着的旗帜,在一片透明的雾气中,伸展开来,闪动着明亮的褶皱!活跃不安的人群,纷乱的武器,衣着的豪华,生活的重大场合里举止的夸张的真实!这两幅画本质上有一种莎士比亚式的美。因为在莎士比亚之后,没有人像德

---

① 卡尔(Alphonse Karr,1808—1890),法国作家、记者。

拉克洛瓦那样善于把悲剧和梦幻融入一种神秘的整体之中。

观众还可以激动地回想起那些表现起义、角斗和凯旋的画：《马利诺·法里罗总督》(1827年画展。值得注意的是，《查士丁尼制订法律》和《持橄榄枝的基督》作于同一年)，《列日主教》(这幅画绝妙地表达了瓦尔特·司各特的作品，充满了人群、骚动和光亮)、《希奥岛的大屠杀》、《锡庸的囚徒》、《塔索在狱中》、《犹太人的婚礼》、《丹吉尔的痉挛病人》，等等等等。但是，骷髅一场中的《哈姆莱特》和《罗密欧与朱丽叶的永诀》这类迷人的画，该如何确定其特征呢？这类画如此动人，如此吸引人，目光一旦落入那忧郁的世界中就再也无法摆脱，精神就再也无法回避了。

  离去的画缠着我们，紧跟不舍。①

那不是鲁维埃②最近让我们看到的轰动一时的哈姆莱特，尖刻，悲哀，狂暴，把不安推到了喧闹的地步。这正是伟大的悲剧演员的浪漫主义的古怪。德拉克洛瓦也许更为忠实，他展现给我们一个敏感、有些苍白的哈姆莱特，生有一双白皙的、女人似的手，性情优雅，但是懦弱，稍微有些优柔寡断，眼睛几乎没有表情。

关于《罗密欧与朱丽叶的永诀》，有一点我认为很重要的意见要谈。我多次听人取笑德拉克洛瓦笔下的女人的丑陋，我不能理解这类玩笑，现在我利用这个机会来驳斥这种偏见。有人对我说，维克多·雨果先生同意这种看法，雨果曾抱怨——那是在浪漫派的极盛时期——公众舆论给予同他一样的荣光的那个人在美的问题上犯了极严重的错误，他甚至把德拉克洛瓦笔下的女人称作蛤蟆；然而，维克多·雨果先生是一位善于雕塑的大诗人，对精神的东西闭目不见。

《萨丹纳帕路斯王》今年没有再度被展出，我感到遗憾。这幅

---

① 戈蒂耶的诗句。
② 当时很有名的一位法国演员、画家(Philibert Rouvière)。

画上有很美的女人,明净,光亮,面色红润,至少我记得是这样。萨丹纳帕路斯本人就像女人一样美。一般地说,德拉克洛瓦的女人可分为两类。一类易于理解,常常是神话人物,总是很美的(阿波罗组画背景中的躺卧着的、背着身的仙女)。她们华丽、健壮、丰满,富于表情,具有透明的美妙肌肤和令人赞叹的头发。

至于另一类,有时是历史上的女性(望着眼镜蛇的克娄巴特拉),更多的是任性的女人,风俗画中的女人,时而是玛甘泪,时而是奥菲莉亚,苔斯德蒙娜,甚至圣母马利亚,玛大肋纳,我很愿意称她们为私生活中的女人①。她们的眼中好像有一种痛苦的秘密,藏得再深也藏不住,她们的苍白就像是内心斗争的一种泄露。无论她们因罪恶的魅力或圣洁的气息而卓尔不群,还是她们的举止疲惫或狂暴,这些心灵或精神上有病的女人都在眼睛里有着狂热所具有的铅灰色或她们的痛苦所具有的反常古怪的光彩,她们的目光中有着强烈的超自然主义。

无论如何,这总是一些卓尔不群的女人,本质上卓尔不群的女人。一言以蔽之,我觉得德拉克洛瓦先生是一位最善于表现现代女性的艺术家,他尤其善于表现在罪恶或神圣的意义上显露出英雄气概的现代女性。这些女人甚至具有现代的肉体美和梦幻的神情,胸部有些窄,但乳房丰满,骨盆宽大,手臂和大腿都很迷人。

观众未曾见过的新作是《两个弗斯卡里》《阿拉伯家庭》《狮子》《老妇头像》(德拉克洛瓦先生极少画肖像)。这些不同的画使我们看到大师已进入炉火纯青的境界。《狮子》是一次真正的色彩爆炸(请从好的方面理解这个词),从来没有比这更美、更强烈的色彩通过眼睛的渠道深入到灵魂中去。

对于所有这些画,无论是匆匆第一眼望去,还是细致认真地研究,都有好几个无可辩驳的事实显露出来。首先应该注意到,而且

---

① 这些都是文学作品或《圣经》中的著名女性。

这还很重要,从一个远到不能分析甚至不能理解其主题的距离上看,德拉克洛瓦的画就已经在人的灵魂上产生了一种丰富的、幸福的或忧郁的印象,仿佛他的画能像巫师或动物磁气疗法施行者一样远距离发射其思想。这种奇特的现象来源于色彩家的力量、色调的完美的协调以及色彩与主题之间的和谐(已经预先建立在画家的头脑之中)。似乎(请原谅我为了表达一些极微妙的思想而使用这种语言的花招)色彩自己有思想,独立于它所装饰的对象。还有,他的色彩的这种协调常常使人想到和声与旋律,他的画给人的印象往往是近乎音乐的。一位诗人①曾经试图用诗句表现这种微妙的感觉,其真诚可以使人不计较诗句的古怪:

> 德拉克洛瓦,恶神出没的血湖,
> 四周有常绿的松林投下阴影,
> 愁苦的天空下,有奇怪的号鼓,
> 像飘过了韦伯压抑的叹息声。

"血湖":红色;"恶神出没":超自然主义;"常绿的松林":绿色,红色的补充;"愁苦的天空":他的画的动摇喧闹的背景;"号鼓"和"韦伯":他的色彩的和谐唤起了浪漫派的音乐观。

关于受到如此荒谬和如此无聊的攻击的德拉克洛瓦的素描,我们只能说它是完全未被认识的基本真实之一。好的素描并不是僵硬的、无情的、专横的、静止的、像紧身衣一样勾出一个形象的线条,素描应像自然一样,充满活力,激动不已。素描中的简化是一种极端,正如戏剧中的悲剧一样。自然依据一种完美的生成法则为我们展示了无限的曲线,折线,流动的线,其中平行总是模糊的,弯曲的,凹凸总是互相对应和衔接。德拉克洛瓦先生绝妙地满足了所有这些条件,当然他的素描有时也露出破绽或过分之处,但它

---

① 指作者自己。波德莱尔有一首诗题为《灯塔》,下面的诗句即为其中的一节。

至少具有这种巨大的长处,即它是针对悲惨而刻板的直线的一种持续而有效的抗议,目前这种直线已经大规模地侵入绘画和雕塑之中了。除了这些,还能说什么呢?

德拉克洛瓦先生本质上是文学的,这是他的才能的另一个崇高而广阔的素质,并且使他成为诗人们喜爱的画家。他的画不仅跑遍,并且成功地跑遍了高等文学的田野,不仅表达和接触了阿里奥斯托、拜伦、但丁、瓦尔特·司各特、莎士比亚,而且还比大部分现代绘画更善于揭示崇高的、精妙的、深刻的思想。请注意,德拉克洛瓦先生取得这样神奇的成就,依靠的绝不是怪相、精细和方法上的取巧,而是整体性、色彩、主题和素描之间的深刻全面的协调以及他的人物的激动人心的手势。

我忘了埃德加·坡在哪里说过,鸦片对感官的作用是使全部自然具有一种超自然的意义,使每一种东西都具有一种更深刻、更固执、更专横的含义。无须借助鸦片,谁不曾经历过那种奇怪的时刻呢?那是大脑的真正的欢乐,感官的注意力更为集中,感觉更为强烈;蔚蓝的天空更加透明,仿佛深渊一样更加深远;其音响像音乐,色彩在说话,香气述说着观念的世界。总之,我觉得德拉克洛瓦的绘画是精神的这些美好日子的一种表达。它具有强度,注重辉煌壮丽,犹如自然被超灵敏的神经感觉得到一样,它表现了超自然主义。

对后世来说,德拉克洛瓦先生意味着什么?后世这位错误的匡正者将如何说他?在他的极盛时期,很容易肯定他而不会有太多的反驳者。后世也会像我们一样,说他是各种最惊人的能力的卓越配合,说他像伦勃朗一样有亲切感和深刻的魔力,像鲁本斯和勒布仑一样有组合精神和装饰精神,像韦罗内塞一样有神话般的色彩,等等;但它还会说,他也有一种独特的素质,其特点难以确定,但它说明了本世纪的忧郁和热情;说他有某种崭新的东西,使他成为一个举世无双的艺术家,没有创始者,没有先行者,也许没有后继者,一个不可更换的珍贵环节;说要是去掉他(假使这样的事是可能的话),就等于去掉了一个观念和感觉的世界,历史的链条就会出现一个过大的空白。

哲学的艺术[*]

根据现代的观念,什么是纯粹的艺术呢?就是创造一种暗示的魔力,同时包含着客体和主体,艺术家之外的世界和艺术家本身。

根据谢纳瓦尔和德国派的观念,什么是哲学的艺术呢?就是一种企图代替书籍的造型艺术,也就是一种企图和印刷术比赛教授历史、伦理和哲学的造型艺术。

的确,历史上有些时期,造型艺术被用来描绘一个民族的历史档案及其宗教信仰。

但是,若干世纪以来,在艺术史上已经出现越来越明显的权力分化,有些主题属于绘画,有些主题属于雕塑,有些则属于文学。

今天,每一种艺术都表现出侵犯邻居艺术的欲望,画家把音乐的声音变化引入绘画,雕塑家把色彩引入雕塑,文学家把造型的手段引入文学,而我们今天要谈的一些艺术家则把某种百科全书式的哲学引入造型艺术本身,所有这一切难道是出于一种颓废时期的必然吗?

任何好的雕塑、好的绘画、好的音乐都会引起它们各自想要引起的感情和梦幻。

然而,推理,演绎,那是书籍的事。

所以,哲学的艺术是向着人类童年所必需的那种形象化的一种倒退,如果它要严格地忠实于自己,它就不得不把它想要表达的

---

* 本文最初发表于一八六八年。

一句话中所有的形象——画出来。

而且我们还有权利怀疑,一句象形的话是否比一句印刷的话更清晰。

因此,我们将把哲学的艺术作为一种畸形加以研究,这种畸形中也有卓越的才能表现出来。

还要注意到的是,哲学的艺术设想出一种谬论来使它存在的理由合理化,例如群众对美术的理解力。

艺术愈是想在哲学上清晰,就愈是倒退,倒退到幼稚的象形阶段;相反,艺术愈是远离教诲,就愈是朝着纯粹的、无所为的美上升。

人们知道,即使不知道也很容易猜到,德国是对哲学的艺术这种谬误出力最多的国家。

我们不谈那些众所周知的事情了,例如,奥韦尔贝克研究古代的美只是为了更好地讲授神学,科内利乌斯和考尔巴赫①则是为了讲授历史和哲学(我们还看到,考尔巴赫要论述一个纯粹是绘画的主题,例如《疯人院》,也不能不分门别类地加以论述,可以说是采用亚里士多德的方式,但纯粹诗的精神和教学的精神是一对坚不可摧的矛盾啊)。

今天,作为哲学的艺术的第一个标本,我谈的是一个名气小得多的德国艺术家,但在我们看来,从纯艺术的观点看,他的天赋要好得多,我要谈的是阿弗雷德·雷特尔②先生,他在不久前死于疯狂,他曾绘饰过莱茵河畔的一座小教堂,他在巴黎仅以八幅木版画知名,其中最近的两幅曾在世界博览会上展出过。

他的第一首诗(我们不得不使用这个词,因为我们谈论的这一派是把造型艺术和书面思想视同一体的),作于一八四八年,题

---

① 考尔巴赫(Wilhelm von Kaulbach,1805—1874),德国画家。
② 阿弗雷德·雷特尔(Alfred Rethel,1816—1859),德国画家。

为《一八四八年死亡的舞蹈》。

这是一首反动的诗,其主题是各种权力的篡夺和死亡女神对群众的诱惑。

[详细描写组成这首诗的六幅版画,准确地翻译每幅画的诗体说明——分析阿弗雷德·雷特尔先生艺术上的长处,他的独特之处(德国式的史诗讽喻天才),他的虚假之处(模仿过去的不同的大师,例如阿尔贝·丢勒,霍尔拜因①,还有更近些的),诗的道德价值,撒旦和拜伦式的特点,悲伤感]我觉得这首诗真正独创的东西,是它产生于几乎全体欧洲人都真心实意地迷上了革命的蠢事这样一个时刻。

两幅画相互对立。第一幅:《霍乱对巴黎的第一次入侵,在歌剧院舞会上》。僵硬的假面具,散落在地上,一个丑陋的化装成丑角的女人,脚尖伸向空中,面具脱落;乐师带着乐器四散奔逃;无动于衷的祸患坐在凳子上,含有寓意;整个构图普遍地具有一种阴森森的性质。第二幅,一种好的死亡与第一幅恰成对比。一个有德行而平和的人在睡眠中突然被死神攫住;他身居高处,大概是一个他生活多年的地方;那是钟楼上的一个房间,从那里可以望见田野,视野开阔,是一个使精神平静的地方;这位老人在一张粗糙的椅子里睡着了;死神用小提琴演奏着一首惑人的乐曲。巨大的太阳被地平线分为两半,从上面射出笔直的光线。这幅画是《这是美好的一天的结束》。

一只小鸟站在窗台上,向房间里望着。它是来听死神的小提琴曲吗?或者这是准备飞升的灵魂的一种寓意?

在解释哲学的艺术的作品时,必须十分细致,十分注意。在这里,地点、背景、家具、器皿(参看贺加斯),一切都是寓意,影射,象

---

① 有两个霍尔拜因,老霍尔拜因(Hans Holbein,1465?—1524)和小霍尔拜因(Hans Holbein,1497—1543),都是画家,德国人。

形文字,画谜。

米什莱先生曾经试图详细解释阿尔贝·丢勒的《忧郁》,他的解释很可疑,特别是对灌注器的解释。

何况,即便是在哲学的艺术家的思想中,陪衬物件的出现也不是铢两悉称、纤毫毕露的,而是具有一种诗的含混的、模糊的性质,因此往往是解释者编造意图。

哲学的艺术并不像人们以为的那样和法国的本性不相干。法国喜爱神话、道德和画谜,或更确切地说,法国是一个推理的国家,喜欢精神的努力。

反对这种理性倾向的主要是浪漫派,它给予纯艺术至高无上的荣耀;某些倾向,特别是谢纳瓦尔先生的倾向,为象形艺术恢复了名誉,成为一种对为艺术而艺术派的反动。

像有爱情气候一样,也有哲学气候吗?威尼斯爱好为艺术而艺术,里昂则是一个哲学的城市。有一个里昂派哲学,一个里昂诗派,一个里昂画派,总之,一个里昂哲学画派。

一座奇特的城市,既笃信宗教又做生意,既信奉天主教又信奉新教,充满了雾和煤,观念在那里穷于应付。来自里昂的一切都是精细的、慢工制作的、畏首畏尾的,努瓦洛神甫①、拉普拉德②、苏拉里、谢纳瓦尔、让莫。仿佛那里的头脑像鼻子伤风一般被塞住了。就是在苏拉里身上,我也发现了闪耀在谢纳瓦尔的作品中的那种注重分类的精神,这种精神在皮埃尔·杜邦的歌谣中也有表现。

谢纳瓦尔的头脑很像里昂这座城市,雾气腾腾,煤烟滚滚,像城市布满钟楼和烟囱一样地布满了尖刺。在这个头脑中,东西反

---

① 努瓦洛神甫曾在里昂中学讲授哲学,对学生颇有影响。
② 拉普拉德(Victor-Richard de Laprade,1812—1883),法国作家。

映得不清楚,是通过一个水汽蒸腾的地方才反映出来的。

谢纳瓦尔不是画家,他蔑视我们所理解的绘画。但是把拉封丹的寓言(它们对仆役来说是太青了①)用在他身上是不公正的,因为我认为,谢纳瓦尔可以画得和任何人一样灵巧,但他并未因此而不那么蔑视艺术的调料。

让我们立刻说,谢纳瓦尔有一个远远超过所有其他艺术家的地方:假如说他还不够野蛮的话,他们却是太少精神性的东西了。

谢纳瓦尔善于阅读和推理,所以他成了一切爱推理的人的朋友。他极有学问,知道如何进行沉思。

他从青年时代起就表现出对图书馆的喜爱。他很年轻的时候就已习惯于把一种观念与任何造型形式联系起来,他翻寻版画夹和观赏美术馆,从来都是把它们当做一般的人类思想的宝库的。他对宗教很好奇,天赋一种百科全书的精神,他应该自然而然地得到关于一种诸说混合的体系的不偏不倚的设想。

他的思想尽管运转起来笨重而艰难,却是有吸引力的,他也很善于利用。如果说他等待了很久才扮演了一个角色,请相信,他的野心从来都不是很小的,尽管表面上显得很天真。

(谢纳瓦尔的早期绘画:《德·德尔-布雷泽先生和米拉波先生》《国民公会投票赞成处死路易十六》。谢纳瓦尔很好地选择了时机来披露他的历史哲学体系,用铅笔表达的体系。)

这里,我们把工作分成两部分。在一部分中,我们将分析艺术家的内在优点,他在构图上具有惊人的灵巧,远远超过了人们的设想,如果人们过于认真对待他对他的艺术的源泉所表示的轻蔑,就会把他的灵巧——画女人的灵巧——估计得过低。在另一部分中,我们将考察我所说的外部的优点,即是说,哲学体系。

---

① 指拉封丹寓言《狐狸和葡萄》,狐狸吃不到葡萄就说:"葡萄太青,只有下贱的人才去吃它。"

我们说过,他很好地选择了时机,这就是说,一场革命过后不久。

(赖德律-洛兰①先生——精神的普遍混乱,公众对历史哲学的强烈的关心。)

人类与个人是相似的。

它有它的年龄,与它的年龄相应的享乐、工作和观念。

(分析谢纳瓦尔的象征性的时间表②——什么样的艺术属于人类的什么样的年龄,正如什么样的情欲属于人的什么样的年龄。)

人的一生分为童年、青年、中年、老年,童年相当于人类从亚当到巴别塔那一段历史时期;青年相当于从巴别塔到耶稣基督那段时期,他被看作人类生命的顶点;中年相当于从耶稣基督到拿破仑;老年相当于我们刚刚进入的时期,其开端以美洲和工业的至上为标志。

人类的全部年龄将是八千四百年。

谈谈谢纳瓦尔的几个特殊观点。谈谈伯里克利③的绝对优势。

风景画的低级——颓废的征兆。

音乐和工业的并立的霸权——颓废的征兆。(从纯艺术的观点分析他在一八五五年展出的几幅画。)

有助于最后形成谢纳瓦尔本人的空想的、颓废的特点的,是他想把艺术家像工人一样聚集在他的麾下,让他们放大他的画,用野蛮的方式涂上颜色。

谢纳瓦尔是一种伟大的颓废精神,他将作为时代的可怕标记

---

① 赖德律-洛兰(Alexandre-Auguste Ledru-Rollin,1807—1874),法国政治家、律师。
② 原题为《一种历史哲学的时间表》。
③ 伯里克利(Périclès,公元前495—前429),古希腊政治家。

永存。

让莫先生也是里昂人。

这是一个笃信宗教的悲哀的人,他大概年轻时就打上了里昂式的虔诚的烙印。

作为诗来说,雷特尔的诗是很扎实的。

谢纳瓦尔的历史时间表是一种具有无可争辩的对称性的幻想,然而,《一个灵魂的历史》却是混乱模糊的。

明显的宗教性使这一组画对教会的报刊来说具有重大的价值,而当时这些画是在梭蒙胡同展出的;后来我们又在博览会上见过,它们成为一种令人敬畏的轻蔑的目标。

画家自己写了诗体的解说,这只能更清楚地暴露出他的观念的犹豫,使它面向的哲学家观众更感到思想受窘。

我所理解的一切,就是这些画代表着灵魂在不同的年龄上的相接相续的状态;但是,由于场景上总是有两个人,一个小伙子,一个姑娘,我的思想疲于捉摸诗的要义是两个年轻的灵魂的平行历史还是一个灵魂的男女两种成分的历史。

这些责难只是证明了让莫先生在哲学上是个不扎实的人,这且撇在一边,应该承认的是,从纯艺术的角度看,在这些场景的描绘中,甚至在它辛辣的色彩中,有着一种无限的难以描写的魅力,有着孤独、圣器室、教堂和隐修院所具有的某种温柔的东西,有着一种无意识的、天真的神秘。我感到了某种与观看勒絮厄①的某些画和西班牙的某些画的感觉相类似的东西。

(分析某些主题,特别是《不良的教训》《噩梦》,其中闪烁着对幻想一种卓越的理解。两个年轻人在山上的某种神秘的散步,等等等等。)

---

① 勒絮厄(Eustache Le Sueur,1616—1655),法国画家、雕刻家。

任何深刻的敏感和对艺术具有天赋的人(不应把想象力的敏感和心的敏感混为一谈)都会像我一样感觉到,任何艺术都应该是自足的,同时应停留在天意的范围内。然而,人具有一种特权,可以在一种虚假的体裁中或者在侵犯艺术的自然肌体时不断地发展巨大的才能。

尽管我把哲学的艺术家视为异端,我仍能出于我自己的理性而常常欣赏他们的努力。

特别使我看到他们的异端性的,是他们的自相矛盾。因为他们画得很好,很有灵性,假使他们在制作他们的寓教于艺术的作品时前后一致的话,他们应该勇敢地回到异端艺术的无数野蛮的传统习惯上去。

一八五九年的沙龙*

给《法兰西评论》主编先生的信

一 现代艺术家

亲爱的先生①,承蒙不弃,您要我对本届沙龙作出分析,您对我说:"请简短,不要开单子,概述即可,仿佛记叙一次在绘画中匆匆进行的哲理性的漫步。"那好吧,您会十分满意的;这并不是因为您的打算正与我对人们称为"沙龙"的这种如此令人厌倦的文章的看法相合(的确是相合的),也不是因为这种方法比别的方法容易,何况简短总是比冗长更费气力,而仅仅是因为不可能有别的方法,尤其是在目前情况下。当然,如果我已迷失在一片独创性的森林中,如果突然间被改变了被净化了,变得年轻的现代法兰西气质已经开放出茁壮的、香气如此丰富的鲜花,以至于它们引起了不可遏止的惊奇、大量的赞扬和没完没了的惊叹,并且在批评语言中必然导致新的范畴,那么,我将更加手足无措了。然而,幸亏(对我来说)满不是这么回事。毫无爆炸性的东西,也没有不为人知的天才。纵观本届沙龙所获得的想法是如此简单、陈旧、平常,大概不多的篇幅就足以将其阐明了。所以,您不必对画家的平庸产生了作家的老生常谈这件事感到奇怪。再说,您也不会损失什么,

---

* 本文最初发表于《法兰西评论》(1859年6月10日、20日,7月1日、20日)。
① 先生指让·莫雷尔(Jean Morel),当时《法兰西评论》的主编。

难道还有比老生常谈更迷人、更丰富、更具有确实的刺激性的东西吗(我很高兴地看到您在这一点上和我的意见一致)？

在开始之前,请允许我表示一种遗憾,我认为,这种遗憾难得有表示的机会。人们预先告诉我们将有一些客人要接待,确切地说,这并不是一些不相识的客人,因为蒙田街的画展已将其中的几位介绍给巴黎的公众了,而巴黎的公众早就该认识这些迷人的艺术家了。因此,我很高兴能再次见到以下诸君:莱斯利,这位丰富、天真、高贵的 humourist①,这是最能表现不列颠精神的词语之一;两位亨特,一位是顽强的自然主义者,另一位是拉斐尔前派的热情的、意志坚强的创立者;麦克莱斯,大胆的构图能手,既热情又自信;米莱斯,这位如此细腻的诗人;约·谢伦,这位具有华托色彩的克洛德,描绘意大利的大公园中午后的美丽节日的历史家;格兰特,这位雷诺兹的自然的继承人;胡克,他善于用一种神奇的光笼罩着他的《威尼斯之梦》;那位奇怪的帕顿,令人想起福斯利,并且怀着另一个时代的耐心描绘着泛神时代的美妙的混沌;凯特莫尔,历史题材的水彩画家;还有一个人是那样令人吃惊,我忘了他的名字,他是个好幻想的建筑师,他在纸上建起城市,桥柱是大象,各种船从许多粗大的腿之间通过,其中还有硕大无朋的三桅船!人们甚至为这些富有想象力、色彩奇特的朋友、怪异的缪斯的宠儿准备了住房。但是,我的希望落空了,我不知道是什么原因,我认为,这原因也不能登在您的报上。因此,悲剧的热情,基恩和麦克里迪式的动作,家庭生活的亲切优雅,在英吉利精神的诗意的镜子中反映出来的东方的华丽,英格兰的青翠的草木,迷人的清新,尺寸很小、形同装饰的水彩画所具有的渐渐消失的深广,这些东西我们都不能与您共享了,至少是这一次不能与您共享了。想象力和精神最珍贵的能力的热情的代表们啊,尽管你们上一次受到如此恶劣的

---

① 英文:"幽默家"。

接待,难道你们就此认为我们不配理解你们吗?

所以,亲爱的先生,我们只能谈谈法国;而且,请相信,我用抒情的笔调谈论自己国家的艺术家是会感到一种巨大的愉悦的。然而不幸的是,在稍微有些经验的批评精神中,爱国主义并没有一种绝对专制的作用,所以我们还得承认某些令人屈辱的东西。我第一次踏进本届沙龙的时候,在台阶上遇见了一位批评家,他是我们最敏锐、最受尊敬的批评家之一,他对我的第一个问题——我自然而然地要向他提出的问题,回答道:"乏味,平庸,我很少见过这样乏味的沙龙。"他说得又对又不对。一次拥有德拉克洛瓦、邦吉伊和弗罗芒坦①的许多作品的画展是不可能乏味的;但是总的来看,我认为他说得对。在任何时代都是平庸占上风,这是无可怀疑的;然而确实而又令人痛心的是,它从未像现在这样支配一切,变得绝对地得意和讨厌。浏览过那么多圆满成功的平庸之作、精心绘制的无聊之作、巧妙结构的愚蠢或虚假之作以后,我自然而然地在我的思路的引导之下去考察过去的艺术家,并与现时的艺术家相比较,于是,可怕的、永恒的"为什么"就像出于习惯一样,不可避免地出现在令人泄气的思考之余。似乎在美术中和在文学中一样,热情、高贵和不安分的野心之后就是卑劣、幼稚、麻木不仁和自命不凡的乏味的平静,似乎目前没有什么东西让我们希望出现复辟时代那样丰富的精神繁荣。请您务必相信,苦于这种辛酸的思考的并非我一个人,我一会儿将为您作出证明。我于是自问:在过去,艺术家是什么呢(例如勒布仑或大卫)? 勒布仑,渊博,富有想象力,精通历史,热爱宏伟的东西;大卫,这位受到侏儒谩骂的巨人,不是也喜欢过去,喜欢与渊博结合在一起的宏伟吗? 而今天,作为诗人的古老的兄弟的艺术家又是什么呢? 亲爱的先生,为了很好地回答这个问题,不应该害怕过于严厉。过分的偏袒有时也

---

① 弗罗芒坦(Eugène Fromentin,1820—1876),法国画家、作家。

会引起同样的反响的。今日的乃至于许多年以来的艺术家只不过是个被宠坏了的孩子,尽管他并不配。那么多的荣誉、那么多的金钱慷慨地给了一些没有灵魂、没有教养的人!当然,我并不主张在一种艺术中引进对它不适合的手段,然而,我不能不对谢纳瓦尔那样的艺术家抱有好感,他总是很可爱,像书一样可爱,又总是很优雅,连他的笨拙都是优雅的。至少,我肯定可以和他(他成为拙劣的画家们嘲笑的对象,这与我何干?)谈谈维吉尔或柏拉图。普雷欧具有一种迷人的天赋,那是一种本能的趣味,把他抛向美,如同猛兽扑向它的自然的猎物。杜米埃具有一种明晰的理智,使他的谈话富有色彩。里卡尔尽管讲的话跳来跳去令人眼花缭乱,却随时都让人看到他知道得很多,比较过许多东西。我想,德拉克洛瓦的谈话就更不必说了,那是一种哲学的坚实、精神的轻盈和灼人的热情的令人赞叹的混合。他们之后,我想不起来还有谁配和一位哲学家或诗人谈话了。在他们之外,您差不多只能发现被宠坏了的孩子。我请求您,我恳求您告诉我,您在哪个客厅、哪个酒馆、哪个社交或私人的聚会中听见一个被宠坏了的孩子说出过一个机智的词,一个深刻的、闪光的、精练的、发人深思或令人遐想的,总之,一个富有启发性的词!如果有这样一个词被道出,那也许不是出自政治家或哲学家之口,而是出自某个职业古怪的人、一个猎人、一个水手、一个修椅者之口,但决不会出自一个艺术家、一个被宠坏了的孩子之口。

　　被宠坏了的孩子继承了前辈的当时是合情合理的特权。欢呼大卫、盖兰、吉罗代、格罗①、德拉克洛瓦、波宁顿的那种热情仍然以一种慈悲的光芒照耀着他那孱弱的身体。正当优秀的诗人和刚劲的历史家艰难地谋生的时候,愚蠢的金融家却慷慨地购买被宠坏了的孩子的下流无聊的小玩意儿。请注意,如果这种优惠施于

---

① 格罗(Antoine Gros,1771—1835),法国画家。

值得称赞的人,我并无怨言。我并不是那种人,妒忌一位登上艺术顶峰的女歌唱家或女舞蹈家通过每日的辛劳和危险获得的财富。我害怕重犯已故吉拉尔丹①的错误,据我不确切的记忆,他有一天指责泰奥菲尔·戈蒂耶使他的想象力获得比一位专区区长的服务多得多的报酬。如果您还记得,正是在那不吉的日子里,受惊的公众听见他说拉丁文:pecudesgue locutoe②!不,我还不至于不公正到这种程度。但是,当德拉克洛瓦的一幅极美的油画难以找到一千法郎的买主,而麦索尼埃的令人无所感的人像却卖到十倍或二十倍的价钱的时候,对当代的这种愚蠢却是应该提高嗓门,大叫大喊地予以反对的。然而,美好的日子已成过去,我们已跌得更低了,麦索尼埃先生尽管有许多功劳,却不幸引入并普及了一种渺小的趣味,而在现在的小玩意儿的制作者们身旁,他毕竟还是一个真正的巨人。

我认为,对一个艺术家来说,不相信想象力,蔑视宏伟的东西,喜爱(不,这个词太美了)并专门从事一种技艺,这是他的堕落的主要原因。一个人越是富有想象力,越是应该拥有技巧,以便在创作中伴随着这种想象力,并克服后者所热烈寻求的种种困难;而一个人越是拥有技巧,越是要少夸耀,少表现,以便使想象力放射出全部光辉。这就是智慧的教导。智慧还说:只拥有技巧者是个傻子,企图丢弃技巧的想象力是个疯子。这些事情无论如何简单,却仍然在现代艺术家之上或之下。一个门房的女儿心想:"我要进音乐学院,我将在法兰西喜剧院开始演出,我将背诵高乃依的诗句,直到获得那些可以长时间背诵这些诗句的人们的权利。"她像她说的那样去做了。她是传统上的那种乏味、讨厌和无知的女人;但是,她成功地做到了本来很容易的事,即是说,通过她的耐心获

---

① 吉拉尔丹(Emile de Girardin,1806—1881),法国记者、政治家。波德莱尔写作此文时,他仍健在。
② 拉丁文:"说话的牲口"。

得了分红演员的特权。而被宠坏了的孩子即现代画家心想:"想象力是什么?是危险和疲劳。阅读和观照过去是什么?浪费时间。我将是传统的,不是像贝尔丹①那样的(因为传统换了地方和名称),而是像……比方说,特瓦庸那样的。"他像他说的那样去做了。他画呀,画呀,终于,他堵塞了他的灵魂,他还在画,直到像时髦的艺术家了,而他也通过愚昧和技巧获得了公众的赞同和金钱。模仿者的模仿者又找到了模仿者,他们个个都继续梦想着伟大,越来越堵塞了灵魂,他们尤其是什么也不读,甚至连《完美的厨师》也不读,而这本书却可能为他们打开一条不那么赚钱却更为光荣的艺术道路。当被宠坏了的孩子掌握了调汁、古色涂料、透明的淡色、薄涂、浇汁、杂烩(我说的是颜料)的艺术时,他就摆出一副自豪的样子,怀着比以往更为坚定的信念念叨说,其余的一切都没有用。

一个德国农民去找一位画家,对他说:"画家先生,我想请您替我画肖像。您把我画在我的庄园的主要入口处,我坐在一张大扶手椅里,这椅子是我父亲传给我的。在我旁边,您画上我的女人,拿着她的纺纱杆;在我们身后,是我们的女儿们,她们来来往往,正在准备晚饭。左边的大路上,我的几个儿子从田里回来,把牛牵进牛圈;我的另外几个儿子正同我的孙子们把装满牧草的车子推回来。我在观望着这番景象,我求您不要忘记我的烟斗里冒出的烟,落日的余晖使它显出层次的变化。我还想让人听见邻近钟楼上发出的晚祷的钟声。我们,父亲们和儿子们,都是在那儿结婚。重要的是您要画出我在这个时辰一边看着我的家庭、一边看着通过一天的劳动而增加的财富时我所具有的满意的神情。"

这个农民万岁!他自己还没有想到,他已经懂得了绘画。他对职业的爱提高了他的想象力。我们的时髦的艺术家当中,谁能画出

---

① 贝尔丹(Jean-Victor Bertin,1775—1842),法国画家。

这幅肖像？谁的想象力能够自称达到了这位农民的想象力的水平？

二 现代公众和摄影

亲爱的先生，如果我有时间让您开心的话，我会很容易办到的，只要概述所有那些妄图吸引人们目光的可笑标题和滑稽的主题就行了。那就是法兰西精神。力图使用与绘画艺术无涉的使人惊讶的手段来使人惊讶，这就是那些并非天生的画家的人们的本领。有时候，在法国则总是如此，这种恶习影响了一些人，这些人并非没有才能，但他们却用一种大杂烩糟蹋了绘画艺术。我可以在您眼前历数滑稽歌舞式的滑稽标题，只少感叹号的感伤标题，文字游戏式的标题，故作高深的哲理性的标题，迷惑人的标题，或者诱人上当的标题，例如《布鲁图斯，放开恺撒吧！》之类①。耶稣说："嗳，这又不信又悖谬的世代啊，我在你们这里要到几时呢？我忍耐你们要到几时呢？"②的确，这个世代，艺术家和公众，对绘画的信赖如此之少，竟不断地试图伪装它，仿佛在难吃的药外面裹上一重糖衣；而且是什么样的糖啊，我的上帝！我向您指出两个标题，不过画我并没有看见：《爱神和白葡萄酒烩肉》！好奇心立刻便被引起来了，不是吗？我试图把爱神的概念和一只被剥光炖烂的兔子的概念紧密地联系起来。我真的不能设想画家的想象力居然能把箭筒、翅膀和蒙眼布条安在一具家畜的尸体上，寓意的确是过于隐晦了。我更相信这个标题是根据《厌世和悔恨》的秘诀拟就的。因此，真正的标题应该是：《恋爱的人正在吃白葡萄酒烩肉》。现在，他们是年轻人还是老年人？是躲在布满灰尘的棚架底下的一个工人和一个小女工还是一个残废者和一个女流浪者？那就得看

---

① 布鲁图斯是一个门房的名字，恺撒是一只狗的名字。
② 见《圣经·新约·马太福音》第十七章。

画了。《王政、天主教和士兵》! 这个标题属于高贵的种类,游侠骑士的种类,《从巴黎到耶路撒冷》①(对不起,夏多布里昂,最高贵的东西可以变成漫画的手段,王国首领的政治性的言论也可以变成拙劣的画家的爆炸性标题)。这幅画只能表现一个人同时做三件事,即打仗、授圣体和守候着路易十四起床。也许那是一位武士,身上刺着百合花和表示效忠的图案。然而这样离题有什么用? 干脆就说这是一种使人惊讶的手段吧,恶毒而无用的手段。更为可悲的是,这幅画无论显得多么奇特,可能倒是一幅好画。《爱神和白葡萄酒烩肉》亦然。我曾经注意到一组极好的雕塑,可惜没有记下编号,我想知道其主题,查了四遍目录而终无所获。最后,还是您大发慈悲,告诉我那叫作《永远和从未》。看到一个确有才能的人徒劳无益地搞画谜,我真打心眼里感到难过。

请原谅我像小报那样取笑了一番,但是,不管您觉得这内容是多么浅薄,您若仔细加以研究的话,就会从中发现一种可悲的征兆。为了以一种反常的方式简而言之,我请问你们,您和那些比我更熟悉艺术史的朋友们,对愚蠢的兴趣、对才智的兴趣(这是一码事)是否任何时代都存在,《房屋出租》和其他过分细腻的构思是否在任何时代都激起同样的热情,韦罗内塞和巴桑的威尼斯是否受到隐晦的表达的损害,儒勒·罗曼、米开朗琪罗、班迪内利②的眼睛是否在类似的可怕之事面前惊慌失措,一句话,比亚尔先生是否像上帝一样永恒和无所不在? 我是不相信的,我把这些可恶的东西看作是对法国人的一种特殊的恩惠。他的艺术家们给他灌输了一种趣味,这是真的;他要求他们满足这种需要,这也是真的;因为假如艺术家使公众愚蠢,公众反过来也使他愚蠢。他们是两个相关联的项,彼此以同等的力量相互影响。所以,让我们赞美我们

---

① 这是夏多布里昂的一部作品。
② 班迪内利(Baccio Bandinelli,1488—1560),意大利雕刻家。

是多么快地踏上了进步(我指的是物质的逐渐的支配作用)之路吧,共同的技巧、那种可以通过耐心获得的技巧每天都进行着多么奇妙的传播。

在我们这里,天生的画家如同天生的诗人一样,几乎是个怪物。对真(当它被限制在它的真正的用处之上时,它是那么崇高)的兴趣压迫并窒息了对美的兴趣。在应该只看见美的地方(我设想的是一种美的绘画,人们可以很容易地猜出我想的是什么),我们的公众却只寻找真。他们不是艺术家,天生的艺术家,他们也许是哲学家,道德家,工程师,教诲故事的爱好者,或随便什么东西,但绝不是自发的艺术家。他们的感觉是渐次的,有分析的,或者更正确地说,他们这样作出判断。其他有些民族更为幸运,他们的感觉是立刻的、同时的和综合的。

我刚才提到那些试图使公众惊讶的艺术家,希望使别人惊奇和自己感到惊奇,这是很正当的。It is a happiness to wonder,①"感到惊奇,这是一种幸福";同样,it is a happiness to dream,②"梦幻,这也是一种幸福"。如果您一定要我给予您艺术家或美术爱好者的称号,那么,全部问题就在于您是通过什么方法来创造或感觉惊奇的。美总是令人惊奇的,然而,设想令人惊奇者总是美的,这却是荒谬的。而我们的公众在感到梦幻的幸福或惊奇的幸福方面是出奇地无能(这是渺小的灵魂的标记),他们希望通过与艺术无涉的手段来感到惊奇,驯顺的艺术家们则适应他们的这种趣味。艺术家用可耻的计谋打动他们,愚弄他们,使他们惊愕,因为艺术家们知道公众不能在真正艺术的自然的手法面前心醉神迷。

在这些可悲的日子里,产生了一种新的行业,这种行业在使愚蠢坚定信念方面,在摧毁法兰西精神中还能剩下的神圣的东西方面贡献不小。一群崇拜者要求一种与他们相称的、与他们的本性

---

① ② 英文,释义即下文。

相适应的理想,这是显而易见的。在绘画和雕塑方面,目前,上流社会人士,特别是法国的上流社会人士(我不相信谁敢持相反的看法)的信条是:"我相信自然,我只相信自然(这是有正当理由的)。我认为艺术是也只能是自然的准确的复制(有一个腼腆的、异端的派别要求排斥令人反感的东西,例如一把便壶或一具骷髅)。因此,给予我们一种与自然一致的结果的那种行业就是绝对的艺术。"一个复仇的上帝满足了群众的愿望。达格雷①成了他们的救世主。于是他们心想:"既然摄影对准确性提供了一切所需要的保证(他们这样认为,这些失去理智的人!),那么,艺术就是摄影。"从这时起,整个卑劣的社会蜂拥而上,像那喀索斯②一样,在金属板上欣赏自己那粗俗的形象。一种疯狂,一种非常的狂热控制了太阳的这些新崇拜者。一些可憎的事情发生了。有人集合了一些怪男女,让他们装扮成狂欢节中的屠夫和洗衣女,请这些英雄在操作所需要的时间内继续做着环境所要求的鬼脸,于是人们就自以为再现了古代历史上的悲剧的或优雅的场面。某个民主派的作家居然从中看到一种在人民中传播对历史和绘画的兴趣的廉价方法,他因此犯下了双重的亵渎,既侮辱了神圣的绘画,又侮辱了演员崇高的艺术。不久,几千双眼睛伸向双眼照相镜的窟窿,就像伸向无限的天窗一样。对猥亵的喜爱,在人的本性中是和自爱同样根深蒂固的,它没有放过这个使自己得到满足的好机会。请不要说只有放了学的孩子们对这类愚蠢的东西感兴趣,它已经使所有的人都迷恋上了。有一位美丽的太太,不属于我的世界而属于上流社会的一位太太,我听见她对那些小心地不让她看到这样的形象的人说:"尽管拿来吧,对我是没有什么过分的东西的。"我发誓我听见了,然而谁相信我? 大仲马说:"你们看得清楚,这

---

① 达格雷(Jacques Daguerré,1787—1851),法国装饰画家、照相的发明者。
② 那喀索斯是希腊神话中的一个美少年,他只爱自己,不爱别人。爱神惩罚他,使他爱恋自己在水中的倒影,最后憔悴而死,死后变成水仙花。

是些高贵的太太!"卡佐特①说:"还有更高贵的呢!"

由于摄影业成了一切平庸的画家的庇护所,他们不是过于缺乏才能,就是过于懒惰不能结束学业,所以,这种普遍的迷恋不仅具有盲目和愚昧的色彩,而且也具有复仇的色彩。这是一种愚蠢的阴谋,在这种阴谋中和在其他阴谋中一样,人们见到的是恶人和受骗者;这种阴谋能够获得绝对的成功,我是不相信的,至少我不愿意相信。但是我确信,摄影这种进步,如同一切纯粹物质上的进步一样,错误的应用极大地加剧了本来已经很少的法国的艺术天才的贫困化。现代的自命不凡无论怎样大喊大叫,花言巧语,说出杂乱无章的诡辩(最近有一种哲学随意地使它充斥着这种诡辩),都是没有用的;那些东西说明,闯入艺术的工业成了艺术的死敌,功能的混淆使任何一种功能都不能很好地实现。诗和工业是两个本能地相互仇恨的野心家,假如他们狭路相逢,只能是一个为另一个服务。如果允许摄影在艺术的某些功能中代替艺术,那么,它将凭借着它在群众的愚蠢中找到的天然的盟友而立刻彻底地排挤或腐蚀艺术。所以,它应该回到它的真正的责任中去,即成为科学和艺术的婢女,而且是很谦卑的婢女,正像印刷和速记一样,它们既没有创造文学,也没有代替文学。让它迅速地丰富旅行者的手册并且保存旅行者可能忘记的准确性吧,让它装饰博物学家的书橱,放大微小的动物,甚至用某些材料来加强天文学家的假说吧,仅此而已。让它从遗忘中拯救那些受到时间的吞噬的尚存的废墟、书籍、图画和手稿吧,让它从遗忘中拯救其形式将要消失、需要在我们的记忆的材料中占有一席地位的珍贵的东西吧,它将因此受到感谢和欢迎。然而,如果允许它侵犯不可触知的、想象的东西的领域,侵犯那些只因为人在其中放进了自己的灵魂才具有价值的东西的话,那我们就要倒霉了。

---

① 卡佐特(Jacques Cazotte,1719—1792),法国作家。

我清楚地知道有些人会对我说:"您刚才所解释的那种毛病是蠢人们的毛病。哪个无愧于艺术家称号的人,哪个真正的艺术爱好者曾经混淆过艺术和工业?"这我是知道的,不过我要问他们是否相信善与恶的感染性、群众对个人的影响以及个人对群众的不由自主的、被迫的服从。艺术家影响公众,公众反过来影响艺术家,这是一条不容置疑的、不可抗拒的规律。何况事实,这些可怕的见证,研究起来也是容易的;人们可以看到灾难有多么大。艺术一天天地减少对自己的尊重,匍匐在外部的真实面前,画家也变得越来越倾向于画他之所见,而非他之所梦;然而,梦幻是一种幸福,表现梦幻的东西是一种光荣。但是,我还说什么!谁还知道这种幸福?

真诚的观察家会断言摄影的侵入和工业的大疯狂完全与这种可悲的结果没有关系吗?能够设想两眼习惯于把具体科学的结果看成是美的产物的民族未曾极大地减弱对更空灵和非物质的东西的判断和感觉的能力吗?

三 各种能力的王后

最近一些时候,我们听见有人以多种不同的方式说:"摹写自然吧,只摹写自然吧。最大的快乐和胜利莫过于惟妙惟肖地摹写自然。"这种理论是艺术的敌人,它不仅企图应用于绘画,而且还想应用于一切艺术,甚至小说和诗。对这些如此满意于自然的空论家们,一个富于想象力的人肯定有权利这样回答:"我认为描绘存在的东西是无用的,是枯燥乏味的,因为任何存在的东西都不能令我满意。自然是丑的,较之实在的平庸之物,我更喜爱我所幻想的怪物。"如果他更富哲理性,他就会问这些空论家,他们是否确信外部自然的存在,假如这个问题过于深奥,不能引出他们的尖刻的回答,那就问他们是否肯定知道自然的全部,自然中所包含的一切。他们若回答说"是",那可是最夸口、最荒谬的回答了。根据我对这种奇特的、恶劣的胡说的理解,这种理论的意思是,我让它相信它的意思是:艺术家,真正的艺术家,真正的诗人,只应该根据他所看到的、他所感到的来描绘。他应该确实地忠于他的本性,他应该像逃避死亡一样避免借用他人的眼睛和感觉,不管这个人多么伟大,否则,他给我们的作品,相对于他来说,就是谎言,而非真实。我说的这些学究们(在粗俗中也有学究气)在什么地方都有代表。这种理论既安慰了无能,也安慰了懒惰,如果他们不愿意事情被这样理解,那我们只能认为他们的意思是:"我们没有想象力,我们宣布谁也不会有。"

这个各种能力的王后真是一种神秘的能力!它和其他一切能力有关,它激励它们,派它们去打仗。有时候,它和它们相像到化而为一的程度,但它永远是它自己。那些没有受到它鼓动的人是很容易认出来的,一种不知是什么的诅咒使他们的作品像福音书中的无花果树一样枯萎凋零。

它是分析,它是综合,但是有些人在分析上得心应手,具有足够的能力进行归纳,却缺乏想象力。它是这种东西,又不完全是这种东西。它是感受力,但是有些人感受很灵敏,或许过于灵敏,却没有想象力。是想象力告诉人颜色、轮廓、声音、香味所具有的精神上的含义。它在世界之初创造了比喻和隐喻,它分解了这种创造,然后用积累和整理的材料,按照人只有在自己灵魂深处才能找到的规律,创造一个新世界,产生出对于新鲜事物的感觉。它创造了世界(我认为即使在宗教的意义上也可以这么说),就理应统治这个世界。对一个没有想象力的武士,有什么可说的呢?他可以是个好兵,但是让他指挥军队,就打不了胜仗。这就好比说一个诗人或小说家不用想象力统率各种能力,反而让熟悉文字和观察事实来统率。对一个没有想象力的外交家,有什么可说的呢?他可以很熟悉过去历史上的条约和联盟,却设想不出未来的条约和联盟。对一个没有想象力的学者呢?他学会了一切传授给他的可以学会的东西,但他发现不了尚未被猜测到的规律。想象力是真实的王后,可能的事也属于真实的领域。想象力确实和无限有关。

没有它,一切能力无论多么坚实,多么敏锐,也等于乌有。如果某些次要的能力受到强有力的想象的激励,其缺陷也就成了次要的不幸。任何能力都少不了想象力,而想象力却可以代替某些能力。往往这些能力要经过好几种不适应事物本质的方法的连续试验才能发现的东西,想象力却可以自豪地直接地猜度出来。最后,就是在道德方面,它也扮演了强有力的角色,因为,恕我直言,没有想象力的美德能够是个什么呢?说到底,没有怜悯的美德,就是没有天意的美德,是某种冷酷的、残忍的、使人贫乏的东西。在某些国家成了过度的虔诚,而在另一些国家则成了新教。

尽管我把种种了不起的优越性给了想象力,我认为下面的说法不会使您的读者感到难堪:想象力越是有帮手,才越有力量;好的想象力拥有大量的观察成果,才能在与理想的斗争中更为强大。想象力因其神圣的来源而能够代替某些能力,这一点我刚才已经说过,为了重谈这个问题,我想给您举个例子,一个小小的例子,我希望您不要看不起。您认为《安东尼》《埃尔曼伯爵》《基度山伯爵》的作者是位学者吗?不是,对吧?您认为他致力于艺术并对艺术有长期的研究吗?也不是。我认为,这甚至是与他的本性相悖的。那好,他便是一个例子,证明了想象力即便没有实践和对专门词语的了解的帮助,也不会在一个就其大部分来说是归它管辖的方面闹出异端的笑话。最近,有一次我乘火车,正想着我现在写的这篇文章,特别是想着事情的这种奇特的颠倒,在一个为了惩罚人而什么都允许他做的时代里,这种颠倒使他可以蔑视一种最可敬、最有用的道德能力,这时我忽然在邻近的座位上看见一份随便丢在那儿的《比利时独立报》。大仲马负责报道沙龙展出的作品。当时的情况使我不由得产生了好奇心。我看到我的沉思被偶然提供给我的一个例子完全地证实了,您可以猜到我是多么快乐。这个人好像代表着普遍的生命力,他盛赞一个充满了生气的时代,这位浪漫派戏剧的创造者以一种我保证不缺乏伟大的声调歌唱这个幸福的时代:在新的文学流派旁边,又兴起了新的绘画派别:德拉克洛瓦,德维里亚兄弟,布朗热,波特莱①,波宁顿,等等;您看,这真是一个令人惊奇的好题目!这正是他的事!Laudator temporis acti!② 而且他还富有才智地赞扬了德拉克洛瓦,明确地说明了他的对手们的疯狂的种类。他甚至走得更远,竟指出当今最出名的画家中最强的几位是在什么地方犯了错误。他,大仲马,他是那样随便,那样随和,居然那样正确地指出特瓦庸没有才能,甚至连假冒才能的东西也没有。亲爱的朋友,告诉我,您觉得事情就这样简单吗?当然,这一切都是以一种戏剧的松散方式写出来的,他习惯于这样和他的无数听众说话,然而,在对真实的表达中有多少魅力和突然性啊!您已经得出了我的结论:假如并非学者的大仲马不是幸而拥有丰富的想象力的话,他只会说出蠢话来。他说出了合情合理的东西,而且说得那么好,因为……(应该把话说完)因为想象力凭借着它的代替的本性而包含着批评精神。

不过,我的反对者还有一着,那就是断言大仲马并非他的《沙龙》的作者③。但是,这种侮辱是如此陈旧,这一着是如此平庸,应该扔给旧货爱好者们、书信和专栏文章的制造者们。如果他们还没有拾起来,他们就会拾起来的。

我们就要更深入地研究这种主要的能力(它的丰富不是令人想起紫红的颜色④吗?)的各种功能。我只是向您叙述我从一位大师口中学来的东西,当时我怀着一个正在学习的人的快乐验证过

---

① 波特莱(Hippolyte Poterlet,1804—1835),法国画家。
② 拉丁文:"颂扬往昔者。"——贺拉斯《诗艺》。
③ 指大仲马可能有人为他捉刀代笔。
④ 这里"主要的"一词用的是形容词 Cardinal,与名词 Cardinal(红衣主教)同形,故有此联想。

他对所看过的画的如此朴素的告诫,同样,我们可以把它像一块试金石一样依次用于我们的几位画家。

四　想象力的统治

昨天晚上,我在给您的信中不无胆怯地写道:"由于想象力创造了世界,所以它统治这个世界。"我把这封信的最后几页寄给您之后,就翻了翻《大自然的黑夜的一面》①,一眼就看见了这几行,我将其笔录下来,完全是因为它们证明了使我不得安宁的那句话:

"By imagination, I do not simply mean to convey the common notion implied by that much abused word, which is only **fancy**, but the **constructive** imagination, which is a much higher function, and which, in as much as man is made in the likeness of God, bears a distant relation to that sublime power by which the Creator projects, creats, and upholds his universe。"②

"我说的想象,不仅仅是指人们用得很滥的这个词的一般概念,那只不过是幻想而已,我指的是创造的想象,那是一种高得多的功能,它因为人是仿照上帝的形象被造出来的而与这种崇高的力量保持一种疏远的联系,造物主就是通过这种力量设计、创造和维持他的宇宙。"

我与这位杰出的克劳夫人不谋而合,非但丝毫不感到羞耻,反而感到很高兴,我总是赞赏并羡慕她的信仰力,这种信仰在她身上和怀疑在别人身上发展到了相同的程度。

我说过,很久以前我听见过一个在本行的艺术中的确渊博深刻的人③就这个问题发表过最广博而最简单的见解。我第一次见

---

① 其作者是克劳夫人(Catherine Crowe,1800—1876),英国作家。
② 英文,释义即下文。
③ 指德拉克洛瓦。

他的时候,我唯一的经验是一种极端的喜爱给予我的经验,唯一的推理是本能。的确,这种喜爱和本能是相当强烈的,因为我那一双非常年轻的眼睛,充满着绘画或雕刻的形象,从未能得到过满足,我认为等不到我变成破坏艺术品的人,世界就会完结,im-pavidum ferient①。显然他是想满怀宽容和好意,因为我们首先谈论的是些老一套的东西,即一些最广博最深刻的问题,例如关于自然。他常说:"自然不过是一部词典。"为了很好地理解这句话到底有多广的含义,应该想一想词典的最频繁、最平常的用途。人们在其中寻找词义、词的演变、词源,最后,人们从中提取组成一句话或一篇文章的全部成分,但是从来没有人把词典看做是一种组成,在这个词的诗的意义上的一种组成。服从想象力的画家在他们的词典中寻找与他们的构思一致的成分,他们在以某种艺术调整这些成分的时候,就赋予它们一种全新的面貌了。没有想象力的那些人抄袭词典,从中产生出一种很大的恶习,即平庸;这种恶习特别适合于某些画家,他们的专门化越是使他们接近一种所谓无生命的自然,情况就越是如此,例如风景画家,他们普遍认为不显露个性是一种胜利。他们观照和抄袭得多了,就忘记了感觉和思想。

艺术的各个部分,有人以此为主要的,有人以彼为主要的,对这位伟大的画家来说,它们都是一种无与伦比的、至高无上的能力的极恭顺的仆人。

如果说准确的制作是必要的话,那是为了使梦幻被准确地表达出来;如果说制作要很快的话,那是为了使伴随着构思的非凡的印象不丧失任何东西;如果说艺术家甚至注意到工具的物质上的干净,这也不难理解,为了使制作敏捷果断,什么都得小心。

在这样的一种本质上是逻辑的方法中,所有的人物,他们相互的位置,充作背景或远景的风景或内景,他们的服饰,总之,这一切

---

① 拉丁文:"对打击无所畏惧"。

都应为突出总的构思服务,可以说,都应穿上本色的号衣当仆人。如同一种梦幻被置于一种适当的有色彩的氛围之中,一种变成了构图的构思也需要移入一个独特的有色彩的地方。显而易见,一幅画的某一部分成为关键,统率着其他部分,它是有一种特殊的色调的。谁都知道,黄色、橘黄色、红色,引起并代表着快乐、财富、光荣和爱情的观念;然而黄或红的氛围不下千百种,所有其他的颜色也会合乎逻辑地用于相应数量的主导氛围之中。显然,从某些方面看,色彩家的艺术与数学和音乐有关。不过,这种艺术的最精微的活动得力于一种感觉,长期的训练赋予这种感觉以一种无法形容的可靠性。人们看得出,普遍和谐这一条伟大法则反对使用许多刺眼和生硬的色彩,即使最杰出的画家也有这种情况。鲁本斯的一些画不仅使人想到五彩缤纷的焰火,而且甚至使人想到好几支焰火朝着一个地方放。画幅越大,笔触就越应宽广,这是不用说的;然而,笔触不应该实际上化成一片,而应该在一定的距离上化成一片,这个距离是由联结它们的感应法则规定的。这样,色彩就获得更多的力量和鲜明。

一幅好的画,一幅忠于并等于产生它的梦幻的画,应该像一个世界一样产生出来。如同创造,我们所看到的创造,它是好几次创造的结果,前面的创造总是被下一个创造补充着。画也是一样,它被和谐地画出来,实际上是一系列相叠的画,每铺上一层都给予梦幻更多的真实,使之渐次趋于完善。相反,我记得曾在保尔·德拉罗什和奥拉斯·韦尔内的画室中见过一些巨幅的画,不是起草,而是开始,这就是说,有些部分已完全结束,而有些地方还只是些黑的或白的轮廓。人们可以把这比作某种纯粹手工的活计,在确定的时间内盖满一定数量的空间;或者一条分作许多阶段的长路,一个阶段完成,就没什么可做的了;当整条路完成的时候,艺术家也就从他的画中脱身了。

所有这些告诫显然已被艺术家不同的气质或多或少地改变

了;然而我确信,对于丰富的想象来说,那是一种最可靠的方法。因此,离开这种方法过远则表明给予了艺术的某些次要部分一种不正常的、不合适的重要性。

我不怕有人说设想一种供许多不同的个人运用的相同的方法是荒谬的。因为很明显,修辞学和韵律学并不是任意杜撰出来的束缚,而是有精神的物体的构造本身所要求的一整套规则;格律和修辞从来也不曾妨害独创性脱颖而出。而其反面,例如它们有助于独创性的发扬,倒极大限度地更为符合实际。

为简短计,我不得不省略从基本用语中推导出来的许多结果,可以说,这个基本用语包含着真正的美学的全部公式,并且可以这样来表达:整个可见的宇宙不过是个形象和符号的仓库,想象力给予它们位置和相应的价值;想象力应该消化和改变的是某种精神食粮。人类灵魂的全部能力都必须从属于同时征用这些能力的想象力。如同熟知词典并不一定意味着知道作文的艺术一样,作文的艺术本身也不意味着普遍的想象力。因此,一个好的画家可以不是一个伟大的画家,但是,一个伟大的画家必定是一个好的画家,因为普遍的想象力包容着对一切手段的理解和获得这些手段的愿望。

显而易见,根据我刚才好歹阐明了的概念(还有许多东西要谈,特别是关于各门艺术的一致的部分以及它们的方法中的相似之处!),艺术家,也就是献身于美的表现的那些人的庞大队伍可以分为两大判然有别的阵营。有一个人自称现实主义者,这个词有两种理解,其意不很明确,为了更好地确定他的错误的性质,我们称他作实证主义者,他说:"我想按照事物的本来面目或可能会有的面目来表现事物,并且同时假定我并不存在。"没有人的宇宙。另有一人,富有想象力的人,他说:"我想用我的精神来照亮事物,并将其反光投射到另一些精神上去。"虽然这两种绝对相反的方法可以扩大或缩小一切主体,从宗教的场景直到最平常的景物,但是,富有想象力的人一般地说还是得在宗教画和幻想画中露面,而所谓的静物画和风景画却在表面上向懒惰的、难以激动的精神提供了丰富的资源。

除了富有想象力的人和所谓的现实主义者外,还有一种人,他们胆怯而顺从,使他们全部的骄傲听命于一种具有虚假尊严的清规戒律。正当前者想描绘自己的灵魂,后者自以为表现了自然的时候,这些人却在使自己符合一些纯粹出于习惯的规则,这些规则完全是武断的,并非出自人的灵魂,只不过是由某个有名的画室的常规强加于人的。这种人为数很多,却很少令人感兴趣,其中包括有古代的假爱好者,风格的假爱好者,一句话,所有那些因为无能而把老一套抬高为风格的人们。

五　宗教画,历史画,幻想画

批评家注意到,参加画展的宗教画越来越少了。我知道,若从数量上看,他们是对的;但是,他们肯定也不会在质量上弄错。不止一位宗教作家,像民主派作家一样,天生把美挂在信仰上,把表现信仰的东西的困难归于缺乏信仰。这是错误的,如果不是事实充分证明恰恰相反,如果不是绘画史向我们提供了画出优秀的宗教画的渎神的、不信神的艺术家的话,这种错误可以从哲学上被证实。我们只是指出,由于宗教是人类精神的最高的虚构(我故意像一位无神论的美术教授那样说话,绝不应从中得出与我的信仰相对立的结论),所以它要求致力于表现其行动和感情的那些人具有最有力的想象力和做出最紧张的努力。因此,波利厄克特这个人物就向诗人和演员要求一种精神的升高,要求一种比爱上了地上的某个平凡人物的平凡人物或者一位纯粹政治性的英雄更强烈得多的热情。对于主张信仰是宗教灵感的唯一源泉这种理论的人,人们可以合情合理地作出的唯一让步是:诗人、演员和艺术家在制作这样的作品的时候,由于受到需要的激励而相信他们所表现的东西的真实性。所以,艺术是唯一的精神领域,人在其中可以说:"我愿意,我就信;我不愿意,我就不信。"残酷的、令人屈辱的格言:Spiritus flat ubi vult①,在艺术上失去了它的权利。

我不知道勒格罗②先生和阿芒·戈蒂耶③先生是否有教会所说的信仰,但他们各自画了一幅充满怜悯心的杰作,他们肯定是对所看见的东西有着足够的信仰的。他们证明了,即便是在十九世纪,艺术家也能够创作出好的宗教画,只要他的想象力能够升到那个高度。尽管欧仁·德拉克洛瓦的更为重要的作品吸引着我们,向我们提出要求,亲爱的先生,我还是觉得应该首先提出两个不为人知或者鲜为人知的名字。被遗忘的或陌生的花朵为它的自然的香气平添了一种来自默默无闻的奇特香气,它的真实的价值由于发现的快乐也有所增加。我也许不应该对勒格罗先生一无所知,但我承认我还没有见过任何署着他的名字的作品。我第一次见到他的画时,是和我们共同的朋友 C 先生在一起,我使他注意到那幅如此谦卑、如此深刻的作品。他不能否认那些与众不同的长处,但是,那种乡村的样子,《晚祷的钟声》在晚上聚集在我们大城市的教堂的穹顶下面的穿着棉绒、棉布、印花布的那个小小的世界,还有那木鞋,雨伞,被劳动压弯了的背,岁月留下的皱纹,这被忧愁灼伤的干瘪的世界,有点儿使他们的眼睛感到慌乱,他那双眼睛像一位内行人的眼睛一样,喜爱高雅的上流社会的美。他显然是顺应了生怕受骗这种法国性格,那位最受其困扰的法国作家④曾经严酷地嘲笑过这种法国性格。然而,真正的批评家的精神应该像真正的诗人的精神一样,朝着各种各样的美敞开;他可以同样轻松

---

① 拉丁文:"精神想往哪儿吹就往哪儿吹"。
② 勒格罗(Alphonse Legros,1837—1911),法国画家、雕刻家。
③ 阿芒·戈蒂耶(Amand Gautier,1837—1920),法国化学家、医生、画家。
④ 指司汤达。

地享受凯旋的恺撒炫目的崇高和住在郊区的、在上帝的目光下低头的可怜居民的崇高。如果不是忘记了现时的不幸,那也是重新感到和发现了高踞于天主教教堂穹顶的清新的感觉、自得其乐的谦卑以及穷人对公正的上帝的信任和对获救的希望!勒格罗先生的题材粗俗的外表丝毫也没有损害这种题材道德的崇高,相反,粗俗在这里却像是加在仁慈和温情中的强化剂,这证明了他是一位精神坚强有力的人。由于一种精神细腻的人可以理解的神秘的联想,那个在上帝的庙宇里绞着帽子的穿着古怪的孩子让我想起了斯特恩①的驴和勋章。正在吃点心的驴是滑稽可笑的,这丝毫也减少不了人们看到农庄的悲惨奴隶在一位哲学家的手中得到某些温存时所感到的温柔的感觉。穷人的孩子就是这样手足无措,颤抖着品味天上的果酱。我忘了说这幅虔诚的作品的制作是非常坚实的,稍许有些阴暗的色彩和精微的细节与虔诚所具有的永远做作的性质配合得很协调。C先生让我注意背景消失得不够远,人物好像有点贴在周围的装饰上。我承认这是个缺点,但是它让我回想起古画的热烈的天真,对我来说这反而又多了一种魅力。如果是在一幅不是这样亲切深刻的作品中,那就是不可容忍的了。

阿芒·戈蒂耶先生是一幅几年前就引起了批评界注意的作品的作者,从许多方面看,那都是一幅出色的作品。我想评判委员会是拒绝了它,但是人们可以在林荫大道的一位主要画商的橱窗里研究它,我指的是《疯人院》的院子,这题材他画过,不是根据哲学的、日耳曼式的方法,例如考尔巴赫的方法,那使人想到亚里士多德的范畴,而是怀着法兰西式的富于戏剧性的感情,这种感情又与忠实而聪明的观察结合在一起。作者的朋友们说作品中的一切都丝毫不差地准确:头,动作,面目,都是根据实物摹写下来的。我不相信,首先是因为我在画的布局上发现了一些相反的迹象,其次是

---

① 斯特恩(Laurence Sterne,1713—1768),英国小说家。

因为实在的、普遍的准确从来是不值得欣赏的。今年,阿芒·戈蒂耶先生只展出了一件作品,题目很简单,是《修女》。要有真正的力量才能挖掘出包容在一式的长外衣中、僵挺的帽子中、像教会中人的生活一样谦卑严肃的姿态中的敏感的诗意。戈蒂耶先生画中的一切都致力于展开主要的思想:那长长的白墙,那排列整齐的树、简朴到贫困的门面,方正的、没有女性媚态的姿势,被迫像士兵一样受制于纪律的女性,脸上凄惨地透出被牺牲的处女的带有红晕的苍白,这一切都使人感到了永恒、不变和单调的令人愉快的责任。研究这幅笔触像题材本身一样雄浑而简单的油画,我体验到一种说不出的东西,那是一种勒絮厄的某些画,菲利普·德·尚帕涅①的最好的画,即那些表现修士习惯的作品投射到人的灵魂中去的东西。假如读我的文章的人中有几位想去找这些画,我想应该告诉他们,在画廊的尽头,在建筑物的左半部的一间方形大厅里,人们放了无数的画,大部分是所谓的宗教画,他们可以在那里找到。那个大厅看起来很冷落,去的人很少,就像是园子里太阳照不到的一个角落一样。这两幅朴实的油画就被弃置在这间假还愿物的贮藏室、这条充满了石膏色的愚蠢之物的广阔的银河之中。

德拉克洛瓦的想象力!他的想象力从不畏惧攀登宗教的困难高度,上天是属于他的,正如地狱、战争、奥林匹斯山、快乐是属于他的一样。这正是画家—诗人的典型!他的确是为数不多的上帝的选民之一,他的精神之广把宗教也包容在他的领地之中。他的想象力像点满蜡烛的小教堂一样明亮、辉煌而又鲜红。激情中一切痛苦的东西都使他激动万分,教会中一切壮丽的东西都使他得到启示。他轮番地在他那充满灵感的画布上倾倒着鲜血、光明和黑暗。我相信他很愿意把他天生的豪华作为额外的东西添加在福音书的庄严之上。我见过德拉克洛瓦的小幅画《天神报喜》,拜访

---

① 菲利普·德·尚帕涅(Philippe de Champagne,1602—1674),法国画家。

马利亚的天使不是一个,而是由其他两个天使庄重地引导着,这场天上的求爱的效果是有力而迷人的。他青年时代的一幅作品,《持橄榄枝的基督》("主啊,把这圣餐杯从我面前拿开吧",在圣安东尼街的圣保罗教堂里),洋溢着女性的温柔和诗的甜蜜。在宗教中发出如此高亢巨响的痛苦和壮丽,总是在他的精神中引起回声。

然而,亲爱的朋友,这个非凡的人,他可以和司各特、拜伦、歌德、莎士比亚、阿里奥斯托、塔索、但丁及《福音书》争雄,他用他的调色板的光辉照亮了历史,在我们的着迷的眼睛里倾注了他的汹涌的幻想,这个人虽然年事已高,却总是充满了一种顽强的青春,他从少年时代起就把全部时间用于锻炼他的手、记忆力和眼睛,以便为他的想象力准备更可靠的武器。不过这位天才最近却在一位年轻的专栏作家身上找到了一位教他画画的老师,而这位专栏作家的可敬的职业迄今为止仅限于报道太太们的裙子,例如刚刚在市政厅举行的舞会上的裙子。啊!粉红色的马,啊!淡紫色的农民,啊!红色的烟(多么大胆,一缕红色的烟!),都受到了严厉的对待。德拉克洛瓦的作品被骂得体无完肤,被当做了无用的碎纸。这类文章在所有的资产阶级客厅里被谈论着,总是以这几句话开头:"我应该说我无意自诩为行家,绘画的奥秘我是一窍不通,不过……"(既然如此,为什么还要谈?)一般是以一句尖酸刻薄的话收尾,那句话相当于投向懂得难懂之物的幸福的人们的一瞥妒忌的目光。

您会说,有什么关系,既然天才胜利了,蠢话又有什么关系?但是,亲爱的,衡量一下天才所遇到的抵抗力并非多余,这位年轻的专栏作家的重要性仅限于代表资产阶级的中等的智力,不过这也足够了。想想吧,这出反对德拉克洛瓦的闹剧从一八二二年就开始了,而且总是到时候就来,我们的画家每次画展都带给我们好几幅画,其中至少有一幅是杰作,不知疲倦地显示了——借用梯也尔先生的礼貌而宽容的话来说——"优势所具有的冲劲,其余的作品的过于一般的价值使人们有些失望了,但这股冲劲又带来了希望"。稍远些,他又补充道:"看到这幅画(《但丁和维吉尔游地狱》),我不知道对于那些伟大的艺术家的一种什么样的回忆攫住了我;我又看到了这种野性的、热烈的,但是自然的力量,它毫不费力地被自己裹挟而去……我不相信我看错了,德拉克洛瓦先生是有天才的。让他坚定地前进吧,让他投身于巨大的工程吧,这是天才的不可缺少的条件……"我不知道梯也尔先生一生中做了多少次预言家,不过那一天他的确是预言家。德拉克洛瓦确曾投身于巨大的工程,但这并没有使舆论变得温和。看到颜料的这种汹涌的、滔滔不绝的倾注,不难猜出他是个什么样的人。有一天晚上,我听见他说:"像所有我这个年纪的人一样,我也曾有过好几种激情,但是,唯有在工作中我才感到完全地幸福。"帕斯卡尔说,长袍、红袍和羽饰被创造出来就是为了让老百姓敬服,给真正值得尊重的东西贴上标签。然而,德拉克洛瓦所受到的官方的器重却并没有封住无知的嘴巴。但是,仔细看看这件事情,像我这样的一些人希望艺术上的事情只可在贵族间谈论,并且相信是选民的稀少才造就了天堂,事情这样是再好不过了。有特权的人!上帝为他储备了敌人。有福者中的有福者!他的才能不仅克服了障碍,而且还产生了新的天才以克服更多的障碍!在一个古人无法生存的时代和国家里,他是和古人一样伟大的。因为,当我听见有人把拉斐尔和委罗内塞这些人捧到天上,而其用意明明是贬低产生在他们之后的长处时,我就一面对这些巨大的影子满怀着热情(其实他们并不需要),一面想,一种至少与他们相等的长处(让我们暂时承认低于他们吧,这纯粹是出于好意)是否更值得称赞,既然它是在一种敌对的气氛和土地上胜利地发展起来的?文艺复兴时代的那些高贵的艺术家们若不是伟大、多产、卓越,那他们就有罪了,因为鼓励和激励他们的是一大群显赫的贵族和教士,甚至还有群众,在那个黄金时代里,群众都是艺术家!而现代的艺术家却是不顾时代的阻拦而升得很高,这如果不是某种时代所不能接受的东西,或者是应该让未来去评论的东西,我们还能说些什么呢?

再回到宗教画上来吧,告诉我,您可曾见过比《下葬》表现得更好的那种必然的庄严吗?您真的认为提香能创造出这种东西吗?他可能构思和曾经构思过的东西是另外的样子,而我却更喜欢这种方式。背景是墓室,新宗教必须长期过着的地下生活的象征!外面的空气和光线顺着螺旋形的阶梯爬了进来。母亲要晕过去了,难以站立!请顺便注意,欧仁·德拉克洛瓦没有把这位圣洁的母亲画成纪念册上的懦弱女子,他赋予她一种悲剧性的动作和气魄,与这位母亲中的佼佼者十分相合。一位爱好者凝视着那几个人小心翼翼地把他们的上帝的尸体下到墓室中去,下到那个人人敬仰的墓室中去,即勒内所说的"在世界末日唯一没有什么可交待的坟墓"中去!只要这位爱好者稍微有些诗人气质,这时就不能不感觉到德拉克洛瓦的想象力,这种想象力打上的不是历史的印象,而是诗的、宗教的、普遍的印象。

《圣塞巴斯蒂安》不仅在绘画方面是个奇迹,而且也是一件表现忧郁的精品。《登上髑髅地》是一件复杂的、热情的、深奥的作品。深谙他的世界的艺术家说:"这幅画本来应该画得很大,放在圣絮尔皮斯教堂的施洗小教堂里,后来小教堂的用途改变了。"尽管他考虑得很周到,对公众说得很明白:"我想让你们看看人家让我画的一件很大的作品的小型的草稿。"批评家们像平常一样不放过这个机会,说他只会画草图!

看那位教授《爱的艺术》的杰出诗人[①],他躺在荒野的绿地上,带着一种女性的慵懒和忧愁。他的罗马的好朋友们能够消除皇帝的怨恨吗?他有朝一日会重新得到那个神奇城市的奢华的快乐

---

① 指拉丁诗人奥维德(Publius Ovidius Naso,公元前43—公元17或18)。

吗?不,从这个没有荣光的地方只会流出《悲歌》①的长而忧郁的河;他将在这里生活,他将在这里死去。"有一天,我过了伊斯特尔河,朝它的入海口走去,稍稍离开了猎人的队伍,我看见了奥克辛海②的波涛。我发现了一座石头的坟墓,上面长了一棵月桂树。我拔掉了覆盖着几个拉丁字母的草,立刻就读出了一位不幸的诗人的哀歌的第一句:

我的书,到罗马去吧,你自己去罗马吧。

"我不能为您描述我在这荒漠的深处发现奥维德墓时所感到的东西。对于我也经受着的流放的痛苦,对于才能之无用于幸福,我什么样的忧思没有啊!罗马,今天被它的最聪明的诗人描绘着,罗马看见奥维德的眼泪从干涸的眼中流了二十年。啊!伊斯特尔河畔的野蛮人不像奥索尼人那么忘恩负义,他们还记得到过他们的森林的俄耳甫斯③!他们在他的骨灰周围跳舞,他们甚至还记得他的几句话;他们对这位罗马人有着多么甜蜜的回忆,他说自己是野蛮人,因为撒尔马特人听不懂他的话!"

说到奥维德,我引述厄多尔④的沉思,这并不是没有用意的。《殉道者》中的诗人的忧郁口吻与这幅画一致,信仰基督教的囚徒的颓丧的悲哀被反映得恰如其分。那里面有着笔触和感情的雄浑,这正是写出《纳戚兹人》的那支笔的特点;而且我在欧仁·德拉克洛瓦的充满野性的牧歌中认出了一个十分美丽的故事,因为他在其中放上了荒原上的花,窝棚的美和一种我不敢自诩保留了下来的叙述痛苦的朴素⑤。当然,我并不试图用我的笔表达从这

---

① 奥维德的一部作品。
② 地中海的古称。
③ 指奥维德。俄耳甫斯是希腊神话中色雷斯的诗人和歌手。
④ 夏多布里昂的《殉道者》的主人公。
⑤ 这是《阿达拉》中的一段。

种绿莹莹的流放中散发出来的如此忧伤的快乐。说明书采用了德拉克洛瓦的评论的明晰简洁的语言,说得很简单,实际上这更好:"有些人怀着好奇心研究他,另一些人则以自己的方式欢迎他,献给他野果和马奶。"无论他多么忧伤,高雅的诗人不能对这种野蛮人的恩惠和淳朴的款待的魅力无动于衷。在细腻而丰富的奥维德身上的一切都进入了德拉克洛瓦的画中;如同流放给了杰出的诗人所缺乏的悲伤,忧郁也把它那迷人的外衣盖在了画家的丰富多彩的景物上。我不可能说德拉克洛瓦的某幅画是他的最好的画,因为那总是一个桶里的酒,沁人心脾,美味可口,风味独特;但是,人们可以说《奥维德在斯基泰人中间》是他的最令人惊奇的画之一,只有他才能构思出来,画出来。创作出这种东西的艺术家可以说自己是个幸福的人,而每天都能以此大饱眼福的人也可以说自己是个幸福的人。精神带着一种缓慢而贪食的快感深入到画中,就好像深入到天空中,海平线上,充满了思想的眼睛中,丰富的、满是梦幻的倾向中一样。我确信,对于精神细腻的人来说,这幅画是有着一种特殊的魅力的。我几乎可以打赌,它应该比其他的画更使具有敏感的、诗的气质的人感到愉快,比方说,使弗罗芒坦先生感到愉快,我将很高兴一会儿跟您谈谈他。

我绞尽脑汁,想抓出某个提法来很好地说明欧仁·德拉克洛瓦的特殊性。优秀的素描家,神奇的色彩家,热情而丰富的构图家,这都是显而易见的,也早已说过了。然而,他那种新鲜感从何而来呢?较之过去,他多给了我们什么?他和伟大的人一样伟大,他和灵巧的人一样灵巧,但为什么他更使我们愉快呢?似乎可以说,他具有更为丰富的想象力,他尤其是表现了大脑的深处,事物的惊人的一面,他的作品是多么忠实地保留了他的构思的特点和格调!这是有限中的无限,这是梦幻!我所说的梦幻指的不是黑夜中的杂物堆积场,而是产生于紧张的沉思的幻象,在那些不那么丰富的头脑中,这种幻象产生于人工的刺激物。一句话,欧仁·德拉克洛瓦主要是描绘最美好的时刻中的灵魂。啊！亲爱的朋友，这个人有时候真让我想活得和子孙满堂的老人一样长久，或者，不管为了复活而需要怀着多么大的勇气去死("让我回地狱吧！"被色萨利女巫复活的不幸者说道)，我也想适时地复活，看看他在未来激起的狂喜和赞颂。然而这有什么用？当这幼稚的愿望被满足即看到预言实现之时，我会得到什么好处呢，如果不是羞愧地承认我是一个软弱的灵魂，总是需要看到自己的信念被别人赞同？

讽刺短诗式的法兰西精神，加上一种学究气的成分，再在它那天然的轻松中去掉少许的严肃，就该产生出一种派别，宽容厚道的泰奥菲尔·戈蒂耶礼貌地称之为新希腊派；而如果您愿意的话，我却要称之为刺耳派。在这里，博学是为了掩盖想象力的缺乏。在大多数情况下，只不过是把普通的、庸俗的生活移进一种希腊或罗马的环境里去罢了。德佐布里①和巴泰勒米②可是帮了大忙，赫尔库拉努姆③的壁画的仿作，因不易察觉的揉擦而产生的暗淡的色调，使画家们得以逃避一幅丰富而扎实的油画的一切困难。这样，一方面是陈旧的手法(严肃的成分)，另一方面是把生活中的庸俗移进古代的环境(令人惊奇和获得成功的成分)，它们从此要取代好画所必需的一切条件了。因此，我们将看到古代的孩子玩着古代的弹子和古代的铁环，还有古代的玩偶、古代的玩具；牧歌风的孩子装扮成太太和先生(《我的妹妹不在那儿》)；爱神骑着水兽(《浴室装饰》)和许许多多的《爱情掮客》，她们把商品吊在翅膀上，就像一只兔子把商品挂在耳朵上一样，应该把她们送到毛格街广场上去，那儿是个很兴旺的鸟市，鸟儿要更自然。爱神，不可避免的爱神，糖果商的不死的丘比特，在这一派中起了一种支配的

---

① 德佐布里(Charles Dezobry)，法国作家。
② 巴泰勒米(Abbé Jean-Jacques Barthélemy,1716—1795)，法国作家、学者。
③ 赫尔库拉努姆，意大利那不勒斯东南维苏威火山脚下的一座古城。

和普遍的作用。他是这个风流娇媚的共和国的总统,是一条适应各种调味汁的鱼。我们不是懒得看见颜色和大理石用在托马斯·胡德①呈现给我们的这个老色鬼身上吗?他生着翅膀,像个虫子或鸭子,他像残废人一样地蹲着,把他那一身软绵绵的肥肉压在充作坐垫的云彩上。他的左手以持剑的姿势拿着弓,弓倚在大腿上,他的右手用箭执行命令:拿起武器来!他的头发鬈曲而浓密,活像车夫的假发;他的两腮鼓鼓的,压迫着鼻孔和眼睛;他的肌肉,还是说肉吧,一块块隆起,呈管状,鼓了起来,就像是挂在屠户的铁钩上的肥肉,大概是因为千篇一律的牧歌的叹息而膨胀了;他的山一样的背上装了两个蝴蝶翅膀。

"这就是那个压住美人胸脯的梦魇吗?这个人物就是那个不相称的对手吗,正是因为他帕斯托莱拉在一张最窄的处女的床上喘息不已?主张精神恋爱的阿芒达(她完全是精神的),在她谈论爱神的时候,指的就是这个可触可摸的东西啰?他可完全是肉体的。而贝兰达真的相信这个超实体的弓手能够埋伏在她的危险的蓝眼睛里?

"传说普罗旺斯的一位姑娘爱上了阿波罗的塑像,并因此而死。然而,这位热情的小姐说过疯话吗?她是在这丑恶的形象的基座前憔悴了吗?是否更应该说,难道这不是一种不寻常的象征,说明姑娘们对爱神的接近感到胆怯并进行尽人皆知的抵抗吗?

"我不难相信,他只为自己才需要整个一颗心,因为他应该把它充满直到发胀。我相信他的自信,因为他像是深居简出,不大适于走路。如果他化得快,那是因为他一身肥油;如果他烧得旺,因为所有肥胖的肉体都是这样。像所有这般分量的肉体一样,他无精打采,一个这样大的风箱叹气,也是很自然的。

"我不否认他跪倒在太太们的脚下,既然这是大象的姿态;也

---

① 托马斯·胡德(Thomas Hood),英国画家。

不否认他发誓说这种敬意是永恒的;当然,如果设想它不是永恒的,那将是很不容易的。我毫不怀疑,他会因如此之胖、脖子如此之短而死!如果说他是盲目的,那是因为他那猪一般的脸上起了浮肿,挡住了视线。让他住在贝兰达的蓝眼睛里吧。啊!我太异端了,我绝不会相信的;因为她的眼睛里从不曾有过猪圈①!"

这些东西读起来令人愉快,是不是?也使我们对这个长着酒窝的大胖娃娃解了解恨,他是代表着群众对爱神的看法的。至于我,假使让我来表现爱神,我大概要把他画成一匹吞噬了主人的狂暴的马,或者一个因放荡和失眠而眼圈发黑的恶魔,他像幽灵或苦役犯一样脚上拖着哗啦哗啦响的铁镣,一只手摇着一小瓶毒药,另一只手挥动着杀人的血淋淋的匕首。

这一派同时和格言、画谜及旧瓶装新酒有关,其主要特点(在我看来)就是无休止地令人不快。就画谜来说,它直到现在还逊于《爱情消磨时间》和《时间消磨爱情》,它们具有一个不害羞的、准确的、无可指责的画谜的长处。由于热衷于给现代的平庸生活穿上古代的服装,这一派不断地干出我很愿意称为"倒置的漫画"那种事情。如果它想变得更加令人不快的话,我把爱德华·富尼埃先生的小书②指给它作为题材的取之不尽的源泉,我认为这是帮了它一个大忙。把全部历史、全部职业、全部现代技艺都穿上旧时的衣服,对于绘画来说,我认为这是一种使人惊奇的可靠而无穷尽的手段。可敬的博学者本人也会从中得到某种乐趣。

不可能不承认热罗姆③先生具有高贵的素质,首先就是求新和对大题材的兴趣;然而,他的独创性(如果有独创性的话)常常

---

① 一个猪圈容纳好几口猪,而且还有用同音异义词进行的文字游戏;人们可以猜到 sty(这是个英文词,其意为麦粒肿,另有一意是猪圈)一词的引申意义是什么了。——原注
② 这本书叫作《旧瓶装新酒:现代发明和发现的古代史》。
③ 热罗姆(Jean-Léon Gérome,1824—1904),法国学院派画家。

有一种艰涩的、不明显的性质。他冷静地用一些小配料和幼稚的方法使题材活跃起来。想到一场斗鸡自然要勾起对马尼拉或英国的回忆。热罗姆先生把这种游戏搬进某种古代的田园画中,试图以此来愚弄我们的好奇心。尽管他做出了巨大的,高尚的努力,到目前为止他仍然是刺耳精神的第一人,将来恐怕也是如此,例如《奥古斯都时代》这幅画,还是证明了热罗姆先生的那种法国倾向,即在绘画以外的地方寻求成功。罗马人的竞技表现得很准确,地方色彩惟妙惟肖,这我丝毫也不想怀疑,我对这个题材并没有丝毫的怀疑(不过,既然有戴盔持剑执盾的角斗士,那么以三叉戟、匕首和网为武器的角斗士又在哪里呢?);但是,把成功建立在这样的成分上,不是在进行一场如果不是不正当起码也是危险的赌博吗?不是会在许多人那里引起一种不信任的抵制吗?他们会摇头,心想他是否确信事情果然是这样进行的。即便假设这样的批评是不公正的(因为人们一般都承认热罗姆先生具有一种对古代好奇和渴望获得学问的精神),也是对一位用一页博学的文章的乐趣取代纯粹绘画的享受的艺术家的一种应有的惩罚。应该说,热罗姆先生的笔法从来也不是遒劲和独特的,相反,它是犹豫不决的,特点不明显,总是游移于安格尔和德拉罗什之间。对于这幅画,我还要加以更严厉的指责。即使是要显示罪行和放荡之中的冷酷无情,即使是要让我们猜到贪婪之中的隐秘的卑劣,也不必与漫画结盟;而且我还认为,指挥的习惯,尤其是指挥人的时候,由于缺乏美德而使人具有某种高贵的姿态,但这位所谓的恺撒、这个屠夫、这个肥胖的酒贩子距此却过于遥远了,正如他那自满的、挑衅的姿势让人想到的那样,他至多能够指望大腹便便的人①和志得意满的人的报纸的主编那种角色。

《康多尔王》也是一个圈套和一种消遣。许多人在家具和国

---

① 指中间派议员。

王的床的装饰面前心醉神迷,原来这就是亚洲的卧室呀!多么豪华!但是,那个可怕的王后是如此地珍爱自己,看她一眼就像摸她一下一样使她感到受了亵渎,她果真像那个呆板的木偶吗?何况,这种正处于悲剧和喜剧的中间的题材具有一种很大的危险。如果亚洲故事不是以一种亚洲的、阴郁的、血腥的方式来处理,它引起的总是喜剧性,它在人的精神中唤起的总是博杜安①和十八世纪的比亚尔们的淫猥:一扇虚掩着的门,使睁大了的眼睛得以监视在一个侯爵夫人的夸张的诱惑力中如何使用灌注器。

尤利乌斯·恺撒!这个人的名字在想象力中射进了怎样的落日的光辉啊!假若果然有地上的人与神祇相像的话,那就是恺撒。强大而有魅力!勇敢,博学,宽宏大度!全部的力量,全部的荣耀,全部的优雅集于一身!他的英名总是超越了胜利,死后还在增加;他的胸被刀刺穿,只发出父爱的喊声,他认为铁器造成的创伤不如忘恩负义造成的创伤残酷!肯定,这一点热罗姆先生的想象力是被激励起来了,它是经历了一次有利的危机,才构思了它的单独的、躺在被推翻的宝座前的恺撒,构思了这具罗马人的尸体,他曾经是大祭司、武士、演说家、历史家和世界的主人,他一个人占满了一座广阔的、荒凉的大厅。有人批评这种表现主题的方式,其实怎么赞扬也不过分。效果的确是宏伟的。这可怕的概括足够了。我们都相当熟悉罗马历史,足以想象得出不言中的意思,事前的混乱和接踵而至的喧闹。我们猜得出这堵墙后面的罗马,我们听见了那个愚蠢的、被解放了的、对被害者和凶手都是忘恩负义的人民的喊声:"让布鲁图斯成为恺撒!"对画本身来说,还有某种不可解释的东西需要解释。恺撒不能是一个马格里布人,他的皮肤本来是很白的,这个独裁者像一个讲究的浪荡子一样注意修饰自己,要么为什么他的脸和手臂是一种土灰色呢?我听人解释说是因为死亡

---

① 博杜安(Pierre-Antoine Baudoin,1723—1769),法国画家。

给面孔带来一种死尸的色调。如果是这样的话,那么是否应该设想活人变成死尸已有多长时间了呢?这种借口的提倡者应该对腐败感到遗憾。另有一些人仅限于指出手臂和头被笼罩在阴影之中。但是,这种借口意味着热罗姆先生不会表现暗处的白皮肤,而这是不可信的。所以,我不得不放弃对这一秘密的探求。这幅油画就是这样,带着它的一切缺点,是他很久以来让我们看到的最优秀的一幅画,毋庸置疑,也是最为动人的一幅画。

法国的胜利不断地产生出大量的军事画。亲爱的先生,我不知道您对作为职业和专长的军事绘画作何感想。我不认为爱国主义一定产生出对虚假和琐事的兴趣。仔细想想,这种类型的画是要求虚假和无用的东西的。一次真正的战斗并不是一幅画,因为要看出来是一场战斗并且使人感到兴趣,它只能用白色的、蓝色的或黑色的线条来加以表现,以此来模拟一排排的军队。对这类画的构图和在现实中一样,场地变得比人更为重要。然而,在这种情况下,就没有画了,至少是只有一种表现战术和地形的画了。奥拉斯·韦尔内先生有一次,甚至好几次认为通过一系列堆积和重叠的插曲已经解决了这个难题。这样,画就丧失了整体性,仿佛一场拙劣的戏,其中过多的枝节使人看不到主题和最初的构思。因此,为战术家和地形学家画的那种画是要除外的,我们应将其排除出纯粹的艺术,一幅军事画要能看得懂并且有趣,只有一个条件,即它只不过是军事生活的一个插曲。例如,皮尔①先生就很明白,我们常常欣赏他那些聪明而扎实的作品,从前的沙尔莱和拉费②也是如此。然而,就是在简单的插曲中,在对于一群人在一小块确定的空间里混战的简单表现中,观众的眼睛也常常得忍受多少虚假、多少夸张和怎样的单调啊!我承认,在这类景象中,使我最感痛心

---

① 皮尔(Isidore Pils,1813—1875),法国画家。
② 拉费(Auguste Raflet,1804—1860),法国画家。

的不是大量的创伤和对于残肢断体的令人厌恶的滥用,而是暴力行为中的静止和一种不动的疯狂的可怖而冰冷的怪相。还有多少正确的批评做不出来呀!首先,现代政府让军队穿清一色的制服,这种长长的单色的队伍是难以入画的,于是,艺术家们在尚武的时候就更愿意在过去中寻找可行的借口来展示五花八门的武器和服装,邦吉伊先生在《三十年战争中的一次战斗》中就是这样做的。其次,在人的心中有对于胜利的某种夸大到撒谎程度的爱,常常使这种画有一种辩护的虚假气。对于一种理智的精神来说,这是颇能够使一种随时准备爆发出来的热情冷却下来的。大仲马最近为此重提《啊!如果狮子会画!》①这篇寓言,他因此而招致一位同行的严厉指责。应该说时机选择得不好,他应该补充说任何民族都在他们的舞台上和美术馆中展示出同样的缺点。您看,亲爱的,一种排他的、与艺术不相干的激情可以把一位爱国的作家引向何等的疯狂!有一天,我翻阅了一本表现法国的胜利并附有文字说明的著名画册。其中有一幅画的是签订和平条约。画上的法国人穿着皮靴,带着马刺,盛气凌人,眼睛几乎是侮辱地看着谦卑而窘迫的外交官;而文章则赞扬艺术家善于用肌肉的力量表达前者精神上的魄力,用女人气的身体的肥胖表达后者的怯懦和软弱!不过,我们还是不要谈论这些幼稚可笑的东西吧,过长的分析会离题太远,我们只指出一个教训,即在表达最高尚最慷慨的感情时,人们是能够不知羞耻的。

有一幅军事画我们是应该赞扬的,而且应该怀着全部的热情来赞扬;不过那不是一场战斗,而差不多是一派田园风光。您已经猜到,我要谈的是塔巴尔②先生的画。说明很简单:《克里米亚战争,收集草料的骑兵》。那么多的绿草地,那么美的绿草地,顺着山势缓缓地起伏!灵魂在这里呼吸着一种复杂的香气,这是植物

---

① 拉封丹的一篇寓言,叫作《被人击败的狮子》,其中一头狮子对人说:"要是我的兄弟们也会画画,他们更有理由把我们的优势画下来。"
② 塔巴尔(François Tabar,1818—1869),法国画家。

的清新,是大自然的宁静的美,与其说令人深思,不如说令人遐想,这同时也是对这种热烈的、冒险的生活的观照,在这种生活中,每一天都需要不同的劳顿。这是一首战争间隙中的牧歌。草捆已经堆起,必需的收割已经进行,工作大概已经结束,因为号角在空气中发出响亮的呼唤声。士兵一队队地回来了,沿着山坡的起伏上下,带着一种懒洋洋但不失规矩的从容。根据这样简单的题材画出更好的画,那是很困难的。一切都是真实的、优美的,甚至包括军装上的杠杠或者红军裤上这儿那儿的唯一的系带。像丽春花或罂粟花一样鲜艳的军装使这一片广阔的绿海顿时变得赏心悦目。而且题材也具有启发性,尽管事情发生在克里米亚,可是我面对着这支收割的军队,在打开目录之前就首先想到了我们的非洲部队,我们总是想象他们是那么随和、那么灵巧、那么真正地罗马化①了。

  我的报道的开头几页是颇有章法的,紧接着出现了表面上的杂乱,您对此不必感到惊奇。这一章的题目中有三项内容,其中之一使用了幻想画一词,这并非没有几分理由。风俗画意味着某种平淡,浪漫画稍微更符合我的意思,又排除了幻想的概念。特别应该在这类画中进行认真的挑选,因为幻想越是容易和开放,就越是危险,像散文诗和小说那样危险;它如同妓女激起的爱情,很快就跌入到幼稚或卑劣之中;它也像一切绝对的自由一样危险。然而,幻想像那个能思想的生物居住的并使之丰富多彩的宇宙一样广大。它是由随便哪一个人加以表达的随便哪一种东西,如果此人的灵魂不能在事物的自然的隐晦之下投下一道神奇而超自然的光亮,那它就是一种可怕的无用的东西,就是被随便哪一个人玷污了的随便哪一种东西。这样,就不再有相似性而只有偶然性了,它变得混乱矛盾,成了一块因缺乏有规律的耕作而花里胡哨的土地。

---

 ① 指非洲军团的士兵们正像罗马士兵一样在当地定居。

我们可以顺便以一种欣赏和近乎遗憾的目光看一看几个人的迷人的作品,在那个我于本文开头谈到的高贵的复兴时代,他们代表了漂亮、讲究和优美,例如欧仁·拉米,他用他那些不合常情的小人物讲我们看到了一个业已消失的世界和趣味;而瓦吉埃,他是那样地热爱华托。那个时代是那么美,那么丰富,当时的艺术家没有忘记精神的任何需要。正当欧仁·德拉克洛瓦和德维里亚创造宏伟和别致的时候,别的人则不断地增加着理想的优雅的行时画册,他们在小巧方面是富有才智的,典雅的,他们是贵妇的小客厅和轻佻的美的画家。这种复兴在各方面,无论是英雄画还是小花饰,都是伟大的。今天,在更大的范围内,夏普兰①先生,这个优秀的画家,有时还继续着那种对漂亮的崇拜,只是稍许多了些笨重;这少了些世界气,多了些画室气。南特依②先生是最典雅最勤奋的创作者之一,他们为那个时代的第二阶段争了光。他在他的酒里掺了一指水,但他一直是有力地、富有想象地进行着描绘和布局。在这个胜利的流派的孩子们身上有一种命运注定的东西。浪漫主义是一种优美,或是天堂的,或是地狱的,它给我们留下一些永恒的烙印。南特依为他的朋友们的著作画了些黑色或白色的插图,我每次观赏,都不能不感到有一阵清凉的微风触动了回忆。还有巴隆③先生,他不也是一个天赋奇特的人吗?不必过分地夸大他的长处,然而看到在任性而朴实的作品中运用了那么多的才能,不也是很令人愉快的吗?他布局精彩,组合有才气,设色有热情,他在他的所有戏剧中都投进了一种有趣的火焰,说是戏剧,因为他的布局有戏剧性和某种类似歌剧天才的东西。如果我忘记感谢他,我就是忘恩负义了,他给了我一种美妙的感觉。当一个人走出一间又脏又暗的陋室,突然被带进一个干净、摆着精巧的家具、涂

---

① 夏普兰(Charles Chaplin,1825—1891),法国画家。
② 南特依(Célestin-François Nanteuil,1813—1873),法国画家。
③ 巴隆(Henri Baron,1816—1885),法国画家。

着柔和的颜色的房间时,他就感到他的精神亮了起来,感情准备好接受令人愉快的东西。这就是《圣吕克饭店》使我感到的肉体上的愉快。我刚刚怀着忧伤看见了一大堆石膏色的、土灰色的可怕而庸俗的东西,当我走近这幅丰富而明亮的油画时,我感到我的心叫了起来:我们可到了上流社会了!那把一群群贵客引到披满长春藤和玫瑰花的廊下的泉水是多么清凉!那些有人陪伴的女人是多么光彩照人!她们的伴侣都是精于审美的大画家,他们为了赞美自己的主人而沉浸在这欢乐窝里!这幅画如此丰富,如此欢快,同时,其姿态又如此典雅,如此漂亮,它是绘画迄今试图表达的最美好的、充满了幸福的梦幻之一。

  从规模上看,克雷辛格①先生的《夏娃》是刚才我们谈到的那些迷人可爱的作品的自然的对比。在沙龙开幕前,我就听见许多人对这幅神奇的《夏娃》说长道短,在我看到它的时候,因为对它怀着那么多成见,我首先发现人们对它的嘲笑太过分了。这种反应是很自然的,但也得力于我对宏伟的一种不可救药的爱。亲爱的,我应该向您坦白,这也可能会使您发笑:在自然中和在艺术中,假定价值相等,我偏爱宏伟的东西,巨大的动物,雄伟的风景,巨大的船,高大的男人,高大的女人,宏伟的教堂等,把我的趣味变成原则,我认为在缪斯的眼中,规模也并不是一个无足轻重的因素。何况说到克雷辛格先生的《夏娃》,其形象还有别的优点:恰如其分的动作,符合佛罗伦萨趣味的焦虑不安的优雅,精心描绘的凸起,特别是身体的下半部,如膝盖、大腿和腹部,就像人们应该在一位雕塑家手上看到的那样,这是一件很好的作品,比人们所说的要好。

  您还记得埃贝尔②先生的开端,幸运的几乎是轰动的开端吗?

---

① 克雷辛格(Jean-Baptiste Clésinger,1814—1883),法国画家。
② 埃贝尔(Ernest Hébert,1817—1908),法国画家。

他的第二幅画特别引人注目。如果我没有弄错的话,那是一幅女人的肖像。这女人富有曲线,她不仅呈乳白色,而且近乎透明,她在一种狂喜的气氛中扭曲着身子,装模作样,不过很优雅。成功肯定是名副其实的,埃贝尔先生一开始就成了个总是受欢迎的人,仿佛一个知名人士一样。不幸的是,造成他的应得的名声的东西也许有一天会造成他的堕落。这种知名过分情愿地自囿于细腻的魅力以及画册和纪念册单调的忧郁了。无可怀疑,他画得很好,但他的威望和力量还不足以掩盖构思的弱点。我试图在我所看到的他身上的一切可爱之处下面进行挖掘,我发现的却是我说不清楚的一种世俗的野心,用公众事先已经接受的方式取悦公众的既定决心,还有某种极难确定的缺点,没有更好的用语,我就把它称作文学化的拥护者所具有的缺点。我希望一位艺术家有学问,但是当我看见他用如果不是存在于他的艺术之外也是存在于他的艺术的边缘的本领来抓住想象力,我就感到难受。

博德里①先生作为艺术家更加自然,尽管他的画并不总是足够地扎实。在他的作品中,人们猜得到他对意大利画法有过很好的、满怀深情的研究。那个小姑娘的形象,我想那幅画叫作《吉尔梅特》,很荣幸地让不止一位批评家想到委拉斯开兹的才气横溢的、生动的肖像。但是令人担心的是,博德里先生恐怕只是一个出名的人而已。他的《悔罪的马德兰》有些浅薄,画得也轻浮。总之,较之他今年画的画,我更喜欢他的雄心勃勃的、复杂的、勇敢的油画《贞女》。

迪亚兹先生是个令人好奇的例子,他只靠一种能力就获得了轻易的成功。他风行一时的那个时代离我们尚不遥远。他的色彩悦目,闪烁多于丰富,令人想到东方织物的令人愉快的斑斓。眼睛看了的确感到很舒服,竟乐得不去注意轮廓和突起了。在像个真

---

① 博德里(Paul Baudry,1828—1886),法国画家。

正的浪子那样挥霍了自然慷慨地赋予他的这种独特的能力之后，迪亚兹先生感到他身上有一种更为困难的野心苏醒了。比我们通常很喜欢的那些画规模更大的几幅画表达了这种刚刚萌发的微弱的愿望。这种野心毁了他。人人都注意到了他的精神受到对柯勒乔①和普吕东的忌妒所折磨的那个时期。似乎他的眼睛已习惯于注意一个小世界的闪烁，再也看不到一个大空间的鲜明的色彩了。他的闪耀的色调转向了石膏和粉笔，或者，也许他因雄心勃勃地致力于显示凹凸，情愿忘掉迄今为止造就了他的光荣的那些素质。确定如此迅速地削弱了迪亚兹先生的鲜明个性的原因是很困难的，不过，假设这种值得称赞的愿望来得过晚，这却是可以的。在某个年龄上再进行某些改革已属不可能，在艺术活动中，最危险的莫过于总是将不可或缺的学习置诸来日。一个人长期相信一种一般说来是有利的本能，当他终于想改变偶然获得的教育而掌握一直被忽略的原则时，已经晚了；大脑已养成一些不能改变的习惯，手也不听使唤，举措失度，表达新东西固然不行，就是表达曾经得心应手的东西也不如从前了。对迪亚兹先生这样公认有才华的人，说出这样的话来的确是很使人难受的；不过，我只是一记回声罢了，或高或低，或怀恶意或带悲伤，大家已经说过我今天写下来的东西了。

比达②先生就不是这样了，相反，人们可以说他泰然自若地放弃了色彩及其一切浮华，以便使他的铅笔所要表现的性格具有更多的价值和光彩。他表现得十分强烈和深刻。有时候，在明亮的部分上涂一重淡淡的、透明的颜色，就令人愉快地突出了素描，而并不破坏严格的整体性。比达先生的作品的突出标志是人物面部的内在表情，把这些面孔不加区分地归于这个或那个种族，或者设想人物信奉一种本不是他所信奉的宗教，都是不可能的。说明书

---

① 柯勒乔（Antonio Allegri il Correggio，1489？—1534），意大利画家。
② 比达（Alexandre Bida，1823—1895），法国画家。

没有加以解释(《马龙派教徒在黎巴嫩布道》《阿尔诺特在开罗时的卫士》),但任何有经验的人都会很容易地猜出其间的区别。

希弗拉①先生是罗马大奖的获得者,真是奇迹!他有独创性。在永恒之城的居留没有使他的精神力量消失。说到底,这只证明了一件事,就是只有过于软弱不能在那里生活的人才会死在那里,流派只能使那些注定要受到屈辱的人感到屈辱。大家都有理由指责希弗拉先生的两幅素描(《战斗中的浮士德》《疯狂中的浮士德》)过于阴郁黑暗,尤其是对如此复杂的素描而言;然而它们的风格的确是美丽雄浑。多么混乱的梦!梅菲斯托费尔和他的朋友浮士德,不可战胜又无懈可击,高举着剑,飞奔着穿过战争的风雨。修长、阴郁、难以忘怀的玛甘泪自悬身死,像悔恨一样清晰地衬在巨大而苍白的月亮上。我十分感谢希弗拉先生勇敢地、戏剧性地处理了这个富有诗意的题材,并且远远地丢开了因袭的忧郁中的一切无聊的东西。善良的阿里·舍佛不断地画着基督和浮士德,他画的基督像浮士德,而浮士德则像基督,二者又都像一个随时准备在象牙琴键上倾泻不被理解的悲哀的钢琴家,他需要看看这两幅有力的素描,以便明白要表现诗人,必须感到自己有着与诗人同等的力量才行。我不相信一支描绘过这种疯狂和这种残杀的坚实有力的铅笔会沉醉于小姐们的无聊的忧郁。

在出名的年轻人中,名声树立得最牢固者之一是弗罗芒坦先生。他恰恰既不是风景画家,又不是风俗画家。这两个领域过于狭窄,不能容纳他那雄浑而灵活的幻想。如果我说他是个旅行的讲述者,那是不够的;因为有许多旅行者既没有诗情也没有灵魂,而他的灵魂却是我所见过的最富诗情、最为珍贵的灵魂之一。他的本来意义上的绘画是审慎的,有力的,讲究章法,显然源自欧仁·德拉克洛瓦。在他身上,我们还发现一种对于色彩的巧妙而

---

① 希弗拉(François-Nicolas Chifflart,1825—1901),法国画家。

自然的理解,这在我们当中是如此的罕见。然而,光明和热情在某些头脑中投入某种热带的疯狂,用一种不能平息的狂热使之骚动不已,跳起不知名的舞蹈,在他的灵魂中却只倾泻着一种温柔平静的观照。那是心醉神迷,而不是狂热。可以推测,我自己也多少染上了一种把我带向阳光的思乡病,因为从那些明亮的油画中升起一股醉人的雾气,很快就凝结为欲望和悔恨。我一下子羡慕起那些人的命运来了,他们躺在蓝色的阴影下,眼睛半醒半睡,只表达(如果还表达着什么的话)对休息的爱和一片巨大的光明所引起的幸福感。弗罗芒坦先生的精神有些近乎女性,其程度正好相当于为力量增添一种妩媚。但是有一种能力在他身上非常突出,那肯定不是一种女性的能力,它能抓住迷失在人世间的美的碎片,能在美溜进堕落的人性的平庸之中的任何地方跟踪美。因此,不难理解他是怀着怎样的感情热爱着古朴生活的崇高,怀着怎样的兴趣注视着那些身上还残存着古代英雄主义的某种东西的人们。他的眼睛所迷醉的不仅仅是光彩夺目的织物和制作得奇形怪状的武器,而尤其是那些强大部落的首领们所特有的那种庄严和贵族的浪荡作风。就像差不多十四年前在画家凯特林的率领下出现在我们面前的那些北美洲的野蛮人一样,他们即便在落魄的状态中也让我们想起菲迪亚斯①的艺术和荷马式的崇高。然而我大谈这个问题有什么用呢?为什么还要解释弗罗芒坦先生在他的两本迷人的书中已经解释得那么好的东西呢?这两本书是《撒哈拉之夏》和《萨海尔》。谁都知道弗罗芒坦先生是以双重的方式讲述他的旅行的,他写和画一样好,独具一格。古代的画家也喜欢涉足两个领域,用两种工具表达他们的思想。弗罗芒坦先生作为作家和作为艺术家都是成功的,他写的作品或画的作品是那样迷人,如果可以砍倒或剪掉一枝而使另一枝更为茁壮和更有力量,那可真是很

---

① 菲迪亚斯(Phidias,公元前490—前430),古希腊雕塑家。

难做出选择。因为为了可能赢得什么,必须甘心失去许多。

人们还记得在一八五五年博览会上见过一些很好的小画,色彩丰富强烈,制作精细完美,在服装和形象中反映出一种对过去的奇怪的爱。这些可爱的油画所署的名字是利埃斯①。距这些画不远有一些美妙的画,制作之精细并不逊色,也表现出同样的素质和对往昔的同样的热情,所署的名字是莱伊斯②。几乎是同一位画家,几乎是同一个名字。这种一字之差③就像偶然性所玩的聪明的把戏,有时候是有着像人一样的刺耳精神的。一个是另一个的学生,有人说一种热烈的友谊把他们连在一起。但是,莱伊斯先生和利埃斯先生升到了狄俄斯库里④的显赫地位了吗?我们要欣赏其中的一个就必须失去另一个吗?今年,利埃斯先生是在没有他的波吕丢刻斯的情况下出场的;莱伊斯先生也将在没有卡斯托耳的情况下来见我们吗?我认为莱伊斯先生曾经是他的朋友的老师,而且也是波吕丢刻斯愿意把他的永生的一半让给他的弟弟,这个比喻就更加合乎情理了。《战争的祸害》!怎样的标题!战败的俘虏,受到跟在后面的粗暴的战胜者的折磨;一堆堆乱七八糟的战利品;被侮辱的姑娘;一个血淋淋的世界,不幸而沮丧;强有力的粗暴的大兵,红发多毛;下等妓女,画上没有,我想她们可能是在的,中世纪的这种浓妆艳抹的姑娘得到君王和教会的允许跟随着士兵们,正如加拿大的妓女陪伴着穿海狸皮大衣的武士们,坐在虚弱者、孩子们、残废者深受颠簸之苦的火车上,所有这一切必定要产生出一种动人的、真正富有诗意的绘画来。人们首先想到了卡洛,但是我认为我在他那长长的作品系列中并没有看到任何更富

---

① 利埃斯(Joseph Liès,1821—1865),比利时画家。
② 莱伊斯(Henri Leys,1815—1869),比利时画家。
③ 这两个人,一名 Liès,一名 Leys,只有一音之差,也只有一字之差。
④ 希腊神话中,卡斯托耳和波吕丢刻斯兄弟二人的总称。卡斯托耳善骑,波吕丢刻斯善战,所向无敌。

有戏剧性的东西。不过,我有两点要责备利埃斯先生的:明亮的部分过于广泛,更确切地说,是过于分散,色彩明亮耀眼但很单调;其次,目光落在这幅画上不可避免地获得的第一个印象是那种格子架给人的不舒服和令人不安的印象。利埃斯先生不但用黑色勾出他的人物形象的总轮廓,而且勾出其服装的各个部分,以至于每一个人物都像是一块彩绘玻璃镶在铅制的框子里。请注意,色调的普遍的明亮更加强了这种令人不快的外表。

邦吉伊先生也是一个热爱过去的人,他具有机敏、好奇、勤奋的精神。如果您愿意的话,再加上所有那些可以用于二流诗以及不是绝对崇高、裸露、单纯的东西的最体面、最高雅的形容词吧。他具有藏书癖的仔细、极大的耐心和整洁,他的作品打磨得像古代的武器和家具,他的画有着金属的光滑和剃刀的锋利;至于他的想象力,我不会肯定地说它是宏伟的,但它是出奇地活跃、易感和好奇。那幅《骷髅小舞》使我很愉快,仿佛一帮迟归的醉汉,半爬半舞,被他们的瘦骨嶙峋的头头拖着。请研究一下所有那些灰色单色小画,它们充作主画的框子和说明,没有一幅不是极好的画。现代艺术家是太忽视这些美妙的中世纪的寓意画了,其中永恒的怪诞闹着玩似的和永恒的恐怖纠结在一起,就像它们现在一样。也许我们的过于纤细的神经再不能承受一种过于明显的可怕的象征了。也许仁慈告诫我们应该回避一切可能使我们的同类感到痛苦的东西,不过这很值得怀疑。去年年末,王家路的一位出版商投放了一种风格很讲究的祈祷书,报上登的广告告诉我们,围绕着文字的所有小画都是从同时代的著作中摹下来的,给予整体一种可贵的统一风格,但骷髅的形象是唯一的例外,被小心地略去了,因为和本时代的趣味不符;这份说明大概是由出版商起草的,他这样明智,就该增加一句,以便完全与这个时代的趣味相合。

时代在这方面的趣味令我害怕。①

有一家正直的报纸,那里人人什么都知道,什么都能谈,每个编辑都像往昔罗马的公民一样学贯百科,无所不知,可以轮流讲授政治、宗教、经济、美术、哲学、文学。蠢话这座巨大建筑物像比萨塔一样向着未来倾斜,那里面正在制订着人类的幸福,其中有一个很正直的人不愿意人们欣赏邦吉伊先生。但是理由,亲爱的先生,理由呢? 因为他的作品中有一种令人疲倦的单调。这种说法大概和邦吉伊先生的极其别致、多样的想象力无关。这位思想家想说的是,他不喜欢用同一种风格处理各种题材的画家。怪哉! 这正是他的风格呀! 您是想让他改变吗?

这位可爱的艺术家今年所有的画都同样有意思,在提醒您特别注意《小海鸥》之前我是不愿意向他告别的:湛蓝的天和水,两大块岩石形成一个向着无限洞开的门(您知道,无限越是狭窄,就越显得深邃),云一样的、雪崩一样的、雨②一样的一大群白色的鸟,怎样的寂静! 细细地看一看吧,亲爱的朋友,然后告诉我您是否认为邦吉伊先生缺乏诗的精神。

在结束本章之前,我还要把您的目光引向莱顿③先生的画,我想他是准时赴约的唯一的英国艺术家:《帕里斯伯爵到卡普莱家找未婚妻朱丽叶特,发现她已昏厥》。这幅画丰富而细致,色调强烈,制作精细,是一件十分顽强的作品,但是富于戏剧性,甚至有些夸张,因为我们的海峡对面的朋友们并不把取自戏剧的题材表现为真实的场面,而是用必要的夸张表现为装扮的场面。这一缺点,如果这是个缺点的话,使他们的作品具有一种奇特的、反常的美。

---

① 这是莫里哀的《恨世者》中的一句诗。
② "雨"(la pluie)在原文中作"伤"(la plaie)字,两词字形近似,据考证可能是误植。
③ 莱顿(Frederick Leighton,1830—1896),英国画家。

最后,假如您有时间再去沙龙的话,别忘了研究一下马克·波①先生的珐琅画。这位艺术家笔下的是一种费力不讨好的不受赏识的作品,但他显示出令人吃惊的素质,真正的画家的素质。一言以蔽之,在别人平淡地涂抹着贫乏的颜色的地方,他却画得丰富多彩,他善于小中见大。

六　肖像画

我不相信天上的鸟会管我的饮食,也不相信一头狮子肯充当我的掘墓人和埋葬人;但是,就像那些跪倒在地的隐遁者无端地指责那个仍然塞满了短暂的、必死的肉体的邪恶理由的死人头一样,我的头脑在它为自己造就的荒僻的隐居地里有时也与奇异的怪物,白日梦,街上、客厅里、公共马车上的幽灵发生争执。我看见资产阶级的灵魂就在面前,请相信,如果我不怕把我的斗室的墙纸弄脏的话,我真想用它想不到的力气把我的墨水瓶朝它脸上摔过去。以下就是这个卑劣的灵魂今天对我说的话,这可不是幻觉:"事实上,诗人们真是些奇特的疯子,竟声称想象力在艺术的一切功能中都是必要的。比方说,画一幅肖像,他需要什么想象力?要画我的灵魂,如此明显、清晰、众所周知的灵魂,他需要什么想象力?我摆出姿势,实际上,是我,模特儿,同意担负主要的工作。我是艺术家的真正供应者。我自己就是全部的材料。"然而我回答它说:"Caput mortuum②,住嘴!旧日的极北的野蛮人啊,戴眼镜的或戴玳瑁眼镜③的永恒的爱斯基摩人啊,就是大马士革的显圣、惊雷和闪电也启发不了你们!材料越是看起来确实和充实,想象力的工作就

---

① 马克·波(Jean-Marc Baud),瑞士画家。
② 拉丁文:"死人脑壳"。意谓无价值之残留物。
③ 这里的"玳瑁眼镜"与今日的眼镜无关,按古义乃指头巾之类。

越是细微和艰难。一幅肖像！还有更简单又更复杂、更明显又更深刻的东西吗？要是拉布吕耶尔没有想象力，纵使如此明显的材料俯拾即是，他能写出他的《品性论》吗？无论人们设想某个历史题材多么有限，哪一位历史家敢自夸对它加以描绘和阐明而无须想象力？"

肖像画这个看起来如此卑微的种类需要一种巨大的理解力，其中艺术家的服从无疑占有很大的成分，但他的预见也应该是旗鼓相当的。当我看见一幅好的肖像画时，我猜得出艺术家的全部努力，他首先应该看到看得见的东西，同时他还应该猜出隐藏着的东西。我刚才把他比作历史家，我也可以把他比作演员，他有义务接受各种性格和各种服装。如果人们愿意好好研究一下，在一幅肖像画中是没有什么无关紧要的东西的。动作，怪相，衣服，甚至背景，一切都要为表现一种性格服务。一些伟大的画家和杰出的画家，例如大卫，在他只不过是个十八世纪的艺术家的时候和他成为一派的领袖之后，霍尔拜因，在他所有的肖像画中，他们都力求简洁然而强烈地表达出他们所要描绘的性格。其他人力图更进一步或者改弦更张。雷诺兹和热拉尔增添了浪漫的成分，但总是符合人物的自然，于是就有了风雨欲来乌云翻滚的天空，淡远疏朗的背景，诗意的家具，慵懒的姿态，冒险的举措，等等……这是一种危险的方式，但并非不可行，不过这需要天才。总之，不管艺术家使用得最多的手段是什么，不管这艺术家是霍尔拜因，大卫，委拉斯开兹，还是劳伦斯，在我看来，一幅好的肖像画总像是一份戏剧化的自传，或者更确切地说，像是人所固有的自然的戏剧。有些人想限制手段，是因为无力运用所有的手段吗？是希望获得一种最强烈的表现力吗？我不知道；但我更倾向于认为，正如在许多其他的人类的事情上一样，这两种理由都是可以接受的。亲爱的朋友，这里我很害怕不得不涉及您的一个赞赏的对象了，我想谈谈安格尔画派，特别要谈谈他画肖像的方法。并非所有的学生都严格地、谦恭地遵循老师的教诲的。阿摩里-杜瓦尔先生勇敢地夸大画派的苦行,莱赫曼先生有时却用某些私通的混合来使人原谅他的画的产生。总之,人们可以说教诲是专断的,在法国绘画中留下了痛苦的痕迹。一个十分固执具有某些宝贵能力的人,却决心否认他所不具备的能力的用处,他把熄灭太阳这一非凡的、奇异的光荣归于自己,至于散落在各处的几块还冒着烟的未燃尽的木柴,这个人的弟子们则以践踏它们为己任。自然经过这些简化的表达,显得更易于理解了,这是无可怀疑的;但是它变得不那么美,不那么令人兴奋了,这是显而易见的。我不得不承认,我见过弗朗德兰先生和阿摩里-杜瓦尔先生的几幅肖像画,它们在色彩的骗人的外表下呈现的是令人赞赏的雕塑的样品。我甚至承认,这些肖像的可见的性格,除了有关色彩和光线外,是被以一种深刻的方式有力而细心地表达了出来。但是我要问通过取消一种艺术的某些部分来减少其困难,这是否光明正大?我认为谢纳瓦尔先生更为勇敢,更为坦率,他只是把色彩当做一种危险的浮华,一种带有激情的、可恶的因素加以排斥,他为了表达观念的全部价值而相信单纯的铅笔,表现一个对象的外形而无须附着在它的每个分子上的不同色彩的光线。谢纳瓦尔先生不能否认懒惰从这种方法中获得的全部好处,他只是认为这种牺牲是光荣的,有用的,同样能获得外形和观念。然而,安格尔先生的学生们徒然地保持了一种色彩感,他们相信或者装做相信他们从事的是绘画。

还有另一种指责更沉重地落在他们头上,也许某些人认为那是一种赞扬:他们的肖像画不是真正的像。因为我不断地要求在艺术的一切功能中运用想象力和引入诗意,所以没有人会想到我希望有一种对模特儿的有意识的改变,尤其是在肖像画中。霍尔拜因深知伊拉斯谟[①],对他了解得如此深入,研究得如此透彻,以

---

① 伊拉斯谟(Didier Erasme,1469?—1536),荷兰学者。

至于他重新创造了他,把他表现得如在眼前,永垂不朽,无与伦比。安格尔先生觉得一个模特儿崇高、生动、迷人,他想:"这无疑是个有趣的性格;美或是崇高,我都要细心加以表达;我什么也不遗漏,而且我还要添上某种必不可少的东西:风格。"我们知道他说的风格是什么意思。那不是主题天然具有的诗的素质,应该提炼出来使之更为明显。那是一种不相干的诗意,一般地说是从过去借用来的。我可以得出这样的结论:如果安格尔先生给他的模特儿增添了什么东西,那是因为他无力使他同时是崇高和真实的。有什么权利增添?请只向传统借用绘画的艺术吧,而不要借用掺假的方法。那位巴黎的太太,法国客厅的轻浮优雅的绝妙样品,他凭空给了她某种迟钝,某种罗马式的淳朴。这是拉斐尔要求的。她的手臂线条纯净,轮廓迷人,这是毫无疑问的;但是稍嫌纤弱,为了实现预想的风格,它们还缺少某种程度的丰满和古罗马夫人的润泽。安格尔先生深为一种顽念所苦,这种顽念迫使他不断地挪动、移植和歪曲美。他的所有的学生都是如此,他们每一个人在着手作画时,总是根据自己的主要趣味准备着歪曲模特儿。您认为这一缺点是轻微的,这一指责是不适当的吗?

在以模特儿的自然的秀丽为满足的艺术家中,特别引人注目的是邦万①先生,他赋予他的肖像画以一种蓬勃的、惊人的生命力;还有海姆②先生,他曾受到过某些思想肤浅的人的嘲笑,他在今年像在一八五五年那样,在一系列的速写中向我们显露出对人类怪相的绝妙的理解。我想人们不会在一种令人不愉快的意义上理解这个词。我指的是人人都有的那种自然的和职业的怪相。

夏普兰先生和贝松③先生善作肖像画。前者今年在这方面还没有让我们看到什么,但是,密切注意画展并且知道我指的是这位

---

① 邦万(François Bonvin,1817—1887),法国画家。
② 海姆(François-Joseph Heim,1787—1865),法国画家。
③ 贝松(Faustin Besson,1821—1882),法国画家。

艺术家的哪些旧作的爱好者们已经像我一样地感到遗憾了。后者是一位很好的画家,此外还具有各种文学的素质和为了高贵地表现女演员而必不可少的一切精神。我望着贝松先生的生动而明亮的肖像画,不止一次地想到十八世纪的艺术家们在留给我们的心爱的明星们的形象中所凝聚的全部魅力和心思。

不同的时代,有不同的肖像画家走红,有的是因其优点,有的则是因其缺点。公众热烈地爱着自己的形象,也全心全意地爱他们乐于委托表现其形象的艺术家。在所有那些善于获得这种优待的人当中,我觉得最当得起的是里卡尔①先生,因为他始终是一位坦率的、真正的艺术家。人们有时看到他的画不充实,就过分地指责他对凡·戴克、伦勃朗和提香的爱好,他的有时是英国式的有时又是意大利式的优雅。这里面无论如何是有些不公正的,因为模仿是灵活而杰出的精神的诱惑,甚至常常是优越的一种证明。在十分引人注目的画家的本能上,里卡尔先生又结合了一种对他的艺术的历史的广博认识和一种精微细腻的批评精神,他没有一件作品不让人揣摩到所有这些优点。有时候他也许把模特儿画得过于漂亮了,但我也应该说,在我谈论的那些肖像画中,这种缺点有可能是模特儿本人所强求的;不过,他的精神的雄伟高尚的一面很快就占了上风。他的确具备一种总是能够描绘摆在他面前的灵魂的理解力。例如那位老夫人的肖像,就立即显露出一种平和的性格,一种温柔和一种引起信任的仁慈,而年龄并没有被怯懦地加以遮掩。目光和姿态的单纯;温暖的、微微泛金的、似乎是为了传达傍晚温柔的思想的色调,二者契合无间。您若想见识青春中的活力、健康中的优美、颤动着生命的面孔中的天真,就请看看 L. J. 小姐的肖像吧,那无疑是一幅真正的、伟大的肖像画。肯定,一个美的模特儿如果不能给人以才能,至少也会给才能增加一种魅力。

---

① 里卡尔(Gustave Ricard,1823—1887),法国画家。

能够用一种最适当的技艺表现出一个丰满纯洁的天性的坚实以及那双眼睛中如此深邃的天空和温柔的巨星,这样的画家何其少啊!脸庞的轮廓,少年人的宽阔的前额的曲线,盖于其上的厚密的头发,嘴唇的丰润,光彩照人的皮肤上的纹理,这一切都被细心地表现了出来,尤其是那种最迷人的、最难描画的、总是混杂在无邪之中的我说不出的狡黠的东西,那种心醉神迷的、好奇的高贵神气,在人类和在动物中一样,这种神气给予年轻人的面孔一种如此神秘的俏皮。现在,里卡尔先生画的肖像画数量已很可观,但这一幅是优中之优,这位杰出人物的总是处于警醒和探索之中的活动还会给我们许多其他的优秀之作。

我认为我已经以一种粗略然而充分的方式解释了为什么肖像画,真正的肖像画,这种看起来如此卑微的种类,事实上是如此难以制作,因此我很少有样品可以提及就很自然了。还有许多艺术家,例如奥康奈尔夫人会画人头。不过,要说到某一种优点或某一种缺点,我就不能不变得啰唆了,而我们在开始时已讲好,关于每一种类,我尽可能地限于说明那些可以被看做是理想的东西。

七　风景画

如果说我们称为风景的某种树、山、水和房屋的组合是美的话,那不是由于这种组合自身,而是由于我,由于我自己的好感,由于我赋予它的观念或感情。任何不善于通过植物材料或动物材料的一种组合来表达一种感情的风景画家不是艺术家,我想话说到此已经足够了。我清楚地知道,人的想象力可以通过一种奇特的努力,一时地设想出没有人的自然和分散在空间的富于暗示的整体而没有观照者来从中提取明喻、暗喻和寓意。毫无疑问,全部这种秩序和全部这种和谐所保持的启发性的素质并不因此而少些,那是按照天意放置在里面的;但是,在这种情况下,由于缺乏一种它本来可以启发出来的理解力,这种素质有可能像不存在一样。想要表现自然却又不表现自然引起的感情的艺术家听命于一种奇怪的作用,这种作用在于消灭他们身上的思想着的、感觉着的人,不幸的是,请相信,对大多数人来说,这种作用并无任何奇怪也无任何痛苦可言。这就是今天乃至很久以来就占了上风的画派。我像大家一样承认,风景画家的现代流派强大和机敏得出奇。然而,在一种低等的种类的这一胜利和优势中,在对于未经想象力净化和说明的自然的这种无聊的崇拜中,我看见了一种普遍堕落的明显迹象。我们无疑可以抓住某位风景画家和某位风景画家之间在操作技巧方面的某些差别,但这种差别是很小的。作为不同老师的学生,他们都画得很好,而且几乎都忘记了一处自然胜地只因艺术家善于置于其中的现时的感情才有价值,大部分都跌进了我在本文开始时指出的那种错误之中:他们把艺术的词典当做了艺术本身,他们抄了词典中的一个词,就以为是抄了一首诗。而一首诗从来是抄不出来的,要作才行。这样,他们打开一扇窗户,包容在窗户方框内的全部空间,树木,天空和房屋,对他们来说就具有了一首已完成的诗的价值。有些人走得更远。在他们看来,一份习作就是一幅画。弗朗赛先生给我们看一棵树,一棵巨大的古树,那是真实的,于是他对我们说:这是一幅风景画。阿纳斯塔齐①、勒鲁②、布勒东③、贝利④、山特伊⑤诸先生所显示的技巧上的优势只是使普遍存在的漏洞更明显,更令人难过。我知道杜比尼⑥先生想做得更多,他也知道如何做得更多。他的风景画具有一种一

---

① 阿纳斯塔齐(Anastasi,1820—1889),法国画家。
② 勒鲁(Charles Le Roux,1814—1895),法国画家。
③ 布勒东(Jules Breton,1827—1906),法国画家。
④ 贝利(Léon Belly),法国画家,生于一八二七年。
⑤ 山特伊(Antoine Chintreuil,1814—1873),法国画家。
⑥ 杜比尼(Charles-François Daubigny,1817—1878),法国画家、雕刻家。

下子就使人着迷的优雅和清新,它们立刻就把浸透其中的原始的感情传达给观者的灵魂;但似乎杜比尼先生的这种优点是靠损害细节的彻底和完美来获得的。他的许多画虽说幽默迷人,却缺乏充实;虽有风致,却也有即席之作的软弱和松懈。不过,首先应为杜比尼先生说句公道话,他的作品一般说是富有诗意的,比起许多更完美的、但没有这种使他有别于他人的优点的那些画,我更喜欢他的带着这些缺点的画。

米勒①先生特别追求风格,他不隐瞒这一点,并且加以炫耀,引以为荣。然而我归于安格尔先生的学生们的可笑有一部分与他有关。风格给他带来了灾难。他的农民是些自视甚高的学究,他们显示出一种阴郁、宿命的粗野神态。他们无论干什么,收割、播种、放牧奶牛、剪羊毛,总像是在说:"我们是这个世界的不幸的人,然而却是我们使它肥沃起来。我们在完成一桩使命,我们从事的是神圣的职业!"米勒先生不是在他的题材中只提炼出自然的诗意,却想不惜一切代价加进去点儿什么东西。所有这些卑贱的小人物都在他们的单调的丑陋中有一种哲学的、忧郁的和拉斐尔式的抱负。米勒先生画中的这种灾难把一开始引人注目的那些美好的素质破坏殆尽。

特瓦庸先生是没有灵魂的技巧的最好例证。他是多么有名啊!在一个没有灵魂的公众当中,他是当之无愧的。特瓦庸先生很年轻时就画得这样可靠、熟练、冷静。很多年以前,他就以其制作的平衡、技巧的圆熟(像人们说到戏剧时那样)以及可靠、适度、持续的长处使我们惊讶了。这是一颗灵魂,但愿如此,但它过于适应所有的灵魂了。这些二流才能的僭越不能不产生出不公正的事情来。当狮子以外的一种动物占了最大最好的一份时,那些卑微的动物的本来就是卑微的一份肯定会变得过于小了。我的意思

---

① 米勒(Jean-Fançois Millet,1814—1875),法国画家、雕刻家。

是,在具有二流才能并成功地致力于一种低等的作品的人中,有好几位是和特瓦庸先生不相上下的,当后者拿到了大大多于他应得的东西时,他们就可能因没有得到应得的全部而感到蹊跷。我避免指名道姓,受害者也许和僭越者同样感到受了伤害。

有两个人,公众舆论一直认为在专治风景画方面最为重要,他们是卢梭①先生和珂罗先生。对于这样的艺术家,必须持有充分的保留和尊重。卢梭先生的作品很复杂,充满了诡计和懊悔。很少有人比他更真诚地热爱光,并且表现得更好;然而,外形的总的轮廓却往往难以抓住。明亮、闪耀、摇晃的雾霭模糊了景物的架子。卢梭先生总是让我赞叹不已,但有时也令我感到疲倦。他还染上了著名的现代缺点,这种缺点产生于对自然,仅仅对自然的一种盲目的爱;他把一张简单的习作当做一幅完成的作品。一片闪烁的、长满湿润的草和有明亮的积水的沼泽,一段凹凸不平的树干,一座顶上开满鲜花的茅屋,总之,在他那充满爱的眼睛里,一小片自然就成了一幅充分的、完美的画。他善于使这块从地球上撕下来的碎片具有的全部魅力并不总是足以让人忘记结构的缺乏。

卢梭先生常常是不完整的,但他不断地感到不安和心跳。如果说他像一个人受到好几个魔鬼的纠缠而不知道听哪一个好的话,珂罗先生却正是他的绝对的反面,魔鬼附身的情况不够经常。无论这种说法多么不完善,甚至不公正,我还是选择了它来表述使这位博学的艺术家不能使人赞叹和惊奇的原因。他慢慢地使人惊奇,但愿如此,他渐渐地使人心醉。不过,必须知道如何深入到他的技巧中去,因为他没有耀眼的东西,他有的是严格的万无一失的和谐。此外,他是罕见的、也许是唯一的人,保持了一种深厚的结构感,他注意每一细节在整体中的相应的价值,如果可以把一片风景的组成比做人体构造的话,他总是知道哪块骨头有多大,该放在

---

① 指泰奥多尔·卢梭。

什么地方。人们感觉到、揣摩到珂罗先生是省略地、大刀阔斧地作画,这是迅速地收集大量珍贵材料的唯一方法。假使一个人就能把现代法国画派纳入他对细节的不得体的、令人厌烦的喜爱之中的话,这个人肯定就是他。我们听见有人指责这位杰出的艺术家色彩有些过于柔和,光线近乎昏暗。似乎对他来说,充满这世界的光亮到处都降低了一个或几个层次。他的精细准确的目光更理解一切证实和谐的东西,而不是显示其反面的东西。然而,假设这种指责中没有过分的不公正的话,那就应该注意到我们的画展对好画的效果,特别是对那些冷静而有节制地构思和制作的画的效果并不是有利的。一种清亮但是微弱和谐的声音会淹没在一片令人厌烦或闹哄哄的喊声中,最明亮的委罗内塞的画如果被比乡村头巾还要刺眼的现代画包围,常常会显得灰暗苍白。

在珂罗先生的长处中,不应该忘记他的卓越的教学,他的教学扎实、清晰、条理分明。他培养了众多的学生,他们坚持不受时代的驱使,其中我最愉快地注意到的一个人是拉维埃耶①先生。他有一幅很单纯的风景画:树林边上一座茅屋,一条路伸向树林深处,白雪和慢慢消失在林中无数光秃秃的树干后面的火红的晚霞形成赏心悦目的对比。若干年以来,风景画家们更经常地把心思用在忧郁季节的别致的美上,但我认为没有人比拉维埃耶先生对这种美更敏感。我觉得他常常表现出来的某些效果就是从冬天的幸福中提取出来的。这片风景披着行将消失的晴朗冬日那隐约泛出白色和粉红色的外衣,在它的忧郁中有一种不可抗拒的悲哀的快感,所有喜欢独自散步的人都曾体味过。

亲爱的,请允许我再回到我的怪癖上来,我指的是我看到风景画中想象力的部分越来越小时所感到的遗憾。某些时候,某些地方会出现一种抗议的迹象,即出现一种不符合时代趣味的自由而

---

① 拉维埃耶(Eugène Lavieille,1820—1889),法国画家。

伟大的才能。例如保尔·于埃①先生,这个老兵②!(我可以把这一通俗而又崇高的用语用在一种像浪漫主义一样已然遥远的战士的伟大的残余之上。)保尔·于埃先生一直忠于他年轻时的趣味。该是用于装饰一间客厅的八幅画,海景或乡景,都是十分精巧、丰富、清新的真正的诗篇。我觉得细数一位如此高超、如此多产的艺术家的才能是多余的,但是我觉得他身上最值得称赞、最引人注目的是,正当对于精细的趣味渐渐波及所有的人的时候,他仍坚持自己的个性和方法,赋予他的一切作品以一种充满柔情的诗的性质。

今年,有两位艺术家使我得到了些许的慰藉,这是我没有想到的。雅丹③先生送来了一幅画,画的是从"巴马拱门"上看到的罗马的壮丽景色,在此之前,他一直过分谦虚地把他的光荣限制在狗窝和马厩上,现在这一点是很清楚的了。这幅画首先具有雅丹先生通常的优点,力量和充实,此外又多了一种捕捉和表达得十分准确的诗的印象,那是降临在圣城之上的黄昏辉煌而忧郁的印象,一个像罗马教一样庄严、横穿着紫红色的条纹的、隆重而热烈的黄昏。克雷辛格先生已不满足于雕塑了,他就像那些孩子,他们血气方刚,热情奔放,想攀上所有的高处刻上自己的名字。他的两幅风景画,《伊索拉·法奈兹》和《福萨那城堡》,外观动人,流露出一种天真而严峻的忧郁。那里的水比别处更凝重庄严,荒僻处比别处更寂静,树木也更高大。人们常常嘲笑克雷辛格的夸张,然而他让人笑的从来也不是狭小。都是缺陷,我和他一样认为过度比小气好。

是的,想象力造就了风景画。我理解专心于做记录的人是不能沉醉于包含在眼前的自然景观中的神奇的梦幻的;然而为什么

---

① 保尔·于埃(Paul Huet,1804—1869),法国画家。
② 指第一帝国时代的老兵。
③ 雅丹(Louis-Godefroy Jadin,1805—1882),法国画家。

想象力躲避风景画家的画室呢？也许致力于这类画的艺术家过分地不相信他们的记忆而采取了一种直接摹写的方法，这与他们的精神的懒惰十分相合。如果他们像我最近在布丹①先生（顺便说一句，他展出了一幅很好很规矩的画：《圣女安娜·帕吕德的宽宥》）那里看到的那样，也看到了几百幅面对大海和天空即时画就的色粉习作，他们就会明白他们好像不明白的东西，也就是说，习作与完成的画之间的区别。然而，可以因其对艺术的忠诚而骄傲的布丹先生却是很谦虚地出示了他那有趣的收藏。他很知道要通过招之即来的诗的印象才能使这些习作变成画，而他并没有把他的习作当成画拿出来的意图。毫无疑问，以后他会在完成的画中向我们展示空气和水的神奇魔力。这些根据最不稳定、最难把握的形状和色彩，根据波浪和云彩如此迅速如此忠实地速写下来的习作，总是带有写在空白处的日期、时辰和风向，例如：十月八日，中午，西北风。如果您有时间见识一下这些气象上的美，您就能凭记忆验证布丹先生观察的准确。即使用手把说明捂住，您也能猜出季节、时辰和风向。我一点儿也不夸张，我见过。最后，那些奇形怪状的闪亮的云，那些混沌的夜，那些一片连一片的绿色和粉红色的旷野，那些张着大嘴的火炉，那些被褶皱卷起或撕破的黑色或紫色缎子一般的天空，那些黑沉沉或者流着熔金的天际，都像醉人的酒或令人难以抵抗的鸦片一样涌入我的脑海。事情相当怪，面对这些流体的或气体的魔力，我竟然没有一次抱怨其中没有人。不过，我并不想根据我的圆满的愉快来向任何人，也不向布丹先生出主意。这主意可能会太危险。请想想细心地培育起人性的罗伯斯庇尔的话吧，人见了人没有不愉快的；一个人如果想出出名，就千万不要相信公众对于孤独和他有同样的热情。

不仅海景画阙如——而那是一个多么富有诗意的种类（我不

---

① 布丹（Eugène-Louis Boudin，1824—1898），法国画家。

把在水上进行的战争当做海景)！而且有一个种类也是如此,我很愿意称之为都市风光画,也就是说,产生于大量的人和建筑物的聚集的崇高和美的集合,在生活的荣耀和磨难中变得年迈衰老的首都的深刻而复杂的魅力。

几年前,一个强有力的、奇特的人,据说是位海军军官,对巴黎的最优美的风景开始了一系列的腐蚀铜版习作。梅里翁①先生以其线条的艰涩、细腻和稳健使人想起了旧时的那些优秀的蚀刻师。我很少看到一座大城市的天然的庄严被表现得更有诗意。堆积起来的石头的雄伟,指向天空的钟楼,向着苍穹喷吐着浓烟的工业的方尖碑,正在修葺的建筑物的神奇的脚手架,在结实的躯体上运用着具有如此怪异的美的时兴设计,充满了愤怒和怨恨的纷乱的天空,由于想到了蕴含其中的各种悲剧而变得更加深邃的远景,组成文明的痛苦而辉煌的背景的任何复杂成分都没有被忘记。如果维克多·雨果看见了这些极好的画,他是应该满意的,他又看见了并且恰当地表现了他的:

> 忧郁的爱西丝,戴着面纱!
> 蜘蛛把巨大的网编织,
> 各民族在里面挣扎!
> 提水的喷泉着了魔!
> 不断胀满的乳房,
> 世世代代前来
> 从中吸取思想!
> …………
> 暴风雨裹着的城啊!②

然而,一个残忍的魔鬼缠住了梅里翁先生的头脑,一种神秘的

---

① 梅里翁(Charles Méryon,1821—1868),法国画家,原为海军军官。
② 诗句出自戈蒂耶的一首诗。

疯狂搅乱了那些既坚实又卓越的能力,他的刚刚出现的光荣和他的创作都突然间中止了。从此,我们一直焦急地等着这位奇特的军官带给我们新的慰藉,他曾经在一天之间就成了一位强有力的艺术家,他告别了大洋上的庄严冒险,来描绘最令人不安的首都的阴郁的壮丽。

也许我还在不知不觉地服从着年轻时的习惯,仍然怀念浪漫派的风景画,甚至十八世纪就已存在的幻想的风景画。我们的风景画家们是些太过分的草食动物,他们都不愿以废墟为食,除了弗罗芒坦等少数人外,天空和荒原使他们害怕。我怀念那些大湖,它们代表着绝望中的静止,那些大山,它们是从地球登天的阶梯,从那里望去,一切显得巨大的东西都显得渺小了,那些城堡(是的,我的犬儒主义竟至于此),那些倒映在死水塘中的筑有雉堞的修道院,那些巨大的桥,那些住着残存者的尼尼微人的建筑,总之,我怀念一切假如不存在就应该创造出来的东西!

我应该顺便坦白,尽管希尔德勃朗特①先生并不具有很明显的独创性,他的巨大的水彩画展还是给了我极大的乐趣。浏览这些有趣的旅行画册,我总觉得又看见了、认出了我从未见过的东西。幸亏他,我的受到鞭策的想象力穿越了三十八个浪漫派的风景,从斯堪的纳维亚的鸣墙②到白鹦和鹳鸟的明亮的国度,从塞拉菲杜斯的峡湾到特奈利夫的绝壁。太阳和月亮轮流地照亮了这些背景,一个倾泻着喧闹的光线,另一个则洒下耐心的迷醉。

亲爱的朋友,您看,我永远也不能把题材的选择看作无关紧要的事情,尽管必要的爱使最卑微的东西变得丰富,我仍认为题材对艺术家来说是天才的一部分,对于无论如何还是个粗人的我来说,则是乐趣的一部分。总之,我在风景画中只发现了一些规矩的小

---

① 希尔德勃朗特(Eduard Hildebrandt, 1818—1869),德国画家。
② 原文作"les remparts sonores de Scandinavie"。此处当指某种诗的意象,因该处海岸上多峭壁,风吹浪击,轰然作响。

才子,他们都很懒于想象。至少,我没有在他们那里,没有在所有那些人那里看到表达得如此单纯的凯特林(我打赌他们连凯特林是谁都不知道)的荒原和草原的自然的魅力,没有看到德拉克洛瓦的风景的超自然的美,也没有看到像天空中的神秘一样流动在维克多·雨果的素描中的那种壮丽的想象。我说的是他的墨汁素描,因为很明显,在诗的方面,我们的诗人是风景诗人之王。

我希望被带回到透景画上去,其粗暴而巨大的魔力知道如何把一种有益的幻象强加于我。我喜欢凝视某些舞台布景,我感到我的最珍贵的梦幻在其中得到了艺术的表达和悲剧性的集中。这些东西因其假而更加无限地接近真,而我们的大部分风景画家却是撒谎者,恰恰是因为他们忽视了撒谎。

八 雕塑

一座古代图书馆的深处,在一片轻拂着、启发着深思的恰到好处的朦胧中,站立着庄严的哈波克拉特①;他把一个手指放在嘴上,让您安静,好像一位毕达哥拉斯派的教师对您说:嘘!其动作充满了权威。阿波罗和众缪斯的神圣的形体在昏暗中放出光辉,这些专横的幽灵监视着您的思想,观看您的工作,鼓励您追求崇高。

丛林深处,浓荫下,永恒的忧郁在像它一样平静的池水中映照着自己的面容。沉思者从那儿经过,伤心又陶醉,望着这尊肢体强健却因一种隐秘的痛苦而无精打采的大雕像,说:这就是我的姐妹!

在这座为公共马车的疾行所震动的小教堂的深处,在您冲进忏悔室之前,您就被一个没有肉的漂亮的幽灵拦住了,它偷偷地把

---

① 古埃及神话中的神,其形象是个吮手指的小孩,希腊人将其作为寂静之神。

坟墓巨大的盖子托起,哀求您这匆匆过客想想永恒!在那通向您亲人的墓地的鲜花盛开的小路一角,悲哀的神奇雕像匍匐在地,头发纷乱,泪下如雨,用它那沉重的哀痛压在一个名人的骨灰上,教导您说,在这个无以名之的东西面前,财富、荣耀,甚至祖国都毫无意义,这个东西没有人能叫出它的名字,也没有人能确定它的特点,人们只是用一些神秘的副词来表达它,例如:也许,决不,永远!而有些人希望它包含着被那样企盼的无限的真福,或者现代理性用垂危时痉挛的举动驱赶其形象的不间断的焦虑。

您的精神被喷泉的悦耳的声音迷住了,那声音比乳母的说话声还要温柔,您走进了一间绿色的小客厅,在那里,有时主宰您的生命的两位爱开玩笑的女神,维纳斯和赫柏,于枝叶扶疏之下展示出圆润迷人的肢体,这肢体从烈火中获得了生命的玫瑰色的光辉;但是,您几乎只能在昔日的花园中才能发现这些美妙的意外之物,因为在青铜、陶土、大理石这三种提供给想象力以完成雕刻之梦的极好材料中,最后一种在我们这个时代享有一种几乎是排他性的好感,我们认为这是不公平的。

您穿越一座在文明中衰老的大城市,它属于拥有全人类生活的最重要资料的那些大城市之列,您的眼睛被引向高处,sursum, ad sidera①!因为在公共广场上,在十字街头,有一些一动不动的人物,他们比从他们脚下走过的人都高,他们用一种无声的语言向您讲述着有关荣耀、战争、科学和殉道的浮夸的传说。他们之中有些指着天空,那是他们不断向往的所在;有些则指着地下,他们是从那里冲出来的。他们摇动着或者凝视着曾经是他们一生的激情的东西,而这东西已经变成了象征:一件工具,一把剑,一本书,一支火炬,vita ï Lampada②!哪怕您是最无忧无虑的人,是最不幸或

---

① 拉丁文:"向上,向着苍穹"。
② 拉丁文:"有生命的火炬"。

最卑劣的人,乞丐或银行家,这石头的幽灵都要抓住您几分钟,以过去的名义命令您想想人世间以外的事情。

这就是雕刻的神圣的职责。

谁能够怀疑强大的想象力对于完成一个如此宏伟的任务是必不可少的呢?这种奇特的艺术深入到岁月的黑暗之中,在原始时代就已产生出令文明精神吃惊的作品!在这种艺术中,绘画上应该被当做优点的东西可能变成恶习或缺点,其手段越是总给哪怕最平庸的作品一种尽善尽美的外表,完美就越是必要,而这种手段看起来更完整,其实是更粗野,更幼稚。一件来自自然并由雕刻加以表现的东西,圆形的、流动的、人们可以自由地围着转的东西,像自然的东西本身一样,有周围的气氛,在这样的东西面前,农民、野蛮人、原始人丝毫也不感到犹豫不定,而一幅画却因其远大的抱负和反常而抽象的性质使他们不安、发窘。这里,我们应该注意到,浅浮雕已经是一种谎言了,既是朝着更文明的艺术迈进的一步,也是离开了雕刻的纯粹观念的一步。人们记得凯特林曾经差一点儿卷进野蛮人首领之间的一场很危险的争执,他们拿他为之画侧面像的那个人打趣,指责他让人把脸的另一半偷走了。猴子有时会被一幅奇妙的静物画欺骗而走到形象的后边去看看背面。雕刻被包围在这样一些野蛮的条件之中,就导致了它在要求完美的制作的同时,还要求一种很高的灵性,否则,它就只能制造出使猴子和野蛮人目瞪口呆的惊人的东西。同时,那些在长和厚的比例上准确无误的大玩偶,连爱好者本人的眼睛有时也对它们单调的白皙感到腻味,从而放弃了它的权威。它不总是觉得平庸是可鄙的了,只要一尊雕像不是过分可憎,它就能把它当成好的;不过,它决不会把一尊卓越的雕像当成坏的!这里,比起任何其他材料,美都更加难以磨灭地印在记忆中。埃及,希腊,米开朗琪罗,库斯图①和

---

① 库斯图(Guillaume Coustou,1677—1746),法国雕塑家。

其他几个人在那些纹丝不动的幽灵中放进了怎样神奇的力量啊！在那些没有瞳仁的眼睛里放进了怎样的目光啊！如同抒情诗使一切甚至激情变得高贵，雕刻，真正的雕刻使一切甚至运动变得庄严。它给予一切与人类有关的事情以某种永恒的东西，并且具有所用的质料的坚硬性质。愤怒变得宁静，温柔变得严厉，绘画的波动的、发亮的梦变成了充实的、执拗的沉思。然而，如果人们愿意想一想要汇合多少完美才能获得这种严峻的迷狂，就不会对我们的精神在浏览现代雕刻陈列廊时常为疲倦和泄气所苦感到惊讶了，在那里，神圣的目的常被看得很轻，漂亮和精细得意地取代了崇高。

我们喜欢浅薄的作品，我们的玩票作风时而对各种崇高能够将就，时而对各种娇媚也能凑合。我们知道喜爱埃及和尼尼微的神秘的僧侣般的艺术，希腊的又迷人又理智的艺术，米开朗琪罗的像科学一样精密、像梦幻一样神奇的艺术，十八世纪的作为真实中的狂热的灵巧；然而，在雕刻的这些不同的方式中有着表现的力量和感情的丰富，这是一种深刻的想象力的不可避免的结果，而这种想象力我们现在是缺乏得过于经常了。所以我在考察今年的作品时话很简短，人们是不会感到奇怪的。最甜蜜的莫过于欣赏，最令人不快的莫过于批评。伟大的能力，主要的能力，只有不在的时候才放出光辉，如同罗马爱国者的形象一样。因此，我这里要感谢弗兰切斯基①先生雕出了《安德洛墨达》。这座雕像受到普遍的注意，也引起了一些我们认为过于浅薄的批评。它的巨大长处是富有诗意、令人振奋和高贵。有人说这是抄袭，说弗兰切斯基只不过是把米开朗琪罗的一尊卧像变成了立像。这是不对的。那种尽管很大却很细的形体所表现出的倦怠，四肢的反常的优雅，都显然出自一位现代作者之手。不过，他可能从过去获得了灵感，可我更从

---

① 弗兰切斯基（Louis-Julien Franceschi，1825—1893），法国雕刻家。

中看到了值得赞扬的理由,而不是批评。并非人人都可以模仿崇高的东西,而当这种模仿是出自一个其生命自然地具有广阔前途的年轻人之手时,批评界更有理由希望,而不是怀疑。

克雷辛格先生是怎样的一个怪人啊!人们关于他能够说的最美好的东西是,看到如此多样的作品这么容易地产生出来,人们就猜到他有一种总是处于警醒状态的智力,或者更确切地说,他有一种气质,猜到他是一个衷心热爱雕刻的人。您欣赏一个不可思议的成功的局部,可另一个局部却又完全毁了整个雕像。这里是一个一气呵成、令人兴奋的脸,可是衣饰想要显得轻盈,却成了像通心粉一样扭曲的管子。克雷辛格先生有时捕捉住了运动,可他决得不到完全的优美。人们那么赞扬的罗马妇人的胸像所具有的风格美和性格美是既不明确也不完善的。似乎他在工作的急不可耐的热情中常常忘记肌肉,忽略形象的如此珍贵的运动。我不愿意谈论他那不幸的《萨福》,我知道有许多次他干得好得多。但是,就在他那些最成功的雕像中,一双有经验的眼睛也对那种简略的方法感到难受,那种方法使人的肢体和面孔像蜡从模子里脱出一样地完善和光滑。如果说卡诺瓦①有时是迷人的,那肯定不是靠着这种缺点。大家都很公正地赞扬他的《罗马公牛》,这的确是一件很美的作品;但是,如果我是克雷辛格先生,我就不喜欢因塑造了一头牲口的形象而受到如此慷慨的赞扬,不管它是多么高贵、漂亮。一位像他那样的雕刻家应该有别的抱负,应该塑造公牛以外的别的形象。

《圣徒塞巴斯蒂安》是一件细致的、有力的雕刻,出自吕德②的学生朱斯特·贝凯③先生之手。它既使人想到里贝拉④的绘画,

---

① 卡诺瓦(Antonio Canova,1757—1822),意大利雕塑家。
② 吕德(François Rude,1784—1855),法国雕塑家。
③ 朱斯特·贝凯(Juste Becquet,1829—1907),法国雕塑家。
④ 里贝拉(José de Ribera,1683—1742),西班牙画家。

又使人想到粗暴的西班牙雕塑家。吕德先生的教授对我们时代的画派有如此重大的影响,如果说它使几个人、使那些无疑善于用自己的自然的精神评论这种教授的人获益,它也把那些过于听话的人推入最令人吃惊的错误中去。例如,请看《高卢》!高卢在您的精神中的第一个形式是一个人,气派很大,自由,有力,躯体健壮而轻快,一个出没于森林的身体健美的姑娘,一个在国民议会上被人倾听的、蛮勇善战的妇人。而在我所说的这尊失败的雕像中,一切形成力量和美的东西都不见了;胸,臀,大腿,小腿,一切应该隆起的东西都凹陷下去了。我在解剖台上见过那种为疾病和四十年持续的苦难所吞噬的尸体,难道作者要表现一个除了橡子没有吃过别的食物的女人的衰弱和疲惫吗?难道他把古朴强壮的高卢当成了一个衰老的巴布亚女人吗?让我们寻找一个更为具体的解释吧,让我们只是相信,他经常听人说要忠实地摹写模特儿,自己又没有必要的洞察力来选择一个美的模特儿,于是他就毕恭毕敬地摹写了一个最丑陋的模特儿。这尊雕像也获得了一些赞扬,那无疑是因为它那画册上的威莱达①式的望着天际的目光。我对此并不感到奇怪。

您愿意再次但在另一种形式下凝视雕刻的反面吗?请看布德②先生创造的那两个富于戏剧性的小世界吧,我认为它们表现的是《巴别塔》和《洪水》。就处理的性质和方式来说,题材并不重要,但艺术的本质本身被削弱了。那个矮人的世界,那个微型的仪式行列,那些在一片巨石中爬行的小小的人群,使人想到在糕点铺和玩具店里看到的海洋博物馆的立体布置图、发出音乐声的绘画挂钟和有城堡、吊桥、上岗的哨兵的风景。我为写下这样的东西感到极其难过,尤其是关系到人们还可在其中发现想象力和创造性

---

① 威莱达,日耳曼女预言家。
② 布德(Stéphano Butté),法国雕刻家。

的一些作品。如果说我仍然谈了,那是因为这些东西有助于证实精神的最大恶习之一是顽固地违背艺术的构成规则。这些东西只在这一点上才是重要的。什么样被设想得如此优秀的素质才能抵消这种如此巨大的错误呢?什么样健康的头脑才能不怀憎恶地设想立体的绘画、受机械摇动的雕刻、没有韵律的颂歌、诗体的小说呢?一种艺术的自然的目的被轻视,当然就要向一切与此种艺术无涉的手段求援。说到布德先生,他想要在缩小的比例上表现需要众多人物的巨大场面,我们可以指出,古人总是把这种企图留给浅浮雕,而在现代人中,一些很伟大很灵巧的雕刻家如果不甘愿蒙受损失和危险也从来不敢问津。两个基本条件,即印象的协调性和效果的完整性,受到严重的损害,无论导演的才能多么大,惶惑不安的精神也要自问是否已经感到了和在居尔提尤斯①那里相类似的印象。装点凡尔赛花园的巨大壮丽的雕像群并不是对我的看法的全面驳斥,因为它们并非都是同样成功,有些摆放得很乱,尤其那些几乎全由立像组成的雕像群只能有助于证实我的看法,除此之外,我还要进一步指出,那是一种非常特殊的雕刻,其缺陷有时是故意的,在飞动的焰火下和明亮的雨中就消失了。总之,那是一种由流水加以补充的艺术,因此也是一种低等的艺术。然而,这些雕像群中最完美者所以如此,只是因为它们更接近真正的雕刻,因为雕像用它们的俯身姿态和相互间的交错创造了布局的总曲线,这在绘画中是静止的和固定的,而在雕刻中则像在多山的国度里那样,是流动的和变化的。

　　亲爱的先生,我们已经谈到过刺耳精神②了,而且我们承认,在这些多少都反对纯艺术这一概念的刺耳精神中,还是有一个或两个人是令人感兴趣的。在雕刻中,我们又发现了同样的不幸。

---

① 居尔提尤斯曾建立了两座蜡像馆。
② 参见本书第383页。

当然,弗雷米埃①先生是一位好雕刻家,他灵巧,大胆,细腻,追求惊人的效果,有时也能得到;但是他常常在自然的道路旁边寻找,这是他的不幸。《猩猩把一个女人拖进树林》(作品被拒绝了,我自然没有见到),正是刺耳精神的念头。为什么不是鳄鱼,老虎,或其他任何一种可能吃掉一个女人的动物?不行!请想一想,问题不在于吃,而在于强奸。于是只能是猩猩,巨大的猩猩,既比人多点什么又比人少点什么的猩猩,它有时表现出人对于女人的欲望。这就是他找到的使人惊奇的手段!"它拖走了她,她会抵抗吗?"这就是整个女性公众可能提出的问题。一种古怪的、复杂的、半是恐惧半是淫荡的好奇的感情获得了成功。不过,由于弗雷米埃先生是一个优秀的创作者,动物和女人将得到同样好的模仿和塑造。实际上,这样的题材和一个有着如此成熟的才能的人是不相称的,评判委员会拒绝了这场卑劣的戏,做得对。

如果弗雷米埃先生对我说,我无权探测他的意图,无权谈论我没有见过的东西,那我只好谦卑地谈谈他的《卖艺者的马》。就其本身来说,这匹小马是可爱的,它的厚厚的鬃毛,方正的鼻尖,聪明的神情,夹得紧紧的臀部,既结实又细长的小小的腿,一切都说明它是一只纯种的驯良动物。立在它背上的猫头鹰使我不安(因为我假设没有读过说明书),我心想为什么密涅瓦的鸟要栖止在尼普顿的创造物②上?但是,我看见木偶吊在马鞍上:猫头鹰代表智慧这一观念使我认为,木偶象征着世界的无聊。还需解释的是马的用途,在启示录的语言中,马可以很好地象征智力、意志、生命。终于,我真正地、耐心地发现了,弗雷米埃先生的作品表现的是人类的智力到处都带着智慧这一观念和对疯狂的兴趣。这正是哲学

---

① 弗雷米埃(Emmanuel Frémiet,1824—1910),法国雕刻家。
② 密涅瓦,是罗马神话中的智慧女神;尼普顿,是罗马神话中的海神,他在宫殿中关闭着海马,这些海马驾着车,载着他穿越波涛。

的永恒的反命题,本质上与人有关的矛盾,一切哲学和一切文学从世纪之初开始就一直围绕着这个矛盾打转,从胡腊玛达①和安赫腊曼纽②的乱哄哄的统治到可尊敬的马图林,从摩尼③到莎士比亚!……然而我惹恼了旁边一个人,承蒙他警告我,说我是自寻烦恼,说那表现的只是卖艺者的马……难道那只庄严的猫头鹰,那些神秘的木偶竟没有为马这个概念增加任何新的意义吗?作为一匹普通的马,它们在哪些方面增加了它的身价?显然应该这样说明这一作品:卖艺者的马,卖艺者不在场,他到想必不远的一家酒馆打牌喝酒去了!这才是真正的标题!

  卡里埃④先生、奥利瓦⑤先生和普鲁哈⑥先生比弗雷米埃先生和我更谦逊些,他们满足于以其艺术的灵活和熟练使人惊奇。他们三位的能力多少都有些不自然,但都对十七世纪和十八世纪的栩栩如生的雕刻有着明显的好感。他们喜爱并研究过卡菲埃里⑦、普杰⑧、库斯图、乌东⑨、皮加尔、弗朗散⑩。很久以来,真正的爱好者们就欣赏奥利瓦先生的凹凸有力的胸像,它们充满了生气,甚至闪动着目光。表现《比佐将军》者是我所见过的最威武的胸像之一;《德·麦尔赛先生》则是精致的杰作。大家最近都注意到在卢浮宫的院子里有出自普鲁哈先生之手的一尊可爱的雕像,令人想起文艺复兴时代的高贵而温柔的风度。卡里埃先生可以感

---

① 胡腊玛达,古伊朗琐罗亚斯德教的光明神。
② 安赫腊曼纽,琐罗亚斯德教的黑暗神,胡腊玛达的反面。
③ 摩尼,摩尼教的创始人。
④ 卡里埃(Albert-Ernest Carrier,1824—1887),法国雕刻家。
⑤ 奥利瓦(Alexandre Oliva,1823—1890),法国雕刻家。
⑥ 普鲁哈(Pierre-Bernard Prouha,1822—1888),法国雕刻家。
⑦ 卡菲埃里(Jean-Jacques Caffieri,1725—1792),法国雕刻家。
⑧ 普杰(Pierre Puget,1620—1694),法国雕刻家。
⑨ 乌东(Jean-Antoine Houdon,1741—1828),法国雕刻家。
⑩ 弗朗散(Claude Francin,1702—1773),法国雕刻家。

到高兴并对自己表示满意,已如他所模仿的大师们,他也拥有力量和才智。服饰与面部的有力而耐心的完美之间的对比也许不大恰当,袒胸露肩和落拓不羁稍嫌过分了些。我并不觉得弄皱衬衣或领带以及适当地雕琢衣服的卷边是一种缺点,我只是说这里与总的构思不协调,而且我还乐于承认我害怕给予这一批评以过多的重要性,卡里埃先生的胸像引起我相当强烈的兴趣,足以使我忘掉这一小小的、短暂的印象。

亲爱的,您还记得我们已经谈过《决不和永远》,我还不能找到对这一隐晦的标题的解释。也许这是一次绝望的行动,或者一次没有动机的心血来潮,如同《红与黑》一样。也许埃贝尔先生对科麦松①先生和保尔·德·考克先生的趣味做了让步,这种趣味驱使他们在任何反命题的偶然撞击中看到一种思想。无论如何,他创作了一件迷人的室内雕刻,有人说(尽管市民阶级男女是否愿意以此来装饰他们的小客厅,这是很可怀疑的)这是一种雕刻上的小花饰,但也许可以做得更大些,成为公墓或小教堂的极好的装饰。一个体形丰满而灵活的姑娘,被举起和摇晃着,具有一种和谐的轻盈;她的身体在心醉神迷或者生命垂危中抽搐着,顺从地接受一个巨大的骷髅的吻。人们普遍认为骷髅应该被排除在雕刻的领域之外,这也许是因为古代不了解它或者所知甚少。其实大谬不然。我们看到它出现在中世纪,行动和炫耀起来带着一种犬儒主义的笨拙和没有艺术观念的傲慢。从那时起直到十八世纪,在一种爱情和玫瑰花的历史氛围中,我们看到骷髅在它能够进入的一切题材中大行其道。雕刻家们很快就懂得了蕴藏在这个瘦削的骨头架子里的一切神秘而抽象的美,对它来说,肉是衣服,它就仿佛是人类诗歌的提纲。而这种温柔的、辛辣的、近乎科学的优美也就变得清晰,涤除了腐殖土的污迹,置身于艺术从无知的自然中提

---

① 科麦松(Jean-Louis-Auguste Commerson,1802—1879),法国画家、作家。

取的无数优美之中了。确切地说,埃贝尔先生的骷髅不是一具骷髅。但我并不认为艺术家想要回避困难,像有些人说的那样。假使这位强有力的人物还隐约地带有幽灵、鬼魂、人面蛇身女怪的性质,它在某些部位还罩有像蹼足类动物的蹼一样贴在关节上的一种干瘪多皱的皮,它的一半身子还裹着或披着这里那里被关节的突起顶起的巨大尸衣,那是因为作者大概想特别表达虚无这一巨大而不固定的概念。他成功了,他的幽灵充满了虚无。

骷髅题材的这种令人愉快的情况使我对克里斯多夫①先生没有展出他的两件作品感到遗憾,其中一件具有类似的性质,另一件具有优美的寓意。这后一件作品表现的是一个裸体女人,像佛罗伦萨女人一样,身材高大,精力充沛(因为克里斯多夫先生不是那种软弱的艺术家,吕德的讲究实际的、细致入微的教育没有摧毁他的想象力),从正面看去,它向观者呈现出一个微笑娇媚的面容,一个舞台上的面容,一道卷得很巧妙的褶裥连接着传统的美丽的头和结实的胸脯,那头就似乎靠在这胸脯上;然而,向左或向右挪一步,您就会发现寓意的秘密,寓言的教训,我指的是,事实上那是一张神情慌乱的脸,沉浸在泪水和垂危之中。首先迷惑了您的眼睛的,是一张面具,天下人的面具,您的面具,我的面具,形同一把漂亮的扇子,一只灵敏的手用这把扇子来替世人的眼睛遮住痛苦或者悔恨。在这件作品中,一切都是迷人的,有力的。身体的生气勃勃的性质和一种完全世俗的观念的神秘表达形成别致的对照,而惊奇在其中起的作用恰到好处。如果万一作者同意将这一构思投入到商业中去,塑一尊小型的青铜像,我可以并非轻率地预言他会取得巨大的成功。

至于另一个构思,无论它是多么迷人,我却不敢担保,尤其是为了得到充分的表达,它需要两种材料,一种是浅色的、无光的,用

---

① 克里斯多夫(Ernest Christophe,1827—1892),法国雕刻家。

于表现骷髅,另一种是深色的、有光的,用于表现衣服,这自然要增加构思的恐怖及其不得人心。呜呼!

> 恐怖的魅力只能使强者陶醉!①

请想象一具高大的女性骷髅正准备出发去参加晚会的情景吧。它的黑种女人似的扁平的脸,它的没有嘴唇、没有牙龈的微笑,它的目光只不过是一个黑窟窿,一个美丽的女人成了这样一个可怕的东西,好像是在空中茫然地寻找着约会的美妙时刻或者刻在世纪的看不见的钟盘上的巫魔夜会的庄严时刻。它的被时间解剖了的胸部从上衣中妖冶地冲出来,就像枯萎的花束从花瓶中伸出来一样,整个的阴郁的思想从豪华女裙一般的底座上矗立起来。为了简短,请允许我引用一段诗,其中我试图解释而非说明包含在这座小雕像中的微妙的乐趣,差不多就像一个细心的读者用铅笔乱涂在他的书的空白处一样:

> 她对高贵的身材自豪,就像活人一样,
> 带着她的粗大的花束、手套和手帕,
> 像个神情怪诞的瘦削娇娘,
> 她举止漫不经心,从容潇洒。
>
> 谁曾在舞会上见过这样苗条的身量?
> 她的裙子出奇地宽大,
> 一股脑儿堆在干枯的脚上,
> 紧裹着的鞋饰以绒球,漂亮得像朵花。
>
> 蜂窝状的绉领围在锁骨边,
> 像条顽皮的小溪摩擦着山石,
> 她害羞地把可笑的打诨躲闪,

---

① 这句诗以及下面一段诗均出自作者《骷髅舞》一诗。

保护着藏而不露的阴森的魅力。

空虚和黑暗造就她深邃的眼睛，
她的前额艺术地覆盖着鲜花，
在脆弱的脊柱上软绵绵地摇动。
打扮得过分的虚无的魅力啊！

有人会把你称做一幅漫画，
他们是肉的迷醉的情人，不会
欣赏人类骨架的无名优雅！
伟大的骷髅，你满足了我最珍贵的趣味！

你会以你的有力的怪相来搅乱
生命的欢乐……？

亲爱的，我想我们可以在此打住了。我还可以提出新的样品，但我在那里只能发现多余的新证据来证明从一开始就支配着我们研究的那个基本观念，即最聪明最耐心的才能也不能取代对崇高的趣味和想象力所具有的神圣的迷狂。几年来，人们以批评我们的一个最亲密的朋友为乐，已经超过了可以被允许的程度。那好吧！我和有些人一样，我毫不脸红地承认，无论我们的雕刻家们年复一年地把技巧发展到何种地步，我在他们的作品中（自从大卫去世以来）再也发现不了奥古斯特·普雷欧的纷乱甚至不完整的梦幻曾经如此经常地给予我的那种非物质的乐趣了。

九　结束语

我总算可以发出那不可抗拒的一声"喔唷"了，任何没有被切除脾脏①又不得不奋力奔路的普通凡人,当他终于可以扑进长久以来如此盼望着的休息的绿洲时,都会怀着极大的幸福这样长出一口气的。我很愿意坦白,从一开始,组成"结束"这个词的能加福的字母就出现在我的脑海中,它们有着黑色的皮肤,就像跳着最迷人的字母之舞的一些埃塞俄比亚的小艺人。艺术家先生们,我说的是那些艺术家,他们像我一样认为一切不完美的东西应该隐匿不出,一切不卓越的东西都是无用和有罪的,他们知道在第一个出现的念头中有一种可怕的深度,在表达它的无数方式中,最多只有两三种是好的(我不像拉布吕耶尔那样严厉)。这些艺术家总是不满意,不满足,像被囚禁的心灵一样,他们不会错误地理解某些玩笑和某些任性的诙谐,他们和批评家同样经常地为这些东西所苦。批评家也知道最讨厌的莫过于解释尽人皆知的东西了。如果无聊和轻蔑也可被看作是激情的话,对他们来说,轻蔑和无聊就曾经是最难以拒绝的、最不可避免的、最唾手可得的激情。我强加给自己最严厉的条件,我也愿意看到每个人把这样的条件都强加给自己。我不断地自言自语:有什么用?我假设自己提出了几个好的理由,便自问:它们对何人何事有用呢?在我的众多的遗漏中,有些是有意的。我故意略去了许多显而易见的有才之人,他们太有名了,不必再去颂扬,却又不够独特,在好的方面或坏的方面都不足以成为批评的题目。我执意要在沙龙中寻找想象力,因为罕有发现,就不得不谈论很少几个人。至于我可能有的无意的遗漏和错误,绘画会原谅我的,正如原谅一个缺乏广博的知识但却刻骨铭心地爱着绘画的人。何况,那些有着某种理由抱怨的人会找到许多复仇者和安慰者的,还不算我们的那位朋友,您委托他分析下一次画展,并给予他和我一样的自由。我衷心地希望他遇到比我认真寻找而不曾发现的更多的惊奇和赞叹的理由。我刚才提到

---

① 当时的人认为,动物切除脾脏会跑得更快。

的那些高尚优秀的艺术家会像我一样说:总而言之,许多实用和技巧,但是很少天才!所有的人都是这样说的。唉!我和所有的人一致。亲爱的先生,您看得出,解释人人都跟我们想得一样的东西的确是没有用处的。我唯一的安慰是,我在展示这些老生常谈时,也许使两三个人感到愉快,当我想到他们的时候,他们能揣摩到我的意思,我请求您愿意把自己列入这几个人之中。

您的忠诚的合作者和朋友。

现代生活的画家*

一 美,时式和幸福

在社会上,甚至在艺术界,有这样一些人,他们去卢浮宫美术馆,在大量尽管是第二流却很有意思的画家的画前匆匆而过,不屑一顾,而是出神地站在一幅提香的画、拉斐尔的画或某一位复制品使之家喻户晓的画家的画前;随后他们满意地走出美术馆,不止一位心中暗想:"我知之矣。"也有这样的人,他们读过了博叙埃和拉辛,就以为掌握了文学史。

幸好不时出现一些好打抱不平的人、批评家、业余爱好者和好奇之士,他们说好东西不都在拉斐尔那儿,也不都在拉辛那儿,小诗人也有优秀的、坚实的、美妙的东西。总之,无论人们如何喜爱由古典诗人和艺术家表达出来的普遍的美,也没有更多的理由忽视特殊的美、应时的美和风俗特色。

我应该说,若干年来,社会有了一些改善。爱好者现在珍视通过雕刻和绘画表现出来的上世纪的风雅,这表明出现了一种顺乎公众需要的反应;德布库尔①,圣多班兄弟②,还有其他许多人都进入了值得研究的艺术家的名单。不过,这些人表现的是过去,而

---

* 本文最初发表于《费加罗报》(1863年11月26、29日,12月3日)。
① 德布库尔(Philibert-Louis Debucourt,1755—1832),法国画家。
② 夏尔·德·圣多班(Charles de Saint-Aubin,1721—1786),法国画家。加布里埃尔·德·圣多班(Gabriel de Saint-Aubin,1724—1780),法国画家。

我今天要谈的是表现现代风俗的绘画。过去之有趣,不仅仅是由于艺术家善于从中提取的美,对这些艺术家来说,过去就是现在,而且还由于它的历史价值。现在也是如此,我们从对于现在的表现中获得的愉快不仅仅来源于它可能具有的美,而且来源于现在的本质属性。

我眼下有一套时装式样图,从革命时期开始,到执政府时期前后结束。这些服装使许多不动脑筋的人发笑,这些人表面庄重,实际并不庄重,但这些服装具有一种双重魅力:艺术的和历史的魅力。它们常常是很美的,画得颇有灵性;但是,对我至少同样重要的,我在所有这些或几乎所有这些服装中高兴地发现的东西,是时代的风气和美学。人类关于美的观念被铭刻在他的全部服饰中,使他的衣服有褶皱,或者挺括平直,使他的动作灵活,或者齐整,时间长了,甚至会渗透到他面部的线条中去。人最终会像他想要的模样。这些式样图可以被表现得美,也可以被表现得丑。表现得丑,就成了漫画;表现得美,就成了古代的雕像。

穿着这些服装的女人或多或少地彼此相像,这取决于她们表现出的诗意或庸俗的程度。有生命的物质使我们觉得过于僵硬的东西摇曳生姿。观者的想象力现在还可以使那些紧身衣和那些披巾动起来和抖起来。也许哪一天有一场戏出现在某个舞台上,我们会看到这些服装复活了,我们的父亲穿在身上,跟穿着可怜的服装的我们一样有魅力(我们的服装也有其优美之处,但其性质更偏于道德和心灵方面),如果这些服装由一些聪明的男女演员们穿着并赋予活力,我们就会因如此冒失地大笑而感到惊奇。过去在保留着幽灵的动人之处的同时,会重获生命的光辉和运动,也将会成为现在。

一个不偏不倚的人如果依次浏览法国从起源到现在的一切风尚的话,他是任何刺眼的甚至令人惊讶的东西也发现不了的。过渡被安排得丰富而周密,就像动物界的进化系统一样,没有任何空白,因此也就没有任何意外。如果他给表现各个时代的画加上这个时代最流行的哲学思想的话(该画不可避免地会使人想起这种思想的),他就会看到,支配着历史的各个组成部分的和谐是多么深刻,即便在我们觉得最可怕、最疯狂的时代里,对美的永恒的渴望也总会得到满足的。

事实上,这是一个很好的机会,来建立一种关于美的合理的、历史的理论,与唯一的、绝对的美的理论相对立;同时也是一个很好的机会,来证明美永远是、必然是一种双重的构成,尽管它给人的印象是单一的,因为在印象的单一性中区分美的多样化的成分所遇到的困难丝毫也不会削弱它构成的多样化的必要性。构成美的一种成分是永恒的、不变的,其多少极难加以确定;另一种成分是相对的、暂时的,可以说它是时代、风尚、道德、情欲,或是其中一种,或是兼容并蓄。它像是神糕有趣的、引人的、开胃的表皮,没有它,第一种成分将是不能消化和不能品评的,将不能为人性所接受和吸收。我不相信人们能发现什么美的标本是不包含这两种成分的。

可以说我选择了历史的两个极端的梯级。在神圣的艺术中,两重性一眼便可看出,永恒美的部分只是在艺术家所隶属的宗教的允许和戒律之下才得以表现出来。在我们过于虚荣地称之为文明的时代里,一个精巧的艺术家的最浅薄的作品也表现出两重性。美的永恒部分既是隐晦的,又是明朗的,如果不是因为风尚,至少也是作者的独特性情使然。艺术的两重性是人的两重性的必然后果。如果你们愿意的话,那就把永远存在的那部分看作是艺术的灵魂吧,把可变的成分看作是它的躯体吧。司汤达是个放肆、好戏弄人,甚至令人厌恶的人,但他的放肆有效地激起了沉思,所以他说美不过是许诺幸福而已,这就比许多其他人更接近真理。显然,这个定义超越了目标,它太过分地使美依附于幸福的无限多样化的理想,过于轻率地剥去了美的贵族性,不过它具有一种巨大的优点,那就是决然地离开了学院派的错误。

这些东西我已解释过不止一次了。对于那些喜欢这种抽象思想游戏的人来说,这些话也足够了;但我知道大部分法国读者并不大热衷于此道,所以我要赶快进入我的主题的实在而现实的部分。

二 风俗速写

要速写风俗,表现市民的生活和时髦的场景,最简便最节省的方法显然就是最好的方法。艺术家越是在里面放进去美,作品就越珍贵。但是在平庸的生活中,在外部事物的日常变化中,有一种迅速的运动,使得艺术家必须画得同样迅速。如我刚才所说,十八世纪的多色版画又重新走红了,色粉画、铜版画、蚀刻画相继向这部巨大的分散在图书馆、爱好者的画夹之中以及最粗俗的店铺的橱窗后面的现代生活词典提供了它们的语汇。石印画一出现,就立刻表现出很适合这个看起来轻松而实际上很艰巨的任务。我们在这一体裁中是有着真正的巨制的。人们公正地把加瓦尔尼和杜米埃的作品称为《人间喜剧》的补充。我确信,巴尔扎克本人也不会不接受这种看法,尤其是风俗画家的天才是一种混合的天才,即其中文学精神占了很大的部分,这种看法就更加正确了。观察者,漫游者,哲学家,你们随便叫吧。不过,要说明这位艺术家的特点,你们肯定不会把用在画永恒的事物,或至少更为长久的事物、英雄的或宗教事物的画家身上的形容词用在这位艺术家身上。他有时是诗人,但他常常更接近小说家或道德家,他是时势以及时势所暗示的永恒之物的画家。每个国家,为了它的快乐和它的光荣,都拥有几个这样的人。在我们这个时代,最先呈现在记忆中的名字,人们还可以在杜米埃和加瓦尔尼之后加上德维里亚、莫兰①、努

---

① 莫兰(Nicolas-Eustache Maurin,1799—1850),法国画家。

玛①,他们是描绘复辟时代的可疑风雅的历史家,瓦吉埃、塔萨埃、欧仁·拉米,此君因为喜爱贵族的高雅都快成英国人了,还有特里莫莱和特拉维埃,他们是贫困和普通人生活的编年史家。

三 艺术家,上等人,老百姓和儿童

我今天想和大家谈一个奇特的人,他的独创性强而鲜明,达到了自足的程度,并不去寻求别人的赞同。他的画从来是不署名的,如果人们把那几个字母称做署名的话,这几个字母很容易伪造,代表着一个名字,许多人很讲究地写在他们的最不经心的草图的下方。但是,他的全部作品都署上了他的光辉的灵魂,看过并珍爱他的作品的爱好者们根据我想作的描写可以很容易地认出来。C. G.②先生非常热爱群众,喜欢隐姓埋名,谦逊也是他的独特之处。众所周知,萨克雷③先生对艺术方面的事情很好奇,亲自为自己的小说画插图,他曾在伦敦的一份小报上谈到过 C. G. 先生,后者却生气了,仿佛这是对他的廉耻心的一种冒犯。最近,当他得知我打算评价他的思想和才能时,竟急切地请求我去掉他的姓名,请求我谈他的作品要像谈一个无名氏的作品那样。我将谦恭地服从这一古怪的愿望。读者和我,我们都假装认为 G 先生并不存在,他对他的素描和水彩画表现出一种贵族的轻蔑,而我们来谈论这些画,就像学者们评价一些珍贵的历史文件一样,这些文件是偶然出现的,其作者大概永远无人知晓。更有甚者,为了使我的良心彻底安宁,大家要设想,我关于他那如此好奇、如此神秘的光辉个性所谈的一切或多或少正是受到所谈作品的启发,这是纯粹的充满诗意的假设,是猜测,是想象力的作用。

---

① 努玛(Pierre-Numa Bassaget,1820—1872),法国画家。
② C. G.(康士坦丁·居伊,Constantin Guys,1802—1892),法国画家。
③ 萨克雷(W. M. Thackeray,1811—1864),英国作家。

G先生老矣。有人说,让-雅克四十二岁开始写作。可能也是在这个年纪上,G先生摆脱不掉填满了他的脑海的所有那些形象,大着胆子把墨水和颜色涂在一张白纸上。说实话,他那时画得像个门外汉,像个孩子,因手指笨拙工具不听使唤而恼火。他开始时乱涂的那些画我见过许多,我承认,大部分熟悉或声称熟悉这些画的人可能没有看出这些黑乎乎的画稿中藏着一个天才,这也不是什么丢脸的事。今天,G先生已经无师自通,自己找到了这一行的一切诀窍,成了一个独特的、强有力的大师,在他早年的质朴中,他只保留了那种为了使他丰富的才能增加一种意外的调料所必需的东西。每当他看见年轻时的习作,他就怀着一种最有趣的羞愧把它们撕掉,或者付之一炬。

十年中,我一直想结识G先生,可他生性好动,以四海为家。我知道他曾长期为英国一家画报①工作,在那上面发表根据他的旅行速写(西班牙,土耳其,克里米亚)雕刻的版画。从那以后,我见过大量他就地即兴画的画,因此,我可以读到关于克里米亚战争的每时的、详细的报道,这是比其他任何报道都强的报道。这份画报还刊登同一位作者根据新芭蕾和新歌剧所画的大量作品,都没有署名。终于,我找到他了,我立刻就看出,我与之打交道的并非一位艺术家,而是一位社交界人物。我请你们在很窄的意义上理解艺术家一词,而在很广的意义上理解社交界人物一词。社交界人物,就是与全社会打交道的人,他洞察社会及其全部习惯的神秘而合法的理由;艺术家,就是专家,像农奴依附土地一样依附他的调色板的人。G先生不喜欢被称作艺术家。难道他没有一点儿理由吗?他对全社会感兴趣,他想知道、理解、评价发生在我们这个地球表面上的一切。艺术家很少或根本不在道德和政治界中生活。住在布雷达区的人不知道圣日耳曼区发生的事。除了两三个

---

① 《伦敦新闻画报》。

无须指名的例外,应该说大部分艺术家都是些机灵的粗汉,纯粹的力工,乡下的聪明人,小村庄里的学者。他们的谈话不能不局限在一个很窄的圈子里,很快就使社交界人物这个宇宙的精神公民感到不堪忍受。

因此,为理解 G 先生起见,请立刻记下这一点:好奇心可以被看作是他的天才的出发点。

你们还记得那一幅由本世纪最有力的笔写出的题为《投身人群的人》①(那的确是一幅画呀!)吗?在一家咖啡馆的窗户后面,一个正在康复的病人愉快地观望着人群,他在思想上混入在他周围骚动不已的各种思想之中。他刚刚从死亡的阴影中回来,狂热地渴望着生命的一切萌芽和气息。因为他曾濒临遗忘一切的边缘,所以他回忆起来了,而且热烈地希望回忆起一切。终于,他投身人群,去寻找一个陌生人,那陌生人的模样一瞥之下便迷住了他。好奇心变成了一种命中注定的、不可抗拒的激情。

请设想一位精神上始终处于康复期的艺术家,你们就有了理解 G 先生的特点的钥匙。

然而,康复期仿佛是回到童年。正在康复的病人像儿童一样,在最高的程度上享有那种对一切事物——哪怕是看起来最平淡无奇的事物——都怀有浓厚兴趣的能力。如果可能的话,让我们借助想象力回溯的力量,回想一下我们最年轻时的最初的印象,我们就会承认它们和我们后来大病之余得到的色彩强烈的印象之间有一种奇特的关系,只要这场病使我们的智力纯洁如初、安然无恙。儿童看什么都是新鲜的,他总是醉醺醺的②。儿童专心致志于形式和色彩时所感到的快乐比什么都更像人们所说的灵感。我敢再进一步,我敢断言灵感与充血有某种联系,任何崇高的思想都伴随

---

① 爱伦·坡的一篇短篇小说。
② 这里可理解为"兴奋"。

有一种神经的或强或弱的震动,这种震动一直波及小脑。天才人物的神经是坚强的,而儿童的神经是脆弱的。在前者,理性占据重要的地位;在后者,感觉控制着全身。然而,天才不过是有意的重获的童年,这童年为了表达自己,现在已获得了刚强有力的器官以及使它得以整理无意间收集的材料的分析精神。儿童面对新奇之物,不论什么,面孔或风景、光亮、金箔、色彩、闪色的布、衣着之美的魅力,所具有的那种直勾勾的野兽般出神的目光,应该是出于这种深刻愉快的好奇心。我的一个朋友一天对我说,他很小的时候,有一次看见父亲在梳洗,他恐惧中夹杂着快乐,出神地望着那胳膊的肌肉,皮肤上粉红和黄的色彩变化,血管的发蓝的网。外部生活的图景已经使他肃然起敬,征服了他的头脑。形式已经缠住他,控制住他了。命运早早地出现在他的鼻尖上了,命已注定。我还需要说这个孩子今天已成了名画家吗?

我刚才请你们把 G 先生看作是永远在康复的病人,为了使你们的概念更完整,请你们也把他当做一个老小孩吧,当做一个时时刻刻都拥有童年的天才的人吧,也就是说,对这个天才来说,生活的任何一面都不曾失去锋芒。

我对你们说过,我不愿意称他为纯艺术家,他本人也怀着一种带有贵族的腼腆色彩的谦逊拒绝这一称号。我很愿意把他称为浪荡子,而我对此是颇有道理的,因为浪荡子一词包含着这个世界的道德机制所具有的性格精髓和微妙智力;但是另一方面,浪荡子又追求冷漠,因此,被一种不可满足的激情,即观察和感觉的激情所左右的 G 先生又激烈地摆脱浪荡。圣奥古斯丁说:Amabam amare①。G 先生则会心甘情愿地说:"我满怀激情地喜爱激情。"浪荡子因政治和小集团利益而感到厌倦,或装作感到厌倦。G 先生讨厌感到厌倦的人。他有真诚而不可笑这种如此困难的本事(端

---

① 拉丁文:"苦恋"。

人雅士会理解我的)。我会送他哲学家的称号,他也有不止一种理由而当之无愧,假使他对可见、可能、凝聚为造型状态的事物的过分喜爱不使他对组成玄学家的不可触及的王国的那些东西产生某种厌恶的话。所以,我们还是把他局限在生动的纯道德家的范围内吧,像拉布吕耶尔一样。

如天空之于鸟,水之于鱼,人群是他的领域。他的激情和他的事业,就是和群众结为一体。对一个十足的漫游者、热情的观察者来说,生活在芸芸众生之中,生活在反复无常、变动不居、短暂和永恒之中,是一种巨大的快乐。离家外出,却总感到是在自己家里;看看世界,身居世界的中心,却又为世界所不知,这是这些独立、热情、不偏不倚的人的几桩小小的快乐,语言只能笨拙地确定其特点。观察者是一位处处得享微行之便的君王。生活的爱好者把世界当做他的家,正如女性的爱好者用找到的美人(不管是可找到的,还是不可找到的)组成他的家,就像绘画爱好者生活在一个被画在画布上的梦幻迷惑的社会中一样。因此,一个喜欢各种生活的人进入人群就像是进入一个巨大的电源。也可以把他比作和人群一样大的一面镜子,比作一台具有意识的万花筒,每一个动作都表现出丰富多彩的生活和生活的所有成分所具有的运动的魅力。这是非我的一个永不满足的我,它每时每刻都用比永远变动不居、瞬息万变的生活本身更为生动的形象反映和表达着非我。一天,G先生目光炯炯,手势生动,在谈话中说:"任何一个不被一种过分实在的使他不得不耗尽所有才能的忧虑所苦的人,任何一个在群众中感到厌烦的人,都是一个傻瓜!一个傻瓜!我蔑视他!"

G先生一觉醒来,睁开双眼,看见刺眼的阳光正向窗玻璃展开猛攻,不禁懊悔遗憾地自语道:"多么急切的命令!多么耀眼的光明!几小时之前就已是一片光明啦!这光明我都在睡眠中丢掉啦!我本来可以看到多少被照亮的东西呀,可我竟没有看到!"于是,他出发了!他凝视着生命力之河,那样的壮阔,那样的明亮。

他欣赏都市生活的永恒的美和惊人的和谐,这种和谐被神奇地保持在人类自由的喧嚣之中。他静观大城市的风光,由雾霭抚摸着的或被太阳打着耳光的石块构成的风光。他有漂亮的装束,高傲的骏马,一尘不染的青年马夫,灵活的仆役,曲线尽露的女人,美丽的活得幸福穿得好的孩子,一句话,他享受着全面的生活。如果一种样式、一种服装的剪裁稍微有了改变,如果丝带结和纽扣被饰结取而代之,如果女帽的后饰绸带变宽、发髻朝后脖颈略有下降,如果腰带上提、裙子变肥,请相信,他的鹰眼老远就已经看出来了。一个团队过去了,可能要开到世界的另一端,林荫道上空响彻了像希望一般诱人而轻松的军乐声。G先生的眼睛已经看见、细察和分析了这支部队的武器、步伐和风貌。鞍辔、闪光、音乐、果决的目光、浓重庄严的髭须,这一切都乱糟糟地进入他头脑中,几分钟之后,由此而产生的诗就可能形成了。他的灵魂就这样和团队的灵魂生活在一起了,而这团队像一个动物一样地前进,真是服从中的一个自豪的快乐的形象!

可是夜来了。那是个古怪而可疑的时刻,天幕四合,城市放光,煤气灯在落日的紫红上现出斑点。正经的或不道德的,理智的或疯狂的,人人都自语道:"一天终于过去了!"智者和坏蛋都想着玩乐,每个人都奔向他喜欢的地方去喝一杯遗忘之酒。G先生将在任何闪动着光亮、回响着诗意、跃动着生命、震颤着音乐的地方滞留到最后,任何地方,只要那里有一种激情可以呈现在他的眼前,只要那里有自然的人和传统的人出现在一种古怪的美之中,只要那里阳光照亮了堕落的动物①的瞬间的快乐!"瞧,这一天的确没有白过!"某些我们都认识的读者心想,"我们人人都有足够的天才,用同样的方式度过一天。"不! 很少有人具有观察的才能,

---

① 卢梭在《论人类不平等的起源和基础》中写道:"……思考的状态是一种反自然的状态,沉思的人是一头堕落的野兽。"

拥有表达的力量的人则更少。现在,别人都睡了,这个人却俯身在桌子上,用他刚才盯着各种事物的那种目光盯着一张纸,舞弄着铅笔、羽笔和画笔,把杯子里的水弄洒在地上,用衬衣擦拭羽笔。他匆忙,狂暴,活跃,好像害怕形象会溜走。尽管是一个人,他却吵嚷不休,自己推搡着自己。各种事物重新诞生在纸上,自然又超越了自然,美又不止于美,奇特又具有一种像作者的灵魂一样热情洋溢的生命。幻景是从自然中提炼出来的,记忆中拥塞着的一切材料被分类、排队、变得协调,经受了强制的理想化,这种理想化出自一种幼稚的感觉,即一种敏锐的、因质朴而变得神奇的感觉!

四 现代性

他就这样走啊,跑啊,寻找啊。他寻找什么?肯定,如我所描写的这个人,这个富有活跃的想象力的孤独者,穿越巨大的人性沙漠的孤独者有一个比纯粹的漫游者的目的更高些的目的,有一个与一时的短暂的愉快不同的更普遍的目的。他寻找我们可以称为现代性的那种东西,因为再没有更好的词来表达我们现在谈的这种观念了。对他来说,问题在于从流行的东西中提取出它可能包含着的在历史中富有诗意的东西,从过渡中抽出永恒。如果我们看一看现代画的展览,我们印象最深的是艺术家普遍具有把一切主题披上一件古代的外衣这样一种倾向。几乎人人都使用文艺复兴时期的式样和家具,正如大卫使用罗马时代的式样和家具一样。不过,这里有一个分别,大卫特别选取了希腊和罗马的题材,他不能不将它们披上古代的外衣;而现在的画家们选的题材一般说可适用于各种时代,但他们却执意要令其穿上中世纪、文艺复兴时期或东方的衣服。这显然是一种巨大的懒惰的标志,因为宣称一个时代的服饰中一切都是绝对的丑要比用心提炼它可能包含着的神秘的美(无论多么少、多么微不足道)方便得多。现代性就是过渡、短暂、偶然,就是艺术的一半,另一半是永恒和不变。每个古代画家都有一种现代性,古代留下来的大部分美丽的肖像都穿着当时的衣服。他们是完全协调的,因为服装、发型、举止、目光和微笑(每个时代都有自己的仪态、眼神和微笑)构成了全部生命力的整体。这种过渡的、短暂的、其变化如此频繁的成分,你们没有权利蔑视和忽略。如果取消它,你们势必要跌进一种抽象的、不可确定的美的虚无之中,这种美就像原罪之前的唯一的女人的那种美一样。如果你们用另一种服装取代当时必定要流行的服装,你们就会违背常理,这只能在流行的服饰所允许的假面舞会上才可以得到原谅。所以,十八世纪的女神、仙女和苏丹后妃都是些精神上相似的肖像。

　　研究古代的大师对于学习画画无疑是极好的,但是如果你们的目的在于理解现时美的特性的话,那就只能是一种多余的练习。鲁本斯或委罗内塞所画的衣料教不会你们画出宽纹波纹织物、高级缎或我们工厂生产的其他织物,这些织物是用硬衬或上浆平纹细布裙撑起或摆平的,其质地与纹理和古代威尼斯的料子或送到卡特琳娜宫廷中的料子是不同的。还要补充一点,裙子和上衣的剪裁也是根本不同的,皱褶的方式是新的,而且,现代女性的举止仪态赋予她的衣裙一种有别于古代女性的活力和面貌。一句话,为了使任何现代性都值得变成古典性,必须把人类生活无意间置于其中的神秘美提炼出来。G先生特别致力的正是这一任务。

　　我说过每个时代都有它的仪态、目光和举止,这一命题特别在一个巨大的肖像画廊(例如凡尔赛的)中变得容易验证。不过,这个命题还可以扩大得更广。在被称做民族的这种单位中,职业、集团、时代不仅把形形色色的变化带进举止和风度中,而且也带进面部的具体形状中。某种鼻子、某种嘴、某种前额出现在某段时期内,其长短我不打算在这里确定,但肯定是可以计算的。肖像画家们对这样的看法还不够熟悉,具体地说,安格尔先生的大缺点是想把一种多少是全面的、取自古典观念的宝库之中的美化强加给落到他眼下的每一个人。

在这样的问题上,进行先验的推理是容易的,甚至也是合理的。所谓灵魂和所谓肉体之间的永恒的关系很好地说明了物质的或散发自精神的东西如何表现和将永远表现着它所产生的精神。假使有一位画家,有耐心并且细致,但想象力平平,他要画一位现在的妓女,但他取法于(这是固定的用语)提香或拉斐尔的妓女,那他就极有可能画出一件虚假的、暧昧的、模糊不清的作品。研究那个时代和那种类型中的杰作不能使他知道这类人物的姿态、目光、怪相和有生气的一面,而她们在时髦事物词典中相继被置于诸如下流女子、由情人供养之姑娘、轻佻女子、轻浮女人等粗鄙打趣的名目之下。

同样的批评也完全适用于对军人,对浪荡子,对动物,如狗或马,对组成一个时代的外部生活的一切东西的研究。谁要是在古代作品中研究纯艺术、逻辑和一般方法以外的东西,谁就要倒霉!因为陷入太深,他就忘了现时,放弃了时势所提供的价值和特权,因为几乎我们全部的独创性都来自时间打在我们感觉上的印记。读者预先就知道我可以在女人之外的许多东西上很容易地验证我的论述。例如,一位海景画家(我把假设推到极端)要再现现代船舶的简洁而高雅的美,他就睁大眼睛研究古船的装饰物过多的弯弯曲曲的外形和巨大的船尾以及十六世纪的复杂的帆,你们将说些什么?你们让一位画家给一匹纯种的,在盛大的赛马会上出了名的骏马画像,如果他只在博物馆中冥思苦想,只满足于观察古代画廊中凡·戴克、布基依①或凡·德莫伦②笔下的马,你们又将作何感想?

① 即雅克·库图瓦(Jacques Courtois,1621—1676),法国画家。
② 凡·德莫伦(Van der Meulen,1632—1690),法国画家。

G先生在自然的引导下,在时势的左右下,走了一条完全不同的道路。他以凝视生活开始,很晚才学会了表现生活的方法,从中产生出一种动人的独创性。在这种独创性中,还存在的外行、质朴的东西就成了一种服从于印象的新证据,成为一种对真实的敬重。对我们中的大多数人来说,尤其是对生意人来说,自然,如果不和他们的生意有实用的联系,就不存在,生活的实际存在的幻想衰退得尤其严重。但G先生不断地吸收着这种幻想,并且记得住,满眼都是。

五　记忆的艺术

不规范一词也许过于经常地来到我的笔端,这可能会使某些人以为这指的是某些作品没有定型,唯有观者的想象力才能使之成为完美的东西。如果是这样的话,那就把我的意思理解错了。我想说的是一种不可避免的、综合的、幼稚的不规范,它在一种完美的艺术(墨西哥的、埃及的或尼尼微的)中往往是显而易见的,它出于一种扩大地观察事物,尤其是在其整体效果中细看事物的需要。这里有必要指出,许多人把一切具有综合简化的目光的画家指为不规范,例如珂罗先生,他首先力求勾出一片风景的主要线条,它的骨架和面貌。这样,G先生就在忠实地表现他自己的印象的同时,以一种本能的毅力突出了一件东西的最高的或明亮的部分(从戏剧性的观点看,它们可以是最高的或明亮的),或者主要的特点,有时甚至带有一种对人类记忆有益的夸张;而观者的想象力也接受了这种如此专横的记忆,清晰地看到了事物在G先生精神上留下的印象。观者在这里是一种总是清晰的、令人陶醉的表达的表达者。

有一种条件使对于外部生活的这种传奇式的表达大大地增强了活力。我想说的是G先生的素描方法。他凭记忆作画,而不是根据模特儿,除非在有些情况下(如克里米亚战争),他必须刻不容缓地迅速地画下来,确定一个主题的基本线条。实际上,一切优秀的、真正的素描家都是根据铭刻在头脑中的形象来作画的,而不是依照实物。如果有人用拉斐尔、华托和其他许多人的精彩速写来反驳我们,我们就说,那的确是很详细的记录,不过仍是纯粹的记录。当一位真正的艺术家最后完成其作品时,模特儿对他更是一种障碍,而不是帮助。甚至像杜米埃和G先生这类长期以来就习惯于锻炼记忆和使之充满形象的人,在模特儿及其繁复的细节面前有时也感到他们的主要才能受到扰乱,仿佛瘫痪了一样。

于是,在什么都看见什么都不忘这种愿望和习惯于生动地观察一般色彩、轮廓和外形曲线的记忆能力之间就产生了一种争斗。一位对形式有着完善的感觉但习惯于使用记忆力和想象力的艺术家这时会处在蜂拥而起的细节的包围之中,它们都像一群热爱绝对平等的人一样强烈地要求公平的对待。公正不能不受到侵犯,一切和谐都被破坏了,牺牲了,许多平庸的东西变得硕大无朋,许多卑劣的东西成了僭越者。艺术家越是不偏不倚地注意细节,混乱状态就越发严重。无论他是近视还是远视,一切等级和从属关系都看不见了。这是我们的某个最走红的画家的作品中常常出现的一种意外事故,不过,他的毛病和群众的毛病如此相适应,竟特别地帮他成就了名声。类似的事情也可在演员的艺术的实践中看出来,这种如此神秘、如此深刻的艺术今天已跌进颓废的混乱之中了。弗雷德里克·勒麦特先生以天才的雄浑和广阔塑造了一个角色,他无论使用了多少闪光之物来表现明亮的细节,他的表现总是综合的,雕塑的。布斐①先生则以近视眼和小职员的琐细来塑造他的角色。在他身上,一切都闪闪发光,但什么也看不见,什么也不想被人记住。

---

① 布斐(Bouffé,1800—1888),法国演员。

这样,在 G 先生的创作中就显示出两个东西:一个是复活的、能引起联想的回忆的集中,这回忆对每一件东西说:"拉撒路出来!"①另一个是一团火,一种铅笔和画笔产生的陶醉,几乎像是一种疯狂。这是一种恐惧,唯恐走得不够快,让幽灵在综合尚未被提炼和抓住的时候就溜掉,这种巨大的恐惧攫住了所有伟大的艺术家,使他们热切地希望掌握一切表现手段,以便精神的秩序永远不因手的迟疑而受到破坏,以便最后使绘制、理想的绘制变得像健康的人吃了晚饭进行消化一样地无意识和流畅。G 先生先以铅笔轻轻画出轮廓,差不多只是标出所画之物在空间所占的位置,然后用颜色润出基本的布局,先轻轻着色,成为隐约的大块,随后再重新上色,一次比一次浓重,最后,对象的轮廓终于被墨勾勒出来。除非亲眼看见,人们想不到他用这种如此简单的几乎是最起码的方法竟能得到惊人的效果。这种方法有无与伦比的好处,无论在其进程的哪一点上,每幅画都是充分地完成了的;如果你们愿意,就把它们叫作草稿好了,但那是完美的草稿,各种浓淡色度都是完全和谐的;如果他想将它们更发展一下,它们永远会朝着所希望的完善齐头并进。他就这样怀着动人的、他甚至觉得有趣的活跃和快乐同时画二十幅画,画稿数以十计、百计、千计地堆积着,重叠着。他不时地浏览一下,翻一翻,看一看,然后从中挑出几幅,或多或少地增加一下强度,加上阴影和渐进地增强明亮的部分。

他对背景极为重视,无论是强烈还是轻淡,它们总是具有一种切合形象的素质和特性。色调的变化和整体的协调都严格地合乎法度,其天才与其说出自学习,不如说是出自天性。因为 G 先生自然地拥有色彩家的这种神秘的才能,这是真正的天赋,学习可以使之增加,但我认为,学习本身是创造不出来的。一言以蔽之,我们的奇特的艺术家既表现了存在物的举止和或庄严或粗鄙的姿

---

① 见《圣经·约翰福音》耶稣使已死去四天的拉撒路复活的故事。

态,也表现了他们在空间的光彩夺目的爆发。

六　战争的编年史

保加利亚、土耳其、克里米亚、西班牙,使 G 先生,或者说使我们约好称为 G 先生的那位想象的艺术家大饱眼福,因为我不时地想起曾经许诺为使他的谦逊放心就只当他并不存在。我查阅了那些有关东方战争的材料(残骸狼藉的战场,辎重车,牲畜和马匹的装运),那真是直接从生活上移印下来的图画,是珍贵的别致的一种要素,许多有名的画家在同样的场合中是会轻率地忽略过去的;不过,我要把奥拉斯·韦尔内先生从这些画家中排除,他与其说是一位本质的画家,还不如说是一位真正的报人;G 先生是一位更细腻的艺术家,跟他有着明显的关系,如果人们愿意只把他当做一位生活的资料员的话。我可以断言,在痛苦的细节上和可怕的规模上表现克里米亚战争这一宏伟史诗,没有任何一份报纸,一篇叙述文,一本书可以和他的画相比。目光依次掠过多瑙河之滨,博斯普鲁斯海峡两岸,刻尔松角,巴拉克拉瓦平原,因克尔曼的田野,英国人、法国人、土耳其人、皮埃蒙特人的营地,君士坦丁堡的街道,医院和一切宗教的及军事的盛典。

在最清晰地铭刻在我的头脑中的那些画中有一幅叫作《直布罗陀主教为斯库塔里墓地举行祝圣仪式》。场面的生动性在于四周东方的大自然和参加者的西方的姿态和制服之间的对比,这种生动性被以一种动人的、启人联想的、充满梦幻的方式表现了出来。士兵和军官都有着不可泯灭的绅士风度,坚决而含蓄,他们把这种风度带到天涯海角,直到非洲南端殖民地的兵营和印度的机关之中;英国的教士使人隐约想起本来是戴着直筒无边高帽和领巾的执达员或经纪人。

这里我们到了苏姆拉,在奥麦尔-帕夏家里:土耳其式的款待,烟斗和咖啡,所有的来访者都坐在沙发上,把烟斗在唇间放好,烟管长得像吹管,烟锅儿放在脚边。这是《库尔德人在斯库塔里》,这支奇怪的军队的样子令人想到一次蛮族入侵;这是些土耳其非正规军队的士兵,也同样的奇特,他们的军官是欧洲人、匈牙利人或波兰人,其浪荡子的外貌和士兵的怪异的东方特色形成古怪的对比。

我见过一幅绝美的画,上面只有一个人物,肥胖,健壮,神情既是沉思的,又是无忧无虑和大胆的,一双大靴子超过了膝盖,军装上面罩了一件厚厚的、宽大的外套,扣得严严实实。他透过雪茄的烟望着阴森而迷茫的天际,一只受伤的胳膊倚在一条交叉着的领带上。画的下方,我读到这样的铅笔字:Canrobert on the battle field of Inkermann. Taken on the spot.①

这个骑兵是谁?他有着雪白的小胡子,面目画得很重,扬着头,好像在闻着战场的可怕的诗意,而他的马嗅着土地,在堆积的尸体中间寻找着道路,它抬起蹄子,面部抽搐着,姿态很奇特。画的下方一角,可以看到这样的字句:Myself at Inkermann.②

我看见巴拉圭-迪利埃③先生和总司令一起在贝奇斯塔什检阅炮兵。我很少见过比这更像的、出自一只更大胆更有才智之手的军事肖像画。

一个名字,自叙利亚之祸以来声名狼藉的名字映入我的眼帘:阿赫麦-帕夏将军在卡拉法特,他和他的参谋部站在隐蔽处前,命人介绍两位欧洲军官。阿赫麦-帕夏尽管大腹便便,其态度中和脸上仍有一种贵族的通常属于统治种族的傲慢神气。

在这本集子里,巴拉克拉瓦战役以不同的面貌出现过多次。

---

① 英文:"康罗贝尔在因克尔曼战场上。作于现场"。康罗贝尔(1809—1895)是法国元帅,克里米亚战争中任法军统帅。
② 英文:"我在因克尔曼"。
③ 巴拉圭-迪利埃(Baraguay-d'Hilliers,1795—1878),法国元帅。

在最惊人的画中,有被女王的诗人阿弗莱德·丁尼生的英雄的号角歌颂过的那次历史性的骑兵冲锋:一群骑兵在炮火的浓烟中神速地一直飞奔到天际;背景上,风景被一线青翠的山丘隔断。

不时有些宗教画使因所有这些弥漫的硝烟和混乱的屠杀而感到悲伤的眼睛得以休息。在不同部队的英国士兵中间,突然出现了穿裙子的苏格兰人的别致的军装,一个英国国教教士在做安息日弥撒;三面鼓,一个在上,两个在下,充作讲坛。

实际上,单用一支笔是很难表达这首用上千幅画作成的如此广阔、如此复杂的诗的,是很难表现来自这些画中的兴奋的;这些画常常是痛苦的,但从来不是泪汪汪的,它们被画在几百张纸上,那上面的污迹和裂口以独特的方式道出了艺术家将他白天的回忆置于其中的纷乱和喧嚣。傍晚,邮差将 G 先生的说明和画送往伦敦,他常常就这样委托邮局送走临时画在薄型纸上的十多幅速写,而雕刻工和报纸订户正焦急地等待着。

时而出现了野战医院,那里的气氛本身也像是有病的,忧郁的,沉重的,每一张床都容纳着一种痛苦。时而是贝拉医院,我看见一个衣冠不整的访问者正同两个仿佛出自勒絮厄笔下的瘦长、苍白、直挺挺的女护士谈话,这访问者有个古怪的说明:鄙人。现在,又是一些牲口,骡子、毛驴或马,在崎岖艰难、布满往日的战斗的残留物的小径上缓缓行走,它们的两肋上挂着两个粗糙的椅子,上面坐着没有人色、动弹不得的伤员。在广阔的雪原上,骆驼挺着威严的胸,高昂着头,由鞑靼人牵着,拖着各种粮秣和装备:这是一个战争的世界,活跃、匆忙、沉默;还有营地,集市,摊着各种货物的样品,这是一种野蛮的、临时的城市。在临时搭起的棚子间,在多石或积雪的道路上,在川流不息的人群中,有好几个国家的制服来来往往,打仗使这些制服多多少少地破烂了,外加的大皮袄和笨重的鞋子也使之走了样。

这些画现在已散落在好几处,一些珍贵的画幅到了负责翻刻的雕工或《伦敦新闻画报》的编辑手中,很可惜它未曾落到皇帝①的眼下。我想他会高兴地、不无柔情地查看他的士兵们的丰功伟绩,从最辉煌的壮举到生活的最平凡的琐事,这只士兵艺术家的手一天一天地将它们详细地表现了出来。

七 隆重典礼和盛大节日

土耳其也向我们亲爱的 G 先生提供了绝妙的绘画题材:拜兰节无比壮丽辉煌,但是其间出现了已故苏丹的永久的烦闷,有如一个苍白的太阳;文臣列于君王的左侧,武将列于君王的右侧,居首位的是赛义德—帕夏,当时正是君士坦丁堡的埃及苏丹;车队和仪仗朝着王宫旁边的小清真寺行进,人群中有土耳其官员,真正的颓废漫画,以其令人惊异的肥胖重重地压在他们华丽的骏马上;巨大而笨重的车子,类似路易十四式的四轮马车,被东方的奇特装饰得流金泛彩,有时从贴在脸上的一块细布留给眼睛一条狭缝中射出奇怪的女人气的目光;第三性(巴尔扎克的怪诞用语用在这里再合适不过;因为在颤抖的光线的闪烁下,在宽大的衣服的摆动下,在脸颊、眼睛和睫毛的火辣辣的化装下,在抽搐的、歇斯底里的动作中,在飘动在腰际的长长的头发中,是很难,且不说不可能,猜出男子特征)的江湖艺人的狂热舞蹈;最后,风流女人(如果可以对东方使用风流一词的话),一般是由匈牙利人、瓦拉几亚人、犹太人、波兰人、希腊人和亚美尼亚人组成;因为在一个专制政府的统治下,这都是些被压迫的民族,而且他们是受苦最为深重、向卖淫提供最多的人。这些女人中,有些还穿着民族服装,绣花上衣、短袖、下坠的披肩、肥大的裤子、翘起的拖鞋、带饰或饰有金银箔片的平纹细布以及故乡的各种浮华之物;另一些人数最多,她们接受了文明的主要标志,对

---

① 指拿破仑三世。

一个女人来说,就是千篇一律的带衬架支撑的裙子,不过,在她们的打扮中,有的地方还保留着一种对于东方的小小的、有特色的回忆,使她们看起来像是一个想乔装打扮的巴黎女人。

G先生善于画官方场面的豪华、隆重的典礼和民族的盛大节日,他不像那些把这种画当做有利可图的苦差事的画家,以教训的方式画得无动于衷,而是怀着一个热爱空间、远景、一片光明或爆炸的光辉的人所具有的全部热情,并且把军装和宫装画得纤毫毕现。《雅典大教堂的独立纪念节》给这种才能提供了一个极有趣的例证。所有那些画得很小的人物都各得其位,使容纳他们的空间变得更为深邃。教堂很大,装饰着庄严的帷幔。奥东王①和王后站在台上,穿着传统服装,他们穿得极其自如,好像是为了证实他们的选择的诚意和最文雅的希腊爱国主义。国王像一个最爱打扮的民兵一样束紧腰身,裙口放大,带着民族浪荡作风的夸张。族长从他们前面走过,那是位缩肩的老人,一把雪白的大胡子,一副绿色的眼镜保护着小小的眼睛,他的全身都显露出一种彻底的东方的冷静。画中的任何人物都是一幅肖像,其中一个最有意思,很古怪,其相貌一点儿也不像希腊人,那是一位德国太太,她站在王后身边,侍候她。

在G先生的画中,人们常常见到法国人的皇帝,他很善于寥寥几笔就勾出一幅万无一失的速写,容貌却也很像,简直像签名时带出花辄一样得心应手。有时是皇帝检阅,策马飞奔,身边是军官们,其相貌很容易辨认,或是外国的亲王,欧洲的、亚洲的或非洲的,可以说,皇帝是在尽地主之谊;有时他骑在马上不动,那马的四蹄就像桌子的四条腿一样稳,左边是皇后,身着戎装,右边是小皇子,头戴有羽饰的帽子,威武地骑在一匹竖起了毛的小马上,那马很像英国艺术家喜欢在风景画中画的那种小型马;有时他消失在

---

① 指奥东一世(1815—1867),希腊国王,德国人。

布洛涅森林小径上光亮和尘土搅作一团的旋风之中;有时他又在圣安东郊区的一片欢呼声中缓缓地散步。这些水彩画中特别有一幅以其神奇使我赞叹不已。皇后出现在一个豪华奢侈的包厢里,态度安详平静,皇帝微微俯下身来,好像要更清楚地看戏;下面站着两个近卫骑兵,一动不动,威严而近乎呆板,他们闪光的军装与脚灯相映生辉。一排灯光后面,在一种理想的舞台气氛中,演员们和谐地唱着,说着,动作着;另一边是一片朦胧的光海,圆形的空间里塞满了层层的人脸:那是分枝吊灯和观众。

一八四八年的民众运动、俱乐部和盛大节日也向 G 先生提供了一系列动人的构图,其中大部分已被《伦敦新闻画报》雕印。几年前,他去过西班牙一次,此行对他的天才来说获益不浅,他回来后也画了一册同样性质的画,我只见过一小部分。他随意把他的画送人或出借,这常常使他蒙受不可弥补的损失。

八　军人

要进一步确定艺术家的主题是什么类型,我们可以说那是生活的盛况,如同它在文明世界的都会中呈现出来的那样,军旅生活的盛况,风雅生活的盛况,爱情生活的盛况。我们的观察家总是准时到达岗位,任何地方,只要那里流动着巨大而强烈的欲望,人心的奥里诺科河①,战争,爱情,赌博;任何地方,只要那里跃动着代表幸福与不幸的这些巨人因素的欢乐与想象。但是,他对军人,对士兵表现出很明显的偏爱,我认为这种爱不仅来自一定会从战士的灵魂传到姿态中和脸上的那些美德和才能,而且也来自这种职业赋予他的那种耀眼的装饰。保尔·德·莫莱纳②先生写过几页

---

① 南美洲的第三大河。
② 保尔·德·莫莱纳(Paul de Molènes),法国军人。

既迷人又合乎情理的文章,谈论军人的风流和各国政府都乐于使其军队穿上的那种明亮闪光的衣服所具有的道德含义。G先生会很乐意在这篇文章上署上他的名字的。

我们已经谈过每个时代的特殊美的习惯方式,我们也注意到每个世纪可以说都有自己的风致。这样的看法也可用于职业,每种职业都从它所遵循的道德原则中抽出它的外部的美。在有些职业中,这种美以刚毅为特征,而在另一些职业中,则可能带有闲适的明显标记。这就仿佛是性格的标志,命运的印记。一般地说,军人有他的美,如同浪荡子和风流女人有他们的美一样,但其趣味在本质上是不同的。有些职业,其专一的、猛烈的活动使筋肉变形,使脸上表现出奴役,我避而不谈,这是很自然的。军人对意外之事习以为常,所以很难使他惊讶。因此这里的美的特殊标记是一种雄赳赳的不在意,是一种冷静和大胆的奇特混合,这是一种出自随时准备去死的必要性的美。然而,理想的军人面孔应该表现出一种巨大的单纯,因为士兵像和尚和学生一样过集体生活,一种抽象的父子关系使他们免除日常的衣食之忧,在许多事情上,他们是和孩子一样单纯的;所以,像孩子一样,任务一完成,他们是很容易逗乐的,也容易进行激烈的娱乐。我认为所有这些道德评价都从G先生的速写和水彩画中自然地流露出来,我相信这并非夸大。各式各样的军人典型一应俱全,而且都洋溢着某种热烈的快乐:一位步兵老军官,严肃而忧郁,他的肥胖使他的坐骑大受其苦;参谋部的漂亮军官,腰身紧束,摇晃着肩膀,一点儿也不害羞地朝着太太们的扶手椅弯下身去,从背面看,他让人想到那种最灵活最文雅的无耻之徒;轻步兵和狙击兵,姿态中洋溢着极度的大胆和独立,似乎对个人责任有一种更强烈的感觉;轻骑兵的敏捷而快活的潇洒;特种部队如炮兵和工程兵的隐约带有职业性和技术性的容貌,常为望远镜等不大尚武的器具所证实;没有一种模特儿、一种色调被忽略,它们都被以同样的爱,同样的才智概括和确定下来。

现在我手上正有一幅画，整个画面的确洋溢着英雄气概，表现的是一个步兵纵队的先头部队。也许这些人是从意大利回来，正在林荫道上和群众的欢呼声中稍事休息；也许他们刚在通往伦巴第的路上走了一大截，我不知道。可以看到的、完全可以明白的，是这些饱经日晒、风吹和雨打的面孔就是在平静中也表现出坚决和勇敢的性格。

这正是服从和共同经受的痛苦产生的共同表情，经过长期困乏考验的勇气的一种顺从的神态。卷起的长裤掖在护腿套中，帽子沾满了尘土，有些褪色，总之，全部装备都有着那种来自远方并且经历过奇特的冒险的人所有的不可磨灭的模样。仿佛比起其他人来，这些人的腰挺得更结实，脚站得更稳，身子也更直。沙莱一直在寻求这种类型的美，也常常找得到，如果他看见这幅素描，肯定会大吃一惊的。

九　浪荡子

一个人有钱，有闲，甚至对什么都厌倦，除了追逐幸福之外别无他事；一个人在奢华中长大，从小就习惯于他人的服从，总之，一个人除高雅之外别无其他主张，他就将无时不有一个出众的、完全特殊的面貌。浪荡作风是一种朦胧的惯例，和决斗一样古怪；也是一种很古老的惯例，因为恺撒、喀提林①、阿西比亚德②都向我们提供了许多著例；也是一种很普遍的惯例，因为夏多布里昂在新大陆的森林和湖畔发现了它。浪荡作风是法律之外的一种惯例，它有自己严格的法规，他的一切臣民无论其性格多么狂暴独立都恪守不渝。

---

① 喀提林（Lucius Sergusi Catilina，公元前108？—前62），罗马政治家。
② 阿西比亚德（Alcibiade，约公元前450—前404），古希腊将军、政治家。

英国小说家比别人更用心培植 high life① 小说,而法国人,例如德·居斯蒂纳先生,则特别愿写爱情小说,他们首先很明智地使主人公有巨大的财产,足以毫不迟疑地满足其各种非非之想,然后再将其分散在各种职业中。这种人只在自己身上培植美的观念,满足情欲、感觉以及思想,除此没有别的营生。这样,他们就随意地并且在很大程度上拥有时间和金钱,舍此,处于短暂梦幻状态的非非之想几乎是不能付诸行动的。不幸,真实的情况是,没有闲暇和金钱,爱情就只能是平民的狂欢或夫妇义务的履行,它成了一种令人厌恶的用途而非一种热烈的或梦幻的心血来潮。

如果我说到浪荡作风时谈论爱情,这是因为爱情是游手好闲者的天然的事情;然而,浪荡子并不把爱情当做特别的目标来追求。如果我谈到金钱,那是因为金钱对于崇拜他们的情欲的人来说是必不可少的;然而浪荡子并不把金钱当做本质的东西来向往,一笔不定期的借款于他足矣,他把这种粗鄙的情欲留给凡夫俗子了。浪荡作风甚至不像许多头脑简单的人以为的那样,是一种对于衣着和物质讲究的过分的爱好。对于彻头彻尾的浪荡子来说,这些东西不过是他的精神的贵族式优越的一种象征罢了。他首先喜爱的是与众不同,所以,在他看来,衣着的完美在于绝对的简单,而实际上,绝对的简单正是与众不同的最好方式。那么,这种成为教条、造就了具有支配力的信徒的情欲,这种不成文的、形成了如此傲慢的集团的惯例,究竟是什么呢?这首先是包容在习俗的外部限制之中的、使自己成为独特之人的热切需要。这是一种自我崇拜,它可以在于他人身上(例如于女人身上)追求幸福之后继续存在,它甚至可以在人们称之为幻想的东西消失之后继续存在。这是使别人惊讶的愉快,是对自己从来也不惊讶的骄傲的满足。一个浪荡子可以是一个厌倦的人,也可以是一个痛苦的人,然而在

---

① 英文:"上流生活"。

后一种情况下,他要像拉栖第梦人①那样在狐狸的噬咬下微笑。

可以看出,浪荡作风在某方面接近唯灵论和斯多葛主义,但是,一个浪荡子绝不能是一个粗俗的人。如果他犯了罪,他也许不算堕落;然而假使这罪出于庸俗的原因,那么丢脸就无可挽回了。请读者不要对轻浮的这种危险性感到愤慨,请记住在任何疯狂中都有一种崇高,在任何极端中都有一种力量。奇怪的唯灵论!对于既是教士又是牺牲品的那些人来说,他们所服从的所有那些复杂的物质条件,从白天黑夜每时每刻都无可指摘的衣着到最惊险的体育运动技巧,都不过是一种强化意志制服灵魂的锻炼而已。事实上,我把浪荡作风看作一种宗教,这并非全无道理。最严厉的修道戒律,命令入迷的信徒自杀的那位山中老人②的不可违抗的命令,并不比高雅和独特这种教条更专横、更得到服从。这种教条也强加给它的野心勃勃或谦卑的信徒(这些人往往充满了狂热、情欲、勇气和克制的精力)可怕的箴言:perinde ac cadaver!③

这些人被称作雅士、不相信派、漂亮哥儿、花花公子或浪荡子,他们同出一源,都具有同一种反对和造反的特点,都代表着人类骄傲中所包含的最优秀成分,代表着今日之人所罕有的那种反对和清除平庸的需要。浪荡子身上的那种挑衅的、高傲的宗派态度即由此而来,此种态度即便冷淡也是咄咄逼人的。浪荡作风特别出现在过渡的时代,其时民主尚未成为万能,贵族只是部分地衰弱和堕落。在这种时代的混乱之中,有些人失去了社会地位,感到厌倦,无所事事,但他们都富有天生的力量,他们能够设想出创立一种新型贵族的计划,这种贵族难以消灭,因为他们这一种类将建立在最珍贵、最难以摧毁的能力之上,建立在劳动和金钱所不能给予的天赋之上。

---

① 即斯巴达人,其人素以坚忍刚毅著称。
② 波德莱尔在《人造天堂》一文中谈到一山中老人用大麻叶使信徒进入迷醉状态,从而得到消极的、不假思索的服从。
③ 拉丁文:"像死尸一样!"

浪荡作风是英雄主义在颓废之中的最后一次闪光,旅游者在北美洲发现的浪荡子典型丝毫也削弱不了上述观念的价值,因为我们称为野蛮人的那些部落可能是已经消失的文明的残余,什么也不能阻止我们这样设想。浪荡作风是一轮落日,有如沉落的星辰,壮丽辉煌,没有热力,充满了忧郁。然而,唉!民主的汹涌潮水漫及一切,荡平一切,日渐淹没着这些人类骄傲的最后代表者,让遗忘的浪涛打在这些神奇的侏儒的足迹上。浪荡子在我们中间是越来越少了,而在我们的邻居那里,在英国,社会状况和宪法(真正的宪法,通过习俗体现的宪法)还将长久地给谢里丹①、布鲁梅尔②和拜伦的继承者留有一席地位,假使还有名副其实的继承者的话。

事实上,读者可能觉得是一种倒退的东西并不是倒退。在很多情况下,一个艺术家的画所流露出来的道德上的评价和梦幻也是一个批评家所能作出的最好解说。启发是母题的一部分,把这些启发逐一显露出来,人们就可猜出母题。G先生在把他的一个浪荡子用铅笔画在纸上的时候,给予他历史的甚至是传说的性格,这难道还需要我说吗?难道我敢说这不是现时的以及这些东西一般人都认为是闹着玩儿的吗?当我们的目光发现了这样的一个人,在他身上俏皮和可怕神秘地融为一体,正是他的举止的轻浮,待人接物的信心,支配神气中的单纯,穿衣骑马的方式,平静却显示出力量的姿态使我们想到:"这也许是个有钱的人,但更保险的,这是一个无所事事的赫丘利。"

浪荡子的美的特性尤其在于冷漠的神气,它来自决不受感动这个不可动摇的决心,可以说这是一股让人猜得出的潜在的火,它不能也不愿放射出光芒。这正是在这些形象中完美地表现出来的东西。

---

① 谢里丹(R. B. B. Sheridan,1751—1816),英国剧作家。
② 布鲁梅尔(George Bryan Brumell,1778—1840),英国著名浪荡子。

十 女人

这种人,对大多数男子来说,是最强烈甚至(我们说出来,让哲学的快感感到羞耻吧!)最持久的快乐的源泉;这种人,人们的一切努力都向着她或是为了她,这种像上帝一样可怕的、不能沟通的人(区别是,无限之不能沟通,是因为它蒙蔽和压垮了有限,而我们所说的这种人之不可理解,可能只是因为跟她没有什么可以沟通的);这种人,约瑟夫·德·迈斯特看作是一头美丽的野兽,其风度使人愉快,使政治的严肃把戏更为易行;财富为之或因之而聚散;艺术家和诗人为之,尤其是因之而做成他们最精妙的首饰;她身上产生出最刺激神经的快乐和最深刻的痛苦;一句话,女人,对于艺术家来说,具体地说,对 G 先生来说,她并不是男性的反面。更确切地说,那是一种神明,一颗星辰,支配着男性头脑的一切观念;是大自然凝聚在一个人身上的一切优美的一面镜子;是生活的图景能够向观照者提供的欣赏对象和最强烈的好奇的对象。那是一种偶像,可能是愚蠢的,但是炫目、迷人,使命运和意志都悬在她的眼前。我认为这不是四肢适得其所、提供了和谐的完美例证的一头野兽,甚至也不是雕塑家在最严肃的沉思中所能梦想的纯粹美的典型。不,这些都不足以解释她所具有的神秘而复杂的魔力。这里温克尔曼和拉斐尔对我们没有用,我确信,如果 G 先生失去了一个品味雷诺兹或劳伦斯的肖像画的机会的话,他也会忽略古代雕像的一部分的,尽管他才智过人(这样说于他并无妨害)。装饰着女人的一切,突出她的美的一切,都是她自身的一部分;而专门致力于研究这种谜一样的造物的艺术家也像迷恋女人本身一样地迷恋 mundus muliebris①。女人大概是一片光明,一道

---

① 拉丁文:"女人的装饰"。

目光,幸福的一张请柬,有时是一句话;但她尤其是一种普遍的和谐,这不仅见于她的风度和四肢的运动,而且见于细布、薄纱和裹着她的宽大闪动的衣料之中,那仿佛是她的神性的标志和台座;也见于盘绕在她臂上和颈上的金属和矿物,它们或是使她的目光之火增添了光彩,或是在她的耳畔温柔地叽叽喳喳。哪一个诗人敢于在描绘因美人出现而引起的快乐时把女人和她的服饰分开?哪一个男子在街上、剧院、森林中不曾最无邪地享受过巧妙地组成的装束的快乐,不曾带走装束的主人的美的一个不可分割的形象并把两者——女人及其衣裙——当做不可分的整体?我觉得,这里正是回到有关流行服饰和首饰的某些问题的地方,我在本文开头时仅略有涉及,也是为服装艺术报仇,反驳大自然的某些十分暧昧的爱好者加于它的荒谬诬蔑的地方。

十一　赞化妆

有一首歌,它是那样平庸荒唐,令一篇有几分自命严肃的文章几乎不能引用,但它却以一种滑稽歌舞剧作者的风格很好地表达了不思想的人的美学。自然美化了美!可以推测,诗人如果能说法语的话,就会说:单纯美化了美!这等于下面这个真理,其类型完全在意料之外:无美化了有。

大部分关于美的错误产生于十八世纪关于道德的错误观念。那时,自然被当做一切可能的善和美的源泉和典型。对于这个时代的普遍的盲目来说,否认原罪起了不小的作用。如果我们同意参考一下明显的事实,各时代的经验和《论坛报》,我们就会看到自然不教什么,或者几乎不教什么,也就是说,它强迫人睡眠饮食以及好歹地免受敌对的环境的危害,它也促使人去杀同类,吃同类,并且监禁之,折磨之;因为一旦我们走出必要和需要的范围而进入奢侈和享乐的范围,我们就会看到自然只能劝人犯罪。正是这个万无一失的自然造出了杀害父母的人和吃人肉的人,以及千百种其他十恶不赦的事情,羞耻心和敏感使我们不能道其名。是哲学(我说的是好的哲学),是宗教命令我们赡养贫穷和残废的父母;自然(它不是别的东西,正是我们的利益的呼声)却要我们把他们打死。看一看、分析一下所有自然的东西以及纯粹的自然人的所有行动和欲望吧,你们除了可怕的东西之外什么也发现不了。一切美的、高贵的东西都是理性和算计的产物。罪恶的滋味人类动物在娘肚子里就尝到了,它源于自然;道德恰恰相反,是人为的,超自然的,因为在任何时代、任何民族中,都必须有神祇和预言家教给兽化的人以道德,人自己是发现不了的。恶不劳而成,是自然的,前定的;而善则总是一种艺术的产物。我把自然说成是道德方面的坏顾问,把理性说成是真正的赎罪者和改革者,所有这一切都可搬到美的范围中去。这引导我把首饰看作是人类灵魂的原始高贵性的一种标志。被我们混乱而堕落的文明带着十分可笑的傲慢和自命不凡当做野蛮人对待的那些民族也像儿童一样,能够理解服饰的高度精神性。野蛮人和婴儿天生地向往着明亮的东西,五颜六色的羽毛,闪色的布料以及人为的形式的极度庄重,这表现出他们对实在事物的厌恶,也不自觉地证明了他们的灵魂的非物质性。让那些像路易十五(他不是真正的文明的产物,而是野蛮复现的产物)的人倒霉吧,他们居然堕落到了只能欣赏自然的单纯①的程度!

因此,时装式样应该被看作是理想的趣味的一种征象,这种理想在人的头脑中漂浮在自然的生活所积聚的一切粗俗、平庸、邪恶的东西之上,应该被看作是自然的一种崇高的歪曲,或更确切地说,应该被看作是改良自然的一种不断的、持续的尝试。所以,人

---

① 人们知道,杜巴里夫人不想接待国王的时候,就搽胭脂。这是一个足够的标志。她就这样关上了自己的大门。她用美化自己吓退了信奉自然的君王。——原注

们曾经合乎情理地指出,所有的时装样式都是迷人的,就是说,相对而言是迷人的,每一种都是一种朝着美的或多或少成功的努力,是一种对于理想的某种接近,对这种理想的向往使人的不满足的精神感到微微发痒。但是,假使人们想很好地领略一番的话,那就不应该把时装看作死的东西,否则就跟欣赏挂在旧货商的柜子里像圣巴泰勒米的皮肤一样松弛、没有生气的破衣服没什么两样了。应该想象穿着它们的美丽女人给了它们活力和生气。唯其如此,人们才能理解其意义和精神。如果你们觉得"所有的时装样式都是迷人的"这一警句过于绝对而感到不快,那你们就说"所有的时装样式都理所当然是迷人的"吧,你们肯定是没有错的。

一个女人完全有权利一心一意要显得神奇和超自然,她这样做甚至是履行了某种义务。她应该惊人,应该迷人。作为偶像,她应该包上金子让人崇拜。因此,她应该向各种艺术借用使自己超越自然的手段,以便更好地征服人心和震惊精神。如果成功是肯定的,效果是不可抗拒的,那么诡计和手法尽人皆知也没有什么关系。从以上的论述中,哲学的艺术家将不难发现,各个时代的女人为了巩固和神化(姑且这样说)她们的脆弱的美而运用的各种做法都是合理的。其例不胜枚举,但是,我们且只说说我们的时代庸俗地称为化妆的这件事吧。使用香粉搽面,这曾遭到天真的哲学家们如此愚蠢的咒骂,使用的目的和效果在于使自然过度地洒在脸上的各种斑点消失,在痣和皮肤颜色之间创造出一种抽象的协调,这种协调和紧身衣产生的协调是一样的,这就立刻使人接近了雕像,也就是说,接近了一种神圣的、高级的生命,这谁看不到呢?至于说人为地把眼圈涂黑,把两颊的上部搽上胭脂,尽管其使用出于同一原则,出于超越自然的需要,但效果却是为了满足一种完全相反的需要。红和黑代表着生命,一种超自然的、非常的生命,那个黑圈使目光更深邃更奇特,使眼睛看起来更像朝着无限洞开的窗户;红则使颧颊发亮,更增强了瞳仁的明亮,给一个女性的美丽面孔增添了女祭司的神秘情欲。

因此,请听明白,在脸上涂脂抹粉不应该用于模仿美的自然和与青春争高低这种庸俗的、不可告人的目的。再说人们已经注意到,打扮并不能美化丑陋,而只能为美所用。谁还敢赋予艺术模仿自然这种没有结果的功能?化妆无须隐藏,无须设法不让人猜出,相反,它可以炫耀,如果不能做作,至少可以带着某种天真。

对于那些人,我很乐意允许他们笨拙的严肃阻止他们在最细微的表现中寻找美,允许他们取笑我的思索以及指责这些思索具有一种幼稚的庄重,他们的严厉的评断动不了我一根毫毛。我只想把他们叫到真正的艺术家身旁,也叫到那些女人身旁,她们一生下来就接受了那圣火的火星,她们愿意全身被这圣火照亮。

十二 女人和姑娘

这样,G先生就把在现代性中寻找和解释美作为自己的任务,心甘情愿地去描绘花枝招展的、通过各种人为的夸张来美化自己的女人,不管她们属于社会的哪个阶层。不过,如同在熙熙攘攘的人生中一样,在他的作品中,不管人物的外表多么奢华,其集团和种族的差异观众一望便知。

有时是一些上流社会的年轻姑娘,她们坐在包厢里,就像肖像画嵌在画框中,光彩夺目,剧场中漫射的光照在她们的眼睛里、首饰上和肩头上,又反射回来。她们有的庄重严肃,有的一头金黄色的头发,漫不经心,有的带着一种贵族的无忧无虑展示出早熟的胸脯,有的则天真地袒露出男孩似的乳房。她们用扇子遮住牙齿,目光茫然或专注,她们像装作在听话剧或歌剧一样做作和一本正经。

有时,我们看到一些文雅的家庭在公园的小径上懒洋洋地散步,女人神情安详地拖在丈夫的手臂上,后者庄重满意的神气说明他已发家致富,颇为自得。这里,豪华的外表取代了高贵的优雅。

瘦削的小女孩穿着肥大的裙子,举止风度活像小女人,她们跳绳,滚铁环,或是在露天里相互拜访,重复着父母在家里演出的喜剧。

一些从下层社会浮上来的小剧场的姑娘,因终于出现在脚灯的光亮之中而感到自豪,她们苗条、纤弱,还在少年,用处女的病态的身躯抖动着荒唐的戏装,那戏装不属于任何时代,却成为她们快乐的源泉。

在一间咖啡馆门口,从前后照得雪亮的窗户上,靠着一个大傻瓜,他的风雅全靠裁缝和理发师;他的情妇坐在他身边,脚放在那个不可少的小凳上,这个下流女人要说像个贵妇可几乎什么也不缺(这个几乎什么也不缺,就是几乎有一切,这就是高雅啊)。像她那漂亮的伴侣一样,她的小嘴也被一支不成比例的雪茄占满了。这两个人什么也不想。但是能肯定他们在看什么吗?除非这两个愚蠢的那喀索斯观望人群就像看着一条映出他们的面影的河一样。实际上,他们存在着与其说是为了观察者的乐趣,还不如说是为了自己的乐趣。

现在,瓦朗蒂诺、卡西诺、普拉多(过去的蒂沃里、意达里、佛里、帕佛)打开了它们的充满了光和动的长廊,在这些乱糟糟的地方,游手好闲的青年人可以大显身手。一些女人很排场地让裙子的后摆和披肩的尖端拖过地面,她们把时装夸张到败坏其风韵的程度,也因此破坏了时装的意图。她们走来走去,睁开一双动物似的惊奇的眼睛,装作什么都不在眼里,其实却什么也没有放过。

在极其明亮的背景上,或者在北极光的背景上,红色的,橙色的,硫色的,粉红的(粉红透露出一种陶醉于轻薄的观念),有时是紫色的(修女喜爱的颜色,在天蓝色帷幔后面的熄灭的火炭),在这种神奇的、以不同的方式模仿着孟加拉的炎热的背景上,升起了可疑的美的千变万化的形象。这里是威严的,那里又是轻浮的,时而苗条,甚至纤细;时而庞大;时而小巧,闪闪发光;时而笨重,硕大无朋。它创造了一种挑衅式的野蛮的优雅,或者说它多少成功地追求着一种在更高级的社会阶层中流行的单纯。它前进着,轻轻掠过,跳着舞,穿着绣花的裙子滚动着,那裙子既是它的台座又是它的平衡器。它戴着帽子,凝目而视,活像画框中的一幅肖像。它很好地体现了文明中的野蛮。它有它的来自恶的美,总是没有灵性,但有时却有一种装作忧郁的疲倦的色彩。它望着天际,像是一头猛兽,有着同它一样的迷惘,一样无精打采的分神,有时也有着一样的神情的专注。这是一种在规矩社会的边缘流浪的放荡不羁的人,他的一生是诡计和战斗的一生,其平庸势必要从华丽的外表下面表现出来。人们可以恰当地把不可模仿的大师拉布吕耶尔的这些话用在他的身上:"在某些女人身上有一种人为的高贵,它取决于眼睛的活动、神情及走路的姿态,但它行之不远,仅此而已。"

在某种程度上,对交际花的看法可以用于女演员,因为她也是一种炫耀的造物,是公共快乐的对象;但在后者,征服和猎获具有一种更高贵、更属精神的性质。她要获得普遍的宠爱,不仅要凭借纯粹的肉体美,而且要凭借一种最为罕有的才能。如果说女演员在一方面接近交际花,她在另一方面却也接近诗人。我们不要忘记,除了自然美甚至人工美之外,每个人都有一种职业的习惯,有一种特性,这种特性可以表现为肉体的丑,但也可以表现为某种职业的美。

在这个伦敦生活和巴黎生活的巨大画廊里,我们遇见了浪荡的女人和各阶层的反抗的女人的不同典型。首先是妓女,她在年华初放的时候,追求贵族气派,以青春和奢华自豪,她用尽了全部才能和心思,用两个手指轻轻地提起飘动在她四周的缎、绸或绒的宽大衣摆,向前迈出她的足尖,那双鞋装饰得过分,要不是整个装束稍许有些夸张的话,真足以泄露她的身份。沿着阶梯而下,我们来到被禁锢在下流场所的那些奴隶身边,那些场所常被装点成咖啡馆的样子,不幸的女人们被置于最悭吝的监护之下,她们自己一无所有,甚至被当做美的调味品的那些古怪的首饰也不归她们所有。

在这些人中,有一些是无邪的、畸形的自命不凡的榜样,她们的头脑和大胆抬起的目光中有着明显的生存(实际上那是为了什么呢?)的幸福。有时候她们不经寻找就发现了大胆和高贵的姿势,这种姿势会使最挑剔的雕塑家喜出望外,假使现代的雕塑家有勇气、有才智在各处甚至在泥淖中搜罗高贵的话,有时候她们则陷入绝望,神情沮丧,像醉鬼一样无精打采,显出一种男性的厚颜无耻,用抽烟消磨时光,怀着东方命定论的顺从。她们躺卧在沙发上,裙子前后弯成两个扇形,或者坐在椅子上,脚搭在小凳上;笨重,郁闷,乖戾,眼圈因烧酒而发黑,前额因固执而鼓起。我们下到螺旋形楼梯的最下一层,直到拉丁讽刺诗人①所说的 foeminasimplex②。我们立刻看到,在酒气和烟雾交织一片的背景上,呈现出了因肺痨而发红的干瘪的皮肉,或者脂肪积蓄而成的圆滚滚的躯体,这种懒散的丑恶的健康。在一个烟雾腾腾、金光闪闪、肯定缺乏贞洁的混乱地方,一些令人毛骨悚然的美女和活玩偶在骚动,在抽搐,她们孩子般的眼睛中射出阴森可怖的光;然而,在摆满酒瓶的柜台后面有一个趾高气扬的悍妇,头上包着肮脏的头巾,那魔鬼似的尖儿把阴影投在墙上,使人想到一切奉献给恶的东西都肯定是长角的。

实际上,我不是为了讨好读者更不是为了得罪读者才在他们面前展示这些形象的,无论是哪一种情况,对读者来说都是有失恭敬;使这些形象珍贵并且神圣化的,是它们产生的无数的思想,这些思想一般地说是严峻的、阴郁的。但是,如果偶尔有个冒失的人试图在 G 先生的这些分散得几乎到处都是的作品中寻找机会来满足一种不健康的好奇心,那我要预先好心地告诉他,他在其中找

---

① 指拉丁讽刺诗人尤维纳利斯(Juvenal,60? —140?)。
② 拉丁文:"孤独的女人"。

不到什么可以激起病态想象力的东西。他只会遇到不可避免的罪孽,也就是说,隐藏在黑暗中的魔鬼的目光或在煤气灯下闪光的梅萨琳娜①的肩膀;他只会遇到纯粹的艺术,也就是说,恶的特殊美,丑恶中的美。顺便再说一遍,从这大杂烩中产生出来的一般感觉甚至包含着比滑稽更多的忧郁。使这些形象具有特殊美的,是它们的道德的丰富性。它们富于启发性,不过是残酷的、粗暴的启发性,我的笔虽然习惯于和造型的表现搏斗,可能也表达得不够。

十三 车马

这样,虽有无数的分岔阻断,high life 和 low life② 的这些长长的画廊仍旧继续着。让我们迁移到另一个世界去一会儿吧,它即使不纯洁,至少也是更讲究的;让我们呼吸些香气吧,它也许不是更有益于健康,但它更精致。我已经说过,G 先生的画笔像欧仁·拉米的一样,非常适于表现浪荡作风的排场和花花公子习气的风雅。他对富人的姿态很熟悉,他可以轻轻一笔就万无一失地表现出目光、举止和姿势的坚定,在有特权的人中,这种坚定是来自幸福中的单调。这一系列特殊的画在千百种面貌下再现了运动、跑马、打猎、林中散步诸事,傲慢的 ladies③,纤弱的 misses④,她们用一只手稳稳地牵着骏马,这些马线条纯净,令人赞叹,也像女人一样妖艳、炫目、任性。因为 G 先生不仅熟知一般的马,也成功地致力于表现马的有个性的美。时而是暂时的休息,也可以说是许多车子安营扎寨,一些身段苗条的年轻人和穿着时令允许的奇装异服的女人坐在垫子上、座位上、公共马车上观看远处的赛马;时而

---

① 罗马皇后,死于公元四十八年,以淫荡著称。
② 英文:"上流生活和贫苦生活"。
③ 英文:"贵妇"。
④ 英文:"小姐"。

一个骑马的人在一辆敞篷四轮马车旁优雅地飞奔,他的马腾跃起来,像是在以自己的方式致敬。车子在明暗掩映的小径上一溜儿小跑,仰卧的美人像躺在小船里,神情怠惰,她们模模糊糊地听着落进耳中的甜言蜜语,懒洋洋地兜着风。

毛皮或细布衣服一直拥到下颏,像浪花一样从车门上方涌出来。仆人们僵硬笔直,死气沉沉,千人一面,总是那种单调的、没有特点的人头像,满脸奴性,又守时又守纪律,他们的特点就是没有特点。背景上,是树林,翠绿或发红,尘土飞扬或暗淡无光,依时间和季节而定。他画的退隐地充满了秋雾、蓝影、黄光和霞光,或者一道薄光像剑一样劈开黑暗。

如果有关东方战争的无数水彩画还没有向我们展示出 G 先生作为风景画家的力量,那上述这些画肯定足够了。不过这里不再是克里米亚被蹂躏的土地,也不再是博斯普鲁斯海峡的戏剧性的海岸。我们又见到那些熟悉亲切的风景了,它们成了一座大城市四围的装饰,光线产生的效果是一个真正浪漫派的艺术家所不能轻视的。

还有一个在此指出并非无用的优点,那就是熟知马具和车具。G 先生画各式各样的车,就像一位完美的海景画家画各式各样的船一样细致和得心应手。他画的车具完全是正规的,所有部件均各得其位,无须修正。不管处于什么态势,不管跑得多么快,一辆车和一条船一样,从运动中获得一种神秘而复杂的风致,那是很难速记下来的。艺术家的眼睛所得到的愉快似乎来自船或车这种已经如此复杂的东西在空中依次地、迅速地产生出来的几何图形。

我们肯定可以打赌,用不了几年,G 先生的画就会成为文明生活的珍贵档案。他的作品将为收藏家所寻求,就像德布库尔、莫罗、圣多班、卡勒、韦尔内、拉米、德维里亚、加瓦尔尼以及所有杰出艺术家的作品一样,他们虽然只画了些通俗的和漂亮的东西,也同样以各自的方式成为严肃的历史家。他们中有好几位甚至为漂亮的东西牺牲得过多,有时在作品中引入一种与主题不合的古典风格;有好几位有意地磨光了棱角,铲平了生活的不平,减弱了那些闪烁的光亮。G先生不如他们灵巧,但他保留了一种属于他自己的长处:他心甘情愿地履行了一种为其他艺术家所不齿的职能,而这种职能尤其是应由一个上等人来履行的。他到处寻找现实生活的短暂的、瞬间的美,寻找读者允许我们称之为现代性的特点。他常常是古怪的、狂暴的、过分的,但他总是充满诗意的,他知道如何把生命之酒的苦涩或醉人的滋味凝聚在他的画中。

画家和蚀刻师[*]

　　法国自从艺术和文学同时爆炸的那个危险的时代起,对美,对力量,甚至对秀丽的感觉日渐衰退,日渐堕落。有好几年,法国画派的全部光荣似乎集中在一个人(我显然不是指安格尔先生)的身上[①],但是不管他多么多产和有力,都不足以安慰我们对其他人的贫乏所感到的痛苦。人们还能记得,就在不久以前,清清爽爽的绘画,漂亮、愚蠢、晦涩,还无可争议地居于统治的地位,还有那些自命不凡的拙劣之作也是如此,它们虽然代表着相反的过分,在一个真正的绘画爱好者的眼里,却并不减其丑恶。这种思想的贫乏,表现的烦琐,总之,法国绘画所具有的一切这等可爱之处足以解释库尔贝的画为什么一出现就获得了巨大的成功。这种反作用具有一切反作用的自吹自擂的喧闹,然而确实是必要的。应该为库尔贝说句公道话,他对恢复对朴素和明快的兴趣,对绘画的无私而绝对的热爱贡献不小。

　　更近些时候,另外两位还年轻的艺术家崭露头角,其魄力不同凡响。

　　我指的是勒格罗先生和马奈[②]先生。人们还记得勒格罗先生的刚健有力的作品,《祷告的钟声》(1859)把贫苦教区的忧伤而顺从的虔诚表现得那么好;《还愿画》,人们可以在更近的一届沙龙

---

[*] 本文最初发表于一八六二年九月十四日。
① 指欧仁·德拉克洛瓦。
② 马奈(Édouard Manet,1832—1883),法国画家。

和马蒂奈画廊中欣赏到,已由德·巴勒罗瓦①先生购得;还有一幅画的是一些僧人跪在一部圣书前面,像是又谦卑又虔诚地讨论着释义,一些教授身着正式的装束,正进行着一场科学讨论,这幅画人们现在可以在里柯尔②先生处欣赏到。

马奈先生是《弹吉他者》的作者,这幅画在上届沙龙中引起了轰动。人们将在下一届沙龙中看到他的好几幅画,这些画流露出最强烈的西班牙趣味,使人以为西班牙的天才逃到了法国。马奈先生和勒格罗先生在一种对真实,现代的真实的坚决的兴趣之上——这已经是一种好兆头了——结合了那种生动而广阔的、敏感的、大胆的想象力,应该说,没有这种想象力,最优秀的能力也只能是些没有主人的仆人、没有政府的官员。

在这场活跃的革新运动中,有一部分是属于雕刻的,这是很自然的。咳!人们看得太清楚了,雕刻这门高贵的艺术已经落到多么不受信任、多么遭人冷遇的地步。过去,当预告一种复制一幅名画的版画时,爱好者们提前去登记,以便获得第一批制品。我们只是在翻阅过去的作品时才能知道刀刻法的光彩。然而,它比刀刻法还要没有生气,我指的是腐蚀铜版法。说真的,这种如此精微而绝妙、如此天真而深刻、如此愉快而严肃、能够反常地集合最不相同的质素、能如此准确地表现艺术家的个性的样式,在俗人那里从未曾享有很高的声誉。伦勃朗的画片具有一种古典的权威,就是无知者也不能不接受,那是些无可争辩的好东西,除此之外,谁真正地关心过腐蚀铜版法?除了收藏家,谁知道过去的时代留给我们的这种样式的各种不同形式的改善?十八世纪有许多美妙的腐蚀铜版画,现在花十个苏就可买到一盒子,而它们在布满灰尘的盒子里等待着一只内行的手已经很久

---

① 德·巴勒罗瓦(Albert de Balleroy,1828—1873),法国画家。
② 里柯尔(Philippe Ricord,1800—1889),法国医生。

了。今天,即便在艺术家中间,难道有许多人知道特里莫莱数年前凭着忧郁的记忆为奥贝尔的滑稽年鉴所配的那些如此风趣、如此轻快、如此辛辣的版画吗?

然而,似乎将要有一个向着腐蚀铜版法的回复,至少已做出了一些努力,使我们生出这种希望。我刚才说到的两位年轻艺术家,还有其他好几位,他们聚集在一位活跃的出版家卡达尔①先生周围,又召唤来他们的同行,创办了一个原版腐蚀铜版画的定期出版物,而且第一期业已出版。

这些艺术家首先转向一种在其完全的成功中尽可能清晰地传达出艺术家的特点的样式和表现方法,这是很自然的,这是一种既简便又省钱的方法。在一个人人都把便宜视为主要的优点、人人都不肯为刀刻法的长时间的操作按价付钱的时代里,这也是一件很重要的事情。只是这里面有一种危险,跌入其中的不止一个人,我指的是:草率,不准,含糊,制作不充分。用一根针在这块黑板上画来画去,而这块黑板就极忠实地再现出幻想的一切图案,任性的一切晕线,这是何等方便!我猜得出,甚至有好几位会以他们的大胆(这个词用得对吗?)自夸,就像有些落拓不羁的人自以为是显示了独立一样。一些有着成熟而深刻的才能的人(例如勒格罗先生、马奈先生、琼坎德②先生)把他们的画稿和雕刻的速写奉献给公众,这是很好的,他们也有这个权利。然而模仿者可能会太多,应该担心会引起公众对这种如此迷人的样式的正当的轻蔑,它已经错误地越出了自己的范围了。总之,不应该忘记,腐蚀铜版画是一种既深刻又危险的艺术,它充满着背叛,能够同样清楚地暴露一种精神的缺点和优点。像一切伟大的艺术一样,它表面上简单,实际上复杂,需要长期的忠诚才能尽善尽美。

---

① 卡达尔(Ahred Cadart,1828—1875),法国出版家。
② 琼坎德(Johan Barthold Jonkind,1819—1891),荷兰画家。

我们很愿意相信,由于一些像西摩-海登①、马奈、勒格罗、布拉克蒙②、琼坎德、梅里翁、米莱、杜比尼、圣马赛尔③、雅克马尔④以及我一时说不出名姓的其他先生一样聪明的艺术家的努力,腐蚀铜版画将重获昔日的活力。然而无论如何,我们并不希望它获得伦敦的"蚀刻俱乐部"在其全盛时期所具有的那种宠爱,那时候,连太太们都以在漆上摆弄一根毫无经验的针为荣。不列颠式的迷恋,一时的狂热,正确地说那将是一种不祥的征兆。

最近,惠斯勒⑤先生,一位年轻的美国艺术家,在马蒂奈画廊展出了一套腐蚀铜版画,精妙,像即兴和灵感一样活泼,表现的是泰晤士河两岸风光。索具,桅桁,绳缆,纷然杂陈,极尽美妙;雾霭,炉火,袅袅的炊烟,浑然一片;大都会的深刻而复杂的诗意。

人们已见过勒格罗先生的大胆的、宏伟的腐蚀铜版画,他刚刚将其集为一册:教会的仪式,壮丽如梦幻或更加现实;仪式行列,夜课,圣职的伟大,修道院的严肃;还有几幅画以一种粗糙简朴的崇高表达了埃德加·坡的精神。

最近,邦万先生在卡达尔先生处出售一册腐蚀铜版画,像他的油画一样,一丝不苟,刚劲有力,细致入微。

在同一位出版商那里,迷人而天真的荷兰画家琼坎德先生放了几幅他借以袒露回忆和梦幻的版画,平静如大河的陡岸和他高贵的祖国的天际——这些速写是他的绘画的独特的缩影,一切习惯于从最快速的"乱涂"中辨识出一个艺术家的灵魂的爱好者都可以读懂。"乱涂"是正直的狄德罗说明伦勃朗的腐蚀铜版画的特点的用语,他使用得稍许有些轻率,这种轻率和一位道德家是相

---

① 西摩-海登(Francis Seymour Haden,1818—1910),英国雕刻家。
② 布拉克蒙(Félix Bracquemond,1833—1914),法国画家、蚀刻师。
③ 圣马赛尔(Charles-Edme Saint-Marcel,1819—1890),法国画家、蚀刻师。
④ 雅克马尔(Jules-Ferdinand Jacquemart,1837—1880),法国蚀刻师。
⑤ 惠斯勒(Janies Abbott McNeill Whistler,1834—1903),美国画家。

称的,他想论述一件与道德无涉的事情。

梅里翁先生是蚀刻家的真正典型,不可能不招之即来。他最近将拿出新作品。卡达尔先生还拥有几幅他的旧作。他的旧作已很罕见,因为梅里翁先生最近有一次大动肝火,当然理由是很正当的,他毁了名为《巴黎》的一册版画。接着,间隔的时间不长,梅里翁的作品连续两次在公开拍卖中售出,价钱比原价高出四五倍。

梅里翁先生的画辛辣、细腻、稳健,让人想起过去那些蚀刻家身上最优秀的东西。我们很少看到一个大都会的天然的庄严被表现得如此富有诗意:堆积的石头的威严,高指天空的钟楼,向着苍穹喷吐浓烟的工业的方尖碑,修葺中的古迹的神奇的脚手架,在建筑物的结实的躯体上又加上了它的结构所具有的蜘蛛网似的反常的美,充满着愤怒和怨恨的雾蒙蒙的天空,为蕴含其中的悲剧思想所增强的远景的深邃,文明的痛苦而光荣的背景所组成的各种复杂成分一样也没有被遗忘。

我们在这位出版商那里也看到了他的《圣弗兰西斯科远景》,梅里翁先生有充分理由称之为他的成熟之作。这幅版画的主人尼埃尔①先生若不时地印出几幅画,那倒的确是一桩善举。这投资是很稳当的。

我在这些事实中看出了一种吉兆,但是我并不想断言腐蚀铜版画很快就会全面流行开来。想想吧:有些不能被人接受,这已经是被认可了。有些人生来就是艺术家,也就很喜欢任何强烈的个性,而腐蚀铜版画的确是一种过于个人的因此也是过于贵族的样式,无法使那些生来不是艺术家的人们愉快。它不仅有助于颂扬艺术家的个性,甚至艺术家不在铜版上刻画他最隐秘的个性也是困难的。因此可以断言,自从出现了这种雕刻样式,有多少个蚀刻师,就有多少种从事的方式。刀刻法就不是这样了,或者至少表现

---

① 尼埃尔是当时内政部的图书馆馆员。

个性的范围要小得不能再小了。

总而言之,我们将很高兴当一个坏预言家,而公众将和我们咬住同一个果子,这不会倒了我们的胃口。我们祝这些先生和他们的出版物有一个美好的、坚实的前途。

欧仁·德拉克洛瓦的作品和生平*

——致《国民舆论》主编

先生：

我想再一次、最后一次向欧仁·德拉克洛瓦的天才致敬，我请求您在您的报纸上刊登这几页文章，我将尽可能简短地囊括他的才能的历史和他的优势的原因，据我看，他的才能和优势还没有得到充分的承认，最后，还有几个故事以及关于他的生活和性格的一些评论。

我有幸很年轻的时候（就我记忆所及，是从 1845 年起）就和杰出的死者相识，在我们的关系中，我这方面的尊敬和他那方面的宽容并不排斥相互之间的信任和亲近。我从这种关系中可以随意汲取最准确的概念，不仅关于他的方法，而且关于他的伟大灵魂的最隐秘的素质。

先生，您不会看到我在这里对德拉克洛瓦的作品进行详细的分析。除非我们每个人都根据自己的力量，并且随着伟大的画家向公众展示他的思想的接二连三的伟绩来进行分析，否则，那账单就太长了，哪怕只给每一件重要作品几行字，这样的分析也会塞满一本书的。

他的不朽的巨作分布在国民议会的国王大厅、国民议会图书馆、卢森堡宫图书馆、卢浮宫的阿波罗画廊和市政厅的和平大厅里。这些装饰包含着众多的讽喻的、宗教的和历史的主题，都属于

---

* 本文最初发表于一八六三年九月二日、十一月十四日、二十二日。

智力的最高贵的领域。至于他的所谓小幅的画、画稿、灰色单色画、水彩画等,总数大概有二百三十六幅。

在不同的沙龙中展出的表现重大主题的画有七十七幅之多,我是从泰奥菲尔·西尔维斯特①先生的一份目录中得出这些数目的,这份目录被置于他的题为《活着的画家的历史》那本书中有关欧仁·德拉克洛瓦的极好的注释之后。

我自己也曾不止一次地试图列出这份巨大的目录,但是我的耐心被那难以相信的多产打得粉碎,我于是不再坚持,放弃了。如果泰奥菲尔·西尔维斯特先生有错误,那他只能是错在列得少了。

先生,我认为这里重要的只是探索德拉克洛瓦的天才的特性并试着确定其特点,探索他在与他的那些杰出的先行者平分秋色的同时又在什么地方有别于他们,最后,尽写下的言语之可能指出神奇的艺术,他靠着这种艺术能够用比同行的任何创造者的造型形象更生动、更近似的造型形象来表现言语,一句话,上帝在绘画的历史发展中赋予了欧仁·德拉克洛瓦什么样的特长。

一

德拉克洛瓦是何许人也?他在这个世界上的作用和责任是什么?这是需要研究的第一个问题。我将是简短的,我希望立刻作出结论。弗朗德勒有鲁本斯,意大利有拉斐尔和委罗内塞,而法国有勒布伦、大卫和德拉克洛瓦。

一个肤浅的人初看之下,会因把这几个姓氏连在一起而感到不快,因为它们所代表的素质和方法是如此不同;然而一双更为专心的聪明的眼睛会立刻看出,他们之间有一种共同的亲缘关系,有一种源自他们对崇高、民族、巨大和普遍的爱的手足之情或类似之

---

① 泰奥菲尔·西尔维斯特(Th. Silvestre,1823—1876),法国艺术史家。

处,这种爱总是在所谓装饰性绘画或宏伟的巨制中得以表现的。

无疑,其他许多人也画过宏伟的巨制,但是我提到的这些人是以一种最适于在人类记忆中留下永久的痕迹的方式画出的。在这些如此不同的伟人中谁最伟大?人人都可以根据自己的意愿作出决定,他的气质驱使他偏爱鲁本斯的多产的、辉煌的、几乎是快活的丰腴,拉斐尔的温柔的庄严和协调的秩序,韦罗内塞的天堂一般的、仿佛午后的色彩,大卫的朴实而紧张的严肃,或者勒布伦的戏剧的、近乎文学的饶舌。

这几个人中的任何一位都是不可替代的,为了一个类似的目标,他们运用了出自他们的个性的不同的手段。德拉克洛瓦最晚出,他怀着一种令人赞叹的强烈和热忱表现了他们仅仅以一种必定是不完全的方式所表达的东西。他或许也像他们一样损害了另外一些东西?这是可能的,不过这不是需要研究的问题。

在我之外,已经有许多人想到强调一个本质上是个人的天才所具有的宿命的后果了;无论如何,在纯洁的天上之外,也就是说在连完美本身都是不完善的可怜的地上,天才的最美的表现只能以一种不可避免的牺牲为代价来获得。

然而说到底,先生,您大概会问,德拉克洛瓦比任何人都表达得好而为我们的世纪争了光的那种我也弄不清楚的神秘的东西究竟是什么?那是不可见的东西,是不可触知的东西,是梦幻,是神经,是灵魂;请注意,先生,他靠的是轮廓和色彩,此外别无其他手段;他做得比任何人都好;他有着熟练的画家的完美,敏锐的作家的严格,热情的音乐家的雄辩。此外,这也是对我们的世纪的精神状态的一种诊断,即各门艺术如果不是渴望着彼此替代的话,至少也是渴望着彼此借用新的力量。

德拉克洛瓦是所有画家中最富暗示性的一个,他的作品,即便选自二流和末流者,也让人想得最多,在记忆中唤起最多的诗的感情和思想,人们还以为这些已被体验过的感情和思想永久地埋藏在过去的黑夜之中了呢。

有时候,我觉得德拉克洛瓦的作品像是普遍的人所具有的崇高和原初的激情的一种记忆术。德拉克洛瓦先生的这个很独特并且全新的长处使他能够仅凭着轮廓就表现出人的动作,不管它是多么狂暴,仅凭着色彩就表现出人们可以称之为人类悲剧的气氛或者创造者的精神状态的那种东西——这个完全独特的长处永远把诗人们的同情维系在他的周围;而且,如果可以从一种纯粹的物质表现中引出一种哲学的检验的话,那么我请先生注意,在跑去向他致以最崇高的敬礼的人群中,人们可以看到文学家远远多于画家。说句赤裸裸的真话,后者从来也不曾完全地理解他。

二

说到底,这有什么可奇怪的呢?难道我们不知道米开朗琪罗、拉斐尔、莱奥那多·达·芬奇,甚至雷诺兹们的时代早已过去了吗?难道我们不知道艺术家们一般的智力水平出奇地下降了吗?在当今的艺术家中寻找哲学家、诗人和学者,这无疑是不对的,但是要求他们对宗教、诗和科学稍稍更感兴趣一些,则是正当的。

出了画室,他们还知道什么?他们还爱什么,表现什么?而欧仁·德拉克洛瓦既是一位热爱他的职业的画家,又是一个受过全面教育的人;相反,大部分现代画家差不多只是些或有名或无名的拙劣画家,或年老或年轻的可悲的专门家,他们是纯粹的画匠,有些会画学院派的人像,有些会画花果,另一些则会画动物。

欧仁·德拉克洛瓦什么都爱,什么都会画,什么类型的才能都会体味。这是向着一切民族、一切印象最为开放的精神,兴趣最广泛、最公平的享乐者。

他读书极多,这自不待言。阅读诗人的作品在他身上留下了崇高的、迅速确定了的形象,可以说,留下了已经完成的画。无论他在方法、色彩上和他的老师盖兰有多大区别,他还是从共和的、帝国的伟大流派中继承了对诗人的爱以及一种我说不清的可与文字竞争的狂热的精神。大卫、盖兰、吉罗代以和荷马、维吉尔、拉辛及奥西昂①的接触点燃了他们的精神。德拉克洛瓦是莎士比亚、但丁、拜伦和阿里奥斯托的动人的传达者。相似是重要的,而差别则是细微的。

让我们在人们可以称之为大师的教诲中追溯得更远些吧,对我来说,这种教诲不仅来自对他的全部作品的接连不断的观赏和对某些作品的同时观赏,像您在一八五五年世界博览会上享受到的那样,而且也来自我和他进行的多次交谈。

三

德拉克洛瓦热烈地爱着激情,冷静地决心寻找以最醒目的方式表现激情的手段。我们顺便指出,在这种双重的性格中,有两个标记显示出最坚实的天才,这些极端的天才,不能使胆怯的、易于满足的灵魂感到愉快,后者在松懈的、柔弱的、不完美的作品中就找得到足够的食粮。巨大的激情,再加上非凡的毅力,这就是德拉克洛瓦。

他经常说:

"既然我把由自然传达给艺术家的印象看作是需要表达的最重要的事情,那么,艺术家要事先以各种最迅速的表达手段武装起来不就是很必要的吗?"

显然,在他看来,想象力是最珍贵的禀赋,最重要的能力,然而,假如这种能力没有一种迅速的灵巧供其驱遣,它就是无能的,没有结果的,而那种迅速的灵巧是可以在这专制的伟大能力的不

---

① 奥西昂,传说中公元三世纪英国史诗作者。

耐烦的任性中跟随其后的。肯定,他并不需要让他的总是白热化的想象力之火烧得更旺,但是他总觉得对于研究表现手段来说时间是太少了。

他对色彩和颜料的质量不间断的研究,他对化学上的事情的好奇心,他和颜料制造者的交谈,都应该是出于这种不断的考虑。在这一点上,他和莱奥纳多·达·芬奇相近,后者也曾沉醉于同样的观察。

欧仁·德拉克洛瓦尽管也欣赏生活的火热的现象,但绝不会与那一伙庸俗的艺术家和文学家为伍,他们的近视的智力躲在现实主义这个空泛而模糊的名词后面。我第一次见到德拉克洛瓦先生的时候,我想是在一八四五年吧(岁月流逝,多么迅速,有多大的毁坏力呀!),我们谈了许多老一套的东西,就是说,一些最广泛然而也最简单的问题,例如关于自然的问题。这里,我请先生允许我引用我自己的一段话,因为这些话我当时几乎是在大师的口授下写成的,而复述不会和原文有相同的价值①:

"他常说,自然不过是一部词典。为了很好地理解这句话到底有多广的含义,应该想一想词典的最频繁、最平常的用途。人们在其中寻找词义、词的演变、词源,最后,人们从中提取组成一句话或一篇文章的全部成分,但是从来没有人把词典看作一种组成,在这个词的意义上的一种组成。服从想象力的画家在他们的词典中寻找与他们的构思一致的成分,他们在以某种艺术调整这些成分的时候,就赋予它们以一种全新的面貌了。没有想象力的那些人抄袭词典,从中产生出一种很大的恶习,即平庸;这种恶习特别适合于某些画家,他们的专门化越是使他们接近一种所谓无生命的自然,情况就越是如此,例如风景画家,他们普遍认为不显露个性是一种胜利。他们观照和抄袭得多了,就忘记了感觉和思想。

---

① 以下引号内文字均引自《一八五九年的沙龙》。

"艺术的各个部分,有人以此为主要的,有人以彼为主要的,对这位伟大的画家来说,它们都是一种无与伦比的、至高无上的能力的极恭顺的仆人。如果说准确的制作是必要的话,那是为了使梦幻被准确地表达出来;如果说制作要很快的话,那是为了使伴随着构思的非凡的印象不丧失任何东西;如果说艺术家甚至注意到工具的物质上的干净,这也不难理解,为了使制作敏捷果断,什么都得小心。"

顺便说一句,我从未见过准备得像德拉克洛瓦的调色板那样细心精巧的调色板,那就像是一束配合巧妙的鲜花。

"在这样的一种本质上是逻辑的方法中,所有的人物,他们相互的位置,充作背景或远景的风景或内景,他们的服饰,总之,这一切都应为突出总的构思服务,可以说,都应穿上本色的号衣当仆人。如同一种梦幻被置于一种适当的有色彩的氛围之中,一种变成了构图的构思也需要移入一个独特的有色彩的地方。显而易见,一幅画的某一部分成为关键,统率着其他部分,它是有一种特殊的色调的。谁都知道,黄色、橘黄色、红色,引起并代表着快乐、财富、光荣和爱情的观念;然而黄或红的氛围不下千百种,所有其他的颜色也会合乎逻辑地用于相应数量的主导氛围之中。显然,从某些方面看,色彩家的艺术与数学和音乐有关。

"不过,这种艺术的最精微的活动得力于一种感觉,长期的训练赋予这种感觉以一种无法形容的可靠性。人们看得出,普遍和谐这一条伟大法则反对使用许多刺眼和生硬的色彩,即使最杰出的画家也有这种情况。鲁本斯的一些画不仅使人想到五彩缤纷的焰火,而且甚至使人想到好几支焰火朝着一个地方放。画幅越大,笔触就越应宽广,这是不用说的;然而,笔触不应该实际上化成一片,而应该在一定的距离上化成一片,这个距离是由联结它们的感应法则规定的。这样,色彩就获得更多的力量和鲜明。

"一幅好的画,一幅忠于并等于产生它的梦幻的画,应该像一个世界一样产生出来。如同创造,我们所看到的创造,它是好几次创造的结果,前面的创造总是被下一个创造补充着。画也是这样,它被和谐地画出来,实际上是一系列相叠的画,每铺上一层都给予梦幻更多的真实,使之渐次趋于完善。相反,我记得曾在保尔·德拉罗什和奥拉斯·韦尔内的画室中见过一些巨幅的画,不是起草,而是开始,这就是说,有些部分已完全结束,而有些部分还只是些黑的或白的轮廓。人们可以把这比作某种纯粹手工的活计,在确定的时间内盖满一定数量的空间;或者一条分作许多阶段的长路,一个阶段完成,就没什么可做的了;当整条路完成的时候,艺术家也就从他的画中脱身了。

"所有这些告诫显然已被艺术家不同的气质或多或少地改变了;然而我确信,对于丰富的想象来说,那是一种最可靠的方法。因此,离开这种方法过远则表明给予了艺术的某些次要部分一种不正常的、不合适的重要性。

"我不怕有人说设想一种供许多不同的个人运用的相同的方法是荒谬的。因为很明显,修辞学和韵律学并不是任意杜撰出来的束缚,而是有精神的物体的构造本身所要求的一整套规则;格律和修辞从来也不曾妨害独创性脱颖而出。而其反面,例如它们有助于独创性的发扬,倒极大限度地更为符合实际。

"为简短计,我不得不省略从基本用语中推导出来的许多结果,可以说,这个基本用语包含着真正的美学的全部公式,并且可以这样来表达:整个可见的宇宙不过是个形象和符号的仓库,想象力给予它们位置和相应的价值;想象力应该消化和改变的是某种精神食粮。人类灵魂的全部能力都必须从属于同时征用这些能力的想象力。如同熟知词典并不一定意味着知道作文的艺术一样,作文的艺术本身也不意味着普遍的想象力,因此,一个好的画家可以不是一个伟大的画家,但是,一个伟大的画家必定是一个好的画家,因为普遍的想象力包容着对一切手段的理解和获得这些手段的愿望。

"显而易见,根据我刚才好歹阐明了的概念(还有许多东西要谈,特别是关于各门艺术的一致的部分以及它们的方法中的相似之处!),艺术家,也就是献身于美的表现的那些人的庞大队伍可以分为两大判然有别的阵营。有一个人自称现实主义者,这个词有两种理解,其意不很明确,为了更好地确定他的错误的性质,我们称他作实证主义者,他说:'我想按照事物的本来面目或可能会有的面目来表现事物,并且同时假定我并不存在。'没有人的宇宙。另有一人,富有想象力的人,他说:'我想用我的精神来照亮事物,并将其反光投射到另一些精神上去。'虽然这两种绝对相反的方法可以扩大或缩小一切主体,从宗教的场景直到最平常的景物,但是,富有想象力的人一般地说还是得在宗教画和幻想画中露面,而所谓的静物画和风景画却在表面上向懒惰的、难以激动的精神提供了丰富的资源。

"德拉克洛瓦的想象力!他的想象力从不畏惧攀登宗教的困难高度,上天是属于他的,正如地狱、战争、奥林匹斯山、快乐是属于他的一样。这正是画家—诗人的典型!他的确是为数不多的上帝的选民之一,他的精神之广把宗教也包容在他的领地之中。他的想象力像点满蜡烛的小教堂一样明亮,辉煌而又鲜红。激情中一切痛苦的东西都使他激动万分,教会中一切壮丽的东西都使他得到启示。他轮番地在他那充满灵感的画布上倾倒着鲜血、光明和黑暗。我相信他很愿意把他天生的豪华作为额外的东西添加在福音书的庄严之上。我见过德拉克洛瓦的小幅画《天神报喜》,拜访马利亚的天使不是一个,而是由其他两个天使庄重地引导着,这场天上的求爱的效果是有力而迷人的。他青年时代的一幅作品,《持橄榄枝的基督》('主啊,把这圣餐杯从我面前拿开吧'),洋溢着女性的温柔和诗的甜蜜。在宗教中发出如此高亢巨响的痛苦和壮丽,总是在他的精神中引起回声。"

更近些时候,关于圣絮尔皮斯教堂中的圣安吉小教堂的壁画(《艾利奥多被逐出神庙》和《雅各与天使搏斗》),他的受到如此愚蠢的批评的最后巨制,我写道:

"德拉克洛瓦从来也没有,甚至在《特拉扬的宽恕》,在《十字军进入君士坦丁堡》中,也没有展示过更辉煌、更巧妙的超自然的色彩,他从未画过一幅更为有意的史诗般的素描。我很知道有几个人,肯定是泥瓦匠,也许是建筑师,关于这最后的作品说过'衰退'这个词。这里正好应提醒这一点,即卓越的大师、诗人或画家,雨果或德拉克洛瓦,总要比他们的胆怯的欣赏者领先好几年。

"相对天才来说,公众是一架走慢了的钟。在有远见的人们当中,谁不明白大师的第一幅画已经包含着所有别的画的萌芽?至于他不断地改善天赋,细心地砥砺,从中提取新的效果,把自己的本性推向极端,这乃是不可避免的、命定的、值得称赞的。德拉克洛瓦的天才的主要标志恰恰是他不知道衰退为何物,他只表现出进步。只不过是他最初的素质是如此热烈,如此丰富,给人的精神,甚至是最庸俗的精神,以如此有力的冲击,以至于他们对他每日的进步麻木不仁了,唯有爱推理的人才能清楚地觉察到这一点。

"我刚才说到几个泥瓦匠如何如何。我想用这个词来说明那等粗野庸俗的人(其数目极大)的特点,他们评价事物只看轮廓,更有甚者,只看三维:长、宽、深,正如野蛮人和农民一般。我常听见这种人建立一种素质的等级,我是绝对地不能理解;例如,断言使某人得以画出准确的轮廓、使某人得以创造具有超自然的美的轮廓的能力优于善于以一种迷狂的方式组合各种色彩的能力。据这些人看,色彩不梦,不想,不说话。似乎我在观赏被专门称作色彩家的人的作品时,我沉浸其中的愉快并不具备高贵的性质;他们倒是很愿意把我称作唯物主义者,而把唯灵论者这一贵族的称号留给自己。

"这些肤浅的人想不到这两种能力是绝不能完全分开的,想不到它们都是一种精心培育的初始萌芽的结果。外部的自然只提供给艺术家一个不断再生的机会来培育这个萌芽,它只是一堆需要艺术家来整理组合的乱糟糟的材料,是一种 incitamentum①,是一阵让沉睡中的能力起床的号声。准确地说,自然中没有线条,也没有色彩,是人来创造线条和色彩。这是两种抽象,它们从同一源泉获得同等的高贵。

"一个天生的素描家(我假设他是个孩子)从不动或运动的自然中观察到某种曲折,他从中获得某种快感,他高兴地用线条将其固定在纸上,并随心所欲地夸大或缩小其弯曲,他就这样学习着画出素描的轮廓、优雅和特性。让我们设想一个孩子要提高艺术中称为色彩的那一部分:他是从两种色调的撞击或巧妙的配合、从中得到的愉快之中获得有关色调配合的无止境的技巧的。在这两种情况下,自然都是一种纯粹的刺激。

"线条和色彩两者都让人思想,让人梦幻,来自两者的愉快性质不同,却是完全相等的,绝对地独立于画的主题。

"一幅德拉克洛瓦的画,虽然放在远处,使您不能判断其轮廓的吸引力或者主题多少是激动人心的素质,却已经使您充满了一种超自然的快感。您觉得有一种神奇的氛围朝您走来,包围了您。阴沉,然而美妙,明亮,宁静,这种永远留在您的记忆中的印象证明了他是一位真正的素描家,完美的色彩家。当您走近的时候,对主题的分析在这种开始时的愉快上面不会减少什么,也不会增加什么,因为它的源泉在别的地方,远离任何具体的思想。

"我也可以把例子颠倒过来。一幅勾画得很好的人像使您充满一种完全与主题无涉的愉快。它是给人快感的或是令人恐惧的,其魅力只来自它在空间里显现的曲线。被活剥的殉道者的四肢,痴迷的仙女的躯体,如果画得讲究的话,就包含着一种愉快,在

---

① 拉丁文,意为"激励,鼓动"。

其成分中主题是没有份儿的;如果您觉得并非如此,那我就不得不认为您是一个刽子手或一个不信教的人了。

"可是,天哪!这有什么用,有什么用,老是重复这些无用的真理?"

不过,先生,比之这种夸夸其谈,您的读者也许更喜欢知道有关我们已故的伟大画家的人品和作风的细节,我自己也正急着要说呢。

四

我谈到的欧仁·德拉克洛瓦的双重天性主要表现在他的文章之中。您知道,先生,许多人对他的见诸文字的看法的明智和他的文笔的节制感到惊讶,有些人遗憾,有些人赞同。《美的多样性》《普桑》《普吕东》《沙尔莱》等论文,发表于《艺术家》(当时的主人是里古尔先生)和《两世界评论》上面的其他文章,都证实了伟大的艺术家所具有的这种两重性。这种两重性推动着他们像批评家一样更为愉快地赞扬和分析他们作为创造者最需要的、与他们大量拥有的素质恰恰相反的那些素质。假使欧仁·德拉克洛瓦赞扬和主张我们在他身上所特别赞赏的强烈,动作的突然,构图的狂放不羁和色彩的神奇,说真的,那倒要让人感到惊讶了。为什么要去寻找自己已经丰富到几乎多余的东西呢?如何能不称赞我们觉得罕见和得之困难的东西呢?先生,每当天才的创造者,画家或文学家,把他们的才能用于批评的时候,我们就总会看到出现这种现象。在古典主义和浪漫主义两派进行伟大搏斗的时代,头脑简单的人对欧仁·德拉克洛瓦不断地盛赞拉辛、拉封丹和布瓦洛感到大为惊讶。我认识一位诗人,他的天性永远是狂暴的、敏感的,马莱伯①的一句

---

① 马莱伯(François de Malherbe,1555—1628),法国诗人。

匀称的、音韵铿锵的诗句就可以使他长时间地沉醉。

伟大画家的文章显得如此通达、明智,手法和意图如此明晰,不过,若是以为这些文章写得很容易,像他的画笔一样挥洒自如,那就荒谬了。他越是有把握把他之所想写在画布上,他就越是担心不能把他的思想画在纸上。他常说:"翎毛笔不是我的工具;我感到我想得正确,可是我被迫服从的条理的需要却使我害怕。你们相信必须写一页纸会让我头疼吗?"这支天生高雅的笔下过于经常地出现某些稍嫌陈旧的甚至有些公式化的、帝国风格的措辞,是可以通过这种产生于缺乏习惯的局促加以解释的。

德拉克洛瓦的风格的最明显的标志是简洁和某种毫无炫耀的强烈,全部精神力量集中于一个已知点通常都有这种结果。大洋彼岸的道德家爱默生①说过:"The hero is he who is immovably, centred."②他虽然被看作是讨厌的波士顿派的领袖,却不乏某种塞内加式的尖锐,正适于激励沉思。"英雄就是那种矢志不移的人。"美国超验主义领袖的这句用于指导生活和事业活动的格言也同样可以用于诗和艺术的领域。人们同样可以说:"文学的英雄,即真正的作家,就是那种矢志不移的人。"先生,您不会感到意外,德拉克洛瓦对简洁而专注的作家有着很深厚的好感,他们的装饰很少的散文仿佛在模仿思想的迅疾的运动,他们的句子像动作,如孟德斯鸠③。关于这种蕴含丰富、具有诗意的简洁,我可以向您提供一个有趣的例证。您大概像我一样最近在《新闻》报上读过保尔·德·圣维克托④先生关于阿波罗画廊的天花板壁画的一篇很有趣、很漂亮的论文吧。关于洪水的各种观念,有关洪水的传说应该据以解说的方式,组成这幅美妙的画的整体的插曲和行动所

---

① 爱默生(Ralph Waldo Emerson,1803—1882),美国哲学家。
② 英文:"英雄就是那种矢志不移的人。"
③ 孟德斯鸠(Montesquieu,1689—1755),法国哲学家、思想家、作家。
④ 保尔·德·圣维克托(Paul de Saint-Victor,1827—1881),法国批评家。

包含的道德意义,诸如此类,一样也没忘记;画本身也经这迷人的文笔加以细致的描述,既才智横溢又色彩绚烂,作者已给过我们许多这样的例子了;然而,整体却只在我们的记忆中留下一个模模糊糊的幽灵,某种类似经过放大而变得疏淡的光的东西。请把这篇长文和下面几行字比较一下吧,据我看,这几行字更有力得多,假设它所概述的画并不存在,则它更能够成画。德拉克洛瓦先生邀请朋友们看所说的这幅作品,散发了这份说明书,我只是照录于下:

阿波罗杀死大蛇皮东

"神立在战车上,其箭已射出一部分;其姊狄安娜飞于其后,将箭筒递给他。怪物已被神的热力与生命之箭射穿,扭动着带血的身躯,在一片热气中苟延残喘,发泄着无能为力的愤怒。洪水开始退去,把人和动物的尸体留在山顶或席卷而去。大地被遗弃给丑恶的怪物,那些泥土的不洁的产物。神见此光景大怒,他们像阿波罗一样武装起来:密涅瓦、墨丘利冲上去诛灭怪物,一边等着永恒的智慧女神使寂寞的宇宙重新住满人畜。赫丘利用大棒打杀怪物;火神伏尔甘驱逐黑夜和不洁的雾气,波瑞阿斯和微风之精灵吹干了水,吹散了云。江河的仙女们又找到了她们的苇床和还沾着污泥残物的水罐,胆小的神则在一旁观看这场神与自然力的大战。然而胜利女神已自天而降,给胜利者阿波罗戴上桂冠,众神的使者伊里斯在空中展开她的披巾,象征着光明战胜黑暗和水的反叛。"

我知道读者将被迫猜测许多东西,可以说,将被迫与说明的作者合作;但是,先生,您果真认为对画家的欣赏使我在这种情况下成了洞观者吗?我在这里发现了高尚的阅读所取的那种贵族态度的痕迹,发现了那种思想的正确,它使得一些社交界人士、一些军人、一些冒险家,甚至一般的朝臣写出了、有时是胡乱地写成了很美的书,连我们这些耍笔杆的人也不得不赞赏的书,您果真认为我这样说是绝对地错了吗?

五

欧仁·德拉克洛瓦是一种怀疑主义、文雅、浪荡作风、热烈的意志、狡黠、专制的奇怪的混合,总之是一种永远伴随着天才的特殊的宽厚和适度的温柔的奇怪的混合。他的父亲属于那种强有力的人,这种人在我们的童年时候还剩下最后一批;他们有些是让-雅克的热忱的宣传者,有些则是伏尔泰的坚定的信徒,他们都同样顽强地参加了法国大革命,其幸存者,或是雅各宾派,或是科尔得利俱乐部①派,都怀着一种完全的真诚(指出这一点很重要)转而赞成波拿巴的意图。

欧仁·德拉克洛瓦始终留有这种革命血统的痕迹。可以说,他和司汤达一样,都极其害怕上当受骗。他是怀疑派,是贵族,只是通过与梦幻的被迫的往来才认识了激情和超自然主义。他痛恨群众,差不多只把他们看作是偶像的破坏者,一八四八年发生的对他的某些作品的暴力行为②不会使他转向我们时代的政治感伤主义。他身上甚至有维克托·雅克蒙③的某种东西,例如风格、举止和观点。我知道这种比较多少有些不恭,因此我希望人们以一种极端的节制来理解它。在雅克蒙的身上有着反叛的资产者的自命不凡和倾向于即使梵天④的使者也使耶稣基督的使者神秘化的嘲弄。德拉克洛瓦有天才固有的趣味提醒着,永远也不会跌进这种卑劣的勾当中去。因此,我的比较只涉及他们俩共有的特征,即审

---

① 法国资产阶级革命期间马拉等人在巴黎科尔得利教堂建立的政治组织。
② 一八四八年二月革命中,德拉克洛瓦的一些画遭到破坏。
③ 维克托·雅克蒙(Victor Jacquemond,1801—1832),法国植物学家。
④ 婆罗门教、印度教的创造之神,与湿婆、毗湿奴并称为婆罗门和印度教的三大神。

慎精神和朴素。同样,十八世纪留在他的天性上的遗传标志主要来自那个既远离乌托邦主义者又远离狂怒者的阶层,即文雅的怀疑派、胜利者和幸存者的阶层,一般地说,比之让-雅克,他们更多地来自伏尔泰。因此,初看上去,欧仁·德拉克洛瓦就像是一个有教养的人(在这个词的好的意义上说),一个不存偏见的完美的绅士。只是通过更为经常的往来,人们才能穿透外表,猜到他的灵魂的深奥的部分。有一个人可以在仪表和风度上与他进行更为正当的比较,此人是梅里美①先生。他们有着同样的稍许做作的表面的冷漠,同样的冰冷的外衣掩盖着一种腼腆的敏感和对于善和美的火热的激情;在同样的利己主义的虚伪下面,有着对于密友和偏爱的观念的同样的忠诚。

在欧仁·德拉克洛瓦身上有许多野性,这是他的灵魂的最珍贵的部分,这一部分完全地献给了对他的梦幻的描绘和对他的艺术的崇拜。在他身上有许多上等人的东西,这一部分用于掩盖第一部分并使之得到原谅。我认为,他一生中最大的挂虑之一就是掩盖心灵的愤怒和避免有一种天才人物的神气。他的支配精神,这种精神是很正当的,也是不可避免的,几乎完全消失在无数的优雅下面,可以说是火山口艺术地隐蔽在花束之下。

他与司汤达的另一个相似之处是对单纯的形式、简洁的格言和良好的生活作风的癖好。像所有那些越是喜欢方法而他们的热烈而敏感的气质似乎越是使之远离的人一样,德拉克洛瓦喜欢制造这类小小的实用道德的信条,而那些什么也不实行的健忘者和懒汉却不胜厌恶地将其归于德·拉帕利斯②先生,然而天才并不倨傲,因为他是与单纯相连的;对于那个被他的天才所具有的宿命性抛进一场无休止的战斗中的人来说,健康的、有力的、单纯的、严

---

① 梅里美(Prosper Mérimée,1803—1870),法国作家。
② 德·拉帕利斯(Jacques de Chabannes,seigneur de La palice,1470? —1525),法国著名军事将领。

峻的格言成了铠甲和盾牌。

在政治方面,是同一种坚定而高傲的克制精神启发着他的观点,这还用我说吗?他认为什么都是不变的,尽管什么都像是在变,他认为在人类历史上,某些危险的时期总是不变地带来类似的现象。总之,在这种事情上,他的思想和我另眼相看的一位历史学家的思想很相近,特别是从他的冷漠扫兴的顺从那方面来看更为相近。先生,您本人对这些观点也是很熟悉的,您也善于评价天才,哪怕他与您相左,因此,我确信您曾不得不一再地赞赏他。我指的是费拉里①先生,《论以国家利益为名的理由》一书的博大精深的作者。所以,一个人在德拉克洛瓦先生面前沉醉于乌托邦幼稚的热情,立刻就会领略到他那尖刻的、充满讽刺意味的怜悯的笑的厉害,如果人们冒冒失失地在他面前抛出现代的伟大空想、尚不明确的完善和进步这个大气球,他肯定会问:"你们的菲迪亚斯在哪里?你们的拉斐尔在哪里?"

不过请相信,这种严峻的理智丝毫也无损德拉克洛瓦先生的优雅。这种怀疑的激情,这种拒绝上当受骗,犹如拜伦式的风趣,更使他那诗意盎然、绚丽多彩的谈话妙趣横生。比起他同上流社会的长期接触,他更多地是从自己身上获得一种自信,一种美妙的举止的自如。所谓从自己身上获得,就是从他的天才以及对天才的意识获得,而他的获得方式之文雅,恰似多棱镜,包含着各种细微的差别,从最友好的纯朴到最无可非议的放肆。他能用二十种不同的方式说"我亲爱的先生",对一只有经验的耳朵来说,那是一个有趣的感情系列。最后,我必须提到一点,我在这一点上发现了新的颂扬的理由,欧仁·德拉克洛瓦虽然是个天才人物,或者说正因为他是一个全面的天才人物,他很有浪荡子的特点。他自己承认年轻时曾很有兴味地追求过浪荡作风的最物质的虚荣,他笑

---

① 费拉里(Giuseppe Ferrari,1811—1876),意大利作家。

着但并非没有某种虚荣地讲过,他在他的朋友波宁顿的赞助下,曾经在时髦青年中大力引进过英国人在穿鞋着装方面的趣味。我猜想,您不会觉得这细节是无用的,因为对某些人来说,要描绘他们的性情,没有什么回忆是多余的。

我对您说过,德拉克洛瓦灵魂中的自然的部分特别给一个专注的观察者留下深刻印象,尽管一种精致的文明蒙上了一重缓和的纱幕。他身上全是精力,一种源自神经和意志的精力;因为在体质上,他是柔弱的、纤细的。当我们的伟大画家的整个灵魂对准一个观念或是想攫住一个梦幻的时候,一只眈眈于猎获物的老虎也没有像他那样眼睛里闪着那么明亮的光,肌肉里蕴含着那么急切的颤动。他的容貌的外形特点本身,他的秘鲁人或马来人的肤色,他的大而黑的眼睛,这双眼睛因注意力集中时的眯动而变小,似乎在品味着光线,他的浓密而发亮的头发,他的固执的额头,他的绷紧的嘴唇,一种永久的意志的张力又在那上面加了一种残酷的表情,总之,他的周身都让人想到一种异国的出身。我在看着他的时候,不止一次地想到墨西哥的古代君王,想到那个摩克特朱玛①,他那双巧于杀生的手一日间就能为太阳神的金字塔形的祭坛献上三千人;或者想到某个印度王子,在最荣耀的节日的光辉之中,他们的眼睛深处却带着某种满足不了的贪婪和一种无法解释的怀念,某种类似对未知之物的回忆和惋惜的东西。请您注意,德拉克洛瓦的画的通常的色彩也和东方的外景和内景的色彩有关,产生出一种类似在这些亚热带国家所感觉到的印象。在那里,对于一双敏感的眼睛来说,极为充足的阳光虽然具有地方色调的强烈,却产生出一种近乎暮色的一般效果。他的作品的道德意义,如果可以在绘画上谈论道德的话,也带着一种明显的摩洛②教的性质。

---

① 摩克特朱玛(Moctézuma,1466—1520),墨西哥的阿兹苔克皇帝。
② 摩洛是古代腓尼基人信奉的火神,以儿童作为献祭品。

他的作品都是破坏、屠杀、大火,都是为反对人的永恒的、不可救药的野蛮而作证:被焚的、冒着烟的城市,被扼死的人,被强奸的女人,被扔在马蹄之下或者发疯的母亲的匕首之下的儿童。我认为,整个作品就像是为宿命和不可平复的痛苦而写的一曲可怕的颂歌。他显然并不缺乏柔情,所以有时他也能把画笔用于表现温柔快乐的感情,然而就在这时,也浓浓地散发着不可疗救的辛酸,也并没有无忧无虑和快乐(这是幼稚的快感的通常的伴侣)。我想只有一次,他在滑稽古怪方面做了一次尝试,由于他好像猜出这超出或不配他的本性,就再没有回到那上面去。

六

我认识好几个人,他们有权利说"Odi profanum vulgus"①,但是有谁能够胜利地补充说"et arceo"?过于频繁的握手使性格堕落。如果真有人有一座由栅栏和锁严密保护的象牙之塔的话,那么这个人就是欧仁·德拉克洛瓦。有谁更爱他的象牙之塔,即他的秘密?我相信他会给他装上大炮,移进森林或移到无法接近的山上的。有谁更爱home②,神圣的和隐蔽的地方?正像其他人寻找秘密的地方是为了放荡,他寻找秘密的地方是为了灵感,他在那里专心致志地、痛痛快快地工作。"The one prudence in life is concentration;the one evil is dissipation。"③我们已经引述过的那位美国哲学家这样说。

德拉克洛瓦先生该也能写出这句格言,不过他肯定是严格地奉行这句格言的。他太是一个上流社会中的人了,所以不能不蔑

---

① 拉丁文:"我恨群众和他们的庸俗",语出贺拉斯《颂歌》,下面一句是:"我远离他们"。
② 英文:"家"。
③ 英文:"生活中最精明的是集中精力,最不幸的是分散精力"。

视上流社会;他在那里为了不过于明显地露出本色而花费的力气自然而然地使他偏爱同我们为伍。我们不仅仅指写下这些文字的谦卑的作者,也指其他几个人,年轻的或年老的,记者,诗人,音乐家,他在他们身边可以自由自在地放松,随随便便。

李斯特①在他关于肖邦②的美妙的文章中,把德拉克洛瓦归入最经常地拜访音乐家—诗人的人们之中,说他爱音乐爱到一听见乐声就陷入深深的梦幻之中的程度,那轻盈热情的音乐就像一只明亮的鸟飞翔在恐怖的深渊之上。

就这样,我们那时虽然很年轻,靠着我们的仰慕的真诚,仍得以进入那保护得如此森严的画室,尽管我们的气候寒冷,那里面却洋溢着赤道的温暖,眼睛首先碰到的是简朴的庄重和老派的特殊的严峻,就像我们童年时看到的大卫的那些老对手的画室,那些令人感动的英雄们已经逝去很久了。人们清楚地感到,这个隐蔽的场所是不可能住着一个思想轻浮、反复无常的人的。

那里没有生锈的全副甲胄,没有马来人的波刃短剑,没有哥特时期的废铁,没有珠宝,没有旧家具,没有旧货,没有任何显出主人喜欢小玩意和具有飘忽不定的狂热的幼稚幻想的东西。一幅约尔丹斯所画的肖像,几幅大师本人的习作和临摹的画,就足以装饰这间宽大的画室了,里面一片虔敬的气氛,光线柔和而安宁。

人们大概会在出售德拉克洛瓦的素描和油画时看到这些临摹品的,有人对我说,出售定在一月份。有两种很不相同的临摹方式。一种方式,自由而奔放,半是忠实,半是背叛,他在其中放进许多自己的东西。这种方法产生出一种混杂的、迷人的作品,使精神陷入一种惬意的捉摸不定之中。正是在这种反常的面貌下,一件鲁本斯的《圣徒伯努瓦的奇迹》的大幅临摹画出现在我面前。在

---

① 李斯特(Franz Liszt,1811—1886),匈牙利作曲家。
② 肖邦(Frédéric Chopin,1810—1849),波兰作曲家。

另一种方式中,德拉克洛瓦成为他的模特儿的最听话最谦卑的奴隶,他的模仿精确到了那些未见过这种奇迹的人可能不相信的程度。例如,临摹现藏卢浮宫的拉斐尔的两幅人头像,表现,风格,手法,模仿之逼真,完全可以乱真。

吃过一顿不像阿拉伯人的午饭那样油腻的午饭之后,像卖花女或者服装摊贩那样细心地配好他的调色板之后,德拉克洛瓦就试图继续进行中断了的构思。然而,在他投入到紧张的工作中之前,他常常体验到那种倦怠、恐惧和精神紧张,令人想到逃避着神祇的女占卜者,或者想起让-雅克·卢梭,他开始在纸上写字之前,总有一小时工夫要闲荡,翻纸,摆弄书本;但是,一旦艺术家开始迷狂,他就一发而不可收,直到肉体的疲劳打败了他。

有一天,我们谈到对艺术家和作家来说永远是如此有趣的问题,即工作保健和生活方式问题,他对我说:

"先前我年轻的时候,非得晚上有娱乐,如音乐会,舞会,或随便什么其他的娱乐,我才能工作;可是今天,我不再像小学生了,我可以不断地工作,而毫无任何酬劳的希望。而您知道辛勤的工作能够使人多么宽容,在娱乐方面多么容易满足啊!一个人一天安排得满满的,他就随时能在街上帮人跑腿的人身上发现足够的才智,随时准备和他打打牌。"

这番话使我想起了和农民掷骰子的马基雅弗利。而且有一个星期天,我在卢浮宫看见了德拉克洛瓦,由他的老女仆陪着,她已经忠心地照顾服侍了他三十年,他高雅,讲究,博学,却很愿意为这个好女人指出并讲解亚述雕塑的奥妙,而她怀着一种天真的专心听着。这时,我立刻想起了马基雅弗利和我们的那一次谈话。

事实是,在他生命的最后几年中,人们称为快乐的一切东西都消失了,被代之以唯一的一种,艰难,苛求,可怕,那就是工作,那时候,工作已不仅仅是一种激情,而且可以被称为迷恋了。

或是在画室里,或是在他画装饰巨作的脚手架上,德拉克洛瓦把白天的时间用于绘画之余,仍可从他对艺术的爱中找到力量,他若是不借助炉火和灯光把晚上的时间用于画画,用于在纸上涂满梦幻、计划和在生活中偶然瞥见的形象,或有时临摹与他气质最不相近的艺术家的作品,他就断定这一天没有排满;因为他酷爱作笔记和画速写,他随便在什么地方都能致力于此。有很长一段时间,他有个习惯,即在他度过夜晚的朋友那里画素描。因此,维欧①先生拥有出自这支多产的笔下的数量可观的优秀素描画。

有一次,他对我认识的一位年轻人说:"一个人从四层楼的窗户跳下去,如果你不能敏捷到在他落地之前这段时间内为他画出速写的话,您是永远也画不出大作品的。"我从这骇人听闻的夸张中又看到了他毕生的忧虑,众所周知,这忧虑就是画得迅速而可靠到不使行动或思想的强度受到任何损失的程度。

正如许多人能够看到的那样,德拉克洛瓦是个谈锋很健的人。有趣的是他害怕聊天,仿佛那是一种放荡和分心,他会在其中很费精力。您到了他那儿,开始他会对您说:

"我们今天早上不聊,是不是?或者少说几句。"

接着,他却谈了三个钟头。他的谈话有光彩,洞察入微,却充满了事实、回忆和故事,一句话,是一种富有教益的谈话。

当他受到反驳的时候,他就暂时退却,而不是从正面扑向他的双手,这会把法庭上的粗暴带进客厅中的小争论之中,他会同对手周旋一阵,然后再用料想不到的论据或事实加以反击。这的确是一个先礼后兵的人的谈话,诡计多端,有意退却,惯用隐蔽和突袭。

在他的画室的亲切气氛中,他很愿意倾谈,甚至谈他对同时代画家的看法,也正是在这种场合,我们要常常赞叹天才的那种宽容,那也许是来自一种特殊的天真或者对于享乐的随和吧。

他对德冈有一种惊人的偏爱,后者今天早已被人遗忘,但无疑

---

① 维欧(Frédéric Villot)是德拉克洛瓦的一个朋友。

还由于记忆的力量留在他的头脑之中。对于沙尔莱也是如此。有一次他让我到他那里去,专为激烈地责骂我关于这个沙文主义的宠儿写的一篇不恭敬的文章。我竭力解释说我谴责的不是早期的沙尔莱,而是晚期的沙尔莱,不是老兵的崇高的历史家,而是小咖啡馆里的才子,但是没有用,我一直未能得到原谅。

他欣赏安格尔的某些地方,显然,他得有一种巨大的批评力,才能够通过理性欣赏他的气质本该排斥的东西;他甚至根据照片临摹某几幅细致入微、面如铅灰的肖像画,安格尔先生的生硬而深刻的才能在这些画里最受好评,越是局促就越显得灵活。

奥拉斯·韦尔内的可憎的色彩阻止不了他感觉到那种赋予他的大部分画以活力的潜在个性,他发现了惊人的用语来称赞那种闪光的东西和那种不知疲倦的热情。他对麦索尼埃的欣赏有些过分。他几乎是通过强力把准备画《街垒》的素描据为己有,《街垒》是麦索尼埃最好的油画,他的才能由一支铅笔来表现远较油画笔来得有力。对他,德拉克洛瓦常常梦幻般地、像是对前途有一种不安地说:"说到底,我们这些人中间,生活得最有把握的是他!"看到一位如此伟大的作品的作者几乎是嫉妒一位只善于画小玩意的作者,这不是很奇怪的事吗?

只有一个人,他的名字能从这张贵族的口中引出粗话,此人就是保尔·德拉罗什。他在此人的作品中大概找不到任何可以原谅的东西,他对这种肮脏苦涩的画给他造成的痛苦一直记忆犹新,我想是泰奥菲尔·戈蒂耶说的,这种画是用墨水在一种独立不羁的大发作中画出来的。

然而,他更愿意在一种海阔天空的谈话中谈论的却是一个从才能和思想上与他最少相似的人,这个人是他的真正的对立面,至今还未得到应得的正确评价,他的头脑尽管像他的故乡的充满煤烟的天空一样雾霭沉沉,却包含着大量令人赞叹的东西。我指的是保尔·谢纳瓦尔先生。

这位里昂的哲理画家的深奥理论使德拉克洛瓦发笑，这位抽象的教育家认为纯绘画的快感如果不是有罪的东西，也是轻佻的东西。然而，虽然他们彼此相距如此遥远，甚至正是由于这种遥远，他们却喜欢彼此接近，他们像系在四爪锚上的两条船，再也离不开了。这两个人都很有学问，都具有一种杰出的交际精神，他们在博学这块共同的土地上相遇了。人们知道，一般地说，这并不是艺术家借以闪光的素质。

所以，谢纳瓦尔是德拉克洛瓦的一种罕见的源泉。看到他们在一场无邪的争辩中激动不已，那真是一种乐趣，一个人的话像一头全副武装的大象笨重地走着，另一个人的话则像一把花式剑颤动着，同样尖锐和柔韧。在他生命的最后时刻，我们的伟大画家希望能握一握他的友好的反对者的手，可是，后者那时却远离巴黎。

七

多愁善感、附庸风雅的女人若是知道德拉克洛瓦也像米开朗琪罗一样（您还记得他的一首十四行诗的结尾吧："雕塑！神圣的雕塑，你是我唯一的情人！"），把绘画也当做他唯一的缪斯，唯一的情妇，唯一的心满意足的快乐，她们可能会感到不快的。

无疑，他在年轻时骚动不宁的岁月里很爱女人。谁不曾为这个可怕的偶像牺牲过太多的东西呢？谁不知道恰恰是服侍她们最好的那些人最感痛苦呢？然而，他在生命结束之前很久，就已把女人逐出他的生活了。他即便是个穆斯林，大概也不会把她逐出清真寺，然而他会惊奇地看见她走进清真寺，而不知道她究竟能和真主进行什么样的谈话。

在这个问题上，如同在许多其他的问题上一样，东方的观念在他身上强烈地、专横地占了上风。他把女人看作一件艺术品，美妙，适于刺激精神，但是如果把心灵的门槛给了她们，她们又是一件不听话的、扰乱人心的艺术品,会贪婪地吞掉时间和力量。

我记得有一次,在一个公共场所,我指给他看一个美艳超群、性情忧郁的女人的面孔,他很想领略一番她的美,但却嘿嘿一笑,只对我说道:"您怎么能以为一个女人可以是忧郁的呢?"言外之意显然是,要体验忧郁这种感情,女人还缺少某种本质的东西。

不幸的是,这是一种不公正的理论,而我不愿颂扬关于一个如此经常地显示出热烈的美德的性别的一些诽谤性的看法;然而,人们会同意我说这是一种谨慎的理论,在一个布满陷阱的世界中,才能用多少谨慎武装起来都是不过分的,天才人物有特权具有某些理论(只要不扰乱秩序),而这些理论若出自普通公民或一家之长,就会使我们产生反感。

我还要补充说,他对孩子也不曾表现出温柔的宠爱,这在悲哀的灵魂看来,是要在对他的回忆上投下一个阴影的。在他的思想中,儿童只表现为一双沾满果酱的手(这会弄脏画布和纸张),或者一双敲打小鼓的手(这会扰乱沉思),或者是表现为到处点火,像猴子一样危险。

他有时候说:"我记得很清楚,当我是孩子的时候,我是一个怪物,对于责任的认识获取得很慢。只有通过痛苦、惩罚,通过理性的逐渐的训练,人才能渐渐减少他的天生的恶意。"

因此,出于简单的理智,他转向了天主教的观念。因为可以说,一般的儿童相对于一般的人来说,距离原罪要近得多。

八

可以说,德拉克洛瓦把他的全部敏感,有力而深刻的敏感,给了对友谊的庄重的感情。有些人很容易喜欢上第一个见到的人,另外一些人把对这种神圣的能力的运用留给庄重的大场合。我要愉快地告诉您,一个名人,如果说他不愿意人家用小事去打扰他,却可以在事关重大事情的时候变得乐于助人,热忱,激情如火。了解他的人都可以在许多场合中欣赏他在社会交往中所具有的那种完全英国式的忠诚、守时和稳重。如果他对别人苛求,他对自己也同样严格。

我想怀着忧伤和不满对针对欧仁·德拉克洛瓦的某些指责说几句话。我听见有人说他自私,甚至吝啬;请注意,先生,那些平庸的芸芸众生对那些细心安排慷慨和友情的人总是提出这种指责的。

德拉克洛瓦很节俭,这是他到时候可以慷慨的唯一办法。我可以举出好几个例子,但我怕这样做会得不到他的允许,更得不到需要称颂他的那些人的允许。

还请您注意,许多年中,他的画销路不佳,他的那些装饰画即便用不着他掏自己的腰包,也差不多用光了他的全部薪水。一些穷艺术家表示出想拥有他的某件作品的愿望时,他多次证明了他对金钱的轻蔑。他像那些思想自由而宽宏的医生时而看病收钱时而看病不收钱,他也白送他的画或随便收点儿钱。

最后,先生,请您记住,高超的人比任何人都需要注意保护自己。可以说,整个社会都在对他作战。我们可以不止一次地验证这一点。他的礼貌,人们称为冷淡;他的嘲讽不管多么温和,也被称为恶意;他的节俭,被称为吝啬。可是相反,如果这可怜的人没有远见,社会不仅不会怜悯他,却会说:"罪有应得,他的穷是对他的挥霍的惩罚。"

我可以断言,在金钱和经济方面,德拉克洛瓦是完全赞同司汤达的意见的,这意见把崇高和谨慎统一起来。

"有才智的人,"司汤达说,"应该力求获得他绝对必需的东西,才能不依赖任何人(在司汤达的时代,是六千法郎的收入);然而,如果这种保证已经获得,他还把时间用在增加财富上,那他就是一个可怜虫。"

寻求必需,蔑视多余,这是一个聪明人和斯多葛派的做法。

我们的画家在晚年的最大担心之一,是后世的评断和他的作品的不可靠的稳定性。他那如此敏感的想象力时而因想到不朽的光荣而活跃起来,时而他又辛酸地谈到画布和色彩的脆弱性。有时候,他又羡慕地提到过去的大师们,他们几乎都有幸被灵巧的雕刻师们表达过,其蚀刻针或雕刻刀知道如何适应他们的才能的特性,他十分遗憾没有找到他的表达者。画品的这种脆弱,较之印品的牢固,是他的最经常的话题之一。

他是如此柔弱,又如此顽强,如此容易激动,又如此坚强。他是欧洲艺术史上无与伦比的人物,一个不断地梦想着用宏伟的构思盖满墙壁的病态而怕冷的艺术家。当他被那种他似乎有着痉挛的预感的胸部炎症夺去生命的时候,我们都感到了某种东西,类似使我们知道夏多布里昂和巴尔扎克之死的那种精神消沉和孤独感,这种感觉最近又因阿尔弗雷·德·维尼的去世再次出现。在举国的悲伤之中,有一种普遍的生命力的衰弱,有一种类似日食的智力的昏暗,这是对世界末日的一次暂时的模仿。

然而我认为,这种印象特别有害于那些高傲的孤独者,他们只能由精神上的联系组成一个家庭;至于其他公民,他们只能逐渐地知道祖国失去了这个伟人所蒙受的损失,以及他离开祖国所留下的空白,还需要不断地向他们讲明这一点。

我衷心地感谢您,先生,让我自由地说出对我们这不幸的时代的罕见的天才之一的回忆让我想到的这一切——我们这时代如此贫穷,又如此富有,时而过于苛求,时而又过于宽容,而过于经常的却是不公。

理查·瓦格纳*和《汤豪舍》在巴黎**

一

让我们回溯到十三个月之前。问题的开始,请允许我在判断中常常以我个人的名义说话。这个"我",在许多情况下被正确地指责为放肆,但却包含着很大的谦逊;它把作家关在真诚的最严格的界限之内。它缩小了自己的任务,因而使之更易于完成。总之,为了确信这种真诚会在不偏不倚的读者中找到朋友,不一定非得是彻头彻尾的或然论者不可。显而易见,有时候坦率的批评虽然只说出他自己的印象,却也可能因此说出了某些不相识的赞同者的印象。

十三个月前,巴黎城里议论纷纷。一位德国作曲家,曾经长期生活在我们中间,却不被我们所知,他贫穷,默默无闻,靠一些微不足道的营生过活,可是德国的公众把他当做天才人物颂扬已有十五年了。现在他又回来了,回到了目睹他年轻时代的苦难的城市,并把他的作品拿来让我们评判。在此之前,在巴黎很少听到有人谈论瓦格纳,人们隐隐约约地知道,在莱茵河那一边,抒情戏剧的改革问题甚嚣尘上,李斯特热烈地接受了改革者的观点。费蒂①

---

*   理查·瓦格纳(Richard Wagner,1813—1883),德国作曲家。
** 本文最初发表于《欧洲评论》(1861年4月1日)。
①   费蒂(François-Joseph Fetis,1784—1871),比利时音乐评论家。

先生对他提出了某种指责,而好奇者若是翻阅一下《巴黎音乐评论》,就会再一次证实,自诩为主张最明智、最传统的看法的作家们在批评相反的意见时是不大能以明智、节制,甚至普通的礼貌自炫的。费蒂先生的文章差不多只是些蹩脚得令人难受的谩骂,这位老音乐爱好者①的恼怒只能证明他认为必定要遭到诅咒和嘲弄的作品的重要性。再有,十三个月来,公众的好奇未尝稍减,理查·瓦格纳遭到了新的辱骂。几年前,泰奥菲尔·戈蒂耶去德国旅行,深为《汤豪舍》的演出所感动,回来在《箴言报》上以一种造型的可靠性表达他的印象,而这种造型的可靠性总是使他的文章具有一种不可抗拒的魅力;但是这些不同的材料间隔很久,并没有吸引群众的注意力。

海报刚刚宣布理查·瓦格纳将在意大利人音乐厅演出他的作品的片段,立刻就发生了一桩有趣的事情,这件事我们已经见过了,它证明了法国人在任何事情上都本能地、急切地需要于辩论或研究之前拿定主意。一些人说得天花乱坠,另一些人则肆无忌惮地贬低他们尚未听过的作品。这种滑稽可笑的局面今天还在继续,而且可以说,无人知晓的主题从来不曾讨论得如此热烈。简言之,瓦格纳的音乐会如同一次真正的理论大战,如同一次艺术的郑重的危机,一次批评家、艺术家和公众习惯于乱抛一切激情的那种混战;这是一种幸运的危机,它说明一个国家的精神生活是健康的、丰富的,而且可以说,自从维克多·雨果的伟大日子以来,我们已经不再会对待这种危机了。我借用一下柏辽兹②先生专栏文章(1860年2月9日)中下列文字:"首场音乐会的晚上,意大利人剧院的常客感到很好奇。一片疯狂,喊叫、争论声,总像是马上要大打出手了。"几天前在歌剧院,要是没有主人在场,同样的闹剧恐

---

① 这里的"音乐爱好者"有奉意大利音乐为正宗者的含义。
② 柏辽兹(Hector Berlioz,1803—1869),法国作曲家。

怕也会发生的,尤其是那里的观众更为本色。我记得在一次彩排结束时,我见过一位颇受信任的巴黎批评家自命不凡地站在检票处前,面对观众(弄得他们进出都不便了),正在练习笑,活像一个有怪癖的人,活像那种在疗养院中被称为烦躁症患者的那种人。这可怜人以为人人都认识他,他那样子像是说:"看我怎么笑,我,著名的斯①……!所以,你们要注意和我的意见一致。"在我刚才指的那篇专栏文章中,虽然柏辽兹先生表现的热情远比人们盼望的要少,仍补充道:"当时产生的那种无理、荒谬,甚至欺骗的东西真是不可思议,突出地证明了,至少在我们这里,如果关系到评价一种不同于流行音乐的音乐,只有激情和先入之见能说话,而理智和高雅的趣味是不能开口的。"

　　瓦格纳真是大胆:他的音乐会的节目中既没有器乐独奏,也没有歌曲,也没有一种喜欢演奏能手及其技巧的观众如此珍爱的任何炫耀,只有一些合唱或交响乐。斗争的确是激烈的,但是有几首思想表达得更为明确的乐曲是难以抗拒的,使忘乎所以的观众激动起来,瓦格纳的音乐以自身的力量获得了胜利。《汤豪舍》的序曲,第二幕的庄严的进行曲,尤其是《罗恩格林》的序曲,婚礼曲和祝婚诗,都受到热烈的欢呼。显然有许多东西还是模模糊糊的,然而不偏不倚的人心想:"既然这些作品是为了舞台演出的,那就该等等看;还不够明确的东西将由造型来解释。"等是等,已被证实的毕竟是,作为交响乐作者,作为一个以无数声音的组合来表达人类灵魂的喧闹的艺术家,理查·瓦格纳是站在曾经有过的最高水平上的,肯定和最伟大者同样伟大。

　　我常听人说音乐是不能像语言或绘画那样以可靠地表达任何东西自豪的。这在某种程度上是正确的,但不完全正确。音乐以它的方式来表达,通过它特有的手段来表达。在音乐中,如同在绘

---

① 指保尔·斯居多(Paul Scudo,1806—1864),法国音乐评论家。

画中,甚至如同在文字中一样,虽然文字是一种最确实的艺术,总是有一种需要由听者的想象力加以补充的空白的。

正是这种看法促使瓦格纳认为戏剧艺术,即若干种艺术的集合、重合,是典型的艺术,最综合最完美的艺术。所以,如果我们暂时去掉造型,布景,演员所扮演的幻想的人物,甚至歌词,有一件事仍然是无可置疑的,即音乐越是动人,暗示也就越迅速准确,也就越有可能让敏感的人想象出与启发了艺术家的观念有关系的一些观念。我立刻就举出著名的《罗恩格林》序曲作为例子,柏辽兹先生曾经用专业文体写过出色的文章赞扬它,不过我这里只想用它所提供的暗示来验证其价值。

我在当时从意大利人剧院散发的说明书上读到:"从开始几小节起,等待着圣杯的虔诚的孤独者的灵魂就投入无限的空间之中。他看见一个奇怪的幻影渐渐出现,成了形,有了模样。这幻影更加清晰。一队神奇的天使从他面前走过,圣杯就在他们中间。神圣的队伍走近了,上帝的选民的心渐渐激动了,扩大,飞散,不可言喻的希望在他身上苏醒了;他感到一种不断增强的狂喜,同时也越来越靠近那个明亮的幻影,终于,圣杯在这支神圣的队伍中出现了,这时,他陷入一种心醉神迷的崇拜之中,仿佛整个世界突然消失了。

"于是,圣杯把它的祝福施于祷告的圣徒,接受他为它的骑士。随后,灼人的火焰逐渐减弱了光芒,那一队天使向着他们离去的大地微笑着,兴高采烈地回到高高的天上。他们把圣怀留给纯洁的人看守,神圣的浆液注满了他的心,那庄严的队伍在深邃的空间消失了,像它从那里出来时一样。"

读者一会儿就会明白我为什么强调这段文字。我现在拿来李斯特的书,翻到描写杰出的钢琴家(他是个艺术家,也是个哲学家)以他的方式表现那支乐曲的那一页:

"这段引子包含着并且显露了神秘的成分,这种成分在乐曲中一直存在,也一直被隐藏着……为了告诉我们这个秘密所具有的不可言喻的力量,瓦格纳首先向我们展现出圣地的说不出的美,那里住着一个上帝,他为被压迫者复仇,只向他的信徒要求爱和信仰。瓦格纳让我们知道圣杯,让那座不朽的木庙在我们眼前闪烁,这座庙有芳香的墙,金子的门,石棉的搁栅,乳白石的柱子,乳色金绿宝石的四壁,辉煌的大门只有心灵高尚、双手纯洁的人才能走近。他不让我们看见它那威严而明显的结构,却好像是要爱护我们的脆弱的感觉似的,它只让它在某种天蓝色的波中反射出来,或者由某种红色的云呈现出来。

"为了让神圣的画面展现在我们这世俗的眼前,开始时旋律像一片宽阔的静水,一片弥漫着的氤氲的以太;效果完全由十六把小提琴奏出,几节和弦之后,继续在最高音区演奏。随后,最柔和的管乐器接过主题,法国号和巴松管加入,准备着小号和长号出场,由它们第四次重复主旋律,音色辉煌明亮,仿佛在这千载难逢的时刻,那神圣的建筑发光了,灿烂辉煌,光芒四射,使我们眼花缭乱。然而,这明亮的闪光一步步达到阳光的强度,却迅速地暗淡了,犹如一道天光。透明的云气闭合了,幻象渐渐消失在同它出现时一样的绚丽的香气之中,乐曲由开头的六小节结束,变得更为空灵。它的理想的神秘性的特点特别因乐队始终保持得最弱而变得明显,这种最弱只是在铜管乐器使引子的唯一主题的美妙线条闪光的那个短暂时刻稍稍被打断过。这就是听这首卓越的柔板时呈现在我们激动的感觉面前的形象。"

我第一次听这乐曲的时候,闭着眼睛,有飘然远去之感,我可以用语言来讲一讲我的想象力对它的必然的表达吗?如果把我的梦幻和前面所说的梦幻连在一起没有益处的话,我是不敢得意地谈论我的梦幻的。读者知道我们的目的是什么:证明真正的音乐在不同的灵魂中启示类似的观念。此外,不经分析和比较地进行先验的推论,在这里也不会是可笑的,因为真正使人惊讶的,是声音不能暗示色彩,色彩不能让人想到旋律,声音和色彩不适于表达思想;自从上帝说世界是一个复杂而不可分割的整体那一天起,事物就一直通过一种相互间的类似彼此表达着。

> 自然是座庙宇,那里活的柱子,
> 有时说出了模模糊糊的话音;
> 人从那里过,穿越象征的森林,
> 森林用熟识的眼光将他注视。
>
> 如同悠长的回声遥遥地汇合
> 在一个混沌而深邃的整体中,
> 广大浩瀚好像黑夜连着光明——
> 芳香、颜色和声音在互相应和。

我继续往下说。我记得,从最初几小节起,我就有了那种几乎任何富有想象力的人都曾在睡眠中通过梦体验过的愉快的感受。我觉得自己从重力的锁链中解脱出来,在回忆中又重新获得了在高处萦回的奇异的快乐(顺便说说我并不知道刚才提到的说明)。接着,我不由自主地为自己描绘出一个人在绝对的孤独中沉溺于巨大的梦幻时的销魂之状,那孤独前面是广阔无垠的天边和一道宽阔朦胧的光;除了无边无际的广阔,没有任何装点。一会儿,我感到了一道更明亮的光芒,越来越亮,快得连词典里所有的层次变化都不足以表现那种不断增强的灼热和白炽。这时,我充分地想象出一颗灵魂在一片光明之中跃动,因快乐和彻悟而迷醉,在自然的世界之外的高空中翱翔。

你们可以很容易地看出这三种表达之间的区别。瓦格纳指出一队天使带来一只圣杯,李斯特看见一座奇美的建筑,反射在一片氤氲的幻影之中。我的梦幻中物质的东西少得多,更朦胧,更抽象。但是这里重要的是抓住相似之处,它们纵使不多,仍可构成一个足够的证据；幸而相似之处很多，而且惊人到了多余的程度。在这三种表达中，我都发现了对精神和肉体的迷醉的感觉，对孤独的感觉，对观照某种无限崇高无限美的东西的感觉，对一种赏心悦目直至迷狂的强烈光芒的感觉，总之，对伸展至可以想象的极限的空间的感觉。

没有一位音乐家像瓦格纳那样善于描绘物质的和精神的空间和深度。这是好几个人，一些最优秀的人，在好几种场合不吐不快的一种看法。他具有一种艺术，能够通过精微的层次表达存在于精神的和自然的人中的一切过分的、巨大的、野心勃勃的东西。有时候，听着这种热烈而专横的音乐，人们似乎发现在黑夜的被梦幻撕破的背景上绘有令人眩晕的关于鸦片的观念。

从这个时候开始，也就是说，从第一次音乐会开始，我就一心一意想要更深入地理解这些奇特的作品。我接受了（至少我觉得是这样）一次精神手术，一个启示。我的快乐如此强烈，如此巨大，以至于我总是想不断地重游旧地。在我体验到的东西中，大概有许多韦伯和贝多芬已经让我体验过的东西，但是也有我说不清楚的新东西，这种无能使我感到既恼火又好奇，并且混有一种古怪的乐趣。有好几天，有很长时间，我心想：今天晚上我在哪儿能听到瓦格纳的音乐呢？我的朋友中有人有钢琴，他们不止一次受到我的折磨。很快，像一切新东西一样，瓦格纳的交响乐作品在每晚都向追求庸俗快乐的人们开放的夜总会里响起来了。这种音乐的闪光的崇高落在那里就仿佛是雷打得不是地方。声音传得很快，我们常常看到这样的滑稽场面，一些庄重而讲究的人一边忍受着不正常的嘈杂，一边听着《瓦特堡的客人》的庄严的进行曲或者《罗恩格林》的华丽的婚礼曲，一边在等待着更好的东西。

但是，在出自同一歌剧的乐曲中频繁地重复同样的乐句，这其中包含着我不知道的一些神秘的意图和一种方法。我决心弄清楚为什么，决心在一次舞台演出为我提出完善的说明之前把我的快乐变成认识。我向朋友和敌人求教。我咀嚼费蒂先生的难以消化的、味道极坏的小册子，我阅读李斯特的书，最后，由于《艺术和革命》和《未来的艺术作品》尚未翻译过来，我终于搞到了一本译成英文的《歌剧与戏剧》。

二

法国式的玩笑一直在继续，通俗报刊不断地制造职业性的恶作剧。瓦格纳总是说（戏剧性的）音乐应该像语言一样准确地谈论感情、适应感情，但显然是以另外一种方式，也就是说，表达过于确定的语言所不能表达的感情的不明确部分（在这方面，他说的话是任何理智的人都能接受的）。许多人相信了专栏文章的玩笑，以为大师把表现事物的实在形式的能力给了音乐，也就是说，他颠倒了角色和功能。列举所有那些建立在这种错误看法之上的嘲弄是既无用又令人厌烦的，它们有时来自敌意，有时来自无知，其结果都是事先扰乱公众的舆论。但是，阻止一支自认是有趣的笔，在巴黎比在别处更不可能。针对瓦格纳的普遍的好奇产生了一些文章和小册子，使我们知道了他的生活、他的长期努力和他的各种各样的痛苦。在这些今天已广为人知的材料中，我只想摘取我觉得最能说明和确定大师的本性和特点的那一部分。"一个人若不是自幼就有一个仙女赋予他一种对现存的一切都不满意的精神，是永远也不会发现新东西的。"写过这种话的人无疑应该在生活的冲突中感受到比别人更多的痛苦。易于感受痛苦，所有的艺术家都是一样的，他们对正义和美的本能越是强烈，就越是易于感受痛苦，我正是从这里获得了对瓦格纳的革命观点的解释。那么多的挫折使他恼火，那么多的梦想使他失望，在某一个时刻，由于一种对一个过于敏感、过于神经质的人来说是可以原谅的错误，他不得不在坏音乐和坏政府之间建立起一种理想的默契。他渴望着看到艺术中的理想最终压倒陈规,竟然(这在本质上是人类的一种幻想)希望政治方面的革命将有利于艺术中的革命事业。瓦格纳本人的成功驳斥了他的预见和希望,因为在法国得有一个独裁者的命令才能使一位革命者的作品得以演奏。这样,我们在巴黎就看到了君主政体支持下的浪漫派的演进,而自由派和共和派则顽固地坚持所谓古典主义文学的陈规。

通过他本人提供的有关他的青年时代的材料,我看到他很小就生活在剧场中,出入后台,写喜剧。韦伯的音乐,后来又有贝多芬的音乐,以一种不可抗拒的力量影响了他的精神,很快,随着岁月和学习的积累,他就不能不以一种双重的方式,即诗的方式和音乐的方式来思想了,就不能不在两种同时的形式下看见任何观念了,因为在这两种艺术中,一种艺术开始活动的地方正是另一种艺术到达极限的地方。在他的才能中占有如此巨大的位置的戏剧本能,促使他反对为音乐而写的剧本所具有的一切轻佻、平庸和荒谬。因此,引导艺术革命的上帝就使那个如此地搅动了十八世纪的问题在一个年轻的德国人的头脑里成熟了。谁只要认真读过作为《译成法语散文的四首歌剧诗》的序言的《关于音乐的信》,谁就不可能在这方面有任何怀疑。信中常常以热情的好感提到格鲁克①和梅于尔②的名字。费蒂先生是极力想在抒情剧中永久地树立起音乐的主导地位的,尽管他不乐意,可是格鲁克、狄德罗、伏尔泰、歌德这些人的意见还是不容蔑视的。如果说后面的两位后来违背了他们的心爱的理论,那在他们只不过是一种泄气和绝望的表示罢了。浏览《关于音乐的信》,我感到狄德罗的几段话仿佛由于一种记忆的回声现象又浮现在我的脑海之中,他说真正的戏剧音乐只能是加上音符和节奏的激情的喊叫或叹息。科学的、诗的、

---

① 格鲁克(Christoph Willibald Gluck,1714—1787),德国作曲家。
② 梅于尔(Etienne Méhul,1763—1817),法国作曲家。

艺术的同样的问题年复一年地不断重新出现,瓦格纳并不曾做出首创者的样子,他只是一个老观念的证明者,这个观念无疑还要不止一次地在失败与胜利之间反复。所有这些问题实际上都是极其简单的,我们常常听见一些人抱怨一般的歌剧脚本使所有理智的人都不堪其苦,假使我们看到这些人反对未来的音乐(我权且使用这个不确切但已获得信任的用语),那倒是颇令人惊讶的。

在《关于音乐的信》中,作者简要清晰地分析了他的三部旧作:《艺术和革命》《未来的艺术作品》和《歌剧与戏剧》,我们发现他非常关心希腊戏剧,这是非常自然的,对于一个音乐剧作家来说甚至是不可避免的,他得在过去当中寻求使他对现时的厌恶合法化的东西以及有助于建立抒情戏剧的新条件的主意。一年多以前,他在给柏辽兹的一封信中已经说过:"我想过使艺术能够在公众中引起一种不可侵犯的尊重的条件是什么,为了不在对这个问题的研究中过分地深入,我就到古希腊中寻找出发点。我首先碰到了典型的艺术作品,即戏剧,其中,观念无论如何深刻,都可以最清楚地、最普遍地为人理解地显现出来。三万希腊人能够怀着一种持久的兴趣观看埃斯库罗斯的悲剧的演出,我们今天是有充分理由对此感到惊讶的;而如果我们探索通过什么样的手段使人们获得了这样的效果,我们就发现那是由于联合一切艺术共同向着一个目标,也就是向着产生最完美的、唯一真实的艺术作品这个目标的结果。这引导我去研究艺术的不同门类之间的关系,在抓住了造型和模仿之间的联系之后,我又研究了音乐和诗之间的关系,从这一研究中突然迸发出光亮,彻底地驱散了一直使我焦虑的黑暗。

"我的确认识到,正是在一种艺术达到不可逾越的极限的那个地方,极其准确地开始了另一种艺术的活动范围。因此,通过两种艺术的密切的结合,人们就能以最令人满意的清晰表达任何单独的艺术所不能表达的东西。相反,任何用其中一种艺术的手段表达只能由两种艺术共同表达的东西的企图,都不可避免地要导致晦涩,首先是混乱,然后是每一单独的艺术的退化和变质。"

在他的最后一本书的序言中,他又以这样的措辞再次谈到同一个主题:"我在艺术家的某些罕见的创造中发现了一个真实的基础,我的戏剧和音乐的理想就立于其上;现在,历史又向我提供了如我设想的那种存在于戏剧和公共生活之间的理想关系的模特儿和典型,我在古代雅典的戏剧中找到了这种模特儿:在那里,剧场只向某些宗教的庆典开放,其时伴有艺术的享受。国家最高贵的人物作为诗人或领导者直接参加这些庆典;在城邦和国家的民众眼中,他们是作为祭司出现的,这些民众如此焦急地等待着崇高的作品在他们面前演出,以至于最深刻的诗篇,例如埃斯库罗斯和索福克勒斯的诗篇,能够被推荐给民众,并保证能被完全地领会。"

这种对一种戏剧理想的绝对专横的趣味造就了瓦格纳的命运。在这种趣味中,每一段朗诵都由音乐标出并加以强调,认真到了歌唱者错不了一个元音的程度,那真是用激情画出的真正的曲线,布景和演出也考虑得无微不至,一切细节都是为整体的效果。这在他就像是一种永久的要求。自从他摆脱了脚本的老一套,勇敢地否定了曾经获得巨大成功的年轻时写的歌剧《黎恩济》那一天起,他就一丝不苟地朝着这个急切的理想前进。所以,当我在他的翻译过来的作品,特别是在《汤豪舍》《罗恩格林》和《鬼船》中发现了一种卓越的结构方法、一种令人想起古代悲剧结构的讲究条理和划分精神的时候,我并不感到惊奇。但是,各个时期周期性地产生着的现象和观念在每次复活的时候总是从变化和时势中获得补充性的特点。古代的光辉灿烂的维纳斯,从雪白的泡沫中诞生的阿佛洛狄忒,并非没受损害地穿越了中世纪的恐怖的黑夜。她不住在奥林匹斯山上了,也不住在芬芳的群岛的海滨了,她躲进了一个山洞的深处,那山洞的确壮丽,然而照亮它的火却不是善意的福玻斯①的火。维纳斯下到地里,接近了地狱,她无疑要在某些丑恶的盛典中按时地向魔王,即肉之王和罪之主致敬。同样,瓦格纳的诗尽管表现出一种对古典美的真诚的爱好和完全的理解,却也在很大程度上具有浪漫派的精神。如果说这些诗让人向往索福克勒斯和埃斯库罗斯的庄严,却也同时迫使精神回想起造型上最符合天主教教义的那个时代的神秘。它们很像中世纪展现在教堂的墙上或编织在华丽的壁毯上的那些壮观的景象。它们有着明显的传说的一般面貌:《汤豪舍》是传说,《罗恩格林》是传说,《鬼船》也是传说。把瓦格纳引向这种表面的专长的不仅仅是一种任何诗的精神都具有的自然倾向,也是从对于最有利于抒情剧的条件的研究中产生出来的一种形式上的成见。

他自己也注意在书中把这个问题解释清楚。事实上,并非所有的主题都同样地适于写成一种具有普遍性的宏伟的戏剧。显然,把有趣的、完美的风俗画用宏伟的壁画来表达是有着巨大危险的。戏剧诗人主要在人的普遍心灵和这种心灵的历史中发现可以被普遍地理解的画卷。为了完全自由地创作理想的戏剧,谨慎的做法是排除一切产生于技术的、政治的,甚至过于确实的历史的细节的困难。我还是让大师本人来说吧:"在人生的画卷中,只对抽象的智力才有意义的主题让位于支配心灵的纯粹人性的动机,唯有这样的人生画卷才可以被称为诗的画卷。这种倾向(即有关诗的主题的创造的那种倾向)是主宰诗的形式和表现的最高法则……对于诗人来说,节奏的安排和韵律的装饰(几乎是音乐性的)是确保诗句具有一种迷人的、随意支配感情的力量的手段。这种倾向对诗人来说是本质的,一直把他引导到他的艺术的极限,音乐立刻接触到的极限,因此,诗人的最完整的作品应该是那种作

---

① 希腊神话中太阳神的别名,一说是阿波罗,一说是赫里俄斯。

品,它在其最后的完成中将是一种完美的音乐。

"因此,我就必然地要把神话选定为诗人的理想的素材。神话是人民的原始的、不具名的诗篇,我们看到它在各个时代反复出现,不断地有文明时期的伟大诗人对它进行改写。实际上,在神话中,人与人之间的关系几乎全部剥去了它们的因袭的、只有抽象理性才能理解的形式;这种关系显示出生活所具有的真正人性的、永远可以理解的东西,并且是在那种具体的、排斥任何模仿的形式下显示出来的,这种形式使一切真正的神话具有你们一眼便可认出的个别的性质。"

他在别的地方又谈到这个问题,他说:"我永远离开了历史的场地,定居在传说的场地上……为了描述和再现历史事实及其变故所必需的一切细节,历史上的一个特定的、遥远的时期为了得到完全的理解而必需的一切细节,历史剧和历史小说的当代作者们因此而详细罗列的一切细节,我都可以置之不理……传说无论属于哪个时代、哪个民族,都具有这种优越性,即包着着这个时代这个民族所具有的一切纯粹人性的东西,并且在一种很突出的、一眼便能理解的独特形式下表现出来。一首叙事诗,一支民歌,就足以在很短的时间内最确定最明显地向你们展示出这种特点……场面的特点和传说的口吻共同使人陷入那种使他很快就获得充分的洞察力的梦幻状态,他这时就发现了世界诸现象之间的新的联系,而他的眼睛在平常的清醒状态之中是看不见的……"

瓦格纳既是诗人,又是批评家,他怎么会不出色地理解神话的这种神圣的性质呢?我听见许多人从他的能力和他的高度的批评智力中得出一个不相信他的音乐天才的理由,我认为现在正是一个适当的机会,来驳斥一种很普遍的错误,其主要根源也许是嫉妒,这种人类感情中最丑恶的感情。"一个对自己的艺术夸夸其谈的人是不能自然地产生出好作品的。"有些人说,他们就这样剥夺了天才的合理性,派给它一种纯粹本能的、可以说是植物性的功能。另外一些人则想把瓦格纳看成是一个理论家,他写歌剧只是为了事后验证他自己的理论的价值。这不仅是完全错误的,因为众所周知,大师年轻时开始写的是一种性质不同的诗歌和音乐评论,他是逐步形成一个抒情剧的理想的,同时,这也是一种绝对不可能的事情。在艺术史上这大概是一桩闻所未闻的事情,一个批评家成了诗人,这推翻了全部心理规律,是一桩怪事;其实不然,一切伟大的诗人本来注定了就是批评家。我可怜那些只让唯一的本能支配的诗人,我认为他们是不完全的。在前者的精神生活中,必然要产生一种危机,他们想议论他们的艺术,发现他们曾经据以进行创作的幽微难明的规律,从这种研究中得出一系列教训,他们的神圣目的就是要在诗的创作中做到万无一失。一个批评家成为诗人,那可是件大好事;而一个诗人身上,也不可能不蕴含着一个批评家。因此,读者不必诧异,我是把诗人看作最好的批评家的。那些人指责音乐家瓦格纳写了论他的艺术哲学的书,并就此猜想他的音乐不是一种自然的、出于本能的产物,他们大概也同样否认达·芬奇、贺加斯、雷诺兹能够画出好画,仅仅因为这几个人也列举并分析了他们的艺术原则。有谁比我们伟大的德拉克洛瓦谈绘画谈得更好呢?狄德罗,歌德,莎士比亚,既是作家,又是值得钦佩的批评家。诗先存在,第一个表现出来,然后才由此产生诗律的研究,这就是人类劳动的无可争辩的历史。由于一个人是一切人的缩影,个人头脑的历史是普天下人的头脑的历史的雏形,瓦格纳的思想的形成与人类的劳动相类似,这样设想(因为缺少实在的证据)大概是正确而自然的。

三

《汤豪舍》表现的是选择了人心作为主要战场的两种原则之间的斗争,即肉体对精神,地狱对天堂,撒旦对上帝之间的斗争。

这种二元性从序曲开始就被以一种无与伦比的技巧立刻表现出来了。关于这段音乐，人们什么不曾写过呢？但是，它还可以为许多论断和有说服力的评论提供材料，这是可以预想的，因为真正艺术的作品的特性就是成为暗示的一股汲取不尽的泉水。序曲用两首歌概括了全剧的思想，一首是宗教的歌曲，一首是音乐的歌曲，借用李斯特的话说，它们"在这里就仿佛是两个项，在终曲中发现了它们的方程式"。《朝圣者之歌》带着最高法则的权威首先出现，仿佛立即指出生活的真正意义一样指出了普遍的朝圣的目的，即上帝。然而由于上帝的深刻含义很快被肉体的欲念淹没在清醒的意识之中，代表神圣的歌渐渐被肉感的喘息吞没了。真正的、可怕的、普遍的维纳斯已经在全部想象中站立起来。尚未听过《汤豪舍》的绝妙序曲的人不要以为这是一支庸俗的情人们在葡萄架下为消磨时光而唱的歌，也不要以为这是一支极度兴奋的部队通过贺拉斯之口向上帝提出挑战时所用的腔调，这是另外一种东西，它更为真实，同时也更为阴沉、忧郁，夹杂着狂热和焦虑的快乐，一种应允解除却永远也解除不了饥渴的快感的反复出现，心灵和感觉的激烈的颤动，肉体的急迫的命令，爱情的全部拟声词可以在这里听到。最后，宗教主题慢慢地、渐渐地逐步重获支配权，并把另一个主题吸收进一种平静的、光荣的胜利之中，这种胜利就像是不可抗拒之物对病态、杂乱之物的胜利，米迦勒①对魔王的胜利。

在本文开头，我曾指出瓦格纳在《罗恩格林》序曲中所显示的，表达了对无法言喻的上帝的神秘热情和强烈渴望的那种力量，在《汤豪舍》序曲中，在两种相对立的原则的斗争中，他并未消减其敏锐和有力。大师从哪里得到这狂暴的肉体之歌、对人的恶魔部分的绝对认识？从最初几小节起，我们的神经就与旋律一致起来，任何觉醒的肉体都开始战栗，任何发育得很好的头脑自身都带

---

① 《圣经》中的天使。

着天堂和地狱这两种无限并在这两种无限之一的任何形象中突然认出了自己的另一半。继一种朦胧的爱情的微痒之后,很快便接上了冲动,眩晕,胜利的喊声,感激的呻吟,随后又是残酷的号叫,牺牲品的指责和祭司们的亵渎宗教的欢呼,仿佛野蛮永远应该在爱情的戏剧中有它的位置,肉体的快乐也应该通过一种不可避免的魔鬼的逻辑导致犯罪的快乐。当宗教的主题冲进狂暴的恶之中,渐渐地重建秩序,曲调重新向上进行的时候,当它带着它的全部坚实的美挺立在一片快感的混乱之上的时候,整个灵魂就感到一种赎罪的狂喜;这是一种不可言喻的感情,在第二幕开头再次出现,那时汤豪舍从维纳斯的山洞中逃出,重新回到真正的生活中来,周围是家乡的钟发出的宗教的声音,牧人的淳朴的歌唱,朝圣者的赞歌和立在路上的十字架,那是在所有的路上都应该拖着的那些十字架的象征。在这最后一种情况中,有一种对照的力量,对精神起着不可抗拒的作用,令人想起莎士比亚的雄浑而自如的方式。刚才我们还在地下的深处(我们已经说过,维纳斯住在地狱旁边),呼吸的空气是芬芳的,但却令人窒息,被一种并非来自太阳的粉红色的光照亮;我们仿佛那位汤豪舍骑士本人,对令人烦躁的快乐感到厌倦,渴望着痛苦!这种崇高的呼喊,所有宣过誓的批评家都会在高乃依身上加以赞赏的,然而,大概没有一个人愿意在瓦格纳身上看到。最后,我们重新回到地上,我们呼吸到新鲜的空气,感激地接受了快乐,谦卑地接受了痛苦。可怜的人类又回到了故乡。

刚才,在试着描述序曲的快乐的部分时,我请读者让思想离开爱情的庸俗赞歌,一个心情愉快的风流人所能设想的那种赞歌;事实上,这里并没有任何庸俗的东西,毋宁说这是一个有力的天性的充分流露,它把出自善的培植的全部力量倾注到恶之中;这是一种无节制的、巨大的、混乱的爱,直升到一种反宗教的,撒旦的宗教的高度。这样,作曲家在音乐的表达中就摆脱了那种描绘民众的

(我真想说下等人的)感情时常有的庸俗,因此,他只需描绘过度的欲望和精力以及一个迷路的敏感灵魂的不屈不挠、漫无节制的野心。同样,在观念的造型表现中,他也幸运地摆脱了那一群枯燥乏味的牺牲品和不可胜数的艾尔维尔①们。由独一无二的维纳斯体现的纯粹观念说话的调门更高得多,也更有说服力。这里,我们看到的不是一个拈花惹草的普通的放荡者,而是一般的、普遍的人,他以皇族与平民女子结婚的方式同肉欲的绝对理想、同自从伟大的潘神死后被打入地下的所有的女魔鬼、女农牧神、女林神的女王,也就是说同不可毁灭的、不可抗拒的维纳斯生活在一起。

比我更善于分析抒情作品的人会在这里对读者就《汤豪舍》②这部奇特的、被埋没的作品提出内行而全面的说明,而我只能提出一般的看法,不过,不管多么简略,这些看法仍是同样有用的。何况,对某些人来说,要判断一片风景的美,站在高处不是比跑遍穿过这片风景的条条小径更为方便吗?

我只是在盛赞瓦格纳的时候让人注意到,无论他是多么正确地重视剧中的诗,《汤豪舍》序曲和《罗恩格林》序曲一样都是完全可以听得懂的,就是对没有看过脚本的人也是如此;其次,这段序曲不仅包含着主题思想,即组成剧情的心理的二元性,而且还包含着被强调得很清晰的、用于描绘作品接下去所要表达的一般感情的主要方式,就像每当情节要求的时候,极其肉感的旋律和宗教主题或《朝圣者之歌》都必定会出现。至于第二幕的庄严的进行曲,早已获得了一些最难对付的人的称赞,人们可以像称赞我刚才谈到的两个序曲那样称赞它,例如说它以最显豁、最多彩、最有代表性的方式表达了它想表达的东西。听到这如此丰富豪迈的音调,这优美鲜明的节奏,这庄严的铜管乐,人们就会想到一次封建的盛

---

① 女子名,泛指女人。
② 本研究的第一部分发表在《欧洲评论》上,喜歌剧院前院长拜兰先生负责写音乐评论,他对瓦格纳的好感是众所周知的。——原注

典,一队英勇的男子汉,他们服饰鲜明,身材高大,意志坚强,信仰纯真,玩乐时大方,打仗时可怕。谁会想到别的东西呢?

对于汤豪舍的叙述和他的罗马之行,我们将说些什么呢?其中文学的美如此令人赞叹地得到旋律的补充和支持,以至于这两部分成为不可分割的整体。人们担心这一段太长了,然而,正如人们所见,叙述包含着一种不可战胜的戏剧力量。罪人在其艰苦的旅程中的悲伤和困顿,他见到宽恕一切罪孽的教皇时的喜悦,他在教皇向他指出他的罪孽不可补救时感到的绝望,最后,他对罚入地狱的快乐所具有的那种可怕到几乎不可言说的感情,这一切都用诗句和音乐叙述表达出来了,其方式是如此确实,几乎不可能再设想出另外的方式了。人们于是明白了,一种这样的罪孽只能通过一个奇迹来加以补救,人们原谅了不幸的骑士又去寻找通向山洞的小径,他至少可以在他那恶魔般的妻子身边得到地狱的宽恕。

像《汤豪舍》的剧情一样,《罗恩格林》的剧情也具有传说一样神圣的、神秘的、人人都可明白的特性。一位年轻的公主被控犯有谋杀兄弟的滔天罪行,她没有任何办法来证明自己的无辜,她的案子将由上帝的裁断来判决。在场的骑士谁也不愿为她进入决斗场,然而她相信一个奇怪的幻象,一位陌生的武士来到她的梦中。就是这位骑士将为她辩护。最后的时刻到了,人人都认定她有罪,这时果然有一只套着金链的天鹅拖着一叶扁舟驶近岸边。罗恩格林,圣杯骑士,无辜者的保护人,弱者的辩护士,在神奇的隐蔽地的深处听见了祈求,由最后的晚餐和亚利马太的约瑟盛取的我主的淋漓鲜血两次祝圣的神杯就珍藏在那里。罗恩格林是帕齐瓦尔的儿子,他下了船。他身披银甲,戴着头盔,扛着盾牌,身旁挂着一把小金号,身子倚在剑上。"假如我为你取得胜利,"罗恩格林对爱尔莎说,"你愿意我做你的丈夫吗?……爱尔莎,如果你愿意我做你的丈夫……你得答应我:永远不问永远不要想知道我从哪儿来、我的名字和我的血统。"爱尔莎说:"大人,你永远也不会从我口中听到这个问题。"由于罗恩格林又庄重地重复了许诺的要求,爱尔莎回答说:"我的保护人,我的天使,我的救星!你坚信我的无辜,难道还有比不相信你更为罪孽的怀疑吗?由于你在我蒙难的时候救了我,同样,我也将忠实地遵守你加于我的命令。"罗恩格林把她抱紧在怀里,喊道:"我爱你!"就像在瓦格纳的戏剧中经常出现的那样,这里也有一种对话的美,浸透了原始的魔力,由于理想的感情而增强,其庄严丝毫不减自然的优美。

罗恩格林的胜利宣布了爱尔莎的无辜;女巫奥特吕特和弗雷德里克这两个参与判决爱尔莎的恶人终于在她心中激起女性的好奇心,他们用怀疑败坏了她的快乐,与她纠缠,直到她违背了誓言,一定要丈夫说出他的身世。怀疑毁掉了信仰,失去的信仰带走了幸福。罗恩格林惩罚了弗雷德里克,让他死于他自己为加害罗恩格林而设置的陷阱。他在国王、武士和百姓面前说出了自己的来历:"……任何人如被选定为圣杯服务,就立即具有一种超自然的力量,哪怕他被派往一个遥远的地方,负有保卫美德的权利的使命,只要他的圣杯骑士的身份不为人所知,他就不会失去神圣的力量;但是,圣杯的力量的性质是:它一旦暴露,就立刻避开凡人的目光,所以你们不应该对它的骑士有任何怀疑;假如他被你们认出,他就必须立即离开你们。现在,请听他如何回答这个被禁止的问题!我是被圣杯派到你们这里来的,我的父亲帕齐瓦尔戴着它的王冠,我是它的骑士,我的名字是罗恩格林。"天鹅又出现在岸边,要把骑士带回他那神奇的故乡。女巫被仇恨迷住了心窍,揭露了天鹅不是别个,正是爱尔莎的兄弟,被她在一阵狂喜中毒死。罗恩格林对圣杯做了虔诚的祈祷,登上小船。一只鸽子取代了天鹅,布拉邦公爵戈德弗洛亚出现了。骑士转回萨尔瓦山。爱尔莎怀疑,爱尔莎想知道,想研究和检验,结果爱尔莎失去了幸福。理想消失了。

读者大概注意到这个传说与古代的普绪喀①的神话惊人地相似,普绪喀也成了魔鬼般的好奇心的牺牲品,不愿尊重她的神圣的丈夫的匿名身份,在识破秘密的时候失去了全部快乐。爱尔莎听信了奥特吕特,如同夏娃听信了蛇,永恒的夏娃跌进永恒的陷阱。难道各民族各种族互相交流寓言,如同人互相传递遗产、家业或科学的秘密吗?人们真想相信这一点,因为封闭在不同地区的神话和传说在精神上的相似是如此惊人。然而,这种解释太简单了,不能长久地迷住一种哲学的精神。一个民族创造的寓意和一个农民友好地送给另一个想使之适应当地环境的农民的种子是不能相比的。我所说的这种精神上的相似就仿佛是一切民间的寓言的神圣印记,也可以说,这是一种唯一的来源的标志,一种不容置疑的亲缘关系的证据,不过,条件是人们只能在一切存在物的绝对原则和共同来源中寻找这种来源。某一神话可以被看作是另一神话的兄弟,正如黑人可以说是白人的兄弟一样。我不否认在某些情况中存在着兄弟关系和父子关系,我只是认为在许多其他的情况下,精神可能会被表面上的相像,甚至被精神上的相似引向错误。再用我们的植物的比喻来说,神话是一株在任何地方、在任何气候中、在任何阳光下都自发地、不用插条生长的树。关于这个问题,世界四方的宗教和诗歌向我们提供了极为丰富的证据。正像罪孽到处都有,宽恕到处都有一样,神话也到处都有。没有什么东西比上帝更具世界性。请原谅我离题太远了,这种吸引力实在是不可抗拒。我再回到《罗恩格林》的作者身上来。

可以说,瓦格纳最喜欢封建的排场,荷马式的集合,那里有生命力的积聚,热情的人群,人性的火花的储藏,英雄的风格即从这储藏中带着自然的冲动奔涌而出。《罗恩格林》的婚礼曲和祝婚

---

① 希腊神话。普绪喀与爱神厄洛斯相恋,但爱神不许她看他的容貌。一夜,她趁厄洛斯睡时偷看,厄洛斯惊醒逃走。她经过种种磨难,方得与他重聚。

诗与《汤豪舍》的瓦特堡来客小序曲适成对应,也许更庄严更热烈。但是,大师总是趣味高雅,注重层次,并没有在这里表现这种场合中平民群众可能会有的那种喧闹。就是在最狂暴的喧闹的顶点,音乐只表现出一种习惯于遵守礼仪规则的人的狂热;那是一个正在玩乐的宫廷,它的最强烈的兴奋仍保持着礼仪的节奏。人群的欢声笑语和甜蜜、温柔、庄重的祝婚诗交替出现,众人的欢乐的风暴多次与庆祝爱尔莎和罗恩格林结合的谨慎而温柔的赞歌形成对比。

我已经说过,在瓦格纳于意大利人剧院中举行的首场音乐会中,有几个乐句反复出现在取自同一部作品的不同的乐曲中,这很使我感到刺耳。我们注意到,在《汤豪舍》中,两大重要主题,即宗教主题和歌唱肉欲的复现,用于唤起听众的注意和使之处于一种类似现实境况的状态之中。在《罗恩格林》中,这种记忆的方法运用得更为精细。可以说,每个人物都由表现其精神特征和他将在寓言中扮演的角色的旋律刻画了出来。这里,我谦卑地让李斯特来说话,我曾经偶然地向一切喜欢深刻而高雅的艺术的人推荐过他的书(《罗恩格林和汤豪舍》),尽管他的语言有些古怪,那是一种由好几种语言构成的方言,他却知道如何带着一种无限的魅力表达大师的雄辩术:

"我们习惯的歌剧的内容是由一些孤立的乐曲组成的,这些乐曲一个接着一个地咬在某根情节线上,事先心甘情愿地准备好不去寻求这类乐曲的观众在三幕之中跟随瓦格纳的深思熟虑的、惊人地灵活的、可以富有诗意地加以领会的配合,将会发现一种特殊的兴趣,他正是运用这种配合,通过几个基本的乐句,收紧了一个旋律的结,这个结构成了他的整个戏剧。这些乐句所形成的互相连接、缠绕在诗句周围的褶皱具有一种最为动人的效果。但是,假如人们在演出时获得强烈印象之后还想更清楚地知道被如此强烈地表现出来的东西,还想研究这部类型如此新颖的作品,他仍然会对作品包含着的不能立即把握住的全部意图和层次感到惊奇。哪些伟大诗人的戏剧和史诗不经过长久地研究就能掌握其全部含义呢?

"瓦格纳通过一种以完全出乎意料的方式加以运用的方式成功地扩大了音乐的王国和抱负。他对音乐能通过唤起各种人类的情感影响心灵的这种能力不大满意,他使它能够激励我们的观念,诉诸我们的思想,召唤我们的思考,并使它具有一种道德和精神的意义……他用旋律画出了他的人物的性格及其基本的激情,每当涉及到这些旋律表达的激情和感情的时候,这些旋律就出现在歌曲或伴奏之中。这种系统的坚持又结合了一种布局的艺术,即使对于那些把八分音符和十六分音符看成是一纸空文和纯粹的象形符号的人,这种布局的艺术也通过他表现出的心理的、诗的、哲学的概览而具有很令人好奇的趣味。瓦格纳强迫我们的沉思和记忆进行如此持久的活动,仅仅通过这一点就使音乐的行动脱离了朦胧的感动的领域,在它的魅力上增加了某些精神的快乐。通过这种使一系列彼此间很少联系的歌曲所提供的廉价享受复杂化的方法,他向观众要求一种特殊的专注;但同时他也为那些知道如何体味的人准备了更为完美的感情。他的旋律可以说是观念的拟人化,它们的重现预告了言语丝毫也未曾明白表示的感情的重现,他让这种观念的拟人化向我们披露心灵的全部秘密。有些乐句,例如第二幕第一场的乐句,像一条毒蛇贯穿全剧,它缠住受害者,在他们的神圣的保护者面前逃之夭夭;还有些乐句,例如小序曲的乐句,很少重视,却具有至高无上的神的启示。稍具重要性的境况和人物都是通过旋律来表现的,它们都成了不变的象征。由于这些旋律具有罕见的美,我们要对那些研究乐谱时仅限于评断八分音符和十六分音符之间的关系的人说,即使这部歌剧的音乐脱离它那美妙的歌词,它仍然是第一流的作品。"

的确,没有诗,瓦格纳的音乐也是诗的作品,因为它具有构成一首好诗的一切素质,他的音乐本身就说明一切,各种东西在其中结合，统一，相互适应，如果可以用一个不规范的词来表达一种素质的极限的话，那就是谨慎地锁在一起。

《鬼船》，或者《漂泊的荷兰人》，是那个在大洋上漂泊的犹太人的家喻户晓的故事，然而，他通过一位乐于助人的天使获得了一个赎罪的条件：如果每七年上岸一次的船长遇上一个忠实的女人，他就获救了。这不幸的人每次想绕过一个危险的地岬，都被风暴顶回，他有一次大喊道："我要越过这不可逾越的障碍，哪怕要和永恒斗争！"永恒接受了这位勇敢的航海者的挑战。从此，这宿命的船就不时地出现在不同的海上，冲向风暴，而那个寻找死亡的武士却满怀着绝望，然而，风暴总是放过他，海盗在他面前一面画着十字一面逃走。他的船到了锚地之后，这荷兰人最初的几句话是阴沉而庄严的："期限已过，又是七年！大海厌恶地把我抛向陆地……啊！骄傲的海洋！不久，你又该载着我了！……哪儿也没有坟墓！哪儿也没有死亡！这就是我的可怕的判决……审判的日子，最后的日子，你何时在我的黑夜中放光？……"在这艘可怕的船旁边，一艘挪威船抛下了锚；两位船长相识了，荷兰人请求挪威人"让他在他家住几天……给他一个新的故乡"。他给了他大量的财富，后者眼花缭乱，最后，他突然对他说："你有女儿吗？……让她做我的妻子吧！我永远也回不了家了。我积聚这么多财富有什么用？请你相信，赞同这婚姻吧，拿去我的一切珍宝吧。""我有个女儿，她美丽、忠实、温柔，对我一心一意。""让她永远对她父亲保持这种亲子的温情吧，让她忠于他；她也会忠于她的丈夫的。""你给我无价的宝贝和珍珠，但是，最珍贵的宝贝是一个忠实的女人。""你给我这宝贝吗？……我今天就会看见你的女儿吗？"

在挪威人的房间里，好几个姑娘在谈论着"漂泊的荷兰人"，桑塔被一个固定的念头缠住，眼睛一直盯着一幅神秘的肖像，唱起了叙述这位航海者所受的惩罚的歌曲："你们在海上遇见了那艘船吗，它有血红的帆和黑色的桅杆？船上那个苍白的人，船的主人,他一直不懈地警觉着。他飞呀,跑呀,没有期限,没有松弛,没有休息。但是终有一天他能得到解脱,假如他在陆地上找到一个至死忠于他的女人……向上天祈祷吧,愿很快有一个女人同意和他结婚!在一阵逆风中,在一阵猛烈的风暴中,他本想绕过地岬,他在疯狂的勇气中骂道:我决不放弃永恒!撒旦听见了,听见了他的话。而现在他被判在海上漂泊,没有松弛,没有休息!……但是,为了让这不幸的人还能在陆地上获得解脱,一位天使告诉他可以从哪里获得拯救。啊!你能找到吗,苍白的航海者?向上天祈祷吧,愿很快有一个女人同意和他结婚!每七年,他抛锚上岸,去寻找一个女人。他每七年追求一次女人,可是他从未找到一个忠实的女人……扬帆!起锚!虚假的爱情!虚假的誓言!注意!出海!没有松弛,没有休息!"突然,桑塔走出梦幻的深渊,她获得了启示,喊道:"让我成为那个用她的忠实解救你的女人吧!只要天使让我出现在你的面前!你将从我这里获得拯救!"姑娘的精神被不幸像磁石一样地吸引住了,她的真正的未婚夫是那个只有爱情才能赎回的被诅咒的船长。

　　后来,荷兰人出现了,被桑塔的父亲介绍给大家,他正是肖像上的人,挂在墙上的传说中的人物。荷兰人仿佛那个在受害者伊玛蕾面前心软的可怕的梅莫特,想让她离开一种过于危险的忠实,这位充满怜悯心的被诅咒者拒绝这种获救的手段,他匆匆上船,想让她享受家庭和普通爱情的幸福,这时,她反抗了,执意要跟着他:"我了解你!我知道你的命运!我第一次看见你时就了解了你!"而他想把她吓住:"问问各处的大海吧,问问在大海上纵横航行的航海者吧,他认识这船,它令虔诚的人恐怖:人们叫我漂泊的荷兰人!"她用她的忠实和喊声追随着渐渐远去的船:"光荣归于你的解放的天使!光荣归于他的法律!看看我是不是至死忠实于你!"她纵身跳入大海。船沉没了。两个轻灵的形体从海浪上升起:那是荷兰人和桑塔变的。

为了他的不幸而爱不幸者,这是个伟大的观念,不可能落在一颗天真的心以外的地方,把对一个被诅咒的人的拯救系在一个姑娘的热情的想象上面,这也肯定是一个很美的思想。整个戏剧处理得稳健,直接,每一种境况都很明确,桑塔这个典型本身就具有一种超自然的、浪漫的伟大,令人迷醉,又令人害怕。诗的极端的单纯增加了效果的强度。各种东西适在其位,有条不紊,大小也恰当。我们在意大利人剧院的音乐会上听过的那首序曲像大海、风和黑夜一样阴森、深邃。

我不得不缩小这篇论文的范围,我相信我所说的足以(至少是今天)让一个事先一无所知的读者了解瓦格纳的倾向和戏剧形式。除了《黎恩济》《漂泊的荷兰人》《汤豪舍》和《罗恩格林》之外,他还写了《特里斯坦与伊瑟》和其他四出歌剧,这四出歌剧组成一个四联剧,题材取自《尼伯龙根指环》,此外还有许多批评作品。这就是这个人的业绩,他的人品和理想的抱负长时间成为巴黎街谈巷议的话题,而在一年多的时间里,巴黎的廉价笑话也每天都把他作为自己的猎物。

四

人们总是可以把任何伟大的艺术家都不可避免地带进他们的作品中去的那个刻板的部分暂时撇在一旁,在这种情况下,就要寻找和检验他通过什么特有的个人素质有别于他人。一个艺术家,一个无愧于这个名称的人,应该具有某种本质上是 sui generis① 东西,由于这种东西,他是他,而不是另一个人。根据这一观点,艺术家可以被比作各种各样的味道,人类的比喻的宝库可能还不够大,不能对一切已知的艺术家和一切可能的艺术家提供大概的说明。

---

① 拉丁文:"独特的"。

我想,我们已经指出在理查·瓦格纳身上有两个人,有条理的人和热情的人。这里要说的是热情的人,感情的人。在他的最不足道的乐曲中,他也那么热烈地写进了他的个性,所以寻找他的基本素质并不是很困难的。从一开始,一种看法就使我产生了强烈的印象:在《汤豪舍》的序曲的快乐的、狂欢的部分中,在《罗恩格林》的序曲的对神秘性的描绘中,艺术家倾注了同样多的力量,显示出同样大的毅力。两者之中有着同样的野心、同样的高雅和同样的敏锐。因此,我觉得令人难忘地表现出这位大师的音乐的特点的,首先是神经的紧张,激情和意志之中的狂暴。这音乐以最悦耳或最刺耳的声音表达出人心中最隐秘的东西。的确,一种理想的野心支配着他的所有作品,但是,如果说瓦格纳因其主题选择和戏剧方法而接近古代,那么,由于表达方式所具有的热情的活力,他目前却是现代性的最真实的代表。说真的,这个丰富多彩的精神所具有的全部技巧、全部努力、全部手段只不过是这种不可抗拒的激情的很谦卑、很热心的仆人而已。不管他处理什么主题,总有一种达到顶点的庄严蕴含其中。他通过这种激情给每一种东西增加了一种我说不出的超人的东西,他通过这种激情也理解了一切,并使这一切被别人理解。意志、欲望、专注、神经的紧张、爆发,这些词意味着的一切都在他的作品中被感觉到了,被猜测到了。我断言我从中看到了我们称为天才的那种现象的基本特征,我相信我并未产生错觉,也没有欺骗任何人;或者至少,在对我们至此称为天才的那种东西的分析中,人们发现了上述特征。在艺术上,我承认我并不憎恨夸张,我从未觉得节制是一种有力的艺术天性的标志。我喜欢那些健康的过度,意志的放纵,它们铭刻在作品中就像沥青燃烧在火山土中,而在日常生活中,它们常常标志着巨大的精神或肉体危机之后的一个充满了快乐的阶段。

至于大师试图在音乐用于戏剧方面所进行的改革,他究竟能达到何种地步?在这方面,不可能预言任何确切的东西。人们可以笼统地、一般地像大卫王①那样说，曾经被贬低的，将被抬高，曾经被抬高的，将受屈辱，然而一切又都同样地适用于人类的一切事务的已知的方式。我们已经看到许多过去被说成是荒谬的东西后来变成为群众所接受的榜样。现在的公众都记得维克多·雨果的戏剧和欧仁·德拉克洛瓦的画在开始时所受到的顽强的抵制。况且我们已经指出，现今使公众分裂的争论是一场已被忘却，又突然间重新活跃起来的争论，而瓦格纳本人已经在过去之中找到了建立他的理想的基础的基本成分。可以肯定的是，他的理论是为那些长久以来对歌剧的错误感到厌倦的有才智的人而建立的，因此，文人特别对这位以做诗人和戏剧家为荣的音乐家表示好感，就不令人感到奇怪了。同样，十八世纪的作家们热烈欢迎格鲁克的作品，我也不能不看到，那些对瓦格纳的作品表示最为反感的人也对他的先行者表现出一种明显的厌恶。

最后，《汤豪舍》的成功与不成功绝对不能证明任何东西，甚至也不能决定将来有多少好的运气或坏的运气。假定《汤豪舍》是一部可憎的作品，它会被捧上天的；假定它是一部完美的作品，它就会引起反感。事实上，歌剧改革的问题并未解决，论战将继续，平息之后，它还会再起来。我最近听说，如果瓦格纳的戏获得辉煌的成功，那将是一桩纯粹个人的偶然之事，他的方法不会对抒情剧的命运和改革发生任何影响。由于对过去，也就是对永恒的研究，我自认可以做出绝对相反的预断，一个完全的失败绝不能毁灭在同一个方向上的新尝试的可能性。在不久的将来，人们会看到，不仅新的作者，甚至一些过去享有信用的人，都将在某种程度上利用瓦格纳提出的观念，并且顺利通过他打开的缺口。人们在哪一段历史中曾经读过伟大的事业毁于一次较量？

一八六一年三月十八日

---

① 传说大卫王是《圣经》中部分诗篇的作者。

再说几句

"考验结束！未来的音乐已被埋葬！"所有的喝倒彩者和密谋者都高兴地大喊；"考验结束！"所有写专栏文章的蠢货都在重复；而所有在马路上闲逛的人都齐声地、无知地应道："考验结束！"

的确，已经结束了一次考验，但这考验在世界末日之前还要进行千万次；因为首先，任何伟大严肃的作品不经过激烈的争议都不能留在人类的记忆之中，也不能在历史中占据一席之地；其次，十个顽固的人就可以凭着尖利的倒好声使演员狼狈不堪，战胜观众的善意，甚至用他们的不和谐的抗议声盖过乐队的巨大声音，哪怕这声音和大海的声音一样强大。总之，一种最有意思的弊病已得到证实，即一种订座制度允许预订一年的座位，这就造成了某种贵族，这个贵族可以在某个特定的时刻为了某种动机或利益不让广大观众参与对一部作品的评判。其他剧院，例如法兰西喜剧院，也接受了这种制度，我们很快就会看到那里也产生了同样的危险和丑闻。一个有限制的社会可能剥夺巴黎的广大观众评价一部作品的权利，而对一部作品的判断是由大家来进行的。

有些人自以为摆脱了瓦格纳，他们高兴得太早了，我们可以这样断言。我热烈地奉劝他们不要那么张扬地庆祝一次并不光彩的胜利，甚至奉劝他们为将来计还是准备着顺从为好。实际上，他们并不懂得人类事务的摇摆以及激情的反复。他们也不知道上帝总是使他赋予一种职责的那些人具有什么样的耐心和韧性。反响是今天开始的，然而它的产生却是在串通一气的恶意、愚昧、陈腐和妒忌试图埋葬作品的那一天。巨大的不公正产生了众多的同情，现在已从四面八方表现出来了。

远离巴黎的人被这一大堆人和石头迷住了，吓倒了，《汤豪舍》的意想不到的遭遇对他们来说该是一个谜。用好几种原因的不幸的偶合就可以容易地加以解释,其中有几种原因与艺术并无干系。让我们立刻承认主要的、支配的原因吧:瓦格纳的歌剧是一种严肃的作品,要求一种持续的专注;在一个旧悲剧主要靠容易得到消遣来获得成功的国家里,人们可以想象那个条件所包含的一切不利的机会。在意大利,人们一边看戏一边喝冰冻果汁饮料,幕间有康康舞,时尚并不要求鼓掌;在法国,人们打牌。"您真是无礼,竟想让我持续地注意您的作品,"那难以对付的订户嚷道,"我希望您向我提供一种好消化的乐趣,而不是一次活动我的智力的机会。"除了这个主要原因之外,还应加上今天已是众所周知的,至少在巴黎是众所周知的其他原因。皇帝的命令①给了亲王很大面子,我想可以表示衷心的感谢而不会被指责为谄媚,这道命令聚集起许多妒忌者和闲逛者反对艺术家,他们总是用齐声狂吠来表示他们的独立。那道刚刚给了报纸和言论某些自由的法令使久受压抑的自然的喧闹肆意泛滥,它像一条狂兽扑向第一个过来的人。这个人就是得到国家元首批准、受到一位外国大使的夫人②公开保护的《汤豪舍》。多好的机会!剧场里的法国人拿这位夫人的痛苦开心了好几个钟头,还有一件不那么为人所知的事情,瓦格纳夫人本人也在一次演出中受到侮辱。真是非凡的胜利啊!

　　导演不止于贫乏,出自一位过去的滑稽歌舞剧作者之手(你们能想象《城堡指挥官》③由克莱维尔④先生执导吗?);乐队的演出无力又不准确;男高音是个德国人,人们把主要的希望寄托在他身上,而他唱起来总是走调;维纳斯无精打采,身上堆满了白色的破布,不是从奥林匹斯山上下来,倒像是诞生于一位中世纪的艺术家的花里胡哨的想象;两次演出,座位都给一些怀着敌意或者至少

---

① 拿破仑三世下令演出《汤豪舍》。
② 指梅特涅夫人。
③ 维克多·雨果的戏剧。
④ 克莱维尔(Louis-Francois Clairville,1811—1879),法国歌舞剧作家。

对任何理想追求都无动于衷的人占了;所有这些事情都应该考虑到。只有萨克斯小姐和莫莱利(这里正是一个感谢他们的机会)在暴风雨中昂首挺立。若是只赞扬他们的才能,那就不合适了,还应该夸奖他们的勇敢。他们顶住了溃败,对作曲家忠心耿耿。莫莱利带着意大利式的令人钦佩的灵活,谦逊地服从了作者的风格和趣味,常常喜欢研究他的人都说这种顺从对他很有好处,他从未像他扮演沃尔夫朗的时候那么漂亮。但是对尼埃曼先生,对他的缺点,对他的发愣,对他那惯坏了的孩子的坏脾气,我们该说些什么呢?我们也见过剧场里的风暴,像弗雷德里克和鲁维埃尔,甚至比尼翁那样的人,尽管名气还大不到那种程度,也曾公开对抗观众的错误,而且观众越是不公正,他们演得越起劲,他们总是和作者风雨同舟。最后,还有芭蕾的问题,这个问题在好几个月中被看成了一个生死攸关、动荡不安的问题,对于喧嚣起的作用也不少。"没有芭蕾的歌剧!这算什么!"陈规说;"这算什么!"养情妇的人说;"小心点!"惊慌不安的部长也对作者说。作为补偿,人们让一队普鲁士士兵在台上操练,他们穿着短裙,动作像军校学生一样机械;一部分观众因拙劣的演出而产生错觉,看到这些大腿,就说:"拙劣的芭蕾,音乐也不适于舞蹈。"理智回答说:"这不是芭蕾,这是狂饮乱舞,音乐也指明了这一点,圣马丁门、昂必居、奥代翁①,甚至低级剧场有时都会演出的,但是歌剧院不能演,它也根本不会。"这样,不是由于一种文学上的原因,而仅仅是因为置景工的不熟练,就必须取消整整一个场面(维纳斯的重新出现)。

那些有钱能在歌剧院的女舞蹈演员中拥有一位情妇的人希望尽可能经常地显示他们的赐物的才能和美貌,这当然是一种近乎父亲的感情,谁都理解,也容易谅解;然而,这些人若不关心公众的好奇心和他人的快乐,使一部因不能满足他们的保护物的要求而

---

① 以上是当时巴黎的三家剧场。

使他们不快的作品不能演出,这就是不能容忍的了。保护你们的后宫吧,虔诚地保持其传统吧,但是,让别人为我们演戏吧,和你们想的不一样的人可以在其中得到更合他们口味的乐趣。这样,我们摆脱了你们,你们也摆脱了我们,双方可以皆大欢喜。

人们希望从这些疯子手中夺下他们的牺牲品,找一个星期日把它介绍给公众,座位的订户和赛马俱乐部乐意在星期日放弃剧场,人们可以随意占用空闲的座位;然而,他们说得也颇有道理:"如果我们允许这部作品在今天获得成功,剧院就会有一个充分的借口迫使我们把这部作品看上三十天。"于是,他们又全副武装地带着事先做好的凶器冲杀回来了。观众,全体观众,斗争了两幕,出于善意,再加上愤怒,他们不仅对不可抗拒的美鼓掌,也对使他们惊讶和迷惘的那些段落鼓掌,这些段落或者因演出的混乱而变得晦涩,或者为了得到欣赏而需要一种不可能的沉思。然而,这种愤怒或热情的风暴立刻引起了同样狂暴的、对反对者远非那么令人疲惫的反应。于是,捣乱者感谢宽厚的观众们沉默了,后者最希望的是了解和判断。但是某些倒好声勇敢地坚持着,没有动机,但也不停止;有关罗马之行的奇妙的叙述没有被听见(是否唱过,我也不知道),整个第三幕淹没在一片喧嚣之中。

报纸上没有任何反对,没有任何抗议,只有《祖国》上有弗兰克·马里①先生的抗议;柏辽兹先生避免发表意见,这是一种消极的勇气,让我们感谢他没有在普遍的谩骂之上再加什么东西。接着,一阵巨大的模仿的旋风把所有的笔都卷了进去,人人都胡说八道起来,这股风就像那个奇特的精灵,在人群中交替地制造奇迹:一会儿是勇敢,一会儿是怯懦;集体的勇敢,集体的怯懦;法国的热情和高卢的惶恐。

《汤豪舍》甚至没有被听见。

---

① 弗兰克·马里(Franck Marie),法国音乐批评家。

所以现在到处都是一片抱怨声，人人都想看瓦格纳的作品，人人又都抱怨它专横；但是剧院的管理部门在几个阴谋家面前低头了，已经退回了为以后的演出而准备的经费。如果说还存在着比我们目睹的事情还要令人愤慨的事情的话，那么，这真是一桩闻所未闻的场面，我们今天看到的是一个失败的领导，尽管有公众的鼓励，它仍然放弃了最富有成果的演出。

再说，这种意外之事似乎还在扩展，观众也似乎在戏剧演出方面不再被看作是最高的裁判了。就在我写这番话的时候，我知道有一出很美的，结构精彩、风格优秀的戏几天之后将在另一个舞台上消失，它曾在这个舞台上打响，但是，某个软弱无力的集团的努力并未奏效，这个集团过去曾被称为文化阶级，现在却在精神上和趣味的高雅上输于海港城市的公众。事实上，作者居然以为那些人会对荣誉这种如此不可触摸、如此空灵的事情表现出热情，这真是发疯了。他们充其量只会把它埋葬。

这种排斥有什么神秘的理由？成功会妨碍领导人将来的行动吗？官方的不可理解的看法会强迫他的善意，触犯他的利益吗？或者，应该假设某种丑恶的事情吗，也就是说，一位领导人为了抬高自己而装作喜欢好的戏剧，一旦达到目的，就很快转向他的真正的兴趣，即蠢货的兴趣，那显然最有利可图的兴趣吗？更不可理解的是批评家（其中有几位是诗人）的软弱，他们对主要的敌人表示亲热，即使有时候他们怀着一种转瞬即逝的勇气谴责其唯利是图，他们在许多情况下却依然千方百计地讨好他们，鼓励他们的交易。

对于这种喧嚣和专栏文章的卑劣的戏弄，我感到脸红，就像一个高尚的人看见一件肮脏的事情发生在他面前一样，这期间，一个念头纠缠着我。我想起来，在遥远的国外，在坐着各种人的餐桌上，当我听到有人取笑法国（公正或不公正，有什么关系？）的时候，我常常感到非常痛苦，尽管我总是在内心压下这种过分的爱国主义，因为它散发出的烟雾可能使大脑变得模糊。这种在哲学上被压抑的全部亲子的感情于是爆发出来了。数年以前,一位可悲的院士竟敢在他的入院演说中加进去对莎士比亚的天才的评价,他亲热地将他称为老威廉或好威廉,说实话,他的评价简直如同出自法兰西喜剧院的门房之口,这时,我浑身打战,感到了这位连拼法都不会的学究将给我的国家造成的损失。果然,好几天之内,所有的英国报纸都以最令人伤心的方式拿我们开心。听起来,法国的文人甚至连莎士比亚这名字的拼法都不知道;他们根本不懂他的天才,而愚笨的法国只知道两位作家,朋萨尔①和小仲马②,新帝国的走红诗人,《伦敦新闻画报》这样补充道。请记住,政治的仇恨是把它的要素和过分的文学爱国主义结合在一起的。

所以,在瓦格纳的作品引起的丑闻中,我心想:"欧洲将对我们做何感想呢?在德国,人们将会怎样说巴黎呢?瞧,一小撮喧闹者就使我们大家一齐丢脸!"然而不,不会是这样的。我相信,我知道,我保证,在文学家、艺术家,甚至上流社会人士中,还有许多有教养的、公正的人,他们的精神总是向着呈现在他们面前的新事物自由地开放着的。德国若是认为巴黎只住着些胆小鬼,擤了鼻涕再在一位过往的伟人背上揩手指头,那它就错了。这样的设想并非完全不偏不倚的。我说过,到处都有了反响,最料想不到的一些好感的表现鼓舞着作者坚持他的道路。如果事情这样继续下去,可以料想,许多的遗憾将会很快得到宽慰,《汤豪舍》将再度出现,然而将是在一个歌剧院的订户不感兴趣的地方。

最后,重要的是,观念已被提出,缺口已被打开。不止一位法国作曲家愿意利用瓦格纳提出的有益的观念。如果说作品出现在观众面前的时间不长,使我们得以听到作品的皇帝的命令却大大地帮助了法国精神,这是一种逻辑的、热爱条理的精神,它将很容

---

① 朋萨尔(François Ponçard,1814—1867),法国剧作家。
② 小仲马(Alexandre Dumas fils,1824—1895),法国作家。

易地继续它的发展。在共和国和第一帝国时代,音乐上升到了这样一个高度,由于一种失去了勇气的文学的弱点,它成了时代的光荣之一。第二帝国的领袖听一位我们的邻居谈论着的人的作品仅仅是出于好奇,还是一种更爱国的、更能体谅人的思想激励着他?无论如何,哪怕他只有好奇心,那也对我们大家都有益处。

一八六一年四月八日

"外国文艺理论丛书"书目

第 一 辑

书 名	作 者	译 者	
柏拉图文艺对话集	〔古希腊〕柏拉图	朱光潜	
诗学	〔古希腊〕亚理斯多德	罗念生	
古代印度文艺理论文选	〔印度〕婆罗多牟尼 等	金克木	
诗的艺术（增补本）	〔法〕布瓦洛	范希衡	
艺术哲学	〔法〕丹纳	傅雷	
福楼拜文学书简	〔法〕福楼拜	丁世中	刘方
波德莱尔美学论文选	〔法〕波德莱尔	郭宏安	
驳圣伯夫	〔法〕普鲁斯特	沈志明	
拉奥孔（插图本）	〔德〕莱辛	朱光潜	
歌德谈话录（插图本）	〔德〕爱克曼	朱光潜	
审美教育书简	〔德〕席勒	冯至	范大灿
悲剧的诞生	〔德〕尼采	赵登荣	
艺术与现实的审美关系	〔俄〕车尔尼雪夫斯基	周扬	
卢那察尔斯基论文学	〔苏联〕卢那察尔斯基	蒋路	
小说神髓	〔日〕坪内逍遥	刘振瀛	